D1722957

Gralsritter

Das dunkle
Geheimnis der Klutert
Band VI

Roman
von
Uwe Schumacher

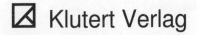 KLUTERT Verlag

Sie können uns auch im Internet unter
www.klutertverlag.de besuchen.

Bibliographische Information der Deutschen Bibliothek:

Die Deutsche Bibliothek verzeichnet diese Publikation in der
Deutschen Nationalbibliographie; detaillierte bibliographische
Daten sind im Internet über http://d-nb.de abrufbar

Originalausgabe

ISBN 978-3-9809486-6-1

© November 2009
Klutert Verlag, Bernd Arnold,
Straßburger Weg 57, 58511 Lüdenscheid,
Tel. 0 23 51 / 7 87 19 75

Titelbild: Robbie Wiedersprecher
Umschlagentwurf & Gestaltung: Thomas Seibel
Technische Realisation: Achim Stachelhaus

Gedruckt in Deutschland

Für Anne-Marie Delgado-Gams

Man sagt oft,
Armut sei zu nichts gut.
Aber wer um der Treue Willen
Armut leidet,
dessen Seele
entrinnt dem Höllenfeuer.

(aus „Parzival" von Wolfram von Eschenbach)

Danke...

Großen Dank für ihre engagierte Unterstützung schulde ich wie immer meinem Mittelalter-Technik-Experten Artur Pollack Hoffmann sowie den edlen Herrschaften, Knappen, Zunftgenossen, Söldnern und dem Klerus der Hagener „Ritterschaft der Wolfskuhle", die es mir mit ihrer Liebe zur originalgetreuen Darstellung jener faszinierenden Epoche erst möglich gemacht haben, das Geschehen in diesem Buch wirklich authentisch zu gestalten.
Natürlich gilt mein Dank auch wieder unserem großartigen Team, den Lektoren Anja Michel und Bernd Arnold, dem begeisterten Fotografen Robbie Wiedersprecher, dem akribischen Techniker Achim Stachelhaus sowie meiner Frau und ersten Kritikerin Gabriele, ohne deren unermüdlichen Einsatz über viele Monate hinweg jede auch noch so gründlich recherchierte Geschichte Stückwerk bleiben müsste.

Ferner möchte ich mich ganz herzlich bei unserer langjährigen Freundin Kate Cooper aus Hinckley in England bedanken, die mir während der Arbeit an diesem Buch gleich mehrmals entscheidende Quellen- und Literaturhinweise über die Katharer und die Dominikanische Inquisition übermittelt hat, die seltsamerweise nicht in den Handlungsorten in Südfrankreich, sondern ausschließlich in Großbritannien zugänglich waren. Last but not least fühle ich mich in ganz besonderem Maße unserem Freund Peter Schmiemann von der Ritterschaft der Wolfskuhle sowie den Geschwistern Carmen und Kyle Martin Schürmann für deren spontane Bereitschaft verpflichtet, sich für die Gestaltung des Titelbildes zur Verfügung zu stellen.

Uwe Schumacher im November 2009

Inhalt:

Prolog

Ist zwifel herzen nachgebur,
daz muoz der sele werden sur.
Gesmaehet und gezieret
ist, swa sich parrieret
unverzaget mannes muot,
als agelstern varwe tuot.
(aus „Parzival" von Wolfram von Eschenbach)

Wenn Zweifel des Herzens Nachbar wird,
das muss die Seele verbittern.
Geschmäht und verachtet wird,
wenn sich unbeirrter Mannesmut
mit seinem finsteren Gegenteil verbindet,
so wie es die Elster mit ihren Farben tut.
(Übertragung aus dem Mittelhochdeutschen)

Im Jahre 1198 geriet in Deutschland die streng geregelte Welt des Mittelalters völlig aus den Fugen. Nach dem plötzlichen frühen Tod von Kaiser Barbarossas Sohn und Nachfolger, Heinrich VI., konnten sich die Fürsten des Reiches nicht einigen, wer nun König werden sollte. Heinrichs kleiner Sohn Friedrich war noch viel zu jung, und er lebte in der Obhut seiner Mutter Konstanze im fernen Sizilien. Da brach der alte, aber immer noch schwelende Konflikt zwischen den Geschlechtern der Welfen und der Staufer wieder auf, und die Anhänger beider Parteien versuchten, ihren jeweiligen Kandidaten durchzusetzen. Als dies nicht gelang, wählten die Welfen den erst 16-jährigen Grafen Otto von Poitou, den dritten Sohn Heinrichs des Löwen, während sich die Stauferpartei für Barbarossas jüngsten Sohn Philipp von Schwaben entschied. Beide Bewerber wurden gekrönt, doch die Zeremonien wiesen entscheidende Mängel auf, so dass der „rechtmäßige" König nicht zu ermitteln war: Otto wurde am vorgesehen Ort in Aachen durch den richtigen Mann, nämlich den Erzbischof von Köln, in sein Amt eingeführt. Philipp dagegen empfing die Krone zwar am falschen Ort in Mainz, erhielt dafür aber die echten Reichsinsignien,

5

die ja noch in staufischem Besitz waren. Da keine der beiden Parteien zum Einlenken bereit war, kam es zur Machtprobe und zum Bürgerkrieg, der alte Feindschaften wieder aufriss und für das Reich unsäglich viel Elend und Unglück brachte.

Im Laufe der Jahre weitete sich der Konflikt aus und nahm sogar europäische Dimensionen an, denn auf Ottos Seite kämpfte das Königreich England, während der französische König den Staufer Philipp unterstützte. Der junge Papst Innozenz III. verhielt sich zunächst neutral. Als er zum Schiedsrichter angerufen wurde, sprach sich Innozenz zwar offen für den Welfen Otto aus, doch später verhandelte er heimlich auch mit dessen Gegner. Mit der Niederlage des englischen Königs Johann in Frankreich verloren Otto und seine Anhänger nicht nur eine wesentliche Stütze, sondern auch ihre wichtigste Geldquelle. Zudem fiel bald darauf Ottos eigener Bruder von ihm ab, und selbst der Erzbischof von Köln erklärte sich für den Staufer, sofern dieser bereit sei, sich noch einmal von ihm krönen zu lassen. Der Stern des Welfenkönigs schien unaufhaltsam zu sinken. Der Staufer Philipp hingegen konnte an Boden gewinnen und seinem Widersacher im Juli 1206 noch eine weitere herbe Niederlage bescheren. Auch Papst Innozenz stellte sich nun endgültig auf die veränderten Machtverhältnisse ein und wechselte die Seiten. Im Mai 1207 schickte er Unterhändler nach Deutschland, die Otto zum Verzicht auf den Thron bewegen sollten. Im Juni konnte man sich schließlich einigen. Der Papst würde den Staufer Philipp anerkennen und ihn sogar in Rom zum Kaiser krönen. Endlich schien die große Reichskrise beendet.

Da geschah etwas völlig Unvorhergesehenes: Am 21. Juni 1208 wurde der künftige König und Kaiser Philipp von Schwaben in Bamberg ermordet. Der Täter, Pfalzgraf Otto von Wittelsbach, hatte keine politischen Motive. Es war ein rein privater Racheakt. Philipp hatte dem Pfalzgrafen nämlich die Heirat mit einer seiner Töchter in Aussicht gestellt, dieses Versprechen dann aber zurückgenommen. Der mörderische Jähzorn des abgewiesenen Freiers machte alle Hoffnungen auf ein Ende des Streits um die deutsche Königskrone zunichte.

Nach der Ermordung des Staufers hielt dessen Rivale Otto IV. urplötzlich wieder alle Trümpfe in der Hand. Die beiden verfeindeten Fürstenlager wollten endlich Versöhnung.

Sie einigten sich darauf, den Bürgerkrieg zu beenden und den Welfen Otto noch einmal zum König zu wählen. Am 11. November 1208 wurde die Zeremonie dann auch in großer Einmütigkeit vollzogen. So schien der lang ersehnte Frieden endlich erreicht. Auch Papst Innozenz war hocherfreut, dass nun doch sein ursprünglicher Favorit gesiegt hatte. Denn der neue deutsche König hatte ihm ja bereits während des Streits mit Philipp versprochen, auf jede eigenmächtige Italienpolitik zu verzichten. Und so stand das beginnende Jahr 1209 in Erwartung der Kaiserkrönung in Rom.

Auch in Westfalen bereiteten sich die meisten Fürsten auf das große Ereignis vor. Viele welfentreue Gefolgsleute wollten ihren König in die ewige Stadt begleiten, doch für einige von ihnen kam es ganz anders.

Schon seit langem war Papst Innozenz die stetig wachsende religiöse Gemeinschaft der sogenannten Katharer ein Dorn im Auge gewesen. Diese Glaubensgemeinschaft, die sich im Schatten des Machtkampfes zwischen Papst- und Kaisertum entwickelt hatte, war in der nach heutigen Maßstäben außerordentlich toleranten und weltoffenen Kultur des südfranzösischen Okzitaniens aufgeblüht und fand dort immer mehr Anhänger. Bald verbreitete sie sich auch mit rasanter Geschwindigkeit über das ganze christlich geprägte europäische Festland. Da die Katharer (nach dem griechischen Wort Katharos = die Reinen) die diesseitige Welt als Heimstatt des Bösen ansahen und ein Leben in Demut predigten, wurden sie von der Amtskirche als gefährliche Abweichler (Häretiker) angesehen, die man bekämpfen musste. Allerdings waren dem Papst für ein militärisches Vorgehen so lange die Hände gebunden, bis der europaweite Konflikt um die deutsche Krone entschieden werden konnte. Bis dahin hatte die Katholische Kirche ohne nennenswerte Erfolge versucht, mit Hilfe von Wanderpredigern wie dem Heiligen Dominikus und päpstlichen Legaten gegen die Verbreitung der in ihren Augen unerhörten Lehren vorzugehen. Immerhin distanzierten sich die Katharer von dem bis dahin gültigen Begriff der Kirche und deren Hierarchien, wobei eine völlige Ablehnung Roms und der Päpste, die man als Personifizierung Satans auf Erden ansah, kennzeichnend war. Außerdem stellten die Katharer und mit ihnen die gesamte okzitanische Gesellschaft, die sogar die Gleichberechtigung der Frauen propagierte, das fest gefügte Weltbild des gesamten Zeitalters in Frage.

Da bot die Ermordung des päpstlichen Legaten Pierre de Castelnau durch einen Pagen des Grafen von Toulouse seiner Heiligkeit Innozenz III. endlich den lang ersehnten Anlass, zum entscheidenden Gegenschlag auszuholen: Er rief die gesamte Christenheit zum heiligen Kreuzzug gegen die „Albigenser" (nach dem katharischen Zentrum in der südfranzösischen Stadt Albi) auf. Was folgte, war ein Jahrzehnte währendes Gemetzel unvorstellbaren Ausmaßes, bei dem Christen ganz gezielt ihre eigenen Glaubensbrüder abschlachteten und damit für den ersten Genozid auf europäischem Boden sorgten. Dass dabei gleichzeitig die für das Mittelalter enorm fortschrittliche und weltoffene Kultur Okzitaniens ausgelöscht wurde, war den Nutznießern des blutigen Gemetzels, zu denen neben Papst Innozenz vor allem der französische König gehörte, nur recht und billig.

Als sich im Mai 1209 das riesige Kreuzfahrerheer in Lyon versammelte, um von dort aus seinen Eroberungszug nach Süden zu beginnen, fanden sich unter dem Befehl des Grafen Simon de Montfort und des Abts von Citeau, des obersten Zisterziensers Arnaud Amaury, auch zahlreiche Ritter aus Nord- und Westdeutschland ein. Sowohl Graf Arnold von Altena-Nienbrügge als auch sein ältester Sohn Everhard, Burggraf von Isenberg, konnten sich dem päpstlichen Aufruf nicht entziehen. Mit dem Kölner Dompropst Engelbert von Berg war zudem ein weiterer Vertreter des angesehenen Grafengeschlechtes derer von Neuenberge mit von der Partie. Allerdings trieben Letzteren weitaus persönlichere Motive als seine Altenaer Verwandten zur Hatz auf die Katharer an: Engelbert verpflichtete sich durch seine Teilnahme am Kreuzzug zur Sühne für sein Festhalten an der Stauferpartei während des Bürgerkrieges. Damit war es ihm möglich, nicht nur sein hohes Amt in der Kölner Kirche zu behalten, sondern er bewahrte sich auch gleichzeitig die Aussichten auf eine spätere Ernennung zum Erzbischof der größten und wichtigsten Stadt des Reiches.

Wie so oft in der Geschichte mussten Menschlichkeit, Toleranz und Liebe der rohen Gewalt weichen und wurden gezwungen, durch das tiefe, dunkle Tal der Vernichtung und Unterdrückung zu gehen.

Kapitel 1
Der Vollkommene

Der knappe sprach zer muoter san:
„Ouwe muoter, waz ist got?"
„Sun, ich sage dirz ane spot.
Er ist noch liechter denne der tac,
der antlitzes sich bewac
nach menschen antlitze.
Sun, merke eine witze
Und vlehe in umbe dine not:
Sin triuwe der werlde ie helfe bot.
So heizet einer der helle wirt:
Derst swarz, untriuwe in niht verbirt.
Von dem kere dine gedanke,
und ouch von zwivels wanke."
(aus „Parzival" von Wolfram von Eschenbach)

Der Knabe fragt darob die Mutter:
„Oh weh, Mutter, was ist Gott?"
„Sohn, das künd' ich dir ohne Spott:
Er ist noch lichter als der Tag,
er, der ein Antlitz an sich nahm
wie der Menschen Antlitz.
Sohn, merke dir eine Klugheit
und flehe ihn an in deiner Not:
Er hilft der Welt getreulich immerdar.
Ebenso aber heißt einer der Hölle Herr:
Der ist schwarz, er geht mit Untreue um.
Von ihm kehre deine Gedanken ab
und hüte dich, in Zweifel zwischen beiden zu schwanken."
(Übertragung aus dem Mittelhochdeutschen)

Pui Tien Hoppe-Leng

Ich strich mir das schweißnasse Haar aus der Stirn und betrachtete verwundert die harten, fast lederartigen Blätter des dornigen Strauches, dessen knorriges Wurzelwerk sich

9

durch den steinigen Untergrund zielstrebig zum Wasser des Flusses vorgearbeitet hatte. Didi und ich hatten uns im Halbschatten des Ausgangs der turmhohen Grotte, durch die wir in diese unbekannte Welt gekommen waren, auf einen jener vor langer Zeit von der Höhlendecke herabgestürzten Brocken gesetzt, die das Bett des flachen Flusses säumten, der mit mäßiger Geschwindigkeit in die Grotte strömte, um im Dunkel des breiten und lang gezogenen Ganges zu verschwinden. Unsere Pferde standen im Schatten der riesigen Höhlenöffnung und zupften mühsam ein paar Halme von dem spärlichen Gras, das zaghaft zwischen dicken Kieselsteinen spross.

Die ungewohnte Wärme des noch jungen Tages hatte uns beinahe schachmatt gesetzt, sobald wir aus dem Inneren der Grotte in die lichtdurchflutete Schlucht getreten waren. Deren glatte, ebenmäßig geformten Kalksteinbänke ragten auf beiden Seiten mindestens 25, wenn nicht gar 30 Meter fast senkrecht in die Höhe und waren von kleinen grünen Büschen durchsetzt. Nein, dies waren weder die Externsteine noch sonst irgendeine, mir bekannte Felsformation aus unserer westfälischen Heimat, und die klimatischen Bedingungen, die einen derartig seltsamen Bewuchs zuließen, konnte es ebenfalls in der kühlen, feuchten Umgebung des rauen Berglandes nicht geben. Aber wo um alles in der Welt waren wir hier gelandet? Ich warf meine hüftlange, pechschwarze Mähne zurück und dachte angestrengt darüber nach, was wohl mit uns geschehen war.

Dabei kamen mir gleich wieder meine Eltern in den Sinn, die aus irgendeinem, unerklärlichen Grund während des mit normalen Sinnen nicht erfassbaren Vorgangs der Versetzung durch das Zeittor von Didi und mir getrennt worden waren, und die bis dahin von mir verdrängte Gewissheit über deren Verlust trieb mir unwillkürlich die Tränen in die Augen. Mein Freund, der natürlich mitbekam, dass ich wieder traurig war, legte sogleich fürsorglich seinen Arm um meine Schultern.

„Yän dschung ma?" (ist es schlimm), fragte mich Didi auf Chinesisch.

„Wo shì hao!" (Mir geht es gut), antwortete ich unwirsch und fuhr mir mit dem Handrücken über die Augen.

Gleich darauf schämte ich mich wieder für die schroffe Art meiner Erwiderung und schenkte ihm ein zaghaftes Lächeln. Ich musste mich erst noch daran gewöhnen, dass da wohl künftig immer jemand war, der sich um mich sorgen würde. Auch sollte ich mir vielleicht etwas einfallen lassen, dass ich ihn nicht länger „Didi" nennen musste, wie wir das alle früher in unserer Klasse getan hatten, was aber eigentlich nur eine schrecklich klingende Verstümmelung seines richtigen Namens bedeutete. Schließlich hatte ich meinem Herzen erst nach langem Widerstreben erlaubt, sich für ihn zu öffnen, und ich war mir endlich klar darüber geworden, dass ich ihn wirklich liebte. Aber „Diyi Er Dsi" (Erster Sohn) war als Name ein wenig lang.

Mama als Vollblutchinesin hätte das wahrscheinlich ganz anders gesehen, aber eine traditionelle Erziehung, wie sie ihr noch in den siebziger Jahren des 20. Jahrhunderts zuteil geworden war, konnte ich nun mal nicht für mich in Anspruch nehmen. Überhaupt regte sich nun immer häufiger bei mir die von Papa ererbte europäische Komponente meiner äußerst komplizierten Persönlichkeit, obwohl ich meiner Mutter wie aus dem Gesicht geschnitten glich, was bei unserem Altersunterschied von lediglich neun Jahren schon zu verzwickten Verwechslungen geführt hatte. Auch wenn diese Tatsache einfach unglaublich klingt, so ist sie doch wahr. Aber vielleicht sollte ich unsere fantastische Geschichte besser von Anfang an erzählen:

Meine Mama heißt Phei Siang und wurde 1952 in Guilin in Südchina geboren. Während der Kulturrevolution musste sie mit meinen Großeltern vor den Nachstellungen der Roten Garden flüchten und wurde schließlich nach Deutschland verschlagen. Dort lernte sie meinen Papa kennen, der sich bald unsterblich in sie verliebte. Doch bevor die beiden ein Paar werden konnten, wurden sie eines Tages in der Kluterthöhle von unbegreiflichen Gewalten erfasst und viele Jahrhunderte in die Vergangenheit geschleudert. Wie sich später herausstellte, konnte das Unbegreifliche nur geschehen, weil Mama und Papa verwandte Seelen waren und die unheimliche Gabe besaßen, an einem bestimmten Tag im Jahr, an dem die Schicht zwischen den Welten der Lebenden und der Toten besonders dünn und durchlässig ist, für die Mächte des Berges empfänglich zu sein. Erst nach zwei Jahren gelang es den beiden, in die Gegenwart zurückzukehren. Doch in der Zwischenzeit waren die unsichtbaren Fäden gerissen, die sie mit ihrer eigenen Epoche verbunden hatten, und daher waren dort bei ihrer Ankunft bereits 30 Jahre seit ihrem Verschwinden vergangen.

11

Seitdem wurden die beiden noch mehrfach vom Zwerg Sligachan in die Vergangenheit geholt, und bei einem dieser unfreiwilligen Aufenthalte, haben sie auch mich gezeugt. Das geschah am Karakurisee im Kunlun Shan, einem der heiligsten Plätze mehrerer großer Religionen, wo die Götter des Himmels allem irdischen Sein begegnen. Deshalb haben mir meine Eltern auch den Namen Pui Tien gegeben, was in Papas Sprache soviel wie „Himmelsmädchen" bedeutet. Das Licht der Welt erblickte ich jedenfalls im April 2004. Doch was dann geschah, lag zweifellos darin begründet, dass ich die unheimlichen Gaben meiner Eltern in mir vereinte.

Denn als zweijähriges Mädchen geriet ich selbst unvorhergesehen in den Bann der Höhle und verschwand zunächst spurlos in den Tiefen der Vergangenheit. Dort konnte ich nur überleben, weil ich zudem, oder vielleicht sollte ich besser sagen, weil ich gerade wegen dieses unausweichlichen Schicksals mit anderen unheimlichen Kräften ausgestattet worden war, die mich befähigten, Gegenstände allein mit der Kraft meines Willens zu bewegen, aus dem Nichts Feuer zu entfachen und Tiere unter meinen Willen zu zwingen. So wuchs ich in der Wildnis unter Wölfen auf, bis mich die direkten Vorfahren des Zwerges Sligachan zu sich in die Klutert holten und erzogen. Inzwischen versuchten meine verzweifelten Eltern herauszubekommen, in welches Jahr es mich verschlagen hatte. Und tatsächlich erhielten sie den entscheidenden Hinweis nur zwei Wochen nach meinem Verschwinden von einem Freund, den sie bei einem ihrer früheren Abenteuer in der Vergangenheit zurücklassen mussten. Dieser Frank, der im Laufe der Zeit, die er im Mittelalter verbracht hatte, zu einem mächtigen Fürsten des Reiches geworden war, begegnete mir allerdings erst, nachdem ich schon 15 lange Jahre in jener Epoche zugebracht hatte. Danach ließ er eine Nachricht in einen Felsen hoch über der Ennepe meißeln. Als Mama und Papa schließlich einen Weg fanden, in jene Epoche zu gelangen, erwarteten sie natürlich, ihr kleines Mädchen dort vorzufinden. Man kann sich wahrscheinlich ihr Erschrecken vorstellen, als sie feststellen mussten, dass ihre Tochter stattdessen bereits 17 war.

So bitter das auch klingt, ich hege keinen Groll gegenüber meinem Los, das mich als Kleinkind aus meiner Familie gerissen und nur wenige Wochen später als junge Frau wieder in die Gesellschaft meiner Lieben entlassen hatte. Da stand ich nun mit einer Mutter, die erst 26 war, einem Vater, der mein älterer Bruder hätte sein können, und vielen neuen Mitschülern, denen ich meine Geschichte niemals erzählen durfte. Natürlich fiel denen auch so schon oft genug auf, dass ich von den meisten Dingen, die für sie selbstverständlich waren, überhaupt keine Ahnung hatte. Es gab so vieles, was ich erst mühsam lernen und begreifen musste. Dazu gehörte vor allem, mich in eine Umgebung einzufinden, von der ich während meiner Zeit in den Wäldern des Sachsenlandes niemals hätte träumen können. Auf der anderen Seite war ich fürchterlich einsam, und als die Jungs sich für mich zu interessieren begannen, fühlte ich mich zwar geschmeichelt, wusste aber nicht, wie ich damit umgehen sollte. Vielleicht wird so verständlich, dass ich auch nach meiner Rückkehr in die Gegenwart trotz aller Liebe, die mir meine Eltern und Anverwandten geben konnten, nie richtig heimisch geworden bin.

Da war der Hilferuf meiner Ziehväter aus der Klutert, den mir mein alter Lehrmeister Oban mithilfe des Geistes eines unglücklichen Mädchens über den Abgrund der Zeit sandte, schon sehr verlockend gewesen. Also machte ich mich heimlich aus dem Staub und kehrte durch das Tor in der Höhle in meine alte Epoche zurück. Aber ich war nicht allein. Ausgerechnet Didi, der Junge unter meinen Klassenkameraden, der am wenigsten Aussichten hatte, dass ich ihn jemals erhören würde, stürzte sich im letzten Moment auf mich und wurde mit in den Strudel des Zeitstroms gerissen.

Damals erschien er mir nur als lästiger Klotz am Bein, der nicht ahnen konnte, auf was er sich eingelassen hatte. Und prompt wurde er gleich bei meinem ersten Versuch, die Hüter der Klutert aus den Fängen des jungen Grafen von Isenberg zu befreien, von staufischen Truppen gefangen genommen und nach Köln verschleppt. Doch blind, wie ich damals war, hatte ich mich gleich selbst in eine aussichtslose Lage gebracht. Wie sollte ich auch wissen, dass wir mitten in einem grausamen Bürgerkrieg gelandet waren, in dem zwei Fürstenparteien unerbittlich um die Krone des Reiches fochten. Zum Glück hatte ich Vorsorge getroffen, dass Mama und Papa mir folgen konnten, und mit vereinten Kräften gelang es uns tatsächlich, wenigstens den Zwerg Sligachan zu retten. Für alle anderen meiner Freunde aus der Vergangenheit kam unsere Hilfe zu spät, und nachdem wir auch noch Didi in Köln vorm Galgen bewahren konnten, wollten wir nur noch heim.

Dabei glaubten wir, an alles gedacht zu haben, als wir zu den Externsteinen zogen, denn nur dort an diesem magischen Ort schien es auch für meine Eltern möglich zu sein, vor dem Tage Samhain durch das Tor zu schreiten. Ein goldener Stirnreif, den mir einst mein Lehrmeister Oban zum Abschied geschenkt hatte, sollte uns davor bewahren, von den unbegreiflichen Kräften zermalmt zu werden. Aber der war mir bei einem unserer Abenteuer während des Bürgerkrieges gestohlen worden, so dass mein persönlicher Schutz verloren war. Doch Mama beruhigte mich mit der Überlegung, dass Papas Schwert wohl den gleichen Zweck erfüllen würde. Und so ließen wir uns auf das Wagnis ein. Es war ein fataler Entschluss, denn der Sprung durch die Zeit schlug fehl. Da Didi meine Hand ergriffen hatte, landete ich mit ihm in dieser unbekannten Welt, während meine Eltern von uns getrennt wurden.

Immerhin war ich nun davon überzeugt, dass Mama nicht ganz unrecht gehabt hatte. Ich lebte noch, und das war eigentlich der beste Beweis, dass Papas Schwert mich tatsächlich schützen konnte. Doch meine persönliche Bindung zu dem Reif schien so ausgeprägt zu sein, dass er Didi und mich aus dem Strom gerissen und hierher versetzt hatte. Allerdings ließ diese Deutung nur einen einzigen Schluss zu: Der goldene Stirnreif der Deirdre musste sich irgendwo in der Nähe befinden. Also sollten wir uns am besten auf die Suche danach begeben und ihn uns zurückholen.

Schen Diyi Er Dsi

Ich schluckte und versuchte krampfhaft, mir nicht anmerken zu lassen, wie sehr mich Pui Tiens abweisende Geste gekränkt hatte. Schließlich war ich in dieser Hinsicht schon einiges von ihr gewohnt. Wenn ich noch immer um sie hätte kämpfen müssen, wäre ich bestimmt gelassener damit umgegangen, aber sie hatte doch schon vor einiger Zeit deutlich zu erkennen gegeben, dass sie mittlerweile meine Gefühle erwiderte. Warum nur gab sie sich auch jetzt noch von Zeit zu Zeit so kratzbürstig?

Natürlich gestand ich ihr zu, dass sie nach unserem offensichtlich missglückten Versuch, in die Gegenwart heimzukehren, verwirrt und voller Sorgen um ihre Eltern war. Doch anstatt uns hier in dieser unbekannten Gegend, in der wir gestrandet waren, gegenseitig das Leben schwer zu machen, sollten wir lieber unsere verbliebene Energie darauf verwenden, uns zu überlegen, wie wir aus der verfahrenen Situation wieder herauskommen konnten.

„Hast du vielleicht irgendeine Ahnung, wo wir sind?", fragte ich rundheraus. „So warm, wie es hier ist und nach den seltsamen Büschen zu urteilen, können wir eigentlich nicht mehr in Deutschland sein."

„Hm, vielleicht nicht einmal in Europa", ließ Pui Tien nachdenklich vernehmen.

„Das ist nicht dein Ernst, hoffe ich!", gab ich erschrocken zurück. „Wie kommst du darauf?"

Pui Tien nahm meine Hände und schaute mich durchdringend an.

„Erinnerst du dich noch, wie du vor unserer Versetzung vermutest hast, dass ich den Reif gar nicht zurücklassen könnte?", entgegnete sie zu meiner Überraschung.

„Ja, natürlich!", bestätigte ich. „Ich habe sogar noch behauptet, er würde vielleicht von sich aus zu dir finden. Das war ja wohl totaler Blödsinn, und du hast dich darüber lustig gemacht!"

Pui Tien schüttelte lächelnd den Kopf und zog einen Schmollmund. Dabei wurde mir richtig warm ums Herz, denn sie sah so atemberaubend schön aus.

„Ach Didi, ich habe mich nicht über dich lustig gemacht!", betonte sie immer noch lächelnd. „Ich fand es nur süß, wie du versucht hast, mich aufzumuntern, und das habe ich dir auch gesagt!"

„Na ja, aber es war trotzdem Blödsinn, denn sonst wäre der Reif ja schließlich hier."

„Siehst du, Didi, genau das ist der Punkt!", beharrte Pui Tien. „Was wäre, wenn du im Prinzip recht gehabt hättest und nur der umgekehrte Fall eingetreten wäre?"

„Wie, du meinst, der Reif hätte uns zu sich geholt?"

„Genau!", betonte Pui Tien überzeugt. „Überleg doch mal! Wenn seine Bindung zu mir so stark ist, könnte er uns nicht nur aus dem Zeitstrom gerissen, sondern auch gleich in seine Nähe gebracht haben. Da die Versetzung mithilfe von Papas Schwert in Gang gekommen ist, werden wir uns bestimmt schon ein paar Jahre in die Zukunft bewegt haben, bevor der Einfluss des Reifes wirksam wurde. Das würde auch erklären, dass meine Eltern nicht davon betroffen wurden."

„Dann haben sie es wahrscheinlich bis in die Gegenwart geschafft!", schloss ich daraus. „Aber wieso glaubst du, dass wir nicht mehr in Europa sind?"

Pui Tien hob grinsend ihren Zeigefinger.

„Ich stelle fest, du hast in Geschichte nicht gut aufgepasst, Schen Diyi Er Dsi!"

„Kunststück!", begehrte ich zum Schein auf. „Du hast schließlich einen Geschichtsprofessor zum Großvater, und der wird seiner geliebten Ssun Nü (Enkelin) auf die Sprünge geholfen haben."

„Da hast du ausnahmsweise recht!", erwiderte Pui Tien schnippisch. „Deshalb weiß ich auch, dass 13 Jahre nach unserem Verschwinden der 5. Kreuzzug begonnen hat."

Ich rechnete kurz nach, während Pui Tien mich auf unnachahmliche Weise mit schief gehaltenem Kopf musterte.

„Demnach wären wir also im Jahr 1218 gelandet, und die Gegend hier müsste zum Vorderen Orient gehören!"

„Klingt doch logisch, oder nicht?", kommentierte Pui Tien fast fröhlich. „Der Typ, der meinen Reif geklaut hat, musste sicher als Scherge irgendeines Ritters mit den Kreuzfahrern gegen die Sarazenen ziehen."

Ich selbst vermochte ihre Begeisterung nicht zu teilen.

„Wenn das stimmt, sitzen wir gehörig in der Tinte…!"

„Didi!", ermahnte mich Pui Tien lachend. „Du wirst doch deine gute chinesische Erziehung nicht vergessen! Wo ist das Problem? Wir suchen den Kerl, nehmen ihm den Reif ab und fahren mit dem nächsten Schiff nach Italien. Dann ziehen wir über die Alpen, gehen in die Kluterthöhle und fahren mit dem Bus zu mir nach Hause."

Ich schüttelte mich vor Lachen. Mit ihren flotten Sprüchen verstand sie es wirklich, unsere schier aussichtslose Situation so zu beschönigen, dass man ihr fast glauben wollte.

„Wenn es nur so einfach wäre!", seufzte ich wehmütig. „Aber zumindest scheinst du deine Zuversicht wiedergefunden zu haben. Das ist allemal ein guter Anfang."

Pui Tien wurde übergangslos wieder ernst. Doch sie ergriff meine Hand und schaute mich verliebt an.

„Ich weiß doch auch, dass die Sache ungemein gefährlich ist!", versicherte sie mit eindringlicher Stimme. „Aber es hilft nichts, wenn wir verzweifelt auf jemanden warten, der uns helfen könnte. Wir müssen mit der Situation allein fertig werden, Didi. Und das können wir nur, wenn wir versuchen, das Beste daraus zu machen. Oder hast du eine andere Idee?"

Ich schüttelte den Kopf.

„Du bist so stark, Pui Tien!", sagte ich bewundernd.

„Andernfalls hätte ich damals als kleines Kind keinen einzigen Tag in der Wildnis überleben können, Didi", erwiderte sie flüsternd. „Wenn uns das Schicksal diese Aufgabe gestellt hat, werden wir schon herausfinden, warum. Nichts geschieht ohne Grund!"

Pui Tien

Ich löste das Tasselband, das den weiten Mantel um meine Schultern hielt und legte ihn vor den Sattelbaum über den Hals meines Pferdes. Didi nahm dies gleich zum Anlass, nun auch seinerseits den Gürtel abzulegen, um seinen Waffenrock und anschließend auch das Kettenhemd ausziehen zu können, doch ich schüttelte ablehnend den Kopf.

„Was soll das werden, Edelherr Berengar von Ragusa?", fragte ich ihn provozierend. „Ein Ritter des Königs von Sizilien sollte sich im Heiligen Land nicht ohne den Schutz seiner Rüstung bewegen. Das ist nun mal das Los heldenhafter Kreuzfahrer, auch wenn sie dabei schwitzen müssen. Wer weiß, was uns an der nächsten Biegung der Schlucht erwartet."

„Was soll der Quatsch, Pui Tien?", entgegnete mein Freund genervt. „Hier ist doch weit und breit niemand. Und wieso sprichst du mich mit dem Tarnnamen an, den mir dein Vater verpasst hat?"

„Damit du ihn dir merkst!", betonte ich ernst. „Hat dir Papa wirklich nicht beigebracht, dass du in dieser gefährlichen Zeit überall damit rechnen musst, angegriffen zu werden?"

Didi grummelte etwas Unverständliches vor sich hin, legte sich aber gehorsam den Gürtel wieder um und ergriff missmutig die Zügel seines eigenen Tieres.

„Schön, dass wenigstens du deinen dicken Mantel ablegen kannst!", brummte er verdrossen.

„Das ist das Vorrecht edler Damen!", behauptete ich frech. „Im Ernst, ich würde am liebsten auch noch mein Brokatkleid ausziehen, aber das schickt sich wohl nicht."

Wir ließen den Eingang der hohen Grotte hinter uns und führten unsere Pferde ein Stück weit in die Schlucht hinein, doch schon nach wenigen Metern öffnete sich der Canyon nach rechts zu einem etwas höher gelegenen Trockental, das ebenfalls von hoch aufragenden Felswänden gesäumt war. Im gleichen Augenblick tauchte direkt vor uns auf dem Bergsporn eine imposante Burganlage auf.

Ich ging instinktiv in Deckung und zog mein Pferd zu einem jener dornigen grünen Büsche. Didi folgte mir auf dem Fuß und schaute mich erschrocken an.

„Was jetzt, Pui Tien?"

Ich schob vorsichtig das sperrige Geäst beiseite und lugte durch die entstandene Lücke.

„Vielleicht ist es eine Kreuzfahrerburg", vermutete ich einfach. „Sieh doch, sie hat sogar auf beiden Seiten Halsgräben."

Ich deutete auf die deutlich erkennbaren Einschnitte.

„Ich wette, sie liegt auf einem schmalen Sporn zwischen zwei Schluchten und sichert eine wichtige Siedlung. Jedenfalls scheint sie vollkommen intakt zu sein. Also haben wir es mit einem christlichen Stützpunkt zu tun."

„Dann können wir uns ohne Gefahr nähern, oder nicht?"

„Ich hoffe es, Didi", gab ich leise zurück. „Allerdings haben wir sowieso keine Wahl, denn die Posten oben auf dem Bergfried haben uns sicher längst entdeckt. Wenn wir jetzt nicht offen auf sie zureiten, schüren wir nur ihr Misstrauen."

Didi zuckte mit den Schultern.

„Das ist dein Metier, denn du bist schließlich im Mittelalter aufgewachsen", meinte er lakonisch. „Meine Erfahrung mit dieser Epoche beschränkt sich nur auf den Kölner Kerker."

Ich schluckte eine bissige Bemerkung hinunter und stieg auf mein Pferd.

„Komm schon, du Held!", forderte ich meinen Begleiter auf. „Als mein Beschützer musst du voranreiten, sonst schöpft man gleich Verdacht."

Tatsächlich gab der weitere Verlauf der Schlucht schon bald den Blick auf die vermutete Siedlung frei. Es war eine ganze Stadt, die wie ein riesiges Adlernest das gesamte Plateau zwischen Burg und Fluss einnahm. Sie war von einer Mauer mit hervorstehenden Türmen umgeben, während die Gebäude, die wir von unten aus erkennen konnten, allesamt flache Dächer hatten. Dabei kam mir sogleich wieder eine dieser ansonsten langweiligen Fernsehdokumentationen in den Sinn, bei denen mir Papa ständig erklären wollte, warum das eine so und das andere so war. In diesem speziellen Fall war es eben um jene flachen Dächer in ausgesprochenen Trockengebieten gegangen, und ich hatte tatsächlich mal die richtige Antwort gewusst. Die Menschen konnten nämlich damit den Regen auffangen, wenn er denn mal fiel. Genau das war hier offensichtlich so. Aber traf das auch auf Palästina zu?

In der Mitte der Stadt, fast an der höchsten Stelle des Sporns, ragte ein kleiner Kirchturm aus dem verschachtelten Häusermeer hervor, was mich zugegebenermaßen sofort stutzig machte. Ansonsten schien wohl nichts gegen meine ursprüngliche Vermutung zu sprechen, dass wir uns im Palästina des 13. Jahrhunderts befinden würden und als wir auf unserem weiteren Weg durch den Canyon an einer regelmäßig geordneten Anpflanzung voller seltsamer knorriger Bäume mit länglichen, silbern schimmernder Blätter vorbeikamen, die Didi fachkundig als Olivenhain bezeichnete, wurde diese Schlussfolgerung nur noch bestätigt. Trotzdem passte die Kirche einfach nicht in das Bild, denn die Stadt musste doch bereits lange vor ihrer Eroberung durch die Christen von Muslimen bewohnt worden sein.

Ich dachte noch über diesen Widerspruch nach, als sich zwischen den Zinnen des Wehrgangs einige Bewaffnete mit kegelförmigen Helmen zeigten, die uns fröhlich zuwinkten. Offenbar waren Fremde hier ausgesprochen willkommen. Diese Haltung passte nicht in eine so hart umkämpfte Region wie die Palästinas zur Zeit der Kreuzzüge.

Unterdessen zeigten uns die Schergen mit ausgestreckten Armen, dass wir weiter durch die Schlucht reiten sollten. Einer von ihnen deutete dabei die Form eines Bogens an. Demnach sollte wohl das Eingangstor zur Stadt in dieser Richtung liegen. Allmählich empfand ich das Benehmen der Wachen schon mehr als sonderbar.

„Was machst du für ein nachdenkliches Gesicht, Pui Tien?", rief mir Didi zu. „Sei doch froh, dass sie uns nicht gleich mit einem Pfeilhagel überschütten."

„Wo bu hai dschi dau, Didi!" (Ich weiß nicht, Didi), entgegnete ich verwirrt. „Irgendetwas stimmt hier nicht."

Mein Freund schüttelte verständnislos den Kopf, soweit dies seine Kettenhaube zuließ. Bevor er den lästigen Schutz mit einer Handbewegung abstreifen konnte, warnte ich ihn eindringlich davor:

„Lass das Ding lieber auf! Vielleicht ist das eine Falle!"

Didis Hand fuhr abrupt herab und ergriff stattdessen den am Sattelbaum eingehängten Schild.

Inzwischen befanden wir uns bereits direkt unterhalb der Stadt und sahen, wie der Fluss, den wir an der Grotte verlassen hatten, nun plötzlich rechts vor uns in den Berg floss. Offensichtlich waren wir praktisch nur um den Berg herumgeritten, den seine Wasser im Laufe der Zeit ausgehöhlt hatten. Ungefähr dort, wo er auf den Fuß des Plateaus traf, führte ein gemauerter Weg im Zickzack aus der Stadt zu seinem Ufer hinab. Also hatten uns die Söldner auf der Ringmauer tatsächlich den Weg zum Stadttor gewiesen. Langsam war ich gespannt, ob man uns dort auch genauso freundlich aufnehmen würde. Immerhin unterschieden wir uns trotz unserer Verkleidung als mitteleuropäische Adelige doch sicher deutlich von den christlichen Herren dieser Siedlung. Schließlich konnten wir beide unsere dunklere Haut und unser asiatisches Aussehen nicht verbergen. Daher überlegte ich schon fieberhaft, welches Märchen wir den Kreuzfahrern auftischen sollten. Hoffentlich trafen wir wenigstens auf einige, die mein mühsam erlerntes westfälisches Sächsisch verstanden, sonst wären die nächsten Probleme bereits vorprogrammiert.

In diesem Augenblick wurde praktisch gleich neben uns das Ufergestrüpp auseinandergeschoben, und eine Frau, die offenbar im Fluss ein Bündel Kleidung gewaschen hatte, trat hervor. Zu meiner Überraschung wirkte sie keinesfalls erschrocken über unsere unverhoffte Erscheinung, sondern lächelte uns offen an. Trotz der Wärme trug sie einen dunklen Umhang, und ihr Kopf war mit einem tuchähnlichen Gebilde bedeckt, das allerdings ihr Gesicht unverhüllt ließ.

„Shalom!", war der einzige Begriff, der mir aus ihrer wortreichen Begrüßung bekannt vorkam. Ansonsten erinnerte mich das von ihr verwendete Idiom irgendwie an die wenigen Französisch-Stunden zu Beginn meiner kurzen Schulzeit. Didi hingegen konnte sich gleich einen Reim darauf machen, welchem Volk die Fremde zuzuordnen war.

„Sie ist eine Jüdin, Tien!", teilte er mir stolz mit. „Du hast tatsächlich recht gehabt. Wir müssen in Palästina sein."

Unterdessen hatte die Frau wohl gemerkt, dass wir uns mit ihr nicht verständigen konnten. Sie brach ihren Redeschwall ab und machte eine einladende Handbewegung in Richtung des hoch über uns gelegenen Stadttores.

Während Didi sich umständlich vom Sattel aus verbeugte, stieg ich ab und ging lächelnd auf die Fremde zu. Ich nahm ihre Hand und bedeutete ihr, sie möge uns bitte führen.

Unterwegs über die steile Trappe zum Stadttor hinauf wunderte ich mich, dass sie keinerlei Erschrecken über unser fremdartiges Aussehen gezeigt hatte. Stattdessen wies sie mit weit ausholenden Bewegungen auf die Mauern der Plateausiedlung und wiederholte dabei ständig wiederkehrend den Namen der Stadt, die wir gerade im Begriff waren zu betreten:

„Minerve! Cité Minerve!"

Schen Diyi Er Dsi

Während unseres Aufstiegs durch die engen steilen Gassen der Stadt begegneten uns erstaunlich viele Menschen aus unterschiedlichen Kulturkreisen. Nur Araber, die ich naturgemäß in Palästina erwartet hätte, waren nicht darunter. Außerdem redete unsere jüdische Begleiterin ständig in einem Idiom auf uns ein, das mich penetrant an den Französischunterricht im Ennepetaler Gymnasiums erinnerte – nur, dass ich eigentlich kein einziges Wort verstand. Aber selbst, wenn es sich dabei um die mittelalterliche Form dieser Sprache gehandelt hätte, sollten mir doch wenigstens ein paar Begriffe bekannt vorkommen.

Irgendwann gab ich es auf, den fremden Lauten zu lauschen, und wunderte mich nur noch darüber, dass die jüdische Frau von allen Leuten, die uns entgegenkamen, achtungsvoll gegrüßt wurde. Das passte nun überhaupt nicht in das Bild, das uns in den Geschichtsstunden vermittelt worden war. Die Gesellschaft dieser seltsamen mittelalterlichen Stadt schien völlig anders zu sein. In diesem Zusammenhang fiel mir auf, dass sich die Leute auch untereinander höflich und zuvorkommend benahmen, was mich noch mehr in Erstaunen versetzte, da ich ja schließlich aus meiner Zeit in Köln etwas ganz anderes gewohnt war. Sogar die Ärmsten der Armen wurden hier mit ungewöhnlichem

Respekt behandelt. Langsam keimte in mir ein ungeheurer Verdacht.

„Irgendwas stimmt hier wirklich nicht, Pui Tien", flüsterte ich meiner Freundin zu. „Eine Jüdin, die ein Französisch spricht, von dem ich kein einziges Wort verstehe, Bürger und Bettler, die höflich miteinander umgehen, und niemand, der sich über unser fremdartiges Aussehen wundert, das ist doch nicht normal. Könnte es etwa sein, dass wir in eine Parallelwelt verschlagen wurden?"

„Zumindest glaube ich schon seit geraumer Zeit nicht mehr, dass wir in Palästina sind", gab Pui Tien leise zurück.

Ich kam nicht mehr dazu, auf diese überraschende Eröffnung zu antworten, denn unsere jüdische Begleiterin zeigte auf ein auffälliges Portal, dessen Schlussstein von einem achtspitzigen Kreuz geschmückt wurde.

„Parfaits!" betonte sie fast ehrfurchtsvoll und klopfte an die geschlossene Flügeltür.

Vom Erscheinungsbild des Mannes, der uns öffnete, hatte ich alles Mögliche erwartet, aber auf keinen Fall, dass er wie ein zerlumpter Bettler gekleidet war. Das Ansehen, das er in dieser Stadt und selbst bei unserer Jüdin genoss, stand im krassen Gegensatz dazu. Rings um uns herum blieben die Menschen stehen und verbeugten sich vor unserem Gastgeber, der ihnen milde zulächelte und uns mit einer ausholenden Geste hereinbat.

„Vielleicht ist in dieser Welt alles umgekehrt, und die Reichen werden verhöhnt!", zischte ich Pui Tien zu, während wir dem ärmlich gekleideten Mann in das geräumige Haus folgten.

Ich war nun fast davon überzeugt, dass uns die unbegreiflichen Gewalten in einer unwirklichen Scheinwelt abgesetzt haben mussten. Wie sollten wir nur je wieder in unsere eigene Realität zurückfinden, geschweige denn die vielen Jahrhunderte überwinden, die uns dann immer noch von der Gegenwart trennen würden?

Unterdessen führte uns der fremde Mann in einen hohen Raum, dessen Wände völlig kahl waren und dessen einziges Mobiliar aus einem schmucklosen Tisch nebst einiger grob gezimmerter Schemel bestand. Unser Gastgeber deutete an, dass wir uns setzen sollten, und wir gehorchten dieser stummen Aufforderung. Dann musterte er uns eindringlich, wobei ich das Gefühl hatte, dass seine stechenden Augen bis in unsere Seele vordringen würden. Dabei lief mir ein kalter Schauer über den Rücken, aber der ärmlich gekleidete Mann setzte plötzlich ein geheimnisvolles Lächeln auf und sprach uns völlig unerwartet auf Chinesisch an:

„Dschung Guo? Nimen shi dschung ren ma?" (Mitte-Land? Seid ihr Chinesen?).

Pui Tien

Didi starrte den fremden Mann mit aufgerissenen Augen an. Offensichtlich konnte er nicht fassen, dass jemand aus dem Mittelalter, der zudem noch wie einer der ärmsten Bettler aussah, unsere Sprache kannte. Auch ich brauchte ein paar Sekunden, um meine Überraschung zu überwinden, doch danach stellte sich ziemlich schnell heraus, dass dies auch fast die einzigen chinesischen Worte waren, die unser Gastgeber beherrschte. Immerhin hatte er allein aus unserem Aussehen geschlossen, dass wir aus jenem für diese Zeit unendlich fernen Land gekommen waren, und das war mehr als außergewöhnlich. Zumindest musste er schon einmal Chinesen begegnet sein. Allerdings traute ich das einem Bettler nicht zu und genauso wenig, dass er ein eigenes Haus besaß. Nein, dieser Mann war äußerst klug und schien über eine enorme Bildung zu verfügen. Die Jüdin hatte uns sicher nicht zufällig zu ihm geführt.

In der folgenden halben Stunde bombardierte er uns praktisch mit schier unzähligen fremdsprachlichen Ausdrücken, auf die wir meist nur kopfschüttelnd reagieren konnten. Zwischendurch waren aber auch einige wenige dabei, die für Didi durchaus einen Sinn zu ergeben schienen. Danach versuchten beide, sich in der jeweiligen Sprache zu verständigen, was aber wiederum nicht gelang. Wie Didi mir später erzählte, waren lateinische und offenbar altfranzösische Phrasen darunter gewesen, doch die Kenntnisse meines Freundes reichten jedes Mal für eine richtige Unterhaltung nicht aus.

Ich selbst konnte allerdings überhaupt nichts zu den verzweifelten Bemühungen beitragen, doch noch eine Verständigung herbeizuführen. Ich kam mir daher bald reichlich überflüssig vor. Da mich der dunkle, fast leere Raum allmählich zu bedrücken begann, beschloss ich, nach draußen in den Hof zu gehen, um nach den Pferden zu sehen und mit meinen Gedanken allein zu sein. Doch als ich aufstand und versuchte, unserem Gastgeber meine Absicht mit Gesten begreiflich zu machen, erhob er sich ebenfalls und schickte sich an, mich zu begleiten. Ich schaute Didi hilfesuchend an, aber mein Freund zuckte nur mit den Schultern. Also begaben wir uns alle drei ans helle Tageslicht.

Die Pferde standen friedlich angebunden im Hof, und ich strich Didis Tier gedankenverloren über die Nüstern. Dabei redete ich auf Sächsisch beruhigend auf das Pferd ein, denn immerhin hatte es ja noch vor kurzem dem Kastellan von Wetter gehört. Hochdeutsch oder der Singsang der Altvorderen hätte es wohl nur verunsichert.

„Es jao guod, min Huorte" (Ist ja gut, mein Pferd), murmelte ich vor mich hin.

Zuerst registrierte ich kaum, dass der fremde Mann im Bettlergewand plötzlich wie erstarrt innehielt und uns mit erstauntem Blick musterte.

„Equus, Cheval, Huorte?", sprudelte es plötzlich aus ihm hervor. „Git sit vam Sassenlande?"

Ich fuhr herum wie von der Tarantel gestochen. Der Mann hatte eindeutig gefragt: „Ihr kommt aus Sachsen?". War er etwa in der Lage, das Idiom der Bewohner der westfälischen Bergwälder zu sprechen? Das konnte es doch gar nicht geben. Wie sollte das möglich sein?

„Kunnet git vastoan, watt ik seggan?" (Könnt Ihr verstehen, was ich sage), erkundigte ich mich verblüfft.

Auf den ernsten Lippen des Mannes zeichnete sich die Andeutung eines zaghaften Lächelns ab.

„Ich glaube, ich verstehe ganz gut, was Ihr sagt, junge Frau aus dem fernen Reich der Mitte!", bestätigte mein Gegenüber auf Sächsisch.

Der Bann war gebrochen!

Schen Diyi Er Dsi

Von diesem überraschenden Moment an fand ich mich selbst in eine Statistenrolle gedrängt, weil ich nur bruchstückhaft verstehen konnte, was Pui Tien mit unserem Gastgeber beredete. Immerhin hatte ich ja im Gegensatz zu meiner Freundin bislang kaum Gelegenheit gehabt, die urtümliche Sprache der Vorfahren unserer bodenständigen

Klassenkameraden zu erlernen. Aber das war auch nicht weiter schlimm, denn Pui Tien übersetzte mir das Gesagte stets sofort ins Hochdeutsche, was mir genügend Zeit gab, über die seltsame Fügung des Schicksals nachzudenken, die es uns plötzlich ermöglicht hatte, doch noch eine richtige Unterhaltung mit diesem eigentümlichen weisen Mann im Bettlergewand führen zu können.

Auf jeden Fall stellte sich danach ziemlich schnell heraus, dass wir uns keineswegs in Palästina, geschweige denn in einer Parallelwelt befanden, sondern immer noch im mittelalterlichen Europa. Die Stadt auf dem Plateau hieß Minerve und war so alt, dass sie ihren Namen von einer römischen Göttin herleitete. Die Gegend, in die es uns verschlagen hatte, gehörte zum äußersten Süden Frankreichs, was sowohl die ungewöhnliche Wärme als auch die subtropische Pflanzenwelt erklärte, denn schließlich war auch die Küste des Mittelmeeres nicht viel mehr als 40 Kilometer Luftlinie entfernt. Der Herr der Burg, die an der engsten Stelle des Plateaus den Ort beschützte, nannte sich Vicomte Guillaume de Minerve, und er war ein Lehnsmann des mächtigen Grafen Raymond VI. von Toulouse.

So fielen nach und nach immer mehr Puzzlesteine an die richtige Stelle, und bald wussten wir auch, warum die Verständigung zuerst ein so großes Problem gewesen war, denn die Menschen hier in dieser weitläufigen Region zwischen dem Rhonedelta und den Pyrenäen sprachen nicht Altfranzösisch, sondern Okzitanisch, weshalb man das Gebiet auch als „Languedoc" bezeichnete, womit der Landstrich gemeint war, in dem dieses Idiom vorherrschte.

Trotzdem blieben für uns auch an jenem ersten Abend in der fremden Umgebung noch viele Rätsel ungelöst, und unser Gastgeber, der sich uns zunächst nur schlicht als Frère Kyot vorstellte, brach irgendwann die Unterhaltung einfach ab, um Pui Tien und mich auf den nächsten Morgen zu vertrösten. Immerhin überließ er uns nach einem kargen Abendmahl das ganze Haus für die Nacht, bevor er sich eiligst aufmachte und in den engen Gassen verschwand.

„Er ist ziemlich vertrauensselig, findest du nicht?", bemerkte ich, als wir allein waren. „Schließlich sind wir Fremde in diesem Land, die nicht einmal erklären können, wie wir hierher geraten sind."

„Er weiß ganz sicher, was er tut, Didi!", antwortete Pui Tien bestimmt. „Vor allem aber ist ihm klar, dass wir auf ihn angewiesen sind."

„Wir könnten über Nacht verschwunden sein!", begehrte ich auf. „Irgendwie ist mir der Kerl unheimlich, und wieso kann er überhaupt Sächsisch sprechen? Das ist ja so, als ob du mitten in Shanghai auf jemanden triffst, der schon mal in der Kluterthöhle war."

Meine schöne Freundin schüttelte nachdenklich ihren Kopf.

„Ich weiß nicht, Didi", meinte sie überlegend. „Es kommt mir fast so vor, als hätte dieser Kyot nur auf uns gewartet."

Ich lachte kurz auf.

„Und warum ist er dann abgehauen?"

„Natürlich um unsere Ankunft zu melden!", konterte Pui Tien unbeirrt. „Wahrscheinlich macht er gerade dem Vicomte von Minerve seine Aufwartung."

„Damit dessen Schergen uns gleich morgen früh abholen und in den Kerker werfen können!"

Pui Tien stieß mich scherzhaft in die Seite.

„Du bist ein fürchterlicher Pessimist, Didi, weißt du das?"

„Na ja!", entgegnete ich mit möglichst gleichgültig klingender Stimme. „Seit ich mit dir zusammen bin, ist mein Leben ja auch nur völlig aus den Fugen geraten, und ich bin ja auch nur schon ein paar Mal fast umgebracht worden. Wieso sollte es da gerade jetzt anders sein?"

„Daran bist du selbst schuld!", entgegnete Pui Tien betont schnippisch. „Du wolltest mir ja unbedingt in die Vergangenheit folgen!"

„Wäre es dir denn immer noch lieber, wenn ich es nicht getan hätte?", fragte ich lauernd.

In ihre Augen trat ein wehmütiger Glanz, als ob sie ihre letzte Äußerung wirklich bereuen würde. Dann warf Pui Tien sich auf einmal in meine Arme.

„Natürlich nicht, du Idiot!", murmelte sie zerknirscht, während sie sich an meine Brust schmiegte. „Du bist der einzige Mensch, der bereit war, sein bisheriges Leben für mich aufzugeben. Glaub nur nicht, dass ich dich jemals wieder hergebe!"

Ich war zu Tränen gerührt und strich ihr sanft über das Haar. Ihr hübscher Mund suchte meine Lippen, und wir küssten uns liebevoll. Für einen winzigen Augenblick lang hätte es mich nicht einmal gestört, wenn wir von einem sich plötzlich auftuenden Schlund verschluckt worden wären. Doch schon im nächsten Moment stieß sie mich wieder zurück, strich ihr kostbares Brokat-Surcot glatt und grinste mich verschämt an:

„Euer Kettenpanzer tut mir weh, edler Berengar von Ragusa!"

„Ich könnte ihn ausziehen!", gab ich zurück.

Pui Tien zog einen Schmollmund und wendete sich demonstrativ ab.

„Von mir aus!", meinte sie abschätzig. „Vielleicht findest du ja da drinnen im Haus irgendwo eine richtige Schlafstatt. Ich bleib jedenfalls heute Nacht hier draußen bei den Pferden."

Ich ergriff ihre Hand. Sie ließ es tatsächlich geschehen und protestierte nicht einmal.

„Das könnte dir so passen, Fräulein Pui Tien Hoppe-Leng!", erwiderte ich frech. „Ich habe dich beobachtet und weiß genau, dass dir das dunkle Haus nicht geheuer ist. Aber wenn du glaubst, ich ließe dich hier draußen auch nur eine Sekunde lang allein, dann hast du dich geschnitten!"

Zu meiner Überraschung sah mich Pui Tien dankbar an und zog mich zu unseren Pferden. Gemeinsam holten wir etwas Stroh aus dem Stall und schichteten es neben der Mauer auf dem Boden auf. Sie beschwerte sich auch nicht, als ich mein Kettenhemd und den sperrigen Gambeson ablegte. Anschließend kuschelten wir uns eng aneinander und deckten uns mit unseren Mänteln zu.

Hoch über unseren Köpfen leuchtete ein geradezu fantastischer Sternenhimmel. Pui Tien lag still in meinen Armen und schaute mit großen Augen sinnend in die Nacht.

„Weißt du was, Didi?", begann sie kaum hörbar. „Ich warte darauf, dass eine Sternschnuppe vom Himmel fällt. Papa hat mir mal gesagt, dass ich mir dann etwas wünschen darf."

„Und was würdest du dir wünschen?", fragte ich schlaftrunken.

„Das kann ich dir doch nicht erzählen!", antwortete Pui Tien entrüstet.

Doch nur einen Augenblick später drehte sie sich zu mir und schlang ihre Arme um meinen Hals.

„Ich wünsche mir, dass ich keine Angst mehr vor allzu viel Nähe habe", flüsterte sie in mein Ohr. „Hilfst du mir dabei?"

Pui Tien

Frère Kyot kam kurz vor dem Morgengrauen zurück. Auf dem Rücken trug er einen großen Korb, in dem sich frisches Brot und Käse befanden. Er schmunzelte, als er uns im Hof bei den Pferden liegen sah, enthielt sich aber sonst jeder Bemerkung über unser in seinen Augen sicherlich seltsames Verhalten. Dabei fiel mir ein, dass ich ihm noch gar nicht berichtet hatte, wie Didi und ich zueinander standen. Da wir so gut wie nichts über die Moralvorstellungen der okzitanischen Gesellschaft wussten, würde es wohl das Beste sein, unserem Gastgeber zu erzählen, wir wären ein jung vermähltes Ehepaar.

Sobald unser Gastgeber ins Haus gegangen war, zog ich schnell mein Brokatkleid an und folgte ihm. Kyot schöpfte gerade Wasser aus dem schmucklosen Kessel, der an einer sogenannten Feuersäge unter dem Rauchabzug hing, und füllte es in drei Tonbecher, die er ebenfalls aus dem Korb hervorzauberte. Um den Kessel ruhig zu halten, musste er die Stange festhalten, und in diesem Moment zuckte ich regelrecht zusammen.

„Wo können wir uns waschen, Frère?", fragte ich rundheraus, um mich selbst von meinem wachsenden Unbehagen abzulenken. „Ich habe keinen Brunnen gesehen, als wir gestern zu Eurem Haus geführt worden sind."

„Ich zeige euch beiden gleich die Stelle", antwortete er bereitwillig, „Aber sie liegt außerhalb der Stadt am Fuße des Felsens, deshalb schlage ich vor, dass ihr zuerst etwas esst. Nach der langen Reise müsst ihr sehr hungrig sein."

Ich errötete, denn bis jetzt hatte ich ihm noch nichts über die Umstände erzählt, wie wir in dieses fremde Land verschlagen worden waren. Aber eine innere Stimme sagte mir, dass wir in unserem eigenen Interesse zu dem seltsamen Mann im Bettlergewand unbedingtes Vertrauen haben sollten. Zudem mussten wir dringend in Erfahrung bringen, in welchem Jahr wir hier gestrandet waren, denn seitdem sich meine schöne Theorie von Palästina und dem 5. Kreuzzug in Luft aufgelöst hatte, waren auch alle meine konstruierten Zusammenhänge mit dem gestohlenen Reif der Deirdre hinfällig geworden. Im Grunde wussten wir weniger als zuvor.

„Ich…, ich glaube, ich bin Euch noch eine Erklärung schuldig, Frère Kyot!", stammelte ich verlegen.

Der Angesprochene drehte sich um und lächelte mich an.

„Das trifft sich gut, junge Pui Tien!", verkündete er überraschend. „Auch ich habe dir und deinem Chevalier Berengar von Ragusa noch einiges zu berichten. Aber beantworte mir jetzt nur eine einzige Frage: Seid ihr beide die angekündigten Boten?"

Ich starrte unseren Gastgeber erstaunt an.

„Boten?", hakte ich verblüfft nach. „Was sollten wir Eurer Meinung nach denn hierher bringen?"

Die Enttäuschung stand Frère Kyot direkt ins Gesicht geschrieben.

„Ihr wisst es also gar nicht?", entfuhr es ihm mit einem traurigen Unterton in der Stimme. „Aber ihr kommt doch aus dem Sachsenlande!"

„Ja, das schon!", räumte ich ein. „Aber die Umstände, die uns in dieses Land geführt haben, sind nicht so einfach zu erklären, doch genau das ist es, worüber ich mit Euch sprechen muss."

Frère Kyot horchte auf, doch in diesem Augenblick wurde die Tür geöffnet und ein Ritter in voller Rüstung trat herein. Über dem Kettenhemd trug er einen prächtigen weißen Waffenrock, auf dessen Brustteil ein großes, rotes achtspitziges Kreuz prangte. Der Fremde musterte mich mit dem gleichen enttäuschten Blick, den ich zuvor bereits bei unserem Gastgeber bemerkt hatte, und schüttelte traurig den Kopf. Anschließend wechselte er mit Kyot ein paar Worte auf Okzitanisch, bevor er niedergeschlagen den Raum wieder verließ.

Ich schaute Frère Kyot fragend an, doch es dauerte noch eine geraume Weile, bis sich die versteinerte Miene unseres Gastgebers in ein flüchtiges Lächeln verwandelte.

„Der Herr vergebe mir meine Ungeduld!", begann er mit einem kurzen, zum Himmel gewandten Augenaufschlag. „Der Bruder Templer wollte sich vergewissern, ob wirklich die Boten mit dem ‚Allerheiligsten' gekommen wären. Ich hätte besser noch gewartet, anstatt voreilig die freudige Nachricht auf der Burg zu verkünden."

Ich verstand nun überhaupt nichts mehr.

„Wie kann es sein, dass Ihr überhaupt auf uns gewartet habt?", erkundigte ich mich verwirrt.

„Nun, die Nachricht über die Ankunft des ‚Allerheiligsten'
hat mir vor Jahren ein fränkischer Troubadour überbracht",
erklärte Frère Kyot zögerlich. „Er sagte, die Boten würden
durch ein Tor in unsere Welt treten, dessen Eingang zwischen den Felsen eines uralten Heiligtums in den Waldber-
gen des Sachsenlandes liegt, und dessen Name lautet..."

„Externsteine!", unterbrach ich ihn überrascht.

„Ja, das ist richtig!", bestätigte Kyot umgehend, während
seine Augen wieder diesen stechenden, durchdringenden
Blick annahmen. „Also wisst ihr doch etwas!"

Ich schüttelte langsam den Kopf und versuchte gleichzeitig einen möglichst glaubwürdigen Eindruck zu machen.

„Nein, wir wissen nichts von alledem, was Ihr meint,
Frère!", beteuerte ich.

„Aber woher kennst du dann den Namen der 13 Steinklip-
pen, Pui Tien?", hakte unser Gastgeber nach.

„Ich kenne ihn, weil wir durch dieses Tor in eure Welt gekommen sind!", betonte ich vorsichtig. „Aber wir haben nicht
gewusst, dass es uns zu diesem Ort bringen würde. Uns ist
noch nicht einmal bekannt, in welchem Jahr wir gestrandet
sind!"

Frère Kyot maß mich nun mit ungläubigem Staunen.

„Ihr wisst nicht, welches Jahr wir schreiben?"

„Ja, das ist wahr! Ich schwöre es!", entgegnete ich feierlich. „Aber wie kann es sein, dass Ihr, ein Mann, der in Okzitanien lebt, von den Externsteinen und ihren Geheimnissen
wisst?"

Frère Kyot setzte wieder sein unergründliches Lächeln
auf.

„Ich sehe schon, wir drei haben sehr viel zu bereden!"

Schen Diyi Er Dsi

Als der fremde Ritter auf einmal im Hof erschien, fiel mir
vor Schreck das Wehrgehänge, das ich mir gerade umgür-
ten wollte, aus der Hand und polterte scheppernd auf den
steinernen Boden. Doch der Mann mit dem seltsam geformten roten Kreuz auf seinem blütenweißen Waffenrock lächelte nur kurz, übergab seine schwarz-weiße Standarte
einem herbeigeeilten Knappen und stieg anschließend seelenruhig von seinem Pferd. Er nickte mir freundlich zu und

ging danach ins Haus. Ich hingegen stand wie angewurzelt neben unserem provisorischen Nachtlager und wusste nicht, wie mir geschah. Was sollte das nun wieder bedeuten?

Ich grübelte noch immer darüber nach, als der Ritter nur wenige Minuten später wieder aus dem Haus kam und mit seinem Knappen den Hof verließ. Allerdings erschien kurz darauf sowohl unser Gastgeber als auch Pui Tien, und ich sah die beiden erwartungsvoll an.

„Wir lassen die Pferde hier und folgen Frère Kyot zum Brunnen!", eröffnete mir meine Freundin ohne Umschweife und mit ernster Miene. „Stell dir vor! Er weiß, dass wir von den Externsteinen kommen, und ein fahrender fränkischer Ritter soll ihm unsere Ankunft vorausgesagt haben!"

Ich traute meinen Ohren kaum. Das konnte doch wohl nicht möglich sein. Ich musste mich verhört haben.

„Komm!", forderte mich Pui Tien auf, als sie meine Unschlüssigkeit bemerkte. „Ich verstehe das alles selbst noch nicht, aber wir müssen es unbedingt ergründen."

Ich war so perplex, dass ich mein Schwert mit dem Wehrgehänge einfach liegen ließ und aufgeregt hinter den beiden herlief.

In den Gassen herrschte bereits emsige Betriebsamkeit, doch diesmal schenkte ich der ungewöhnlichen kulturellen Vielfalt keinerlei Aufmerksamkeit. Auch war ich viel zu sehr mit meinen eigenen wirren Gedanken beschäftigt, als dass ich mir den Verlauf des Weges hätte einprägen können. Das Einzige, was mir auffiel, war, dass wir durch ein anderes Tor die Stadt auf dem Plateau verließen, um über eine steile Treppe in die Schlucht zu einem runden Bauwerk am Ufer eines kleinen Flusses hinabzusteigen.

Nachdem wir uns im Brian gewaschen hatten, setzten wir uns zu Frère Kyot auf einen Felsen. Dort erzählte unser Gastgeber seine Geschichte. Damit wir auch wirklich alles verstehen konnten, was es mit ihm und jenem ominösen „Allerheiligsten" auf sich hatte, musste er ziemlich weit ausholen. Obwohl ich anfangs nicht ganz einsehen konnte, wozu das alles nötig sein sollte, wurde mir schon bald klar, dass wir ohne diese umfangreichen Informationen niemals begriffen hätten, in welch überaus gefährliche Epoche uns die Fügung des Schicksals verschlagen hatte.

Zuerst eröffnete uns Frère Kyot, dass er ein Priester der Kirche der sogenannten „Amics de Diu" (Freunde Gottes) sei, nach deren Vorstellung die gesamte diesseitige Welt, in der wir leben, ein Werk des Teufels sei. Das „gute Reich Gottes" könne nur durch die bedingungslose Hinwendung zu Christus und einem Leben in totaler Armut, Demut und Keuschheit erreicht werden. Für mich war das schwer zu verstehen, weil ich mich bisher weder mit dem europäischen Christentum noch mit unseren eigenen chinesischen Traditionen auseinandergesetzt hatte, aber Pui Tien schien in dieser Hinsicht weitaus besser informiert zu sein. Immerhin hatte sie ja Eltern, die in beiden Kulturkreisen verankert waren. Sie hakte auch gleich nach und fragte unseren Gastgeber, worin sich die vom Papst vertretene abendländische Christenheit von Frère Kyots Kirche unterscheide.

Er nickte lächelnd.

„Mir scheint, du bist zumindest mit den Grundzügen unseres Glaubens vertraut, junge Frau aus dem Reich der Mitte!", stellte er zufrieden fest. „Ich will versuchen, es euch so einfach wie möglich zu schildern. Deshalb lasst mich zunächst die Gemeinsamkeiten aufzählen: Wir alle glauben, dass die Menschen eine Seele haben. Sie ist der einzig gute Teil, deren Ursprung in der Welt Gottes zu suchen ist, und sie muss das Schlechte in der Welt überwinden, um wieder in das Reich Gottes zurückkehren zu können. Christus hat uns gelehrt, wie das möglich ist, und zwar durch seine unverbrüchliche Liebe. Doch das ist auch schon alles, was uns mit der Kirche seiner sogenannten Heiligkeit verbindet. Denn während die abendländische Christenheit, wie du sie nennst, junge Frau aus dem Reich der Mitte, die Verderbtheit der diesseitigen Welt akzeptiert und mit ihr lebt, wollen wir uns nicht von Satans Machenschaften verführen lassen und streben nur danach, unsere im irdischen Dasein gefangene Seele wieder zu Gott zu führen."

„Wenn ich richtig verstehe, was Ihr sagt, Frère Kyot, dann muss auch der Papst und seine gesamte Kirche ein Werk des Bösen sein!", stellte Pui Tien erschrocken fest.

„Genauso ist es!", bestätigte der Mann im Bettlergewand mit leuchtenden Augen. „Wir dürfen weder ihn noch seine Legaten oder Priester als rechtmäßige Nachfolger Christi akzeptieren."

„Aber wieso könnt Ihr Euch da so sicher sein?"

„Weil Gott selbst uns dies im Evangelium seines Dieners Johannes lehrt!" konterte Frère Kyot geradezu pathetisch. „Aber der Papst und seine Kirche verbergen das wahre

Wort des Herrn in Form lateinischer Phrasen vor dem Volk, weil sie Angst um ihre vergänglichen weltlichen Pfründe haben!"

„Das heißt, Ihr und Eure Priesterbrüder predigt den Menschen in deren eigener Sprache?", vergewisserte sich Pui Tien. „Das habe ich bei den Sachsen so nicht kennengelernt."

„Du bist sehr klug, Mädchen!", entgegnete Frère Kyot schmunzelnd. „Aber woher willst du wissen, ob die wahre Lehre der Amics de Diu nicht auch dort verbreitet wird?"

„So etwas könnte nur heimlich geschehen, denn die Herren der Lande achten genau darauf, dass niemand sich gegen die heilige Ordnung ihrer Kirche stellt."

„Es sei denn, einige wenige von ihnen sind selbst Förderer des wahren Glaubens!", fuhr Kyot enthusiastisch fort.

Pui Tien sah unseren Gastgeber nachdenklich an.

„Ihr sagt das, weil Ihr selbst dort gewesen seid!", schloss meine Freundin daraus. „Deshalb kennt ihr den Ort, von dem wir gekommen sind, und sprecht die Sprache der Sachsen, nicht wahr?"

Frère Kyot nickte wieder.

„Deine Auffassungsgabe ist wirklich bemerkenswert, Kind!", lobte unser Gastgeber anerkennend. „Tatsächlich war ich viele Jahre im Sachsenland und habe im Verborgenen den Menschen geholfen, den einzig richtigen Weg zum Heil zu erkennen. Und das führt mich zum eigentlichen Grund unseres Gesprächs, nämlich dem ‚Allerheiligsten‘."

Danach enthüllte uns Frère Kyot Stück für Stück die fantastischste Geschichte, die ich je gehört hatte, und wir beide lauschten gebannt, bis er geendet hatte.

Sie begann mit einem Mann namens Joseph von Arimathia, der den Leichnam Christi vom Kreuz abnahm und in seine Familiengrabstätte brachte. Dieser war ein Anhänger von Jesus gewesen und soll der Überlieferung nach dessen Blut in dem Kelch aufgefangen haben, den Jesus und seine Jünger beim letzten Abendmahl benutzt hatten. Nach der wundersamen Auferstehung des Gekreuzigten hätte jener Joseph von Arimathia später die Botschaft seines früheren Herrn nach Europa getragen. Sozusagen als Beweis habe er, der als jüdischer Kaufmann die Meere bereiste, auch den Kelch mit sich geführt, von dem man sich wundersame Dinge berichtete. So seien der Kelch und die Botschaft des Auferstandenen zunächst zu den Kelten im heutigen Lande der Seldschuken gelangt und danach auf Umwegen auch zu deren Brüdern auf der Insel Albion und nach Okzitanien.

Zur gleichen Zeit waren aber auch viele andere unterschiedliche Schriften im gesamten Römischen Reich im Umlauf, die sich allesamt auf die Lehren des Nazareners beriefen. Als dann 300 Jahre später der Römische Kaiser Konstantin das Christentum zur wichtigsten Religion im Staate erhob, verlangte er zuvor, dass man sich auf vier Evangelien einigen sollte. Diese wurden dann zur Grundlage all dessen, was bis heute die christliche Kirche ausmacht. Alle anderen Schriften wurden hernach verbannt und für unrichtig erklärt. Jahrhunderte lang wagte niemand, das anzuzweifeln.

Doch während des ersten Kreuzzugs fanden Ritter im alten Tempel von Jerusalem die ursprünglichen Schriften über die Lehren unseres Herrn Jesus Christus, und diese bestätigten die Botschaft, die schon Joseph von Arimathia in die Welt getragen hatte. Die Ritter beschlossen daraufhin, einen Orden zu gründen, der die richtige Lehre bewahren und beschützen sollte. Sie nannten sich fortan „Ritter des heiligen Tempels von Jerusalem" und erhoben Joseph von Arimathia zum ersten „Templer".

„Hier in Okzitanien wurden hernach der Kelch und das wahre Evangelium zusammengeführt!", schloss Frère Kyot feierlich.

„Warum hier und nicht im Lande der Seldschuken?", fragte Pui Tien nach einer Pause.

„Nun, das alte Land der Galater, wie man die Kelten dort nannte, geriet unter die Herrschaft der Muslime", antwortete Kyot bereitwillig. „Und da würde man den Orden der Templer wohl kaum willkommen heißen. Aber auch auf dem Balkan, wo Bogomil später die wahre Lehre verbreitete, könnten die Ritter nicht ihre Aufgabe erfüllen, denn die Byzantiner würden es nicht erlauben. Und im Lande der Kelten auf der Insel Albion, das heute von den Angelsachsen beherrscht wird, wurden die Priester schon vor langer Zeit gezwungen, ausschließlich die Römische Kirche anzuerkennen. Nur in Okzitanien ist es anders, weil die Menschen hier ihre Freiheit so bewahren konnten, wie es nirgendwo sonst im gesamten Abendland möglich ist."

„Deshalb müsst Ihr Euch hier auch nicht verbergen, sondern man zollt Euch großen Respekt und Anerkennung!", folgerte Pui Tien.

„So ist es!", bestätigte Frère Kyot. „Dabei ist es noch lange nicht so, dass jeder hier ein Anhänger der Amics de Diu ist. Aber wir sind seit ewigen Zeiten daran gewöhnt, dass alle Menschen einander respektieren. Unsere Fürsten schätzen den Rat meiner Brüder, genauso wie sie die kaufmännischen Fähigkeiten der Juden anerkennen. Sie mischen sich nicht in die Angelegenheiten der Stadtbewohner, die seit den Tagen der Römer ihre Konsuln wählen, und sogar Frauen haben bei uns die gleichen Rechte wie die Männer. Auch das ist im Übrigen ein Prinzip, das für die Kirche der Amics de Diu gleichermaßen gilt."

„Was geschah weiter mit dem ‚Allerheiligsten', wie Ihr es nennt, Frère Kyot?", erkundigte sich Pui Tien. „Warum erwartet Ihr, dass es durch Boten zu Euch gebracht wird, wenn es doch hier in Okzitanien ist und unter dem Schutz der Templer stehen soll?"

„Ein wenig Geduld musst du wohl noch aufbringen, Tochter des fernen Morgenlandes!", beschwichtigte unser Gastgeber und wischte sich den Schweiß von der Stirn.

Die Sonne hatte mittlerweile den Boden der Schlucht erreicht und erwärmte rasch auch die felsige Umgebung des Brunnens. Daher schlug Frère Kyot vor, in den Schutz der Mauern von Minerve zurückzukehren, um unser Gespräch an einem schattigeren Ort fortzusetzen.

Es konnte zwar sein, dass ich mich täuschte, aber irgendwie schien unser Gastgeber weniger die Sonne als vielmehr ungebetene Zuhörer zu fürchten, und in meiner Magengegend machte sich unweigerlich das untrügliche Gefühl drohenden Unheils breit.

Pui Tien

Wir gingen durch die schmalen Gassen dieser außergewöhnlichen Stadt auf dem Plateau zwischen zwei tief eingeschnittenen Flüssen und erlebten dabei zum wiederholten Male, dass man uns zwar überall aufmerksam musterte, aber dennoch durchweg freundlich grüßte. Doch diesmal wunderte ich mich nicht mehr über die Offenheit und den augenscheinlich großen Respekt, mit dem sich auf so engem Raum Angehörige der verschiedensten Kulturen begegneten. Meine Bewunderung für diese angenehme Eigenart der okzitanischen Gesellschaft wuchs praktisch mit jedem Schritt. Die aus groben hellen Steinen bestehenden Häuser mit ihren flach geneigten Ziegeldächern boten einen ansehnlichen Kontrast zu der mit grünen Büschen und bunten Blumen durchsetzten weiträumigen Landschaft, die von einem dunkelblauen Himmel überspannt wurde. Und doch nistete sich allmählich tief in meinem Inneren die Vorahnung kommender schrecklicher Ereignisse ein. Dabei hätte ich nicht einmal zu sagen vermocht, warum sich jenes dumpfe Gefühl ausgerechnet in dem Moment besonders stark aufdrängte, als wir uns dem Eingang zum Hof des Hauses unseres Gastgebers näherten. Auf jeden Fall bewog es mich, Frère Kyot darum zu bitten, unsere Unterredung möglichst nicht in den dunklen Räumen seines Anwesens fortzuführen.

Ich weiß nicht, ob der Mann im Bettlergewand meine innere Unruhe spüren konnte, aber er sah mich nur kurz und durchdringend an, als ob er zu ergründen versuchte, was mich zu dieser seltsamen Bitte veranlasst haben mochte, doch dann nickte er mir freundlich zu und begab sich ins Haus, um Brot und Käse zu holen. Didi und ich setzten uns derweil bei den Pferden auf das Strohlager, das uns in der Nacht zuvor als Bett gedient hatte.

„Du scheust dich noch immer davor, wieder hineinzugehen, nicht wahr?", bemerkte mein Freund, als unser Gastgeber verschwunden war. „Ich glaube, ich kann dich jetzt besser verstehen, denn auch ich habe ein komisches Gefühl."

„Ich weiß nicht, Didi", antwortete ich unbestimmt. „Ich spüre eine gewisse Bedrohung, und ich bin sicher, es hat etwas mit dem Haus dort zu tun. Aber ich kann nicht erkennen, wie das alles mit Frère Kyot zusammenhängen soll. Der Priester dieser Amics de Diu ist uns ganz bestimmt wohl gesonnen, und ich finde schon, dass wir ihm vertrauen sollten. Vielleicht bilde ich mir mein Unbehagen ja auch nur ein, weil mich die dunklen kargen Räume bedrücken."

„Hast du denn sonst schon mal etwas gespürt, was später eingetroffen ist?"

„Ja, das kommt vor", räumte ich ein. „Allerdings kann ich nie etwas Konkretes sagen. Manchmal träume ich etwas, das eine Bedeutung hat, aber auch dann ist es später doch meist anders, als ich vermutet hatte."

„Und wann ist das zum letzten Mal geschehen?"

„Kurz bevor wir zu den Externsteinen aufgebrochen sind. Ich glaubte irgendwie zu wissen, dass etwas schief gehen würde."

Didi schluckte hörbar, doch zu einer weiteren Äußerung kam er nicht, weil Frère Kyot gerade mit der Mahlzeit erschien.

Erst beim Essen bemerkte ich, wie hungrig ich wirklich war. Doch während ich mir mit wachsendem Appetit sowohl das Brot als auch den herzhaften Käse schmecken ließ, verzog Didi gleich angeekelt das Gesicht, als er das erste Stück zum Mund führte. Ich selbst versuchte, den unwiderstehlichen Drang zum Lachen zu unterdrücken und verschluckte mich fast dabei, aber Frère Kyot war gleich besorgt um das Wohlergehen meines Freundes.

„Euch trifft keine Schuld!", beeilte ich mich zu versichern. „Der Körper meines Gemahls kann nichts vertragen, was aus Milch gemacht worden ist, und eigentlich geht es vielen Menschen aus dem Reich der Mitte so. Auch meine Mutter kann keinen Käse essen, aber ich habe einen sächsischen Ritter zum Vater. Deshalb macht es mir nichts aus."

„Wie, Mädchen?", rief Kyot erstaunt. „In deinen Adern fließt zur Hälfte abendländisches Blut?"

Unser Gastgeber wurde mit einem Mal sehr nachdenklich, und ich fragte mich, ob ich etwas Falsches gesagt hatte.

„Die Verheißung berichtet, dass die Boten ein weißhäutiger Ritter und sein dunkelhäutiger Bruder aus dem Morgenland sein würden", erläuterte Frère Kyot. „Aber ihr beide seid nicht blutsverwandt?"

„Nein, das sind wir nicht!", bestätigte ich. „Also können wir auch sicher nicht die erwarteten Boten sein."

„Eigentlich nicht", räumte unser Gastgeber ein. „Aber ihr kommt aus dem Tor im Sachsenland, und das allein sagt mir, dass ihr mit all diesen Dingen, die für uns hier so wichtig sind, irgendetwas zu tun haben müsst, auch wenn ihr es selbst nicht zu wissen scheint."

„Vielleicht erzählt Ihr uns einfach weiter von der Geschichte des ‚Allerheiligsten'", schlug ich vor. „Es könnte ja sein, dass uns danach einiges klarer wird."

Frère Kyot nickte beflissentlich und setzte sich zu uns auf das Stroh.

„Die wahre Lehre verbreitete sich schnell, und sie fand bereits kurz nach dem ersten Kreuzzug auch viele Anhänger in Oberitalien und in Okzitanien", fuhr Frère Kyot fort.

„Da die Amics de Diu hier nicht im Verborgenen wirken mussten, erlangten sie schon bald das Vertrauen der Herrschenden, obwohl die meisten von diesen nicht selbst zu ihrer Gemeinschaft gehörten. Auch ich war einst ein weltlicher Ritter, der unserem Grafen Raymond von Toulouse diente. Damals hatte ich keine Ahnung von der Lehre des wahren Evangeliums und wusste auch nicht, dass die Templer diesen einzigartigen Schatz in die Obhut meiner heutigen Glaubensbrüder gegeben hatten. Genauso wenig war mir bekannt, dass diese die wertvollste Grundlage unseres Bekenntnisses nach Norden getragen hatten, um dort mit dessen Hilfe neue Gemeinden aufzubauen. Ja, lange Zeit war nur den wenigsten Getreuen bekannt, wo sich dieser Teil des ‚Allerheiligsten‘ überhaupt befand. Es konnte ebenso am Unterlauf des großen Flusses Rhein sein, wie auch im Lande Albion, wohin Joseph von Arimathia zuerst gelangt war."

„So seid Ihr also selbst nicht in Eurem Glauben erzogen worden?", fragte ich unbefangen.

„Nein", antwortete Frère Kyot lächelnd. „Wie ich schon sagte, war ich zunächst ein einfacher Ritter, der sich wie viele andere auch nicht allzu sehr um die Frage seines Seelenheils kümmerte. Ich suchte Abenteuer, Ruhm und Ehre, so verblendet wie ich damals war. Da kam mir der Aufruf, zum dritten Mal gegen die Heiden ins Feld zu ziehen, gerade recht, zumal sich diesmal sogar der große Kaiser Friedrich daran beteiligen wollte. Schließlich hatten die Seldschuken das heilige Jerusalem zurückerobert, und die gesamte Christenheit fühlte sich dadurch herausgefordert. Ich wollte nicht warten, bis der französische König mit seinem Heer in Marseille eingetroffen war, sondern machte mich auf zu der Stadt, die Regensburg heißt, um zum Aufgebot des Römischen Kaisers aus der Familie der Staufer zu stoßen. Wir waren 15 000 Ritter, als wir mit unseren stolz flatternden Wimpeln dem Fluss Donau nach Südosten folgten. Auf der langen Reise freundete ich mich dann mit einem jungen Grafen an, der Gottfried hieß und aus dem Sachsenlande stammte."

Für einen Augenblick erhellte ein Anflug von Wehmut das ansonsten ernste Gesicht unseres Gastgebers, doch dann war es auch schon wieder vorbei, und er setzte seinen Bericht fort:

„Ich erinnere mich noch, wie schwer es für mich war, die so hart klingenden Laute seiner Sprache zu erlernen, aber wir waren beide jung und ließen keine Gelegenheit aus, uns auf nur jede erdenkliche Weise zu vergnügen. Heute schäme ich mich dafür, aber damals war ich noch in jeglicher Beziehung ein Teil der verderbten irdischen Welt. Nach einem dieser schäbigen fleischlichen Genüsse wachten wir gegen Mittag in einer heruntergekommenen Scheune auf. Wir hatten die Nacht durchzecht und den Anschluss an das Heer des Kaisers verloren. Also machten wir uns auf eigene Faust auf, um den Tross möglichst noch vor Adrianopel einzuholen, aber unterwegs gerieten wir in den unwegsamen Schluchten des Balkans in den Hinterhalt marodierender Räuber. Wir wehrten uns, so gut wir konnten, doch unsere Gegner waren in der Überzahl. Nachdem sie uns überwältigt hatten, ließen sie uns ohne Pferde, Waffen und Kleider verwundet auf dem Felde zurück. Vielleicht dachten sie auch, wir wären tot, ich weiß es nicht. Und wir wären auch sicherlich elendig umgekommen, wenn uns nicht jene Bettelmönche aus dem Bergkloster gefunden hätten. Es dauerte Monate, bis wir soweit genesen waren, dass wir über unsere verwerflichen Taten und unser bisheriges Leben nachdenken konnten. Die Mönche, die uns gerettet hatten, nannten sich Bogomilen, und sie waren die religiösen Ahnen der Amics de Diu, denn einst ging von ihrer Gemeinschaft die Bewegung aus, die sich in meiner Heimat schon vor langer Zeit gegründet hatte, aber von mir und meinesgleichen bislang nur müde belächelt worden war."

„So wurdet Ihr und Euer sächsischer Gefährte ein Anhänger der Kirche der Freunde Gottes", resümierte ich.

„Was mich betrifft, ist das richtig, junge Freundin", bekannte Frère Kyot. „Aber während ich allmählich zur Einsicht kam, dass wir vom Papst und seiner abendländischen Christenheit aus purem Machtstreben missbraucht und in einen unseligen Krieg geschickt worden waren, wollte mein Freund Gottfried nur für seine begangenen Sünden sühnen, denn er hatte bereits in seiner Heimat große Schuld auf sich geladen, indem er seinen eigenen Bruder ermorden ließ, damit er dessen Stellung als Graf von Arnsberg einnehmen konnte. Daher nahm ich ihm das Versprechen ab, mir zu helfen, wenn ich dereinst in seinem Land eine neue Gemeinde der Amics de Diu gründen würde. Denn ich war fest entschlossen, mein altes Leben endgültig hinter mir zu lassen und zu einem Priester unserer Glaubensgemeinschaft zu werden."

„Also seid Ihr und Euer Freund zunächst verschiedene Wege gegangen", vermutete ich.

„Ja, wir haben uns getrennt", bestätigte Frère Kyot. „Ich kehrte nach Okzitanien heim und nahm mein neues Leben als Priester auf. Das war weiß Gott nicht leicht, denn fortan wurde von mir erwartet, dass ich ein Leben in völliger Armut und Keuschheit führte. Ein Priester der Amics de Diu, so solltet ihr wissen, muss allen ‚Credentes' (Gläubigen) ein leuchtendes Beispiel geben. Deshalb bezeichnet man uns auch als ‚Parfaits' (Vollkommene)."

„Aber Ihr habt Euren Freund später wiedergesehen?", vermutete ich.

„Ja, so ist es!", bekräftigte Frère Kyot. „Nach einigen Jahren war es soweit, dass die Gemeinschaft der Amics de Diu mich ins Land der Sachsen aussandte, um dort neue Gemeinden zu gründen. Natürlich fiel die Wahl nicht zuletzt deshalb auf mich, weil ich die fremde Sprache beherrschte und einen Gönner unter den adligen Fürsten vorzuweisen hatte. Also machte ich mich auf den langen Weg, um meine Aufgabe zu erfüllen. Mein Freund, Graf Gottfried, nahm mich denn auch mit Freuden auf und versprach, eine Sühnekapelle für mich und unsere Glaubensbrüder zu bauen. Allerdings war dies ein gefährliches Unterfangen, denn die Amics de Diu wurden schon damals im Herrschaftsgebiet des Kaisers Heinrich mit argwöhnischen Augen betrachtet. Du musst verstehen, Tochter, dass wir nach unserem Glauben keine Kirchen und geweihten Gotteshäuser benötigen, um unserem Herrn Jesus Christus zu dienen. Daher war die versprochene Kapelle von Anfang an als Tarnung gedacht, doch ihre Kapitelle und ihre äußere Form wurden nach unseren Vorstellungen errichtet. Pilger und Reisende mag dieser Ort an die Grabeskirche im heiligen Jerusalem erinnern, aber niemand weiß, dass ihre Gewölbe den Amics de Diu als Versammlungsraum dienten."

„Dienten?", hakte ich nach. „Ihr sprecht in der Vergangenheit, Frère. Bedeutet dies, dass es nun nicht mehr so ist?"

„Ich muss es annehmen, ja!", entgegnete Frère Kyot bedauernd. „Denn nach einer gewissen Zeit des Friedens brach im Römischen Reich ein furchtbarer Streit um die Nachfolge des verstorbenen Kaisers Heinrich aus, und unsere kleine Gemeinschaft geriet in Gefahr, entdeckt zu werden. Ich musste fliehen und kehrte nach Okzitanien zurück. Dabei ist es nicht so, dass ich den Tod fürchte. Keiner der Priester der Amics de Diu tut das, denn wir wissen ja, dass unsere Seele ins Reich Gottes heimkehren wird. Aber als die Kämpfe zwischen den Fürstenhäusern der Staufer und Welfen um den Thron begannen, erfuhr ich von unseren Glaubensbrüdern, die zwei Tagesreisen entfernt in der Umgebung jener geheimnisvollen Sandsteinfelsen wirkten, dass sie diejenigen seien, die das ‚Allerheiligste‘ hüteten. Da ich der Einzige unserer Gemeinschaft weit und breit war, der aus dem Land stammte, aus dem es zu ihnen gekommen war, baten sie mich, dieses wichtigste Zeugnis unseres Glaubens in Sicherheit zu bringen. Schließlich gab es zu dieser Zeit in Sachsen nur wenige Angehörige des Templerordens, denen sie vertrauen konnten. Also durfte ich den Auftrag nicht ablehnen und nahm das wertvolle Bündel in Empfang. Aber auf meinem Weg zurück nach Okzitanien wurde ich noch im Grenzgebiet des Sachsenlandes überfallen und gefangen genommen. Die Schergen eines jungen Grafen verschleppten mich zu einem abgelegenen Bergwerk tief in den Wäldern, wo ich mit vielen anderen zum Frondienst gezwungenen Bauern Erze für die Welfen schürfen sollte. Ich… Was ist, Tochter aus dem fernen Morgenland? Du siehst auf einmal so blass aus. Hat dich mein Bericht so sehr erschreckt?"

Auch Didi sah mich mit erstaunten Augen an, denn bei der Erwähnung des Bergwerks war ich tatsächlich zusammengezuckt und konnte nur mit äußerster Mühe meine Fassung bewahren. Ich brauchte gar nicht erst nach dem Namen jenes Bergwerks zu fragen. Natürlich war mir sofort klar geworden, dass es sich nur um die Mine am Hagener Goldberg handeln konnte, und allmählich begann ich zu begreifen, dass unser plötzliches Erscheinen in diesem fremden Land viel enger mit der Glaubensgemeinschaft der Amics de Diu zusammenhängen musste, als ich zuvor bereits vermutet hatte. Trotzdem widerstand ich dem Drang, schon jetzt darüber sprechen zu wollen, und bat Frère Kyot einfach, mit seinem Bericht fortzufahren.

„Ich sehe, dass dir diese Dinge nicht unbekannt sind!", stellte er mit einer gewissen Genugtuung fest. „Aber ich will deiner Bitte gern nachkommen und euch auch den Rest meiner Geschichte erzählen. Denn ich hatte Glück, sonst wäre ich sicher nicht hier. Man hatte mir zwar mein kostbares Bündel gelassen, weil wohl niemand glaubte, dass ein Bettler verborgene Reichtümer besitzen könnte, aber es hätte leicht passieren können, dass man mich als Priester der geheimen Kirche entlarvt hätte. Dann wäre es um mich geschehen gewesen, und das ‚Allerheiligste' hätte niemals nach Okzitanien heimkehren können. Ihr müsst nämlich wissen, dass allein schon die sogenannte Fleischprobe uns verraten kann. Kein Priester der Amics de Diu würde jemals tierische Nahrung zu sich nehmen oder gar auf die Heiligen der Römischen Kirche schwören, geschweige denn die Mutter Maria anbeten. Gerade weil wir solches verweigern, hält man uns nicht nur für Abweichler, sondern sogar für Ketzer, deren Seele man angeblich nur retten kann, wenn man uns dem reinigenden Feuer überantwortet. Ha, damit liegen sie nicht einmal so falsch, aber unsere Gemeinschaft wäre dem Untergang geweiht, wenn wir alle auf diese Art geprüft würden. Doch, wie ich schon sagte, ich hatte Glück. Eines Nachts wurde ich von Angehörigen eines seltsamen alten Volkes befreit, das in den Höhlen jener Wälder lebte. In der Tat waren es diese Leute gewesen, die das Gold des Berges zuerst entdeckt hatten, und sie waren eigentlich nur gekommen, um zu erfahren, welchen Frevel die Sachsen an ihren heiligen Orten begingen. Wie auch immer, diese Leute brachten mich in Sicherheit, und in ihrem Versteck begegnete ich einem der weisesten Menschen, den ich jemals gesehen habe. Obwohl er sicherlich kein Christ war, deckten sich unsere Ansichten über die diesseitige Welt und das jenseitige Reich Gottes in vielerlei Hinsicht, was mich bis heute verwundert. Allerdings hatte ich schon bei den Bogomilen auf dem Balkan Theorien über das Leben kennengelernt, die mich später in der Vermutung bestärkten, dass letztlich alle Religionen des großen Erdkreises einen gemeinsamen Ursprung haben. Dort bin ich übrigens auch zum ersten Mal mit Menschen aus eurer fernen Heimat, dem Reich der Mitte, zusammengetroffen, die daran glaubten, dass ihre Seelen wanderten und so lange wiedergeboren würden, bis sie alle Schuld in der verderbten Welt der Sünde abgetragen hätten. Ihr seht, liebe Freunde, auch euer Glaube ist den Amics de Diu nicht fremd. Nun denn, aber ich schweife ab. Dieser bemerkenswerte kleinwüchsige Mann kannte Geheimnisse, die anderen Sterblichen für immer verborgen bleiben, und er war ein Seher, der künftige Ereignisse voraussagen konnte. So schien er sogar zu wissen, welch kostbaren Schatz ich bei mir trug. Er prophezeite mir, dass mein Leben im Feuer enden würde, doch damals glaubte ich, dass dies bereits in naher Zukunft geschehen würde, und ich vertraute ihm deshalb das ‚Allerheiligste' an. Nachdem der Fremde versprochen hatte, dass er es hüten und vor den Nachstellungen der Sachsen bewahren wollte, setzte ich meinen Heimweg ohne das Bündel fort. Wie ihr seht, kam ich entgegen meiner Erwartung doch heil in Okzitanien an. Natürlich sorgte die Nachricht vom Verbleib des ‚Allerheiligsten' für große Aufregung unter meinen Brüdern sowie auch unter den Templern. Zwar bewahrten diese weiterhin den Kelch, aber der Wunsch, in jenen unsicheren Zeiten beide Komponenten wieder zusammenzuführen, wurde übermächtig. Also sannen wir seitdem darauf, genau das zu bewerkstelligen, aber ein solches Unternehmen wollte gut vorbereitet sein. Außerdem gerieten die Amics de Diu überall immer mehr in Bedrängnis, so dass es nur eine Frage der Zeit war, bis wir selbst in Okzitanien nicht mehr sicher sein konnten, denn Papst Innozenz sandte uns bereits seine Legaten, die sowohl den Adel als auch das einfache Volk gegen uns aufbringen sollten. Aus diesem Grunde war es zunächst dringend erforderlich, einen sicheren Platz für das ‚Allerheiligste' zu finden. Daher baten wir schließlich Vicomte Raymond de Pèreille, eine Burg auf der Spitze eines Berges namens Pog zu errichten, in der das ‚Allerheiligste' gehütet werden konnte, so es denn eines Tages heimkehren sollte. Mittlerweile ist die ‚Stätte der Errettung' bereit, unseren größten Schatz in ihren Mauern aufzunehmen. Und stellt euch vor, meine Freunde, ausgerechnet in dem Jahr, als wir den Vicomte baten, die Burg zu bauen, tauchte der fränkische Ritter auf und gab vor, mich zu suchen. Da er meine Geschichte kannte, hatte ich keinen Grund, ihm nicht zu glauben, als er mir die Verkündung des alten Weisen aus den Wäldern übermittelte, die besagte, dass eines Tages das ‚Allerheiligste' von zwei Boten gebracht werden würde, die durch das Tor zwischen den Welten an den Externsteinen unsere Epoche betreten würden."

Nachdem er seine Geschichte erzählt hatte, schaute Frère Kyot uns beide erwartungsvoll an, und ich überlegte bereits fieberhaft, was ich ihm über uns und unsere Verbindung zu all diesen Dingen sagen sollte. Ich wusste ja selbst nicht, wo ich beginnen konnte, und um ein wenig Zeit zum

Nachdenken zu gewinnen, wollte ich wenigstens nun endgültig in Erfahrung bringen, in welches Jahr uns die Mächte des Berges verschlagen hatten. Darum wollte ich zunächst noch wissen, wie jener fränkische Ritter mit meinem alten Lehrmeister Oban, denn um den konnte es sich bei dem Bericht unseres Gastgebers schließlich nur gehandelt haben, zusammengetroffen war.

„Das geschah im sechsten Jahr des großen Krieges, der das Römische Kaiserreich erschütterte", antwortete Frère Kyot bereitwillig, aber mit einer gewissen Ungeduld. „Wie mir der fränkische Ritter erzählte, gehörte er damals zum Tross der Pfalzgräfin Agnes von Staufen, und dieser wurde nicht weit von der Heimstatt des Sehers überfallen."

„Das kann demnach nur im Jahr 1204 gewesen sein", ergänzte ich sinnend.

Es war das Jahr, in dem Didi und ich in die Vergangenheit eingetaucht waren, um den Altvorderen beizustehen. Und auch das Ereignis war mir bekannt, denn schließlich hatte ich es in meinen Träumen mit Agnes Augen selbst erlebt.

„Und wie viel Zeit ist seitdem vergangen?", stellte ich danach die entscheidende Frage.

„Seit der Begegnung des Franken mit dem Seher sind fünf Sommer ins Land gezogen", entgegnete unser Gastgeber.

„Also schreiben wir jetzt das Jahr 1209!", stellte ich ernüchtert fest.

Schen Diyi Er Dsi

Spätestens mit dieser Neuigkeit platzte Pui Tiens Vermutung über einen Zusammenhang mit unserer fehlgeschlagenen Versetzung durch die Zeit und dem nächsten großen Kreuzzug wie eine Seifenblase, und es war weiterhin völlig unklar, warum uns die unbegreiflichen Mächte, für die sie so empfänglich zu sein schien, ausgerechnet in diesem Teil Europas abgesetzt hatten. Trotzdem war meine Freundin noch immer felsenfest überzeugt, dass jener goldene Reif dafür verantwortlich war. Doch wie konnte es angehen, dass der sich nun auf einmal in Okzitanien befinden sollte?

Abgesehen davon hatten wir nicht die geringste Ahnung, warum Frère Kyot uns mit den von ihm erwarteten Boten in

Verbindung brachte, obwohl ich zugeben muss, dass seine Geschichte eine unerwartete Beziehung zu Pui Tiens altem Lehrmeister aufwies. War das Ganze etwa eine abgekartete Sache gewesen, in die jener Oban seine einstige Schülerin ohne deren Wissen absichtlich hineingezogen hatte?

Fest stand jedenfalls, dass wir unserem Gastgeber eine möglichst plausible Erklärung geben mussten, und eigentlich sollten Pui Tien und ich uns vorher gründlich beraten. Allerdings lauerte Frère Kyot nun regelrecht darauf, unsere Version zu hören. Also waren wir praktisch gezwungen, sofort zu entscheiden, wie viel Wahrheit wir ihm zumuten konnten. Doch als Pui Tien damit so vorsichtig wie möglich begann, registrierten wir ziemlich schnell, dass dieser Priester der Amics de Diu offensichtlich sogar bereit war, die unglaubliche Geschichte unserer Herkunft aus der Zukunft für bare Münze zu nehmen. Und so erzählte Pui Tien ihm freimütig alles über ihr abenteuerliches Leben und ließ nicht einmal die für mich nicht gerade ruhmreiche Episode meiner Verschleppung durch das staufische Überfallkommando sowie meiner anschließenden Kerkerzeit in Köln aus. Als sie Frère Kyot letztlich auch von der endgültigen Zerstörung des Bergwerkes durch die unbegreiflichen Kräfte des von ihren Eltern und ihr geretteten Zwerges Sligachan berichtete, glaubte ich tatsächlich für einen winzigen Augenblick, so etwas wie Genugtuung über die ansonsten unbewegten Züge unseres Gastgebers huschen zu sehen, aber danach wirkte seine Miene gleich wieder so ernst und versteinert wie zuvor. Meine Freundin beendete ihre Geschichte mit unserem vergeblichen Versuch, durch das Tor an den Externsteinen in die Zukunft zurückzukehren.

„Ich bin davon überzeugt, dass uns nur der Reif, den mir mein Lehrmeister Oban geschenkt hat, aus dem Zeitstrom reißen und hierher versetzen konnte!", schloss sie mit fast trotziger Stimme. „Was mit meinen Eltern geschah, kann ich nicht sagen. Vielleicht ist es ihnen gelungen, unsere eigene Epoche in der Zukunft zu erreichen. Ich weiß es nicht!"

Frère Kyot schaute lange nachdenklich vor sich hin, und ich konnte gut verstehen, dass er das Gehörte erst einmal verdauen musste. Als er sich schließlich doch noch äußerte, bewies er zu meinem großen Erstaunen, dass er unsere Geschichte nicht nur verinnerlicht hatte, sondern sich längst mit den Konsequenzen, die sich daraus ergaben, beschäftigte.

„Dieser Reif der Deirdre, wie du ihn nennst, Tochter", hob er an. „Zu wem könnte der Söldner, der ihn dir gestohlen hat, gebracht haben? Denn so etwas Kostbares hätte er niemals für sich behalten dürfen!"

„Ihr habt recht! Ich denke, er wird ihn seinem Herrn, dem jungen Grafen Everhard, gegeben haben", vermutete Pui Tien. „Und so wird er wohl letztlich in die Hände seines Vaters, des Grafen Arnold, gelangt sein."

„Ist es nicht so, dass du und deine Familie eine besondere Verbindung zu diesem Grafengeschlecht derer von Neuenberge habt?", bohrte Frère Kyot weiter.

„Ja, das könnte man sagen!", räumte Pui Tien ein. „Es mag sogar sein, dass Graf Arnold den Reif als Erinnerung an mich aufbewahrt."

„Du hast mir erzählt, dass er als junger Mann in Liebe zu dir entbrannt war!", fuhr Frère Kyot unerbittlich fort. „Was wäre, wenn er den Reif ständig mit sich führt und nun in der Nähe ist?"

Meiner Freundin stieg die Schamröte ins Gesicht. Sie hatte unserem Gastgeber ohne zu zögern ihre Lebensgeschichte berichtet und dabei auch nicht die traurige Episode ihrer verratenen Liebe ausgespart.

„Ich muss zugeben, dass Eure Schlussfolgerung einleuchtend ist", entgegnete Pui Tien niedergeschlagen. „Dann werden wir nach ihm suchen müssen."

„Vielleicht kann ich dir dabei sogar behilflich sein", führte Frère Kyot vorsichtig an.

„Heißt das etwa, Ihr wisst, wo sich Arnold von Altena aufhält?", eiferte sich Pui Tien.

„Wenn alles sich so verhält, wie ich jetzt vermuten kann", meinte Frère Kyot zögernd, „Ja, wahrscheinlich weiß ich dann tatsächlich, wo dein einstiger Verehrer ist. Aber bevor wir darüber sprechen, muss ich mich zuerst noch dringend mit meinen Brüdern vom Templerorden beraten. Es könnte nämlich sein, dass euer beider Erscheinen hier für uns alle sehr bedeutungsvoll ist, auch wenn ihr nicht die erwarteten Boten seid!"

Pui Tien

Ich war wie vor den Kopf geschlagen und musste erst mit mir selbst wieder ins Reine kommen. Daher war ich auch ganz froh, dass Frère Kyot uns eine Weile allein ließ. Aber wie ich es auch drehte und wendete, unser Gastgeber hatte wahrscheinlich recht. Doch was mochte Graf Arnold von Altena nach Okzitanien getrieben haben? Darauf konnte ich mir noch keinen Reim machen. Immerhin stand er jetzt wohl in seinem 60. Lebensjahr. Nach allem, was ich über diese Epoche wusste, war das selbst für Menschen im Fürstenstand ein beachtliches Alter, in dem man bestimmt nicht ohne triftigen Grund eine derartig lange und beschwerliche Reise unternahm.

Es war schon Mittag, und die steinerne Umfassung des Hofes bot kaum noch Schatten. Trotzdem hielt mich abermals eine ungewisse Scheu davon ab, ins Innere des Hauses zu gehen. Da sowohl die Pferde als auch wir durstig waren, schlug ich Didi vor, die an der Stalltür bereitstehenden Holzeimer aufzufüllen. Der Weg zum Brunnen über die Treppen hinunter in das Tal des Brian war ja nicht allzu weit, so dass wir sicherlich noch vor unserem Gastgeber zurück sein würden.

Tatsächlich war es eine Wohltat, in den kühlen Grund der Schlucht hinabzusteigen, und ich freute mich schon regelrecht darauf, gleich meine heiße Stirn mit frischem klarem Wasser benetzen zu können. Didi machte sich sofort an der Seilwinde zu schaffen, um das begehrte köstliche Nass heraufzubefördern. Anschließend tauchte er unseren Eimer in den Behälter und füllte ihn auf. Währenddessen lehnte ich mich an das kleine Steinhäuschen, das wie ein übergroßer Bienenkorb aussah, und beobachtete lächelnd meinen Freund bei seinen Bemühungen. Zuerst war es nur ein leichtes Schwindelgefühl, das ich auf die ungewohnte Wärme schob, doch plötzlich begann die Umgebung vor meinen Augen zu verschwimmen.

„Pui Tien, was hast du?", vernahm ich noch wie aus weiter Ferne Didis erschrockene Stimme, und dann war auf einmal nichts mehr wie zuvor.

Die Luft war erfüllt von einem unirdischen Pfeifen, gefolgt von einem ohrenbetäubenden Krachen. Staub und Gesteinsbrocken flogen umher. Das Brunnenhäuschen, an dessen Außenwand ich mich gelehnt hatte, brach unter den Geschossen zusammen wie ein Kartenhaus. Menschen flohen laut schreiend und in Panik die Treppe hinauf, doch sie erreichten das rettende Tor nicht mehr. Aus dem Nichts heranrasende Felsstücke zerschmetterten die Stufen und rissen Männer, Frauen und Kinder mit in die Tiefe, wo ihre leblosen Körper von herabprasselndem Schutt bedeckt wurden. In der nächsten Sekunde kam ein riesiger Stein durch die Luft geflogen und traf mich mitten ins Gesicht.

Ich spürte einen brennenden Schmerz auf der Wange und öffnete die Augen. Didi hatte gerade seine Hand zu einem zweiten Schlag erhoben, hielt aber sofort inne, als er sah, dass ich wieder bei mir war.

„Bitte verzeih mir, Pui Tien!", brachte er stockend hervor. „Du bist auf einmal zusammengebrochen und ohnmächtig geworden. Ich würde dich sonst nie schlagen, aber ich hatte solche Angst, dass…"

„Der Brunnen steht ja noch!", unterbrach ich ihn erstaunt und rieb mir die heiße Wange.

Didi schaute sich kurz um und starrte mich verblüfft an.

„Was hast du gesagt?"

„Ich habe ganz deutlich gesehen, wie der Brunnen und die Treppe von großen Felsbrocken zerstört worden sind!", berichtete ich atemlos. „Sie kamen von der anderen Talseite geflogen, und Menschen sind dabei gestorben!"

Ich nahm Didis dargebotene Hand und ließ mir aufhelfen.

„Wie konntest du so etwas sehen?", erkundigte er sich verwirrt. „Du warst völlig weggetreten!"

Zu seiner Überraschung schlang ich spontan meine Arme um seine Hüften und lehnte meinen Kopf an seine Brust.

„Ich habe so etwas schon einmal erlebt", gestand ich ihm flüchtig. „Es war, bevor wir aufbrachen, um Oban und Sligachan aus dem Bergfried der Isenburg zu befreien. Aber es ist dann doch anders gekommen, als ich geträumt hatte. Demnach könnte es jetzt auch wieder so sein."

„Du meinst, du hättest in eine mögliche Zukunft geblickt?", entgegnete Didi, während er sacht über mein Haar strich. „Ich glaube, du wirst mir langsam unheimlich, Pui Tien."

Ich hob meinen Kopf und schaute ihn verlegen an.

„Bereust du es allmählich, dass du dich auf mich eingelassen hast?"

Mein Freund schüttelte energisch den Kopf. Dann nahm er lächelnd den vollen Holzeimer und legte mir den Arm um die Schulter.

„Weißt du", meinte er jovial, „du birgst so viele geheimnisvolle Überraschungen, dass es wohl nie langweilig wird."

Ich löste mich von ihm und stieß Didi scherzhaft in die Seite.

„Dein Leben hätte so einfach, ruhig und berechenbar sein können!", zog ich ihn grinsend auf. „Aber nein, du musstest dich ja aus blinder Liebe zusammen mit mir durch das Tor in der Klutert stürzen. Aber würdest du es auch noch einmal tun, wenn du wüsstest, was auf dich zukäme?"

Wir setzten uns auf die Treppenstufen, und Didi nahm meine Hände. Seine Augen leuchteten, aber er schaute mich ganz ernst und durchdringend an.

„Natürlich würde ich das!", bekräftigte er feierlich. „Und falls ich gewusst hätte, dass du mich doch noch erhören würdest, wäre ich dir sogar auch dann gefolgt, wenn sich nun herausstellte, dass es absolut keine Hoffnung auf eine Rückkehr gäbe!"

Ich schaute beschämt zu Boden.

„Ohne den Verlust des Reifs wären wir längst zurück in der Gegenwart, und ich könnte versuchen, all das wieder gut zu machen, was ich dir angetan habe", bekannte ich kleinlaut.

„Du hast mir nichts angetan!", beharrte Didi. „Wie du schon sagtest, war ich blind vor lauter Liebe und hatte bestimmt so manche deiner Lektionen verdient. Aber nun hast du mein Herz erhört, auch wenn ich nie mehr damit gerechnet hätte. Und darum werden wir beide es auch schaffen, hier wieder herauszukommen!"

„Falls die unbegreiflichen Mächte, denen ich geweiht bin, es zulassen", fügte ich leise an. „Du hast ja selbst gehört, was Frère Kyot erzählt hat. Irgendwie scheint alles zusammenzuhängen, aber wir wissen noch nicht, wie."

„Dann lass uns versuchen, es herauszufinden!", verkündete Didi mit ungewohnter Zuversicht.

Er hatte ja recht, aber ich kam mir dabei mittlerweile ziemlich hilflos vor. Wie passte diese Vision von der brutalen Zerstörung des Brunnens da hinein? Diese Gedanken schwirrten mir auch noch durch den Kopf, als wir durch das Tor mit dem achtspitzigen Kreuz schritten und den Hof des geräumigen Hauses unseres Gastgebers betraten. Im gleichen Augenblick umfing mich erneut jenes bedrückende Gefühl, das ich bereits seit unserer Ankunft in Minerve an diesem Ort verspürt hatte. Auch Didi merkte sofort, dass ich kurz innehielt und mich besorgt umschaute, bevor ich zögernd weiterging.

„Ist es wieder das Haus?", erkundigte er sich wie beiläufig, doch in seinem Blick konnte ich deutlich die angespannte Erwartung erkennen, die sich seiner bemächtigt hatte.

Natürlich war ich nach meinem Erlebnis am Brunnen nun selbst sensibilisiert und rechnete praktisch jeden Moment mit einer weiteren Vision. Daher nickte ich schweigend und wandte mich zielstrebig dem Eingang zu.

„Du musst nicht hineingehen, wenn dir das unangenehm ist, Pui Tien!", ermahnte mich mein Freund.

Doch mein Entschluss stand fest. Ich wollte der quälenden Ungewissheit ein Ende bereiten und mir über den Grund meines Unbehagens Klarheit verschaffen. Vielleicht war es ja doch nur ein dummes Gefühl, dessen Ursache lediglich auf die hohen, dunklen und äußerst kargen Räume zurückzuführen war.

Der Unterschied zu dem vom grellen Sonnenlicht beschienenen Innenhof des Gebäudekomplexes war äußerst krass, und ich schloss kurz die Augen, um mich an die Dunkelheit zu gewöhnen. Bald konnte ich deutlich die schemenhaften Konturen des großen Tisches ausmachen, an dem ich noch am frühen Morgen unserem Gastgeber gegenüber gestanden hatte. Frère Kyot hatte Wasser aus einem unter der Feueröffnung hängenden Kessel geschöpft, und ich erinnerte mich wieder daran, wie ich zusammengezuckt war, als er nach dem stählernen Haken griff, um das Gefäß ruhig zu halten. Vorsichtig streckte ich meine Hand nach der einfachen Halterung aus.

Diesmal fühlte es sich an wie eine grelle Explosion in meinem Gehirn. Der zuvor dunkle Raum erschien auf einmal in ein diffuses gelbliches Licht getaucht, das von zahlreichen Fackeln an den Wänden verursacht wurde. Das ganze Haus war voller Menschen, ärmlich gekleidete Männer und Frauen, die allesamt dicht gedrängt zusammenstanden und in einem inbrünstigen monotonen Singsang vor sich hinbeteten. Die Luft war stickig und stank nach Schweiß und Exkrementen. Doch da war noch etwas anderes, das sich unter die unangenehmen Ausdünstungen mischte und mir nur allzu gut bekannt war: nämlich der untrügliche Geruch von kreatürlicher Todesangst.

Plötzlich wurde die Tür aufgestoßen, und eine wilde Horde Bewaffneter drängte herein, angeführt von Rittern mit roten Kreuzen auf den Waffenröcken. Sie trieben die armselig gekleideten Menschen zusammen, schlugen unbarmherzig auf sie ein und banden deren Gelenke mit Stricken zusammen. Der vorderste Ritter, ein grimmig dreinschauender Mann riss die gezackte Stahlhalterung aus der Verankerung und stieß diese mit einem grässlichen Fluch dem nächststehenden Priester der Amics de Diu ins Genick. Blut spritzte über den Tisch und tropfte auf den Boden, während der Mann röchelnd zusammenbrach.

Die übrigen wurden in den Hof getrieben und weiter mit Stöcken geschlagen. Dann kamen Söldner, die ebenfalls ein rotes Kreuz auf der Brust ihres Leibrocks trugen. Sie brachten Kränze aus geflochtenen Dornensträuchern, die sie den geschundenen Menschen auf die Köpfe setzten und tief in die Stirn drückten.

Im hinteren Teil des Hofes, wo sich unser Nachtlager bei den Pferden befunden hatte, war ein riesiger Scheiterhaufen angezündet worden, und die Flammen loderten weithin sichtbar über die Mauer hinaus. Es war unerträglich heiß, aber den brüllenden Mob aus Soldaten und Rittern schien das nicht im Geringsten zu stören. Sie packten die gefesselten Frauen und Männer wie Vieh in Gruppen zusammen und trieben sie in das prasselnde Flammenmeer.

Zutiefst erschrocken und angewidert wollte ich mich abwenden, meine Augen schließen oder wenigstens weglaufen, aber ich konnte es nicht. Mit bebenden Lippen und am ganzen Körper zitternd war ich gezwungen, das grausame und Ekel erregende, feige Schauspiel bis zum bitteren Ende mitzuerleben. Selbst einem unwillkürlich ausgestoßenen Schrei des Entsetzens gelang es nicht, meiner Kehle zu entweichen. Und so wurde ich, ohne es wirklich zu wollen, Zeuge, wie die meisten Frauen und Männer sich aus dem Griff ihrer Peiniger lösten und freiwillig in das alles verzehrende Feuer sprangen. Zum Schluss waren es mindestens 140 an der Zahl. Meine schwindenden Sinne nahmen noch den beißenden Qualm sowie das Stakkato der schrecklichen Schmerzensschreie auf, dann umfing mich endlich und erlösend das wesenlose Nichts einer ewigen Nacht.

Schen Diyi Er Dsi

Pui Tien hatte auf einmal aufgeschrien und wie eine Furie um sich geschlagen. Verzweifelt versuchte ich, sie festzuhalten und aus dem verdammten Raum hinauszubringen, doch sie schien plötzlich Bärenkräfte zu besitzen. Immer wieder wurde ich zurückgeschleudert, und sie hätte sich bestimmt bald selbst erheblich verletzt, wenn Frère Kyot nicht gekommen wäre. Gemeinsam gelang es uns schließlich, die wild umher rudernden Arme meiner Freundin zu packen und sie aus dem Haus zu bringen. Erst auf dem provisorischen Strohlager bei den Pferden beruhigte sie sich langsam und fiel in einen tiefen Schlaf.

Als sie erwachte, war es bereits Nacht, und es dauerte noch eine ganze Weile, bis sie endlich einigermaßen in der Lage war, über das zu sprechen, was sie mit ihrem geistigen Auge gesehen hatte. Danach klammerte sie sich an mich wie ein kleines Kind, vergrub ihr Gesicht an meiner Schulter und weinte.

Auch Frère Kyot schluckte vernehmlich, obwohl er ihren Bericht zuvor ohne sichtbare Gefühlsregung aufgenommen hatte. Allmählich schien es Pui Tien besser zu gehen. Sie trocknete ihre Tränen und schaute ihn fragend an.

„Ich weiß nicht, ob all das, was ich mitansehen musste, wirklich so geschehen wird, aber die Möglichkeit besteht!", sagte sie mit Grabesstimme. „Dabei habt Ihr uns doch versichert, die Amics de Diu würden hier in Okzitanien von allen Menschen geachtet. Wie kann es dann sein, dass so etwas Grausames passieren könnte?"

Frère Kyot musterte sie mit ernster Miene.

„Wenn es geschieht, und ich muss sagen, ich glaube tatsächlich, dass es so kommen wird, dann werden nicht die Okzitanier unsere Henker sein. Unsere Feinde werden von Papst Innozenz geschickt, und…"

„Aber was ist mit den Rittern, die ein rotes Kreuz auf ihrem Waffenrock tragen?", unterbrach ihn Pui Tien. „Ihr habt sie heute Morgen noch Brüder genannt, und doch habe ich nur solche Leute in meiner Vision gesehen."

„Die Templer werden uns nicht verraten, Tochter!", erwiderte Frère Kyot mit dem Anflug eines Lächelns. „Diejenigen, die du gesehen hast, tragen ein anderes Zeichen auf der Brust. Es ist das der Kreuzfahrer, die seine Heiligkeit vor einem Jahr aufgerufen hat, uns zu vernichten."

Pui Tien und ich sahen uns erstaunt an.

„Wie? Das heißt, ihr wisst bereits, dass man Eurer Gemeinschaft nach dem Leben trachtet?", erkundigte sich meine Freundin überrascht.

„Ja, das ist es doch gerade, weshalb ich so dringend mit meinen Templerbrüdern über euer Erscheinen hier sprechen musste!", entgegnete Frère Kyot. „Und jetzt, da ich weiß, dass du sogar die Gabe hast, künftige Ereignisse zu sehen, ist das alles noch wichtiger geworden."

Pui Tien schüttelte den Kopf.

„Ich verstehe noch immer nicht, Frère Kyot! Ihr solltet jetzt besser nicht mehr in Rätseln zu uns sprechen!"

Unser Gastgeber überlegte kurz und sah uns offen an.

„Ich stimme dir zu, Tochter, und ich werde mich bemühen, dir alles zu erklären!", bekannte er. „Du suchst doch denjenigen, der im Besitz deines Reifes ist, nicht wahr? Nun, ich denke, dieser Graf Arnold von Altena wird sich beim Heer der Kreuzfahrer befinden, das sich augenblicklich in der Stadt Lyon versammelt. Wir wissen nicht, wie sie gegen uns und unsere okzitanischen Grafen vorgehen werden, aber du, Tochter, wirst es wissen, wenn die Zeit gekommen ist, denn du wirst spüren, wo dein Reif ist. Außerdem kannst du die Streitmacht des Vicomte Raymond Roger Trencavel warnen, weil du erkennen wirst, was deren Handeln bewirkt. Schon allein deshalb seid ihr beide für uns alle von unschätzbarem Wert. Zudem müsst ihr auf irgendeine Weise mit den von uns erwarteten Boten in Verbindung stehen, auch wenn ich bislang noch nicht ergründen konnte, wie. Aber dass ihr durch das Tor gegangen seid, aus dem jene Boten mit dem ‚Allerheiligsten' erwartet werden, ist sicherlich kein Zufall, genauso wenig wie die Tatsache, dass der Verkünder selbst dein alter Lehrmeister war. Versteht ihr nun, was ich meine?"

Pui Tien

Oh ja, wir hatten es verstanden. Seltsam nur, dass mich diese Situation wieder exakt an Papas andauernde Klage darüber erinnerte, dass die geheimnisvollen Mächte ihn und

Mama stets aufs Neue als Erfüllungsgehilfen benutzten. Und nun waren auch Didi und ich ebenfalls zu willenlosen Marionetten im ewigen Spiel des Schicksals geworden.

Der europäische Teil von mir wollte genauso wie er dagegen aufbegehren, aber was sollte es nützen, wenn wir uns weigerten, den armen bedrohten Menschen dieses Landes zu helfen? Ich jedenfalls hätte es nicht mit meinem Gewissen vereinbaren können.

Aber was war mit der asiatischen Hälfte meines zerrissenen Ichs? Mama und Oma Liu Tsi hatten mich gelehrt, dass es nichts Wichtigeres im Leben gebe, als ständig darum bemüht zu sein, das eigene Karma zum Guten zu wenden. Denn alles, was wir tun, wird unser künftiges Leben beeinflussen. Oder sollte ich besser sagen, alles, was wir in einem früheren Leben getan haben, wird uns im jetzigen Leben mit gleicher Münze vergolten.

Also stimmten wir nach kurzer Beratung zu, Frère Kyot am nächsten Morgen nach Carcassonne zu begleiten, wo Vicomte Raymond Roger Trencavel, der Herr dieser Gegend, in einer als uneinnehmbar geltenden Burg innerhalb der Mauern seiner Stadt residierte. Nachdem, was unser Gastgeber berichtete, sollte der Vizegraf ein äußerst gütiger junger Mann sein, der sowohl den Amics de Diu als auch den Juden und den Konsuln in seinem Herrschaftsgebiet gewogen war. So wie Frère Kyot ihn beschrieb, musste der Vicomte viel von dem verkörpern, was einst auch mal Graf Arnold ausgezeichnet hatte, als dieser noch jung war und meine Liebe gewonnen hatte. Ich muss zugeben, dass ich schon allein aus diesem Grund sehr gespannt darauf war, ihm zu begegnen.

Kapitel 2
Die heimliche Kirche

...we waz ist got?
Waere der gewaldec, solhen spot
Hete er uns beiden niht gegeben,
kundet got mit kreften leben.
Ich was im dienstes undertan,
sit ich gnaden mich versan.
Nu will ich im dienest widesagen:
Hat er haz, den will ich tragen!
(aus „Parzival" von Wolfram von Eschenbach)

...Oh weh, was ist Gott?
Wäre er allmächtig, solch Schande
hätte er nicht über uns beide gebracht,
wenn er die Kraft dazu gehabt.
Ich war ihm eifrig untertan,
weil ich auf seine Gnade hoffte.
Nun will ich ihm den Dienst versagen:
Wenn er mich dafür hasst, dann will ich es ertragen!
(Übertragung aus dem Mittelhochdeutschen)

Leng Phei Siang

Die Phalanx der turmartigen Sandsteinklippen ragte hoch über die Kronen der Bäume hinaus und erschien wie eine unüberwindliche urzeitliche Barriere inmitten vom Frühlingswind aufgepeitschter Wogen des grünen Blättermeeres der umgebenden Wälder. Die bizarre Szenerie der Externsteine hatte für mich etwas Unheimliches, ja gewissermaßen sogar Bedrohliches an sich, was sich nicht zuletzt darin manifestierte, dass sie ein im höchsten Grade magischer Ort waren, an dem sich die unsichtbaren Linien jener für normale Begriffe nicht fassbaren Energien kreuzten, die es Menschen mit unserer Gabe ermöglichten, das Tor zwischen den Zeiten zu durchschreiten. Genau dies hatten Fred und ich gerade noch vor einer Stunde gemeinsam mit unserer Tochter sowie deren Freund versucht und waren diesmal kläglich gescheitert. Anstatt die Ebene der Gegenwart zu erreichen, aus der wir am 31. Oktober 2006 in der Kluterthöhle aufgebrochen waren, hatte uns etwas aus dem Strom der Zeit gerissen, von Pui Tien und ihrem Freund getrennt und praktisch wieder zum Ausgangspunkt zurückgeschleudert. Nun ja, nicht ganz, denn, wie wir inzwischen erfahren konnten, hatten Fred und ich uns wohl doch einige wenige Jahre in Richtung Zukunft bewegt. Allerdings waren wir unserer eigenen Epoche nur ganze fünf Jahre näher gekommen. Zumindest konnten wir dies aus den Beteuerungen jener drei seltsamen Bettelmönche entnehmen, die urplötzlich aus dem Schatten der Bäume getreten waren und zu unserer großen Überraschung zudem noch behaupteten, auf uns gewartet zu haben. Nach deren eigenen Worten hielten die drei uns für vor langer Zeit angekündigte Boten, die ein ominöses „Allerheiligstes" suchen und zu einem nicht minder geheimnisvollen Ort namens Montsalvat bringen sollten. Doch unseren diesbezüglichen Fragen waren die Bettelmönche bislang stets ausgewichen.

Wir hätten deren Ansinnen natürlich auch gleich rundheraus ablehnen können, aber die beiläufige Erwähnung, dass ausgerechnet ein bestimmter Zwerg aus den südlichen Wäldern der Urheber jener Weissagung gewesen sei, ließ Fred und mich sofort aufhorchen. Konnte es wirklich sein, dass unser alter Bekannter Sligachan gewusst hatte, was uns bevorstehen würde? Fred schüttelte demonstrativ den Kopf.

„Er kann noch gar nicht wissen, wer wir sind, Siang!", zischte er mir leise auf Hochdeutsch zu. „Schließlich wird er uns erst in 15 Jahren kennenlernen."

Damit hatte Fred zweifelsohne recht, und doch vermochte ich mich eines gewissen Unbehagens nicht zu erwehren. Immerhin waren wir diesmal der Epoche unserer allerersten zeitlichen Versetzung schon gefährlich nahe gekommen. Da lag es praktisch auf der Hand, dass wir fast zwangsläufig Menschen begegnen mussten, die von unserer Existenz noch gar nichts wissen durften. Andernfalls wäre ein gewaltiges Zeitparadoxon vorprogrammiert, das künftige Entwicklungen und Geschehnisse auf den Kopf stellen würde. Tatsächlich waren wir in den vergangenen Monaten bereits mehrfach gezwungen gewesen, unser Aussehen zu verbergen. So hatten wir unter anderem auch den Zwerg Sligachan aus dem Kerker der Isenburg befreit, doch unerwarteterweise hatte man ihn geblendet. Aber vielleicht hatte allein damit schon eine Art Schutzmechanismus eingesetzt, der das Gefüge der Zeit vor derart gefährlichen Verschiebungen bewahrte. Dass so etwas Unbegreifliches tatsächlich existierte, hatten Fred und ich schon damals bei unserer ersten Versetzung am eigenen Leib zu spüren bekommen. In der Folge jener unerklärbaren Abwehreffekte gegenüber uns als Fremdkörper im Jahr 1224 hatte ich unser erstes ungeborenes Kind verloren.

Die drei ärmlich gekleideten Mönche schauten uns erwartungsvoll an. Sie waren unserer Unterredung schweigend gefolgt, freilich, ohne die auf Hochdeutsch geflüsterten Worte verstehen zu können. Von mir aus mochten sie denken, Fred und ich hätten uns in irgendeinem morgenländischen Dialekt unterhalten. Sie selbst waren nach allem, was wir bislang von ihnen gehört hatten, einheimische Sachsen aus dieser Gegend, die behaupteten, einer heimlichen neuen Kirche anzugehören. Allein dies erschien uns schon mehr als ungewöhnlich, denn soweit wir wussten, war der Absolutheitsanspruch des Papstes und der Römisch-Katholischen Kirche im beginnenden 13. Jahrhundert noch völlig unangetastet gewesen.

„In der Tat haben unsere ersten Glaubensbrüder vor fast einhundert Sommern das Abbild unseres leidenden Herrn Jesus Christus dort drüben in die Felsen gemeißelt!", bekräftigte der Ältere der drei ärmlich gekleideten Gestalten. „Sie taten dies zwar auf Weisung des Abdinghofer Klosters, aber sie verwendeten dabei die geheimen Zeichen und Symbole unserer damals noch jungen Gemeinschaft."

Fred warf mir einen bedeutungsvollen Blick zu. Wir hatten uns schon immer gewundert, warum die Darstellungen auf dem großen steinernen Reliefbild eine für das abendländische Christentum sehr ungewöhnliche Szene zeigten. An einem zuvor heidnischen Ort wäre die Figur des siegenden Christus bestimmt ein viel wirksameres Symbol gewesen. Stattdessen hatten die Erschaffer der riesigen Plastik den Moment der tiefsten Erniedrigung ihres Gottes gewählt, nämlich das Abnehmen des toten Christus vom Kreuz. Gerade an einem der vermutlich ältesten Heiligtümer vorchristlicher Kulturen musste eine solche Geste wie eine symbolhafte Kapitulation vor einer abgrundtief bösen und sündhaften Welt erscheinen. Der Zwerg Sligachan hatte das Reliefbild einmal genau in dieser Richtung interpretiert. Er hielt es für den in Stein gemeißelten Beweis, dass die neue Religion des Christentums an diesem Ort mit Kräften konfrontiert worden war, die sie im Grunde nicht zu bezwingen vermochte. Doch nun bekamen wir plötzlich noch einen völlig anderen Aspekt dargeboten, den wir niemals von uns aus in Erwägung gezogen hätten. Natürlich waren wir sofort überaus neugierig, mehr darüber zu erfahren.

„Verzeiht, ich sehe Eure erstaunten Blicke!", nahm der Ältere der Bettelmönche meinen Gedankengang auf. „Um Euch davon zu überzeugen, wie wichtig unser Anliegen ist, sollten wir wohl mehr über unsere Gemeinschaft und unsere Beweggründe erzählen."

Er wies mit einer einladenden Bewegung auf die imposante Kulisse der 13 Sandsteintürme. Danach setzten sich die drei seltsamen Männer sogleich in deren Richtung in Bewegung. Fred und ich sahen uns kurz an und folgten ihnen.

„Wenn die Altvorderen aus der Klutert wirklich etwas mit diesem ‚Allerheiligsten' zu tun haben, sollten wir uns schon anhören, was uns die Bettelmönche erzählen wollen", raunte mir Fred auf Hochdeutsch zu. „Vielleicht bekommen wir sogar einen Hinweis darauf, wohin es unsere Tochter und ihren Freund verschlagen haben könnte."

„Also glaubst du jetzt auch, dass Pui Tien sich noch in der gleichen Zeit wie wir aufhält?", resümierte ich ohne Umschweife.

„Zumindest will ich gern zugeben, dass deine diesbezügliche Vermutung nicht von der Hand zu weisen ist", erwiderte Fred lächelnd.

Als wir beide eine knappe Stunde zuvor entsetzt festgestellt hatten, dass unsere Tochter und ihr Freund nicht mit uns zusammen vor den Externsteinen materialisiert worden waren, hatte ich spontan den verschwundenen Reif dafür verantwortlich gemacht. Daraus folgerte zwangsläufig, dass Pui Tien und Didi sich nun in dessen Nähe befinden mussten, wo immer das auch sein würde.

Wir ließen die beiden bei uns verbliebenen Packpferde zurück und führten unsere Reittiere am Zügel. Dabei achteten wir peinlich genau darauf, ob sie unruhig wurden, aber nichts dergleichen geschah. Offenbar konnten Fred und ich uns nun wieder den magischen Kraftfeldern vor dem Relief nähern, ohne gleich von ihnen erfasst und abermals in ihren Sog gerissen zu werden, was bewies, dass wir beide nach wie vor nur an ganz bestimmten Tagen im Jahr in der Lage waren, das Zeittor zu durchschreiten. Ob dies auch bei den Externsteinen zutraf, hatten wir bislang nicht in Erfahrung bringen können, denn für unsere Tochter galt eine solche Einschränkung nicht. Nur ihre besondere Gabe hatte es schließlich vor einer Stunde möglich gemacht, dass wir in ihrer Begleitung den Sprung vor dem Schlüsseltag Belthane unternehmen konnten. Allerdings kribbelte es unangenehm zwischen meinen Fingern, als wir uns der gewaltigen Steinplastik näherten, und Fred warf mir einen warnenden Blick zu. Tatsächlich bemerkte ich bei genauem Hinschauen, wie winzige blassblaue Entladungen an meinen Händen entlang züngelten.

„Lass uns nicht zu nah herangehen, Siang!", warnte Fred sofort.

Wir blieben etwa zehn Meter vor dem Reliefbild stehen, was die drei Bettelmönche mit Verwunderung registrierten.

„Ihr müsst Euch das Bildnis schon genau anschauen!", forderte uns der Ältere auf.

Fred schüttelte ablehnend den Kopf.

„Es könnte sein, dass uns die unbegreiflichen Mächte, die uns hierher brachten, wieder erfassen!" rief er den ärmlich gekleideten Männern zu. „Aber wir wissen auch so, was das Bild zeigt. Es ist der tote Christus, der vom Kreuz genommen wird."

Der Ältere der drei nickte bedächtig.

„Wundert Euch das nicht hier an einem Ort, den unsere heidnischen Vorfahren früher verehrten?"

„Doch, aber wir haben es dem Respekt der Erschaffer des Bildes vor den ungeheuerlichen Gewalten zugeschrieben, die sie nicht beherrschen konnten", antwortete Fred umgehend.

Über unseren Köpfen ertönte ein unheimliches, donnerndes Grollen. Ich schrak unwillkürlich zusammen und sah besorgt zum Himmel. Dunkle, hoch aufragende Wolkengebilde hatten sich über den Sandsteinklippen zusammengezogen. Zwischen ihren gezackten Rändern bildeten die Sonnenstrahlen einen schimmernden Fächer, der bis zum Boden herabreichte. Im gleichen Augenblick fuhr ein gleißender Blitz in den großen Gesteinsbrocken, der schräg auf einem der benachbarten hohen Felstürme lag. Die Bettelmönche wichen entsetzt zurück und starrten uns mit angsterfüllten Augen an.

„Wir müssen weg von den Felsen!", rief Fred, während er verzweifelt versuchte, sein Pferd zu bändigen.

Schließlich gelang es uns beiden, die Tiere von den Steintürmen wegzuzerren. Unterdessen hatte ein stürmischer Wind eingesetzt, der sich mit unirdisch klingendem Heulen an den Felstürmen brach. Die drei ärmlich gekleideten Männer mussten gegen die peitschenden Böen ankämpfen, um aus dem unmittelbaren Bereich der umtosten Felsen zu gelangen. Weitere Blitze zuckten vom Himmel, und ein heftiger Regenschauer prasselte auf das noch lichte Blätterdach. Ich löste das Tasselband meines Mantels und zog mir fröstelnd das Kleidungsstück über den Kopf, während Fred noch immer wie entgeistert zu den Externsteinen schaute, als könne er nicht begreifen, was geschehen war. Ich ergriff seine Hand.

„He, das kann auch ein ganz normales Gewitter gewesen sein", flüsterte ich ihm wie beiläufig zu.

Dicke, schwere Regentropfen lösten sich aus dem Geäst über uns und fielen klatschend auf den aufgeweichten Boden. Fred schüttelte langsam den Kopf.

„Es hätte gar nicht passieren dürfen!", entgegnete er abwesend. „Irgendetwas will verhindern, dass wir uns eingehend mit dem Reliefbild befassen."

Fred Hoppe, Ende April 1209

Ich schob die halb geleerte Schüssel mit dem faden, milchigen Brotbrei beiseite und schaute nachdenklich in die züngelnden Flammen der offenen Feuerstelle. Vor meinem geistigen Auge verschwammen die Konturen der drei ärmlich gekleideten Priester, die uns nach den Erlebnissen an den Externsteinen in ihre einfache Kate in den Wäldern eingeladen und mit den Gaben ihrer Anhänger beköstigt hatten. Dabei war ich mir durchaus bewusst, dass die drei Bettelmönche gebannt darauf warten mochten, von mir eine Antwort auf ihre unausgesprochene Frage zu bekommen. Doch die Geschichte, die sie Phei Siang und mir aufgetischt hatten, war so unglaublich gewesen, dass ich sie erst einmal verdauen musste.

Demnach seien vor etwa 100 Jahren Priester einer neuen Kirche aus dem Süden Frankreichs ins Sachsenland gekommen, die eine derart brisante Botschaft mitgebracht hätten, dass diese alle bis dahin gültigen Regeln der mittelalterlichen Gesellschaft auf den Kopf gestellt habe. In ihren Predigten, die sie vorzugsweise unter freiem Himmel und noch dazu in der Sprache des Volkes hielten, verkündigten jene sogenannten Katharer – eine Bezeichnung, die aus dem Griechischen stammte und so viel wie „die Reinen" bedeutete – eine geradezu revolutionäre Lehre: Die gesamte diesseitige Welt sei vom Satan bestimmt und daher durchweg schlecht und verdorben. Demgegenüber stehe das jenseitige gute Reich Gottes, in das die Seele der Menschen ausschließlich durch die Liebe gelangen könne, die Jesus Christus gelehrt habe. Daraus folgerte unweigerlich, dass auch der Papst und die gesamte Römische Kirche ebenfalls nur eine Ausgeburt des Teufels sein müssten. Da war es natürlich kein Wunder, dass diese neue Bewegung von vorn herein nur im Untergrund operieren konnte, zumal sie von den armen einfachen Menschen, die die Ungerechtigkeit des feudalen Systems täglich zu spüren bekamen, besonders großen Zulauf erhielt.

Natürlich waren sowohl der Papst als auch die adelige Oberschicht bemüht, die schnell wachsende Gemeinschaft der Katharer und ihre Anhänger als Häretiker, also als Abweichler, hinzustellen, doch die Verbreiter der neuen Lehre waren keineswegs ohne Beweise für ihre Ideen gekommen. Dazu führten sie eine geheimnisvolle Sammlung von Schriften mit sich, die sie das „wahre Evangelium des Johannes" oder das „Allerheiligste" nannten, welches nach dem ersten Kreuzzug vom Ritterorden der Templer in Jerusalem gefunden worden war. Da das vormalige heidnische Heiligtum der Externsteine eines der ersten Zentren jener neuen Glaubensausrichtung im Norden des Reiches geworden war, meißelten deren frühe Anhänger hier die Symbole ihrer noch jungen Gemeinschaft in den Felsen.

Vor etwa zehn Jahren, so versicherten uns die drei Bettelmönche, sei dann ein neuer Priester der Bewegung in der Gegend aufgetaucht. Er habe sich Bruder Kyot genannt und nach dem Verbleib des „Allerheiligsten" geforscht. Seine Gemeinde sei etwa zwei Tagesreisen westlich gewesen.

„Es waren unsichere Zeiten angebrochen", so hatte es uns der Ältere der drei fast entschuldigend erläutert. „Im Reich herrschte ein unerbittlicher Krieg um die Krone, und auch im Ursprungsland unserer Glaubensbrüder waren die wahren Christen nicht mehr sicher. Bruder Kyot sollte das ‚Allerheiligste' heimführen, wo ein sicherer Ort eigens für unseren wertvollsten Schatz gebaut werden sollte. Daher haben wir ihm das Bündel mit den Schriften gegeben."

„Doch unser Bruder Kyot wurde noch im Sachsenlande aufgegriffen und in einem Bergwerk gefangen gehalten", hatte der Jüngste der Bettelmönche eingeworfen. „Zum Glück wurde er heimlich von Zwergen aus den Wäldern befreit, die das kostbare Bündel in Verwahrung nahmen."

„Wieder einige Jahre später gerieten diese selbst in Bedrängnis", hatte der dritte Priester ergänzt. „Doch von einem fahrenden Sänger aus Franken wissen wir, was ihm der weise Alte, der ihr Oberhaupt war, voraussagte, nämlich, dass zehn Monate nach Beendigung des schrecklichen Krieges ein Kreuzritter und seine Gemahlin aus dem Morgenland vor dem großen Steinbild erscheinen würden, die das ‚Allerheiligste' finden und sicher zum Montsalvat bringen sollten."

„Diese Zeit ist nun gekommen, und tatsächlich seid Ihr und Eure Gemahlin heute hier wie aus dem Nichts aufgetaucht!", schloss der Ältere mit pathetischer Stimme. „Also müsst Ihr die erwarteten Boten sein!"

Mir schwirrte der Kopf, und ein paar auf den ersten Blick nicht zusammenhängende Erinnerungen an bestimmte Begebenheiten kamen mir in den Sinn. „Oban!", hämmerte es in meinen Gedanken. Der Zwerg, der offenbar unsere Ankunft prophezeit hatte, war Pui Tiens alter Lehrmeister gewesen und nicht unser späterer Freund Sligachan. Daraus ergab sich eine völlig neue Sachlage.

Ich erhob mich und bat unsere Gastgeber, meine Gemahlin und mich für eine Stunde zu entschuldigen. Danach würden wir ihnen umgehend unsere Entscheidung mitteilen. Die drei Bettelmönche stimmten sofort zu, aber die Enttäuschung über den Aufschub stand ihnen deutlich ins Gesicht geschrieben. Phei Siang jedenfalls nickte mir kurz zu, bevor sie mich zu unseren beiden Packpferden begleitete.

„Du willst noch einmal zu den Felstürmen gehen, nicht wahr?", vermutete sie ganz richtig, als wir allein waren.

„Genau!", bestätigte ich mit grimmiger Entschlossenheit. „Und da jetzt Nacht ist, können wir unsere Taschenlampen benutzen, was bedeutet, wir brauchen nicht unmittelbar bis zum Reliefbild vorzudringen."

„Was glaubst du, dort zu finden?"

„Ich suche nur die Bestätigung dessen, was die Priester uns erzählt haben", antwortete ich bereitwillig. „Dabei bin ich einfach gespannt, ob man das Bild wirklich in ihrem Sinne interpretieren kann. Schließlich hat uns der Zwerg damals eine völlig andere Erklärung geliefert."

„Vielleicht treffen ja auch beide zu", merkte Phei Siang nachdenklich an.

Ich kramte in unseren Rucksäcken und wurde auch gleich fündig. Da die Packpferde nach der fehlgeschlagenen Versetzung bei Siang und mir zurückgeblieben waren, befanden wir beide uns schließlich noch im Besitz all der modernen Utensilien, die wir aus der Gegenwart mitgebracht hatten. Wo immer Pui Tien und Didi auch gestrandet waren, mussten sie nun ohne diese nützlichen Hilfsmittel auskommen. Ich wischte die sorgenvollen Gedanken beiseite.

Wir kamen schnell voran, denn der Mond schien hell durch das lichte Blätterdach der Bäume und ließ die Silhouette der 13 Felsentürme wie eine hohe gezackte Schildmauer erscheinen. Die Luft war klar und frisch. Nichts deutete mehr darauf hin, dass noch vor wenigen Stunden ein schweres Gewitter über den Sandsteinklippen getobt hatte. Trotzdem blieben wir in respektvoller Entfernung vor den Externsteinen stehen und richteten unsere Taschenlampen auf das große Reliefbild aus.

„Hm, es zeigt den toten Christus, wie er vom Kreuz abgenommen wird", wies Phei Siang achselzuckend auf die uns seit langem bekannte Tatsache hin. „Welche Art von Symbolik sollte darin sonst noch verborgen sein?"

„Das Kreuz selbst!", stellte ich überrascht fest. „Sieh doch, es ist an seinen Enden auseinander gezogen, so dass es dadurch acht Spitzen bekommt. Das erinnert mich an etwas."

„Die Templer!", entfuhr es Phei Siang. „Trugen sie nicht ein solches Kreuz auf ihren Waffenröcken?"

„Genau, und sie waren es, die das sogenannte ‚Allerheiligste' in Jerusalem fanden!", bestätigte ich.

Mit einem Mal glaubte ich, die Zusammenhänge zu verstehen.

„Siehst du die Figur, die den toten Christus vom Kreuz nimmt?", fuhr ich aufgeregt fort. „Das ist der Jünger Johannes, der das ‚einzig wahre Evangelium' schrieb. Er steht auf einem umgebogenen Baum, wahrscheinlich der Esche Yggdrasil oder die Irminsul, die das Heidentum der Sachsen symbolisiert, das von nun an als besiegt und überwunden gelten soll. Und dann der Mann, der den vom Kreuz gelösten Leib in Empfang nimmt. Das kann nur Joseph von Arimathia sein, der für Christus sein eigenes Felsengrab zur Verfügung stellt. Der Legende nach brachte er sowohl den Kelch des letzten Abendmahls als auch die Lehre des Gekreuzigten in die Welt. Die Tempelritter erhoben ihn dafür zum ersten Ritter ihrer Ordensgemeinschaft."

„Gibt es da nicht auch eine Art Felsengrab ganz unten am Fuß des gleichen Steinturms?", erinnerte sich Phei Siang.

„Na klar, und es führen sogar in den Fels gehauene Treppen vom Bild dort hin."

„Das heißt, auch Gott ist den Weg durch die Unterwelt gegangen, bevor er zum Licht aufstieg", ergänzte Phei Siang sinnend.

„Für die Anhänger der Katharer ist alles, was zur diesseitigen Welt gehört, vom Teufel erschaffen", schloss ich daraus. „Der einzige Weg in das gute Reich Gottes führt durch den Tod, der die Seele befreit und deren Heimkehr dorthin ermöglicht, so, wie es Christus den Menschen gezeigt hat. Es passt tatsächlich alles zusammen."

„Das bedeutet, wir können den Bettelmönchen glauben, nicht wahr? Aber sollen wir uns denn wirklich auf deren Auftrag einlassen? Immerhin wissen wir nicht einmal, wo wir das Bündel mit den Schriften finden, geschweige denn, wo wir es letztlich hinbringen sollen."

Ich machte eine beschwichtigende Handbewegung.

„Langsam, Siang! Ganz so ahnungslos, wie es scheint, sind wir doch eigentlich gar nicht. Der Zwerg, von denen die drei Priester sprachen, kann nur Oban, Pui Tiens alter Lehrmeister sein."

„Aber der ist tot, Fred! Wir selbst haben ihn am Hohenstein begraben. Er kann uns nicht mehr helfen."

Ich schüttelte vehement den Kopf.

„Aber er hat vorausgesagt, dass wir eines Tages hier erscheinen würden, um das ‚Allerheiligste' zu finden und nach diesem ‚Montsalvat' zu bringen, wo immer das auch sein mag. Das kann nur bedeuten, er hat gewusst, was geschehen würde."

„Und warum hat er uns nichts davon gesagt oder wenigstens etwas angedeutet, als er noch die Gelegenheit dazu hatte?"

„Hat er doch, Siang, und zwar, als wir ihn und den blinden Sligachan aus der Isenburg befreit haben."

Phei Siang dachte einen Moment lang nach.

„Er hat dir etwas über das Schicksal des jungen Wolfes erzählt...", begann sie und brach ab. „Du hast recht, Fred! Oban sagte, er sei nun zuversichtlich, dass alles Weitere so geschehen werde, wie es geschehen solle..."

„...deshalb wirst du auch eines Tages wiederkommen und eine andere wichtige Aufgabe erfüllen!"', ergänzte ich Wort für Wort das Zitat des alten Zwerges. „Ich bin jetzt sicher, dass er damit unsere Botenaufgabe gemeint hat."

„Du denkst, er hätte schon damals gewusst, dass die Rückversetzung in unsere eigene Zeit fehlschlagen würde?", hakte Phei Siang nach.

„Richtig, sonst hätte er dem fränkischen Ritter nicht schon vor seiner Gefangennahme durch den Grafen Everhard prophezeien können, dass wir in diesem Jahr an den Externsteinen erscheinen würden!", behauptete ich.

„Das würde dann zwangsläufig bedeuten, Oban hätte auch gewusst, dass Pui Tien von uns getrennt würde!", folgerte Phei Siang. „Und da ihm natürlich immer das Schicksal seines geliebten Mündels am Herzen lag, könnte es gut sein, dass die beste Chance, unsere Tochter zu finden, mit der Erfüllung dieser Botenaufgabe einhergeht. Das klingt sogar für mich logisch. Ich muss sagen, du machst dich, Fred Hoppe!"

Leng Phei Siang

Natürlich waren die Priester dieser im Verborgenen wirkenden neuen Kirche hocherfreut, dass wir ihnen versprachen, den seltsamen Botenauftrag zu erfüllen. Doch dazu benötigten wir zunächst vor allem weitere Informationen. Um überhaupt die Spur des Bündels mit den für sie so heiligen Schriften aufnehmen zu können, mussten wir erst einmal in Erfahrung bringen, wo jener Bruder Kyot gewirkt hatte. Vielleicht wussten ja die dort lebenden Anhänger der Gemeinschaft mehr über diesen geheimnisvollen Mann aus Südfrankreich zu berichten. Allerdings machten uns die drei Bettelmönche in dieser Hinsicht leider keine großen Hoffnungen. Wie überall im Reich wurde die Kirche der Katharer auch in Sachsen rigoros verfolgt, und deren Mitglieder mussten sich unter den übrigen Christen verstecken. Vor einigen Jahrzehnten, so versicherte man uns, hätten zumindest noch öffentliche Dispute zwischen den Vertretern der beiden Glaubensrichtungen stattgefunden. Doch seitdem der schreckliche Bürgerkrieg um die deutsche Königskrone beendet worden war, habe man sogar mitunter von öffentlichen Aufrufen zu einem neuen heiligen Kreuzzug gehört, der sich diesmal aber nicht gegen die Sarazenen, sondern gegen jene Häretiker richten sollte. In Unkenntnis der wahren Lage maßen Fred und ich derartigen Nachrichten allerdings keine besondere Bedeutung bei. Das war ein großer Fehler, dessen Konsequenzen wir schon bald am eigenen Leibe zu spüren bekommen sollten. Aber als wir uns ein paar Tage später anschickten, die ärmlich gekleideten Priester in Richtung Westen zu verlassen, konnten wir davon natürlich noch nichts ahnen.

Unsere größte Sorge drehte sich vielmehr darum, möglichst nicht aufzufallen. Aber genau darin lag das Problem: Als wir im Spätherbst 2006 mit der Absicht in die Kluterthöhle gingen, in das Jahr 1204 versetzt zu werden, hatten wir uns selbstverständlich vorher Gedanken um eine Erfolg versprechende Tarnung gemacht. Angesichts des in jener Epoche aktuellen Bürgerkriegs zwischen den Anhängern der Staufer und der Welfen waren wir darauf verfallen, ein auf der Heimreise befindliches englisches Kreuzfahrerehepaar darstellen zu wollen. Diese Verkleidung hatte sozusagen auf der Hand gelegen, denn immerhin hatte der vierte Kreuzzug ins Heilige Land gerade sein unrühmliches Ende gefunden. Über alle nur erdenklichen Routen versuchten die versprengten Teilnehmer, die den von Venedig eingefädelten Überfall auf die Byzantiner überlebt hatten, nach Norden zurückzukehren. Da ich mein asiatisches Aussehen nicht verbergen konnte, hatten wir uns eine besonders rührselige Geschichte ausgedacht. Demnach war Fred während der Kriegshandlungen in die Gefangenschaft der Seldschuken geraten, aus der er nur entkommen konnte, nachdem er eine ihrer Prinzessinnen geehelicht hatte. Mit dieser wollte er nun zu seinem Lehen nach England zurückkehren. Unsere Tochter nebst deren Freund waren kurzerhand zu meinen Geschwistern deklariert worden. Kurz und gut: In dieser Tarnung hatten wir die besten Aussichten gehabt, uns aus den Zwistigkeiten des Bürgerkrieges heraushalten zu können.

Aber nun, fünf Jahre später, war mit einem Schlag alles anders geworden. Der Bürgerkrieg war beendet, und der vierte Kreuzzug Geschichte. Infolgedessen musste ein Ritter im weißen englischen Kreuzfahrergewand, der zudem noch mit einer Asiatin durch das Land reiste, überall auffallen. Natürlich besaßen wir auch noch Freds alten roten Waffenrock, auf dessen Brustteil das Wappen mit dem entwurzelten Baum prangte, doch mit diesem Zeichen des fiktiven Grafen Winfred von Rotherham würden wir erst in 15 Jahren durch die Lande reisen. Falls wir aber jetzt schon auf Menschen treffen sollten, denen wir eigentlich erst zum Zeitpunkt unserer ersten Versetzung im Jahre 1224 begegnen sollten, könnte sich der eine oder andere dann daran erinnern, und wir hätten ein Paradoxon ungeahnten Ausmaßes herbeigeführt. Außerdem waren wir zuvor selbst auf den ursprünglichen Träger dieses authentischen Zeichens gestoßen, als dieser bereits erschlagen in der Schlucht an der Ennepe gelegen hatte. Es war daher nicht auszuschließen, dass sich der „echte" englische Ritter schon jetzt hier irgendwo aufhielt. Was also sollten wir tun?

Es würde uns wohl nichts anderes übrig bleiben, als ein neues Wappen zu erfinden, doch auch das war nicht ganz ungefährlich. Schließlich galt dieses Statussymbol der adeligen Gesellschaft als Erkennungszeichen, und wir mussten damit rechnen, dass man von uns verlangen würde, die Echtheit unserer Abstammung zu beweisen. Welchen Lehnsherren sollten wir in einem solchen Fall benennen?

Nein, da war es schon weitaus vorteilhafter, wenn Fred sich auch künftig wieder als angelsächsischer Ritter ausgab, der fern seiner Heimat in den unendlichen Steppen des Ostens einem mongolischen Fürsten gedient hatte. Dazu benötigten wir lediglich ein fremd aussehendes Zeichen, das wir anstelle des Wappens mit dem entwurzelten Baum auf seinen Rock nähen mussten. Ich grübelte noch über eine geeignete Variante nach, als Fred sich vorsichtig bei den drei Katharer-Priestern erkundigte, ob sie vielleicht von unserer Tochter gehört hätten.

„Ihr Aussehen gleicht dem meiner Gemahlin bis aufs Haar", erklärte er den Bettelmönchen, „und sie wurde wahrscheinlich von einem jungen Ritter begleitet, der ebenfalls schwarze Haare und schlitzförmige Augen hat."

Die Priester schüttelten bedauernd ihre Köpfe.

„Bis gestern haben wir an den Felstürmen noch nie einen Menschen gesehen, dessen Antlitz so fremdländisch war wie das Eurer Prinzessin, Herr!", antwortete der Ältere bereitwillig.

„Pui Tien!", entfuhr es mir unwillkürlich. „Das ist es! Wir werden künftig im Zeichen des Himmels reisen!"

Die Bettelmönche schauten mich entgeistert an, aber Fred lächelte verstehend und nickte bestätigend.

„Es ist ein einfaches Schriftzeichen, und sein Bild wird sich vielleicht herumsprechen!", stimmte er mir begeistert auf Hochdeutsch zu. „Wenn unsere Tochter davon hören sollte, wird sie sofort wissen, dass wir sie suchen."

Während mein ritterlicher Gemahl begann, unseren Gastgebern zu erklären, dass wir beabsichtigten, bei der Erfüllung unserer neuen Mission das Wappen meines angeblichen mongolischen Vaters aus den Steppen des Ostens tragen zu wollen, begab ich mich flugs zu den Packpferden, um Freds alten Waffenrock zu holen.

„Es ist ein kluger Entschluss, als Bote des ‚Allerheiligsten' nicht unter dem Zeichen Eures eigenen Lehens zu reisen", sagte der Ältere der drei Bettelmönche gerade, als ich mit dem entsprechenden Kleidungsstück die Kate betrat. „Wie können wir Euch helfen, das Wappen des Mongolenfürsten auf Euren Rock zu nähen?"

Ich zog meinen Dolch aus der Scheide und ritzte das chinesische Schriftzeichen für „Himmel" in den festgestampften Boden der Hütte.

„Tien!", kommentierte ich mein Werk. „Das bedeutet ‚Himmel'. Es ist das Zeichen meines Vaters, der so mächtig ist, dass er nur das unendliche Himmelszelt über sich und sein Reich als größeren Herrscher anerkennt."

Die drei Priester nickten bestätigend.

„Glaubt Ihr, es wäre möglich, dass sich unter Euren Anhängern Frauen befinden, die uns dieses Bild in schwarzer Farbe auf weißes Leinen weben können?", fragte ich.

Fred Hoppe, Anfang Mai 1209

Stirnrunzelnd betrachtete ich die vor uns aufgeschichteten Häufchen unterschiedlicher Münzen aus meinem Beutel.

Ich hatte sie fein säuberlich nach Größe und Prägebildern sortiert und sinnierte nun darüber, ob sie wohl noch gültig waren.

„Schenme?" (Was ist), fragte Phei Siang, während sie abwartend die Zügel unserer Pferde hielt.

Ihre Stimme hatte ein wenig genervt geklungen, aber das Problem war dadurch schließlich nicht aus der Welt geschafft. Wir hatten Hunger und mussten uns dringend etwas zu essen kaufen, aber ich hatte nun mal absolut keine Ahnung, ob das welfische Geld aus vergangenen Bürgerkriegstagen irgendeinen Wert haben würde. Immerhin stammte es noch aus meinem erfolgreichen Tauschgeschäft, das ich mit den Schmieden und Händlern in Schwelm abgeschlossen hatte, bevor wir zu den Externsteinen aufgebrochen waren.

„König Otto ist doch als Sieger aus dem Krieg hervorgegangen, oder nicht?", merkte meine holde Gemahlin schnippisch an. „Also bestand ja wohl kein Anlass, die Münzen mit dem Konterfei seiner Vasallen einzuschmelzen. Demnach sollten sie auch noch gültig sein."

„Ich habe keine Ahnung!", gestand ich ein. „Was ist, wenn Graf Arnold von Altena aus diesem Anlass neues Geld geprägt hat?"

„Dann haben wir Pech gehabt, Fred Hoppe, und wir müssen uns das Essen eben stehlen! Auf jeden Fall kommen wir auch nicht weiter, wenn du stundenlang nur die Münzen anstarrst!"

Achselzuckend verfrachtete ich die Geldstücke wieder in den Beutel und nahm die Zügel meines Pferdes entgegen. Wir waren durch den Osning nach Westen geritten und befanden uns bereits in der weiten Ebene auf dem schon in dieser Epoche uralten Handels- und Heerweg, der die Städte am Rhein mit den östlichen Reichsteilen verband. Der in der Breite von zwei Speeren gehaltene Karrenweg würde später in unserer eigenen Zeit zum größten Teil von der Bundesstraße 1 vereinnahmt werden.

Während wir gut eine Woche auf die Fertigstellung meines Waffenrocks gewartet hatten, mussten Phei Siang und ich uns praktisch von nichts anderem als jenem wässrigen Brotbrei ernähren. Daher war es schon verständlich, dass wir nach einer richtigen Mahlzeit geradezu lechzten. Und obwohl wir beide schließlich unsere gesamte Ausrüstung über den missglückten Zeitsprung retten konnten, war uns bislang kein jagdbares Wild in die Quere gekommen. Die verhältnismäßig großen Hufen der Bauern schimmerten zwar in sattem Grün, aber bis zur Reife des Korns würden noch Monate ins Land ziehen. Auch gab es keinerlei Nüsse oder Beeren, die unseren Hunger gestillt hätten. Dementsprechend missmutig und gereizt setzten wir mit knurrenden Mägen unseren Weg fort.

Gegen Mittag tauchte am Horizont endlich die Silhouette der Mauern des ehrwürdigen Lippstadt vor uns auf, und schon bald vermochten wir auch den langen Stau der Bauern- und Kaufmannskarren vor dem östlichen Tor auszumachen. Unsere Stimmung stieg von da an mit jedem Kilometer, den wir uns der befestigten Siedlung näherten. Schließlich wurden die wartenden Menschen in der Reihe vom dumpfen, rhythmischen Geräusch der Hufe unserer Pferde aus ihrer Lethargie geweckt, und man schaute uns aufmerksam an. Die meisten musterten uns mit einer Mischung aus Neugier und Erstaunen, was sicherlich einerseits Phei Siangs exotischem Aussehen zu verdanken war, andererseits aber auch in der Tatsache begründet sein mochte, dass ein Ritter allein mit seiner Dame und ohne bewaffnete Begleitung reiste. Wir zügelten unsere Tiere und ließen sie in ein gemächliches Schritttempo zurückfallen, während wir an der Menge entlang ritten und auf das Tor zuhielten. Unterdessen scheuchten die Wächter mit groben Beschimpfungen die Bauern vor dem hochgezogenen Fallgitter beiseite. Dabei scheuten sie sich nicht, die stumpfen Enden ihrer Spieße zu benutzen.

„Weg da, Pack! Macht Platz für die edlen Herrschaften!"

Phei Siang zwang sich zu einem milden Lächeln gegenüber den Schergen und lenkte ihr Pferd auf die hölzerne Brücke. Sofort eilten die Söldner herbei, um nach den Zügeln zu greifen und ihr beim Absteigen behilflich zu sein. Im gleichen Moment schwang sie sich mit einem eleganten Satz aus dem Sattel und erwischte denjenigen, der ihr am nächsten stand, am Oberschenkel. Der Mann vermochte dem plötzlichen Stoß nicht standzuhalten. Er schwankte kurz und stürzte mit einem grellen Aufschrei in den mit fauligem Wasser gefüllten Graben, was die Menge der vom Tor vertriebenen Bauern sogleich mit schallendem Lachen quittierte. Ich schüttelte schmunzelnd den Kopf und hoffte nur, dass niemand den genau gezielten Fußtritt bemerkt hatte. Um zu verhindern, dass die Situation nun völlig eskalierte und die einfachen Leute ihre aufgestaute Wut an den arroganten Stadtsoldaten ausließen, drängte ich mit unseren Packpferden im Schlepptau ebenfalls auf die Brücke. Dadurch wurden die beiden Gruppen zwangsläufig von einander getrennt.

„Verzeiht die Ungeschicklichkeit meiner Gemahlin!", rief ich den erschrockenen Schergen mit lauter Stimme zu, während ich gemächlich von meinem Pferd stieg. „Wir kommen aus den weiten Steppen des Ostens und wollen bestimmt keinen Unfrieden in diese Stadt tragen! Wir wünschen nur, auf eurem Markt einige Vorräte einzuhandeln."

Tatsächlich senkten sich gleich danach bereitwillig die Speere der Söldner, als Phei Siang und ich unsere Tiere am Zügel führend durch das Tor schritten.

Direkt hinter der Stadtmauer wurden wir von der für unsere Ohren ungewohnten Geräuschkulisse der quirligen Siedlung in Empfang genommen. Unter das laute Geschnatter der Gänse in den Gassen mischte sich ein vielfältiges Schlagen und Klopfen der unterschiedlichen Handwerker mit dem hellen Lachen der Kinder und den schallenden Rufen der Marktfrauen, die allesamt von einem schier unablässigen Glockengeläut übertönt wurden. Wir ließen unsere Tiere in der Obhut des nahebei ansässigen Hufschmieds, weil dieser über einen Stall verfügte, und setzten unseren Weg zu Fuß fort.

„Du konntest es mal wieder nicht lassen, stimmt's?", stellte ich lächelnd fest.

Phei Siang warf mir einen kurzen, grimmigen Blick zu und hob stolz den Kopf.

„Ta you dschèng dé!" (Er hat es verdient), erwiderte sie trotzig.

Ich dachte an den total verblüfften Gesichtsausdruck, den der korpulente Söldner zur Schau getragen hatte, als er das Gleichgewicht verlor und hilflos mit den Armen rudernd in den Wassergraben gestürzt war. Um meine Mundwinkel zuckte es verdächtig, und wie auf Kommando brachen wir beide in ein prustendes Lachen aus. Um uns herum starrten uns die Menschen überrascht und mit großen Augen an.

Sofort waren wir darum bemüht, wieder eine entsprechend ernste Miene aufzusetzen, denn in der Zwischenzeit hatten wir uns, ohne es richtig zu bemerken, einer Art feierlichen Prozession genähert, deren Ziel die nahe Kirche zu sein schien. Vorneweg schritt offenbar ein Priester, der ein großes Holzkreuz trug. Ihm folgten vier ältere Männer in typisch grau-braunen Bauernkleidern, die jeweils ein Tuch in den Händen hielten, auf dem ein dicker Klumpen Erde lag. Ich blinzelte unwillkürlich und schüttelte erstaunt den Kopf. Wirklich, sie schickten sich an, Brocken von irgendeinem Acker in das Gotteshaus zu tragen. Fassungslos blieb ich stehen und sah Phei Siang fragend an, doch meine holde Gemahlin zuckte nur verständnislos mit den Schultern. Schließlich wandten wir uns an eine Bäuerin, die der seltsamen Prozession ergriffen folgte.

„Sag, gute Frau, was bedeutet das?", erkundigte ich mich in möglichst freundlichem Tonfall, um sie nicht zu erschrecken, weil ich als offenkundig Adeliger eine einfache, vielleicht sogar hörige Landbewohnerin angesprochen hatte.

Die Bauersfrau maß mich mit einem erstaunten Blick und musterte eingehend das auffällige Zeichen auf meinem Waffenrock. Dann verneigte sie sich ehrerbietig.

„Ihr kommt aus der Fremde, Herr!", stellte sie folgerichtig fest. „Dann könnt Ihr das natürlich nicht wissen. Es geht um einen unfruchtbaren Acker der Pfahlbürger unserer Stadt. Wir haben den Leutpriester gebeten, die Zeremonie abzuhalten, die dort wieder Weizen reifen lässt."

„Wie soll das gehen?", hakte ich nach.

„Vor Sonnenaufgang werden vier Erdklumpen von vier Seiten des Ackers ausgegraben. Dann besprengt sie der Priester mit Weihwasser, Öl, Milch und Honig, wobei er die Worte spricht, die Gott zu Adam und Eva gesagt hat: ‚Seid fruchtbar und mehret euch und füllet die Erde'. Danach werden die Brocken in die Kirche getragen, wo der Priester vier Messen lesen muss. Das wird gleich geschehen. Vor Sonnenuntergang werden wir die Erde wieder zurück auf das Feld bringen, wo sie den Segen, den sie heute angesammelt hat, an den Acker weitergibt."

Die Bauersfrau verneigte sich noch einmal vor uns und beeilte sich, den anderen in die Kirche zu folgen. Phei Siang und ich blieben perplex zurück.

„Ist das nicht eigentlich eine heidnische Zeremonie?", fragte meine Gemahlin nach einer Weile.

Offenbar war sie in ihren Gedanken versunken gewesen, denn sie hatte mich auf Sächsisch angesprochen.

„So heidnisch wie Ihr selbst wohl seid, fremde Prinzessin!", mischte sich ein kleiner schwarzhaariger Mann ein, der plötzlich neben uns aufgetaucht war.

Der Fremde grinste uns unverschämt an und entblößte dabei eine Reihe kümmerlicher Zahnstummel.

„Ich habe solche seltsamen Zeichen schon einmal gesehen!", fuhr der kleine Schwarzhaarige ungerührt fort, während er provozierend auf meine Brust deutete. „In meiner Heimat Venedig sind einst Händler gelandet, deren Augen genauso schlitzförmig waren wie die Eurer Prinzessin. Und sie haben mit jenen Zeichen, wie Ihr sie auf Eurem Waffenrock tragt, ihr Signum auf die Verträge gemalt. Ich weiß dies, weil ich selbst als Zeuge dabei gewesen bin."

Ich starrte den kleinwüchsigen Fremden ungläubig an. Was hatte ein Venediger hier oben im fernen Sachsenlande verloren?

„Bist du ein Kaufmann, der hier in dieser Stadt seine Ware feilbietet?", fragte ich daher gleich.

Der Schwarzhaarige schüttelte sich vor Lachen.

„Ein Kaufmann?", kicherte er schrill. „Der hohe Herr hält mich für einen jener verrückten Händler, die sich der Gefahr aussetzen, auf dem langen Weg über die Alpen ihre gesamte Habe und vielleicht auch noch ihr Leben zu verlieren!"

Er konnte sich gar nicht mehr beruhigen. Schließlich deutete er auf eine kleine Sitzbank, auf der verschiedene, prall gefüllte Lederbeutel gestapelt waren.

„Seht, Herr! Das ist das einzige Möbelstück, mit dem ich reise!", betonte der kleine Schwarzhaarige stolz. „Ich bin ein ‚Banchieri' und verrechne die jeweils gültigen Münzen verschiedener Landesfürsten zueinander!"

„Sicher gegen eine gute Gebühr!", warf Phei Siang bissig ein.

„Wo denkt Ihr hin, schöne Prinzessin aus den fernen Steppen des Ostens!", protestierte der Schwarzhaarige vehement. „Schließlich muss auch ich leben! Um wenigstens einen kleinen Gewinn zu erzielen, bin ich manchmal gezwungen, das Geld der Händler in Verwahrung zu nehmen und es gegen einen geringen Aufpreis an andere auszuleihen. Dabei trage ich allein das Risiko, denn oft ist man nicht gewillt, mir den fälligen Zins dafür zu zahlen!"

„Verbietet die Heilige Schrift nicht allen derartige Geldgeschäfte, die keine Juden sind?", hakte ich sogleich nach.

„Doch, aber wenn sich die Kirche selbst nicht daran hält, kann es wohl kaum Sünde sein!" widersprach der Venediger dreist. „Aber die Leute hier im Norden lassen sich von den Predigern alles vorschreiben. Deshalb kümmern sich nur meinesgleichen um solche Dinge. Und was ist der Lohn? Sie schimpfen uns verächtlich ‚Lombarden‘ und können doch ohne uns keine Geschäfte machen!"

Der kleine Schwarzhaarige hatte sich regelrecht in Rage geredet, aber ich vermochte ihm seine zur Schau gestellte angebliche Redlichkeit nicht abzukaufen und stoppte seinen Redefluss mit einer wegwerfenden Handbewegung.

„Genug, genug!", fuhr ich ihn unwirsch an. „Wenn ich dich richtig verstanden habe, glaubst du, wir hätten Münzen bei uns, die hier nicht gültig wären."

Der kleine Venediger nickte eifrig und breitete seine Hände aus. Dabei setzte er eine Unschuldsmiene auf, die vermutlich selbst Petrus am Himmelstor überzeugt hätte.

Ich öffnete derweil ungerührt den Beutel an meinem Gürtel und holte eine Handvoll unserer veralteten Denare und Silberlinge heraus. Der kleine Schwarzhaarige musterte die blanken Münzen mit Kennerblick. Dann griff er beherzt zu und schaute sich das Siegel genau an.

„Graf Arnold von Altena-Nienbrügge?", fragte er erstaunt. „Diese Geldstücke sind zwar alt, aber nie dem Münzverruf anheim gefallen! Woher habt Ihr sie, Herr?"

„Durch Tauschhandel ehrlich erworben, Kerl!", beschied ihm Phei Siang gereizt.

„Verzeiht, Prinzessin!", beeilte sich der Venediger zu versichern. „Ich wundere mich nur, wo Ihr doch aus einem so fernen Lande zu kommen scheint."

Phei Siang schüttelte unmerklich den Kopf und warf mir einen bezeichnenden Blick zu. Pass auf, was du sagst! Sollte das wohl heißen. Wir dürfen diesem Mann nicht allzu viel verraten! Ich stellte mich sofort darauf ein und bot meiner Gemahlin demonstrativ den Arm.

„Damit scheint festzustehen, dass wir deine Dienste nicht benötigen, Venediger!", stellte ich kurzerhand fest und wandte mich ab.

„Aber Herr!", hob der kleine Schwarzhaarige fast verzweifelt an. „Lauft nicht weg! Ich könnte Euch sicher helfen! Für Fremde wie Euch kann dieser Ort sehr gefährlich werden!"

Wir achteten nicht darauf und machten, dass wir weiterkamen. Allerdings konnte ich mich eines mulmigen Gefühls in der Magengegend nicht erwehren. Auf was mochte dieser italienische Wucherer eigentlich anspielen?

Auch Phei Siang war die unverhoffte Begegnung und das anzügliche Gerede des Mannes unheimlich. Sie zog mich in das Gedränge der Markttreibenden hinein und hielt erst an, als der Geldwechsler längst außer Sichtweite war.

„Ich hatte plötzlich den Eindruck, als wüsste der kleine Italiener, dass wir in einer geheimen Mission unterwegs sind!", meinte sie bestürzt. „Klangen seine Worte nicht sogar wie eine Drohung?"

„Ich weiß nicht", entgegnete ich unsicher. „Was sollten ihn die Angelegenheiten einer Sekte interessieren?"

„Er könnte ein gedungener Spion sein!", beharrte Siang.

„Aber warum hat er uns dann gewarnt?", widersprach ich halbherzig.

„Vielleicht wollte er sich unser Vertrauen erschleichen."

„Hm, wenn das stimmt, hat er sich dabei aber ziemlich dumm angestellt."

Aus einer Ecke an der Außenwand der Kirche strömte uns der verführerische Duft von frisch gebackenem Brot und gebratenem Geflügel entgegen. Phei Siangs Miene nahm einen geradezu sehnsüchtigen Zug an. Nur allzu bereitwillig ließ sie sich von mir zu den dortigen Ständen führen.

Eine Frau in einem knöchellangen braunen Kleidgewand hielt gerade einen Brotlaib vor die Kirchenmauer. Als sie diesen danach einem Käufer in die Hand drückte, war an der Mauer deutlich eine dem Brot genau entsprechende Figur in Form einer Ellipse zu sehen. Irgendjemand musste sie vor langer Zeit in den Stein geritzt haben. Gleichermaßen erstaunt und belustigt machte ich Siang darauf aufmerksam:

„Schau mal, das scheint das mittelalterliche Eichamt zu sein", flüsterte ich ihr grinsend zu.

Phei Siang sah mich verständnislos an.

„Na ja, sie haben die Mindestgröße eines Brotes in den Stein geritzt, so, wie es wohl die Zunft der Bäcker festgelegt hat, damit die Kunden sehen können, dass man sie nicht betrügen will!", erklärte ich ihr.

„Ist das etwa so was, wie die frühe Form der DIN-Norm?", fragte meine holde Gemahlin lauernd und begann leise zu kichern. „Ich habe ja immer schon gewusst, dass Euer komischer Ordnungssinn seit Jahrhunderten bestanden haben muss."

Amüsiert erstanden wir ein paar Brote sowie zwei in Lehm gebackene Hühner, und tatsächlich gab es dabei keinerlei Probleme mit unseren veralteten Münzen. Damit war unsere Aufgabe in Lippstadt eigentlich erfüllt, und wir konnten den Ort verlassen. Aber wohin sollten wir uns wenden?

Von den Katharer-Priestern wussten wir zwar, dass jener ominöse Bruder Kyot den Zwergen das „Allerheiligste" zur Verwahrung übergegeben hatte, doch wo mochte das Bündel nun sein? In deren Händen konnte es sich wohl kaum noch befinden, denn außer unserem späteren Freund Sligachan waren alle tot. Vielleicht hatte Bruder Kyot es wieder zurückerhalten und den größten Schatz seiner Glaubensgemeinschaft irgendwo hier in der Gegend versteckt, bis die angekündigten Boten auftauchten, um es zu seinem Bestimmungsort zu bringen. Und wo der sein sollte, das konnte uns ebenfalls nur Bruder Kyot erzählen. Also war es dringend erforderlich, dass wir den Mann fanden.

„Er wird sicher ebenfalls wie ein Bettelmönch gekleidet sein", merkte Phei Siang zwischen zwei Bissen an. „Meinst du nicht, wir sollten die einfachen Leute hier nach solchen Typen fragen?"

Ich kaute gemächlich zu Ende und schaute achselzuckend umher. Die Prozession mit der unfruchtbaren Ackererde hatte sich längst in die Kirche verzogen, und der große Platz vor dem Gotteshaus war beinahe menschenleer. Nur wenige Bauern und Stadtbewohner waren nicht mit hineingegangen und hielten sich weiterhin an den Marktständen auf. Die mittelalterliche Gesellschaft wurde eben in fast allen Lebensbereichen von der Religion geprägt, auch wenn diese in mancher Beziehung eher vom Aberglauben dominiert war. Der Papst und die Institution der katholischen Kirche schienen gegen eine solche Einstellung nichts unternehmen zu wollen. Hauptsache ihre Autorität wurde nicht in Frage gestellt. Da war es wohl nur verständlich, dass sich immer wieder Gemeinschaften gründeten, die sich auf die Ursprünglichkeit des christlichen Glaubens beriefen. Vielleicht waren deshalb so viele Reformbewegungen entstanden, die allesamt irgendwann wieder in den alten Trott verfielen. Fest stand jedenfalls, dass wir in dieser Stadt keine Anhänger der Lehre der Katharer finden würden. Daraus folgte zwangsläufig, dass auch niemand wissen würde, wo wir die Gemeinde jenes Bruders Kyot suchen sollten.

Ich teilte Phei Siang meine Überlegungen mit, und wir beschlossen endgültig, Lippstadt zu verlassen. Unser nächstes Ziel würde Soest sein, die neue Hauptstadt des in dieser Zeit noch jungen Herzogtums Westfalen. Unter Umständen konnten wir dort endlich eine Spur aufnehmen, die uns zu Kyots Gemeinde führen würde.

Leng Phei Siang

Gleich, nachdem wir die Mauern der Stadt hinter uns gelassen hatten, beschlich mich das ungute Gefühl, dass wir verfolgt wurden. Ein einzelner Reiter schien sehr darauf bedacht zu sein, stets annähernd den gleichen Abstand zu uns einzuhalten. Jedes Mal, wenn ich mich umdrehte, um nach ihm Ausschau zu halten, duckte er sich wieder ruckartig zur Seite, so dass ich sein Gesicht nicht sehen konnte. Trotzdem war ich ziemlich sicher, zumindest einen schwarzen Haarschopf erkannt zu haben.

In der Gegenwart hätte ich dieser Tatsache bestimmt keinerlei Bedeutung beigemessen, doch im 13. Jahrhundert waren dunkle Haare wenigstens im Gebiet des Sachsenlandes eine große Seltenheit. Nicht umsonst hatten sich bereits bei anderen Gelegenheiten auf den Burgen, in denen wir zu Gast waren, schon viele Zofen darum gestritten, meine pechschwarze hüftlange Mähne bürsten zu dürfen, weil sie dergleichen von adeligen Frauen einfach nicht kannten. Daher kam für mich von vornherein nur eine Person in Frage, die uns offenbar nicht aus den Augen lassen wollte, nämlich der kleinwüchsige Venediger. Ich teilte Fred meine Beobachtung mit, doch der winkte nur gelassen ab:

„Auch wenn es dieser italienische Banchieri sein sollte, Siang. Was könnte er uns schon anhaben wollen?"

„Er war mir gleich nicht geheuer!", beteuerte ich schwach. „Wer weiß, was er im Schilde führt!"

„Du siehst Gespenster, Siang!", entgegnete Fred meinem Gefühl nach eine Spur zu selbstsicher.

Doch als wir am Abend in einem kleinen Gehölz am Flüsschen Ahse unser Lager aufschlugen, machte auch der Fremde in gebührendem Abstand zu uns Halt. Nun runzelte auch mein ritterlicher Gemahl nachdenklich die Stirn.

„In einem scheinst du recht zu haben, Siang", gab er zu. „Der Kerl ist wirklich hartnäckig. Trotzdem sehe ich immer noch nicht, dass er uns gefährlich werden könnte."

„Vielleicht versteckt sich eine Bande gedungener Räuber in der Nähe, die nur auf sein Zeichen wartet", warf ich ein.

77

„Immerhin hat er deinen Beutel mit den Münzen gesehen und weiß, dass es bei uns was zu holen gibt."

„Was schlägst du vor?", fragte Fred rundheraus.

„Ich denke, wir machen ein Feuer und lassen ihn glauben, dass wir heute Nacht hier lagern, während wir einfach verschwinden. Bis der windige Banchieri merkt, dass wir nicht mehr da sind, befinden wir uns längst innerhalb der Mauern von Soest. Was hältst du davon?"

Fred nickte bedächtig.

„So machen wir es, Siang!"

Fred Hoppe

Siang hatte vollkommen recht, doch im Inneren wurmte es mich schon gewaltig, dass wir vor einem einzelnen Verfolger Reißaus nehmen sollten. Allerdings hätten wir gegenüber einer ganzen Bande sicher viel schlechtere Karten gehabt. Also schlichen wir uns, die Pferde am Zügel führend, nach Süden aus dem Gehölz heraus. Verirren konnten wir uns auch in der Dunkelheit nicht, denn in dieser Richtung stieg das ansonsten flache Gelände stetig zum sogenannten Haarstrang an.

Wenn ich mich nicht irrte, würden wir nach wenigen Kilometern etwa in der Gegend des späteren Bad Sassendorf wieder auf den Hilinciweg stoßen. Von da aus war es nicht mehr weit bis nach Soest.

Im Stillen musste ich grinsen, wenn ich an die verdutzte Miene des verhinderten Räubers dachte, falls der am Morgen vergeblich auf unseren Aufbruch warten sollte. Im Übrigen konnten wir uns Zeit lassen, denn vor dem Morgengrauen würden sich die Tore der Stadt sicherlich nicht für Fremde öffnen. Also zogen wir gemächlich über die vom Mond beschienenen Felder und bestiegen unsere Reitpferde erst wieder, als wir den Hilinciweg erreicht hatten.

Von da aus wandten wir uns gen Westen und passierten einige kleinere dörfliche Ansiedlungen, deren Häuser abseits des breiten Pfades allesamt im Dunkel der Nacht lagen. Als wir in der Ferne bereits die Silhouetten der Mauern und Kirchen von Soest ausmachen konnten, hielten wir nochmals an und klopften an die Tür eines Hofes.

Der Bauer, den wir zu solch früher Stunde aus dem Schlaf gerissen hatten, war zuerst nicht gerade erfreut über die nächtlichen Besucher, doch er beruhigte sich zusehends, als ich ihm eine Münze aus meinem Beutel in die Hand drückte. Wir begehrten auch nichts weiter als etwas Heu für unsere Pferde und ein paar Stunden Schlaf im Stroh, was er uns kopfschüttelnd gewährte. Natürlich mochte er sich darüber wundern, dass die adeligen Herrschaften es vorzogen, neben seinem Vieh zu nächtigen, anstatt auf einer Burg die Gastfreundschaft Ihresgleichen zu bevorzugen. Uns störte das nicht weiter, denn Phei Siang und ich waren froh, auf diese Weise doch noch an ein einigermaßen weiches Lager für unsere müden Häupter zu kommen.

Am Morgen wurden wir von den ersten Sonnenstrahlen geweckt. Wir aßen die Reste unserer in Lippstadt erstandenen Brote und zogen alsbald weiter.

Je mehr wir uns der bedeutendsten Stadt dieser Zeit am Hilinciweg näherten, desto deutlicher konnten wir erkennen, dass sich eine große Menschenmenge auf dem freien Feld vor den Toren versammelt hatte. Doch im Gegensatz zu Lippstadt, wo die Bauern und Kaufleute der Umgebung in die Stadt hineinströmten, kamen hier die meisten aus dem ummauerten Bezirk heraus. Offensichtlich fand vor dem Stadttor eine Art Versammlung statt, und schon bald wurde uns klar, wem die so übergroße Aufmerksamkeit galt: Es war eine kleine Gruppe wandernder Mönche, um die sich die Menschen scharten. Insgesamt lauschten mehrere Hunderte gebannt der mit Feuereifer geführten Predigt des Anführers der Kuttenträger.

Dieser war ein ziemlich hagerer Mann, der wie seine Ordensbrüder in ein weißes Gewand gehüllt war. Um die Schultern trugen die Mönche dagegen schwarze Umhänge, die mit großen Kapuzen versehen waren. Phei Siangs fragendem Blick vermochte ich allerdings nur mit einem Achselzucken zu begegnen.

„Ich habe keine Ahnung, welcher Orden solche Gewänder trägt", stellte ich bedauernd fest. „Immerhin scheinen die Wanderprediger bei den Leuten sehr beliebt zu sein, sonst würden sie bestimmt nicht so ohne Weiteres ihre Arbeit verlassen."

„Könnten sie was mit den Katharern zu tun haben?", hakte Siang nach.

„Dem Äußeren nach sicher nicht", vermutete ich. „Unsere Bettelmönche an den Externsteinen sahen entschieden ärmlicher aus. Aber wer weiß? Vielleicht sollten wir einfach mal zuhören, was sie zu sagen haben."

Wir hielten unsere Tiere direkt vor den ersten Umherstehenden an, blieben aber im Sattel sitzen, was der Prediger mit deutlichem Missfallen registrierte.

Er hatte gerade mit einem furiosen Aufruf gegen die allgegenwärtige Macht der Sünde begonnen, als wir in sein Blickfeld geraten waren. Der Prediger stockte mitten im Satz und brach ab. Seine Augen hefteten sich an Phei Siang und blitzten im gleichen Moment wütend auf, während er abrupt den Arm hob und auf uns zeigte. Alle Zuhörer folgten der plötzlichen Bewegung und starrten uns an.

„Ist es jetzt schon so weit, dass die schamlosen Weiber der Ungläubigen in unserem eigenen Land christliche Ritter verführen dürfen?", donnerte die Stimme des hageren Mönchs über den Platz. „Seht doch selbst, ihr Leute! So ist es kein Wunder, dass unsere Streiter bereits von den Heerscharen des Teufels besiegt werden, bevor sie überhaupt zur Rückeroberung des Heiligen Landes aufbrechen können!"

In der Menge erhob sich ein zustimmendes Gemurmel, und ich fühlte mich plötzlich gar nicht mehr wohl in meiner Haut. Phei Siang hingegen fixierte den Hassprediger und warf mit stolzer Miene ihr wallendes Haar zurück.

„Was fällt dir ein, Mönch, dass du dich erdreistest, dir ein solch schändliches Urteil über mich anzumaßen?", rief sie ihm laut entgegen. „Ich bin eine Prinzessin aus den Steppen des Ostens und habe mit euren Kreuzzügen nichts zu schaffen!"

Der fremde Mönch ließ sich durch ihre Entgegnung nicht im Geringsten einschüchtern. Stattdessen breitete er seine Arme aus und wartete gelassen, bis das Gemurmel erstarb.

„Hört, wie die Tochter des Satans euch in vermeintliche Sicherheit wiegen will!", begann er mit erstaunlich ruhiger Stimme. „Seine Heiligkeit hat mich und meine Brüder nicht umsonst in eure Gegend geschickt, denn auch hier ist der Keim der falschen Propheten aufgegangen. Die Katharer wollen euch weismachen, sie wären die wahren Christen. Aber in Wirklichkeit sind sie ein giftiger Stachel im Fleisch unserer Gemeinschaft, der herausgezogen und vernichtet werden muss, sonst werden wir im ewigen Kampf gegen die

Ungläubigen untergehen! Darum hat seine Heiligkeit, Papst Innozenz, alle treuen Ritter aufgerufen, die Saat des Teufels in unseren eigenen Reihen auszumerzen! Nun könnt ihr mit eigenen Augen sehen, dass sie sich sogar mit der Ausgeburt der Hölle aus den fernen Steppen des Ostens verbünden, um ihr elendes Dasein zu retten!"

Ich traute meinen Ohren kaum. Dieser perfide Hassprediger nutzte das fremdartige Aussehen meiner Siang gnadenlos für seine Hetzkampagne gegen die heimliche Kirche aus. Einen Moment lang war ich völlig sprachlos, und auch Siang schaute mich nur fassungslos an. Inzwischen nahm die Unruhe in der Menge bereits tumultartige Formen an. Zwischenrufe wurden laut und die feindselige Stimmung gegen uns heizte sich immer mehr auf.

„Vielleicht haben sie ihre geheimen Riten von solchen Teufeln wie dieser Frau aus der Steppe gelernt!", brüllte eine aufgebrachte Frau dicht neben uns.

„Man sagt, sie küssen die Katzen auf den Hintern!", schrie ein anderer schrill.

„Ja, sie beten diese Hexentiere an!", rief ein Dritter.

„Stammen die Katzen nicht aus dem Land der Sarazenen?", ergänzte der Nächste. „Das ist doch der Beweis, dass sie gemeinsame Sache mit den Ungläubigen machen!"

„Der Ritter, der die Satansbraut begleitet, ist bestimmt ein Katharer!", schloss eine weitere Frau aus den Äußerungen der anderen. „Prüft ihn, ob er Fleisch isst, denn sie lehnen doch alles Weltliche ab!"

„Zwingt ihn, auf die heilige Jungfrau zu schwören!", riet ein bewaffneter Büttel. „Wenn er es nicht tut, müssen wir die beiden verbrennen!"

Die Leute bedrängten uns immer mehr. Schon fuchtelten die Ersten mit Stöcken und Mistgabeln in der Luft. Ich zog an den Zügeln und ließ mein Pferd steigen, um wieder mehr Freiraum zu bekommen. Danach trieb ich es dicht an Siangs Seite und ergriff das Halfter ihres Tieres.

„Haltet sie fest! Sie wollen ausbrechen!", übertönte eine befehlsgewohnte Stimme das panische Geschrei.

Sie gehörte dem Mönch. Er schien tatsächlich gewillt zu sein, die wild gewordene Meute auf uns zu hetzen. Gleich danach musste sich Siang mit gezielten Tritten vieler nach ihr grapschenden Hände erwehren.

Ich ließ das Halfter von ihrem Pferd fahren und zog stattdessen mein Schwert. Sofort wichen die uns am nächsten Stehenden zurück. In der Menge entstand eine kleine Lücke. Jetzt oder nie, dachte ich und gab meinem Pferd die Sporen. Gleichzeitig schlug ich dem ersten Packpferd die flache Seite der Klinge auf das Hinterteil. Auch Siang hatte unsere einzige Chance erkannt und folgte mir nach.

„Haltet den Ketzer und sein Teufelsweib!", brüllte der Prediger hinter uns her. „Lasst sie nicht entkommen!"

Siang und ich sprengten ohne Rücksicht drauf los und hatten bald die freie Fläche erreicht. Die Packpferde gingen durch und überholten uns. Die aufgebrachte Menge lief hinter uns her. Ich wandte mich nach Süden, und wir galoppierten dicht nebeneinander an der Stadtmauer vorbei.

Plötzlich vernahm ich ein zischendes Geräusch, gefolgt von einem hässlichen Reißen. Phei Siang schrie auf und fasste sich an die Seite. Ihre Hand war sofort voller Blut. Sie ließ die Zügel fahren und kippte gegen meine Schulter.

„Mein Gott, Siang!", schrie ich in Panik auf.

Ich wollte sie stützen, doch ihr führerloses Pferd lief aus der Spur, und Siangs kraftloser Körper stürzte hinab. Im Fallen streifte ihr Kopf noch die wirbelnden Hufe meines eigenen Tieres, bevor sie auf dem harten Boden aufschlug, wo sie regungslos liegen blieb.

Ich stoppte sofort mein Pferd und sprang ab. Im gleichen Moment fuhr neben mir eine zweite geschleuderte Lanze ins Gras. Ohne nachzudenken hob ich Siang auf und legte sie quer vor meinen Sattel. Dann stieg ich schnell wieder auf und sprengte davon.

Inzwischen hatten die Verfolger aufgeholt. Irgendwie war es einem Dutzend Bewaffneter gelungen, an Pferde zu kommen. Sie waren noch höchstens zwanzig Meter entfernt. Ich lenkte mein Pferd in die tief ins Gelände eingeschnittene Senke eines Bachtals und versuchte, das Ufergehölz zu erreichen, doch die doppelte Last ließ mein Reittier nur langsam vorankommen.

Auf einmal tauchte direkt vor mir ein schwarzer Schopf auf. Nur mit Mühe gelang es mir, das Pferd herumzureißen und anzuhalten. Im selben Augenblick hatte der Schwarzhaarige bereits seinen Bogen gespannt und die Sehne losgelassen. Der Pfeil schoss an mir vorbei und traf den Vordersten meiner Verfolger in die Schulter. Die übrigen versuchten verzweifelt, ihre Tiere zum Stehen zu bringen, doch bevor ihnen das gelang, hatte der kleinwüchsige Schwarzhaarige bereits drei weitere außer Gefecht gesetzt. Das war den restlichen Verfolgern offensichtlich zuviel. Hastig wendeten sie ihre Pferde und stoben davon. Ich stieg ab und starrte meinen Retter fassungslos an, was dieser mit einem breiten Lächeln quittierte.

„Ich habe Euch doch eindringlich gewarnt, Herr!", betonte der kleine Venediger vorwurfsvoll. „Aber Ihr wolltet ja nicht auf mich hören."

„Du bist uns gefolgt!", resümierte ich, noch immer völlig verblüfft.

„Natürlich bin ich Euch gefolgt, Herr!", entgegnete der Italiener, als ob dies das Selbstverständlichste von der Welt sei. „Auch wenn ich zugeben muss, dass Ihr es mir nicht so ganz leicht gemacht habt."

„Du meinst das Lagerfeuer?", vermutete ich.

„Ja, ja, Ihr wolltet mich reinlegen, nicht wahr? Ist Euch aber nicht gelungen. Das haben nämlich schon viele versucht, aber Giacomo ist nicht auf den Kopf gefallen. Ich finde meine Klienten immer wieder, egal, wo sie sich verstecken."

„Wieso glaubst du eigentlich, dass wir deine Klienten wären?", erkundigte ich mich ein wenig gereizt.

„Aber Herr, das lag doch auf der Hand! Ein Kreuzfahrer und seine Gemahlin aus dem Morgenland, so oder so ähnlich hat es in der Weissagung geheißen. Das mussten die lang erwarteten Boten sein. Na gut, Ihr tragt kein Kreuzfahrergewand mehr, aber das war mir klar, denn der letzte Zug gegen die armen Sarazenen ist ja schon einige Jahre her. Und Eure Gemahlin kommt eindeutig aus den Steppen des fernen Ostens, oder sie ist gar eine Prinzessin aus dem Reich der Mitte, aber wie sollte der Verkünder das auch so genau wissen? Er hat ja wohl noch nie eine solche Frau gesehen. Ich wusste jedenfalls sofort, wer Ihr beide seid, nur das zählt. Giacomo macht man eben nichts vor. Ich bin…"

„Soll das etwa heißen, du gehörst zu denen, die wir suchen?", unterbrach ich den Redeschwall des Venedigers.

„Aber Herr, ist Euch das denn noch immer nicht klar? Ach so, Ihr denkt, ein Lombarde könnte kein Anhänger der Gemeinschaft der guten Christen sein?"

Der Venediger schmunzelte verschmitzt.

„Gute Christen, Bons Hommes, Amics de Diu oder eben Katharer", fuhr er fort. „Wir haben viele Namen, und uns gibt es fast überall!"

Ich nickte zustimmend und blickte besorgt zu Phei Siang, die noch immer besinnungslos auf meinem Pferd lag.

„Lass uns später reden!", schlug ich vor. „Wir müssen uns jetzt zuerst um meine verletzte Gemahlin kümmern. Kennst du in der Nähe ein gutes Versteck, wo wir sie wieder gesund pflegen können?"

„Natürlich, denn genau dorthin wollte ich Euch sowieso geleiten. Ihr wollt doch sicherlich wissen, wo sich in diesen unsicheren Zeiten die Gemeinschaft von Bruder Kyot verborgen hält."

Leng Phei Siang

Als ich die Augen aufschlug, sah ich Sterne. In allen nur erdenklichen Farben glitzerten sie von einem ansonsten pechschwarzen Himmel, und ich fragte mich unwillkürlich, ob ich noch unter den Lebenden weilte. Falls nicht, dann blieb mir nur noch die vage Hoffnung, dass Fred und mir eine zweite Chance beschieden sein würde. Doch bevor ich mich weiter mit diesen Gedanken auseinandersetzen konnte, merkte ich, wie mein Schädel wie ein ganzer Bienenschwarm brummte. Das konnte nun wieder schlecht möglich sein, wenn ich wirklich gestorben war. Denn im Allgemeinen spüren Tote wohl keine Schmerzen.

Das Zweite, was ich registrierte, war, dass ich nackt unter einem weichen Fell lag, das meinen Körper bis zum Hals bedeckte. Verwundert tastete ich mit den Händen von der Hüfte aufwärts an meinen Rippen entlang und stieß auf einen Verband, der sich offensichtlich dicht unterhalb meiner Brüste um meinen ganzen Oberkörper wand. Gleichzeitig verspürte ich einen mörderischen Stich an der linken Seite und zog impulsiv die Hände wieder zurück. Unwillkürlich atmete ich stoßweise, bis der durchdringende Schmerz endlich abebbte. Danach kehrte mit einem Mal die Erinnerung zurück.

Mich hatte ein Speer getroffen, und ich musste vom Pferd gestürzt sein. Bei dieser Vorstellung stutzte ich sofort. Nein, wenn mich der Speer wirklich getroffen hätte, wäre ich jetzt bestimmt tot und könnte nicht diesen verrückten Gedanken nachhängen. So, wie eine solche Waffe beschaffen war, hätte sie mich glatt durchbohrt. Also konnte der Speer mich nur gestreift haben. Schön, deshalb war ich also nackt und trug diesen Verband. Aber warum nur hatte ich dann das Gefühl, als würde mein Kopf gleich zerplatzen?

Die Antwort auf diese wichtige Frage brauchte ich mir nicht selbst zurechtzuzimmern, denn in diesem Moment geriet Freds besorgtes Gesicht in mein Blickfeld.

„Toll Siang, du weilst ja wieder unter den Lebenden!", teilte mir mein Gatte auf seine einfühlsame Art mit.

Spontan versuchte ich mich aufzurichten, aber sofort fuhren Tausende kleine Nadeln durch mein Gehirn, und ich sank stöhnend auf mein Lager zurück.

„Was ist mit meinem armen Kopf passiert?", gurgelte ich schwach.

„Ich denke, du hast eine Gehirnerschütterung!", lautete seine unbarmherzige Diagnose. „Als du vom Pferd gefallen bist, hat dein Kopf noch Bekanntschaft mit den Hufen gemacht. Du kannst von Glück sagen, dass nicht mehr passiert ist, Siang. Außerdem hat dich ein Speer…"

„…an der Rippe erwischt, ich weiß!", ergänzte ich entmutigt. „Hast du die Wunde richtig gereinigt, bevor du den Verband angelegt hast?"

Fred sah mich strafend an.

„Natürlich, Siang!"

„Ich meine das nicht böse, Fred!", versuchte ich ihn zu beschwichtigen „Aber wir sind im Mittelalter, und…"

„He, ich weiß!", unterbrach er mich gleich und beugte sich zu mir herab, um zärtlich über meine Wange zu streichen.

„Du musst dich jetzt ausruhen und deinen Kopf still halten. Es wird wohl eine Weile dauern, bis wir weiterziehen können, aber mach dir darüber keine Gedanken. Ich bin ja so froh, dass nichts Schlimmeres passiert ist."

Es tat gut, seine warme Hand zu spüren, aber mein Hunger nach Wissen war noch nicht gestillt.

„Wo sind wir hier eigentlich?", fragte ich flüsternd.

Fred stützte sich auf seinen Ellenbogen und lächelte mich an.

„Oh, das ist eine lange Geschichte", eröffnete er mir geheimnisvoll. „Eigentlich ist es sogar eine unglaubliche Geschichte, denn wir befinden uns im Versteck der Katharer-Gemeinde, die dieser Bruder Kyot gegründet hat, und derjenige, der uns gerettet hat, ist ausgerechnet dein spezieller Freund, der kleinwüchsige italienische Wucherer."

Fred Hoppe

Ich ging zum Rand dieses eigentümlichen Plateaus, das auf zwei Seiten von den Zuläufen des Baches Schledde umflossen wurde und schaute nachdenklich auf die lotrechten Kalksteinbänke, die unser Versteck trugen. Das Plateau war nicht sehr groß, aber es bot genügend Platz für die wenigen kleinen strohgedeckten Katen der heimlichen Gemeinschaft. Nach Süden hin grenzte ein wahrscheinlich künstlich aufgeschichteter Hügel das Gebilde vom bewaldeten Umland ab. Nach allem, was ich noch aus dem Geschichtsunterricht von solchen Stätten wusste, handelte es sich hierbei wohl um eine schon in dieser Zeit uralte Fliehburg oder um eine sogenannte Motte, bei der einst ein hölzerner Turm auf dem Hügel gestanden hatte, während das übrige Plateau von einem Palisadenzaun umgeben gewesen sein musste. Direkt vor mir am Rand zu der vielleicht zehn Meter tiefen Schlucht befand sich eine prähistorische Grabstätte, von der noch eine Reihe nebeneinander gesetzter Felsen kündete. Später würde man sicherlich sagen, es handele sich um ein „Steinkistengrab", und vielleicht würde man dereinst hier oben eine Gaststätte errichten, um Ausflügler anzulocken. Ich grinste vor mich hin und schüttelte kurz den Kopf, um diese völlig nebensächlichen Überlegungen zu verscheuchen. Stattdessen versuchte ich, mir das erste ernsthafte Gespräch mit dem Venediger ins Gedächtnis zurückzurufen.

Demnach stand auf jeden Fall fest, dass wir zu spät gekommen waren, um eine Spur von jenem „Allerheiligsten" zu finden, denn besagter Bruder Kyot hatte die Gegend schon vor Jahren verlassen. Die einzig brauchbare Information bestand darin, dass Kyot damals das Bündel mit den Schriften mitgenommen hatte, um es in Sicherheit zu bringen. Da er nach seiner Gefangenschaft am Goldberg, aus der ihn die Zwerge der Klutert gerettet hatten, nicht hierher zurückgekommen war, musste sich das „Allerheiligste" eigentlich noch immer in der Höhle befinden.

Wenn diese Vermutung zutraf, konnten Phei Siang und ich unsere Aufgabe nicht erfüllen. Es wäre uns sicherlich nicht möglich, in die Kluterthöhle zu gelangen, ohne von Sligachan bemerkt zu werden, doch ein direktes Zusammentreffen mit dem Letzten der Zwerge verbot sich für uns von selbst. Immerhin würden wir ihm erst zum Zeitpunkt unserer allerersten Versetzung in die Vergangenheit begegnen, was von unserer augenblicklichen Gegenwart im Jahre 1209 aus gesehen erst in 15 Jahren stattfinden durfte. Nun gut, wir hatten zwar bereits schon einmal gegen diese Bedingung verstoßen, indem wir ihn und Pui Tiens alten Ziehvater Oban aus dem Verlies der Isenburg befreiten, aber damals waren Sligachans Augen verbunden gewesen, so dass er uns nicht von Angesicht zu Angesicht sehen konnte.

Wie ich die Sache auch drehte und wendete, es gab in dieser Hinsicht keine Alternative. Folglich waren wir damit wohl schon jetzt am Ende unserer Reise angelangt. Das Risiko einer direkten Begegnung mit dem Zwerg konnten wir einfach nicht eingehen. Es sei denn… Ich wagte kaum, den Gedanken zu Ende zu spinnen… Es sei denn, das Bündel mit dem sogenannten „Allerheiligsten" wäre damals mit Oban und Sligachan zusammen aus der Höhle entführt worden!

Unwillkürlich spürte ich ein leises Kribbeln im Bauch, was mir weiszumachen versuchte, ich sei auf der richtigen Fährte. Angenommen, ja, wirklich nur angenommen, mein vages Gefühl würde nicht trügen, dann bestand eine gewisse Hoffnung, dass man das „Allerheiligste" mit den beiden Zwergen zur Isenburg gebracht hatte.

„Verdammt!", entfuhr es mir laut, und ich schrak unwillkürlich vor meinem eigenen Fluch zusammen.

Warum nur hatte uns Oban nach seiner Befreiung nichts davon erzählt? Anstatt mich mit einer orakelhaften Andeutung über künftige Aufgaben abzuspeisen, hätte sich der alte Zwerg wenigstens einmal genauer ausdrücken und mir sagen können, dass sich noch ein wertvolles Bündel in der Burg befinden würde.

„Unsinn!", schimpfte ich laut mit mir selbst.

Was hätte Oban mir damals denn sagen sollen? Tut mir leid, Freunde, ihr seid zwar so gerade eben mit dem Leben davon gekommen, aber ihr müsst unbedingt noch einmal in die uneinnehmbare Isenburg einbrechen, weil da irgendwo ein wertvolles Bündel herumliegt, das ihr in fünf Jahren im Auftrag einer heimlichen Kirche zu einem noch ominöseren Ort namens Montsalvat bringen sollt? Und was hätte ich wohl geantwortet? Moment mal, Oban! So einfach geht das aber nicht. Was ist das für ein Bündel? Wieso sollten wir in fünf Jahren immer noch in dieser Epoche sein? Wer steckt hinter dieser heimlichen Kirche, und was zum Kuckuck ist überhaupt der Montsalvat?

Nein! Ich konnte Oban keinen Vorwurf machen. Wenn ich gründlich darüber nachdachte, hatte er eigentlich sehr weise gehandelt, indem er es bei der vagen Andeutung beließ. Damals, während der vertrackten Situation, in der wir nach der Befreiung der beiden Zwerge steckten, hätte ich mit der Wahrheit überhaupt nichts anfangen können.

„Nun, Graf Winfred, wie ich höre, führt Ihr Selbstgespräche!", schrak mich die Stimme des Venedigers aus meinen Gedanken.

Der kleinwüchsige Mann war urplötzlich neben mir aus der Dunkelheit aufgetaucht, und ich stieß das Schwert, das ich bereits halb gezogen hatte, wieder in die Scheide.

„Ich hoffe, ich habe Euch nicht erschreckt", fuhr er ungerührt fort. „Wie geht es Eurer Gemahlin, der Prinzessin?"

„Sie befindet sich auf dem Wege der Besserung", antwortete ich bereitwillig. „Allerdings braucht sie noch eine Weile Ruhe, bevor wir weiterziehen können."

Der Venediger strich sich verlegen über den sorgfältig zurechtgestutzten Kinnbart.

„Hm, das ist gut, sehr gut sogar!", urteilte er dabei ein wenig zögerlich.

Ich wusste ziemlich genau, was er eigentlich meinte, aber wohl nicht direkt anzusprechen wagte.

„Ich kann dir versichern, dass wir so schnell wie möglich aufbrechen werden, Giacomo!", versicherte ich ihm. „Mir ist völlig klar, dass die armen Leute hier verängstigt sind und befürchten, dass man ihr Versteck entdecken könnte."

Der Venediger nickte bestätigend.

„Ich sage es nicht gern, Graf Winfred, aber seit Bruder Kyot diese Gegend verlassen hat, ist die Gemeinde sehr verunsichert. Sie hat keinen Priester mehr, der ihr beisteht, und viele überlegen, ob sie nicht besser in den Schoß der Katholischen Kirche zurückkehren sollten. Ihr müsst wissen, die einfachen Gläubigen sind nicht so willensstark wie die

Vollkommenen. Sie hängen am Leben und ängstigen sich vor dem Tod im Feuer."

„Das verstehe ich nicht ganz, Giacomo", entgegnete ich überrascht. „Du hast mir doch erzählt, dass Graf Gottfried von Arnsberg ein guter Freund dieses Priesters Kyot war und sogar eine Kapelle für die Gemeinschaft der Freunde Gottes errichten ließ. Kann er denn diese Menschen nicht vor solchen Hasspredigern wie jenem Zisterzienser, der die Menge gegen uns aufgehetzt hat, schützen?"

Der Venediger räusperte sich vernehmlich, bevor er antwortete.

„Das ist es ja gerade, Graf Winfred", sagte er schließlich. „Die Macht des Papstes ist hier überall ungebrochen. Auch Graf Gottfried war gezwungen, die Versammlungsstätte bei den Drüggelter Höfen als Sühnekapelle zu tarnen. Normalerweise benötigen wir Katharer keine Kirche, um zu unserem Gott zu beten, aber so fiel es nicht auf, wenn unsere Leute dort dem Consolamentum beiwohnten. Ihr dürft nicht vergessen, dass ausgerechnet der Kölner Erzbischof Graf Gottfrieds Lehnsherr ist, und wenn dieser wüsste, dass es im Lande seines Gefolgsmannes eine Gemeinschaft der Katharer gibt…"

Der Venediger ließ den Satz unvollendet.

„Aber jener Prediger aus dem Orden der Zisterzienser…"

„Ihr meint den Legaten seiner Heiligkeit, Papst Innozenz", warf Giacomo zynisch ein.

„Nun gut, den Legaten seiner Heiligkeit", nahm ich den Faden wieder auf. „Also dieser Mann, der vom Papst hierher geschickt wurde, kam doch sicher nicht auf bloßen Verdacht nach Soest. Er muss gewusst haben, dass es in dieser Gegend Katharer gibt."

„Er weiß nur von Gerüchten, Herr, aber das reicht in diesen Tagen schon aus", schränkte der Venediger ein. „Bis jetzt hat uns noch niemand verraten, aber die Angst davor, dass es eines Tages so kommen könnte, wächst. Und nachdem man Euch und Eure Prinzessin nicht gefangen hat, wird man nun noch gründlicher nachforschen! Je eher Ihr mit Eurer Gemahlin aus der Grafschaft Arnsberg verschwindet, desto besser! So denken nun einmal unsere Leute hier, es tut mir leid!"

„Ich beginne zu begreifen ", erwiderte ich nachdenklich.

„Verzeiht, Herr, aber Ihr scheint eben genau das nicht zu tun! Nachdem der Krieg zwischen den Welfen und den

Staufern um die Königswürde beendet wurde, hat Papst Innozenz endlich freie Hand, das Problem der Katharer ein für allemal aus der Welt zu schaffen. Er hat die gesamte Ritterschaft zu einem Heiligen Kreuzzug gegen unsere Glaubensbrüder aufgerufen. Und natürlich richtet der sich auch gegen alle adeligen Grundherren, die sich offen zu den Katharern bekennen!"

„Davon haben wir zwar gehört, aber ich muss zugeben, dass wir die Berichte bis jetzt nicht allzu ernst genommen haben!", musste ich ehrlich eingestehen.

„Ich sage Euch dies nicht, um Euch zu erschrecken, Graf Winfred, aber Ihr seid schließlich die Boten! Wenn Euch etwas zustößt, ist das ‚Allerheiligste' für immer verloren!"

Ich musste unwillkürlich laut auflachen.

„Ach ja, das ‚Allerheiligste'! Dabei wissen wir noch nicht einmal, wo wir es finden können, geschweige denn, wo wir es hinbringen sollen!", führte ich bitter an.

Giacomo schüttelte bedauernd den Kopf.

„Es ist allein Eure Aufgabe, Graf Winfred! Ich kann Euch leider auch nicht weiterhelfen."

„Gibt es denn gar keine Hinweise auf den Verbleib von Bruder Kyot, Giacomo? Denk doch mal nach! Immerhin hat er das ‚Allerheiligste' mitgenommen, als er fort ging."

„Die Leute aus der Gemeinschaft wissen nur, dass er es heimbringen wollte", meinte der Venediger nachdenklich.

„Das ist uns ebenfalls bekannt, aber wo soll das sein?"

„Bruder Kyot kam aus dem Süden des Landes, über das der König von Frankreich herrscht", führte Giacomo verwundert an. „Das müsste man Euch doch gesagt haben!"

„Hat man auch!", bestätigte ich lächelnd. „Aber diese Region ist groß. Ohne einen Anhaltspunkt werden wir den geheimnisvollen Ort Montsalvat nie finden, fürchte ich."

„Allein damit wisst Ihr mehr als ich!", bekannte der Venediger niedergeschlagen. „Ich habe von einem Ort dieses Namens noch nie in meinem Leben gehört. Und ich komme wahrhaftig viel in der Welt herum!"

„Auf jeden Fall scheint Bruder Kyot genau zu wissen, wo der Bestimmungsort des ‚Allerheiligsten' zu finden ist. Das entnehme ich den vagen Andeutungen, die man uns an den Externsteinen geben konnte. Also müssen wir unter allen Umständen in Erfahrung bringen, wo er sich aufhält."

„Hm", meinte der Venediger nachdenklich. „Solltet Ihr Euch nicht zunächst darum kümmern, das ‚Allerheiligste' zu finden? Es kommt mir vor, als ob Ihr bereits den zweiten Schritt vor dem ersten tun wollt."

„Vielleicht plane ich auch nur schon weiter voraus", entgegnete ich vorsichtig. „Tatsächlich habe ich mir über den Verbleib des Bündels so meine Gedanken gemacht."

„Heißt das etwa, Ihr hättet bereits eine Vorstellung, wo Ihr es suchen müsst?", kombinierte der Venediger folgerichtig.

„Es ist nur eine Ahnung", schränkte ich ein. „Aber ich könnte mir denken, dass ich mit meiner Vermutung nicht ganz falsch liege."

„Dann sagt mir doch, wo Ihr glaubt, das ‚Allerheiligste' finden zu können!", schlug der Venediger für meine Begriffe ein klein wenig zu enthusiastisch vor. „Ich werde es schnellstens holen und Euch bringen. Dann könnt Ihr gleich aufbrechen, sobald Eure Gemahlin genesen ist."

„Ganz so einfach ist es leider nicht, mein Freund!", beeilte ich mich, den plötzlichen Eifer des Banchieri zu bremsen. „Wenn sich das Bündel wirklich dort befindet, wo ich es vermute, dann wirst du keine Gelegenheit bekommen, auch nur in seine Nähe zu gelangen."

Giacomo lachte laut auf.

„Einen solchen Ort, zu dem ich nicht gelangen könnte, gibt es nicht, Herr!", behauptete der Italiener selbstsicher. „Solange es sich nicht um die Privatgemächer seiner Heiligkeit handelt, finde ich überall ein Schlupfloch."

„So, so!", beschied ich ihm lächelnd. „Bist du jemals den Hilinciweg weiter nach Westen gekommen?"

„Selbstverständlich, Herr! Wie weit?"

„Bis zu der Stelle, wo der Fluss Ruhr aus den Bergen des südlichen Sachsenlandes tritt."

Der Venediger schaute mich mit entsetzten Augen an.

„Ihr meint die Burg, die Graf Arnold von Altena-Nienbrügge noch vor dem schrecklichen Krieg um die Königswürde errichten ließ!", meinte er niedergeschlagen.

„Genau!", bestätigte ich. „Es ist die Isenburg, zu deren Burggrafen er vor neun Jahren seinen ältesten Sohn Everhard berief."

„Die ist uneinnehmbar, Herr! Dort kommt niemand hinein, der nicht eingeladen wurde, nicht einmal ich!"

„Meine Gemahlin und ich sind vor fünf Wintern dort eingedrungen und haben zwei Gefangene aus dem Kerker im Bergfried befreit."

Der Venediger sah mich ungläubig an.

„Ihr macht Euch über mich lustig! Das ist nicht recht!"

„Doch, mein Freund! Es ist die Wahrheit! Wir kennen einen Weg, auf dem man unbemerkt in die Isenburg gelangen kann."

„Hinein vielleicht, aber nicht mehr lebend heraus!"

„Gut, ich gebe zu, wir hatten unverschämt viel Glück und wären sicher nicht entkommen, wenn uns nicht jemand mit ganz besonderen Kräften geholfen hätte. Doch ob wir wollen oder nicht, wir müssen es wohl noch einmal probieren!"

Giacomo blickte scheu zur Seite, und mir wurde schlagartig klar, dass Phei Siang und ich in seinen Augen enorm an Ansehen gewonnen hatten.

„Dann erlaubt mir, Euch zu begleiten, Herr!", bat er plötzlich. „Ich darf nicht zulassen, dass Euch etwas zustößt, denn schließlich…"

„Schließlich sind wir die Boten!", vollendete ich lachend.

Leng Phei Siang

Seit Alters her gilt bei meinem Volk der majestätische Flügelschlag des Kranichs als Symbol unserer Verbundenheit mit der Natur. Indem wir langsam seine Bewegungen nachahmen und mit den Händen die Energie unseres Geistes formen und umfassen sowie zu unserem Körper führen, werden wir eins mit der Welt und dem Universum. Moderne Entspannungsphilosophen nennen diese Übungen „Tai Chi", und mittlerweile werden sie sogar ziemlich häufig in Europa praktiziert. Ich selbst hatte sie noch von meiner Mutter und meiner Großmutter gelernt und als junges Mädchen oft angewandt, um mich mit meiner Umwelt im Gleichgewicht zu halten.

In der Schule, bei der Arbeit, ja selbst unter Aufsicht der Roten Garden gab es festgelegte Zeiten, in denen wir uns dazu alle auf dem Hof versammeln mussten. Allerdings wurden die Bewegungsstunden damals stets von gemeinsam vorgetragenen Lobeshymnen auf den großen Vorsitzenden Mao gekrönt. Tatsächlich aber gehörten jene pantomimeartigen tänzerischen Bewegungen zu den wenigen traditionellen Gebräuchen, die auch die Kulturrevolution in meiner Heimat überleben konnten.

In meiner aktuellen Lage hier im Mittelalter dienten mir diese Übungen vor allem zur schnellen Wiederherstellung meiner körperlichen Gesundheit. Dabei war mir vollkommen klar, dass die einfachen Menschen, die uns in ihrem Versteck Unterschlupf gewährt hatten, so etwas wohl kaum verstehen würden. Doch das war mir im Augenblick völlig egal. Sofort nachdem mir das Katharer-Mädchen geholfen hatte, meine inzwischen geflickten Kleider anzuziehen, begann ich versunken mit meinen Bewegungen. Die junge Frau wich zuerst erschrocken zurück, doch gleich darauf starrte sie mich fasziniert an.

„Betest du zu deinen Göttern, indem du so seltsam tanzt, Prinzessin?", fragte sie rundheraus.

Ich vollführte vorsichtig eine langsame Kopfdrehung und spürte ein deutliches Knacken in den Halswirbeln.

„Das ist nicht ganz falsch!", beschied ich ihr flüsternd. „In meiner Heimat tanzen sich die Menschen auf diese Weise wieder gesund. Sie geben ihrem Körper das Gefühl, im Einklang mit dem Himmel zu stehen."

„Ich verstehe nicht, was du meinst, Prinzessin, aber solltest du nicht besser ruhig liegen bleiben?"

Ich hob mein Knie, verharrte einen Augenblick lang still in der Bewegung und machte einen weiten Schritt nach vorn, während ich meine Arme ausbreitete und die Hände abwechselnd von innen nach außen drehte.

„Wenn ich immer nur liege, werden meine Glieder steif!", behauptete ich frech.

„Unser früherer Priester Kyot konnte manchmal tagelang ganz still sitzen, ohne sich auch nur ein einziges Mal zu rühren!", entgegnete die Kleine fast trotzig. „Er nannte das meditieren."

Ich schloss verzweifelt meine Augen und versuchte, mich auf mein Ki zu konzentrieren.

„Du bist wunderschön, Prinzessin!", plapperte das Katharer-Mädchen plötzlich zusammenhanglos weiter. „Deine langen schwarzen Haare passen gut zu deiner kleinen Nase und deinen seltsamen Katzenaugen."

Ich gluckste unwillkürlich und war endgültig raus. Gemeinsam lachten wir schallend. Unwillkürlich zog ich die Kleine an mich. Das Mädchen erwiderte meine Geste und schlang ihre Arme um meine Taille.

„Eigentlich sollten wir uns gar nicht so sehr am diesseitigen Leben erfreuen!", meinte sie traurig.

„Euer Priester Kyot sieht es ja nicht, denn er ist weit weg", sagte ich beiläufig, während ich sanft über ihren Kopf strich.

Das Mädchen sah mich zweifelnd an.

„Er hat uns gesagt, er wäre immer bei uns, ganz gleich, was geschehen sollte."

„Wie kann er das, wenn er euch doch verlassen hat?"

„Aber sein Zeugnis ist immer noch hier. Er hat es extra aufgeschrieben und in unserer Versammlungsstätte versteckt, damit wir wissen, wo er an uns denkt."

Ich wurde hellhörig.

„Was sagst du da?", entfuhr es mir geradezu. „Euer Priester hat euch seine Belehrungen hinterlassen und aufgeschrieben, wo er hingegangen ist?"

„Ja, aber die meisten von uns können es sowieso nicht lesen", erwiderte das Mädchen verschämt. „Er hat es sicher gut gemeint, weil er wollte, dass wir die Lehren der guten Christen nicht vergessen und immer wissen, zu welcher Gemeinschaft wir gehören."

„Warte!", entgegnete ich fassungslos. „Kannst du meinen Gemahl und mich zu der Stätte führen, wo ihr euch früher versammelt habt?"

Das Mädchen ließ mich erschrocken los und blickte sich unsicher um.

„Ich weiß nicht, ob ich das darf, Prinzessin..."

„Wir passen schon auf, dass uns niemand beobachtet!", beeilte ich mich, ihr zu versichern. „Sag deinen Leuten, sobald wir das Schriftstück gesehen haben, werden wir von hier verschwinden und euch nicht länger gefährden!"

Fred Hoppe

Die Stille, die uns im dichten nächtlichen Wald umfing, war unheimlich. Nur das gelegentliche Schnauben der Pferde begleitete unseren schweigenden Marsch bergan zur Kuppe des Haarstrangs.

Dem Stand der Sterne nach war es bereits weit nach Mitternacht, als wir endlich auf den Handelspfad trafen, der sich schnurgerade von Soest wie auf einer allmählich ansteigenden Rampe auf den Scheitelpunkt des Höhenzuges hinzog. Oben angekommen, änderte sich abrupt die Landschaft. Plötzlich lagen die Täler und Berge des südlichen

Sachsenlandes offen vor uns wie die erstarrten Wogen eines aufgewühlten Meeres aus Fels und Wald. Wenn mich mein Orientierungssinn nicht täuschte, würde in ferner Zukunft dort unten der Möhnesee aufgestaut werden, und ich stellte mir unwillkürlich vor, wie sich in einer solchen Nacht dessen Wasser im Mondlicht spiegelten.

„Warum bleibt Ihr stehen, Herr?", riss mich die Stimme des Venedigers aus meinen Gedanken. „Bis zur Kappelle ist es nicht mehr weit. Dort vorn bei der Baumgruppe könnt Ihr schon die Drüggelter Höfe sehen."

Ich nickte abwesend und schlug meinem Pferd die Fersen in die Weichen, so dass es sich langsam wieder in Bewegung setzte. Mein Begleiter schüttelte unwillig den Kopf und folgte mir nach. Für ihn war der nächtliche Ausflug zu der einstigen Versammlungsstätte der heimlichen Kirche sowieso nur ein weiteres unkalkulierbares Risiko, das besser hätte vermieden werden sollen. Giacomo wollte zuerst gar nicht glauben, was das Katharer-Mädchen meiner Siang erzählt hatte. Aber wahrscheinlich ärgerte er sich noch viel mehr darüber, dass die Gemeinschaft offenbar nicht bereit gewesen war, ihn selbst ins Vertrauen zu ziehen.

„Wir dürfen auf keinen Fall gesehen werden!", ermahnte mich der Italiener noch einmal eindringlich. „Im Übrigen verstehe ich überhaupt nicht, warum sich diese Leute einer solchen Gefahr aussetzen."

„Wer sollte Kyots Aufzeichnungen schon finden, wenn sie in der Wand der Apsis eingemauert worden sind?", fragte ich, um seine Bedenken zu zerstreuen.

„Das fragt Ihr noch, Herr?", entgegnete Giacomo entrüstet. „Ihr habt doch selbst erlebt, mit welchem Feuereifer der Legat des Papstes gegen alles vorgeht, was auch nur annähernd katharisches Gedankengut sein könnte."

„Was soll das mit diesem Gebetshaus dort zu tun haben? Immerhin ist die kleine Kirche doch als sogenannte Sühnekapelle gebaut worden."

„Oh, wartet ab, bis Ihr sie seht, Herr!", meinte der Venediger düster. „Eine solche Kapelle wie diese findet Ihr weit und breit nicht."

Was er damit meinte, wurde mir nur wenige hundert Meter weiter ziemlich schnell klar, denn schon allein die äußere Form war alles andere als gewöhnlich. Was in der Dunkelheit auf den ersten Blick hin lediglich kreisrund erschien, entpuppte sich von Nahem plötzlich als ein zwölfeckiges

Bauwerk mit einem geradezu pyramidenförmigen Dach. Das war schon ungewöhnlich, doch die größte Überraschung erwartete mich im Inneren des Gotteshauses.

Wir banden unsere Pferde an einem der Bäume weit vor den Höfen fest und schlichen leise um die Kapelle herum, bis wir vor einem rundbogigen Säulenportal standen. Die Eingangstür selbst bestand aus dicken Eichenbohlen. Zum Glück war sie nicht verschlossen, doch ein knarrendes Geräusch beim Öffnen war leider nicht zu vermeiden. Da sich bei der nahen Hofgruppe nichts rührte, schlüpften Giacomo und ich schnell hinein und schlossen die Tür von innen. Erst danach entzündeten wir unsere mitgebrachten Fackeln, was wir ohne Gefahr tun konnten, weil die Kapelle nur zwei schmale kleine Fensteröffnungen auf der den Höfen abgewandten Seite besaß.

Giacomo zog einen schweren Holzbalken aus der seitlichen Vertiefung im Mauerwerk und legte ihn quer vor die Tür in eine entsprechende Aussparung. Allmählich begriff ich, wie die Katharer zu Bruder Kyots Zeiten sichergestellt hatten, dass kein Unbefugter das Innere der Kapelle betreten konnte, während sie ihre Zeremonien abhielten.

Als ich mich umdrehte, erhellte der flackernde Schein der Fackeln ein geradezu unheimlich anmutendes Szenario. Anstelle eines Altars umsäumten zwei kräftige gedrungene Rundpfeiler sowie zwei andere, aber wesentlich dünnere Säulen den Mittelpunkt des kreisförmigen Raumes, dessen Wände mit seltsamen Strichmustern bemalt waren. Um dieses Kernstück herum waren insgesamt zwölf weitere Säulen postiert, die somit zwei voneinander getrennte Rundgänge bildeten. Die Säulen selbst trugen allesamt Kapitelle, die mit den abenteuerlichsten Figuren ausgeschmückt waren, die einem im wahrsten Sinne des Wortes das Fürchten lehren konnten. Fassungslos deutete ich auf die bedrohlich oder hämisch grinsenden Kobolde, schlangengesichtigen Chimären und andere abschreckende Fabelwesen.

„Ich dachte immer, dass man solche Fratzen nur außerhalb der Kirchen anbringt, um die Ausgeburten der Hölle von den heiligen Räumen fernzuhalten", flüsterte ich Giacomo zu.

„Nun ja, schließlich befindet sich das Reich Satans mitten unter uns", antwortete der Venediger ebenso leise. „Natürlich ist auch die Kirche nicht frei davon. Deshalb erinnern uns die Höllengestalten immer daran, dass wir nur im jenseitigen guten Reich Gottes vor ihnen sicher sind."

Ich nickte zustimmend, denn mir war schlagartig klar geworden, dass ein Legat des Papstes, der auf die Katharer angesetzt war, selbstverständlich sofort deren Gedankengut aufspüren würde, sobald er das Innere der Kapelle betrat.

„Versteht Ihr jetzt, was ich gemeint habe?", fragte Giacomo leise.

„Ich denke ja", antwortete ich, noch immer ergriffen von der beeindruckend befremdlichen Ausstrahlung des kleinen Gotteshauses. „Hier konzentriert sich alles auf die von Säulen umstandene Mitte. Ich nehme an, dass die Apsis eher zur Tarnung angebaut worden ist."

„Manchmal kommen die Nonnen des Klosters Paradies hierher, um in stiller Einkehr zu rasten", erläuterte der Venediger. „Sie beten dann vor dem kleinen Altar in der östlichen Ausbuchtung des Gemäuers. Die Gemeinschaft der guten Christen benötigte diesen Tribut an die weltliche Frömmigkeit natürlich nicht."

„Hm, ich finde schon, dass es ganz klug war, genau dort die Botschaft zu verstecken", meinte ich nachdenklich. „Wenn man nach Geheimnissen der Katharer suchen wollte, würde man diese sicherlich eher im Zentrum vermuten."

„Trotzdem war das Risiko viel zu groß!", maulte Giacomo trotzig.

„Bis jetzt ist ja schließlich nichts entdeckt worden!", entgegnete ich beschwichtigend. „Außerdem ist die Gefahr ein für alle mal gebannt, wenn wir die Schriften von Bruder Kyot mitnehmen."

Doch dazu mussten wir die richtige Stelle erst einmal lokalisieren. Zwar hatten uns die Ältesten der heimlichen Gemeinschaft nach langem Zögern verraten, dass die Hinterlassenschaft ihres früheren Priesters in der Wand der Apsis eingemauert worden sei, doch die Quader schienen alle fest verfugt zu sein. Schließlich wurden wir am Scheitelpunkt der Auswölbung fündig. Nach Auskratzen des Putzes fiel ein flacher Deckstein zu Boden und gab eine mit Bleiglas ausgekleidete kleine Kammer frei. Darin befand sich eine vergilbte Pergamentrolle.

Giacomo nahm sie schnell heraus und hielt das Schriftstück triumphierend in die Höhe. Anschließend setzten wir den Deckstein wieder ein und verschwanden mit unserem Schatz aus der Kapelle.

Leng Phei Siang

Ich hatte mich bei Fred untergehakt und wartete wie alle anderen gebannt darauf, dass der Älteste feierlich das Siegel brach. Die Männer, Frauen und Kinder der kleinen verborgenen Katharer-Gemeinschaft standen im Kreis um den großen Eichentisch, auf dem Fred und der Venediger die Pergamentrolle abgelegt hatten.

Natürlich wäre es den beiden möglich gewesen, selbst die Schriftrolle zu öffnen, doch immerhin handelte es sich um ein Vermächtnis des früheren Priesters, das dieser für seine Gemeinde angefertigt hatte. Es wäre ein Frevel gewesen, das Siegel eigenmächtig zu brechen.

Ich wusste nicht, ob der Älteste des Lesens kundig war, doch falls er irgendetwas erwartet hatte, das seinen Leuten in dieser schweren Zeit Trost spenden konnte, so sprachen seine Augen eine andere Sprache. Er betrachtete das ausgerollte Schriftstück eine Weile lang schweigend und warf es dann achtlos auf den Tisch.

„Ich kann die Worte, die hier geschrieben sind, nicht verstehen!", verkündete der alte Mann enttäuscht und wandte sich ab.

Niedergeschlagen und mit gekrümmten Schultern schritt er zu den anderen und blieb vor ihnen stehen.

„Bruder Kyot kann uns nicht helfen!", sagte er seinen Leuten, die offenbar nicht glauben konnten, dass ihr ehemaliger Priester seine Hinterlassenschaft in einer fremden Sprache abgefasst hatte.

„Vielleicht wollte er euch schützen!", argumentierte ich schwach, doch die meisten folgten bereits dem Beispiel ihres Anführers und verließen den Raum.

„Vernichtet das Schriftstück, und lasst uns in Frieden!", forderte eine der jüngeren Frauen mit mürrischer Stimme.

„Nun habt Ihr, was Ihr wollt, edle Dame!", rief eine andere beinahe feindselig. „Am besten, Ihr packt Eure Sachen und zieht Eures Weges!"

„Bruder Kyot hat uns geblendet!", jammerte eine Mutter, während sie ihr Kind schützend in die Arme nahm. „Wenn wir ihm nicht gefolgt wären, brauchten wir uns jetzt nicht zu verstecken und um unser Leben zu fürchten!"

Fred und ich standen wie vom Donner gerührt da.

„Was soll das nun wieder?", flüsterte er mir zu. „Erst wollten sie uns nichts von der Pergamentrolle erzählen und jetzt sind sie wütend, dass sie nicht in Erfahrung bringen können, was drin steht."

„Ich kann die Leute gut verstehen, Fred", entgegnete ich ihm leise. „Solange die Rolle versteckt war, haben sie sich an die Hoffnung geklammert, dass ihr Priester die Erlösung für sie bereithält. Aber nun, wo sie sehen, dass sie damit nichts anfangen können, werden sie sich ihrer verzweifelten Lage erst richtig bewusst. Die Katharer haben hier keine Zukunft. Wenn wir erst einmal verschwunden sind, werden sich bestimmt die ersten davonmachen und möglichst unauffällig in den Schoß der Katholischen Kirche zurückkehren."

Unterdessen hatte der Venediger die Schriftrolle aufgenommen und studierte mit ernster Miene ihren Inhalt.

„Maledetto!" (Verdammt), schimpfte er auf Italienisch vor sich hin. „Die Worte sind mir nicht fremd, aber trotzdem verstehe ich sie nicht!"

„Ist es etwa Latein?", hakte Fred nach.

In seiner Stimme hatte ein Schimmer Hoffnung mitgeklungen, obwohl ich wusste, dass die Kenntnisse meines ritterlichen Gemahls in dieser Sprache ziemlich beschränkt waren. Giacomo indessen sah uns strafend an.

„Nein!", verkündete er geradezu verächtlich. „Es ist nicht der Sermon der falschen Priester des Satans! Ich glaube es ist okzitanisch."

„Was um alles in der Welt ist okzitanisch?", brauste Fred auf.

„Es ist die Sprache der Freiheit, Graf Winfred!", behauptete der Venediger enthusiastisch. „Dort, wo man sie spricht, sind alle Menschen von Geburt an gleich, sogar die Frauen. Ein armer Mann kann es dort zu Wohlstand bringen, die Fürsten achten die Menschen, und jeder mag sich frei in ihren Ländereien bewegen, selbst die Juden und die Sarazenen. Es ist das Land, in dem Leute unseres Glaubens geachtet werden und wo die feinen Künste sowie die höfische Kultur geboren wurden."

Freds Miene hellte sich urplötzlich auf.

„Natürlich!", rief er aus. „Du meinst den Süden des Frankenreiches, die Heimat von Bruder Kyot!"

„Ganz recht, Graf Winfred! Der Priester schrieb das Vermächtnis in seiner Muttersprache!"

„Aber wenn dir die Laute nicht allzu fremd sind, sollte es doch möglich sein herauszufinden, zu welchem Ort Bruder Kyot gegangen ist!", ereiferte sich Fred. „Selbst, wenn jener Montsalvat nicht in dessen unmittelbarer Nähe liegt, so können wir den Priester vielleicht selbst finden, und dann wird er uns erzählen, wohin wir das ‚Allerheiligste' bringen müssen!"

„Das ist eine hervorragende Idee, Herr!", stimmte Giacomo zu.

Gleich darauf vertiefte er sich wieder in das Schriftstück. Fred und ich warteten derweil gespannt ab, ob der Venediger einen wichtigen Anhaltspunkt entdecken würde. Nur wenige Minuten später war es dann soweit. Aufgeregt deutete Giacomo auf eine bestimmte Stelle im Text.

„Cité Natar!", schrie er mit überschlagender Stimme. „Das muss bedeuten, dass es die Stadt seiner Geburt ist! Sie heißt…"

Der Venediger ließ seinen Zeigefinger über die Schriftzeichen fahren.

„Genau, hier steht es!", behauptete er im Brustton der Überzeugung. „Bruder Kyot ist zu seiner Geburtsstadt heimgekehrt, und die heißt Carcassonne!"

Kapitel 3
Raymond Roger Trencavel,
der Vizegraf

Ez machet trurec mir den lip,
daz also manegiu heizet wip.
Ir stimme sint geliche hel,
genuoge sing ein valsche snel,
etsliche valsches laere.
Sus teilent sich diu maere.
Daz die geliche sint genamt,
des hat min herze sich geschamt.
Wipheit, din ordenlicher site,
dem vert und vuor ie triuwe mite.
(aus „Parzival" von Wolfram von Eschenbach)

Es betrübt mich, dass man alle Frauen ohne Unterschied
mit dem edlen Namen Weib nennt.
Alle haben freilich die helle Stimme;
aber allzu viele sind rasch zur Falschheit,
andere wieder sind der Falschheit bar.
Und so teilen sie sich in zwei Welten.
Dass beide mit dem gleichen Wort genannt werden,
des schämt sich mein Herz.
Weibheit, zu deiner rechten Art
gehört – und gehörte von je – die Treue.
(Übertragung aus dem Mittelhochdeutschen)

Pui Tien, Mai 1209

Die Luft war ungewöhnlich klar, als wir unter der Führung
unseres Gastgebers und Dolmetschers von den durch
Schluchten zerschnittenen Plateaus in die weite fruchtbare
Ebene hinabstiegen, durch die sich der Fluss Aude in unzähligen Windungen zum Mittelmeer hinschlängelte. Frère
Kyot ritt auf einem kleinen Esel, der immer wieder stehen
blieb und an den hartblättrigen Sträuchern zupfte, die in den
schmalen Pfad hineinragten. So kamen wir zwar nur sehr

101

langsam voran, doch dafür nutzte ich jede Gelegenheit, diese so fremdartige, aber überaus fantastische Landschaft zu bewundern. Denn jenseits der Ebene stiegen die dicht bewaldeten Hügel nach Süden hin allmählich zu imposanten Höhen an, die sich schließlich zu einer ganzen Kette schneebedeckter Gipfel auftürmten. Ich hatte eine solch atemberaubende Kulisse noch nie zuvor gesehen und vermochte kaum, meine Augen von ihr abzuwenden. Eine besonders massige Gruppe von drei weiß glänzenden Bergspitzen zog immer wieder meine in die Ferne gerichteten Blicke an.

„Sie heißen Montagne de Tabe", erläuterte Frère Kyot lächelnd in die beinahe feierliche Stille hinein. „Wir nennen den höchsten Gipfel auf der linken Seite auch Pic de Soularac. Er ragt soweit in den Himmel, dass der Schnee dort bis weit in den Sommer hinein liegen bleibt."

Auch Didi schaute kurz in die vorgegebene Richtung, verzog aber gleich darauf missmutig das Gesicht.

„Mich befällt sofort ein beklemmendes Gefühl, wenn ich dorthin schaue, Pui Tien!", raunte er mir auf Hochdeutsch zu. „Vielleicht spinne ich ja, aber ich möchte auf keinen Fall zu dieser Berggruppe reiten."

„Musst du auch nicht!", entgegnete ich mit einem Anflug von Spott in der Stimme. „Wenn ich unseren Gastgeber richtig verstanden habe, liegt unser Ziel nur eine Tagesreise entfernt an dem Fluss, der sich durch die Ebene windet."

„Ihr beide habt heute Glück, dass ihr die hohen Schneeberge so deutlich sehen könnt", fuhr Frère Kyot ungerührt fort. „Die Luft ist im Frühling nur dann so klar, wenn ein großer Sturm unmittelbar bevorsteht. Deshalb sollten wir uns besser beeilen, um noch rechtzeitig in den Schutz der Mauern von Carcassonne zu gelangen!"

Ich sah Didi verschwörerisch an. Wahrscheinlich übertrieb unser Begleiter maßlos. Ich mochte mir einfach beim besten Willen nicht vorstellen, dass es in einem dermaßen trockenen Land, wo es schon im Frühjahr wärmer war als bei uns im Sommer, überhaupt Regen und Sturm geben konnte. Wenn Kyot wirklich schneller vorankommen wollte, dann sollte er lieber endlich seinen störrischen Esel antreiben. Wie sehr ich mich in dieser Hinsicht irrte, das bekamen wir nur wenige Stunden später deutlich zu spüren.

Wir befanden uns auf einer schnurgeraden alten Römerstraße und waren soeben durch einen kleinen Ort gezogen, den Frère Kyot mit dem Namen Pulcheric bezeichnet hatte, als sich urplötzlich der Himmel verdunkelte. Fast gleichzeitig trieb uns ein heftiger Windstoß den trockenen heißen Staub ins Gesicht. Unsere Pferde blieben abrupt stehen, schnaubten und schüttelten widerwillig die Köpfe, so dass Didi und ich absteigen mussten, um unsere Hände schützend über deren Nüstern zu legen. Seltsamerweise schien Kyots Esel dagegen immun zu sein. Das Tier senkte stoisch sein Haupt und ließ die wie Nadelstiche wirkenden aufgewirbelten Sandkörner einfach an seinem dichten Fellkleid abprallen. Ich wunderte mich noch über das kluge Verhalten des ansonsten so störrischen Esels, als mich eine heftige Böe von der Seite her traf und beinahe umwarf. Ich konnte mich gerade noch am Halfter meines Pferdes festhalten. Danach brach das Unwetter ohne weitere Vorwarnung mit voller Gewalt über uns herein.

Der Sturzregen traf uns wie eine Wasserwand, die vom Sturmwind gegen alles geschleudert wurde, was sich ihr in den Weg stellte. Von einer Sekunde zur anderen waren unsere Kleider völlig durchnässt. Unsere Pferde an den Zügeln führend, torkelten wir fast blind hinter Frère Kyot und seinem Esel her, bis wir endlich abseits des Weges in einem halb verfallenen Steinverhau einen notdürftigen Schutz fanden. Unterdessen heulte der Wind mit unirdischem Pfeifen, brach sich donnernd an den porösen Wänden und trieb immer neue Wellen von klatschendem Regen gegen die Ziegelmauern.

„Der Sturm kam schneller als ich dachte!", brüllte unser Begleiter gegen das brausende Getöse an. „Wir müssen hier bleiben, bis das Ärgste vorbei ist, sonst werden wir nicht lebend nach Carcassonne gelangen!"

Mir brauchte er das nicht zweimal zu sagen. Ein derartiges Unwetter hatte ich bisher nur ein einziges Mal erlebt, als wir im Spätherbst von meinem Versteck im Tal der Ennepe aufgebrochen waren, um herauszufinden, wohin die staufischen Söldner meinen Freund verschleppt hatten.

Ich wischte mir die Nässe aus dem Gesicht und lauschte einen Moment lang dem Heulen des Windes, um mich danach fröstelnd an Didis Körper zu kuscheln. Fast automatisch legte er schützend seinen Arm um meine Schultern.

„Was machen wir eigentlich hier, Pui Tien?", flüsterte er mir auf Hochdeutsch zu. „Sollten wir nicht besser versuchen, das Heer der Kreuzfahrer zu finden, um deinem Grafen Arnold den Reif abzunehmen?"

„Haben wir denn wirklich eine Wahl?", entgegnete ich nachdenklich. „Mittlerweile glaube ich eher, das Schicksal hat uns schon vor langer Zeit dazu auserwählt, hier eine bestimmte Aufgabe zu erfüllen."

Didi schnaubte verächtlich.

„Das ist genau der Punkt, der mir Unbehagen bereitet. Wenn der Verlauf der Geschichte doch sowieso vorbestimmt ist, was sollen wir dann noch bewirken? Mehr als Erfüllungsgehilfen können wir schließlich nicht sein, und ich habe keine Lust, ausschließlich zu diesem Zweck verheizt zu werden!"

„Da kannst du meinem Papa die Hand reichen!", entgegnete ich lächelnd. „Er ist seit Jahren darüber verbittert!"

„Bist du es etwa nicht? Ohne die Mächte des Berges, denen du, wie du immer betonst, geweiht bist, hättest du schließlich nicht deine ganze Kindheit von deinen Eltern getrennt im Mittelalter verbringen müssen!"

Ich nahm seine Hand und schaute ihn liebevoll an.

„Ich sehe das etwas anders, Didi", sagte ich sanft. „Wäre mein Schicksal anders verlaufen, hätten wir niemals zusammenfinden können!"

„Wieso nicht, Pui Tien?", begehrte er auf. „Ich hätte dich doch auch unter normalen Umständen kennenlernen können. Vielleicht wäre es dann sogar leichter für mich gewesen, dein Herz zu gewinnen."

Ich schüttelte vehement den Kopf.

„Das ist ein Irrtum, Didi!", betonte ich ernst. „Es sei denn, du hättest dich in unserer Gegenwart in ein kleines Mädchen von drei Jahren verliebt, denn ein solches wäre ich jetzt, wenn meine Eltern mich damals nicht verloren hätten."

Schen Diyi Er Dsi

Regen und Wind hatten nachgelassen, doch dafür schweiften unsere sorgenvollen Blicke nun immer häufiger zum nahen Fluss Aude hinüber. Die vom mitgeführten Geröll und Schlamm aus den nahen Bergen gelb gefärbten Wassermassen des reißenden Stroms schwollen mit jeder Minute mehr an, und wenn wir nicht bald die alte römische

Steinbrücke im Dorf Trèbes erreichten, würden wir wohl kaum noch hinübergelangen.

Meinem Gefühl nach ritten wir nun schon seit Stunden diese endlose Straße entlang, doch außer unzähligen Macchiabüschen und vereinzelten Zypressen war weit und breit nicht das geringste Anzeichen einer menschlichen Behausung zu entdecken. Mein Kettenhemd drückte schwer auf den darunterliegenden, völlig durchnässsten Gambeson, und ich spürte mit jeder Bewegung, wie meine Arme und Beine langsam aber sicher erlahmten. Um mich irgendwie abzulenken, ließ ich noch einmal das Gespräch mit meiner Freundin Revue passieren.

Selbstverständlich war Pui Tiens Einwand vollkommen richtig gewesen, denn ich hatte einen gravierenden Denkfehler gemacht. Alles, was zwischen uns geschehen war, hätte sich ohne ihre schicksalshafte Beziehung zu jenen Mächten des Berges niemals ereignen können. Aber im Umkehrschluss schien es dann wohl auch im Sinne jener unerklärlichen Gewalten zu sein, dass wir beide letztendlich doch noch zueinander gefunden hatten. Die Frage war nur, ob ich diesmal den Vorgang des Mahlens in den Mühlen der Vorsehung auch überleben würde. Und dabei kamen mir angesichts dessen, was wir zu tun gedachten, schon erhebliche Zweifel. Immerhin waren wir im Begriff, uns in eine der wahrscheinlich größten und grausamsten Ereignisse des Mittelalters einzumischen. Was den Geschichtsunterricht an meiner Schule anging, war ich immer nur ein mittelmäßiger Schüler gewesen. Aber falls dabei jemals von den „Amics de Diu" oder gar von einer eigenständigen okzitanischen Kultur in Südfrankreich die Rede gewesen wäre, hätte ich mich bestimmt noch daran erinnert. Daraus folgerte zwangsläufig, dass alles, was mit diesen Begriffen zu tun hatte, im Laufe des bevorstehenden Kreuzzuges so gut wie spurlos ausgemerzt werden würde. Und während der zu erwartenden fatalen Auseinandersetzung standen Pui Tien und ich natürlich ausgerechnet auf der Seite der voraussichtlichen Verlierer.

„Dort ist die Brücke!", rief mir plötzlich meine Freundin aufgeregt zu und riss mich aus meinen trüben Gedanken.

Ich war auf einmal wie elektrisiert und trieb mein Pferd zur Eile an. Selbst Frère Kyot schlug wie wild seine Beine gegen die Flanken des Esels, der dagegen lauthals protestierte. Die wenigen gedrungenen Häuser der Siedlung Trèbes nahm ich kaum noch wahr.

In der Mitte der Brücke spritzte die braune Gischt über die Krone der Mauern, doch das altersschwache Monument aus der Antike hielt der Macht der nassen Gewalten mühelos stand. Trotzdem war ich heilfroh, als wir am südlichen Ufer anlangten.

Von da an ging es noch einmal über die flachen weitläufigen Felder, vorbei an Macchia-Hölzern, eingestreuten Olivenhainen, Weinrebenfeldern, Zypressen und spärlichem Gras, bis nach einer guten halben Stunde endlich die Türme und Zinnen von Carcassonne auftauchten. Doch konnte man diese gigantische wehrhafte Festung, die dort vor uns auf einem vom Aude umflossenen Plateau über der Ebene lag, wirklich als Stadt bezeichnen? Pui Tien und ich hielten unwillkürlich unsere Pferde an und schauten erstaunt auf die riesige, schier unüberwindliche Mauer, die sich wie ein zu Stein gewordener Lindwurm um die Siedlung wand.

„Sie wird nicht umsonst ‚Carcassona, die Wehrhafte' genannt!", erläuterte Frère Kyot mit einem deutlich vernehmbaren Anflug von Stolz in der Stimme. „Noch nie ist es einem Feind gelungen, meine Geburts- und Heimatstadt einzunehmen!"

Im Geiste versuchte ich vergebens, die vielen Verteidigungstürme zu zählen, die im Abstand von weniger als einer Pfeilschussweite aus dem mindestens dreißig bis vierzig Meter hohen Mauerkranz herausragten.

„So, Ihr stammt also von hier?", fragte Pui Tien, die sich offenbar schneller als ich von dem überraschenden Anblick erholt hatte.

Frère Kyot nickte lächelnd.

„Ich habe wohl vergessen, es zu erwähnen. Übrigens sind es insgesamt 26 Türme, junger Freund."

„Ich sehe nur die Stadt. Wo steht denn die Burg des Vicomte Trencavel?", erkundigte sich Pui Tien weiter.

„Du meinst das Chateau Comtal, Tochter aus dem fernen Reich der Mitte", fuhr Frère Kyot ungerührt fort. „Der Sitz des Vicomte ist ebenfalls in der Cité. Seine Burg befindet sich von hier aus gesehen auf der gegenüberliegenden Ostseite der Mauer und bildet sozusagen eine eigenständige Festung in der Festung! Davor führt ein ebenfalls von hohen Mauern geschützter Weg aus der Stadt hinaus bis zum Aude."

Pui Tien nickte gedankenverloren.

„Ihr habt uns erzählt, dass Ihr früher ein Ritter gewesen seid, Frère Kyot", nahm sie unbeirrt ihren Faden wieder auf. „Wenn Ihr aber hier geboren und aufgewachsen seid, müsstet Ihr doch auch dem Vizegrafen gedient haben."

„Das hast du schon richtig erkannt, Tochter", bestätigte unser Begleiter anerkennend. „Allerdings war damals der Vater des jetzigen Vicomtes mein Lehnsherr. Natürlich kenne ich den jungen Raymond Roger sehr gut, auch wenn dieser kein Angehöriger der Amics de Diu ist."

„Das heißt, wir wären in seiner Burg willkommen, und er würde wohl auch auf Euren Rat hören!"

„Das nehme ich an, Tochter!", entgegnete unser Gefährte ernst. „Jedenfalls hoffe ich es!"

Pui Tien

Das sogenannte „Narbonner Tor" wurde schwer bewacht, aber in Frère Kyots Begleitung ließ man uns problemlos passieren. Der Hauptmann der Wache ordnete sogar umgehend an, dass drei seiner Leute uns durch die Stadt zum Chateau Comtal eskortieren sollten. Überhaupt fiel mir auf, dass die Soldaten Frère Kyot nicht nur kannten und respektierten, sondern ihn sogar mit besonderer Ehrerbietung bedachten. Diese sonderbare Beachtung setzte sich fort, als wir durch die engen Gassen der Stadt und vorbei an der riesigen Kathedrale Saint Nazaire zum Tor der gräflichen Burg von Carcassonne ritten. Dabei war ich mir sicher, dass jene überhöfliche Aufmerksamkeit bestimmt nicht Didi und mir galt, obwohl wir doch den Stadtbewohnern ziemlich befremdlich erscheinen mussten. Auch als wir die steinerne Brücke über den Burggraben betraten, salutierten die Torwachen, indem sie ihre langen Speere auf den Boden stellten. Gleich darauf wurde auf Zuruf die schwere Eichentür geöffnet, und Knechte eilten herbei, um unsere Pferde sowie Frère Kyots Esel in die Ställe zu führen.

Obwohl es bereits Abend war und die Dämmerung eingesetzt hatte, herrschte im Inneren des quadratischen Burghofes eine emsige Betriebsamkeit. Dabei entging mir nicht, dass man mich mit einer gewissen Scheu verstohlen musterte. Ich fand das fast schon beruhigend normal, denn bei aller Toleranz, die diese Gesellschaft Fremden gegenüber zeigte, musste mein zur Schau getragenes asiatisches Äußeres zumindest doch so etwas wie Neugier hervorrufen. Dagegen bot Didi in seinem Kettenhemd und Waffenrock eher das vertraute Bild eines abendländischen Ritters, so dass man auf den ersten Blick hin nicht unbedingt seine ursprüngliche Herkunft erraten konnte.

Derweil steuerte Frère Kyot zielstrebig auf ein aus der Mauer ragendes hohes Gebäude zu, in dem sich wahrscheinlich der große Saal der Burg befand. Natürlich war ich gespannt, was uns im Inneren des Hauses erwarten würde. Bei dem Gedanken, vielleicht in wenigen Augenblicken dem Vicomte gegenüberzustehen, vergaß ich sogar meine durchnässten Kleider. Konnte es wirklich sein, dass jener Raymond Roger meinem einstigen Geliebten Arnold glich? Im selben Augenblick schalt ich mich in Gedanken eine Närrin. Wieso war ich nur auf eine solch verrückte Idee verfallen?

Diese an sich völlig absurde Vorstellung hatte sich schon gleich nach den ersten Berichten unseres Gastgebers über den Vicomte tief in meinem Inneren eingenistet, aber ich konnte mir nicht erklären, warum das geschehen war. Was sollte den jungen Arnold von Altena mit diesem Vizegraf hier im fernen Okzitanien verbinden? Und überhaupt. Ich hatte mich schließlich nach langem Zögern für Didi entschieden. Fast schämte ich mich bei der Vorstellung, ihm gegenüber nicht ehrlich zu sein und stattdessen heimlich noch immer meiner verlorenen ersten Liebe nachzutrauern. Oder war es lediglich meine gekränkte Eitelkeit, die mir hier einen Streich zu spielen versuchte?

Die Wachen vor dem Portal machten uns bereitwillig Platz, aber ich zögerte weiterzugehen, so dass Frère Kyot sich erstaunt umblickte und mich erwartungsvoll ansah.

„Was ist, junge Tochter aus dem Reich der Mitte? Der Senex (Seneschall) des Vicomtes erwartet uns bereits. Er wird dir und deinem ritterlichen Begleiter einen Raum in der Burg anweisen, wo du dich von der Reise erholen kannst."

Ich nickte dem Priester zu und folgte dann meinen Begleitern nach. Kurz darauf betraten wir einen geräumigen, von vielen Fackeln erhellten Saal, dessen Wände mit einer Reihe von Wappen geschmückt waren. Am Kopfende hing über einem langen Tisch ein großer Schild, der von drei gelb-braunen Querbalken unterteilt wurde. In den weißen

Flächen dazwischen vermochte ich die Darstellung von Speerspitzen zu erkennen, über denen wiederum jeweils Dreiecke aus kleinen achtspitzigen Kreuzen angebracht waren.

„Es ist das Wappen der Trencavels", erläuterte Frère Kyot, bevor er einen in feinstem Brokat gehüllten älteren Mann in die Arme schloss, der fast unbemerkt aus einer Seitentür des Saales eingetreten war.

Die beiden mussten sich ziemlich gut kennen, denn sie machten keinen Hehl aus ihrer offensichtlich großen Freude, einander wiederzusehen. Es war schon ein seltsames Bild, das den vornehmen und reich geschmückten Adeligen in solcher Eintracht mit unserem ärmlich gekleideten Bettelmönch zeigte. Anschließend sprach Frère Kyot eine Weile auf Okzitanisch mit seinem Gegenüber. Dabei wies er abwechselnd immer wieder auf Didi und mich. Schließlich richtete der Senex des Vizegrafen sein Wort an uns beide.

„Guilhem de Cabaret heißt euch im Chateau Comtal willkommen", übersetzte unser Begleiter ohne Umschweife. „Vicomte Raymond Roger Trencavel bedauert es, euch leider nicht persönlich begrüßen zu können, denn er ist heute Morgen mit seinem Gefolge zur Jagd in die Montagne Noire aufgebrochen."

Frère Kyot räusperte sich kurz, und wie mir schien, auch ein wenig verlegen.

„Der Senex des Vicomtes hat euch auf meine Bitte hin einen gemeinsamen Raum zugewiesen", fuhr er fort. „Im Augenblick befinden sich wegen der Jagd auf Chateau Comtal sehr viele Gäste. Aber wenn ich dich richtig verstanden habe, Tochter, seid ihr beide ja miteinander verbunden?"

„So ist es!", bestätigte ich mit dem Anflug eines flüchtigen Lächelns auf den Lippen, während ich mit einem Seitenblick auf Didi bemerkte, wie dieser errötete. „Wir danken dem Senex und seinem Herrn, dem Vicomte, für ihre Gastfreundschaft."

„Dann werden die Pagen euch jetzt zu eurem Zimmer geleiten!", schloss Frère Kyot sichtlich erleichtert. „Mein Freund Guilhem hat bereits angeordnet, dass man euch trockene Kleider bringen wird. Ich sehe euch dann morgen früh wieder."

Danach vergingen nur noch wenige Minuten, bis die angekündigten Bediensteten auftauchten. Tatsächlich war ich auf einmal ganz froh, dem Vicomte noch nicht persönlich begegnet zu sein. Dafür erschien mir die Aussicht, bald aus den nassen Kleidern zu kommen, nun viel verlockender. Außerdem merkte ich jetzt, wie müde ich wirklich war.

Schen Diyi Er Dsi

Nachdem die beiden Zofen den Raum verlassen hatten, wuchs meine Unsicherheit ins Unermessliche. Ich war nun endlich allein mit Pui Tien und damit praktisch am Ziel meiner Träume, doch stattdessen quälte mich die Angst, jetzt noch irgendetwas falsch zu machen. Natürlich hatten wir in den letzten Wochen schon mehrfach ganz nah beieinander die Nacht verbracht, aber das war stets in Anwesenheit ihrer Eltern gewesen. Auch das eine Mal, als wir auf dem Stroh im Hof unseres Gastgebers gelegen hatten, zählte nicht. Doch hier befanden wir uns zum ersten Mal allein in einem abgeschlossenen Raum mit einem richtigen Bett, das nur für uns beide gedacht war. Was würde geschehen? Was konnte, ja was durfte überhaupt geschehen?

Einerseits versuchte ich fieberhaft, mich an irgendwelche Anzeichen zu erinnern, die mir darüber Aufschluss geben konnten, wann sie ihre letzte Periode gehabt haben mochte. Andererseits hatte ich absolut keine Vorstellung darüber, ob sie überhaupt mit mir schlafen wollte. Gab es da vielleicht bestimmte Gesten, die darauf schließen ließen, was sie von mir erwartete? Und falls es tatsächlich dazu kommen sollte, was wäre, wenn ich mich dabei zu dämlich anstellte? So gab ich mich meinen widersprüchlichen Gedanken hin und kam dabei gar nicht erst auf die Idee, dass es ihr vielleicht ähnlich ergehen könnte.

Pui Tien

Schon als Didi sich verlegen zu der kleinen Fensteröffnung in unserem Zimmer begab und den Anschein erweckte, als gäbe es dort unten im Burghof etwas wahnsinnig Interessantes zu entdecken, war mir klar, dass er sich vor der Ungewissheit fürchtete, ob wir miteinander schlafen sollten. Oh, wenn er doch nur wüsste, wie sehr ich mich selbst bereits danach gesehnt hatte. Aber auch jetzt wagte ich es nicht, ihm meine eigenen Ängste vor diesem letzten Schritt einzugestehen. Wie sollte er auch begreifen, dass ich im Grunde nur vor der Möglichkeit zurückschreckte, dabei die unheimlichen Gewalten meiner Gaben zu entfesseln. Nun rächte es sich, dass ich es nie gewagt hatte, ihm meine diesbezüglichen Befürchtungen anzuvertrauen.

Verschämt kramte ich in dem Beutel an meinem Gürtel nach dem Bündel mit den getrockneten Kräutern, die Mama mir noch vor ein paar Tagen vorsorglich eingepackt hatte. Sollte ich sie benutzen?

Nein! Die Angst vor den Folgen, wenn ich die Kontrolle über meine Gaben verlor, war zu groß. Damals, als ich mit Sligachan in der Milsepehöhle war, hatte ich von Didis Not im Kerker von Köln geträumt und mit den ungezügelten Kräften meines Geistes beinahe die Decke zum Einsturz gebracht. Später im Wald oberhalb der Ennepe waren es allein seine ersten zaghaften Zärtlichkeiten gewesen, die in mir einen Sturm ausgelöst hatten. Ich war geflohen, und um mich herum waren die Äste der stärksten Buchen zu Boden gekracht. Würde es mir denn nie vergönnt sein, mit einem Jungen intim zu werden?

Mir stiegen die Tränen in die Augen, und ich kämpfte verzweifelt gegen die Wut an, die sich in mir auszubreiten begann. Doch dann vernahm ich auf einmal Mamas Stimme, die wie aus weiter Ferne in meinem Kopf zu sprechen schien: „Vielleicht bist du nur noch nicht bereit dazu", flüsterte sie eindringlich.

Ja, vielleicht war ich wirklich noch nicht bereit, trotz meines tief empfundenen Verlangens. Ich fasste einen entscheidenden Beschluss: Gut, ich würde in dieser Nacht nicht mit Didi schlafen. Aber ich würde auch nicht auf die Berührungen verzichten, nach denen ich mich so sehr sehnte!

„Weißt du", hob ich wie beiläufig an, „ich bin nach der Reise so müde, dass ich am liebsten sofort die Augen schließen und mich ins Bett fallen lassen möchte."

Didi blickte auf und schaute mich unsicher an.

„Aber doch wohl nicht in den nassen Kleidern?"

„Nein, natürlich nicht!", entgegnete ich lächelnd. „Wir ziehen uns aus und kuscheln uns aneinander, ja?"

„Was ist, wenn die Zofen mit den frischen Gewändern kommen?"

„Ach, sorg dich nicht! Die Bediensteten im Mittelalter sind daran gewöhnt, ihre Herrschaft nackt zu sehen. Außerdem decken wir uns mit den Fellen zu."

Ich wartete seine Zustimmung nicht ab und begann einfach, mich zu entkleiden. Didi schluckte, zog sich dann aber wortlos den Waffenrock und danach das Kettenhemd über den Kopf. Anschließend war er so sehr mit dem Aufschnüren seiner ledernen Stiefel beschäftigt, dass er gar nicht mitbekam, wie ich bereits unter das große Fell schlüpfte. Erst nachdem er auch das Unterkleid ausgezogen und sich seiner Beinlinge entledigt hatte, sah er mich strafend an.

„Das ist gemein!", brummte er errötend. „Du bist schon fertig und schaust mir zu!"

„Wo ai ni!" (ich liebe dich), flüsterte ich sanft und schlug das Fell zurück, so dass er mich ganz sehen konnte.

Didi errötete noch stärker und drehte sich abrupt um. Schließlich streifte er sich umständlich auch noch die Bruoch ab, während ich dabei interessiert das Spiel seiner Muskeln und Sehnen bewunderte.

„Ni lai ba?" (kommst du), forderte ich ihn leise auf. „Ich möchte deine Haut spüren, wenn ich einschlafe."

Didi legte sich zögernd auf die Seite und wandte mir den Rücken zu. Ich umfasste seine Brust und schmiegte mich zärtlich an seinen warmen Körper. Es war ein wunderschönes Gefühl von Geborgenheit, das mich auf einmal durchströmte. Die unheimlichen Gewalten, die mein unsteter Geist auszulösen vermochte, blieben stumm. Diesmal geschah nichts.

Schen Diyi Er Dsi

Ich erwachte vom lauten Gezwitscher der Vögel und dachte einen Moment lang, wir lägen auf einer Wiese inmitten betörend duftender Blumen. In der Nähe plätscherte munter ein Bach, und ich bildete mir ein, sogar die Fische darin springen zu hören. Pui Tien und ich lagen nackt unter dem Fell des riesigen Braunbären, den ich am Tag zuvor eigenhändig erlegt hatte. Ich räkelte mich behaglich und versuchte krampfhaft, mich daran zu erinnern, mit welcher Waffe ich dem wilden Ungetüm entgegengetreten war, um meine Liebste vor seinen Pranken zu retten. War es mein Schwert gewesen oder der Dolch?

„Was für ein Quatsch!", murmelte ich laut vor mich hin, warf das schwere Schafsfell zurück und schlug endgültig die Augen auf.

Direkt vor unserem Vierpfostenbett standen zwei Männer und die beiden Zofen, die mit großen Holzlöffeln eine nach Frühlingsblumen duftende Kräutermischung in ein hin- und herschwappendes Wasserbad rührten.

Total erschrocken und voller Panik riss ich das Schafsfell an mich, um meine Blöße damit zu bedecken. Im nächsten Moment bemerkte ich, was ich damit angerichtet hatte und beeilte mich, Pui Tien wieder zuzudecken.

„Didi, shenme?" (Didi, was ist los?), erkundigte sich meine Freundin schlaftrunken und rieb sich die Augen.

Sie richtete sich halb auf, und ihre verwunderten Blicke wanderten zwischen der schweigenden Gruppe der Bediensteten und mir hin und her. Dann begann sie auf einmal schallend zu lachen.

„He, keine Panik!", kicherte Pui Tien immer noch glucksend. „Das ist nur das Ankleidekommando! Ich habe das schon mal erlebt, aber ich war damals genauso erschrocken wie du."

Das Einseifen und Abschrubben durch die Zofen hatte schon etwas Zeremonielles, auch wenn ich mich zuerst noch instinktiv dagegen sträubte, mich völlig unbekleidet vor den fremden Frauen zu zeigen. Doch die beiden emsigen Badehelferinnen schienen von meiner anfänglichen Scheu keinerlei Notiz zu nehmen. Im Gegenteil! Ich hatte eher den Eindruck, dass sie sich sogar besonders für meine braune Haut interessierten, denn sie wischten und rubbelten wie verrückt daran herum und fuhren danach immer wieder mit den Händen über die gerade gewaschenen Stellen, um zu prüfen, ob der dunkle Teint sich nicht doch entfernen ließ.

Natürlich war mir die Behandlung fürchterlich peinlich, doch ich beruhigte mich schnell wieder, als ich sah, dass man anschließend mit Pui Tien genauso verfuhr. Im Gegensatz zu mir ließ sie allerdings die intensive Bearbeitung ihrer Haut in stoischer Ruhe über sich ergehen.

Endlich gaben die Zofen ihre Bemühungen auf, und wir wurden angekleidet. Dazu hatten die Bediensteten bereits unsere eigenen frisch gewaschenen und offensichtlich über Nacht getrockneten Gewänder bereitgelegt. Lediglich mein

Gambeson sowie mein Kettenhemd waren nicht dabei. Wann die eifrigen Zofen aber nun die nassen Kleidungsstücke aus dem Raum geholt hatten, blieb mir rätselhaft. Anstelle meines Waffenrocks streiften sie mir ein besonders kostbares blaues Gewand aus reiner Seide über. Den Gürtel und mein Wehrgehänge durfte ich mir hernach wenigstens allein anlegen. Während ich zum Abschluss noch die Gugel über die Schulter gelegt sowie die Bunthaube aufgesetzt bekam, begann die zweite Zofe damit, Pui Tiens hüftlanges Haar auszubürsten und in zwei elegante Zöpfe zu flechten. Das schon vorbereitete Gebende lehnte meine Freundin aber mit einer unwirschen Handbewegung ab. Die erstaunten und überraschten Blicke der Bediensteten ob dieser schroffen Zurückweisung quittierte Pui Tien mit einem wild entschlossenen Kopfschütteln.

„Mama hat diese Dinger auch nie gemocht!", betonte sie zu mir gewandt mit stolzem Unterton auf Hochdeutsch.

Als wir bald darauf wie bei einer festlichen Prozession durch die dunklen Flure in den Saal geführt wurden, zischte sie mir leise zu:

„Außerdem ist das Gebende ein sichtbares Zeichen für verheiratete Frauen. Und eine solche bin ich schließlich nicht!"

Pui Tien

Frère Kyot erwartete uns bereits. Er trug wieder oder immer noch seine einfach gehaltene dunkelblaue Robe, und fast automatisch beschlich mich der Gedanke, dass er vielleicht diesen Teil der Burg seit gestern Abend überhaupt nicht verlassen haben könnte. Jedenfalls kam er mir noch ernster und nachdenklicher vor als sonst. Die dunklen Ränder unter seinen Augen sowie die tiefen Sorgenfalten auf der Stirn unterstrichen diesen Eindruck noch.

„In der Nacht ist ein Bote des Grafen Raymond von Toulouse, des Onkels und Lehnsherren unseres Gastgebers, eingetroffen!", eröffnete uns Frère Kyot ohne Umschweife. „Die Nachricht, die er überbracht hat, ist äußerst besorgniserregend!"

Unwillkürlich spürte ich ein Kribbeln in der Magengegend, das sich seit der Zeit meines Überlebenskampfes in der

Wildnis der Wälder des Sachsenlandes immer dann einzustellen pflegte, wenn eine große Gefahr drohte.

„Damit ihr versteht, was ich meine, werde ich euch am besten zunächst erzählen, was sich vor drei Jahren ereignet hat", fuhr Frère Kyot fort. „Schon damals hatte der Legat des Papstes, Arnaud Amaury, der als Abt von Citeau das Oberhaupt des Ordens der Zisterzienser ist, seinen Gehilfen Pierre de Castelnau nach Okzitanien geschickt, um ein Heer von Rittern aufzustellen, das hier vor Ort gegen die Amics de Diu vorgehen sollte. Dieser Mönch wandte sich an Graf Raymond und bot ihm die Führung der noch zu gründenden Streitmacht an. Der Graf von Toulouse lehnte natürlich ab, denn er vermochte nicht einzusehen, warum er gegen seine eigenen Untertanen kämpfen sollte. Daraufhin verlangte der verschlagene Zisterziensermönch von Papst Innozenz, er solle den Grafen exkommunizieren, was jener auch tatsächlich tat. Vor einem Jahr traf der Onkel unseres Vicomtes Trencavel dann in Saint Gilles wieder mit Pierre de Castelnau zusammen. Die beiden stritten, und dabei fielen harte Worte, ja man könnte sagen, es waren Drohungen. Nur einen Tag später wurde Pierre de Castelnau von einem Pagen des Grafen erschlagen, und Papst Innozenz rief zum Heiligen Kreuzzug gegen uns alle auf. Dabei versprach er allen Rittern, die daran teilnehmen würden, sie könnten das eroberte Land der Häretiker unter sich aufteilen. Seitdem versuchen Graf Raymond und sein Neffe, Verbündete zu finden, damit wir uns gegen die gierigen Landräuber wehren können, die bald in Okzitanien einfallen werden. Doch nun, da das große Heer unserer Feinde tatsächlich in Lyon versammelt ist, scheint Graf Raymond zu fürchten, dass wir einer solchen Streitmacht nicht standhalten könnten. Deshalb lässt er uns durch seinen Boten mitteilen, dass er den Kreuzfahrern entgegeneilen wird, um sich zu unterwerfen. Seinem Neffen und Lehnsmann empfiehlt er dringend, das Gleiche zu tun."

„Wenn sich der Vicomte de Trencavel darauf einlässt, wäret Ihr und Eure Glaubensbrüder den Kreuzfahrern schutzlos ausgeliefert!", schloss ich aus dem Gehörten.

„So ist es!", bestätigte Frère Kyot bitter. „Aber es betrifft nicht nur die Amics de Diu allein! Mit uns sind auch die hier lebenden Juden gefährdet und die vielen Sarazenen, die in Okzitanien Handel treiben. Davon abgesehen, steht zudem unser aller Freiheit auf dem Spiel, wenn die Barbaren aus dem Norden in unser Land einfallen!"

„Wie wird sich der Vicomte entscheiden?", fragte ich leise.

„Ehrlich gesagt, ich weiß es nicht, Tochter!", entgegnete Frère Kyot niedergeschlagen. „Ich kann nur hoffen, dass Raymond Roger auf deinen Rat hören wird!"

„Aber wie soll ausgerechnet ich wissen, was richtig ist?", begehrte ich erschrocken auf. „Wir sind gerade ein paar Tage hier. Ich kann dem Vicomte bestimmt keinen guten Rat geben!"

„Doch, das kannst du!", behauptete Frère Kyot unbeirrt. „Du wirst spüren, was geschehen wird und es dem Vizegrafen sagen. Das wird ihm sicher die Augen öffnen, und vielleicht vermag er dann das Schlimmste zu verhindern, wenn er erfährt, welche Folgen aus seinem Handeln erwachsen können."

Zwischenspiel

Vicomte Raymond Roger Trencavel hob seinen Arm und wartete geduldig, bis der abgerichtete Jagdfalke angeflogen kam. Die kleinen Glöckchen an den herabbaumelnden Schnüren, die um dessen Fänge gebunden waren, klingelten hell und durchdringend, als der Falke zielsicher auf dem dicken Lederhandschuh landete und sich dort festkrallte, wobei er heftig mit den Flügeln schlug, um das Gleichgewicht zu halten. Mit der freien Hand nahm der Vizegraf ein kleines Stück rohen Fleisches aus dem Beutel an seinem Gürtel und hielt es dem Vogel hin. Der Falke öffnete kurz den gebogenen Schnabel und schnappte sich mit einer blitzschnellen Bewegung die dargebotene Belohnung.

„Das Jagdglück ist Euch hold, Herr!", lobte Chevalier Guiraud de Pépieux artig, aber mit missmutiger Miene.

„Ich weiß, Ihr haltet unseren Ausflug hier für reine Zeitverschwendung und würdet lieber heute als morgen gegen das Heer der Kreuzfahrer ziehen", entgegnete der Vicomte de Trencavel milde. „Aber ich fürchte, im offenen Feld sind wir ihnen hoffnungslos unterlegen."

Guiraud de Pépieux schüttelte unwillig den Kopf.

„Umso weniger verstehe ich, wie Ihr den Dingen einfach ihren Lauf lassen könnt, mein Herr!", begehrte er auf. „Sollen wir uns denn dem Feind bedingungslos ausliefern?"

„Das wird nicht nötig sein, mein Freund!", betonte der Vizegraf überzeugt. „Letztendlich wird seine Heiligkeit, Papst Innozenz, gegen uns gar nichts ausrichten. Es ist ihm zwar gelungen, die Erlaubnis des Königs von Frankreich zu erlangen, den Kreuzzug in dessen Land durchzuführen, aber in seinem Eifer hat er etwas ganz Entscheidendes übersehen: Der oberste Lehnsherr meiner Gebiete um Béziers ist König Pedro von Aragon, und diesen hat Papst Innozenz nicht gefragt. Die Kurie wird nicht wagen, auch gegen ihn vorzugehen, weil er sich im Krieg gegen die Mauren große Verdienste erworben hat."

„Aber selbst, wenn sich das Heer des Feindes nur gegen Euren exkommunizierten Onkel richten darf, so seid Ihr als Vicomte von Albi und Carcassonne auch ihm die Gefolgschaft schuldig."

Raymond Roger winkte ab.

„Mein Onkel, der Graf von Toulouse, wird sich zu gegebener Zeit mit der Römischen Kirche arrangieren! Seid also völlig unbesorgt!"

Guiraud de Pépieux wiegte zweifelnd den Kopf.

„Als Euer Vasall bin ich ein Mann des Kampfes und verstehe nicht viel von Politik", räumte er ein. „Aber es fällt mir schwer zu glauben, dass solch ein riesiges Heer wie das der Kreuzfahrer sich einfach auflösen und unverrichteter Dinge wieder abziehen wird. Bedenkt doch, Herr, Papst Innozenz hat allen Rittern, die sich an dem Kreuzzug beteiligen, die Herrschaft über unsere Ländereien versprochen."

Raymond Roger Trencavel setzte zu einer Entgegnung an, doch seine Aufmerksamkeit wurde von einem plötzlich aufkommenden vielstimmigen Gemurmel in der Jagdgesellschaft abgelenkt. Er übergab den Falken an den bereitstehenden Pagen und drehte sich zu seinen Leuten um.

„Es ist Roger, der Diener Eurer Gemahlin, Herr!", teilte ihm einer der Ritter mit. „Offenbar bringt er eine Nachricht aus Carcassonne."

Der Vizegraf blickte einen Augenblick lang irritiert in die Runde, doch dann gab er sich einen Ruck und ging dem erwarteten Boten entgegen.

„Was ist Roger? Schickt dich Agnes' Ungeduld?", rief er dem herangaloppierenden Jungen zu. „Ich sagte doch, dass wir morgen Abend im Chateau Comtal eintreffen werden."

Der Bursche brachte sein Pferd zum Stehen und sprang ab.

„Euer Senex, Guilhem de Cabaret, sendet mich zu Euch, Herr!", berichtete Roger aufgeregt. „Er hat eine Nachricht von Eurem Onkel, dem Grafen von Toulouse, erhalten, und außerdem ist Euer alter Freund und Lehrmeister Kyot mit zwei Fremden eingetroffen."

„Was? Nur deshalb schickt Guilhem dich den ganzen Weg bis in die Montagne Noire?"

„Guilhem de Cabaret bittet Euch, so schnell wie möglich zurückzukehren!", fuhr Roger unbeirrt fort. „Er hat auch bereits für heute Abend den Rat der Konsuln und Eurer Vasallen einberufen!"

„Was gibt es so Wichtiges zu besprechen?", fragte der Vizegraf erstaunt.

Der Bursche schaute sich unsicher um und trat ganz nah an seinen Herrn heran.

„Euer Onkel will sich dem Abt von Citeau unterwerfen", flüsterte Roger dem Vicomte ins Ohr. „Und er rät Euch dringend, das Gleiche zu tun."

Raymond Roger de Trencavel wurde blass.

„Euer alter Lehrmeister Kyot wünscht, dass Ihr auf jeden Fall noch mit seinen beiden Begleitern sprecht, bevor Ihr Euch entscheidet, was Ihr tun werdet", hob der Bursche wieder an. „Er lässt Euch ausrichten, dass es ungeheuer wichtig sei, sie anzuhören!"

„Was sind das für Leute?", erkundigte sich der Vizegraf verwundert. „Gehören sie auch zu den Amics de Diu?"

„Nein, es sind Fremde aus dem fernen Reich der Mitte", antwortete Roger bereitwillig. „Ein junger Mann, der sich als Ritter Berengar von Ragusa vorgestellt hat und eine wunderschöne Prinzessin, die sich Pui Tien nennt. Alle am Hof bewundern sie, weil sie noch viel befremdlicher aussieht als die Sarazenen, die schon im Chateau Comtal zu Gast waren. Ihre Augen sind hinter schmalen Schlitzen verborgen, doch sie leuchten so geheimnisvoll wie schwarze Rubine. Man sagt, dieses Mädchen habe das zweite Gesicht und könne in die Zukunft schauen."

Schen Diyi Er Dsi

Ich werde unsere erste Begegnung mit dem Vicomte Raymond Roger Trencavel wohl nie vergessen, denn ein einziger flüchtiger Blick in dessen vor Erstaunen geweitete Augen, mit denen er Pui Tien mit offen zur Schau getragener Bewunderung musterte, pflanzte bereits den glühenden Stachel der Eifersucht in mein Herz.

Frère Kyot hatte uns gleich nach der so eilig einberufenen Zusammenkunft des Rates in den großen Saal geführt, um uns dem Vizegrafen vorzustellen. Und da stand er nun: ein äußerst gut aussehender, athletisch gebauter 24-jähriger Mann mit halblangen, dunkelbraunen Haaren, römisch-aristokratischer Nase und fein gezeichneten Zügen, die sogar einen ausgesprochenen Adonis wie Brad Pitt vor Neid hätten erblassen lassen. Seine kostbaren Gewänder waren maßgeschneidert und unterstrichen noch seine perfekte Figur; doch, was mich innerlich regelrecht in Rage brachte, war sein überaus gönnerhaftes, mildes und nichtsdestotrotz überlegenes Lächeln. Der nächste Stich traf mich gleich darauf, als ich feststellen musste, wie meine Freundin angesichts dieses Charmeurs geradezu dahinschmolz. Es war, als ob die Zeit stillstehen würde, denn für die Dauer einiger Minuten starrten sich die beiden an wie in Trance und schienen ihre Umgebung völlig vergessen zu haben. Endlich vermochte sich Pui Tien aus der vermeintlichen Verzauberung zu lösen und senkte beschämt ihren Blick.

„Vicomte Raymond Roger würde sich geehrt fühlen, wenn die bezaubernde Prinzessin nachher beim abendlichen Mahl mit den Konsuln und Vasallen an seiner Seite Platz nehmen würde", übertrug Frère Kyot die auf Okzitanisch geflüsterten Worte seines Freundes ins Sächsische.

Während Pui Tien ihre Zustimmung gab und dies noch mit einer tiefen Verbeugung unterstrich, ertappte ich mich bereits bei dem Gedanken, ob unser so vollkommener und keuscher Begleiter sich wohl weigern würde, eventuelles Liebesgeflüster der beiden zu übersetzen. Jedenfalls fühlte ich mich von einem Augenblick zum anderen total überflüssig. Von mir war offensichtlich ja auch überhaupt nicht die Rede gewesen. Also würde ich mich damit begnügen müssen, der edlen Gesellschaft von den untergeordneten Rängen aus zuschauen zu dürfen. Die aufsteigende Wut darüber zog mir die Eingeweide zusammen, und während wir aus dem Saal geleitet wurden, marschierte ich automatisch immer schneller werdend voraus.

„Was hast du nur, Didi?", rief Pui Tien hinter mir. „Warte doch! Wir müssen gemächlich nebeneinander gehen!"

„Ich pfeife auf dieses höfische Tamtam!", schnaubte ich zurück. „Du hättest dich mal sehen sollen, Pui Tien! Ihr beide habt euch angeschmachtet wie Romeo und Julia!"

„Ich weiß nicht, was du meinst", entgegnete Pui Tien kichernd. „Wer oder was sind Romeo und Julia?"

„Shakespeare, meine Liebe, Shakespeare!", echauffierte ich mich genervt. „Das ist Weltliteratur, und der Mann hat sie schon um 1600 herum geschrieben. Ich begreife nicht, wie du es in die Oberstufe geschafft hast, ohne zu wissen, wer Shakespeare ist."

„Ach, Didi!", erwiderte Pui Tien lachend. „Du weißt doch, dass ich im Mittelalter aufgewachsen bin. Und wenn ich dich richtig verstanden habe, hat dieser Shakespeare da noch gar nicht gelebt. Aber ich glaube, du bist eifersüchtig!"

Pui Tien

Der junge Vicomte Raymond Roger de Trencavel war ein ausgesprochen attraktiver Mann, und seine wohlklingende Stimme sowie seine freundlich zuvorkommenden Gesten verrieten viel von der gelebten Toleranz in seinen Ländereien. Er glich zwar in keinerlei Beziehung meinem einstigen Geliebten; trotzdem wurde ich von seiner Gegenwart fast magisch angezogen. Ich konnte mir diese Tatsache einfach nicht erklären, doch ich würde auf alle Fälle versuchen, ihr auf den Grund zu gehen.

Natürlich war mir klar, dass mein Verhalten Didi in gewisser Weise provozieren musste, aber ich gebe offen zu, dass es mich schon amüsierte, wie eifersüchtig er war. Damit tat ich ihm großes Unrecht, und ich habe es auch nur wenig später sehr bereut. Doch anstatt darüber offen mit meinem Freund zu sprechen, fühlte ich mich einfach von den mir erwiesenen Aufmerksamkeiten geschmeichelt und hielt es nicht für nötig, Didi mein seltsames Gehabe zu erklären. Und so trieb ich, ohne es zu wollen, den Jungen, den ich wirklich liebte, letztlich in eine lebensgefährliche Situation, der er einfach nicht gewachsen sein konnte. Doch davon ahnte ich noch nichts, als ich an diesem Abend neben dem Vizegrafen und seiner Gemahlin Agnes von Montpellier saß und mich hofieren ließ.

Frère Kyot ließ indessen keine Gelegenheit aus, meine angebliche Fähigkeit zu loben, in die Zukunft schauen zu können. Doch, obwohl er seinem langjährigen Freund, dem Vizegrafen, immer wieder nahe legte, meine diesbezüglichen Gaben in Anspruch zu nehmen, blieb Raymond Roger doch skeptisch, und mir drängte sich allmählich der Eindruck auf, dass unser Gastgeber im Grunde seines Wesens ein zögerlicher Mensch war, der wichtigen Entscheidungen lieber aus dem Weg ging. Im Übrigen schien er bei aller Toleranz der okzitanischen Gesellschaft davon überzeugt zu sein, dass ihn sein edles Geblüt vor dem Schlimmsten bewahren würde.

Natürlich ehrte ihn, dass er es vermeiden wollte, im Falle seiner Unterwerfung sowohl die Amics de Diu als auch die zahlreichen Juden und Sarazenen in seinen Ländereien der Willkür der Kreuzfahrer auszuliefern, doch die starre Haltung des Vicomtes, am besten gar nichts zu unternehmen, musste zwangsläufig in die Katastrophe führen.

Frère Kyot gab es dann auch bald auf, und als unter vielstimmigem Beifall die Troubadoure mit ihren Instrumenten den Saal betraten, verabschiedete sich der Priester von uns mit der Begründung, sein Glaube verbiete es ihm, an der zur Schau gestellten weltlichen Fröhlichkeit weiter teilzunehmen. Ich wusste, dass unser Begleiter zutiefst enttäuscht war, sah jedoch keine Möglichkeit, ihm zu helfen.

Da ich nun keinen Dolmetscher mehr hatte, wurde die Verständigung zwischen dem gräflichen Paar und mir auf die allernotwendigsten Gesten reduziert, so dass ich genügend Zeit und Gelegenheit bekam, den überraschend vielseitigen Klängen der zweiseitigen Drehleier, Harfen, Flöten und des Rebeque zu lauschen. Die Trobars, wie sich hier die höfischen Sänger und Barden nannten, trugen ihre Verse zu einer traurigen, schwermütig anmutenden Melodie vor, die mein Gemüt in besonderer Weise ansprach, auch wenn ich kein einziges Wort des begleitenden Textes verstehen konnte.

Von Didi hatte ich während des ganzen Abends nichts gesehen, obwohl er zuvor mit mir gemeinsam den Saal betreten hatte. Daher nahm ich an, er hätte sich bereits auf unser Zimmer zurückgezogen, als ich weit nach Mitternacht allein durch die von Fackeln nur spärlich erhellten Gänge der Burg schritt. Ich öffnete leise die Tür zu unserem Raum, um ihn nicht aufzuwecken, doch das große Vierpfostenbett war leer.

Schen Diyi Er Dsi

Mein Schädel brummte, und der schale Geschmack von vergorenem Wein lag mir bleischwer auf der Zunge. Meine Hand fuhr unwillkürlich an meine Stirn, doch sie blieb im Gesträuch hängen, und unzählige Dornen bohrten sich wie winzige Messer in mein Fleisch. Der stechende Schmerz brachte mich endgültig in die Welt der Lebenden zurück. Ich schlug die Augen auf und betrachtete verwundert die betörend duftenden wilden Rosen vor meinem Gesicht. Mühsam befreite ich mich aus dem stacheligen Gezweig und erhob mich aus dem Gebüsch, in das ich irgendwann in der Nacht gestürzt sein musste. Vor mir ragten himmelhoch die Außenmauern des Chateau Comtal empor. Wie war ich nur hierher gekommen?

Nur allmählich kehrte die Erinnerung zurück. In meinem blinden Zorn über die Bereitwilligkeit, mit der Pui Tien die Avancen des Vicomtes willkommen hieß, hatte ich mich dem ungestümen Gelage von dessen Vasallen hingegeben. Irgendwann war ich wohl Arm in Arm mit meinen Zechbrüdern aus der Burg gewankt und zum Aude hinuntergetorkelt, weil wir unseren Durst löschen wollten. Auf dem steinigen Rückweg vom Fluss war ich dann wahrscheinlich unbemerkt von meinen betrunkenen Begleitern in das Gebüsch gestürzt.

In der Schule konnte ich mich stets erfolgreich von den alkoholischen Exzessen meiner männlichen Klassenkameraden fernhalten, weil man mir die geflunkerte Entschuldigung, Chinesen tränken im Allgemeinen nicht, widerspruchslos abgekauft hatte. Das war natürlich barer Unsinn, aber mir war einfach nichts Besseres eingefallen. In Wahrheit hatte ich eine panische Angst davor, mich im Vollrausch lächerlich zu machen und das Gesicht zu verlieren. Warum ich ausgerechnet hier im Mittelalter der Versuchung erlegen war, vermochte ich im Nachhinein nicht zu begreifen, und ich schämte mich abgrundtief dafür. Nur gut, dass die Ritter des Vizegrafen meine sinnlos dahergelallten Worte nicht hatten verstehen können.

Aber halt! Die Zeichensprache war dennoch eindeutig gewesen. Und wenn ich mich recht entsann, hatte ich die Herausforderung zur Teilnahme an einem Turnier angenommen! Und das große Ereignis sollte schon in drei Wochen stattfinden!

Pui Tien würde mich in der Luft zerreißen! Sie wusste natürlich ganz genau, dass ich mich keinesfalls mit den erprobten Kämpfern dieser ausgebildeten Kriegerkaste messen konnte. In den Wochen vor unserem vergeblichen Versuch, die Zeitmauer zu durchschreiten, hatte Fred mir zwar einige nützliche Tricks beigebracht, doch auf eine ernsthafte Auseinandersetzung mit Lanze und Schwert durfte ich mich nicht einlassen. Ich konnte froh sein, dass ich einigermaßen in der Lage war, mein Pferd zu reiten. Wenn ich mir vorstellte, mit welch ungeheurer Wucht die Ritter in einem echten Turnier aufeinandertrafen, hatte ich nicht die geringste Chance, ohne ernsthafte Verletzungen davonzukommen. Was sollte ich also tun?

Kneifen? Nein, das kam nicht in Frage. Also musste ich es wenigstens schaffen, das bisschen Zeit, das mir noch blieb, sinnvoll zu nutzen. Ich würde von nun an jeden Tag mit meinem Streitross aus der Stadt reiten und irgendwo heimlich üben. Zumindest müsste ich es schaffen, meine Lanze durch aufgehängte Ringe zu stoßen, damit ich in der Lage war, wenigstens den Schild meines Gegners zu treffen. Vielleicht konnte ich so den erwarteten Gegenstoß abmildern.

Aber Pui Tien durfte davon nichts erfahren. Sie wäre imstande, sofort abzureisen, und ich stünde vollends als der unfähige Trottel da, der ich im Grunde auch war. Ganz davon abgesehen, dass ich mit einem Schlag Kyots Pläne durchkreuzt hätte. Wer weiß, vielleicht würde die okzitanische Kultur nur deshalb untergehen, weil ein verrückter Idiot aus der Zukunft durch seine Unfähigkeit verhindert hätte, dass der Vicomte de Trencavel den Rat einer geheimnisvollen Prinzessin aus dem Reich der Mitte befolgen konnte. Also blieb mir nichts anderes übrig, als weiter den beleidigten, eifersüchtigen Gecken zu spielen, damit ich mich in Ruhe allein auf das Turnier vorzubereiten vermochte. Gut, das würde mir nicht allzu schwerfallen. Denn auch wenn die

Wut auf meine Freundin längst verraucht war, saß der Stachel noch tief in meinem Herzen. Pui Tien würde schon sehen, dass ich auch allein meinen Mann stehen konnte!

Pui Tien

Die Bediensteten hatten gerade das Zimmer verlassen, und sich wahrscheinlich gewundert, mich allein im Bett anzutreffen. Ihre Schritte auf der Treppe waren noch nicht verhallt, als Didi endlich zurückkehrte.

Ich starrte fragend auf sein blutig verschrammtes Gesicht und erwartete eine Erklärung. Stattdessen zog er sich schweigend das Untergewand über den Kopf und legte anschließend seinen Gambeson an. Danach griff er mit steifen Bewegungen zu seinem Kettenhemd.

„Was soll das werden?", erkundigte ich mich gereizt. „So weit ich weiß, ziehen wir nicht in den Krieg oder haben vor, die Burg Comtal zu verlassen. Und übrigens hätte ich gern gewusst, wo du die Nacht verbracht hast, falls es dir nicht allzu schwerfällt, darüber zu sprechen. So, wie du aussiehst, hast du wohl nicht gerade auf Daunen geschlafen."

Didi maß mich mit einem traurigen Hundeblick, der mich schon fast wieder versöhnte, und winkte ab.

„Ist nicht wichtig!", teilte er mir lapidar mit, aber ich konnte deutlich merken, dass er dabei einen dicken Kloß im Hals hatte.

„Ist nicht wichtig soll heißen, geht dich nichts an!", vermutete ich mit leichtem Zittern in der Stimme.

Ich konnte direkt spüren, wie meine Lippen vor Zorn zu beben begannen.

„Richtig!", kam prompt die Antwort, die mich erst recht in Rage brachte.

Ich stand auf und schritt hoch erhobenen Hauptes an ihm vorbei. An der Tür blieb ich stehen und drehte mich zu ihm um.

„Hör mal!", schnaubte ich wutentbrannt. „Ich weiß nicht, was du hast, aber du wirst dich wohl damit abfinden müssen, dass ich hier eine Aufgabe habe, die ich in Frère Kyots Sinn zu lösen versuchen muss. Und dabei ist deine asiatische Schneckenhaus-Mentalität nicht sehr hilfreich. Im Gegenteil! Sie nervt!"

Ich rauschte hinaus auf den Flur und ließ die Tür sperran-
gelweit offen stehen.

„Vergiss nicht, du bist auch eine Asiatin!", rief er mir nach.

„Aber zum Glück nur zur Hälfte!", zischte ich zurück, bevor ich über die Wendeltreppe nach unten verschwand.

Schen Diyi Er Dsi

In den folgenden Tagen gingen Pui Tien und ich uns aus
dem Weg, wo immer dies möglich war. Natürlich blieb Frère
Kyot das nicht verborgen, aber falls er sich darüber seine
Gedanken machte, so behielt er sie wohl für sich. Da ich
mich nach den gemeinsamen Mahlzeiten stets verabschiedete, um meine Vorbereitungen für das Turnier zu treffen,
bekam ich nicht mit, was Pui Tien mit dem Priester unternahm. Später erfuhr ich dann, dass er mit ihr oft in der Stadt
unterwegs gewesen war und sie sogar auch dem hiesigen
Bischof der Amics de Diu vorgestellt hatte. Denn offenbar
gab es in ganz Okzitanien nur hier in Carcassonne und in
Albi eine echte Bistumsorganisation der Kirche der guten
Christen. Bei einem dieser Besuche durfte sie schließlich
auch einmal der wichtigsten Zeremonie der Amics de Diu
beiwohnen, nämlich dem sogenannten „Consolamentum".
Wenn ich es richtig verstanden hatte, wurde dabei durch
Handauflegung und mithilfe eines bestimmten Gebetes die
Seele des Gläubigen dem jenseitigen, wahren Reich Gottes
geweiht.

Dagegen fanden Pui Tiens ständige Begegnungen mit
dem Vicomte de Trencavel ein vorläufiges Ende, weil dieser
zu wichtigen Unterredungen mit seinem Onkel nach Toulouse reisen musste. Wahrscheinlich wollte der Graf noch
einmal im persönlichen Gespräch versuchen, seinen Neffen
von der Notwendigkeit zu überzeugen, dass er sich unbedingt ebenfalls der Katholischen Kirche unterwerfen müsse.
In Carcassonne ging derweil alles weiter wie bisher. Die
Menschen verhielten sich so, als gäbe es überhaupt keine
Bedrohung durch das Heer der Kreuzfahrer. Ob Bürger,
Bauer, Ritter oder Händler, jeder bereitete sich hier auf
seine Weise emsig auf das bevorstehende große festliche
Ereignis vor. Aus allen Richtungen strömten sie in die Stadt,

denn das Turnier sollte stattfinden, sobald der Vicomte aus Toulouse zurückgekehrt war.

Nach unserem heftigen Streit an jenem Morgen hatten Pui Tien und ich kaum noch miteinander gesprochen. Es kam mir vor, als ob wir nur flüchtige Bekannte wären, die das Schicksal rein zufällig gemeinsam ins Mittelalter versetzt hatte. Von einer Sekunde zur anderen waren wir praktisch zu einer reinen Zweckgemeinschaft geworden. Nachts schlief meine Freundin in unserem großen Bett, während ich mir mein Felllager auf dem Boden bereitete. Das schmerzte mich außerordentlich, und es tat mir in der Seele weh, aber ich fand auch keine Möglichkeit, vor dem großen Ereignis daran noch etwas zu ändern. In meinen schlimmsten Alpträumen sah ich unsere junge Liebe bereits als gescheitert an, und wenn ich tagsüber allein und weit ab von den Mauern der Stadt in einem der kleinen Macchia-Gehölze verbissen meine Übungen fortsetzte, waren meine Augen oft blind von heimlich vergossenen Tränen.

Pui Tien, Juni 1209

Ich glaube, wenn man so jung ist, wie wir es beide waren, kann man einander noch schlechter vergeben als später in einer gefestigten Beziehung, weil man dann nämlich gelernt hat, dass ein Zusammenleben zweier Menschen hauptsächlich aus Kompromissen besteht. Auf zwei so eigensinnige Dickschädel wie Didi und mich traf das sicher ganz besonders zu. Der Anlass unseres Streites war eigentlich dermaßen nichtig gewesen, dass man darüber hätte lachen können, doch keiner von uns war wirklich bereit, auf den anderen zuzugehen. Schließlich hätte das bedeutet, die eigenen Fehler einzugestehen. Und so wurde mein Herz von Tag zu Tag betrübter, weil ich in meiner Sturheit stets vergeblich darauf wartete, dass er den ersten Schritt tat. Auf diese immer schwerer zu ertragende Weise vergingen nahezu drei Wochen bis zu dem Tag, an dem der Vicomte de Trencavel zurückkehrte und das große Turnier begann.

Wie üblich hatte sich Didi schon am frühen Morgen aus dem Staub gemacht, ohne mir zu sagen, wohin er gehen wollte. Dabei hätte es mir schon auffallen müssen, dass er jedes Mal sein Kettenhemd anlegte und auch den schweren

Topfhelm mitnahm. Innerhalb der sicheren Mauern dieser Stadt wäre das allein schon völlig überflüssig gewesen, aber zudem musste ein solches Unterfangen bei der nun immer stärker spürbaren Sommerhitze schier unerträglich sein. Doch anstatt eingehender über sein seltsames Verhalten nachzudenken, tat ich es einfach als Trotzreaktion ab, die von seiner tief sitzenden Eifersucht angestachelt worden war.

Pah! Sollte er doch weiter in dem Glauben schmollen, ich würde mich dem Vizegrafen an den Hals werfen.

Tatsächlich war es mir noch immer nicht gelungen, eine sinnvolle Begründung dafür zu finden, warum ich mich zu diesem Mann hingezogen fühlte. Eines aber stand für mich fest: Ich hatte mich keinesfalls in den jungen Vicomte de Trencavel verguckt. Anders als viele Angehörige des Hochadels seiner Zeit schien er nämlich seiner Gemahlin Agnes von Montpellier wirklich zugetan zu sein, und offensichtlich war deren zweijähriger Sohn Raymond-Roger im wahrsten Sinne des Wortes das Kind ihrer gemeinsamen Liebe. Ganz davon abgesehen, welche Verwicklungen sich daraus für den Verlauf der Geschichte ergeben konnten, falls ich mich auf ein derartiges Abenteuer einlassen würde, hätte ich niemals auch nur mit dem Gedanken gespielt, die Ehe des Grafenpaares gefährden zu wollen. Gerade Didi sollte so etwas schon aufgrund seiner traditionellen Erziehung wissen, denn auch, wenn ich es ihm gegenüber gern abstritt, dachte ich in dieser Beziehung doch ebenfalls vollkommen asiatisch.

Dementsprechend niedergeschlagen fand ich mich gut eine Stunde später im großen Saal der Burg Comtal ein, wo der Vicomte de Trencavel mich bereits erwartete. Offenbar hatte er gerade zuvor eine hitzige Debatte mit Frère Kyot geführt, denn beide Männer verstummten sofort, als ich eintrat, und maßen sich mit ernsten Blicken. Die angespannte Miene des Vizegrafen wich einem freundlichen Lächeln.

„Ich sehe, Ihr seid allein gekommen, um mit uns zu speisen, Prinzessin Pui Tien?", übersetzte der Priester die entsprechende Bemerkung ins Sächsische und kleidete sie dem Tonfall nach in eine Frage.

„Mein ritterlicher Gemahl und Begleiter ist schon früh ausgeritten", antwortete ich artig.

Wie jeden Morgen, setzte ich traurig in Gedanken hinzu, während Raymond Roger Trencavel mich aufmerksam musterte. Was hatte ihm Frère Kyot über Didis seltsames Verhalten in der Zeit seiner Abwesenheit erzählt? Ich errötete und senkte schnell den Kopf.

„Ich frage nur, weil sich Euer Gemahl, Chevalier Berengar von Ragusa, offenbar zur Teilnahme an unserem großen Turnier gemeldet hat", fuhr der Vicomte de Trencavel scheinbar unbeeindruckt fort.

Ich vernahm Frère Kyots Übersetzung und starrte diesen einen Moment lang erschrocken und ungläubig an.

„Das…, das kann nicht sein!", entfuhr es mir. „So verrückt ist er bestimmt nicht!"

„Willst du wirklich, dass ich deine Antwort so übersetze, Tochter?", hakte Frère Kyot nach.

„Nein…! Na…, natürlich nicht!", stammelte ich unbeholfen.

Raymond Roger Trencavel runzelte die Stirn.

„Was habt Ihr? Ist Euch nicht gut?", erkundigte er sich fürsorglich über unseren Dolmetscher. „Ich wollte Euch nur sagen, dass es für uns eine große Ehre ist, Euren Gemahl unter den Turnierteilnehmern zu wissen."

Ich spürte, wie eine eiskalte Hand nach meinem Herzen griff, und sank auf den bereitgestellten Scherenstuhl. Frère Kyot sprach einige Sätze auf Okzitanisch zum Vizegrafen.

„Ich habe ihm gesagt, dass du wegen der großen Hitze ermattet bist und von Kopfschmerzen geplagt wirst", erklärte mir der Priester der Amics de Diu.

Ich nickte ergeben, während sich in meinen Gedanken die schrecklichsten Szenarien abspielten. Didi musste wirklich komplett verrückt geworden sein. Der Vicomte de Trencavel lächelte mich milde an.

„Dann könnt Ihr mir bestimmt im Augenblick nicht den von meinem Freund hier so sehr erwünschten Rat geben, was ich tun soll!", schloss er aus meinem bedauernswürdigen Zustand. „Mein Onkel ist nämlich gestern nach Saint Gilles aufgebrochen, wo er barfuß am Grab des Zisterziensers Pierre de Castelnau um Vergebung bitten will."

Selbst in der Übersetzung klangen die Worte noch voller Hohn. Frère Kyot sah offenbar keinen Anlass mehr, länger in der Gesellschaft der gräflichen Familie zu verweilen. Er nahm meinen Arm und half mir hoch. Anschließend entschuldigte er uns und bat mich, ihn hinauszubegleiten.

„Hast du wirklich noch immer keine Vision über die Zukunft dieses Ortes gehabt?", fragte er mich, sobald sich die Flügeltür hinter uns geschlossen hatte.

Seine Stimme hatte weder ungeduldig noch verärgert geklungen, obwohl ich genau wusste, dass ihm die Unschlüssigkeit des Vizegrafen großen Kummer bereitete.

„Nein", bekannte ich ehrlich. „Wenn es so gewesen wäre, hätte ich es bestimmt auch gesagt. Vielleicht bin ich wirklich nicht dazu geeignet, dem Vicomte Ratschläge zu erteilen."

„Ich verstehe es einfach nicht!", brach es aus Frère Kyot hervor. „Wenn er noch länger zögert, werden wir alle untergehen. Ich selbst habe keine Angst vor dem Tod, aber falls sie alles ausmerzen und nicht einmal die Erinnerung an die Amics de Diu überlebt, dann kann keine Seele jemals mehr gerettet werden!"

„Ich wünschte, ich könnte Euch helfen", erwiderte ich leise. „Aber ich fürchte, die Sorge um meinen Gefährten lässt mich nicht mehr klar denken."

Mein Begleiter blieb abrupt stehen.

„Warum ängstigt es dich eigentlich so sehr, dass dein Gefährte am Turnier teilnehmen will?", erkundigte er sich. „Er ist doch in den ritterlichen Tugenden unterwiesen worden."

„Ach, das ist er ja eben nicht!", schluchzte ich halblaut und wischte mir die Tränen aus den Augen.

Frère Kyot sah mich überrascht an.

„Ihr wisst doch, dass wir aus der fernen Zukunft kommen", erinnerte ich ihn. „In der Zeit, in der er aufgewachsen ist, gibt es keine Ritter mehr. Erst kurz, bevor er mit mir durch das Tor an den Externsteinen in dieses Land versetzt wurde, hat er von meinem Vater gelernt, sich mit dem Schwert zu wehren. Aber in einem Lanzengang zu Pferd ist er rettungslos verloren!"

„Warum hat er sich dann überhaupt gemeldet?", erkundigte sich Frère Kyot bestürzt. „Hast du ihn vielleicht zurückgewiesen, so dass er gar beabsichtigen mag, sich vor deinen Augen umbringen zu lassen?"

„Ich weiß es nicht!", entgegnete ich verzweifelt. „Ich denke, er glaubt, mein Herz gehöre nicht mehr ihm sondern dem Vicomte."

Frère Kyots Lippen verzogen sich unwillkürlich zu einem flüchtigen Lächeln.

„Aber du hast ihm nicht gesagt, dass er sich täuscht?", vermutete er ganz richtig.

Ich nickte beschämt.

„Und er hat vor lauter Stolz nicht bekannt, was ihn bedrückt", fuhr er sinnend fort. „Tochter, wie ich sehe, werden sich die Menschen auch in der fernen Zukunft nicht allzu sehr ändern!"

Schen Diyi Er Dsi

Die Sonne schien brennend heiß auf die südliche Ebene vor den Mauern der Stadt, und ich spürte, wie mir der Schweiß in Strömen vom Nacken über die Schulter floss. Hier auf dem brettflachen Gelände zwischen dem Aude- und dem Narbonner Tor war in Windeseile über Nacht die hölzerne Tribüne aufgebaut worden, auf der mittlerweile bereits der Vicomte de Trencavel und seine Getreuen mit ihren Gemahlinnen Platz genommen hatten. Natürlich war mir klar, dass Pui Tien nun schon an Raymond Rogers Seite sitzen würde. Höchstwahrscheinlich befand sich auch Frère Kyot bei ihnen, obwohl ich genau wusste, dass der Priester der Amics de Diu derartige weltliche Vergnügungen nicht mochte. Aber in dem Meer aus bunten Adelsgewändern hätte ich sonst kaum meine Freundin ausmachen können, denn sie musste sich genau dort befinden, wo ich schließlich die dunkelblaue Robe unseres Dolmetschers entdeckte. Die engen Schlitze des Topfhelms schränkten meine Sicht noch zusätzlich ein, und so war mir zuerst gar nicht bewusst, welch riesige Menge an Zuschauern sich neben der Tribüne an den Schranken versammelt hatte. Fast die gesamte Bevölkerung der Stadt einschließlich die der befestigten Vororte schien auf den Beinen zu sein. Zudem zog das große Ereignis wohl auch zahlreiche Besucher an. An schnell zusammengezimmerten Ständen boten Händler und Bauern aus der Umgebung ihre Waren an. Im Schatten von Korkeichen und Olivenbäumen hatten Schmiede trotz der Hitze ihre Lehmöfen aufgebaut, Gaukler und Spielleute tanzten zwischen den leuchtendweißen Leinenzelten, und Scharen von Kindern vergnügten sich mit Wettspielen oder ahmten die Kämpfe der Ritter mit Holzschwertern nach.

Ich reihte mich in die lange Prozession der Turnierteilnehmer ein und lenkte mein Pferd neben das des Grafen von Foix, der mir wie selbstverständlich erlaubt hatte, mich seiner eigenen Lanzen und Knappen zu bedienen. Eigentlich hätte der emsige Streiter einen eigenen Ehrenplatz auf der Tribüne in Anspruch nehmen können, doch er zog es wohl vor, sich selbst auf dem Turnierplatz dem Kampf zu stellen. So waren wir alle zusammen gut sechzig Ritter, die nacheinander vor das hölzerne Gestell ritten, um mit ausgestreckter Lanze die Gunst der jeweils verehrten Damen zu erbitten.

Da ich Frère Kyots Robe bereits erblickt hatte, wusste ich ja, wo ich Pui Tien finden würde. Tatsächlich stand sie auch gleich auf, als ich mich ihrem Platz näherte, und beugte sich leicht vor, um ihr grünes Tüchlein um die stumpfe Turnierspitze meiner Lanze zu binden. Natürlich war mir schon klar gewesen, dass sie spätestens heute Vormittag erfahren haben musste, dass ich unter den Teilnehmern sein würde. Trotzdem schien sie das Ganze nun doch gelassener zu nehmen, als ich befürchtet hatte. War ich ihr denn mittlerweile schon völlig gleichgültig geworden?

Ich bemühte mich krampfhaft, durch das starre Visier einen Blick auf ihre schwarzen Augen zu erhaschen. Vielleicht war es das letzte Mal, dass ich sie sah.

Tatsächlich hielt sie in ihrer Bewegung inne, umfasste die Spitze meiner Lanze und schaute mich strafend an. Ein, zwei Sekunden lang schüttelte sie kaum merklich den Kopf, während sie mir doch noch ein kurzes flüchtiges Lächeln schenkte. Als ich die Lanze zurückzog, fiel ein zentnerschwerer Stein von meinem Herzen.

Ich bekam keine Zeit mehr, darüber nachzudenken, denn der Herold rief bereits meinen Namen auf. Zumindest war dieser das Einzige, was ich aus seiner Wortkanonade verstehen konnte. Ein Stück weit vor mir wartete schon der Graf von Foix auf das Zeichen, das der Page mit der Flagge geben musste. Er wies mit dem Banner nach rechts, und mein Gönner trieb folgerichtig sein Pferd in diese Richtung an. Danach war ich an der Reihe. Wie ich es bei meinem Vorgänger beobachtet hatte, streckte ich meine Lanze nach oben, um dem Publikum meinen Gruß und Respekt zu erweisen. Der mir zugedachte Beifall war natürlich entsprechend geringer, um nicht zu sagen, dürftig. Klar, wer außer Pui Tien kannte mich hier schon? Die Sekunden, bis die Flagge des Pagen mich nach links wies, kamen mir dagegen wie eine kleine Ewigkeit vor. Fast glaubte ich schon, der Arm mit der hoch erhobenen Lanze müsste mir abfallen. Oje, wie sollte ich es bloß schaffen, das schwere Ding bis zum Zusammenprall der beiden gegnerischen Gruppen in der Waagerechten zu halten? Endlich durfte ich zu meiner Partei hinüberreiten. Schade nur, dass der freundliche Graf von Foix nun zu meinen Gegnern gehörte.

Dann auf einmal ertönte das erwartete Fanfarensignal, und ich gab meinem Pferd die Sporen. Während ich inmitten einer aufgewühlten Staubwolke und unter dem Donner der Hufe auf den Pulk der auf uns gerichteten Lanzen zuflog, schoss das Adrenalin in meine Adern.

Pui Tien

Natürlich hatte ich es nicht übers Herz gebracht, ihn abzuweisen, als er mit seinem Pferd auf meine Loge zugeritten kam. Wie die anderen adeligen Damen wand auch ich mein Gunst-Tüchlein um die dargereichte Lanzenspitze meines ritterlichen Favoriten und schenkte ihm sogar ein kurzes Lächeln. Danach sank ich entmutigt auf meinen Platz zurück und versuchte, mich auf die Masse der aufeinander zustürmenden Kämpfer zu konzentrieren, auch wenn meine Chancen, erfolgreich eingreifen zu können, nur verschwindend gering waren.

In den letzten Stunden vor Beginn des Turniers hatte ich mir meinen Plan schön zurechtgelegt und musste nun feststellen, dass er gar nicht aufgehen konnte. Ich hatte natürlich damit gerechnet, dass die Ritter einzeln gegeneinander antreten würden. Dabei wäre es mir wohl schon möglich gewesen, Didis Gegner zu fixieren und dessen Lanze mit meinen unerklärbaren Kräften zu brechen, bevor die beiden aufeinandertreffen konnten. Ich war sogar fest entschlossen, das Gleiche immer wieder aufs Neue zu versuchen. Doch wie bitteschön sollte ich von meinem Standort aus in einem Pulk von 60 Rittern denjenigen herauspicken, der Didis direkter Gegner sein würde. Das war so gut wie unmöglich, zumal der aufgewirbelte Staub das Kampfgeschehen fast völlig meinen Blicken entzog.

Meine geheimnisvollen Sinne tasteten sich vor, aber sie trafen nur auf eine Barriere von Körpern, Stoffen, Eisen und Holz. Der Schweiß auf meiner Stirn tropfte mir von Nase und Kinn. Schon wichen der Vicomte und Frère Kyot entsetzt zurück, verschreckt von dem unheimlichen Glühen in meinen Augen. Dann, ganz kurz vor dem Aufprall hatte ich ihn tatsächlich entdeckt: ein schwergewichtiger Mann im gelben Waffenrock, dessen Lanze nur wenige Meter von Didis Brust entfernt war. Natürlich hatte mein Freund seinen Schild nicht rechtzeitig angehoben. Das alles lief in Bruchteilen von Sekunden in meinen Gedanken ab. Zusammen mit meinem gequälten Schrei lösten sich die entfesselten Kräfte und fanden ihr Ziel. Die Lanze des gelben Ritters brach, während Didis Speer seinen Gegner mit voller Wucht aus dem Sattel hob. Ich war aufgesprungen, der Jubelruf lag schon auf meinen Lippen, da erwischte ihn der Stoß eines anderen Gegners an der Seite. Didi wurde zu Boden geschleudert, und im letzten Augenblick setzte das Pferd seines Gegenübers über seinen Körper hinweg.

„Nein!", schrie ich voll Panik und sprang im gleichen Moment mit einem gewaltigen Satz über die Balustrade. Um mich herum erhob sich ein Raunen auf den Rängen.

Ich störte mich nicht daran, sondern lief auf den Pulk der kämpfenden Menge zu. Schon kamen die Hufe der Pferde anderer Streiter gefährlich nah an den reglos Liegenden heran. Meine Augen glühten wie Kohlen. Ich hatte die Gewalten nicht mehr unter Kontrolle. Im nächsten Moment entstand aus dem Nichts ein Ring aus Feuer um Didis Körper. Entsetzensschreie brandeten auf, die Pferde der nächsten Ritter verdrehten vor Angst die Augen, stiegen und warfen ihre Reiter ab. Ich selbst rannte nach vorn, gelangte durch den Feuerring und landete unsanft auf Didis Brust. Ein schmerzvolles Stöhnen war die Antwort.

Ich packte den schweren Topfhelm und zog ihn von seinem Kopf. Didi schaute mich überrascht an und hustete unterdrückt.

„Was machst du nur für Sachen, du verrückter Idiot!", fuhr ich ihn wütend an, während mir die Tränen über die Wangen strömten. „Willst du dich umbringen lassen, weil du glaubst, ich liebte dich nicht mehr?"

Ich schlug unbeherrscht und wie wild mit den Fäusten auf ihn ein, erschrak vor mir selbst und warf mich dann weinend in seine Arme.

„Mach so etwas nie wieder!", schluchzte ich laut. „Nie wieder, hörst du?"

Nachdem der Feuerring zusammengefallen war, rappelten sich die gestürzten Ritter um uns herum langsam wieder auf, wandten sich kopfschüttelnd ab und begannen damit, ihre Pferde wieder einzufangen. Der Schwerpunkt des Kampfgeschehens verlagerte sich daraufhin weiter weg von uns. Nur einer aus der gegnerischen Gruppe kam langsam und zögernd auf uns zu. Ich erkannte ihn an der buschigen Helmzier. Es war der Ritter vor Didi gewesen, den das Los des Fahnen schwingenden Pagen zu dessen Gegner bestimmt hatte. Wollte er etwa jetzt noch weiterkämpfen?

Der Mann hielt die Streitaxt in seiner Hand, doch er warf sie achtlos beiseite und nahm den Topfhelm ab. Dann bückte er sich zu uns und reichte Didi die Hand.

„Das ist der Graf von Foix!", krächzte mein Freund mühsam. „Er war so nett, mir Lanzen und seine Knappen zur Verfügung zu stellen."

Ich beäugte den hochgewachsenen älteren Fremden misstrauisch, aber er lächelte mich offen an und wies mit der freien Hand zur Tribüne. Gemeinsam halfen wir Didi auf und stützten ihn.

Inzwischen hatten uns auch die Knappen des Grafen von Foix erreicht. Sie pflanzten eine weiße Standarte auf, was wohl heißen sollte, dass wir den Kampf als beendet betrachteten. Didi legte einen Arm um meine Schultern und den anderen um die seines Mitstreiters, so dass wir ihm helfen konnten, aus der Gefahrenzone zu humpeln.

Als wir mit meinem angeschlagenen Helden vor die Balustrade kamen, brandete ein unbeschreiblicher Jubel auf, und der Vizegraf schwang sich persönlich über die Absperrung, um uns zu helfen. Während die Knappen Didi übernahmen und über die Barriere hievten, reichte mir der Vicomte de Trencavel die Hand.

Es war mein erster direkter körperlicher Kontakt zu ihm, aber im gleichen Moment, als sich unsere Finger berührten, zuckte ein greller Blitz vor meinen Augen, und mir schwanden die Sinne.

Es war, als ob die Zeit zurückgespult und das Turnier von Neuem beginnen würde. Doch diesmal war es kein sportlicher Wettstreit, sondern blutiger Ernst. Das Kampfgetümmel vor den Toren von Carcassonne war eine grausame Schlacht. Raymond Roger de Trencavel befand sich an vorderster Front. Eingekesselt und bedrängt von einer gewaltigen Übermacht an Feinden, versuchten er und seine

Ritter verzweifelt, der Umklammerung zu entkommen. Ein Meer von Pfeilen schwirrte von den Türmen herüber und sank auf die unerbittlichen Gegner herab. Hunderte fanden ihr Ziel, durchschlugen Brünnen wie Butter und mähten Ritter und Söldner nieder. Doch schon füllten nachdrängende Streiter die Lücken. Der Vicomte sah sich gehetzt um und gab das Zeichen zum Rückzug. Nur mit Mühe und Not entkamen er und seine Getreuen in den Schutz der Mauern. Auch dieser Ausfall war nicht geglückt.

In der Stadt herrschte ein unbeschreibliches Chaos. Nahezu pausenlos donnerten und krachten Salven von Katapultgeschossen gegen die Wälle, aber noch hielten die dicken, hohen Mauern dem Ansturm stand. Beißender Qualm zog durch die Straßen. In Brand gesetzte Giebel und Fassaden stürzten herab. Überall in den Nischen und Kellern kauerten verängstigte Bewohner, Verwundete, Söldner, Händler und Kinder auf engstem Raum, während andere unter stetiger Lebensgefahr Waffen, siedendes Pech, Verpflegung und Wasser zu den Verteidigern auf die bedrohten Söller schleppten.

Plötzlich verdunkelte sich das Bild, und ich befand mich auf einmal in einem düsteren Verlies. Der junge Vizegraf lag geschunden und gefesselt auf einem Haufen von verfaultem Stroh. Seine kostbaren Gewänder waren mit Blut besudelt. Er rührte sich nicht mehr, die weit aufgerissenen Augen waren blicklos und leer. Raymond Roger Trencavel war tot.

Ich erwachte mit einem gurgelnden Schrei des Entsetzens, doch der Spuk war vorbei. Ich lag auf dem Bett in unserem Raum, und Frère Kyot tupfte mir den Schweiß von der Stirn.

„Ich glaube, ich verstehe nun, wie es vor sich geht, Tochter", sagte er mit ruhiger Stimme. „Du musst die Dinge berühren, damit du sehen kannst, was mit ihnen geschieht."

Ich war noch ein wenig benommen, aber mithilfe des Priesters setzte ich mich langsam auf. Als das Schwindelgefühl abebbte, erkannte ich Didi und Raymond Roger, die sich in der Nähe der Tür aufhielten. Der Oberkörper meines Freundes war nackt, und er trug einen Verband. Ansonsten schien er aber keine gravierenden Blessuren davongetragen zu haben. Der Vizegraf hingegen war leichenblass.

„Du hast im Schlaf darüber geredet, was du erlebt hast, Tochter", erklärte Frère Kyot, „und ich habe es dem Vicomte übersetzt."

„Also glaubt er mir jetzt?"

Frère Kyot sah sich kurz zu Raymond Roger de Trencavel um und nickte bedächtig.

„Ja, ich denke, er glaubt nun, dass du tatsächlich imstande bist, den Schleier künftiger Ereignisse zu lüften."

Der Vizegraf trat vor und nahm noch einmal meine Hand. Ich zuckte zusammen, aber diesmal geschah nichts. Als er zu sprechen begann, konnte ich die Verzweiflung, die in seiner Stimme mitklang, direkt spüren, auch wenn ich die hastig hervorgestoßenen Worte nicht verstand.

„Wann? Wann wird das alles geschehen?", übersetzte Frère Kyot.

„Bald!", antwortete ich. „Sehr bald sogar. Das Gras war trocken und gelb, wie es hier sicher in jedem Sommer ist, aber die hölzerne Tribüne stand noch so unberührt, als wäre das Turnier gerade beendet worden."

Raymond Roger wurde noch bleicher als zuvor.

„In wenigen Wochen also...", sinnierte er vor sich hin. „Was ratet Ihr mir, Prinzessin Pui Tien? Was soll, was kann ich tun, um das Unglück noch abzuwenden?"

Ich schaute Frère Kyot einen Moment lang in die Augen, und der Priester der Amics de Diu nickte. Wir hatten bereits darüber gesprochen, was ich dem Vicomte sagen sollte, falls er jemals nach meinem Rat verlangte. Allerdings hatten wir beide natürlich nicht ahnen können, was genau geschehen könnte, und wie schnell die Ereignisse auf uns zukommen würden.

„Geht zu Abt Arnaud Amaury und unterwerft Euch der römischen Kirche, wie es bereits Euer Onkel getan hat!", empfahl ich ihm. „Vielleicht könnt Ihr dann Euer Land retten und Schonung für die Amics de Diu, die Juden, Sarazenen sowie Eure eigenen Leute aushandeln."

Schen Diyi Er Dsi

Der stechende Schmerz in meinen Rippen, der durch ihre behutsame erste Berührung verursacht worden war, verebbte allmählich, während Pui Tiens Fingerkuppen weiter zärtliche Kreise über meine Brust zogen. Ich atmete vorsichtig aus und versuchte, wenigstens noch einen Augenblick lang ihre Zuwendungen zu genießen. Es war zwar noch nicht gänzlich hell geworden, aber an Schlaf war wohl nicht mehr zu denken.

„Didi, wir müssen aufstehen", flüsterte sie sanft in mein Ohr. „Der Tross nach Montpellier wird in wenigen Stunden aufbrechen."

Natürlich wäre es vernünftiger gewesen, auf das großzügige Angebot des Vizegrafen einzugehen und hier in Carcassonne zu bleiben, um meine Blessuren zu heilen. Doch irgendeine unbestimmte Ahnung hatte Pui Tien dazu bewogen, unbedingt mitreisen zu wollen. Natürlich durfte ich sie dabei nicht allein lassen. Nicht, dass ich noch eine Spur von Missgunst oder Argwohn in mir fühlte. Das Thema hatten wir gründlich abgehakt. Ich wollte sie einfach nicht der Gefahr aussetzen, vom Heer der Kreuzfahrer gefangen genommen zu werden. Nun gut, daran hätte ich im Falle des Falles sicherlich nicht viel ändern können, denn meine ritterlichen Fähigkeiten beschränkten sich wohl mehr auf die gute Absicht als auf meine erworbenen Fertigkeiten im Kampf. Aber nach unserer letzten Aussprache stand für uns beide fest, dass wir einander nicht mehr aus den Augen lassen wollten. Dafür musste ich nun mal die Zähne zusammenbeißen und trotz meiner lädierten Rippen ein Pferd besteigen.

Im Nachhinein betrachtet, kam mir mein von quälender Eifersucht diktiertes Verhalten so lächerlich vor, dass ich mich eigentlich in Grund und Boden schämen musste, doch anstatt mich zu tadeln, bat Pui Tien mich plötzlich selbst um Vergebung. Mir standen die Tränen in den Augen, und ich hätte sie so gern dafür an mich gezogen und liebkost, aber meine angeschlagenen Knochen verhinderten zurzeit nun mal jegliche Form der Umarmung.

So dauerte es mehr als eine Stunde, bis ich mit ihrer Hilfe angezogen und reisefertig war. Ich vermochte mich vor lauter Schmerzen nicht zu bücken, und selbst der wattierte Gambeson ließ mich beim Anlegen vor Pein laut aufschreien. Dagegen erwies sich seltsamerweise ausgerechnet das schwere Panzerhemd als sehr nützlich, weil es mir beim Reiten einigermaßen Stütze und Halt gab. Trotzdem spürte ich am Anfang noch jeden Hufschlag, aber das gab sich zum Glück schon bald, nachdem wir den Aude überquert hatten. Zu schaffen machte mir von da an vielmehr die gnadenlose Hitze.

Ich ritt an der Seite des Grafen von Foix, und wir vertrieben die Zeit mit dem Versuch, uns gegenseitig ein paar Brocken unserer jeweiligen Sprache beizubringen. Da ich meinem väterlichen Gefährten wohl schlecht hochdeutsche Begriffe vorsagen konnte, versuchte ich es mit dem Wenigen, was ich bis dahin selbst über das Sächsische wusste. Vielleicht konnte dies ja mal nützlich sein, wenn wir gezwungen waren, noch länger in Okzitanien zu bleiben und Frère Kyot uns nicht länger begleiten konnte.

Vicomte de Trencavel wählte den Weg über die uns schon bekannte alte Römerstraße, die vorbei an den Schluchten des sogenannten Minervois direkt nach Montpellier führte. Da wir bereits vor Tagen von zurückgekehrten Spionen erfahren hatten, dass die Kreuzfahrer von Saint Gilles aus dorthin ziehen wollten, konnten wir ihr Heer eigentlich nicht verfehlen.

Pui Tien, Ende Juni 1209

Gegen Mittag des zweiten Tages erreichte uns die Nachricht, dass Raymond Roger Trencavels Onkel tatsächlich mit seiner Mission in Saint Gilles Erfolg gehabt hatte. Durch sein barfüßiges Auftreten im Büßergewand am Grab dieses zisterziensischen Hetzpredigers Pierre Castelnau war es ihm wohl gelungen, den Kirchenbann abzuwenden. Allerdings hatte der Graf von Toulouse seinen Triumph nur damit erkaufen können, dass er sich selbst verpflichten musste, an der Seite der Kreuzfahrer gegen die Amics de Diu in seinen Ländereien vorzugehen.

Falls ich Frère Kyots spöttische Bemerkungen darüber richtig verstanden hatte, gab es damit aber eigentlich gar keine Legitimation mehr für eine Fortsetzung des Kreuzzuges in Okzitanien. Schließlich galt die königliche Erlaubnis für dieses Unternehmen nur für Lehen, die sich eindeutig auf französischem Boden befanden. Die verbliebenen Ländereien des Vicomtes de Trencavel aber gehörten nun mal überwiegend dem König von Aragon, genauso wie unser Ziel Montpellier. Allerdings bewiesen die mordlüsternen Horden aus dem Norden und ihr sogenannter „geistlicher

Berater", der Abt von Citeau, dass sie sich einen Dreck um solcherart politische Feinheiten scherten, indem sie schnurstracks auf diese Stadt zumarschierten. Die einzige Möglichkeit, den Kreuzzug noch zu stoppen, schien tatsächlich die Unterwerfung des Vizegrafen zu sein.

Natürlich machte ich mir auch meine eigenen Gedanken über die Lage, und wie ich es auch drehte und wendete, ich kam immer wieder zum gleichen düsteren Schluss: Wenn der Abt Arnaud Amaury die Unterwerfung unseres Vizegrafen wirklich akzeptieren sollte, wäre dem Kreuzzug mit einem Schlag völlig die Begründung entzogen worden. Die von überall her mit der versprochenen Aussicht auf Beute angelockten Ritter müssten unverrichteter Dinge wieder abziehen. Und genau das konnte ich mir nun wirklich nicht vorstellen. Zudem würden der Papst und die hohen Vertreter der römischen Kirche sicher einen unbändigen Hass auf die Amics de Diu haben, und zwar allein schon deshalb, weil deren Priester das in der Bibel propagierte Armutsideal tatsächlich vorlebten, während ich selbst schließlich aus eigener Erfahrung wusste, dass die katholischen Würdenträger genauso machtbesessen und maßlos in ihrer Gier nach Reichtum waren wie ihre weltlichen Standesgenossen. Daher war es wohl kein Wunder, dass viele einfache Menschen in Scharen zu den Amics de Diu überliefen und die Römische Kirche auf Dauer gesehen Gefahr lief, Ansehen und Einfluss zu verlieren. Ein ehrgeiziger Mann, wie es der Abt von Citeau sein musste, konnte gar nicht darauf verzichten, eine solche Gefahr aus dem Weg zu räumen, wenn ihm einmal die Mittel dazu in die Hand gegeben waren.

„Was für einen Sinn macht es dann noch, den Vicomte auf seiner wahrscheinlich vergeblichen Mission zu begleiten?", fragte mich Didi flüsternd, nachdem ich ihm abends im Zelt von meinen Überlegungen berichtet hatte.

„Deirdres Reif", gab ich ebenso leise zurück. „Wenn Arnold ihn hat, befindet dieser sich auch unter den Kreuzfahrern. Also müssen wir herausfinden, in welchem Zelt er schläft, damit ich ihn mir zurückholen kann."

„Das schaffst du nicht unbemerkt!", meinte Didi bestürzt.

Ich schaute ihn eine Weile lächelnd an.

„Du kennst mich nur als Pui Tien, aber du weißt nicht, wozu ‚Allerleirauh' fähig war!"

Schen Diyi Er Dsi

Das Heerlager der Kreuzfahrer befand sich vor den Mauern der Stadt auf beiden Seiten des kleinen Flusses Mosson. So weit das Auge reichte, war die gesamte Ebene von hell leuchtenden Zelten übersäht. Ich hielt den Atem an, denn ein solch riesiges Aufgebot an Waffenträgern hatte ich noch nie gesehen. Unsere Spione hatten von über 20 000 Rittern und mehr als 200 000 Söldnern berichtet, aber mir war es schwergefallen, das wirklich zu glauben. Ich denke, auch mein neuer Freund, der Graf von Foix, der sinnigerweise, wie ich nun wusste, ebenfalls Raymond-Roger genannt wurde, hatte erhebliche Zweifel an der genannten Anzahl gehabt. Doch nun konnten wir praktisch mit eigenen Augen sehen, dass die Berichte der Spione nicht übertrieben gewesen waren.

Trotz der unüberschaubaren Masse des lagernden Heeres waren die Umrisse der eigentlichen Stadt sehr gut zu erkennen, denn sie breitete sich auf nicht weniger als drei Hügeln aus, die sich deutlich über die Ebene erhoben. Soweit wir von unserem Standort aus erkennen konnten, hatten die Kreuzfahrer keinerlei Zerstörungen angerichtet, als sie von Saint Gilles hergezogen waren. Frère Kyot schien diese Tatsache allerdings weniger zu wundern, denn schließlich sei Montpellier schon seit fast 125 Jahren direkt dem Heiligen Stuhl unterstellt.

„Den Konsuln wird wohl nichts anderes übrig geblieben sein, als ihnen freiwillig die Tore zu öffnen!", meinte er abschätzig. „Ich möchte eigentlich nur wissen, ob sie den Sohn König Pedros von Aragon in Ruhe gelassen haben. Er ist nämlich erst drei Jahre alt."

„Wieso sollte der kleine Prinz überhaupt in der Stadt sein?", erkundigte ich mich erstaunt.

„Seine Mutter Marie stammt von hier und hat Montpellier erst mit in die Ehe gebracht", erklärte Frère Kyot geduldig. „Seitdem ist die Stadt katalanisch geworden."

„Dann müsste sie eigentlich ein neutraler Ort sein, an dem man mit den Kreuzfahrern verhandeln kann, ohne in Gefahr zu geraten", überlegte ich.

„Das denkt der Vicomte de Trencavel auch, mein Sohn!", erwiderte Frère Kyot gelassen. „Aber wer weiß, ob der Teufel im Zisterziensergewand das ebenso sieht."

Pui Tien

Das bange Warten dauerte nun schon Stunden, aber bislang hatten wir das gelbe Balkenwappen derer von Trencavel noch nicht unter den vielen Reitern, die das uns zugewandte Stadttor verlassen durften, entdecken können. Der Vicomte war allein aufgebrochen, um sich zur Kathedrale von Montpellier zu begeben, wo er den Abt treffen wollte, um sich der römischen Kirche zu unterwerfen.

Endlich tauchte der Vizegraf wieder auf, aber sein Pferd blieb verschwunden. Offenbar hatte man es ihm abgenommen. Trotzdem gelangte Raymond Roger unbehelligt durch die Reihen der Zelte über den Fluss. Bald reichte mir ein flüchtiger Blick auf seine verschlossene Miene, um zu wissen, dass seine Mission fehlgeschlagen war. Die Getreuen des Vicomtes nahmen derweil ihren Herrn in Empfang.

„Sie haben mich nicht einmal zum Abt von Citeau vorgelassen!", übersetzte Frère Kyot. „Sie sind gekommen, um zu morden. Das rote Kreuz, das sie auf ihren Waffenröcken tragen, zeigt nur das Blut, das sie vergießen wollen. Aber vor allem wollen sie unser Land!"

Seine Stimme hatte traurig und bitter geklungen. Trotzdem erschien er mir einigermaßen gelassen und gefasst. Ob er wohl auch jetzt noch dachte, er könne dem von mir vorhergesehenen Schicksal entgehen? Aber was wusste ich selbst denn überhaupt von diesen Visionen? Ich hatte nicht Papas kleinen Geschichtsatlas parat, in dem ich hätte nachschauen können, ob das, was ich gesehen hatte, auch wirklich geschehen würde. Auch Opa Kao hatte mir nichts über diesen Kreuzzug gegen die Amics de Diu erzählt. War das Ereignis wirklich so unbedeutend, dass man es im Geschichtsunterricht unterschlug? Oder hatten die Ritter der römischen Kirche tatsächlich alles so gründlich ausgemerzt, dass es in der Gegenwart kaum noch Dokumente und Hinweise darauf gab? Fest stand, dass ich nicht sagen konnte, was wirklich geschehen würde. Und solange ich das nicht wusste, musste es auch noch Hoffnung geben.

Als der Vicomte sich mir näherte, senkte ich beschämt meinen Blick. Gleichwie die Sache auch ausgehen mochte, schließlich war ich es gewesen, die ihm geraten hatte, sich dem Abt von Citeau zu unterwerfen.

Raymond Roger Trencavel blieb vor mir stehen und breitete hilflos seine Arme aus.

„Ich habe versucht zu tun, was Ihr mir gesagt habt, Prinzessin Pui Tien", übersetzte mir Frére Kyot seine Worte. „Nun liegt alles in Gottes Hand!"

„Ihr dürft nicht aufgeben!", appellierte ich mit unterdrückter Stimme. „Es ist nicht gesagt, dass meine Visionen so eintreffen werden, wie ich es Euch geschildert habe."

De Trencavel schüttelte den Kopf. Er wich einen Schritt zurück und betrachtete mich mit einer gewissen Scheu.

„Ihr habt meinen Tod gesehen, Prinzessin!", brachte er hervor. „Und Frère Kyot ist fest davon überzeugt, dass Ihr in die Zukunft schauen könnt. Wieso sollte ich jetzt noch daran zweifeln, wo doch das eingetroffen ist, was zwangsläufig genau zu dem führen wird, was Ihr gesehen habt!"

Danach wandte er sich an seine Gefolgsleute:

„Das erste Ziel des Kreuzfahrerheeres kann nur die Stadt Béziers sein!", verkündete er mit fester Stimme. „Wir müssen die Konsuln warnen und allen bedrohten Amics de Diu, den Juden und den sarazenischen Kaufleuten sagen, dass sie von dort fliehen müssen. Danach reiten wir so schnell wie möglich nach Carcassonne zurück, um dessen Verteidigung zu organisieren!"

Nachdem Frère Kyot übersetzt hatte, kam mir eine Idee.

„Wohin sollen sich all diese Flüchtlinge wenden?", hakte ich nach. „Wenn das Heer der Kreuzfahrer sich über Eure Ländereien ergießt, werden sie nirgendwo sicher sein!"

Der Vizegraf drehte sich zu mir um und sah mich unsicher an. Für einen winzigen Augenblick kam es mir so vor, als würde er zittern. Wahrscheinlich war ich ihm unheimlich geworden, aber ignorieren konnte und wollte er wohl auch nicht, was ich vorzubringen hatte.

„Habt Ihr wieder eine Eurer Visionen, Prinzessin?", fragte er vorsichtig.

„Nein, aber ich möchte nicht, dass all diese Menschen den Kreuzfahrern schutzlos ausgeliefert sind!", beharrte ich. „Nehmt sie in den Mauern von Carcassonne auf!"

Unter den Rittern des Vicomtes begann ein Gemurmel, das sich allmählich zu einem immer lauter werdenden Wortgefecht entwickelte. Ich schaute fragend zu Frère Kyot.

„Sie befürchten, dass die Stadt bei einer Belagerung nicht genügend Wasser und Vorräte für alle hat", erklärte mir der Priester. „Einige Chevaliers wollen nicht, dass ihr Lehnsherr auf deine Forderung eingeht. Andere scheinen zwar für deinen Plan zu sein, aber sie glauben, dass es zu viel Zeit kostet, die Flüchtlinge nach Carcassonne zu geleiten."

Ich setzte an, etwas zu sagen, doch ich fand kein Gehör. Die Getreuen des Vizegrafen schienen zu sehr mit sich selbst beschäftigt zu sein. Ich konzentrierte mich auf Raymond Rogers Wehrgehänge. Meine Augen fixierten sein Schwert und begannen zu leuchten. Allmählich wurden die ersten Ritter darauf aufmerksam und unterbrachen ihren Disput. Das Schwert des Vicomtes löste sich aus seiner Scheide und schwebte einen Moment lang in der Luft, bevor ich es aus dem Bann meiner Kräfte entließ. Sofort sauste es herab und bohrte sich in den harten Boden. Die Ritter wichen entsetzt zurück und starrten mich an. Jetzt hatte ich ihre Aufmerksamkeit.

„Hört mich an!", rief ich in die Runde und wartete, bis Frère Kyot übersetzt hatte. „Befolgt den Befehl Eures Vicomtes und kehrt so schnell wie möglich von Béziers nach Hause zurück! Mein Gemahl und ich werden zurückbleiben und die Flüchtlinge nach Carcassonne führen!"

„Wenn Ihr einverstanden seid und ebenfalls bei uns bleibt", fügte ich leise zu Frère Kyot gewandt an.

Der Priester nickte mir kurz zu und übersetzte meinen Vorschlag.

Die Ritter lauschten den Worten und schwiegen betroffen.

„Ihr setzt Euch freiwillig einer großen Gefahr aus, Prinzessin, wollt Ihr das wirklich tun?", unterbrach der Graf von Foix die unheimliche Stille.

„Ich weiß mich zu wehren, wie Ihr bereits gesehen habt!", entgegnete ich über unseren Dolmetscher.

„Dann soll es so geschehen!", entschied der Vicomte de Trencavel. „Doch beeilt Euch, Prinzessin! Wir können nicht lange warten. Denn wenn die Tore einmal verriegelt sind, dürft auch Ihr nicht mehr in die Stadt einziehen!"

Schen Diyi Er Dsi

Wir hatten unsere Pferde nicht geschont und konnten bereits nach fünf Stunden die mächtige Kathedrale von Béziers erblicken, die hoch über die Dächer der Stadt hinausragte und auf einem Hügel am Ufer des Orb thronte. Da der Vicomte de Trencavel und die vordersten Reiter ihre Pferde in einen leichten Trab fallen ließen, fand ich erstmals Gelegenheit, mein eigenes Tier an Pui Tiens Seite zu lenken.

„Du hast ja ganz schön dick aufgetragen", flüsterte ich ihr auf Hochdeutsch zu. „Ich fürchte nur, jetzt haben sie alle nicht nur Respekt, sondern auch eine gewisse Angst vor dir. Wahrscheinlich werden sie dich nun meiden, weil sie glauben, dass du mit unheimlichen Mächten im Bunde stehst."

„Das muss ich in Kauf nehmen, Didi!", beschied mir Pui Tien. „Sie hätten sonst nie auf mich gehört."

„Gut, aber wir beide allein mit den Flüchtlingen? Weißt du, worauf du dich da einlässt? Ich bin keine große Hilfe, das hast du ja schon beim Turnier gesehen!"

„Wir haben ja noch Frère Kyot!", erwiderte sie mit einem schelmischen Lächeln auf den Lippen. „Aber im Ernst, was meinst du, warum ich den Vorschlag gemacht habe?"

Ich dachte einen Moment lang darüber nach, bis mir einfiel, was sie mir an jenem Abend im Zelt gesagt hatte. Ich wurde blass.

„Das kannst du nicht wagen!", fuhr ich auf. „Und du willst mir erzählen, ich wäre verrückt!"

„Didi!", entgegnete Pui Tien beschwörend. „Wir haben keine andere Chance! „Wenn die Kreuzfahrer Béziers belagern, schleiche ich in Arnolds Zelt."

„Was ist, wenn er dich erwischt?"

„Mach dir keine Sorgen, das wird nicht geschehen! Und wenn schon, Arnold wird mir nichts tun, da bin ich ganz sicher!"

„Das braucht er auch nicht!", entgegnete ich düster. „Immerhin gibt es da ja wohl noch 220 000 andere, die dir ans Leder wollen!"

Pui Tien lächelte mich unergründlich an.

„Ich habe dir schon mal gesagt: Du kennst Allerleirauh noch nicht!"

Zwischenspiel, Anfang Juli 1209

Simon de Montfort reckte sich im Sattel seines Streitrosses und schirmte mit der kettenbewehrten Hand seine Augen gegen das gleißende Licht der erbarmungslosen Sonne ab. Hinter ihm zog sich das riesige Heer der Kreuzfahrer wie ein schier unendlicher Lindwurm durch das fast baumlose, leicht gewellte Land. Neben ihm erreichte auch Arnaud Amaury die kleine Anhöhe und hielt sein Pferd an. Der Abt von Citeau löste den purpurnen Mantel um seine Schultern und übergab ihn einem herbeigeeilten Knappen.

Eitel wie ein Mönch im Papstgewand, dachte Simon de Montfort verächtlich, während er dem Legaten und „geistlichen Berater" seiner Heiligkeit freundlich zulächelte. Aber ist es nicht so, dass wir alle hier uns eine Stellung anmaßen, die uns nicht zusteht?

Er selbst hatte die militärische Führung des Kreuzzuges gegen diese Häretiker, die sich so hochtrabend „Freunde Gottes" oder „wahre Christen" nannten, nicht gewollt. Man hatte sie ihm aufgezwungen, weil man sich seiner Standhaftigkeit sowie seiner bedingungslosen Loyalität gegenüber der heiligen Mutter Kirche während des letzten Zuges gegen die Sarazenen erinnerte, als er sich geweigert hatte, im Auftrag der Venediger Konstantinopel zu erobern, anstatt wie geplant nach Ägypten zu ziehen. So war er, ein einfacher normannischer Ritter, schließlich zum Anführer des größten Heeres geworden, das die Sonne des Abendlandes jemals gesehen hatte. Aber wer weiß, vielleicht konnte er nun so viel Macht und Ansehen gewinnen, dass König Johann in England gezwungen war, Simons Anspruch auf das Earldom Leicester, welches jener dem normannischen Ritter in seiner grenzenlosen Gier zu Unrecht entrissen hatte, wieder anzuerkennen.

Inzwischen hatten auch der sächsische Graf Arnold von Altena-Nienbrügge und dessen Sohn, der junge Graf Everhard von Isenberg, sowie andere norddeutsche Adelige die Anhöhe erreicht. Simon de Montfort bedachte sie mit einem geringschätzigen Seitenblick.

Auf jeden Fall war die Zeit der Untätigkeit endlich vorbei. Nachdem Arnaud Amaury vor gut einer Woche in Montpellier den jungen Häretiker-Freund, Vicomte de Trencavel, schnöde abgewiesen hatte, waren dessen Ländereien zur Eroberung freigegeben, und er, Simon de Montfort, würde sie sich holen! Daran würden auch die zahlreichen höhergestellten Fürsten aus dem Reich und von anderswo, die sich auf Geheiß seiner Heiligkeit, Papst Innozenz, ebenfalls dem Kreuzzug angeschlossen hatten, nichts ändern.

Simon de Montfort ließ sich von seinem Adjutanten den Wasserbeutel aus Ziegenmagen reichen und nahm einen kräftigen Schluck. In diesem Moment tauchte der vorausgeschickte Bote auf.

„Die Stadt Servian liegt keine zwei Meilen von hier auf einem Hügel!", rief der junge Reiter-Sergent den wartenden Adeligen schon von Weitem entgegen. „Ihre Tore sind verschlossen, aber die Mauern sind nicht allzu hoch und leicht einzunehmen!"

„Befinden sich Häretiker in der Stadt?", erkundigte sich Arnaud Amaury.

„Ich habe den Wachen auf den Söllern ausgerichtet, dass sie uns alle Amics de Diu ausliefern müssen, wenn sie verschont werden wollen", antworte der Sergent.

„Und?", bellte Arnaud Amaury dem Boten entgegen.

„Sie haben mich nicht verstanden!", entgegnete der Bote belustigt. „Sie sprechen nur dieses Okzitanisch!"

Der kleine, als Dolmetscher dienende Zisterziensermönch neben Abt Arnaud Amaury übersetzte den ausländischen Fürsten den Inhalt des Wortwechsels. Die Kreuzfahrer auf der Anhöhe lachten schallend. Auch Simon de Montfort fiel mit ein. Nur Graf Arnold schwieg betreten. Dieser normannische Heerführer mochte ein geschickter Taktiker und fähiger Streiter sein, aber in der Erfüllung seiner Aufgabe war de Montfort auch brutal und skrupellos. Arnold hatte nicht vergessen, wie der Normanne in Montpellier ohne zu zögern den erst dreijährigen Jakob von Aragon als Geisel genommen hatte, um König Pedro zum Stillhalten zu zwingen. Er wandte sich an den kleinen Mönch und flüsterte diesem etwas zu.

„Der Graf von Altena-Nienbrügge bittet Euch, den Konsuln von Servian jemanden zu schicken, der ihrer Sprache mächtig ist, Herr!", teilte der Mönch dem normannischen Heeresführer mit.

„Dafür ist keine Zeit!", beschied Simon de Montfort dem Sachsen burschikos. „Sag ihm, er soll seinen Rittern befehlen, sich zum Kampf bereit zu machen!"

Der Heerführer ließ die ausländischen Fürsten stehen und erteilte seinem Adjutanten den Auftrag, die Order weiterzugeben, dass der kleine Ort Servian im Sturm einzunehmen sei.

Bereits eine Stunde später waren die Stoßtruppen bereit und näherten sich dem Ort von drei Seiten. Da Simon de

Montfort keine Zeit mit dem langwierigen Bau von Belagerungsmaschinen verlieren wollte, sollten die Angreifer schon
bei ihrem ersten Ansturm die Mauern erklimmen und die
Tore durchbrechen. Der Heerführer und der Legat des
Papstes beobachteten in einiger Entfernung den Fortgang
der Schlacht.

Graf Arnold von Altena-Nienbrügge und sein Sohn Everhard befanden sich mit ihren Männern in den vordersten
Reihen. Gedeckt von ihren Schilden rannten sie mit gezück-
ten Schwertern auf die kaum mannshohe Mauer zu. Die
Verteidiger hinter den Zinnen sandten ihnen eine Wolke von
Pfeilen entgegen, aber die meisten der gefiederten Todesboten blieben in den Schilden stecken oder landeten wirkungslos im gelbgrauen Gras. Nur wenige fanden ihr Ziel,
aber die entstehenden Lücken waren sofort wieder gefüllt.

Graf Everhard war einer der Ersten, die ihren Fuß auf die
Krone der Mauer setzten. Sogleich drangen drei feindliche
Söldner auf ihn ein, doch dem geübten Ritter waren sie
nicht gewachsen. Mit nur wenigen sicher geführten
Schwerthieben schaltete der junge Isenberger seine Gegner aus. Schon folgten ihm seine Leute nach und begannen
sogleich, sich auf dem Wehrgang zu verteilen.

Everhard bückte sich und streckte seinem Vater die Hand
entgegen, um diesem auf die Ringmauer zu helfen. Der
Ältere wollte sie gerade ergreifen, als urplötzlich ein feindli-
cher Söldner hinter dem jungen Grafen auftauchte und diesem mit aller Macht seinen Speer in den Rücken stieß.

Die dargebotene Hand erschlaffte, und Arnold blickte
noch einen Moment lang entsetzt auf die blutige Stahlspit-
ze, die aus der Brust seines Sohnes ragte, bevor er selbst
den Halt verlor und zurück in den Graben stürzte. Als der
Graf von Altena-Nienbrügge das Bewusstsein wiedererlang-
te, war der Kampf vorbei und die Stadt von den Kreuzfahrern eingenommen.

Pui Tien, 22. Juli 1209

„Bitte, geh nicht!", beschwor mich Didi mit sich überschlagender Stimme. „Frère Kyot hat mir gerade berichtet, was
geschehen ist. Die Kreuzfahrer sind irgendwie in die Stadt
gelangt und haben Béziers bereits erobert. Jerome, dieser

Jude, der eben mit seiner Familie hier in unserem Versteck angekommen ist, gehört zu den Wenigen, die noch fliehen konnten. Er hat dem Priester erzählt, dass die Söldner niemanden verschonen! Sie töten jeden, den sie in den Straßen antreffen, Amics de Diu, römische Christen, Juden und Sarazenen. Sie machen keinen Unterschied. Sie haben alles in Brand gesteckt, sogar die Kathedrale, in die sich viele geflüchtet hatten! Ganz Béziers steht in Flammen und ist wohl bald nur noch ein rauchender Trümmerhaufen!"

Ich nahm den dunklen Mantel, den er für mich besorgt hatte, entgegen und legte ihn mir um die Schulter. Dabei schaute ich ihn liebevoll an:

„Didi, ich muss! Wir brauchen Gewissheit, ob Arnold tatsächlich beim Heer der Kreuzfahrer weilt. Auch wenn ich den Reif nicht gleich stehlen kann, so will ich doch in Erfahrung bringen, wie das Zelt des Grafen aussieht, damit ich weiß, wo ich das Schmuckstück später suchen soll."

Er hob zu einer Erwiderung an, aber ich schüttelte nur den Kopf, nahm ihn kurz in den Arm und wandte mich ab.

„Ich verspreche dir, dass ich sehr vorsichtig bin!" raunte ich ihm noch zu, bevor ich in der heraufziehenden Dämmerung verschwand.

Unser Versteck lag in einem kleinen Olivenhain abseits der Straße zu einem Weiler, den die Einheimischen Colombiers nannten. Als der Vicomte de Trencavel vor gut einer Woche mit seinen Getreuen abgezogen war, hatte Frère Kyot den vor der Kathedrale versammelten Einwohnern verkündet, dass alle, die vor dem herannahenden Feind fliehen wollten, uns dort finden würden. Er hatte ihnen auch klargemacht, dass sie nur mit uns zusammen die Möglichkeit hätten, in Carcassonne Aufnahme zu finden. Die Menschen in Béziers waren zu dieser Zeit bereits unruhig geworden, weil die Kreuzfahrer inzwischen den nur acht Kilometer entfernten Ort Servian eingenommen hatten. Auch für den Vizegrafen, der bis dahin gemeinsam mit den Konsuln die Verteidigung der Stadt organisiert hatte, war dies Anlass gewesen, nun schnell die Heimreise anzutreten. Mehr konnte er nicht für seine Untertanen in Béziers tun.

Gestern nun war das riesige feindliche Heer vor den Mauern der Stadt erschienen und hatte am Fluss Orb Stellung bezogen. Aus dem, was der Jude Jerome berichtet hatte, konnte ich mir allerdings noch keinen Reim machen.

Wie sollten die Kreuzfahrer so schnell in die abgeriegelte Stadt hineingekommen sein?

Zwischenspiel

Simon de Montfort zeigte nicht die geringste Regung, als der kleine Zisterziensermönch ihm die Antwort der Konsuln übersetzte.

„Sie lehnen es tatsächlich ab, die in der Stadt lebenden Katharer auszuliefern, Herr!", berichtete Pierre le Vaux-de-Cernay fassungslos. „Bedenkt doch, selbst die Anhänger der römischen Kirche weigern sich, Eure Weisung zu befolgen!"

„Dann haben sie auch alle zusammen die Folgen zu tragen!", bekräftigte der normannische Ritter brüsk.

Anschließend erteilte er den Befehl, mit dem Aufbau der Katapulte, beweglicher Holztürme und Rammböcke zu beginnen. Im Stillen richtete sich Simon de Montfort auf eine lange Belagerungszeit ein. Doch dann ging alles ganz schnell.

Am folgenden Nachmittag überraschten die Verteidiger die Kreuzfahrer mit einem plötzlichen Ausfall. Natürlich waren die unerfahrenen Söldner aus der Stadt den kampferprobten Rittern unterlegen. Eine Gruppe von ihnen verfolgte die Verteidiger auf deren Rückzug zur Mauer und gelangte schließlich durch das noch offene Ausfalltor in die Stadt. Immer weitere strömten nach, und binnen einer Stunde eroberten die Kreuzfahrer ganz Béziers.

Was nun begann, war ein beispielloses Massaker. Die Eroberer liefen wie die Berserker durch die Straßen, plünderten, brandschatzten und erschlugen jeden, auf den sie trafen, ohne Rücksicht auf Religion, Alter oder Geschlecht. Hunderte flüchteten sich in die Kathedrale, doch die Kreuzfahrer verbarrikadierten die Tür von außen und setzten die Kirche in Brand. Insgesamt starben an diesem Abend mehr als 20 000 Menschen auf grausamste Weise. Darunter befanden sich lediglich etwa 200 Katharer.

Simon de Montfort und Arnaud Amaury sahen dem Morden tatenlos zu. Als einer der Kreuzfahrer den Abt von Citeau fragte, wie sie denn gläubige Katholiken von den Katharern unterscheiden sollten, antwortete dieser nur:

„Tötet sie alle! Gott wird sich die Seinen schon heraussuchen!"

Pui Tien

Ich schlich durch eine Bresche in der Mauer und verbarg mich hinter den Trümmern eines zusammengestürzten Hauses. Was meine Augen nun zu sehen bekamen, werde ich wohl für den Rest meines Lebens nicht mehr vergessen können. Überall lagen aufgeschlitzte und halb verkohlte Leichen von Männern, Frauen und Kindern in den Gassen. Dazwischen schwelten kleinere und größere Feuer. Berge von zerstörtem Hausrat, in Fetzen gerissene Tuche und Kleidung sowie verendetes Vieh säumten die verlassenen Straßen. Beißender Rauch und ätzender Gestank drangen mir in die Nase. Ich würgte mehrfach und musste mich erbrechen.

Eine Gruppe von gröhlenden Söldnern torkelte an mir vorbei. Ich folgte ihnen lautlos, weil ich hoffte, sie würden mich zur Kathedrale führen. Obwohl ich noch bis vor einer Woche fast täglich in der Stadt gewesen war, schien es mir nun unmöglich, auf Anhieb den richtigen Weg zu finden.

Dann sah ich endlich die Kirche oder vielmehr das, was von ihr übrig geblieben war. Über den Vorplatz zogen gespenstische, neblige Schwaden, doch dahinter konnte ich einige spitz zulaufende Zelte ausmachen. Im Schutz der Nacht schlich ich näher heran, und tatsächlich: Die Banner vor dem geräumigsten Zelt trugen eindeutig das Zeichen einer fünfblättrigen Rose. Ich hatte ihn gefunden.

Mein einstiger Geliebter stand starr inmitten seiner Leute und blickte schweigend auf die Trümmer der Kathedrale, als könne er nicht begreifen, was geschehen war. Er war alt geworden, und im Schein der vielen rauchigen Feuer konnte ich erkennen, dass sein Antlitz von Gram gezeichnet und sein Haar schlohweiß war.

Plötzlich drehte er sich um und schaute in meine Richtung. Für den Bruchteil einer Sekunde trafen sich unsere Blicke, dann huschte ich schnell weiter und verschwand in einer der angrenzenden Gassen.

Graf Arnold von Altena-Nienbrügge, 22. Juli 1209

Der schwarze ätzende Rauch über den Trümmern der Kathedrale raubt mir die Sicht und bringt den ekelhaften Gestank von verbrannten Leichen und verfaulten alten Lehmziegeln mit sich. Unser normannischer Heerführer, Simon de Montfort, hat nach der blutigen Eroberung der Stadt keinen Augenblick gezögert, den Befehl zur Brandschatzung zu geben. Ich aber will mich nicht an dem grausamen Morden ihrer unschuldigen Bewohner beteiligen, auch wenn alles, was wir tun, unter dem heiligen Zeichen des Kreuzes geschieht. Ich kann gegenüber diesen Leuten kein Gefühl der Rache empfinden, denn ich habe in meinem langen Leben schon genug Menschen sterben sehen. Simon de Montfort hat mich zwar missbilligend angesehen, als ich meine Ritter und Getreuen angewiesen habe, hier auf dem Vorplatz der Kathedrale zu bleiben, aber letztendlich muss er akzeptieren, dass ich nicht einer seiner Vasallen bin, die ihm zur Gefolgschaft verpflichtet sind.

Ich habe diesen Kreuzzug gegen die Katharer nicht gewollt. Seine Heiligkeit, Papst Innozenz, hat die Ritterschaft des Abendlandes dazu aufgerufen. Die Katharer verkünden das sogenannte Armutsideal, und damit folgen sie eigentlich nur den Aussagen der Bergpredigt. Aber sie lehnen auch die heilige Kirche ab, und das ist eine große Gefahr für den obersten Herrn der Christenheit.

Als Oberhaupt einer der angesehensten Adelsfamilien des Reiches konnte ich mich der Aufforderung seiner Heiligkeit zum Kreuzzug nicht entziehen. Noch nie hat jemand ungestraft einen Grafen aus dem Hause des Geschlechtes derer von Neuenberge als Feigling bezeichnet. Aber ein Kreuzzug gegen Angehörige der Christenheit ist etwas, das mich mit tiefer Abscheu erfüllt. Ich kann diese Katharer nicht hassen, nicht einmal, nachdem sie bereits in der ersten Schlacht dieses ungerechten Feldzuges meinen ältesten Sohn Everhard getötet haben.

Sobald wir ihn in dieser fremden Erde bestattet haben, muss ich einen Boten zum Erzbischof von Köln schicken, damit er meinen zweitältesten Sohn Friedrich von seinem Eid als Dompropst entbindet und ihn als Burggrafen auf der Isenburg einsetzt. Es erscheint mir unabdinglich, einen Statthalter unseres Besitzes in der Heimat zu wissen, denn tief in meinem Inneren spüre ich, dass auch ich selbst die Berge des Sachsenlandes nicht mehr wiedersehen werde. Friedrich wird dann später auch meine Nachfolge antreten und als Graf von Isenberg und Nienbrügge die Stellung unserer Familie bewahren. Ich hoffe nur, dass meinem zweiten Sohn mehr Glück im Leben beschieden ist als seinem armen Bruder und mir.

Ich muss gleich nach unserem Notarius schicken, damit er noch eine persönliche Nachricht von mir an Friedrich verfasst. Mein zweitältester Sohn soll wissen, dass ich ihm bei der Wahl seiner zukünftigen Frau keine Vorschriften machen will, denn es ist nun wichtig, dass er heiratet und Nachkommen hat, damit unser Geschlecht weiter besteht. Aber anders als ich soll er seinem Herzen folgen dürfen. Ich weiß, dass es insgeheim für die schöne junge Sophia, die Tochter des Herzogs von Limburg, schlägt. Auch wenn der Zweig unserer Familie auf Neuenberge strikt gegen eine Verbindung mit jenem Hause ist, so darf Friedrich sich nicht darum scheren, denn niemand weiß besser als ich, welch lebenslanges Herzeleid und tiefe Schwermut daraus entstehen können, wenn man nicht mit der Frau zusammen sein darf, die man liebt.

Aber was ist das? Narrt mich ein teuflischer Spuk, oder sind meine Sinne schon so sehr verwirrt? Die Gestalt dieses Mädchens, das dort hinten zwischen den qualmenden Trümmern umherschleicht, ist mir so seltsam vertraut. Ihre Haare, die Augen, wie kann das sein?

Ist es noch immer der schwelende Rauch, der meine Augen trübt, oder ist es wieder die wehmütige Erinnerung an die so lang verflossene Zeit meiner Jugend, die da auf einmal die Tränen hervorruft? Ich muss mich abwenden und mein Gesicht vor meinen Leuten bedecken, damit sie nicht sehen, dass ihr Lehnsherr weint wie eine einfache Magd.

Ich drehe mich um und fliehe in mein Zelt, wo ich endlich allein mit meinem ewigen Kummer sein darf. Nach all den vielen Jahren rufen meine Sinne abermals das Bild dieses fremdhäutigen Mädchens hervor, wie es mit seinen langen, im Wind flatternden schwarzen Haaren durch die Wälder der Berge meiner Heimat reitet. Warum nur kann ich sie nicht vergessen? Ist vielleicht die schwere Schuld, die ich auf mich geladen habe, die Ursache dafür, dass sie mir als ewige Strafe immer wieder erscheint?

Kapitel 4
Das „Allerheiligste"

Uf einem grüenen achmadi
truoc si den wunsch von pardis,
beide wurzeln unde ris.
Daz was ein dinc, daz hiez der gral:
Erden wunsches überwal
(aus „Parzival" von Wolfram von Eschenbach)

Auf grüner Achmardiseide
trug sie des Paradieses Vollkommenheit,
Wurzel war es und zugleich auch Reis.
Dies war ein Ding, das hieß der Gral,
alles Erdensegens Überschwang.
(Übertragung aus dem Mittelhochdeutschen)

Fred Hoppe, Mai 1209

Wir müssen komplett verrückt sein, dachte ich, während wir im leichten Galopp den sanften Anstieg zur Boeler Heide überwanden. Wir hatten bei den „Vesten Höfen" die Ruhraue durchquert und ohne Probleme in Höhe der Lennemündung über den Fluss gesetzt. Zum Glück war der Wasserstand sehr niedrig gewesen, was durchaus in dieser Jahreszeit auch hätte ganz anders sein können. Die Äußerungen von Bauern am Rande des Hilinciweges, die behauptet hatten, dass der April außergewöhnlich trocken gewesen sei, war jedenfalls nicht verkehrt gewesen. Trotz alledem blieb unser Vorhaben, die Klutert aufzusuchen, nun mal mit einem hohen Risiko verbunden.

Natürlich hatte ich Phei Siang von meiner Vermutung erzählt, das sogenannte „Allerheiligste" könne sich eigentlich nur auf der Isenburg befinden, doch meine bezaubernde Gattin wollte sich nicht so einfach auf meine Argumente einlassen.

„Was ist, wenn du dich irrst, Fred?", hatte sie gleich eingewandt. „Dann setzen wir uns völlig umsonst der Gefahr aus, bei einem erneuten Eindringen in die Isenburg erwischt zu werden. Zuvor sollten wir wenigstens ganz sicher ausschließen können, dass es nicht mehr in der Höhle liegt."

„Und wie sollen wir das anstellen?" hatte ich erwidert.

„Ganz einfach! Wir fragen den Zwerg danach!"

Ich dachte zuerst, ich hätte nicht richtig gehört. Schließlich wusste sie doch genau, dass wir Sligachan auf keinen Fall begegnen durften. Aber meine mit allen Wassern gewaschene Gemahlin hatte längst eine Lösung für dieses Dilemma parat.

Ihr Plan war tatsächlich genial. Demnach brauchten wir gar nicht selbst vor der Klutert in Erscheinung zu treten, weil in deren unmittelbarer Nachbarschaft jemand lebte, der unser Vertrauen besaß, nämlich unser einstiger Sergent Udalrik! Allerdings konnten wir nur hoffen, ihn auch wirklich am wiederaufgebauten elterlichen Hof Meninghardehuson anzutreffen, denn immerhin waren für ihn seit unserem Abschied bereits fünf Jahre vergangen.

Also kehrten wir auf dem schnellsten Weg vom Haarstrang in unsere engere Heimat zurück, aber je näher wir den Bergen und Wäldern des südlichen Sachsenlandes kamen, um so mehr wuchsen meine Zweifel am Sinn dieses Unterfangens. Unser italienischer Begleiter schien sich erst recht keinen Reim darauf machen zu können.

„Ich verstehe nicht, warum wir diesen Umweg zu dem Bauern in den Wäldern machen, Herr!", maulte Giacomo lauthals. „Ihr habt doch selbst gesagt, dass wir in die neue Burg des Grafen Arnold eindringen müssen!"

„Ganz recht, ich vermute auch jetzt noch, dass dort das Bündel aufbewahrt wird", entgegnete ich lächelnd. „Aber meine Gemahlin will sichergehen, ob es nicht doch noch in der Höhle ist, wo Bruder Kyot es zurückgelassen hat."

Der Venediger maß mich mit einem scheuen Seitenblick.

„Nehmt es mir nicht übel, aber langsam werdet Ihr mir unheimlich, Herr!", bekannte er. „Woher könnt Ihr wissen, wo Bruder Kyot auf den Zwerg stieß, von dem die Weissagung stammt?"

Um ihm das zu erklären, hätte ich dem Italiener unsere ganze Lebensgeschichte erzählen müssen, und danach war mir nun wirklich nicht zumute. Daher antwortete ich mit dem einzigen Satz, der ihn sofort zum Schweigen bringen würde:

„Weil wir die Boten sind, Giacomo!"

Leng Phei Siang

Ich konnte mich eines Schmunzelns nicht erwehren, als ich hörte, wie Fred unseren selbsternannten Beschützer mit der gleichen abstrusen Phrase abspeiste, die der Venediger selbst so gern als Begründung für alles anführte, was er in Bezug auf meinen ritterlichen Gemahl und mich nicht erklären konnte oder wollte.

Ich hatte mich längst an den seltsamen Kauz und dessen Widersprüchlichkeit gewöhnt, die sich hauptsächlich darin äußerte, dass er sowohl ein gewiefter und äußerst diesseits bezogener Geldwechsler war als auch ein Anhänger der heimlichen Kirche der Katharer. Natürlich passten diese beiden Komponenten überhaupt nicht zusammen. Doch wenn ich richtig verstanden haben sollte, was uns die Bettelmönche über ihre einfachen Glaubensbrüder erzählt hatten, dann waren die meisten von diesen den weltlichen Dingen durchaus nicht abgeneigt. Nur von den sogenannten „Vollkommenen" erwartete man jene völlig asketische, auf das Jenseits bezogene Lebensweise, während die einfachen Gläubigen oder „Credentes", wie sie auch genannt wurden, ganz normal heiraten, Kinder bekommen und Fleisch essen durften. Offenbar genügte es, wenn deren Seele auf dem Sterbebett durch die Zeremonie des Consolamentum den Zustand der Reinheit und Vollkommenheit erreichte, der es ihr ermöglichen sollte, ins gute Reich Gottes heimzukehren. Vielleicht traf das alles ja auch auf unseren Venediger zu. Ich konnte mir schon vorstellen, dass ein so weit verzweigtes System, wie es die heimliche Kirche nun mal darstellte, sich bestimmt gern eines derartigen Mittlers bediente, der von Berufs wegen in vielen Ländern unterwegs war, zumal er auf diese Weise unauffällig wichtige Nachrichten in der Gemeinschaft verbreiten konnte.

Was Fred und mich betraf, so hatte ich natürlich aus gutem Grund darauf bestanden, dass wir uns zunächst an der Klutert umsehen sollten, denn was wussten wir schon über den Verbleib des Bündels, außer, dass Bruder Kyot es offenbar in der Höhle zurückgelassen hatte? Aber dies war nicht alles. Es gab noch etwas anderes, das mir keine Ruhe ließ. Was war bei der fehlgeschlagenen Zeitversetzung wirklich geschehen? Wenn meine Vermutung stimmte, dass Pui Tien und ihr Freund von uns getrennt worden waren, weil die enge Verbundenheit unserer Tochter mit dem Reif ihres Lehrmeisters dies bewirkt hatte, dann konnten die beiden unter Umständen genau dort gestrandet sein, wo sich das Schmuckstück augenblicklich befand, zumindest aber in dessen unmittelbarer Nähe. Und falls Deirdres Reif damals von dem Söldner, der ihn ihr vom Kopf gerissen hatte, zu dessen Herrn gebracht worden war, dann musste sich der Kopfschmuck seither in Arnolds Besitz befinden. Da der Graf von Altena-Nienbrügge oft in der Isenburg weilte, kam als nächstgelegener möglicher Ort natürlich die Klutert in Frage, an dem Pui Tien aus dem Zeitstrom materialisiert sein könnte. Auf jeden Fall war es sinnvoll, sich dort nach ihrem Verbleib zu erkundigen.

Fred hatte mich zunächst entgeistert angesehen, als ich ihm meine diesbezüglichen Überlegungen anvertraute, doch dann war er Feuer und Flamme.

„Ich gebe zu, dass ich an den Externsteinen deine Vermutung mit dem Reif noch sehr bezweifelt habe", gestand er offen ein. „Aber jetzt leuchtet sie mir schon ein, denn der Zusammenhang mit Arnold und der Höhle liegt schließlich auf der Hand. Das Einzige, was mir Kopfschmerzen bereitet, ist die Möglichkeit, dass sie Sligachan in die Arme gelaufen sein könnte. Mein Gott, Siang, sie sieht aus wie du! Demnach würde er nun wissen, wer wir sind, wenn wir ihm in 15 Jahren zum ersten Mal begegnen!"

Ich schüttelte vehement den Kopf.

„Irrtum, Fred!", versicherte ich ihm. „Da er uns bis zum Jahr 1224 noch nicht kennt, ist er ihr auch vor ein paar Wochen nicht über den Weg gelaufen."

„Hoffentlich hast du recht!"

„Es kann gar nicht anders sein!", beruhigte ich ihn. „Aber damit wird es umso wichtiger, dass wir unseren alten Freund Udalrik finden, denn wenn Pui Tien wirklich in der Klutert aufgetaucht ist, dann geht unter den Bauern jetzt bestimmt das Gerücht um, Snäiwitteken sei zurückgekehrt."

Fred Hoppe

Diese Gedanken schwirrten noch immer in meinem Kopf herum, als wir am Fuß des Goldberges die Volme durchquerten und uns anschickten, ins Tal der Ennepe zu reiten.

Die Höfe des Weilers Wehringhausen lagen gut sichtbar vor uns am Hang, und die Bauern waren emsig auf ihren streifenförmigen Feldern beschäftigt. Mit Sicherheit hatte man unsere kleine Gruppe längst bemerkt, und argwöhnische Augen würden unseren weiteren Weg begleiten. Ein Ritter mit einem fremden Wappen auf Rock und Schild, eine schwarzhaarige, fremdhäutige junge Frau ohne Gebende und ein italienischer Geldwechsler: Ich konnte mir direkt ausmalen, wie schnell die Kunde von unserem Erscheinen auf die Isenburg getragen werden würde. Hatten sich nicht vor fünf Jahren schon einmal solche seltsamen Leute im Gebiet des Grafen von Altena-Nienbrügge aufgehalten, und war nach deren Auftauchen in diesen Wäldern nicht jenes schreckliche Unglück am Goldberg geschehen, das die Mine des Grafen zerstörte? Es stimmte schon: wir mussten komplett verrückt sein, dass wir noch einmal hierher zurückgekommen waren.

Auf der anderen Seite hatte Phei Siang natürlich vollkommen recht. Wir brauchten dringend Informationen, die uns weiterhelfen würden, sowohl den Auftrag der Bettelmönche erfüllen zu können als auch eine mögliche Spur von unserer Tochter und deren Freund zu finden. Und das vermochten wir nur mit Unterstützung des einzigen Menschen zu erreichen, dem wir in dieser Gegend vertrauen konnten. Unser italienischer Begleiter ahnte natürlich von alledem nichts. Er wusste nicht, woher Phei Siang und ich wirklich gekommen waren. Für ihn waren wir einfach die Boten, die das „Allerheiligste" seiner Glaubensgemeinschaft finden und heimbringen sollten, und er sah es als seine Aufgabe an, uns bei diesem Unterfangen mit noch völlig ungewissem Ausgang nach besten Kräften zu unterstützen. Dabei waren wir im Begriff, ihn in große Gefahr zu bringen, obwohl er uns das Leben gerettet hatte. So gesellte sich zu der Sorge um das Wohlergehen von Pui Tien und Didi noch das schlechte Gewissen, das ich dem armen Giacomo gegenüber empfand.

Zu alledem beschäftigte meinen rastlosen Geist schon seit einiger Zeit die bohrende Frage, was wohl seit dem Ende des Bürgerkrieges geschehen sein mochte. Wir wussten zwar, dass der Welfenkönig Otto als Sieger aus dem langjährigen Streit um die Krone hervorgegangen war, aber welche Folgen hatten sich daraus ergeben? Mein kleiner Geschichtsatlas war in dieser Beziehung keine große Hilfe gewesen. Die einzige verwertbare Information hatte darin bestanden, dass der Krieg offenbar nicht militärisch entschieden, sondern durch den Mord am Staufer Philipp beendet worden war. Aber wie hatte sich die neue politische Lage auf die gräfliche Familie von Neuenberge ausgewirkt?

Zum ersten Mal während dieses vertrackten und mittlerweile schon ein halbes Jahr andauernden Aufenthaltes in der Vergangenheit bedauerte ich zutiefst, dass ich nicht einfach in Leng Kaos Arbeitszimmer gehen konnte, um meinen Schwiegervater um Rat zu fragen. Er hätte sicher nicht mehr als ein paar Minuten benötigt, um mir aus seiner umfangreichen Sammlung lokalhistorischer Schriften die entsprechende Antwort auf meine Fragen herauszusuchen. Aber vielleicht hatte ich ja auch nur etwas übersehen. Daher nutzte ich die nächste Rast, die wir bereits in einem Seitental des Hasperbaches einlegten, in unseren Rucksäcken nach dem unerlässlichen Büchlein zu kramen. Beim Blättern schaute ich mich vorsichtig nach unserem italienischen Begleiter um, konnte diesen aber nicht entdecken. Als Phei Siang plötzlich ihre Hand auf meine Schulter legte, schrak ich regelrecht zusammen.

„Weißt du noch, Fred?", flüsterte sie ergriffen. „Hier haben wir damals auch gelagert, als wir vom Reichshof in Dortmund zurückkamen, um unsere Tochter zu suchen."

Ich nahm ihre Hände und blickte mich zögernd um.

„Keine Angst, ich habe Giacomo gebeten, trockenes Holz für das Feuer zu suchen", eröffnete sie mir lächelnd.

Ich zog sie an mich und küsste sie.

„Natürlich erinnere ich mich", gab ich ebenso leise zurück. „Der Wolf war noch sehr jung, aber es war ihm dennoch gelungen, einen ausgewachsenen Hasen zu erbeuten. Heute Abend werde ich wohl selbst den Kettelbach hinaufziehen müssen, um für unser Abendessen zu sorgen."

Ich entließ Siang aus meiner Umarmung und legte stattdessen den Arm um ihre schmalen Schultern.

„Damals war uns völlig klar, dass Pui Tien nur hier irgendwo in den Wäldern sein konnte", fuhr ich fort. „Aber heute wissen wir überhaupt nicht, wohin es sie verschlagen haben mag."

Phei Siang schaute mich ernst an.

„Demnach glaubst du also nicht wirklich daran, dass sie in der Höhle aus dem Zeitstrom geschleudert wurde, nicht wahr?"

„Nein, Liebes", entgegnete ich. „Das kann ich mir tatsächlich nicht vorstellen."

Phei Siang nickte stumm. Doch dann überraschte sie mich mit einer völlig unerwarteten Ankündigung:

„Ich glaube das jetzt auch nicht mehr, Fred!"

Für einige Sekunden war ich baff. Was mochte ihren Sinneswandel bewirkt haben?

„Trotzdem leuchtet mir der von dir vermutete Zusammenhang mit diesem Reif der Deirdre vollkommen ein", nahm ich den Faden wieder auf. „Natürlich ist es logisch, dass Arnold das Schmuckstück heute besitzt. Und dort, wo er jetzt ist, wird auch Pui Tien sein. Aber ich frage mich schon die ganze Zeit über, wo er sich wohl aufhalten könnte, denn ich habe ganz erhebliche Zweifel daran, dass er seelenruhig auf der Isenburg Hof hält, wenn sein Welfenkönig zum Kaiser gekrönt wird."

Phei Siangs Augen leuchteten auf.

„Deshalb hast du unterwegs immer wieder heimlich in deinem Büchlein geblättert, stimmt's?"

„Ja, aber bis auf die Information mit der Kaiserkrönung habe ich nichts herausgefunden."

Phei Siang deutete auf den kleinen Geschichtsatlas in meiner Hand.

„Was steht denn nun genau da drin?"

„Zum Jahr 1209 gibt es nur eine einzige Notiz, und sie lautet: ‚Nach Wiederherstellung der Reichsrechte in Italien wird Otto IV. zum Kaiser gekrönt'. Das ist alles! Es gibt nicht einmal eine Angabe, in welchem Monat dies geschieht."

Phei Siang dachte einen Moment lang angestrengt nach.

„Sag mal, wer folgt eigentlich Kaiser Otto auf dem Thron?", erkundigte sie sich auf einmal völlig unverhofft.

„Der Staufer Friedrich II. natürlich", antwortete ich ein wenig verwirrt. „Du erinnerst dich bestimmt: Friedrich ist der Enkel unseres guten Bekannten, des großen Kaisers Barbarossa, und er wurde schon als Dreijähriger zum König gewählt. Als dann nur kurze Zeit später sein Vater, Heinrich VI. starb, verwarfen die Fürsten ihre Entscheidung. Sie entzweiten sich und wählten sowohl dessen jüngeren Bruder Philipp als auch den jetzigen König Otto. Damit begann der Bürgerkrieg. Jetzt ist nur noch der Welfe Otto übrig, und der wird in diesem Jahr sogar zum Kaiser gekrönt, wie wir eben erfahren haben. Aber seine Glückssträhne wird nicht lange anhalten. Irgendwann, ich glaube in drei Jahren, tritt der junge Friedrich auf den Plan. Er zieht über die Alpen und gewinnt immer mehr Verbündete. In der großen Schlacht von Bouvines schlägt er dann Otto aus dem Rennen und herrscht bis 1250 über das Reich..."

„Stopp! Halt an! Das weiß ich doch alles, Fred!", unterbrach mich Siang lachend. „Ich wollte nur sichergehen, dass es zwischen Otto und Friedrich keinen anderen König gegeben hat."

„Wieso?", fragte ich verblüfft.

„Na, weil unser späterer Freund, Graf Friedrich von Isenberg, doch immer betont hat, dass er König Otto zu dessen Kaiserkrönung nach Rom begleitet hätte."

Einen Moment lang brachte ich vor Erstaunen kein Wort heraus. Endlich fiel der Groschen, und ich schlug mir mit der flachen Hand vor die Stirn.

„Klar, du hast recht!", stieß ich hervor. „Das ist es!"

„Irgendwann, aber auf jeden Fall noch vor der Kaiserkrönung muss ‚unser' Friedrich sein Erbe als Graf von Altena-Isenberg antreten", führte Phei Siang aus, was ich selbst dachte. „Und dies bedeutet, dass sowohl sein Vater als auch sein älterer Bruder in diesem Jahr sterben werden!"

„Während der Romfahrt ihres Königs kann das auf keinen Fall geschehen", ergänzte ich. „Denn in einem solchen Fall hätte Friedrich keine Chance, rechtzeitig dabei zu sein."

Phei Siang nickte bestätigend.

„Genau! Also müssen die beiden woanders das Zeitliche segnen. Aber wo? Und warum beide auf einmal? Schließlich ist Arnold viel älter als sein Sohn. Das kann kein Zufall sein, Fred!"

„Du meinst, die beiden würden während einer Kriegshandlung umkommen!", kombinierte ich. „Aber es müsste schon eine größere und vor allem wichtige Auseinandersetzung sein, sonst würden sich weder Arnold noch sein Sohn Everhard davon abhalten lassen, ihren König nach Rom zu begleiten. In meinem Buch wird jedoch keine erwähnt."

„Vielleicht nicht an dieser Stelle, weil es in dem Kapitel ja wohl um Geschehnisse geht, die das Deutsche Reich betreffen", vermutete Siang. „Aber sag mir doch, welche Art von Auseinandersetzung könnte überhaupt eine so angesehene Grafenfamilie wie die von Neuenberge von der Gefolgschaftspflicht gegenüber ihrem König entbinden?"

„Nur eine religiös begründete Sache, zu der Papst Innozenz höchstpersönlich aufgerufen hätte!", schlussfolgerte
ich. „Und da gibt es im Moment nur eine, nämlich den
Kreuzzug gegen die Glaubensgemeinschaft der Katharer!"

„Das habe ich mir gedacht!", bestätigte Phei Siang lächelnd. „Wie du siehst, scheint auch diesmal wieder alles
miteinander verwoben zu sein. Es geschieht eben wirklich
nichts ohne Grund!"

Ich konnte nicht umhin, meine überaus gescheite Gemahlin für ihre Kombinationsgabe zu bewundern.

„Der Kreuzzug gegen die Katharer, an dem wahrscheinlich Arnold und sein Sohn Everhard teilnehmen, findet in
Südfrankreich statt", sinnierte ich. „Und genau dorthin sollen
wir das ‚Allerheiligste' bringen, wenn wir es denn mal gefunden haben. Es passt alles zusammen!"

„Du sagst es, Fred!"

Leng Phei Siang

Während Fred am Abend mit meinem Bogen auf die Jagd
ging, blieb ich mit dem kleinen Venediger an unserem Lagerplatz am unteren Kettelbach zurück. Wir hatten Giacomo
bislang noch nicht darüber informiert, dass Fred und ich zu
einer völlig neuen Beurteilung der Lage gekommen waren.
Denn auch wenn alles recht logisch erschien, was wir uns
am Nachmittag zusammengereimt hatten, so wollten wir
das Ganze noch einmal in Ruhe besprechen.

„Ihr seid so schweigsam, Prinzessin", sprach mich auf
einmal der kleine Italiener an und riss mich damit aus meinen Gedanken. „Bedrückt Euch etwas, oder erscheint Euch
dieser Wald auch so unheimlich wie mir?"

Ich sah auf und lächelte ihn an.

„Du würdest am liebsten woanders sein, nicht wahr?"

„Wenn ich ehrlich bin, ja, Prinzessin!", gab der Venediger
unumwunden zu. „Auf einem belebten Marktplatz fühle ich
mich weitaus wohler als in dieser gottverlassenen Gegend,
wo hinter jedem Strauch Gefahren lauern können, die ich
nicht sehen kann. Habt Ihr denn keine Angst vor den geheimnisvollen Wesen, die in diesen Bergen hausen?"

„Nein, Giacomo!", entgegnete ich lachend. „Außerdem ist
die Wahrscheinlichkeit äußerst gering, dass wir hier auf

solch gefährliche Hetzprediger wie diesen Zisterzienser stoßen."

„Ihr hättet mir schon in Lippstadt vertrauen sollen, Prinzessin, dann wäre Euch sicher das Unglück, das Ihr erleiden musstet, erspart geblieben."

„Meinst du? Wir wussten doch gar nicht, wer du warst!", erwiderte ich auf den unverhohlenen Vorwurf. „Denn das ist etwas, wovor ich wirklich Angst habe! Wie kann ich in diesen Zeiten ahnen, wem ich vertrauen darf und wem nicht? Da habe ich es hier in den Wäldern einfacher. Wenn ich auf einen Bären treffe, vermeide ich es, ihm zu nahe zu kommen, während ein Hase oder Hirsch eine gute Mahlzeit bieten können."

„Ich glaube, ich verstehe, was Ihr meint, Prinzessin", äußerte sich der kleine Italiener nach einer Weile nachdenklich. „Die Menschen sind unberechenbar, weil sie anders als die Tiere von unterschiedlichen Gefühlen beherrscht werden. Sie sind selbstsüchtig und handeln aus Angst, Gier, Wut und Verzweiflung. Wir leben eben alle in einer verderbten Welt, die weder das Gute noch Ehrlichkeit kennt."

„Ich würde dir zustimmen, Giacomo, wenn ich nicht wüsste, dass es darüber hinaus noch etwas gibt, was ein diesseitiges Leben doch lohnenswert erscheinen lässt, nämlich die Liebe!"

Der Venediger wiegte zweifelnd den Kopf.

„Die Katharer halten die Liebe für eine Täuschung des Satans, wenn sie sich nicht ausschließlich auf Gott bezieht", merkte er traurig an. „Zumindest denken ihre Priester, die Vollkommenen, so."

„Und du, Giacomo? Wie denkst du darüber?"

„Seitdem mich das Leben enttäuscht hat, arbeite ich für diese unterdrückte Glaubensgemeinschaft. Wisst Ihr, ich komme viel herum…"

„Aber du selbst bist kein Katharer, nicht wahr?"

„Offen gesagt, ich weiß es nicht, Prinzessin! Ich fühle mich zu ihnen hingezogen, weil sie ehrlich sind und nicht von falscher Gläubigkeit bestimmt wie alle Vertreter der römischen Kirche vom Papst bis zum einfachen Leutpriester."

„Was hat dich zu dieser Erkenntnis gebracht, Giacomo?", hakte ich nach, denn die Stimme des kleinen Italieners hatte sehr bitter geklungen.

„Wie Ihr wisst, Prinzessin, bin ich ein Banchieri!", bekannte Giacomo zum wiederholten Male und breitete dabei seine Hände aus. „Meine Zunft wird überall da gebraucht, wo Handel getrieben wird, und trotzdem werden wir von allen verachtet wie Aussätzige! Gerade die römische Kirche verurteilt unser Tun, weil wir angeblich gegen Gottes Gebote verstoßen. Mancherorts spricht man uns sogar das Recht ab, echte Christen zu sein, doch ohne uns könnten die hohen geistlichen Herren nicht ihre Reichtümer anhäufen. Die Katharer hingegen nehmen uns, wie wir sind. Sie sagen, die ganze Welt ist eben schlecht, aber auch unsere Seelen können durch den Glauben gerettet werden."

„Aber nutzen die Katharer dich nicht auch aus, wenn sie dich mit Botschaften und heiklen Missionen durch die ganze Welt schicken?"

„Das ist mein Leben, Prinzessin!", betonte Giacomo selbstbewusst. „Bei ihnen finde ich die Anerkennung, die mir die römische Kirche verweigert. So war ich auch der Einzige, der Euch finden konnte, denn kein anderer aus den Gemeinschaften der heimlichen Kirche wäre dazu imstande gewesen."

Fred Hoppe

Der flackernde Schein des Feuers wies mir in der Dunkelheit den Weg zurück durch das Dickicht zu unserem Lagerplatz. Als ich unvermittelt aus dem Buschwerk ins Licht trat, sprang Giacomo erschrocken auf, doch er beruhigte sich gleich wieder und staunte stattdessen über meinen Jagderfolg. Ich nahm das erlegte Reh von der Schulter, warf es auf den Boden und ließ mich erschöpft nieder. Als Phei Siang fachgerecht und geschickt damit begann, das Tier für den Spieß vorzubereiten, schaute der kleine Venediger interessiert zu.

„Ich habe gar nicht gedacht, dass Ihr diese Kunst so perfekt beherrscht, Prinzessin", meinte er mit offenkundiger Bewunderung. „Mir scheint, Eure Bemerkung von eben über den Wald beruht tatsächlich auf Erfahrung."

Phei Siang lächelte nur still vor sich hin.

„Verzeiht, Herr, das könnt Ihr ja nicht wissen", hob Giacomo an ihrer Stelle zu einer Erklärung an. „Mir ist alles, was in diesen undurchdringlichen Wäldern auf uns lauern mag, nicht geheuer, doch Eure Gemahlin scheint sich hier wirklich zu Hause zu fühlen. Ich dagegen muss zugeben, dass ich mich schon jetzt davor fürchte, zwischen den riesigen Bäumen die Nacht im Freien zu verbringen."

Phei Siang warf einen kurzen Blick zum Himmel und schaute mich bittend an.

„Es ist sternenklar und noch recht warm", meinte sie wie beiläufig, doch ich registrierte schon, dass sie eine bestimmte Absicht verfolgte. „Wir könnten doch für den armen Giacomo unser kleines Turnierzelt aufstellen, damit er den Wald nicht vor Augen hat, wenn er einschläft."

Ich nickte wohlwollend und versuchte dabei, mein Grinsen zu verbergen. Derweil protestierte der Venediger halblaut und, wie ich fand, auch etwas zu halbherzig.

„Es macht uns nichts aus, draußen in unseren Decken zu schlafen, Giacomo", versicherte ich unserem Begleiter umgehend und erntete dafür einen dankbaren Blick von Phei Siang. „Unsere Ohren sind an die Geräusche des Waldes gewöhnt, und wir würden es sofort bemerken, wenn eine echte Gefahr droht."

Giacomo war danach schnell überzeugt, und ich hoffte, dass Phei Siang und mir auf diese Weise die Gelegenheit gegeben würde, endlich einmal allein und ohne Zeugen über all das sprechen zu können, was wir bislang über den Verbleib unserer Tochter herausgefunden hatten. Zum Beispiel war es von großer Bedeutung, ob wir nun weiter an dem ursprünglichen Plan festhalten sollten, Udalrik zu bitten, sich bei Sligachan nach Kyots Bündel zu erkundigen. Ich persönlich hielt ein solches Vorgehen noch immer für ziemlich gefährlich, auch wenn wir beide nicht selbst vor der Höhle auftauchen wollten.

Während der kleine Venediger langsam und stetig den Ast über dem Feuer drehte, auf den wir unseren Braten aufgespießt hatten, verzurrten Phei Siang und ich die letzten Halterungen unseres Turnierzeltes. Mit einem kurzen Blick zum Feuer vergewisserte ich mich, dass Giacomos Aufmerksamkeit noch immer unserem Abendessen galt. Dann berührte ich Phei Siang sacht an der Schulter.

„He", flüsterte ich ihr zu. „Ich habe eben noch mal in meinem Geschichtsatlas geblättert und tatsächlich an einer anderen Stelle etwas über diesen heiligen Krieg gegen die Katharer gefunden."

„Wahrscheinlich im Kapitel über die Kreuzzüge, nicht wahr?", gab sie ebenso leise zurück. „Schließlich ist so etwas eine Angelegenheit aller christlichen Staaten, wenn schon der Papst dazu aufruft."

„Mag sein, aber im allgemeinen Bericht über die Kreuzzüge steht überhaupt nichts darüber. Ich habe keine Ahnung, warum das so ist."

„Aber es ist doch ein Kreuzzug, das haben alle gesagt."

„Natürlich ist es einer, und zwar sogar derjenige mit dem größten militärischen Aufgebot von allen! Trotzdem steht darüber kein Sterbenswörtchen in dem betreffenden Kapitel. Vielleicht war es den Verfassern des Buches zu peinlich, bei den Kreuzzügen einen Krieg gegen die eigenen Glaubensbrüder mit beizupacken, was weiß denn ich? Doch wenn man logisch überlegt, kommt man trotzdem drauf. Schließlich findet die Sache in Frankreich statt, und deshalb konnte ich es nur in dem Kapitel über dessen hochmittelalterliche Epoche finden."

Phei Siang kicherte unterdrückt. Ihr saß scheinbar wieder der Schalk im Nacken.

„Aber Fred!", meinte sie grinsend. „Hätte dir das denn nicht schon früher auffallen müssen? Du stöberst doch ständig in dem Büchlein rum."

„Das ist es ja eben!", entgegnete ich scheinbar entrüstet. „Sogar da, wo ich endlich etwas darüber gefunden habe, kommen die Begriffe ‚Katharer' und ‚Kreuzzug' zunächst gar nicht vor, zumindest nicht in den fett gedruckten Jahreszahl-Überschriften."

„Ach!"

Ich überging ihre spöttische Bemerkung und fuhr fort:

„Die Sache wird unter dem Stichwort ‚Albigenserkriege' abgehandelt, und das Ganze wird sage und schreibe 20 Jahre dauern!"

„Wieso ‚Albigenser'?"

„Hm, es scheint so, dass die Katharer in Südfrankreich keine heimliche Gemeinschaft sind, sondern dort sogar zwei richtige offizielle Bistümer haben. Eines davon hat seinen Sitz in der Stadt Albi, und nach der wird später auch der Kreuzzug benannt."

„Und wie heißt die andere Stadt?"

„Tja, halt dich fest! Die zweite Stadt, in der es einen Bischof der Katharer gibt, heißt Carcassonne!"

Leng Phei Siang

Vor Überraschung ließ ich den letzten Holzkeil fallen, den wir zur Befestigung unseres kleinen Turnierzeltes in den Boden rammen wollten.

Carcassonne! Das war doch der Name der Geburtsstadt von Bruder Kyot, zu der dieser wahrscheinlich heimgekehrt war, nachdem er den Bergen des Sachsenlandes den Rücken gekehrt hatte. Wenn jener Ort zudem noch ein Bischofssitz der Katharer sein sollte, würde er natürlich auch eines der Hauptziele des Kreuzfahrerheeres sein. Demnach mussten wir uns wohl sputen, dorthin zu gelangen, falls wir den Priester noch lebend antreffen wollten.

Blieb nur das Problem mit dem „Allerheiligsten", das wir unbedingt vorher auftreiben mussten. Wenn ich ehrlich zu mir selbst war, vermochte ich auch nicht mehr so recht daran zu glauben, dass sich das Bündel noch in der Höhle befinden sollte. Dagegen leuchtete mir Freds Idee mit der Isenburg nun immer mehr ein. Außerdem mussten wir unbedingt in Erfahrung bringen, ob unsere Vermutung zutraf, dass Arnold und sein Sohn Everhard zum Kreuzzug gegen die Katharer nach Südfrankreich aufgebrochen waren. Also führte sowieso kein Weg an dem gefährlichen Unterfangen vorbei, auf irgendeine Weise noch einmal in die uneinnehmbare Festung hineinzugelangen. Sollte sich dabei herausstellen, dass das Bündel doch nicht dort aufbewahrt wurde, dann könnten wir immer noch zur Klutert zurückkehren. Immerhin waren die beiden Orte nur eine Tagesreise voneinander entfernt. Den eventuellen Zeitverlust mussten wir in einem solchen Fall dann eben später wettmachen.

Mein ritterlicher Held schien ungemein erleichtert zu sein, als ich ihm endlich weit nach Mitternacht diesen Vorschlag unterbreiten konnte. Bis dahin hatten wir in angespannter Stimmung und wie auf heißen Kohlen gemeinsam mit dem Italiener am Lagerfeuer gesessen. Zwischenzeitlich waren Freds Blicke immer öfter in schierer Verzweiflung zum Himmel gewandert, denn unser kleinwüchsiger Freund legte einen für seine körperliche Größe völlig unverhältnismäßigen Appetit an den Tag. Giacomo konnte einfach nicht genug bekommen. Er verdrückte ein Bratenstück nach dem anderen, und allmählich schrumpfte der Rumpf des Rehs vor meinen ungläubig staunenden Augen zu einem unansehnlichen Knochengerippe. Trotzdem fand der offenbar nimmersatte Banchieri stets noch genügend Zeit, um wortreich meine angeblichen Kochkünste über den grünen Klee zu loben. Dabei hatte ich das abgehäutete und ausgenommene Tier doch nur mit einer aus der Gegenwart stammenden Mischung aus Salz und Kräutern eingerieben. Aber wahrscheinlich waren derartige Gewürze in dieser Epoche so kostbar, dass selbst ein erfolgreicher Geldwechsler kaum in deren Genuss kommen konnte. Jedenfalls schwanden meine zu Anfang gehegten Hoffnungen, einen Vorrat an fertig gebratenem Fleisch für die nächsten Tage retten zu können, mit jedem seiner Bissen dahin.

Endlich strich sich unser neuer Freund zufrieden über den Bauch, wischte sich seine fettigen Hände an den Haaren ab, gähnte laut und stand schwerfällig auf.

„Ich kann Euch gar nicht sagen, wie köstlich dieses Mahl gemundet hat, Prinzessin!", verkündete er noch einmal im Brustton der Überzeugung, bevor er von mehrfachen Rülpsern unterbrochen im Eingang des Turnierzeltes unseren Blicken entschwand.

Fred atmete hörbar aus und begann sogleich, unsere Decken auszubreiten. Ich stand auf und wartete einfach stumm, bis er verwundert zu mir aufsah.

„Bu dscher" (Nicht hier), flüsterte ich und wies mit einer Kopfbewegung zum Wald. „Ni lai ba?" (Kommst du?).

Mein ritterlicher Gemahl packte widerspruchslos unsere Decken zusammen und folgte mir nach. Zwischen den Bäumen nahm ich seine Hand und zog ihn tiefer in das Gebüsch hinein, bis wir an eine ebene Stelle in der Nähe des murmelnden Baches kamen, die von taunassem Gras bestanden war. Dabei erzählte ich ihm auch von meinen Überlegungen, und Fred stimmte erfreut zu.

„Giacomo wird glücklich sein, dass er den unheimlichen Wald schon morgen wieder verlassen kann", fügte er grinsend an.

Ich lächelte unergründlich und zog spielerisch an der Verschnürung seines Obergewandes.

„Ich hoffe nur, dass unser Vielfraß lange und fest schlafen wird!", erwiderte ich, ohne ihn aus den Augen zu lassen.

Endlich hatte auch Fred verstanden, was ich eigentlich mit meinem Vorschlag, der Italiener solle doch in unserem Zelt übernachten, bezweckt hatte. Er nahm mich in seine Arme und zog mich zu sich heran. Unsere Lippen trafen sich zu einem langen Kuss. Ich schloss meine Lider und gab mich dem betörenden Kribbeln in meinem Bauch hin, das seine liebkosende Zunge auszulösen begann. Bald lagen unsere Kleider überall auf dem Boden verstreut, und während wir eng umschlungen ins feuchte Gras sanken, verdrängte das unwiderstehliche Verlangen nach Zärtlichkeit in mir jede bewusste Wahrnehmung der nächtlichen Dunkelheit.

Wann hatten wir uns das letzte Mal geliebt? War es nicht in jener Nacht vor mehr als einem halben Jahr gewesen, bevor wir von Pui Tiens Verschwinden erfahren mussten?

Ich verbannte die flüchtige Erinnerung aus meinen Gedanken und konzentrierte mich ganz auf die wohlige Wärme seiner Hände, mit denen er meine schweißnasse Haut streichelte. Wie in Trance ließ ich mich von meiner eigenen Erregung treiben, genoss das berauschende Gefühl von absoluter Geborgenheit, das seine Berührungen hervorrief, und versank gleichsam in einem unendlichen Meer voller Glückseligkeit.

Irgendwann lag ich erschöpft in Freds Armen und blickte schweigend in den mit Sternen übersäten Himmel. Ich war noch immer völlig ergriffen und schmiegte mich eng an seine nackte Brust, während er sanft und gedankenverloren über mein Haar strich. Erst der ferne Schrei einer aufgescheuchten Eule holte uns in die Wirklichkeit zurück.

„Hast du es auch gespürt, Siang?", flüsterte Fred beinahe ehrfurchtsvoll. „Ich meine den unbegreiflichen Zauber dieser Nacht, Tjíng rén (Liebes)."

„Es war unsagbar schön, und ich möchte keine Sekunde davon missen", gab ich ebenso leise zurück. „Bitte, halt mich nur fest! Ich möchte für immer hier liegen bleiben und den Schlag deines Herzens hören."

Von den Bergen, die unser kleines Seitental umrahmten, strömte ein lauer Windhauch herab. Er strich unglaublich sacht über unsere Körper und trocknete die Haut. Unwillkürlich fuhr Freds Hand zärtlich über meine bloßen Schultern, und ich räkelte mich behaglich an seiner Seite. In dieser verbleibenden zeitlosen Stunde vor dem Morgengrauen dämmerten wir zwischen Schlaf und Erwachen dahin. Alle Probleme waren mit einem Mal in unerreichbare Ferne gerückt, und unter den vielstimmigen Lauten des beginnenden Gezwitschers der ersten emsigen Vögel schien die Sorge um unsere Tochter beinahe zu verblassen.

Doch als sich die ersten Sonnenstrahlen des neuen Tages in den Zweigen brachen, war es mit der himmlischen Ruhe vorbei. Ich blinzelte angestrengt gegen das einfallende helle Licht und verscheuchte genervt eine lästig brummende Fliege, die sich unbeeindruckt immer wieder aufs Neue auf meiner Nase niederließ. Unter dem schallenden Gelächter meines treu sorgenden Gatten stand ich auf und begab mich zum Bach. Schließlich erhob sich auch Fred umständlich aus unserem gräsernen nächtlichen Liebesnest und folgte mir müden Schrittes. Die Berührung mit dem eiskalten Wasser ließ mich frösteln, aber das gemeinsame erfrischende Bad weckte endgültig meine Lebensgeister. Danach hüllten wir uns beide in die bis dahin unbenutzten Decken und rieben uns gegenseitig trocken. Natürlich endete diese Prozedur mit einem innigen Kuss und wäre sicherlich auch wieder in weitergehende Intimitäten ausgeartet, wenn uns nicht ein lautes Knacken im Unterholz verschreckt und aus unserer Umarmung gerissen hätte.

Fred Hoppe

„Verdammt!", fluchte ich unterdrückt, während ich in aller Eile den Gürtel um mein Obergewand schloss. „Schwert und Kettenhemd sind natürlich im Zelt!"

Phei Siang berührte stumm meinen Arm und wies zur Lichtung, auf der sich unser Lager befand. Dort zerrten gerade zwei Söldner in eisenbeschlagenen Wamsen und kegelförmigen Helmen den kleinen Italiener zu der fast erkalteten Feuerstelle. Andere rissen derweil den hölzernen Spieß aus den Astgabeln und labten sich an den kümmerlichen Resten unseres abendlichen Mahls. Ich vernahm eine befehlsgewohnte Stimme. Gleich darauf packten die beiden Schergen den Venediger, drückten ihn zu Boden und pressten seinen Kopf brutal gegen die noch glimmenden Scheite. Giacomo schrie vor Schmerz laut auf, und seine gequälte Stimme hallte von den Bergen vielfach zurück. Wahrscheinlich wollte man ihn zwingen, ihnen zu verraten, wo Phei Siang und ich uns versteckt hielten.

Ich gab mich geschlagen und trat aus dem Dickicht. Sofort wurde ich von Söldnern umringt und an den Armen gepackt. Wenigstens ließen nun Giacomos Peiniger von dem kleinen Italiener ab. Dieser hockte sich auf die Knie und presste eine Hand auf seine verbrannte Wange.

„Herr, wo seid Ihr gewesen?", jammerte er. „Ihr wolltet doch auf die Gefahren Acht geben, die auf uns lau..."

Einer der Schergen schlug Giacomo mit der Faust ins Gesicht.

„Schweig, du hässliche Ausgeburt des Teufels!", fuhr er ihn dabei auf Sächsisch an.

Hinter mir vernahm ich ein Rascheln im Gebüsch. Phei Siang kam hervor und stellte sich demonstrativ neben mich.

„Da ist ja die fremdhäutige, schwarzhaarige Katze!", rief der Anführer der Söldner überrascht. „Lauf, Ulf, und sage den anderen, sie sollen die Suche abbrechen!"

Er deutete kurz auf Phei Siang, und zwei Schergen eilten zu ihr, um sie ebenfalls an den Armen zu packen.

„Rührt meine Gemahlin nicht an!", brüllte ich den Söldnern entgegen. „Was fällt Euch eigentlich ein, uns zu überfallen? Wir haben niemandem etwas getan!"

Der Anführer der Schergen kam auf mich zu und blieb kurz vor mir stehen. Phei Siang wurde zum Glück nicht weiter behelligt. Wenigstens hatte ich das mit meiner wütenden Beschwerde erreicht.

„Ihr seid ein Ritter, nicht wahr?", erkundigte sich der Söldnerführer in erstaunlich ruhigem Ton.

Ich nickte.

„So ist es! Mein Name ist Winfred, und ich stehe in Diensten eines mächtigen Khans aus den Steppen des Ostens. Er ist der Vater meiner Gemahlin, und mein Schild trägt sein heiliges Zeichen des Himmels."

„Und was führt Euch in die Wälder meines Herren, des Grafen von Altena-Nienbrügge?"

„Wir sind auf der Durchreise!", antwortete ich hoch erhobenen Hauptes.

„Wenn dem so ist, warum habt Ihr dann den Handelspfad nach Köln verlassen und seid in diese Berge gezogen? Mein Herr kann nicht zulassen, dass ein fremder Ritter in seinem Gebiet umherzieht, wie es ihm passt!"

„Wir waren müde von der Reise und haben einen Platz für die Nacht gesucht!", log ich dreist. „Dabei haben wir uns wohl verirrt."

Ich konnte meinem Gegenüber direkt ansehen, dass er mir nicht glaubte. Andererseits musste er mittlerweile festgestellt haben, dass wir ohne Gefolge reisten und eigentlich keine Gefahr darstellen konnten. Schließlich waren die Zeiten des Bürgerkriegs um die Krone vorbei. Der Hauptmann wiegte unschlüssig den Kopf.

„Wir werden Euch und Eure Gemahlin sowie diesen Geldwechsler, der Euer einziger Begleiter zu sein scheint, zu meinem Herrn führen!", teilte er mir schließlich mit. „Dieser mag dann entscheiden, was mit Euch geschieht."

Ich versuchte, den Griff der Schergen um meine Arme abzuschütteln, was mir aber nicht auf Anhieb gelang.

„Ich werde Euch fesseln lassen!", sagte der Hauptmann. „Euer Zelt und Eure Waffen nehmen wir ebenfalls mit."

Die beiden Soldaten neben Phei Siang deuteten die Entscheidung ihres Anführers als Aufforderung, diese nun doch ebenfalls zu ergreifen. Bevor ich lauthals dagegen protestieren konnte, hatte sich Siang blitzschnell geduckt, so dass die Schergen ins Leere griffen, und war zwischen deren Beinen hindurchgeschlüpft. Der winzige Augenblick der totalen Überraschung genügte auch mir, um mit einer heftigen Bewegung der Ellenbogen meine Bewacher zur Seite zu stoßen. Unterdessen hechtete Phei Siang auf den Hauptmann der Söldner zu, zückte noch im Laufen den schmalen spitzen Dolch und drückte dem verdutzten Mann die Waffe an die Kehle. Mit zwei Schritten war ich bei ihr, um den erschrockenen Anführer zu packen.

„Besser, du befiehlst deinen Leuten, jetzt keine Dummheiten zu machen!", riet ich dem Söldneranführer mit schneidender Stimme.

Ich warf Phei Siang einen dankbaren Blick zu, denn durch ihre spontane Aktion hatte sich unsere Situation mit einem Schlag entscheidend verbessert. Allerdings war ich mir schon darüber im Klaren, dass wir letztlich keine Chance gegen diese Übermacht haben würden. Zudem befand sich praktisch meine gesamte Ausrüstung noch immer im Zelt, und ohne das Schwert des Zwerges wäre ich sicherlich nicht mehr lange in der Lage, die Söldnertruppe hinzuhalten. Also mussten wir schnell eine Lösung finden, die auch für den Hauptmann der Schergen akzeptabel sein konnte. Denn falls die Gefahr bestand, dass wir entkamen, würde ihn bestimmt die Angst vor den Konsequenzen, die er von seinem Herrn zu befürchten hatte, dazu verleiten, doch noch den Befehl zum Angriff auf uns zu geben. Im Augenblick standen die Soldaten jedenfalls noch vor Schreck wie erstarrt da und wussten nicht, wie sie sich verhalten sollten, und das musste ich einfach ausnutzen.

„Bleibt vorerst, wo ihr seid!", brachte der Hauptmann gurgelnd hervor.

Ich drehte dem Söldnerführer mit einem Ruck die rechte Hand auf den Rücken, um den Mann besser in der Gewalt zu haben. Danach bewegten Phei Siang und ich uns langsam mit unserer Geisel rückwärts auf das Zelt zu. Wir mussten uns jetzt beeilen, denn spätestens, wenn dieser Ulf mit dem Rest der Truppe aus dem Wald trat, würde die Situation eskalieren.

Phei Siang hatte dies natürlich längst erkannt. Geschwind drückte sie mir den Dolch in die Hand. Danach huschte sie behände in das Zelt und trat mit meinem Wehrgehänge heraus. Dadurch war schon einiges gewonnen, und ich konnte den Söldnern nun meinen Vorschlag unterbreiten.

„Hört her!", rief ich den Schergen zu. „Ich sehe kein Problem darin, euch zu eurem Herrn zu begleiten! Allerdings werden wir das nicht als eure Gefangenen tun! Ein Ritter, der seine Gemahlin beschützen muss, kann schließlich nicht zulassen, dass man ihn wie einen gemeinen Dieb in Fesseln vorführt, das werdet ihr wohl einsehen. Wir werden daher als freie Edelleute der Einladung eures Grafen Folge leisten. Nun, was sagt ihr dazu?"

Der Hauptmann schluckte mehrmals und schwieg, während seine Leute auf ein eindeutiges Zeichen warteten. Ich verstärkte den Druck des Dolches an seiner Kehle, denn er sollte schon spüren, dass ich fest entschlossen war.

„Ihr habt mich vielleicht nicht richtig verstanden!", fuhr ich fort. „Ihr müsst eurem Herrn nicht erzählen, dass ihr von einer Frau überrumpelt worden seid, und ich werde es ihm auch nicht verraten. Ihr habt uns hier angetroffen und festgestellt, dass wir von edlem Geblüt sind und keine bösen Absichten gegen den Grafen hegen. Daraufhin habt ihr uns gebeten, euch zu eurem Herrn zu begleiten, und wir haben uns damit einverstanden erklärt. Nichts anderes wird euer Herr aus unserem Munde erfahren."

Diesmal fand der Hauptmann seine Sprache wieder:

„Legt eure Waffen nieder! Wir geleiten den fremden Ritter und seine Gemahlin zu unserem Quartier!"

„Ein kluger Entschluss!", bestätigte ich und ließ den Hauptmann frei.

Im gleichen Augenblick warf mir Phei Siang das Wehrgehänge zu. Der Anführer der Söldnergruppe fasste sich an
den Hals und schüttelte sich. Dann gab er dem Schergen
neben Giacomo ein Zeichen, und der Mann half unserem
Begleiter auf.

„Gebt mir Euer Wort, Ritter Winfred!", brummte der
Hauptmann gequält.

„Das hast du bereits!", entgegnete ich, während ich das
Wehrgehänge samt Schwert in die Armbeuge nahm.

Unterdessen führte Phei Siang unsere Pferde heran. Ich
wandte mich ab und ging ihr entgegen. Plötzlich vernahm
ich hinter mir das Geräusch eines dumpfen Schlages, gefolgt von einem schrillen Aufschrei, und fuhr herum, das
blanke Schwert des Zwerges bereits in der Hand. Der Söldner neben Giacomo lag auf dem Boden und hielt sich die
blutende Nase.

„Das musste sein, Herr!", beteuerte der Italiener entschuldigend. „Niemand nennt mich ungestraft eine hässliche
Ausgeburt des Teufels!"

Leng Phei Siang

„Du spielst mit ziemlich hohem Einsatz, das ist dir bewusst, ja?", raunte ich Fred auf Hochdeutsch zu, als wir
inmitten des Trupps von etwa zwanzig Söldnern die sumpfi-
ge Talaue der Ennepe durchquerten.

„Zumindest dürfen wir das dank deines mutigen Einsatzes
ohne Fesseln tun", gab mein treusorgender Gatte lächelnd
zurück. „Aber im Ernst, auf diese Weise können wir viel
einfacher feststellen, ob Arnold und sein Sohn Everhard
wirklich außer Landes sind."

„Also glaubst du auch, dass man uns zur Isenburg bringen wird!", konkretisierte ich meine Befürchtung. „Was ist,
wenn wir dort Leuten begegnen, die uns in 15 Jahren wiedererkennen werden?"

Fred maß mich einen Moment lang mit einem geradezu
schelmischen Blick.

„Was ist daran so komisch?", hakte ich nach.

„Gar nichts", entgegnete er schmunzelnd. „Aber ich könnte jetzt das gleiche Argument anführen, das du gegen meine Befürchtungen wegen eines möglichen Zusammentref-

fens von Pui Tien und Sligachan vorgebracht hast: Da wir wissen, dass sich auf der Isenburg in 15 Jahren niemand an uns erinnern wird, können wir dort auch jetzt keinen Menschen antreffen, der dann noch da ist!"

„Du bist unmöglich, Fred!"

„Mag sein, aber um dich zu beruhigen: Ich glaube nicht, dass man uns zur Isenburg bringen wird!"

„Wie kommst du jetzt darauf?"

„Na ja, ist dir nicht auch aufgefallen, dass der Hauptmann seinen Leuten befohlen hat, uns zu ihrem ‚Quartier' zu geleiten? Wenn damit die Isenburg gemeint wäre, hätte er das bestimmt auch gesagt. Außerdem, schau dich doch mal um! Wir haben gerade die Ennepe überquert und schicken uns an, in nordöstlicher Richtung nach Herdecke zu ziehen. Die Isenburg liegt aber im Nordwesten. Warum sollten wir einen derartigen Umweg machen, wenn man sie doch über Haßlinghausen und Hattingen viel schneller erreichen kann?"

Überrascht stellte ich fest, dass Fred offenbar mit seiner Vermutung recht hatte, denn der Hauptmann führte uns tatsächlich auf dem alten Handelspfad ins Ruhrtal hinab. Allerdings stellte sich dann die Frage, wo sich dieses ominöse Quartier, von dem er gesprochen hatte, denn nun befinden würde.

„Ich habe da so eine Ahnung", bekannte Fred, nachdem ich ihm meine Überlegung mitgeteilt hatte. „Aber viel mehr würde mich noch interessieren, wer dort, wo immer es auch sein sollte, das Sagen hat."

„Du meinst, es ist irgend ein Edelherr, der im Auftrag von Arnold und Everhard über diesen Abschnitt ihrer Ländereien wacht", schloss ich daraus.

„Genau! Wie hätte es anders möglich sein können, dass die Häscher so schnell aufgetaucht sind, wo wir doch selbst erst gestern die Wälder an der Ennepe betreten haben?"

„Die Bauern von Wehringhausen haben uns gesehen und dies ihrem Grundherren gemeldet, nicht wahr?"

„Sicher! Aber wenn sie dafür bis zur Isenburg hätten laufen müssen, wären wir längst verschwunden gewesen."

Ich wurde blass.

„Nein!", brachte ich erschrocken hervor. „Du denkst doch wohl nicht ausgerechnet an den Kastellan von Wetter?"

„An wen sonst, Siang? Auf jeden Fall möchte ich gerade diesem Ritter in Graf Arnolds Diensten nicht gefesselt gegenüberstehen!"

Mit ziemlich gemischten Gefühlen dachte ich an unsere erste Begegnung mit dem Kastellan auf der Meininghauser Höhe zurück, die wir wirklich nur mit einer gehörigen Portion Glück überlebt hatten. Es war gleich nach unserer Versetzung in diese Epoche geschehen, als wir praktisch von einem Augenblick auf den anderen völlig ahnungslos und unvorbereitet zwischen die Fronten des unseligen Bürgerkriegs geraten waren. Schon allein die bloße Erinnerung an die plötzliche Konfrontation mit dem welfischen Kriegshaufen jagte mir einen kalten Schauder über den Rücken. Unwillkürlich bildete ich mir ein, dicht hinter mir wieder das prustende Schnauben des Pferdes zu hören, auf dem der Kastellan herangeprescht war, um seinen an einer Kette befestigten Morgenstern auf uns herabsausen zu lassen. Im letzten Moment hatte Fred mich zur Seite gestoßen und war dabei von den eisernen Dornen am Arm verletzt worden.

Danach hatten wir den Ritter noch einmal am Goldberg getroffen, kurz vor unserem fehlgeschlagenen Sprung durch die Zeit. Und auch dort wären wir sicher ohne die Unterstützung von Pui Tiens geheimnisvollen Kräften nicht so glimpflich davongekommen…

„Vielleicht hat er uns längst vergessen, Siang!", riss mich Freds besorgt klingende Stimme aus meinen Gedanken. „Immerhin sind für die Menschen in dieser Epoche inzwischen fünf Jahre vergangen."

Fred Hoppe

Natürlich waren die Umstände, unter denen wir uns nun anschickten, unserem einstigen Gegenspieler noch einmal zu begegnen, nicht mit denen des vergangenen Bürgerkrieges zu vergleichen. Doch als wir tatsächlich nach Durchquerung der Ruhrfurt bei Herdecke auf den schmalen Pfad am rechten Ufer des Flusses abbogen, ertappte ich mich einige Male dabei, wie meine Hand automatisch zum Schwertgriff fuhr. Schon bald aber erforderte der immer schmaler werdende Pfad unter den steil abfallenden Felsen unsere ganze Aufmerksamkeit, so dass mir keine Zeit mehr blieb, weiter über die mögliche Reaktion des Kastellans auf unser unverhofftes Wiedersehen zu grübeln.

Unterdessen waren auf der anderen Talseite die massigen Mauern der Burg Volmarstein in unser Blickfeld gerückt, und ich begann mich zu fragen, in welchem Verhältnis wohl dieser Außenposten der Kölner Kurie jetzt nach Beendigung des Thronstreits zu Graf Arnold und dessen Vasallen stehen mochte.

Plötzlich wurde ich durch das Geräusch von dumpfen Hammerschlägen aus meinen Überlegungen gerissen. Verwundert schaute ich auf und versuchte, durch das dichte Blätterdach der Bäume am Hang über uns irgendetwas auszumachen, was mir allerdings nicht gelang. Da jedoch weder der Hauptmann noch die übrigen Söldner davon Notiz nahmen, schienen diese wohl genau zu wissen, was dort oben vorging. Demnach musste das, was da über unseren Köpfen gebaut oder gezimmert wurde, mit jenem ominösen „Quartier" zusammenhängen.

Natürlich hatte ich mir schon meine Gedanken darüber gemacht, wie die Heimstatt des Kastellans wohl aussehen würde. Da ich ja schließlich von unseren vorherigen Abenteuern praktisch aus eigener Anschauung wusste, dass die meisten Angehörigen des niederen Dienstadels keine eigenen Burgen besaßen, sondern entweder direkt am Sitz ihres Lehnsherren wohnten oder selbst nicht viel mehr als einen Bauernhof besaßen, rechnete ich eigentlich nicht damit, in der Ortschaft Wetter mehr als ein paar Gehöfte vorzufinden. Doch als wir nach der nächsten Biegung den zur Ruhr abfallenden Hang betraten, wurde ich gleich eines Besseren belehrt. Innerhalb eines verhältnismäßig großen Palisadenrings stand auf einer felsigen Anhöhe ein beachtlicher hölzerner Turm, dessen untere Hälfte bereits fast vollständig von Mauerwerk umkleidet war. Mindestens zwei Dutzend emsige Steinmetze, etliche andere Handwerker und Fronarbeiter waren damit beschäftigt, den befestigten Platz zu einem Wehrhof auszubauen. Allerdings blieb mir nicht viel Zeit, mich von meiner Überraschung zu erholen, denn nach einem durchdringenden Hornsignal wurde das Tor in den Palisaden geöffnet, und eine berittene Schar Bewaffneter kam uns entgegen. Deren Anführer war eine hochgewachsene Gestalt in Kettenhemd und rotem Waffenrock. Das Gesicht des Mannes wurde vom breiten Nasenschutz seines Helms verdeckt, aber ich wusste auch so, wen wir da vor uns hatten, denn die eigenartige Form der kerbartigen Verzierung am Holzgriff seines Morgensterns war seit jenem denkwürdigen Tag auf Meininghausen unauslöschlich in meinem Gedächtnis verankert.

Ich wartete nicht ab, bis der Hauptmann seinen Bericht beendet hatte, sondern brachte mein Pferd direkt vor dem Kastellan zum Stehen. Phei Siang rückte umgehend an meine Seite vor. Der Ritter schaute auf und seine rechte Hand umklammerte unwillkürlich den Griff der gefährlichen Schlagwaffe. Von der plötzlichen Bewegung verunsichert, schnaubte sein Pferd und wich erschrocken zurück. Doch der Kastellan hatte sich bereits wieder gefasst und zügelte sein Reittier mit einem energischen Ruck. Entschlossen nahm er den Helm ab und reichte ihn dem verdutzten Hauptmann.

„Ich hätte wirklich nicht gedacht, Euch noch einmal wiederzusehen, Kreuzfahrer!", entfuhr es dem Kastellan statt einer Begrüßung.

Seine Augen hefteten sich förmlich an die Konturen des chinesischen Himmelszeichens auf meinem Waffenrock, um danach mit süffisanter Stimme anzumerken:

„Welch geheimnisvolle Mission führt Euch und Eure Gemahlin diesmal in das Land meines Lehnsherrn?"

„Sicherlich keine, die Euch oder gar dem Grafen von Altena-Nienbrügge irgendeinen Schaden zufügen wird", antwortete ich lächelnd, während ich abstieg und Phei Siang die Zügel meines Pferdes übergab.

Da Schild und Wehrgehänge am Sattelbaum befestigt waren, stand ich dem Kastellan nun waffenlos gegenüber und hoffte, er würde die deutliche Geste richtig verstehen. Tatsächlich hatte ich mich nicht getäuscht, denn der einstige Gegner aus unseren ersten Tagen in dieser Epoche sprang ebenfalls von seinem Streitross und reichte mir die Hand. Unter den verblüfften Blicken des Hauptmanns verbeugte sich der Kastellan mit einer ausholenden Geste vor Phei Siang und geleitete uns anschließend in den Wehrhof.

Leng Phei Siang

Von der früheren Feindschaft zwischen uns und dem Kastellan war nichts mehr zu spüren, und unsere zuvor gehegten diesbezüglichen Befürchtungen lösten sich in Wohlgefallen auf. Allerdings war Edelherr Bruno von Wetter beileibe kein Dummkopf, und so drängte er natürlich schon bald darauf zu erfahren, was uns nun wirklich in diese Gegend verschlagen hätte. Als wir mit ihm allein bei einem Becher Wein in seinem großen Turnierzelt am Tisch saßen, kam er gleich und ohne Umschweife zur Sache.

„Meinem Hauptmann könnt Ihr vielleicht Eure Geschichte von den verirrten Durchreisenden auftischen", meinte der Kastellan mit einem verschmitzten Lächeln. „Ich aber, mit Verlaub, Graf Winfred, glaube Euch kein Wort."

Fred setzte eine entrüstete Miene auf, doch Bruno von Wetter quittierte dessen unausgesprochenen Protest nur mit einer abschätzigen Handbewegung.

„Schon vor fünf Jahren habt Ihr mir am Goldberg ein Märchen über Eure Herkunft erzählt", fuhr er ungerührt fort. „Außerdem habe ich die unheimlichen Zauberkräfte der jungen Schwester Eurer Gemahlin nicht vergessen, und ich kann mich noch gut daran erinnern, dass die Ältesten unter den Bauern glaubten, in dem Mädchen die geheimnisvolle Hexe Snäiwitteken wiederzuerkennen. Damals wollte ich all diesen seltsamen Umständen keine Bedeutung zumessen. Wie sollte es auch möglich sein, dass jene Hexe noch genauso aussehen konnte wie zu deren Jugendtagen. Doch inzwischen habe ich viel über die Rätsel jener Zeit nachgedacht, und heute erscheint Ihr hier mit Eurer Gemahlin, ohne dass man auch nur die Spur einer Veränderung in Euren Gesichtern erkennen kann. Daher glaube ich nun, dass ich ein Recht habe, die Wahrheit zu erfahren, auch wenn sie mir noch so unglaublich erscheinen mag."

„Nun ja", begann Fred zögernd. „Vielleicht spielt Euch die Erinnerung ja auch nur vor, dass wir nicht gealtert wären…"

„Ihr seht das schon ganz richtig, Bruno von Wetter!", unterbrach ich meinen ritterlichen Helden, bevor er seine Lügengeschichte weiter entfalten konnte. „Für meinen Gemahl und mich sind nämlich seit unserer Begegnung am Goldberg nur wenige Wochen vergangen!"

Fred starrte mich mit weit aufgerissenen Augen an, doch ich war überzeugt, dass uns hier nur die nackte Wahrheit weiterhelfen konnte. Entgegen allen zuvor gehegten Befürchtungen hatte sich unser einstiger Gegenspieler als offen, ehrlich und wohlwollend erwiesen. Damit war er in meinen Augen zu einem möglichen Freund und Helfer geworden, den wir in der verzwickten Situation, in der Fred und ich uns nun mal befanden, dringend benötigten. Für mich stand einfach fest, dass wir ohne das Vertrauen und die Unterstützung des einflussreichen Statthalters des Grafen von Altena-Nienbrügge niemals das Bündel mit dem sogenannten „Allerheiligsten" aufspüren würden. Das sah auch mein Gemahl schließlich ein, als ich ihm meine Überlegungen mitteilte.

Und so kam es, dass wir in den folgenden Stunden den Ritter von Wetter sowohl in das Geheimnis unserer Herkunft einweihten als auch über den wahren Grund unserer Anwesenheit informierten. Danach benötigte unser neuer Freund allerdings einige Zeit, das Gehörte zu verarbeiten.

„Ich danke Euch für Eure Offenheit, Winfred und Phei Siang!", bekannte er schließlich. „Allerdings muss ich zugeben, dass alles, was Ihr mir erzählt habt, noch viel unglaublicher erscheint, als ich es jemals zu träumen gewagt hätte. Und doch verstehe ich erst jetzt den ganzen Zusammenhang. Insofern bedaure ich aufrichtig, dass uns bei unserer ersten Begegnung die Umstände zu Feinden gemacht haben."

„Ihr hättet damals nicht anders handeln können, Bruno!", betonte Fred eindringlich. „Ihr hattet den Auftrag, das Bergwerk zu schützen, und wir mussten versuchen, die Hüter des Berges zu retten. Letztlich ist es weder Euch noch uns gelungen, diese Ziele zu erreichen."

Bruno von Wetter schwieg eine Weile lang betroffen.

„Und es ist wirklich wahr, dass Ihr jetzt nicht in Eure eigene Zeit heimkehren könnt, weil einer von Graf Everhards Söldnern Eurer Tochter diesen Reif gestohlen hat?", hob er danach wieder an.

„So ist es!", bestätigte Fred. „Habt Ihr das Schmuckstück vielleicht irgendwann gesehen?"

Bruno von Wetter schüttelte den Kopf.

„Nein, über den Verbleib des Reifs kann ich Euch leider gar nichts berichten", entgegnete er nachdenklich. „Aber jenes Bündel, das Ihr mir beschrieben habt, ist tatsächlich eine Zeitlang in der Isenburg aufbewahrt worden."

Fred Hoppe

Die Überraschung stand Phei Siang und mir ins Gesicht geschrieben, und ich konnte mich des Gefühls nicht erweh-

179

ren, dass Ritter Bruno dies weidlich auskostete. Immerhin hatten wir wahrscheinlich gerade eben sein eigenes Weltbild in den Grundfesten erschüttert, und so schien es ihm nun eine gewisse Genugtuung zu verschaffen, mit seiner lapidaren Mitteilung wiederum uns völlig zu verblüffen.

„Vergebt mir, aber ich selbst halte nicht viel von den Ansichten der Katharer", räumte er lächelnd ein. „Als wir damals das Bündel mit deren heiligen Schriften zusammen mit den beiden gefangenen Altvorderen auf die Burg meines Lehnsherrn brachten, war Graf Arnold und allen seinen Ministerialen natürlich sofort klar gewesen, was für ein gefährliches Machwerk uns der Zufall da in die Hände gespielt hatte, auch wenn kein Schriftkundiger in der Lage war, die geheimnisvollen Zeichen zu entziffern. Da aber die Anhänger jener Glaubensgemeinschaft schon in dieser Zeit der Häresie verdächtigt wurden, befürworteten alle Gefolgsleute des Grafen den Vorschlag, das Bündel so schnell wie möglich einem Legaten seiner Heiligkeit zu übergeben. Andernfalls hätte es sonst leicht heißen können, dass der Graf von Altena-Nienbrügge ein Unterstützer der Katharer sei. Doch wie Ihr wisst, herrschte damals Krieg, und der Bruder unseres Herrn, der als Erzbischof von Köln der nächste erreichbare Vertreter seiner Heiligkeit gewesen wäre, hatte die Seiten gewechselt und unseren obersten Lehnsherrn, König Otto, verraten."

„Wie konntet Ihr denn überhaupt sicher sein, dass jenes Bündel den Katharern gehörte, wenn niemand in der Lage war, in den Schriften zu lesen?", hakte Phei Siang nach. „Außerdem standen doch die Altvorderen, aus deren Höhle es die Söldner des Grafen gestohlen hatten, bestimmt nicht im Verdacht, mit der geheimen Kirche in Kontakt zu stehen."

„Oh, da gab es für uns keinen Zweifel, Prinzessin!", erwiderte Bruno von Wetter bestimmt. „Es enthielt schließlich ihre Symbole! Zudem wussten wir ja, dass sich der vom Bergwerk entflohene Priester dieser Gemeinschaft bei den Leuten vom kleinwüchsigen Volk in der Klutert versteckt hielt. Allerdings haben unsere Leute den fremden Mann dort nicht mehr angetroffen, als sie den greisen Zwerg und seinen jungen Enkel überwältigten."

„Nun gut, das deckt sich mit dem, was man uns berichtet hat", resümierte ich ungeduldig. „Aber was ist denn nun weiter mit dem Bündel geschehen?"

„Nun ja!", meinte Ritter Bruno schmunzelnd. „Hier kommt Ihr beide ins Spiel, Graf Winfred und Prinzessin Phei Siang. Zumindest weiß ich das heute ganz sicher, weil Ihr es mir selbst gesagt habt. Damals aber waren Graf Arnold und seine Gefolgsleute sehr entsetzt und wie vor den Kopf geschlagen, als es Euch und Eurer Tochter gelang, die beiden Altvorderen aus der Isenburg zu befreien. Für uns alle konnte so etwas nicht mit rechten Dingen zugegangen sein. Schließlich galt die Burg bis dahin als uneinnehmbar. Wir mussten befürchten, dass so etwas noch einmal geschehen würde und auch das Bündel geraubt werden könnte. Daher brachte Graf Everhard dieses gleich am nächsten Tag zum Kloster Werden und ließ es dort in der Obhut des Abtes."

„Ihr selbst habt Euch aber schon bald Eure eigenen Gedanken über den Vorfall gemacht", vermutete Phei Siang.

„Ganz richtig, Prinzessin!", fuhr Ritter Bruno fort. „Ich war zwar nicht zugegen, als Ihr mit Eurer Tochter und Eurem Gemahl in die Isenburg eingedrungen seid, aber von den Bediensteten unseres Herrn erfuhr ich natürlich von der fremdhäutigen jungen Frau mit den langen schwarzen Haaren, die Graf Arnold so verhext hätte, dass er die Flüchtenden entkommen ließ. Bei unserer späteren Begegnung am Goldberg habe ich schon geahnt, dass Ihr für all diese unerklärlichen Dinge verantwortlich gewesen seid."

„Aber warum habt Ihr uns trotzdem ziehen lassen?", erkundigte sich Phei Siang erstaunt.

„Seht Ihr, das ist nicht so einfach zu erklären, Prinzessin!", entgegnete der Edelherr von Wetter zögernd. „Immerhin wurde durch Euer Eingreifen geklärt, wer den Standort des Bergwerkes wirklich an die Staufer verraten hatte, denn wir waren schließlich gerade im Begriff, einen Unschuldigen dafür zu bestrafen. Das und…, ja, ich gebe es zu, mein eigenes Gefühl sagten mir, dass Ihr keine schlechten Menschen seid. Es waren der Krieg und die Umstände, die er mit sich brachte, die uns alle zwangen, entgegen den ritterlichen Tugenden grausam und ungerecht zu handeln. Ihr habt mir, wenn Ihr so wollt, die Augen geöffnet, da konnte ich einfach nicht länger Euer Feind sein."

Phei Siang und ich schwiegen eine Weile ergriffen, doch dann hielt ich es nicht mehr länger aus:

„Dürfen wir, da wir nun Freunde sind, trotz Eurer Abneigung gegen die Katharer damit rechnen, dass Ihr uns helft, in den Besitz des Bündels zu gelangen?"

181

Leng Phei Siang

Ich gebe zu, es bereitete mir schon ein köstliches Vergnügen, den armen Giacomo derart aus der Haut fahren zu sehen. Ich musste mich ständig abwenden, damit er zu allem Übel nicht auch noch mitbekam, wie ich über sein gespreiztes Gezeter lachen musste. Der kleine Venediger war puterrot angelaufen und sprang beinahe wie ein Gummiball immer wieder auf und ab, während er Fred und Ritter Bruno praktisch ohne Unterlass mit dem ganzen Sammelsurium von lautstarken Flüchen bedachte, die seine ausdrucksreiche italienische Sprache zu bieten hatte. Da die beiden Angesprochenen sich zu keiner Erwiderung herabließen und stattdessen nur mit unbewegten, ja fast versteinerten Mienen seinen verbalen Ausbruch beobachteten, beruhigte sich unser Gefährte allmählich wieder und schaute schließlich mich mit einem geradezu herzerweichenden, flehenden Blick an.

„Prinzessin, Ihr dürft das nicht zulassen!", jammerte Giacomo weinerlich. „Was Euer Gemahl und dieser grausame Edelherr von Wetter da von mir verlangen, ist nicht mehr und nicht weniger als der Verrat an allen meinen Glaubensgrundsätzen. Die Katharer werden mich verstoßen und keines Blickes mehr würdigen, wenn ich mit dem Satan in Menschengestalt gemeinsame Sache machen soll!"

„Das ist Unsinn, Giacomo!", entgegnete ich ungerührt. „Du sollst lediglich für ein paar Stunden einen Legaten seiner Heiligkeit spielen und nicht wirklich die Seiten wechseln."

„Das ist es ja gerade! Habt doch ein Einsehen, Prinzessin! Der Abt wird verlangen, dass wir gemeinsam die heilige Jungfrau anbeten, und das kann ich nun einfach nicht tun!"

„Ich wüsste nicht, dass du ein ‚Vollkommener' bist, Giacomo", beschied ich ihm lächelnd, „denn wenn das der Fall wäre, hättest du wohl auch kein Fleisch essen dürfen!"

Der Venediger wurde rot und senkte beschämt den Kopf. Offenbar hatte ich hier einen besonders wunden Punkt erwischt. Natürlich würde ich nicht so schnell vergessen, wie unser kleinwüchsiger Gefährte an jenem denkwürdigen Abend fast unseren gesamten Fleischvorrat auf einmal verputzt hatte.

„Ich weiß nicht, was du willst", fuhr ich mit milder Stimme fort. „Du verkleidest und verstellst dich doch ständig, wenn du als Banchieri durch das Reich ziehst, um den verstreuten Gemeinschaften eures Glaubens Botschaften zu bringen."

„Ich bin ein Banchieri!", begehrte Giacomo auf.

„Dann kannst du auch einen Legaten des Papstes spielen!", konterte ich unerbittlich.

„Sieh doch, wer sollte es denn sonst tun?", warf Fred ein. „Wir haben keine Urkunde oder ein Empfehlungsschreiben, das wir dem Abt von Werden vorlegen können. Aber du stammst wenigstens aus dem Teil des Reiches, in dem Papst Innozenz residiert. Wenn du forsch genug auftrittst, wird man dir die Rolle auch ohne Nachweis abkaufen."

„Falls du glaubst, deine Überzeugung zu verraten, dann denk mal darüber nach, was ich zu tun bereit bin", ergänzte Ritter Bruno mit einem bitteren Klang in der Stimme. „Meine eigenen Lehnsherren ziehen mit den Kreuzfahrern gegen deine französischen Brüder, und ich selbst bin gewiss auch kein Anhänger der Katharer. Trotzdem helfe ich meinen Freunden, damit sie euer ‚Allerheiligstes' zu seinem Bestimmungsort bringen können."

Fred und ich warfen uns nach dieser überraschenden Eröffnung einen bezeichnenden Blick zu. Also hatten wir mit unserer Vermutung richtig gelegen, dass Graf Arnold und sein Sohn Everhard am Krieg in Südfrankreich beteiligt waren. Damit wuchs natürlich die Wahrscheinlichkeit, dass sich Deirdres Reif ebenfalls dort befand. Und wo der war, mussten nach unseren eigenen Schlussfolgerungen auch Pui Tien und Didi gestrandet sein. Wieder einmal passte alles zusammen, denn schließlich würde uns der Auftrag der Bettelmönche genau in jene Region führen. Diese Erkenntnis beschäftigte mich so sehr, dass ich dem weiteren Verlauf des vordergründigen Disputes mit Giacomo keinerlei Beachtung mehr schenkte.

Fred Hoppe

Giacomo gab sich schließlich geschlagen und stimmte endlich zu, bei dem bevorstehenden Unternehmen einen Legaten des Papstes zu mimen. Tatsächlich konnte ich mich im Nachhinein des Eindrucks nicht erwehren, dass er sich eigentlich nur der Form halber gesträubt hatte, diesen

Part zu übernehmen. Denn während der folgenden Stunden, in denen wir unser Vorgehen bei dem beabsichtigten Raub des Bündels aus dem Kloster genauer planten, schien er an seiner Rolle immer mehr Gefallen zu finden. Wahrscheinlich hatte er gegenüber der Gemeinschaft seiner katharischen Glaubensbrüder nur das Gesicht wahren wollen, und ich begann allmählich zu begreifen, dass eine solche Handlungsweise beileibe nicht nur auf Menschen asiatischer Herkunft beschränkt war.

Natürlich hing der Erfolg des gewagten Unternehmens vor allem davon ab, ob man uns Giacomos vorgebliche Identität auch abkaufte, sonst würden wir wohl nicht einmal den Hauch einer Chance bekommen, überhaupt in das Kloster Werden hineinzugelangen. Da wir schließlich weder über ein Beglaubigungsschreiben seiner Heiligkeit verfügten noch die entsprechenden purpurnen Gewänder eines hohen geistlichen Würdenträgers auftreiben konnten, mussten wir schon sehr überzeugend auftreten. Daher waren wir ziemlich schnell darauf verfallen, wenigstens mit einem angemessenen Transportmittel vor den Mauern der kleinen Klosterstadt Werden aufzukreuzen. Und was lag näher, als dafür eines der unter dem Befehl des Edelherrn von Wetter stehenden Schiffe zu benutzen? Immerhin stand unser künftiges Statussymbol, das kurzerhand mit dem päpstlichen Emblem auf dem Wimpel des Einmasters ausgestattet wurde, selbst den gängigen Schiffen auf dem Rhein in nichts nach. Mit diesem recht repräsentativen Segler mussten wir lediglich flussabwärts fahren und vor der Ruhrbrücke in Werden vor Anker gehen. Anschließend würde unser kleiner Venediger in möglichst würdevoller Pose in meiner Begleitung vor die Klostermauer ziehen und im Namen seiner Heiligkeit die Übergabe des Bündels verlangen.

Auch für jenen heiklen Akt hatten wir uns eine besondere Geschichte ausgedacht: Papst Innozenz beabsichtige, zur Krönungsfeier des neuen römischen Kaisers das Heiligtum der bis dahin sicherlich besiegten Häretiker präsentieren und öffentlich verbrennen zu wollen. Um Giacomos Glaubhaftigkeit trotz Fehlens geistlicher Gewänder zu untermauern, sollte sich der kleine Venediger als „Giacomo de Segni, Conte de la Campagna" ausgeben und somit in aller Frechheit behaupten, ein naher Verwandter des Papstes zu sein, während ich selbst als dessen ritterlicher Begleiter für den Schutz der hochgestellten Persönlichkeit zu sorgen hatte.

Phei Siangs Rolle in unserem Plan würde indes die einer exotischen Prinzessin sein, die mit der päpstlichen Gesandtschaft nach Rom reisen wollte, um dem Oberhaupt der Christenheit eine wichtige Botschaft des geheimnisumwitterten Priesterkönigs Johannes zu überbringen. Jenes zusätzliche haarsträubende Märchen hatte ich extra mit eingebracht, weil ich wusste, dass gerade kirchliche Kreise in dieser Epoche bedingungslos an die Existenz des ominösen Priesterkönigs aus den asiatischen Steppen glaubten, weil sie sich von ihm Hilfe gegen die ungläubigen Sarazenen erhofften.

Unser neuer Freund, der Edelherr von Wetter, wollte uns zwar begleiten und kraft seiner Autorität durch die Kontrollen unterhalb der Isenburg schleusen, sich aber ansonsten auf dem Boot verborgen halten, weil schließlich bekannt sei, dass er hier vor Ort einen Wehrhof gegen die Volmarsteiner errichten sollte und daher nicht abkömmlich sein dürfe.

Natürlich hatte ich eigentlich von unserem neuen Freund ein wenig mehr erwartet und vermochte kaum meine Enttäuschung über dessen vornehme Zurückhaltung zu verbergen. Andererseits verstand ich sehr wohl, dass Bruno von Wetter kein unnötiges Risiko eingehen wollte. Immerhin musste er sich später bestimmt gegenüber seinem Lehnsherrn rechtfertigen, wenn wir bereits mit dem gestohlenen „Allerheiligsten" der Katharer über alle Berge waren. Denn eines war klar: Sobald herauskam, dass wir den Werdener Abt in übelster Weise gelinkt hatten, um in den Besitz des kostbaren Bündels zu kommen, würde man uns überall im Reich gnadenlos verfolgen.

Trotzdem brach in mir das alte Misstrauen wieder auf, das ich dem Ritter seit unserer ersten, für mich nicht gerade vorteilhaften Begegnung mit ihm noch bis vor kurzem entgegengebracht hatte. Daher wollte ich wenigstens wissen, warum er denn darauf bestehen müsse, dass seine Abwesenheit vom Wehrhof nicht bekannt werden solle.

„Ich darf meinen Posten hier nicht verlassen, weil uns von der Burg Volmarstein her eine ständige Gefahr droht, Winfred", meinte er milde lächelnd zu mir gewandt und gab mir damit offen zu verstehen, dass er mich durchschaut hatte. „Der Krieg um die Krone des Reiches ist zwar entschieden, aber die Umtriebe des abgesetzten Erzbischofs Adolf von Altena haben damit nicht aufgehört. Im Gegenteil, der fehlgeleitete Bruder unseres Herrn, Graf Arnold, versucht weiterhin, allen Anhängern von König Otto zu schaden. So hat er mit seinen verbliebenen Getreuen eine gewisse Zeit lang selbst seine eigene Bischofsstadt Köln von der Warenzufuhr über den Rhein abgeschnitten und in arge Bedrängnis gebracht. In diesem Konflikt musste sogar seine Heiligkeit vermitteln. Als dann vor einem Jahr sein Favorit, der Staufer Philipp von Schwaben, ermordet wurde und jeder glaubte, der Krieg sei nun endgültig vorbei, hat er als einziger Fürst im Reich König Otto die Anerkennung verweigert. Bis heute kämpft Adolf von Altena auch weiterhin verbissen gegen seinen Nachfolger auf dem Bischofsstuhl, Dietrich von Hengebach. Er stützt sich dabei auf seine alten, ihm noch immer treu ergebenen Lehnsleute. Und zu denen gehört nun mal auch der Edelherr von Volmarstein. Jeden Tag und jede Stunde müssen wir mit einem Angriff auf die Ländereien meines Dienstherrn rechnen, und am empfindlichsten würde er diesen natürlich mit einer Blockade des Ruhrflusses treffen. Um zu vermeiden, dass der wütende Adolf von Köln mithilfe Heinrichs von Volmarstein die Abwesenheit unseres Grafen ausnutzen kann, habe ich den Auftrag erhalten, hier diesen Wehrhof zu errichten. Ich könnte meinem Herrn nicht mehr unter die Augen treten, wenn ich versagen sollte, weil es mir wichtiger erschien, ausgerechnet jenen Häretikern zu helfen, gegen die Graf Arnold zu Felde zieht!"

„Es tut mir leid, Bruno, das habe ich nicht gewusst!", bekannte ich ehrlich.

Der Ritter von Wetter winkte ab.

„Selbstverständlich helfe ich Euch, Winfred und Prinzessin Phei Siang!", betonte er fast theatralisch. „Aber Ihr müsst schon verstehen, dass ich dabei nicht offen in Erscheinung treten kann."

Leng Phei Siang

Ich muss zugeben, dass ich mich bei dem beabsichtigten Täuschungsmanöver von Anfang an nicht wohl fühlte. Sicher spielte dabei auch eine Rolle, dass ich nach Freds Plan im entscheidenden Moment praktisch zur Untätigkeit gezwungen war, und das behagte mir überhaupt nicht. Allerdings war mir schon klar, dass ich als exotisches Aushängeschild und hochgestellte Angehörige eines wilden, ungläubigen Steppenvolkes natürlich nicht ein Benediktinerkloster betreten durfte und schon gar nicht eine Reichsabtei, wie sie Werden nun mal darstellte. Trotzdem vermochte ich mir beim besten Willen nicht vorzustellen, dass Giacomo und mein ritterlicher Gemahl so einfach vor den Abt spazieren und die Herausgabe des Bündels fordern könnten.

Fred hingegen schien die Zuversicht geradezu gepachtet zu haben. Offenbar betrachtete er den beabsichtigten Diebstahl des „Allerheiligsten" nur noch als eine lästige Formalität, die unseren weiteren Weg nach Südfrankreich ein wenig verzögern konnte. Dementsprechend gut gelaunt, sprach er am späten Abend gemeinsam mit unserem Gastgeber dem gewürzten Wein zu, während ich die ganze Zeit über in Gedanken versunken an seiner Seite saß.

„Was ist mit Euch, Prinzessin?", fragte mich Ritter Bruno nach einer Weile. „Verbietet Euch etwa Euer Glaube, von dem köstlichen Tropfen zu kosten, den die Bauern meines Lehnsherren auf den sonnigen Hängen nördlich der Isenburg gewonnen haben?"

„Vielleicht bin ich einfach zu müde", wiegelte ich freundlich lächelnd ab. „Aber sagt mir doch, was wir tun sollen, wenn Giacomo und mein Gemahl in Schwierigkeiten geraten sollten."

Der Edelherr von Wetter schüttelte bedauernd den Kopf.

„Ich darf mich in Werden nicht zu erkennen geben, Prinzessin", entgegnete er ratlos. „Wenn etwas Unvorhergesehenes geschieht, müsst Ihr Euch leider selbst helfen."

„Siang, es sind nur Mönche", raunte mir Fred grinsend auf Hochdeutsch zu. „Die sind allesamt unbewaffnet und können uns nicht gefährlich werden."

„Wenn der Abt jemals erfährt, dass ich Euch geholfen habe und dies dem Grafen erzählt, bin ich meinen Stand und mein Lehen los!", fuhr Bruno von Wetter düster fort.

Ich blickte auf und schaute mein Gegenüber mit funkelnden Augen an. Davor brauchst du keine Angst zu haben! Dein Herr kehrt niemals vom Kreuzzug zurück!, hätte ich ihm gern entgegengehalten, doch Fred, der wohl ahnte, was ich beabsichtigte, legte mahnend seine Hand auf meinen Arm, und ich schwieg.

Das mulmige Gefühl, das sich meiner bemächtigt hatte, legte sich auch nicht, als wir am nächsten Morgen unter gutem Zureden die Pferde auf die schwankenden Planken führten. Für einen so relativ kleinen Fluss wie die Ruhr war das Schiff tatsächlich recht groß, aber es hatte nur geringen Tiefgang. Dies war auch nötig, denn normalerweise wurden mit seiner Hilfe Holzstämme und andere Materialien befördert, die zur Befestigung des Wehrhofes dienen sollten. Trotzdem lief der Einmastsegler an mehreren Stellen auf Grund, weil mitgeführtes Geröll oder anstehender Fels die Fahrrinne blockierten. In solchen Fällen mussten wir alle mitsamt den Pferden das Schiff verlassen, während die Mannschaft das schwere Gefährt an Seilen über die seichten Passagen zog. Allerdings hätte man die schweren Lasten über den Landweg überhaupt nicht transportieren können.

Auf diese Weise dauerte allein die schleppende Fahrt bis unter den Isenberg fast den ganzen Tag. Dafür konnten wir dank unseres Freundes die bewachte Zollstelle in der Nähe der gräflichen Fischschlacht völlig unbehelligt passieren. Danach galt es noch, die große, nach Norden ausscherende Ruhrschleife zu bewältigen, auf deren westlicher Seite später der Baldeneysee aufgestaut werden würde. Als schließlich die bewaldeten Hügel wieder näher an den Fluss rückten, konnten wir in der einsetzenden Dämmerung bereits den mächtigen Kuppelturm der Abteikirche erkennen.

Das Kloster selbst lag mit seinen Gebäuden auf einem etwas erhöhten hochwassersicheren Buckel auf der südlichen Uferseite am Ausgang eines kleinen schmalen Bachtals, während sich die Siedlung Werden unterhalb der Abteikirche auf dem geneigten Abhang bis zur Ruhr hinunter erstreckte. Eigentlich konnte man den Ort durchaus schon städtisch nennen, denn er wurde bereits vollständig von einer Mauer umgeben, vor deren Tor sogar eine steinerne Bogenbrücke über den Fluss führte.

Kurz vor unserem Ziel tauchte dann noch eine kleine Insel auf, und Ritter Bruno ließ das Boot auf der von Werden abgewandten Seite durch den Ruhrarm gleiten, um den von ihm vorgesehenen Ankerplatz an der Nordseite der Brücke zu erreichen. Offenbar wollte unser neuer Freund vermeiden, zu nah bei der Siedlung an Land zu gehen. Wie umsichtig diese Vorkehrung war, sollte sich schon sehr bald erweisen.

Fred Hoppe

„Nehmt Euch vor dem Abt in Acht!", ermahnte mich Bruno von Wetter noch vorsorglich, bevor er sich in den hinteren Bereich des Schiffes zurückzog. „Er nennt sich übrigens Heribert II. und fühlt sich ganz als echter Reichsfürst. Während des Bürgerkrieges stand er auf König Ottos Seite und hat sich seitdem viele Vorteile verschafft. Er ist ein wirklich ernstzunehmender Gegner, dem man bestimmt nicht so leicht etwas vormachen kann!"

„Danke für die Warnung", erwiderte ich leise. „Wir werden sie sicher beherzigen."

Ich blickte über die Brücke auf die imposante Silhouette der Abteikirche, deren alles überragende Kuppel den gesamten Ort zu beherrschen schien. So sah sie also aus, die Grabeskirche des heiligen Liudger und seiner Brüder. Die dreischiffige Basilika und das zugehörige Kloster waren auch in dieser Zeit schon uralt, denn der als Missionar der Sachsen und Friesen in die Geschichte eingegangene erste Bischof von Münster hatte die Anlage bereits vor über vierhundert Jahren errichten lassen. Damit einher ging ein unvorstellbar riesiger Landbesitz, den das Kloster seit den ersten Schenkungen Karls des Großen in den nachfolgenden Jahrhunderten erworben hatte. Praktisch sämtliche uralten Siedlungsplätze in meiner Heimat führten ihre erste namentliche Erwähnung auf beurkundete Abgaben zurück, die sie nach Werden zu entrichten hatten, bevor das Grafengeschlecht derer von Neuenberge zu erblichen Vögten der Benediktinerabtei bestellt worden war.

Wie viele der schier unzähligen Privilegien und Regalien, die alle deutschen Könige dem Kloster seit seiner Gründung angeblich gewährt hatten, mochten wohl in den vergangenen vierhundert Jahren von den Mönchen selbst gefälscht worden sein? Und jetzt waren wir gekommen, um ihnen den größten Schatz der Katharer wegzunehmen, einer vom Papst verfolgten Religionsgemeinschaft, die all diese erschlichenen Errungenschaften in Frage stellte, dachte ich grimmig. Mir war völlig klar, dass ich gemein und ungerecht war, aber wenn die Kirche und ihre Vertreter sich wirklich als Treuhänder der christlichen Sache verstanden, dann hätten sie niemals nach weltlichem Besitz streben dürfen.

Ich schüttelte unwillig den Kopf. Wie war ich nur auf diese Gedanken gekommen? Vielleicht färbte die Gesellschaft des italienischen Katharers bereits auf mich ab. Dabei hatte unser Giacomo doch eigentlich so gar nichts von der stillen unnahbaren Würde jener drei Vollkommenen, die wir als Bettelmönche an den Externsteinen kennengelernt hatten. Nein, wahrscheinlich benötigte ich nur eine Art Rechtfertigung vor mir selbst und meinem schlechten Gewissen, weil ich im Begriff war, einen dreisten Diebstahl zu begehen.

„Quäl dich nicht mit deinem Gerechtigkeitssinn", flüsterte Phei Siang, während sie mir beruhigend ihre Hand auf den Arm legte. „Du gehst nur da rein, um etwas zu holen, was uns letztlich zu unserer Tochter und ihrem Freund führen wird."

Ich lächelte dankbar zurück und händigte ihr das Wehrgehänge mit dem Schwert des Zwerges aus, denn ich würde die Abtei nicht mit Waffen betreten dürfen. Danach schaute ich mich nach dem Venediger um.

Giacomo hatte sich mit dem geliehenen Obergewand und dem prächtigen Chaperon des Edelherrn von Wetter fein herausgeputzt. Der Banchieri im Gewand eines begüterten Adeligen wartete, bis die stetig wachsende Schar der Neugierigen über die Steinbrücke so nah herangekommen war, dass sie sich in Hörweite befand, dann setzte er sich hoch erhobenen Hauptes und gemessenen Schrittes in Bewegung.

„Ihr begleitet mich zum Bruder Abt, Winfred!", ordnete er mit würdevoller Stimme an. „Prinzessin Phei Siang wird derweil auf unserem Boot zurückbleiben, damit ihre ungläubige Seele nicht die heilige Stätte entweiht."

„Sehr wohl, Conte de Segni!", beeilte ich mich zu versichern.

Ich schaute kurz zur Seite, um mein unwillkürliches Schmunzeln zu verbergen, während Siang sich unauffällig den Schleier ihres Gebendes vor das Gesicht hielt und hüstelte. Der kleine Venediger schien ganz in seiner Rolle aufzugehen. Die Wirkung dieses theatralischen Auftritts ließ nicht lang auf sich warten.

Wir hatten gerade die Brücke betreten, sich als der Hauptmann der kleinen Torwache vor uns verneigte.

„Geh und melde deinem Herrn, dem Abt, dass mein verehrter Vetter, Papst Innozenz, ihn um die Übergabe eines wichtigen Beweismittels gegen die Häretiker ersucht, das sich nach Auskunft des Vogtes dieser Abtei im Besitz seines Klosters befinden soll."

Während sich der Hauptmann beeilte, die Botschaft des vermeintlich hochgestellten Besuchers zu überbringen, machten uns die übrigen Neugierigen bereitwillig Platz. Giacomo ließ sich nicht lumpen und befahl mir kurzerhand, einige Münzen aus meinem restlichen Bestand unter die Leute zu werfen. Ich kam der Aufforderung nach, bedachte den kleinen Venediger aber mit einem warnenden Seitenblick. Der Kerl wurde allmählich ganz schön dreist.

Wir passierten das Tor und schritten in Begleitung von zwei bewaffneten Schergen durch die allmählich ansteigende Gasse auf die Klostermauern zu. Vor der Pforte wurden wir bereits vom Hauptmann und einem mittelgroßen Mann in Mönchskleidung erwartet.

„Abt Heribert möchte die hohen Herren selbst begrüßen", eröffnete uns der Anführer der Stadtsoldaten zu meiner Überraschung.

Zumindest hatte Giacomos unverschämtes Auftreten bereits soviel Staub aufgewirbelt, dass der hochgestellte Klostervater, der ja immerhin den Rang eines Bischofs bekleidete, sich genötigt sah, uns persönlich zu empfangen. Tatsächlich verbeugte sich Heribert II. in betont demutsvoller Geste vor dem kleinen Venediger.

„Es ist uns eine besondere Ehre, wenn ein Abgesandter des Stuhles Petri die Heimstatt des heiligen Liudger besucht", verkündete der Abt auf Sächsisch.

Wahrscheinlich wollte er damit herausfinden, ob Giacomo diese Sprache verstand.

„Seine Heiligkeit, der einmal mein Vetter Lothar de Segni war, hat mich nicht zuletzt deshalb mit jener wichtigen Aufgabe betraut, weil ich der rauen Sprache Eures Landes mächtig bin", konterte Giacomo geistesgegenwärtig.

„Darf ich denn erfahren, woher unser Vater Innozenz von dem Bündel mit den Schriften der Ketzer weiß?", fuhr Abt Heribert lauernd fort.

Mir wurde langsam heiß. Ritter Bruno hatte wirklich nicht übertrieben, denn der Mann war hochintelligent und brandgefährlich. Hoffentlich baute Giacomo keinen Mist.

„Wir kommen direkt vom Hof König Ottos auf der Burg Dankwarderode, wo dieser sich auf seine bevorstehende Reise nach Rom vorbereitet", behauptete der kleine Venediger zu meinem Erstaunen. „Dort weilte auch ich mit der mongolischen Prinzessin aus den Steppen des Ostens, die seiner Heiligkeit eine Botschaft des Priesterkönigs Johannes überbringen soll. Gemeinsam wollten wir bald mit dem künftigen Kaiser in meine italienische Heimat aufbrechen, als ein Gesandter Eures Vogtes, des Grafen Arnold von Altena-Nienbrügge, eintraf und uns auf Geheiß seines Herrn vom Verbleib der Ketzerschrift unterrichtete. Natürlich hätte Graf Arnold gern selbst seinen König nach Rom begleitet und das Bündel dort abgeliefert, doch wie Ihr wisst, befinden er und sein Sohn Everhard sich gerade auf dem Kreuzzug gegen eben jene Häretiker. Deshalb ist es für Papst Innozenz auch so wichtig, das Beweismittel gegen die Katharer in die Hände zu bekommen."

Abt Heribert nickte wohlwollend, und mir fiel ein Stein vom Herzen. Offenbar schien er dem kleinen Italiener die Geschichte abzukaufen. Giacomo hatte die Sache voll im Griff, das musste ich neidlos anerkennen. Er log, dass sich die Balken bogen, und ich hätte es bestimmt nicht besser hinbekommen.

„Ich habe mich sofort entschieden, das Bündel mit den Schriften selbst abzuholen, und bin mit der Prinzessin und deren Beschützer, Ritter Winfred, den Ihr hier neben mir seht, zu Eurer Abtei aufgebrochen", fuhr Giacomo unbeirrt fort. „Wir sind so schnell geritten, wie wir konnten, doch dann wurden wir unterhalb der Burg Volmarstein von Lehnsleuten des noch immer aufsässigen abgesetzten Kölner Erzbischofs Adolf angegriffen. Nur dem beherzten Eingreifen des Edelherrn von Wetter haben wir es zu verdanken, dass wir mit dem Leben davongekommen sind. Dieser war auch so freundlich, uns für die letzte Etappe der Reise zu Eurem Kloster sein Transportschiff zur Verfügung zu stellen."

Ich kam aus dem Staunen nicht mehr heraus. Der gewiefte kleine Italiener war wirklich mit allen Wassern gewaschen. Indem er unsere zuvor abgesprochene Geschichte einfach eigenmächtig abänderte, erklärte er nicht nur praktisch so ganz nebenbei das sicherlich befremdlich anmutende Wappen auf meinem Waffenrock, sondern lieferte obendrein auch noch eine plausible Begründung für die unübersehbare Tatsache, dass wir mit einem Boot des Grafen von Altena in Werden erschienen waren. Der übervorsichtige Bruno von Wetter hätte uns demnach ohne eigenes Risiko begleiten können. Innerlich verfluchte ich bereits, dass wir nicht selbst auf diese Lösung gekommen waren. Auf jeden Fall wäre es besser gewesen, wenn wir den Venediger von vornherein bei der Planung der Aktion hinzugezogen hätten.

Aber Giacomo setzte noch eins drauf. Mit geradezu entwaffnender Unschuldsmiene tat der Teufelsbraten doch tatsächlich kund, dass wir bei dem Überfall durch den Lehnsmann des abgesetzten Erzbischofs leider unser Legitimationsschreiben verloren hätten.

„Seid also gewarnt, Abt Heribert!", schloss er seinen Bericht mit theatralischer Stimme. „Wenn eines Tages ein anderer vor Eurer Klosterpforte erscheint und vorgibt, ein Legat seiner Heiligkeit zu sein, dann habt Ihr es mit einem Betrüger zu tun, der sich auf diese Weise Euer Vertrauen erschleichen will!"

Ich hielt die Luft an, doch der Abt nickte nur bedächtig und bat uns hinein.

„Ihr selbst und Euer Begleiter müsst sehr müde sein, Conte de Segni", begleitete er seine einladende Geste. „Ich werde Euch eine freie Schlafstatt zuweisen lassen, damit Ihr Euch von den Strapazen ausruhen könnt. Morgen mögt Ihr dann mit Gottes Segen und dem Bündel der Häretiker weiterziehen."

Ich konnte es kaum glauben. Wir hatten es tatsächlich geschafft, doch Giacomo schien noch immer nicht zufrieden zu sein. Während wir beide Abt Heribert durch die geöffnete Pforte in den Klosterhof folgten, erkundigte sich der kleine Italiener dreist, ob wir die Ketzerschrift nicht schon einmal begutachten könnten.

Abt Heribert blieb abrupt stehen und schaute uns durchdringend an. Für den Bruchteil einer Sekunde blitzten seine Augen auf, und ich hätte schwören können, wie sich darin blanker Hass spiegelte. Doch dann hatte sich der Benediktiner wieder in der Gewalt und lächelte freundlich.

„Es ist schon sehr spät, Conte de Segni", meinte er zögernd. „Nun, ich sehe, dass Ihr nicht mit dem Leben in einem Kloster vertraut seid. Deshalb muss ich Euch sagen, dass wir uns in wenigen Minuten im Kapitelsaal zum Komplet (Gebet vor dem Schlafengehen) versammeln werden. Warum glaubt Ihr, nicht bis zum Morgen warten zu können?"

„Verzeiht, ehrenwerter Abt!", entgegnete Giacomo entschuldigend. „Mir liegt es wirklich fern, den geregelten Ablauf in Eurem Kloster zu stören, aber ich fürchte, ich muss darauf bestehen, das Bündel wenigstens kurz in Augenschein zu nehmen, um feststellen zu können, ob es echt ist."

Abt Heribert zog die Augenbrauen hoch. Diesmal gab er sich nicht einmal die Mühe, den Anflug von Zorn verbergen zu wollen.

„Zweifelt Ihr etwa an der Gelehrtheit unseres Armarius (Bibliothekar)?", fuhr er auf.

Ich stieß Giacomo unauffällig an, aber es war schon zu spät.

„Ja, das tue ich!", behauptete der Venediger frech. „Ihr müsst das verstehen! Sollte das Bündel tatsächlich die heiligen Schriften der Häretiker enthalten, ist es als Beweismittel gegen die Katharer unentbehrlich. Ich könnte heute Nacht kein Auge zutun, ohne Gewissheit zu haben."

Abt Heribert zögerte.

„Ich würde Euer Entgegenkommen nicht vergessen und sicherlich gegenüber seiner Heiligkeit erwähnen, welch treu ergebenen Bruder in Christo er in Euch hat", schob Giacomo eilig nach.

Der Benediktiner hob kurz die Augen zum Himmel und nickte.

„Also gut", meinte er schließlich. „Lasst uns das Archiv aufsuchen!"

Abt Heribert führte uns durch eine weitere Pforte neben der hoch vor uns aufragenden Abteikirche in den Kreuzgang. Danach wandte er sich nach rechts und öffnete die Tür des angrenzenden Gebäudes. Wir schritten durch eine große Halle, in deren Mitte ein schmuckloser langer Tisch mit einfachen Bänken stand.

„Dies ist unser Refektorium (Raum zur Einnahme der gemeinsamen Mahlzeiten)", erklärte er dabei. „Leider können wir Euch keine Speisen zur Nacht anbieten, denn wir nehmen in der Regel nur einmal während der Tagesstunden eine Mahlzeit ein."

Ich wunderte mich ein wenig darüber, dass wir bislang noch keinem der anderen Mönche begegnet waren, aber, als wir den nächsten Gang betraten, erklang der monotone Chorgesang des Komplets durch das Gemäuer. Abt Heribert hielt einen Moment lang inne, bekreuzigte sich und legte seine Hände zu einem stummen Gebet zusammen.

„Vergebt mir meine Neugier, ehrenwerter Abt", hob Giacomo unbekümmert an, als der Benediktiner sich anschickte weiterzugehen. „Dieses Kloster ist so riesig groß. Wie schützt Ihr Euch während der Winterszeit in diesem so schrecklich kalten Land? Leben dann alle Eure Brüder nur in einem Raum?"

„Nein, natürlich nicht, Conte de Segni!", entgegnete der Angesprochene mit einem Anflug von Stolz in der Stimme. „Selbstverständlich besitzen wir ein großes Calefactorium (Heizraum), von dem aus die Wärme in alle Gebäude der Abtei fließen kann. Falls Ihr es wünscht, werde ich Euch die Kammer zeigen, sobald Ihr das Bündel gesehen habt."

Zu meinem Erstaunen stimmte Giacomo freudig zu, und ich begann mich bereits zu wundern, was das nun wieder sollte. Wollte der kleine Banchieri dem Abt etwa schmeicheln, nachdem er unseren Gastgeber so offensichtlich verärgert hatte? Ich kam nicht mehr dazu, näher darüber nachzudenken, denn inzwischen hatten wir unser Ziel erreicht.

Mich ergriff schon eine gewisse Erfurcht vor der unglaublichen Menge kunstvoll verzierter Bücher und Schriften, die in prallgefüllten Regalen an sämtlichen Wänden bis unter die hohe Decke des Raumes gestapelt waren. Überall standen Katheder, auf denen an bislang unvollendeten Werken gearbeitet wurde. Während ich mich noch umsah, wurde die Tür zum Archiv geöffnet, und drei weitere Kuttenträger betraten den Saal. Abt Heribert unterhielt sich kurz mit ihnen und wies dabei auf Giacomo und mich. Anschließend stellte er uns die Mönche mit ihren jeweiligen Aufgaben vor. Demnach hatte sich mit dem Prior (Stellvertreter des Abtes), dem bereits erwähnten Armarius und dem Zellerar (Schaffner) offenbar die komplette Führungsriege des Klosters Werden eingefunden.

Ohne dass es einer weiteren Aufforderung bedurfte, begab sich der Bibliothekar zu einer mit eisernen Beschlägen versehenen Holztruhe und öffnete diese mit einem der vielen Schlüssel, die an dem Strick um seinen Leib befestigt waren. Der Armarius hob ein in Leder eingeschlagenes Bündel heraus und trug es auf die Unterarme gelegt vor sich her. Unwillkürlich hefteten sich Giacomos Augen darauf, und ich hatte zum ersten Mal während unserer Aktion den Eindruck, dass der kleine Venediger nervös war. Wahrscheinlich fieberte er dem Moment entgegen, das größte

Heiligtum seiner Glaubensgemeinschaft betrachten zu können. Ich selbst hatte natürlich nicht die leiseste Ahnung, ob das Bündel und sein Inhalt wirklich echt waren, und konnte nur hoffen, dass Giacomo wirklich in der Lage sein würde, dies zu erkennen.

Mit leicht zitternden Händen nahm der Venediger den Einband entgegen und legte ihn vorsichtig auf einen der nebenstehenden Katheder. Dann löste er die Verschnürung und hob einen Stapel vergilbter, pergamentähnlicher Schriftstücke heraus. Langsam, ja fast feierlich blätterte Giacomo in den losen Seiten und nickte wiederholt bestätigend. Unterdessen bemühte ich mich, das dargestellte Schriftbild zu erfassen und irgendwie zu entziffern, doch es wollte mir nicht gelingen. Die Zeichen auf den Pergamentseiten waren mir völlig unbekannt. Zum Teil erinnerten die geschwungenen Bögen an arabische Texte, aber dann tauchten mittendrin wiederum regelrecht stilisierte Bilder auf, die der assyrischen Keilschrift nicht unähnlich zu sein schienen.

„Es ist tatsächlich das Heiligtum der Häretiker, das steht ohne Zweifel fest", unterbrach Giacomo die fast andächtige Stille. „Habt Ihr jemals versucht, darin zu lesen?"

Abt Heribert schüttelte den Kopf.

„Nein, Conte de Segni! Unter meinen Brüdern hier gibt es keinen, der diese Sprache verstehen und ihre Schrift lesen könnte!"

„Man sagt, das ‚Allerheiligste' der Katharer sei das wahre Evangelium des Johannes", warf Giacomo ganz leise und wie beiläufig ein.

Täuschte ich mich, oder hatte seine Stimme tatsächlich lauernd geklungen? Wollte der kleine Venediger die Mönche provozieren? Die Reaktion ließ jedenfalls nicht auf sich warten.

„Das ist der Unsinn, mit dem die Häretiker arglose Christenmenschen zu umgarnen versuchen!", polterte Abt Heribert prompt los. „Das Evangelium des Johannes wurde schließlich auf Griechisch verfasst, genau wie die anderen drei! Die Sprache der Schriftstücke in dem Ketzerbündel versteht jedoch niemand. Vielleicht gibt es sie ja gar nicht."

Giacomo nickte sinnend und schaute den Abt lächelnd an. Derweil nutzte der Armarius die sich bietende Gelegenheit, um das Bündel zu ergreifen und zur Truhe zurückzubringen.

„Morgen nach der Terz (Gebet um 9 Uhr morgens) werden wir es Euch und Eurem Begleiter übergeben", beeilte sich Abt Heribert zu versichern. „Lasst uns nun zu Bett gehen!"

Eine Viertelstunde später waren Giacomo und ich allein in unserem „Dormitorium", wie der Abt die klösterlichen Schlafstätten nannte. Ich nahm den Gürtel um meinen Waffenrock ab und setzte mich auf eine der beiden hölzernen Pritschen, die uns zugedacht waren. Giacomo untersuchte dagegen mit auffälligem Interesse das eiserne Gitter um die rohrförmige Öffnung, durch die im Winter die Wärme vom Heizraum geleitet werden sollte.

„Was sollte das eigentlich mit diesem Calefactorium?", fragte ich ihn. „Du scheinst ja gar nicht genug von dem Wunderwerk klösterlicher Baukunst zu bekommen."

„Hm, der Durchlass ist groß genug für uns, Herr", entgegnete Giacomo schmunzelnd. „Ich denke, das Heizsystem wird uns helfen, unbemerkt in das Archiv zurückzugelangen."

Ich sprang auf und starrte den Venediger fassungslos an.

„Du willst tatsächlich da durchkriechen, um das Bündel zu stehlen?", fuhr ich auf. „Du hast doch gehört, dass sie es uns morgen freiwillig übergeben wollen."

„Psst, Herr, seid doch leise", mahnte Giacomo eindringlich. „Ihr weckt sonst noch die Mönche auf."

„Soll das heißen, du glaubst…"

„Natürlich, Herr! Das ist doch klar. Habt Ihr nicht bemerkt, wie ungern der Abt meiner Bitte entsprochen hat, uns das Bündel überhaupt zu zeigen? Und wie sehr der Armarius darauf bedacht war, mir die Schriften wieder aus den Händen zu nehmen?"

„Aber warum dann das ganze Theater, wenn die Benediktiner uns das Bündel sowieso nicht geben wollen?"

„Um Zeit zu gewinnen, was sonst, Herr?"

„Zeit wofür? Wenn der Abt nicht glauben würde, dass du ein Legat seiner Heiligkeit wärst, dann hätte er uns doch gar nicht erst einlassen brauchen."

„Ich weiß es auch nicht, Graf Winfred, aber seitdem wir hier sind, habe ich das untrügliche Gefühl, in einer teuflischen Falle zu sitzen. Lasst uns das Bündel aus dem Archiv holen und verschwinden!"

Ich dachte einen Moment lang über Giacomos Befürchtungen nach. Falls er wirklich recht hatte, dann würden die

197

Mönche versuchen, uns auf irgendeine Weise auszuschalten, und das konnten sie nur in der Nacht tun, während wir schliefen. Aber wie sollten sie das anstellen? Mir war nicht bekannt, dass die Benediktiner jemals Gewalt angewendet hätten. Aber halt! Das mussten sie auch nicht. Man brauchte uns nur festzusetzen. Unwillkürlich wandte ich mich zur Tür und versuchte sie zu öffnen, doch das gelang mir nicht. Man hatte uns tatsächlich eingesperrt.

Leng Phei Siang

Eine Weile lauschte ich dem monotonen Gesang der Mönche, der trotz der beträchtlichen Entfernung zum Kloster selbst hier auf der anderen Seite des Flusses noch gut zu vernehmen war. Das Stadttor am Ende der Brücke war längst geschlossen worden, und die Dunkelheit der hereinbrechenden Nacht legte sich wie ein undurchdringlicher Schleier über die menschenleeren Gassen.

Jetzt sitzen sie wie die Ratten in der Falle, dachte ich mit aufsteigender Panik. Die Innenflächen meiner Hände waren plötzlich schweißnass, und ich trocknete sie am Saum meines Gewandes.

„Immerhin scheint Abt Heribert Euren Gemahl und den Italiener nicht gleich abgewiesen zu haben", raunte Ritter Bruno mir aus dem Inneren des Schiffes zu. „Das ist doch ein gutes Zeichen, Prinzessin!"

„Ich weiß nicht", antwortete ich unsicher. „Es ist mir zu still… und zu…, zu…"

„…und zu friedlich?", ergänzte der Edelherr von Wetter schmunzelnd. „Das muss Euch nicht beunruhigen, Prinzessin. Das Leben der Leute in Werden hat sich an das tägliche Einerlei der Benediktiner angepasst. Und die werden sich nun bald nach ihrem letzten Choral zur Ruhe begeben, denn in drei Stunden weckt sie die Glocke bereits wieder zum Noctum (Nachtgebet). Vor morgen früh wird Abt Heribert nicht mehr zu sprechen sein."

Bruno reichte mir ein Stück kalten Braten und hielt mir seinen gefüllten Becher hin.

„Hier esst und trinkt auch einen Schluck vom guten Wein meines Lehnsherrn", empfahl er mir fürsorglich. „Wer weiß, wann Ihr wieder so etwas Köstliches bekommen könnt, wenn Ihr Euch auf Eure lange Reise ins Land der Häretiker begebt."

Ich nahm das Stück Fleisch dankend entgegen, wandte mich aber sogleich wieder um und schaute angestrengt über den Fluss, wo sich im blassen Licht der Sterne die Umrisse der massigen Kuppel der Abteikirche abzeichneten. Dabei registrierte ich auf der Bergkuppe oberhalb der Kirche auf einmal eine schemenhafte Bewegung. Irgendetwas Helles hatte dort oben während eines winzigen Augenblicks im Mondlicht aufgeblitzt.

„Habt Ihr das gesehen, Bruno?", erkundigte ich mich aufgeregt, während ich mit ausgestrecktem Arm in die entsprechende Richtung wies.

Der Ritter war sofort an meiner Seite.

„Dort oben über den Borner Berg verläuft der Handelsweg nach Süden", murmelte der Edelherr von Wetter überrascht. „Wer um alles in der Welt mag sich nachts noch von Werden aufgemacht haben? Die Tore sind doch längst verschlossen."

„Vielleicht ist es ein Bote", vermutete ich leise. „Sagt, Bruno, ist das der einzige Weg aus dem Tal?"

Der Edelherr von Wetter stutzte.

„Verdammt, Ihr habt recht!", fluchte er vor sich hin. „Vielleicht hat sich tatsächlich eine Brünne im Mondlicht gespiegelt, und es war ein Reiter, der unterwegs zur Isenburg ist."

Fred Hoppe

Die tönerne Röhre war zwar eng, doch hintereinander kriechend kamen wir ganz gut voran. Eigentlich gab es nur ein Problem: Wir wussten nicht, welcher der vielen sich in alle Richtungen verzweigenden Gänge uns zum Archivsaal des Klosters führen würde. Auch der rauchige Kienspan, den Giacomo noch in unserem Gefängnis angezündet hatte, verursachte bei uns beiden einen immer stärker werdenden Hustenreiz, den wir kaum noch zu unterdrücken vermochten. Da die wichtigsten Heizröhren allesamt natürlich im Calefaktorium zusammenliefen, endeten unsere Erkundigungen zunächst stets in diesem einen zentralgelegenen Raum. Nur gut, dass jetzt nicht gerade Winter war, sonst hätte uns der Qualm des von dort ausgehenden Feuers bestimmt längst erstickt.

Endlich, nach mehr als einem halben Dutzend vergeblicher Versuche, vernahmen wir irgendwann plötzlich vor uns leise wispernde Stimmen. Geistesgegenwärtig löschte Giacomo umgehend den Span, damit dessen Lichtschein uns nicht verraten konnte. Danach näherten wir uns vorsichtig der gedämpften Geräuschkulisse.

Durch das Gitter erkannte ich hölzerne Bänke, die einen überlangen Tisch einrahmten, der auf grob gehauenen Kragen ruhte. Im gleichen Augenblick wusste ich, dass dies nur das Refektorium des Klosters sein konnte. In der gegenüberliegenden Ecke des Saales stand Abt Heribert und redete wie wild gestikulierend auf drei andere Benediktiner ein.

„Ich sage es noch einmal, Brüder!", betonte er gerade mit theatralischer Stimme. „Das Ketzerbündel darf auf keinen Fall zu seiner Heiligkeit nach Rom gebracht werden!"

„Aber was geschieht, Bruder Abt, wenn der Italiener doch ein Vetter von Papst Innozenz ist?", fragte einer der Mönche, den ich seiner Stimme nach für den uns bereits bekannten Zellerar hielt. „Wenn wir ihn wirklich den Schergen des Kastellans von Wetter ausliefern, wird uns seine Heiligkeit bestrafen und vielleicht sogar unsere Abtei auflösen!"

„Niemand wird mehr nach ihnen fragen, wenn sie einmal im Kerker der Isenburg verfaulen!", entgegnete Abt Heribert aufgebracht. „Außerdem ist es für deine Bedenken längst zu spät, denn der Bote ist schon vor Stunden zur Festung unseres Vogtes aufgebrochen."

Giacomo stieß mich an, und ich erkannte trotz des dämmrigen Lichts der Fackeln, die aus dem Refektorium zu uns herüberleuchteten, dass er leichenblass geworden war.

„Maledetto!", fluchte der Venediger unterdrückt. „Der Ritter von Wetter hat uns verraten, und Eure Gemahlin ist in seiner Gewalt."

„Psst! Sei leise", ermahnte ich ihn. „Wir müssen erst genau wissen, was sie vorhaben, bevor wir etwas unternehmen können."

In Wahrheit hatten mir die Worte des Abtes ebenfalls einen Riesenschrecken eingejagt, aber das durfte ich gegenüber meinem Gefährten nicht zugeben. Jetzt galt es vor allem, einen kühlen Kopf zu bewahren.

„Alles, was mit dem angeblichen Legaten und seinen Begleitern geschieht, liegt nicht mehr in unserer Hand", fuhr

Abt Heribert mit ruhigerer Stimme fort. „Wichtig ist nur, dass die Schriften der Ketzer nicht nach Rom gelangen."

„Ehrwürdiger Abt!", begann einer der anderen beiden Mönche in gesetztem Ton. „Habt Ihr auch bedacht, dass der Conte de Segni mit seiner Behauptung recht haben könnte, und das Bündel wirklich das ursprüngliche Evangelium des Johannes enthält? Wäre es nicht ein ungeheurer Schatz für alle Christen, wenn Innozenz in seinen Besitz gelänge?"

Abt Heribert schüttelte langsam den Kopf.

„Nein, Bruder Kantor, da irrst du sehr", entgegnete er milde. „Wir alle, die wir der heiligen Sprache unserer Kirche mächtig sind, wissen schließlich, was in den Schriften des Johannes steht. Welch größere Wahrheit als jene, sollte das Ketzerbündel enthalten? Man müsste es übersetzen, und dann?"

Abt Heribert ließ seine Worte wirken, bevor er fortfuhr:

„Und dann würde die ganze Welt erfahren, was darin geschrieben steht. Könnt Ihr Euch vorstellen, welche Gefahren damit verbunden sind, meine Brüder?"

„Die Katharer würden triumphieren", antwortete der als ‚Bruder Kantor' angesprochene Benediktiner niedergeschlagen. „Sie hätten die heilige Kirche besiegt, obwohl das Heer der christlichen Ritter gerade dabei ist, ihre teuflische Brut auszumerzen."

„So ist es!" bestätigte Abt Heribert inbrünstig. „Dazu dürfen wir es nicht kommen lassen. Das Wohl unserer heiligen Kirche liegt in diesem Moment einzig in unserer Hand. Deshalb müssen wir diesen Conte de Segni aufhalten, selbst wenn er kein Betrüger ist! Schon bald, meine Brüder, werden die Söldner des Kastellans hier eintreffen und den Italiener gefangen nehmen. Bleibt nur noch die fremdhäutige ungläubige Prinzessin mit den Katzenaugen. Ich lasse sofort nach dem Hauptmann der Torwache schicken, damit auch sie in Gewahrsam gebracht werden kann. Keiner der drei Fremden darf jemals die heilige Stadt erreichen!"

Wir hatten genug gehört. Es wurde höchste Zeit, dass wir das Bündel in die Hände bekamen. Ich stieß Giacomo an, der noch immer lauschend vor dem Gitter saß, und kroch an ihm vorbei weiter in den Gang hinein. Diesmal gab es keinen Zweifel: Wenn hier das Refektorium war, dann konnte sich das Archiv nur noch wenige dutzend Meter vor uns befinden.

Leng Phei Siang

Es war bereits eine Stunde nach Mitternacht, als plötzlich das Tor zur Ruhrbrücke geöffnet wurde und eine Schar Bewaffneter heraustrat. Fast gleichzeitig leuchteten Fackeln auf den Mauern des Klosters auf, und vereinzelt waren undeutliche Rufe zu vernehmen. Seitdem ich den Reiter auf der Bergkuppe hinter der Abteikirche bemerkt hatte, waren für uns einige bange Stunden vergangen, in denen wir zur Untätigkeit verdammt waren und immer wieder aufs Neue darüber gerätselt hatten, was geschehen sein mochte. Mit einem Mal schienen sich die Ereignisse zu überschlagen.

„Verdammt!", rief der Edelherr von Wetter entsetzt. „Wir müssen sofort ablegen, sonst entdeckt man, dass ich Euch unterstützt habe!"

„Nein, wartet!", entgegnete ich schnell. „Ich habe eine bessere Idee!"

Natürlich war mir sofort klar gewesen, dass der Aufmarsch der Stadtsöldner nur allein mir gelten konnte. Gegen die gut ausgebildete Mannschaft des Kastellans von Wetter hätte der kleine Haufen auch bestimmt nichts ausrichten können. Demnach rechnete man offenbar gar nicht damit, dass sich unsere eigenen Schergen den Bütteln entgegenstellen würden. Dies aber ließ nur einen einzigen Schluss zu: Im Kloster wusste man überhaupt nicht, dass Ritter Bruno und seine Leute auf unserer Seite waren.

„Ihr dürft dem Abt keinen Anlass geben, an Eurer Treue zu zweifeln!", riet ich ihm dringend. „Befehlt Euren Männern zum Schein, mich gefangen zu nehmen! Wenn der Hauptmann mit seinen Schergen nah genug an das Boot herangekommen ist, springe ich in den Fluss."

„Was ist, wenn sie fragen, warum wir Euch und den Italiener hierher geführt haben?"

„Dann erzählt Ihr ihnen eben einfach das Gleiche, was Ihr Euren eigenen Schergen gesagt habt, nämlich, dass Ihr uns helfen musstet, weil wir Euch glaubhaft versichert hätten, die Begleiter eines Legaten seiner Heiligkeit zu sein."

Da Ritter Brunos Blicke noch immer unschlüssig zwischen mir und den herannahenden Stadtsöldnern hin- und herwanderten, fügte ich flüsternd an:

„Wenn Ihr jetzt mit dem Boot flüchtet, werden selbst Eure eigenen Männer glauben, dass Ihr Euren Lehnsherrn verraten habt."

„Ihr habt recht, Prinzessin!", stimmte Bruno endlich zu. „Doch was wollt Ihr tun, wenn Ihr entkommen seid?"

„Wir treffen uns beim Morgengrauen dort oben auf der Bergkuppe, wo wir den Reiter entdeckt haben", entgegnete ich verbissen. „Dann können wir gemeinsam überlegen, wie wir meinen Gemahl und den Italiener befreien."

„Ich muss sagen, Ihr habt wirklich Mut", meinte der Edelherr von Wetter anerkennend. „Ihr gebt wohl nicht so schnell auf, wie?"

„Ich lasse meinen Gemahl und meine Gefährten nicht im Stich, falls Ihr das meint…"

Ich brach ab, weil die Werdener Schergen inzwischen auf Rufweite herangekommen waren und zog stattdessen Freds Wehrgehänge unter meinem Mantel hervor.

„Hier, nehmt es schnell! Ihr könnt es mir morgen früh wiedergeben!"

Während Bruno das Schwert des Zwerges unauffällig an seine Seite presste, sprach er bereits laut den Hauptmann an und fragte diesen, was ihn zu dieser späten Stunde zum Schiff geführt hätte.

„Oh, Ihr seid es selbst, Kastellan!", antwortete der Angesprochene überrascht. „Der ehrwürdige Abt Heribert schickt uns, weil wir die fremdländische Prinzessin holen sollen."

„Jetzt mitten in der Nacht? Was ist geschehen, Hauptmann?"

Der Anführer der Büttel zögerte einen Moment, als er die Menge der Bewaffneten auf dem Boot entdeckte.

„Abt Heribert hat erkannt, dass der Legat und seine Begleiter Betrüger sind, die sich in den Besitz des Ketzerbündels bringen wollen!", erklärte er ein wenig zögerlich. „Diese Leute müssen auch Euch getäuscht haben!"

„Das ist doch…! Wisst Ihr das genau, Hauptmann?"

Ritter Bruno spielte seine Rolle gut, denn er gab mir dadurch Gelegenheit, näher an die Wandung des Schiffes zu treten. Ich zwinkerte ihm kurz zu und gab ihm damit zu verstehen, dass ich bereit war.

„Nehmt die fremde Prinzessin in Gewahrsam, Männer!", rief der Edelherr von Wetter seinen Leuten zu. „Fesselt sie und bringt sie vor den ehrenwerten Abt!"

Das war für mich das Zeichen. Bevor sich auch nur einer der völlig perplexen Schergen in meine Richtung in Bewegung setzen konnte, klatschten bereits die Fluten des Flusses über mir zusammen.

Fred Hoppe

Ich hatte gerade das eiserne Gitter aus der Öffnung des Heizkanals gestoßen, als ein lautes monotones Glockengeläut erklang. Unwillkürlich zuckte ich zusammen und duckte mich. Hatte man entdeckt, dass wir aus unserem Gefängnis entkommen waren?

„Keine Sorge, Herr!", beruhigte mich Giacomos Stimme hinter mir. „Die Glocke ruft nur die Mönche zum Vigilie (Gebet in der ersten Stunde des Tages). Wir haben Glück, denn nun werden sie alle in den Kapitelsaal eilen. Niemand wird uns stören, wenn wir jetzt das Bündel aus dem Archiv holen."

Ich sprang in den stockdunklen Raum hinein und stolperte sogleich über einige Bücher, die direkt vor unserer Röhre mehr oder minder achtlos auf dem Boden abgelegt worden waren. Dabei wurde mir klar, dass wir ohne das Licht unseres Kienspans keine Chance haben würden, die Truhe mit dem „Allerheiligsten" wiederzufinden. Giacomo schien unterdessen zu der gleichen Erkenntnis gelangt zu sein, denn ich hörte ihn bereits unterdrückt auf Italienisch fluchen.

Ich gebe offen zu, dass es mir in diesem Moment ziemlich egal war, welche Konsequenzen der Einsatz eines modernen Feuerzeugs haben mochte. Ich öffnete den Beutel an meinem Gürtel, fischte die technische Errungenschaft einer fernen Zukunft heraus und knipste sie an. Die erwartete Wirkung blieb natürlich nicht aus. Völlig überrascht und mit vor Erschrecken geweiteten Augen starrte Giacomo auf die kleine Flamme in meiner Hand.

„Denk dir nichts dabei, es ist ein Trick, den nur die Boten kennen", erklärte ich ihm, weil mir nichts Besseres einfiel. „Hauptsache, es hilft uns beim Suchen."

Der kleine Venediger war zunächst entsetzt ein paar Schritte zurückgewichen, aber er erholte sich schnell wieder und folgte mir durch den schwach erleuchteten Raum zu dem Regal, vor dem ich die Truhe vermutete.

Nach einem kräftigen Tritt vor das Schloss ließ sich der Deckel problemlos öffnen. Ich erkannte den ledernen Umschlag gleich wieder und atmete erleichtert aus. Giacomo nahm das Bündel aus der Truhe, während ich voranging und uns den Weg zur Tür leuchtete. Zum Glück war diese nicht verschlossen.

Wir waren gerade auf den menschenleeren Flur hinausgetreten, als wir plötzlich laute Stimmen hörten, die von scheppernden Geräuschen begleitet wurden. Wir begannen sofort zu rennen.

„Bewaffnete!", raunte Giacomo mir im Laufen zu. „Der Abt muss nach ihnen geschickt haben!"

Unterdessen versuchte ich fieberhaft mich daran zu erinnern, welchen Weg wir am frühen Abend zur Bibliothek genommen hatten. Tatsächlich erreichten wir alsbald den Kreuzgang und jene Pforte, die uns direkt zum Ausgang führen würde. Allerdings entschieden wir uns dafür, sie nicht zu durchschreiten, denn dabei wären wir mit ziemlicher Sicherheit den herbeigerufenen Schergen in die Arme gelaufen. Also schlichen wir den Kreuzgang neben der Abteikirche entlang. Immerhin musste es hier irgendwo eine Seitentür geben, die uns ins Innere der Basilika bringen würde. Doch dahin kamen wir nicht mehr.

Durch die bereits erwähnte Pforte betraten plötzlich mehr als zwanzig Söldner den Kreuzgang. Sie entdeckten uns sofort und nahmen mit lautem Geschrei die Verfolgung auf. Für Giacomo und mich machte es nun keinen Sinn mehr, in den Westteil des Gotteshauses zu flüchten, denn dort hätten wir in der Falle gesessen. Auch wenn die bewaffneten Schergen uns nicht ins Innere der Kirche gefolgt wären, hätten sie nur die Ausgänge besetzen müssen, und wir wären nicht mehr hinausgekommen. Ohne das Schwert des Zwerges hätte ich uns den Weg auch keinesfalls freischlagen können. Also stürmten wir einfach weiter, durchquerten das Gebäude am Kopfende des Kreuzgangs und fanden uns auf der Südseite des Klosters in einem Garten wieder, der von einer niedrigen Mauer umschlossen wurde.

Offenbar hatten sich unterdessen unsere Verfolger mit Fackeln versorgt, deren flackernder Schein die Abteikirche in ein unwirklich erscheinendes geisterhaftes Licht hüllte. Giacomo und ich nahmen uns nur wenig Zeit zum Verschnaufen, denn jeden Moment konnten die wandernden Leuchtpunkte zu uns in den Garten vorstoßen. Ob wir wollten oder nicht, uns blieb nur der Weg über die Mauer, und mit vereinten Kräften gelang es uns, auf deren Krone zu klettern. Vor uns im Dunkel der Nacht lag das Seitental des Klemensborn, während rechts bereits der mäßig steile Hang begann, der auf die Bergkuppe führen mochte, die ich in der Dämmerung noch hinter der Abteikirche aufragen gesehen hatte. Die dicht bewaldete Erhebung war unser Ziel, denn in dem sumpfigen Gelände des Seitentals wären wir bestimmt nicht weit gekommen. Also sprangen wir uns an die Hände fassend kurzerhand in das unbekannte schwarze Nichts vor uns hinein.

Leng Phei Siang

Ich ließ mich von der Strömung treiben und schwamm nur Sekunden später unter der Brücke hindurch. Über mir konnte ich deutlich das aufgeregte Getrappel der Schergen hören. Im Schein ihrer Fackeln beugten sich einige Werdener Büttel über die Brüstung, um nach mir Ausschau zu halten, während andere planlos mit ihren Speeren im Ufergebüsch herumstocherten. Sie konnten mir nicht gefährlich werden.

Nach wenigen Hundert Metern hatte ich bereits die Flussbiegung erreicht, wo die Ruhr gegen einen hohen steilen Felshang strömte. Die rauschenden Wogen drückten mich mit aller Macht vor die steinerne Barriere, und ich hatte alle Mühe, einen griffigen Halt zu finden. Als es mir schließlich gelang, zog ich mich aus dem Wasser und hielt einen Moment lang inne, um zu verschnaufen.

Der Aufstieg durch die zerklüftete Steilwand war geradezu halsbrecherisch gefährlich. Immer wieder glitten meine Füße auf rutschigen Tritten aus, oder vermeintlich sichere Griffe im Fels zerbröselten unter meinen Fingern, doch zum Glück konnte ich jedes Mal in letzter Sekunde einen drohenden Absturz vermeiden. Zusätzlich klebten mir die nassen Kleider schwer wie Blei am Leib und zerrten mich in Richtung Abgrund. Aber irgendwann hatte ich den felsigen Abbruch überwunden und konnte mich an das Wurzelwerk eines Baumes klammern. Von da an wurde es endlich leichter, aber ich ruhte nicht eher, bis ich die Bergkuppe gänzlich erklommen hatte. Erst, als ich den steinigen Pfad, der von Werden heraufkommend wie eine weiße Schlange im

Mondlicht glänzte, direkt vor mir entdeckte, ließ ich mich völlig ermattet ins Gebüsch sinken.

Fred Hoppe

Der Sprung ins Ungewisse erwies sich als nicht so tief wie befürchtet, aber wir landeten in einem Gewirr von Ästen und Sträuchern, die uns Gesicht, Hände und Arme zerschrammten. Während wir uns aus dem dornigen Gebüsch befreiten, sandte Giacomo ein Stoßgebet zum Himmel und hielt mir danach triumphierend das unbeschädigte Bündel entgegen.

„Wir haben es geschafft, Herr!", verkündete er voller Stolz. „Jetzt müssen wir noch unseren Verfolgern entkommen."

„Langsam, Giacomo! Eins nach dem anderen", entgegnete ich zurückhaltend. „Zuallererst müssen wir uns um meine Gemahlin kümmern. Wenn uns der Kastellan wirklich verraten hat, müssen wir sie aus seiner Gewalt zu befreien, und das wird sicher nicht so leicht sein wie der Diebstahl des Bündels."

Der Italiener schlug sich klatschend vor die Stirn.

„Maledetto!", entfuhr es ihm dabei. „Da habt Ihr natürlich recht."

„Trotzdem sollten wir schleunigst hier verschwinden, bevor die Schergen auf der Mauer erscheinen", schlug ich vor. „Lass uns zunächst ein gutes Versteck suchen, wo wir uns in aller Ruhe beraten können."

Giacomo nickte zustimmend und verbarg das Bündel unter seinen Mantel. Anschließend begannen wir, uns einen Weg bergauf durch das Dickicht zu bahnen. Sobald wir die Kuppe des Berges erreicht hätten, würden wir sicher einen vortrefflichen Blick sowohl auf das Kloster und die Siedlung Werden als auch auf die Brücke über die Ruhr haben.

Unterwegs dachte ich noch einmal intensiv über die Geschehnisse der letzten Stunden nach. Irgendetwas stimmte nicht an unserer Einschätzung der Lage, davon war ich mittlerweile überzeugt. Als wir die Mönche im Refektorium belauschten, hatte der Abt davon gesprochen, dass ein Bote zum Kastellan von Wetter unterwegs sei. In diesem Zusammenhang war allerdings ausdrücklich von der Festung des Vogtes der Abtei die Rede gewesen. Damit konnte nur die Isenburg gemeint sein. Aber war Abt Heribert denn wirklich nicht bekannt gewesen, dass sich der Kastellan gar nicht dort aufhielt? Zumindest hätte er wissen müssen, dass unser Edelherr von Wetter augenblicklich damit beschäftigt war, gegenüber der Burg Volmarstein einen Wehrhof zu errichten. Trotzdem hatte der Benediktiner wohl sein Ziel erreicht, denn die Söldner, die uns im Kloster verfolgt hatten, gehörten definitiv nicht zu den Leuten, die mit uns auf dem Boot gewesen waren. Sie mussten von der Isenburg gekommen sein. Soweit war mir die Sache schon klar, aber ich konnte mir keinen Reim darauf machen. Warum hatte Ritter Bruno nicht in das Geschehen eingegriffen?

Diese Gedanken schwirrten mir im Kopf herum, als Giacomo mich auf einmal am Arm packte und seitwärts ins Gebüsch zog.

„Dort vorn zwischen den Zweigen liegt jemand, Herr", flüsterte der Venediger aufgeregt. „Es scheint eine Frau zu sein, und sie sieht aus wie…"

Er kam nicht mehr dazu, seine Vermutung auszusprechen, denn ich hatte Siang bereits erkannt und war zu ihr geeilt. Als ich bei ihr niederkniete, fuhr sie plötzlich herum und hielt mir ihren Dolch an den Hals.

„Fred?!", entfuhr es ihr auf Hochdeutsch.

Phei Siang nahm den Dolch von meiner Halsschlagader und setzte sich auf.

„Wo kommt ihr denn jetzt auf einmal her?", erkundigte sie sich lachend.

„Wir sind aus dem Kloster geflohen, Prinzessin", antwortete Giacomo an meiner Stelle. „Und eigentlich wollten wir uns hier oben überlegen, wie wir Euch aus der Gewalt des Kastellans befreien könnten."

Phei Siang starrte uns ungläubig an.

„Wie kommt ihr beide darauf, dass der Ritter von Wetter uns hintergangen haben sollte?"

„Na ja, wenn nicht, warum bist du dann hier?", entgegnete ich süffisant. „Du bist nass wie eine Katze. Also musst du wohl vom Boot gesprungen sein."

„Natürlich bin ich das!", bestätigte Siang „Aber nur, weil die Stadtsöldner mich in Gewahrsam nehmen wollten. Unser Freund, Ritter Bruno, wollte noch ablegen und fortfahren, aber dafür war es bereits zu spät. Also habe ich ihm geraten, dem Hauptmann zuvorzukommen und seinen Leuten zum Schein zu befehlen, mich gefangen zu nehmen, damit nicht bekannt wird, dass er auf unserer Seite steht. Der Kastellan hat uns bestimmt nicht verraten!"

Während der folgenden Stunden erzählten wir uns gegenseitig, was wir jeweils erlebt hatten, aber einer Auflösung des Verwirrspiels kamen wir dadurch auch nicht näher. Zu alledem mochte mir die Tatsache, dass der Kastellan nun auch noch das Schwert des Zwerges und unsere Pferde hatte, ganz und gar nicht gefallen.

Immerhin waren wir tatsächlich in den Besitz des gesuchten Bündels gelangt, und das allein war mehr, als wir noch vor einigen Wochen zu hoffen gewagt hätten. Die größte Überraschung aber stand uns noch bevor, als sich im Morgengrauen ein einzelner Reiter mit mehreren Pferden im Schlepptau aus dem Zwielicht des beginnenden Tages schälte. Ich traute meinen Augen kaum, denn es war Bruno von Wetter.

Leng Phei Siang

Ich hatte mich nicht getäuscht, denn unser neuer Freund Bruno war wirklich kein Verräter. Trotzdem hatten sich auch Giacomo und Fred nicht verhört, als sie die Benediktiner im Refektorium belauschten. Abt Heribert hatte wirklich einen Boten zum Kastellan auf die Isenburg geschickt, und ein Edelherr von Wetter, der in Abwesenheit seiner Lehnsherren die Festung verwaltete, hatte der Bitte der Werdener Mönche entsprochen und eben jenen Trupp Söldner in Marsch gesetzt, vor dem meine beiden Helden aus dem Kloster entflohen waren. Die Lösung dieser unglaublichen Geschichte bestand darin, dass es zwei Kastellane von Wetter gab, nämlich unseren Bruno und jenen Friedrich. Die beiden waren schlicht und einfach Brüder. Das allgegenwärtige Schicksal wiederum hatte uns mit dem einen zusammengeführt, der uns wohlgesonnen war.

Nun, da wir endlich im Besitz des sogenannten „Allerheiligsten" waren, stand unserer Reise in den Süden Frankreichs eigentlich nichts mehr entgegen. Doch für meinen ritterlichen Gemahl gab es da noch eine Kleinigkeit, die er unbedingt zuvor erledigen wollte. Vielleicht hätte ich nach dem bestandenen Abenteuer im Kloster Werden vehementer darauf dringen sollen, dass wir umgehend aufbrechen mussten, aber ich tat es nicht. So nahmen denn schließlich all jene Ereignisse ihren vorbestimmten Lauf, die Fred und mir einen winzigen Blick auf unser späteres gemeinsames Schicksal hätten ermöglichen können, wenn wir nur dazu in der Lage gewesen wären, dies zu sehen.

Die Sache begann gleich, nachdem wir uns aufs Herzlichste von Ritter Bruno verabschiedet hatten.

Ich hatte gerade abseits des Weges, der von Werden nach Süden führte, meine Kleider zum Trocknen aufgehängt und war in unser kleines Turnierzelt gehuscht, um den Inhalt des ebenfalls nass gewordenen Beutels an meinem Gürtel zu sortieren. Dabei fiel mir der schmale moderne Stahlzylinder in die Hand, den unser Freund Achim mir noch vor der Versetzung in die Vergangenheit gegeben hatte, damit wir darin eine Nachricht für unsere Lieben in der Gegenwart hinterlegen konnten. Dieses sicherlich ungewöhnliche Verfahren war für uns nicht neu; wir hatten es schließlich in ähnlichen Situationen schon zweimal erfolgreich erprobt. Wir mussten uns nur auf einen Ort einigen, von dem wir wussten, dass er sich in den rund achthundert Jahren, die zwischen dieser Epoche und derjenigen lagen, aus der wir gekommen waren, nicht wesentlich verändert hatte.

Diesmal war die Wahl des verabredeten Verstecks auf die Außenmauer des Bergfrieds der Isenburg gefallen. Allerdings hatten Fred und ich bei unserem erfolgreichen Versuch, in die Festung einzudringen, keine Gelegenheit gehabt, die Nachricht dort zu hinterlegen, und nun waren seitdem durch unseren missglückten Zeitsprung bereits fünf weitere Jahre vergangen. Trotzdem glaubte Fred, dass dies keinen Unterschied machen würde.

„Es kommt schließlich nicht darauf an, ob der Zylinder fünf Jahre früher oder später von uns versteckt wird", meinte er unbeirrt. „Hauptsache Achim findet ihn an der vereinbarten Stelle. Sieh doch, Siang, wir müssen jetzt weit fort und wissen nicht, wann wir in diese Gegend zurückkehren können. Jetzt haben wir die Gelegenheit, das Versäumte nachzuholen, und außerdem haben wir es Achim versprochen."

Ich hätte tausend und mehr Gründe anführen können, die gegen ein so gefährliches Unternehmen sprachen, doch ich kannte meinen ritterlichen Gemahl gut genug, um zu wissen, dass er sich nicht mehr von dieser fixen Idee abbringen lassen würde. Deshalb beließ ich es dabei und stimmte seufzend zu.

Weit schwieriger war es allerdings, unseren kleinen Venediger davon zu überzeugen, dass wir noch ein paar Tage länger hier verweilen wollten, um ausgerechnet der uneinnehmbaren Isenburg einen unangemeldeten Besuch abzustatten.

„Ich verstehe Euch wirklich nicht, Herr!", ereiferte sich Giacomo. „Da können wir nur von Glück sagen, dass wir den Häschern dieses zweiten Kastellans entkommen sind, und nun wollt Ihr unbedingt vor dessen Nase eine Nachricht deponieren! Für wen soll die überhaupt sein?"

Was hätten wir darauf antworten sollen? Für unsere Freunde in der Zukunft? Nun, das ging wohl schlecht. Der arme Giacomo hätte es wahrscheinlich nicht verstanden. Also verfielen wir wieder auf den alles erklärenden Spruch, den uns der katharische Banchieri selbst beigebracht hatte:

„Wir müssen das tun, weil wir die Boten sind!"

Giacomo schüttelte unwillig den Kopf und winkte ab.

„Zwei Tage, Winfred und Prinzessin Phei Siang! Zwei Tage und nicht länger!"

Fred Hoppe

Den Rest des Tages verbrachten Phei Siang und ich damit, die Nachricht so kurz wie möglich und so informativ wie nötig abzufassen. Schließlich schrieben wir die wenigen Sätze auf ein kleines Stück Pergament, das Giacomo stets mit sich führte, um seine Wechsel auszustellen. Wenn unser alter Freund Achim sie in der Gegenwart bergen konnte, würden alle daheim erfahren, dass wir Pui Tien und ihren Freund gefunden, aber durch den missglückten Zeitsprung wieder verloren hatten. Allerdings würde uns der Auftrag der Katharer, deren heiliges Bündel nach Südfrankreich zu bringen, wohl letztlich auch zu unserer Tochter führen. Zum Schluss unterzeichneten wir die Nachricht mit dem aktuellen Datum, so wie wir dies nachgerechnet hatten. Demnach war jetzt der 15. Mai 1209. Anschließend schoben wir das Pergament in die beiliegende Plastikfolie, steckten beides in den Zylinder und schraubten diesen zu.

Noch in der gleichen Nacht brachen Phei Siang und ich auf, um uns im Schutz der Dunkelheit an den Bergfried der Isenburg heranzuschleichen. Den kleinen Venediger ließen wir mit dem kostbaren Bündel beim Turnierzelt zurück. Allerdings bedurfte es schon einiger Überredungskünste, bis unser treuer Gefährte damit einverstanden war. Zuletzt konnten wir ihn davon überzeugen, dass er uns notfalls aus der Gewalt des zweiten Kastellans befreien müsste.

Über einen Karrenweg, der in beinahe gerader Linie die große Ruhrschleife abschnitt, gelangten wir zum Deilbach, dem wir flussaufwärts bis zum Ort Nierenhof folgten. Hier gönnten wir unseren Pferden eine kleine Verschnaufpause, bevor wir entlang des Isenberges über den Sattel in das kleine Tal hinabritten, das letztlich zur Fischschlacht unterhalb der Burg führen würde.

Hoch über unseren Köpfen ragten auf der linken Seite bereits deren wuchtige Mauern auf, und mich beschlich wieder jenes seltsame Gefühl, dessen Ursache wohl in einer Mischung von Respekt und der Ahnung von großer Gefahr begründet war.

Wir stiegen ab und banden unsere Pferde im niedrigen Ufergehölz des kleinen Baches fest, denn von nun an konnten wir nur noch zu Fuß unbemerkt die gewaltige Ringmauer erreichen. Von unserer ersten unfreiwilligen Versetzung in die Vergangenheit wussten wir genau, dass sich auf dieser Seite der Burg das Gartentor befand. Immerhin war es der einzige Zugang, der nicht von Fallgittern und Zugbrücken gesichert war. Aus diesem Grunde vermuteten wir, dass es hier in der Regel auch keine Torwachen gab. Allerdings hatten wir diesmal auch nicht vor, in die eigentliche Burganlage einzudringen. Wir wollten lediglich unbeobachtet bis an die Mauern herankommen. Sobald uns dies gelungen war, mussten wir uns an ihnen entlang bis zum Bergfried vortasten. Wenn wir es soweit geschafft hatten, würde der schwerste Teil des Unternehmens beginnen.

Um eine geeignete Stelle im Mauerfuß des Bergfrieds zu finden, musste ich praktisch unter den Augen der Bogenschützen auf dem Scheitel des senkrecht abfallenden Halsgrabens entlangklettern, was nur mithilfe einer ordentlichen Seilsicherung möglich war. Tatsächlich konnte ich nur hoffen, dass sich genügend Kanten im Fels finden ließen, in die ich die Schnur einhängen konnte, so dass ich bei einem Sturz nicht ins Bodenlose fiel. Phei Siang sollte dabei an der Ecke des Bergfrieds zum Halsgraben zurückbleiben, um mich zu sichern. Das war zumindest der Plan, doch dann kam plötzlich alles anders.

Leng Phei Siang

Allein das lange, um meine Schulter gewickelte Seil war fürchterlich schwer und behinderte mich kolossal während des steilen Aufstiegs zum Burggarten. Zudem mussten wir uns ständig aufs Neue ducken und eng an den Hang schmiegen, damit uns die Wachen auf den Hurden der Ringmauer nicht entdeckten. Eine ganze Armee hätte man so sicher nicht unbemerkt an die Isenburg heranführen können. Endlich erreichten wir die niedrige Gartenmauer, hinter der die ersten kleinen Büsche und Obstbäumchen standen, in deren Schutz wir leichter Deckung finden konnten. Dort kauerten wir einen Moment lang nieder, bis sich die im Mondlicht spiegelnden Helme der Söldner bewegten und davon kündeten, dass die Wachen auf der Mauer eine neue Runde zu drehen begonnen hatten.

Wir wollten gerade wieder aufspringen und einige Meter weiter vorrücken, als ich vor einem größeren Felsbrocken eine flüchtige Bewegung bemerkte. Sofort legte ich Fred meine Hand auf den Arm, und er schaute mich fragend an.

„Siehst du den Felsen dort?", flüsterte ich. „Da ist jemand."

Fred lugte vorsichtig über die Brüstung der steinernen Garteneinfassung und duckte sich gleich wieder.

„Tatsächlich, du hast recht", raunte er mir zu. „Es scheint eine Frau zu sein."

„Eine Frau?", entgegnete ich verblüfft. „Es ist bald Mitternacht. Was macht eine Frau zu dieser Zeit draußen vor einer Burg?"

Fred grinste mich frech an.

„Kräuter sammeln?"

Ich beschloss, seine dumme Bemerkung zu ignorieren, und konzentrierte mich wieder auf die Ringmauer über unseren Köpfen. Die Wachen waren verschwunden.

Wir huschten ein paar Meter weiter nach vorn und hockten uns vor einen wilden Rosenstrauch. Im gleichen Moment trat die Frau hinter dem Felsen hervor. Sie trug ein überaus kostbares Obergewand mit Brokatschmuck und weiten Ärmeln. Ich stutzte sofort, denn ich hätte schwören können, dass sie das Surcot meiner Tochter trug. Das war doch unmöglich. Pui Tien war schließlich mehr als tausend Kilometer entfernt. Trotzdem stieg in mir eine unbestimmte Hoffnung auf. Dann drehte sich die Frau in unsere Richtung, und ich erschrak: Ihr Gesicht schien ebenmäßig, aber alt, doch ihre Wangen und Augen wiesen eindeutig asiatische Züge auf.

Ich stieß Fred an und deutete auf die Gestalt, doch so sehr ich mich auch bemühte, ich brachte keinen einzigen Ton hervor.

„Was hast du, Siang?", erkundigte sich Fred erschrocken.

Dann hatte er die Fremde ebenfalls erblickt und erstarrte. Mit einem Mal kam die Frau direkt auf uns zu, so als ob sie längst wüsste, dass wir uns hinter der Heckenrose versteckt hielten. Fred nahm meine Hand und riss mich mit sich fort, aber wir kamen nicht weit, denn urplötzlich versperrten uns bewaffnete Söldner den Weg. Sie waren praktisch aus dem Nichts aufgetaucht und bedrohten uns mit Speeren und Bogen.

„Tut ihnen nichts zuleide!", erklang hinter uns die Stimme der Fremden. „Haltet sie nur auf, damit ich mit ihnen sprechen kann! Sie sind keine Gefahr für die Isenburg."

Tatsächlich senkten die Schergen ihre Waffen, und ich begann mich zu fragen, ob ich in Wahrheit nur träumte. Fred und ich drehten uns zu der Sprecherin um und warteten, bis sie vor uns stand.

„Geht jetzt!", befahl sie den Wachen. „Ich bedarf eurer Dienste nicht mehr."

Dann standen wir uns gegenüber, und ich hatte mich inzwischen wieder insoweit gefasst, dass ich angestrengt versuchte, ihre Gesichtszüge genauer zu betrachten, aber im diffusen Licht des Mondes wollte mir das nicht so recht gelingen. Trotzdem konnte ich deutlich erkennen, dass mir die fremde alte Frau in irgendeiner Weise ähnlich sah. Sie hatte leicht schräg gestellte Augen und besaß sicher auch dunkles volles Haar, soweit ich dies unter ihrem Gebende zu erahnen vermochte. Aber mit Pui Tien hatte sie bis auf die asiatischen Attribute ihrer Erscheinung nichts gemein. Außerdem war die Frau bestimmt zwischen 45 und 50 Jahre alt, was selbst in adeligen Kreisen eher eine Seltenheit darstellte. Dass sie nur eine hochgestellte Persönlichkeit sein konnte, war mir nach ihrem Auftreten sofort klar gewesen.

„Mein Name ist Mechthildis", begann sie mit sanfter, ruhiger Stimme, nachdem die Söldner durch das Gartentor ins Innere der Isenburg zurückgekehrt waren. „Ich bin die Tochter des Grafen Florenz von Holland und Gemahlin des Grafen Arnold von Altena-Nienbrügge, der gemeinsam mit unserem ältesten Sohn das Kreuz gegen die Häretiker genommen hat. Aber das Letztere wisst ihr beide ja wohl."

„Wo…, woher wusstet Ihr, dass wir kommen würden?", fragte Fred stockend.

Genau wie ich schien auch er nicht begreifen zu können, was hier mit uns geschah.

„Frag nicht! Eines Tages werdet ihr beide alles erfahren", erwiderte die fremde und mir auf eine seltsame Weise doch so vertraute Frau, während ihre Stimme auf einmal einen zutiefst traurigen, ja fast weinerlichen Ton annahm.

Unwillkürlich fühlte ich mich an das unheimliche Erlebnis mit dem weißen Wolf in den Wäldern auf Meininghausen erinnert.

„Heute ist nur wichtig, dass ihr mir den kleinen Behälter gebt, den ihr an der Mauer unseres Bergfrieds verstecken wolltet", fuhr sie fort. „Ich versichere euch, dass ich ihn an einer Stelle hinterlege, wo er eines fernen Tages gefunden wird."

Wie mechanisch drückte ich Mechthildis den Zylinder in die ausgestreckte Hand. Als ich sie berührte, kamen mir unwillkürlich die Tränen. Langsam und wie in Zeitlupe streichelte sie mir über die Wange, und dabei konnte ich deutlich sehen, dass sie selbst weinte.

Danach wandte sie sich um und schritt auf das Gartentor zu. Bevor sie endgültig verschwand, sprach sie uns noch ein letztes Mal an:

„Ihr müsst jetzt zu eurem Gefährten zurückkehren, denn ihr habt eine große Aufgabe zu bewältigen. Beeilt euch, denn eure älteste Tochter ist in Gefahr!"

Kapitel 5
Spurensuche im Katharerland

Got heizt und ist ein warheit.
Der ist ein durchliuchtec lieht
und wenket siner minne niht:
Swem er minne erzeigen sol,
dem wirt mit siner minne wol.
Die selben sint geteilet:
Aller werlde ist geveilet
beidiu sin minne und ouch sin haz.
Nu prüevet werdez helfe baz.
Der schuldege ane riuwe
vliuht die gotlichen triuwe:
swer aber wandelt sünden schulde,
der dient nach werder hulde.

(aus „Parzval" von Wolfram von Eschenbach)

Gott heißt und ist lauter Wahrheit.
Er ist ein hell leuchtendes Licht
und wankt in seiner Liebe nicht:
Wem er seine Liebe erweisen soll,
dem wird in seiner Liebe wohl.
Die Menschheit ist geteilt:
Der ganzen Welt steht feil,
beides, seine Liebe und auch sein Hass.
Nun prüfet, was mehr euch helfen mag.
Der Schuldige ohne Reue
flieht vor der göttlichen Treue:
Wer aber büßt für seine Schuld,
verdient sich Gottes Huld.

(Übertragung aus dem Mittelhochdeutschen)

Das Relikt, Juni 2007

Die Luft hing schwül und drückend über dem Tal der
Ruhr. Selbst hoch oben an der Ruine des massigen Berg-
frieds der einst so mächtigen Isenburg war kein einziger
Windhauch zu spüren. Nur das ferne Grollen eines nahen-

den Gewitters durchbrach zuweilen die geradezu gespenstische Stille dieses heißen Vorsommertages.

Carsten Michel wischte sich den Schweiß von der Stirn und schaute kurz zu den Wipfeln der Bäume auf, um durch das grüne Blätterdach einen Blick auf den Himmel zu erhaschen. Tatsächlich zogen von Westen her immer dichtere Wolkenpakete heran, die sich zum Teil schon zu dicken schwarzen Ungetümen aufgebauscht hatten.

Nun gut, etwas Zeit würde ihm wohl noch bleiben, um die vor vielen Jahrzehnten in den Fels neben dem Halsgraben gesprengte Naturbühne in Augenschein zu nehmen. Mit geübtem Blick schätzte er die Größe der Fläche für die Akteure ab, taxierte die halbrunde Form der steinernen Bänke für die Zuschauer und lokalisierte die Standorte der beiden Kassen. Danach platzierte er vor seinem geistigen Auge bereits die Kulissen für das geplante Drama unter freiem Himmel. Nach den Vorstellungen des Leiters der Theater AG am Ennepetaler Gymnasium sollte das Stück schließlich, wenn eben möglich, im kommenden Jahr hier oben am Originalschauplatz vor der Isenburg aufgeführt werden.

Carsten sah darin kein Problem. Allerdings würde man sicher für die Zuschauer einen Pendelbusverkehr von der Nierenhofer Straße herauf einrichten müssen, denn der schmale Bergrücken des Isenbergs bot nun mal keinen Platz für Parkplätze. Alles andere, zum Beispiel die Verhandlungen mit der Stadt Hattingen, die ja nun immerhin Eigentümerin der Freilichtbühne war, würde er mit gewohnter Professionalität erledigen. Als Verantwortlicher für den Kulturbereich in Ennepetal hatte er vorsorglich schon vor einigen Tagen mit den entsprechenden Stellen Kontakt aufgenommen.

Den Inhalt des Theaterstücks kannte Carsten schon seit geraumer Zeit. Geschrieben hatten es die Schülerinnen und Schüler des Literaturkurses der 12. Jahrgangsstufe, und es behandelte nicht mehr und nicht weniger als die für die heimatliche Geschichte so bedeutungsvolle Ermordung des Erzbischofs Engelbert von Köln im Jahre 1225. Dabei ließen die Jugendlichen das Ereignis und seine Folgen von zwei jungen Leuten aus der Gegenwart erleben, die durch unbegreifliche Mächte in der Ennepetaler Kluterthöhle in jene Epoche versetzt worden waren.

Bei diesem Gedanken musste Carsten Michel unwillkürlich schmunzeln. Vielleicht hatte sich ja Rüdiger, der verantwortliche Jahrgangsstufenlehrer, erst durch das plötzliche Verschwinden von zwei seiner eigenen Schüler im Herbst des letzten Jahres zu dem Projekt inspirieren lassen. Soweit Carsten wusste, waren diese Pui Tien Hoppe und ihr Freund mit dem unaussprechlichen Namen seither wie vom Erdboden verschluckt und nicht mehr aufgetaucht.

Seltsamerweise war die mysteriöse Geschichte nie großartig in den Medien verbreitet oder gar ausgeschlachtet worden, wie es sonst bei einem solchen Fall üblich gewesen wäre. Offenbar hatten hier sowohl die betroffenen Eltern als auch die Behörden erfolgreich gemauert, denn mehr als die reine Tatsache ihres Verschwindens und einige spekulative Vermutungen waren seinerzeit nicht veröffentlicht worden. Und das, obwohl allgemein bekannt war, dass Carstens Chef, der Bürgermeister, ein Freund der Familie des Mädchens sein sollte. Vielleicht hatte es für die beiden ja gute Gründe gegeben, gemeinsam abzuhauen und unterzutauchen. Die ständig brodelnde Gerüchteküche in der Verwaltung hatte jedenfalls in dieser Hinsicht die abstrusesten Vermutungen hervorgebracht. Unter anderem war Carsten bereits zu Ohren gekommen, dass vor mehr als 35 Jahren angeblich schon die Eltern Pui Tiens nach einem Besuch der Kluterthöhle nicht mehr nach Hause gekommen wären. Und einige besonders hartnäckige Verschwörungsfanatiker behaupteten steif und fest, sie wären erst Jahrzehnte später wieder aufgetaucht und während der gesamten Zeit ihres Verschwindens nicht einmal gealtert.

So ein hanebüchener Unsinn! Carsten lachte laut auf, und einige vorbeieilende Wanderer, die wohl noch vor dem Gewitter ihr Auto im Tal erreichen wollten, starrten ihn irritiert an. Aber falls tatsächlich etwas an dieser völlig unglaubwürdigen Geschichte dran sein sollte, so schwieg Patrice beharrlich darüber. Natürlich hätte zumindest dieser Höhlenführer wissen müssen, wenn sich wirklich jemals so etwas in der Klutert zugetragen hätte.

Ein ohrenbetäubender Donnerschlag holte Carsten augenblicklich in die reale Welt zurück. Schon klatschten die ersten schweren Regentropfen auf den ausgetrockneten Boden. Er sah sich wie gehetzt um und hechtete mit wenigen Sätzen über die steinernen Sitzreihen auf den kleinen Fahrweg, der über den schmalen Grat des Bergrückens am Halsgraben und der Ruine des Bergfrieds vorbei in den oberen Burghof führte. Über dem benachbarten Balkhauser

Tal zuckte ein greller Blitz vom Himmel, gefolgt von einem unglaublich lauten Krachen, das vom Echo noch verstärkt wurde. Umgehend setzte danach heftiger Regen ein.

Keuchend erreichte Carsten Michel im Dauerlauf den oberen Burghof, wo er auf der schütteren Rasenfläche vor dem Haus Custodis den Dienstwagen geparkt hatte. Blitz und Donner wechselten sich unterdessen bereits in steter Folge ab, während der umgehend aufkommende Sturmwind mit brachialer Gewalt über die Bergkuppe brauste und sich laut heulend an den Ruinen brach.

Carsten hatte seinen Wagen fast erreicht, als ihm ein kleiner, rostiger und zylindrisch geformter Behälter vor die Füße rollte. Das seltsame Ding musste gerade vom Starkregen aus dem Lehm des neben den Mauerresten aufgeschichteten Schutthaufens gespült worden sein. Neugierig geworden bückte sich Carsten und hob den Zylinder auf. Ohne nachzudenken, steckte er den rostigen Stahlbehälter ein. Danach stieg er eiligst in seinen Wagen und fuhr davon. Zurück in seinem Büro im Haus Ennepetal, stellte er den kleinen Zylinder auf seinen Schreibtisch und benutzte ihn als Briefbeschwerer. Bald nahmen ihn die Probleme des Alltags wieder so sehr in Beschlag, dass er keinen weiteren Gedanken mehr an ihn verschwendete.

Seit Monaten saß Achim übel gelaunt und mürrisch am Esszimmertisch, wenn er nach getaner Arbeit nach Hause kam, und es schien nichts zu geben, was ihn aufzuheitern vermochte. Selbst wenn seine sonst über alles geschätzte Schwiegertochter Phei Liang die Stube betrat, erntete diese keinesfalls mehr das übliche Lächeln, sondern musste sich, wie alle anderen Familienmitglieder auch, mit einem hingebrummelten „Moin" abfinden. Seit seinem letzten vergeblichen Versuch, die versprochene Nachricht von Fred und Phei Siang am Fuße des Bergfrieds der Isenburg zu finden, war Achim für seine Mitmenschen schlicht und einfach ungenießbar geworden.

Mehr als einmal hatte Phei Liang ihre Schwiegermutter beiseite genommen und ihr geraten, doch etwas zu unternehmen, was den alten grimmigen Brummbären aufheitern könnte. Erst vor zwei Tagen hatte sie das leidige Thema noch einmal angesprochen

„Geht doch mal aus, Mutter Margret", hatte Phei Liang ihr zugeflüstert. „Vielleicht sollte Vater Achim nur auf andere

Gedanken kommen. Es muss doch etwas geben, was ihm Spaß macht."

Aber Margret hatte nur abgewinkt und seufzend erwidert:

„Liang, du kennst ihn doch! Er ist mit sich selbst unzufrieden, weil es ihm nicht gelungen ist, diesen dämlichen Zylinder zu finden, den er deiner Patenschwester gegeben hat. Jetzt glaubt er, es läge an seiner Unfähigkeit, dass wir alle keine Nachricht von den beiden bekommen haben."

„Ach, Mutter Margret, es gibt tausend Gründe, warum es nicht geklappt haben könnte. Unser Vater Kao hat uns doch immer wieder erzählt, dass die Isenburg in jenen gefährlichen Bürgerkriegszeiten besonders gut bewacht wurde. Außerdem haben Fred und meine Daotije (ältere Schwester) in dieser Epoche dort keine Freunde, denen sie sich offen nähern können. Vielleicht haben sie es einfach nicht geschafft, unbemerkt an den Bergfried heranzukommen."

„Wem sagst du das, Liang? Aber dein Schwiegervater ist ein geborener Pessimist, und er sieht das ja alles gleich noch viel schlimmer. Er malt sich bereits aus, dass Fred und Phei Siang die Kleine und ihren übereifrigen pummeligen Freund gar nicht gefunden haben oder dass ihnen etwas Schreckliches zugestoßen sein könnte. Wie dem auch sei, die Ungewissheit macht ihn verrückt."

„Was auch geschehen ist, wir können nichts daran ändern, Mutter Margret", entgegnete Phei Liang fast tonlos. „Aber ein wenig Ablenkung täte ihm sicher gut."

Am Tag darauf hatte Margret in der Tageszeitung einen Hinweis auf das Theaterabonnement der kommenden Saison entdeckt. Unter anderem wurde darin auch der Kabarettist Konrad Beikircher mit seinem neuen Programm angekündigt. Da sie wusste, wie sehr ihr Mann dessen flapsige Art schätzte, seinem Publikum die rheinische Frohnatur nahezubringen, sprach sie Achim gleich darauf an. Trotzdem brauchte es die mehr oder minder energische Fürsprache sowohl von Sohn Christian als auch von Phei Liang, bis der mürrische Trotzkopf endlich nachgab und sich auf den Vorschlag einließ. Da Margret dem so mühsam abgerungenen Versprechen ihres Gatten nicht traute, drängte sie ihn dazu, am nächsten Morgen zum Kulturamt zu fahren, um das Abo persönlich in Empfang zu nehmen.

Eigentlich konnte man Margret nicht zu den Menschen zählen, die in irgendeiner Weise an Wunder glaubten, und schon mal gar nicht, wenn es um das Verhalten ihres Mannes ging. Deshalb traute sie auch ihren Augen kaum, als Achim an jenem Mittag beschwingt und fröhlich vor sich hin pfeifend aus dem Auto stieg. Anstelle der üblich gewordenen mürrisch gemurmelten Begrüßung gab er ihr einen dicken Kuss und hielt ihr einen kleinen verrosteten Stahlzylinder unter die Nase.

„Das ist jetzt nicht das, was ich glaube?", brachte sie verblüfft hervor.

„Ich denke schon!", erwiderte Achim zuversichtlich. „Ich habe ihn zwar noch nicht geöffnet, aber ich bin mir fast sicher."

„Wie bist du da drangekommen? Gib zu, du hast das Kulturamt sausen lassen und bist noch einmal zur Isenburg gefahren!"

„Als wenn ich so was tun würde!", meinte Achim mit gespielter Entrüstung. „Nein, ich habe den Zylinder tatsächlich aus dem Kulturamt mitgebracht."

Achim ignorierte ihr ungläubiges Staunen und nahm seine Frau an die Hand.

„Komm, Margret! Wir gehen rüber zu den anderen in Freds Haus. Ich habe keine Lust, alles zwei- oder dreimal zu erzählen!"

Eine halbe Stunde später hatten sich dort Freds Mutter Gertrud, Phei Siangs Eltern Liu Tsi und Kao sowie Phei Liang gemeinsam mit Margret und Achim um den großen Esstisch versammelt, auf dem der unscheinbare kleine verrostete Stahlbehälter lag.

„Also, stellt euch das mal vor!", begann Achim enthusiastisch. „Ich komme da nichts ahnend in das Büro von diesem Herrn Michel, um die bestellten Abo-Karten zu holen, und da liegt dieses Ding herum, das haargenau so aussieht wie der Zylinder, den ich Phei Siang zugesteckt habe. Ich hätte vielleicht gar nichts gesagt, wenn der Behälter noch glatt poliert und glänzend gewesen wäre, aber das rostzerfressene Ding erinnerte mich sofort an den Zustand der Kapseln, den wir bei den anderen Nachrichten vorgefunden haben. Darum frage ich den Kulturmenschen, wo er den Zylinder herhat, und der sagt mir doch rundheraus, dass er ihm auf der Isenburg vor die Füße gerollt sei."

„Im Halsgraben vor dem Bergfried", vermutete Leng Kao. „Das wäre nach deiner Abmachung mit unseren Kindern ja naheliegend."

„Eben nicht!", betonte Achim mit einem gewissen Triumph in der Stimme. „Deshalb habe ich ihn auch nicht finden können. Das Ding lag auf einem Abfallhaufen im oberen Burghof, nicht weit vom Haus Custodis. Wahrscheinlich sind diese Typen vom Verein für den Erhalt der Isenburg irgendwann bei der Durchsuchung des Trümmerschutts auf den Zylinder gestoßen und haben ihn auf den Abfallhaufen geworfen, weil er ja offensichtlich nicht gerade wie ein historisches Artefakt aussieht."

„Wenn sie ihn genauer untersucht hätten, wären sie wohl ziemlich überrascht gewesen, dass er fast achthundert Jahre alt ist", stellte Leng Kao fest.

„Na klar!", bestätigte Achim. „Zum Glück haben sie nur bemerkt, dass er nicht im Mittelalter hergestellt worden ist, und sind daher von einer Verunreinigung, äh, wie heißt das noch bei den Archäologen…?"

„Kontaminierung", warf Leng Kao ein.

„… genau, sie sind wohl von einer Kontaminierung der Fundstelle ausgegangen. Wie sollen sie auch darauf kommen, dass jemand im Mittelalter einen modernen Stahlbehälter in der Oberburg versteckt hat?"

Achim schaute zufrieden in die Runde. Spätestens jetzt war jeder der Anwesenden geradezu elektrisiert.

„Jedenfalls habe ich Mister Kultur gesagt, dass mich das Ding irgendwie fasziniert hätte, und ihn dann gefragt, was er dafür haben wolle."

„Und?" erkundigte sich Margret. „Wie viel hast du ihm hingeblättert?"

„Gar nichts! Er hat mir den Zylinder geschenkt."

„Toll! Demnach hast du also nur die Abo-Karten bezahlt?", hakte Margret aus gutem Grund nach.

Sie kannte schließlich ihren Mann und sollte auch recht behalten, denn Achim lief plötzlich puterrot an.

„Oh", meinte er entschuldigend. „Die habe ich in der Aufregung ganz vergessen."

Die Nachricht

So vorsichtig wie eben möglich setzte Achim die Eisensäge an und ließ das gezackte Blatt ganz langsam über die rostige Oberfläche des Zylinders gleiten. Doch schon nach zweimaligem Hin- und Herziehen brach das poröse Material entzwei und zerbröckelte in unzählige winzige Teilchen. Zum Vorschein kam eine zusammengerollte vergilbte Plastikfolie, die ein Stück Pergament umschloss. Leng Kao hob die Folie behutsam hoch und breitete sie samt Inhalt auf dem Tisch aus. Bis auf den alten Geschichtsprofessor stand allen die Enttäuschung ins Gesicht geschrieben.

„Verdammt!", fluchte Achim laut. „Das Blatt ist leer!"

„Die Tinte wird mit der Zeit verblichen sein", stellte Leng Kao nüchtern fest. „Aber keine Angst, ich traue meinem Schwiegersohn und meiner Tochter schon zu, dass sie damit gerechnet haben."

„Und was hilft uns das?", meinte Achim ratlos.

Kao nahm die Folie samt Pergament hoch und hielt sie gegen das Licht.

„Seht her", erwiderte er lächelnd. „Wenn man genau hinschaut, kann man noch schwache Linien entdecken, wo sich die Tuschefeder beim Schreiben eingedrückt hat. Fred und Phei Siang haben bestimmt absichtlich eine weiche Unterlage benutzt, um genau diesen Effekt zu erzielen."

„Und? Haben wir eine Chance, das wieder sichtbar zu machen?", fragte Achim hoffnungsvoll.

„Ich glaube schon", antwortete Leng Kao zuversichtlich. „Wir sollten das Pergament einscannen und danach allmählich die Schattierung verstärken. Zumindest müssten dann die eingedrückten Linien wieder besser zu erkennen sein."

Tatsächlich konnte Leng Kao nur eine halbe Stunde später bereits ein lesbares Ergebnis präsentieren:

„Es ist uns letztlich gelungen, Pui Tien und ihren Freund zu finden. Allerdings mussten wir Didi erst aus dem Kölner Kerker befreien. Ein staufischer Kriegstrupp hatte ihn verschleppt. Er war aber wohlauf, als wir im April 1205 alle gemeinsam versuchten, an den Externsteinen durch das Tor zu gehen. Doch der Sprung durch die Zeit misslang, und wir wurden von Pui Tien und Didi getrennt. Siang und ich sind ganz sicher, dass die beiden jetzt in Südfrankreich sind. Wir müssen sie nur finden. Der Schlüssel zu allem scheint ein geheimnisvoller Ort namens „Montsalvat" zu sein. Dorthin sollen wir ein Bündel mit dem ‚Allerheiligsten' der Katharer bringen. Betet für uns, dass beides gelingen mag. Wir glauben, dass all dies irgendwie zusammenhängt. In Liebe, Fred und Siang am 15. Mai 1209."

Als Leng Kao den Ausdruck niederlegte, blickte er in lauter betretene Gesichter.

„Wenn ich das richtig verstehe, sind unsere beiden ganz schön angeschmiert", resümierte Achim bitter. „Da haben sie unter wer weiß welchen Gefahren den Jungen aus dem Kerkerloch geholt und sind doch wieder von Pui Tien und Didi getrennt. Zu alledem scheinen sie jetzt auch noch in der Vergangenheit festzuhängen. Das sind keine guten Nachrichten, und ich wünschte bereits, ich hätte den Zylinder nie aufgetrieben."

„Nun ja", relativierte Leng Kao. „Immerhin sind alle vier heil aus der gefährlichen Bürgerkriegsepoche herausgekommen."

„Aber was mag wohl bei der Zeitversetzung schiefgelaufen sein?", fragte Phei Liang in den Raum hinein. „Und wieso können sie so sicher sein, dass Pui Tien und Didi nach Südfrankreich verschlagen worden sind?"

„Ich glaube dahinter steckt eine lange Geschichte", antwortete Leng Kao. „Fred und Siang werden keine Möglichkeit gehabt haben, sie uns auf diesem kleinen Stück Pergament zu erzählen. Aber was mich viel mehr beunruhigt, ist der weite Weg, den sie nun zurücklegen müssen. Die beiden haben die Nachricht im Mai abgefasst und an oder in der Isenburg für uns hinterlegt. Ich frage mich, ob sie es überhaupt bis zum 31. Oktober schaffen können, nach Südfrankreich zu gelangen, ihre Aufgabe zu erledigen, Pui Tien und Didi zu finden und auch noch wohlbehalten zur Klutert zurückzukehren."

„Falls nicht, sind sie wahrscheinlich gezwungen noch ein weiteres Jahr in der Epoche zu leben, in der sie sich augenblicklich befinden!", stellte Margret bestürzt fest. „Und was das bedeuten mag, haben wir schließlich schon einmal schmerzhaft erfahren müssen."

„Sie könnten ihre Bindung an die Gegenwart verlieren!", ergänzte Achim erschrocken. „Was ist, wenn sie abermals dreißig oder mehr Jahre zu spät zurückkehren?"

„Dann sind die meisten von uns längst tot!", folgerte Phei Liang düster.

„Wir dürfen die Hoffnung eben nicht aufgeben!", betonte Freds Mutter Gertrud vehement.

Überrascht schauten alle zu der alten Frau, von der eigentlich niemand eine solche Äußerung erwartet hätte. Schließlich war gerade Freds Mutter während aller vorausgegangenen Abenteuer ihrer Kinder immer über alle Maßen besorgt gewesen.

„Ich habe meinem Sohn und meiner Schwiegertochter das Versprechen abgenommen, unseren kleinen Engel wohlbehalten zurückzubringen", fuhr Gertrud unbeirrt fort.

So, wie sie es sagte, klang es fast trotzig. Liu Tsi stellte sich demonstrativ an Gertruds Seite und nahm ihre Hand.

„Freds Mutter hat vollkommen recht!", ergänzte sie mit fester Stimme. „Unsere Kinder werden einen Weg finden, vor Ablauf eines Jahres zurückzukehren. Etwas anderes können wir den armen Eltern des Jungen nicht zumuten. Das seht ihr doch wohl ein."

„Ich möchte euch beiden ja gern glauben, aber wie sollen sie das bloß anstellen?", fragte Achim zweifelnd.

Leng Kao, der in der Zwischenzeit den Text der Nachricht noch einmal intensiv gelesen hatte, trat plötzlich zufrieden lächelnd vor.

„Ich denke, es könnte da tatsächlich eine Möglichkeit geben", behauptete er zuversichtlich. „Überlegt doch mal! Wenn meine Ssun Nü (Enkeltochter) und ihr Freund bei dem missglückten Sprung durch die Zeit von unseren Kindern getrennt worden sind, dann müssen sie ja irgendwo herausgekommen sein. Auf jeden Fall kann so etwas doch nur an einem Ort geschehen, der ähnlich beschaffen ist wie die Externsteine und die Klutert. Aus einem mir noch nicht bekannten Grund sind meine Tochter und mein Schwiegersohn felsenfest davon überzeugt, dass sich jene Stelle in Südfrankreich befindet."

„Ja, das leuchtet ein, Vater Kao", meinte Phei Liang erfreut.

„Noch einmal zum Mitschreiben, Kao", resümierte Achim. „Du glaubst also, unsere verhinderten Zeitreisenden brauchten nur den gleichen Ort aufzusuchen, an dem Pui Tien mit Didi gestrandet ist und – rums – tauchen sie alle auch dort in der Gegenwart auf."

„So ungefähr!", bestätigte Leng Kao lachend.

„Dann werde ich euch sagen, was ich tun werde!", verkündete Achim volltönend. „Ich setze mich morgen in mein Auto und gable die Zeitpendler da unten in Südfrankreich auf! Ich habe nämlich keine Lust, noch länger hier zu warten und auf heißen Kohlen zu sitzen."

„Moment mal!", protestierte Margret unter dem schallenden Gelächter der anderen. „Du haust nicht einfach ab und lässt mich und unsere Kinder hier auf Schweflinghausen sitzen. Irgendjemand muss sich schließlich noch um den Hof kümmern!"

„Abgesehen davon wissen wir weder wann noch wo genau die vier auftauchen werden", gab Phei Liang zu bedenken. „Oder gibt es da vielleicht eine Chance, das noch herauszufinden?"

„Hm, mal sehen, was sich in Erfahrung bringen lässt", antwortete Leng Kao, der sich durch die Frage seiner Patentochter angesprochen fühlte. „Nur eines kann ich euch gleich sagen: es wird sicher nicht vor September oder Oktober geschehen, denn so lange benötigen Fred und Siang bestimmt, bis sie dort hingelangen und die beiden jungen Leute finden können. Du wirst also in den nächsten Wochen deine Mutterkühe selbst melken müssen, Achim!"

„Na gut", lenkte der Angesprochene ein. „Doch wenn es soweit ist, düse ich ganz bestimmt los, das ist doch klar!"

„Aber nicht allein, Vater Achim!", stellte Phei Liang klar. „Ich will dabei sein, wenn meine Daotije und meine kleine Dschin nü (Nichte) zurückkommen!"

Phei Liang blickte herausfordernd in die Runde, aber es regte sich keinerlei Widerspruch.

Ein paar Tage später saß Leng Kao wieder einmal nachdenklich in seinem Sessel und überflog zum wiederholten Mal seine Notizen, die er sich während der vorausgegangenen Suche im Internet gemacht hatte.

„Der Schlüssel zu allem scheint ein geheimnisvoller Ort namens Montsalvat zu sein. Dorthin sollen wir ein Bündel mit dem ‚Allerheiligsten‘ der Katharer bringen", hatten Fred und Siang auf das Pergament geschrieben.

„Montsalvat" und „Allerheiligstes", das waren die beiden Begriffe, über die sich Leng Kao nun schon seit Tagen vergeblich den Kopf zerbrach. Was sollten diese Worte bedeuten? Natürlich war Leng Kao längst klar, dass es sich bei der ersten Bezeichnung um einen Berg handeln musste. Darauf deutete schon allein die Vorsilbe „Mont" hin. Aber „Salvat"?

Vielleicht musste er einfach versuchen, die beiden Begriffe „Montsalvat" und „Allerheiligstes" gemeinsam zu betrachten. In welcher Beziehung mochten sie zueinander stehen? Dass es da einen Zusammenhang geben musste, hatten Fred und Siang ja schließlich schon in ihrer Nachricht mitgeteilt. Offensichtlich wussten die beiden aber auch nicht mehr, als dass sie jenes seltsame Bündel zum Berg Salvat bringen sollten, sonst hätten sie es bestimmt geschrieben. Leng Kao dachte noch einmal angestrengt über die Begriffe nach. Plötzlich kam ihm eine Idee.

Schon in jungen Jahren war Leng Kao so sehr vom Deutschen Mittelalter fasziniert gewesen, dass er bereits während seiner Studienzeit in Guangschou sämtliche ihm zur Verfügung stehende Literatur über diese Epoche praktisch aufgesogen und verinnerlicht hatte. Natürlich musste er dafür nicht nur die deutsche Sprache erlernen, sondern auch an der germanistischen Fakultät entsprechende Kurse in Mittelhochdeutsch belegen. Abgesehen davon, dass ihm solch eine umfassende Ausbildung später nach der Flucht mit seiner Familie vor den Nachstellungen der Roten Garden in der neuen Heimat zugute kam, konnte er seitdem auf ein großes literarisches Wissen über jenes Zeitalter zurückgreifen. Und so fiel ihm schließlich ein, wo er das Wort „Montsalvat" schon einmal gelesen hatte: nämlich im Ritterepos „Parzival" von Wolfram von Eschenbach!

Nun gut, in den verschiedenen Ausgaben hatte es mal „Munsalwäsche" geheißen und ein anderes Mal „Munt-" oder eben „Montsalvat", aber es war eindeutig jener Begriff gewesen, der die Heimstatt des ominösen heiligen Grals bezeichnete. Ein geradezu aberwitziger Gedanke drängte sich Leng Kao auf: Sollte mit dem „Allerheiligsten", das Fred und Siang überbringen mussten, etwa ausgerechnet der heilige Gral gemeint sein? Und falls diese ihm noch immer völlig abstrus vorkommende Schlussfolgerung tatsächlich stimmte, was, bei allen Ahnengeistern, hatten die auf dem Pergament erwähnten Katharer mit dem Gral zu tun?

Fieberhaft durchsuchte der alte Geschichtsprofessor seine Unterlagen nach Abhandlungen über diese häretische Glaubensgemeinschaft und über Eschenbachs „Parzival". Das Ergebnis, das er drei Stunden später in Händen hielt, war geradezu unglaublich: Es schien tatsächlich eine Verbindung zu geben.

Zwar waren namhafte Germanisten des 19. und 20. Jahrhunderts überzeugt gewesen, dass Wolfram von Eschenbach bei seiner Beschreibung der Gralsburg in Wirklichkeit die Wildenburg im Odenwald gemeint habe, wo er tatsächlich nachweislich um 1209 herum Teile seines „Parzival" verfasst hatte. Aber auch wenn spätere Mediävisten (Mittelalterforscher) dieser Ansicht gefolgt waren, so lag der damaligen Übersetzung des Wortes „Montsalvat" wohl doch ein Fehler zugrunde, denn offenbar hatte man schlicht und einfach die französischen Bezeichnungen „Sauvage" für „Wild" und „Sauveur" für „Erretten oder Erlösen" verwechselt. Und genau um das Letztere ging es ja schließlich beim heiligen Gral. Zudem kam der ursprünglich okzitanische Ausdruck „Salvat" vermutlich dem lateinischen „Salvator" für „Heilsbringer" oder „Erlöser" viel näher, als dies die später entstandene altfranzösische Sprache vermochte.

Doch die größte Überraschung stand dem alten Professor noch bevor. Während er die Daten des Jahrzehnte andauernden großen Vernichtungskreuzzuges gegen die Katharer in Südfrankreich überflog, stieß er endlich auf eine Eintragung, die die Übergabe eine der letzten Bastionen der so grausam verfolgten Glaubensgemeinschaft betraf:

„Im Jahr 1244 wurde vom Montségur in einer Nacht- und Nebelaktion kurz vor der Übergabe der Burg an steilen Felswänden ein geheimnisvolles Bündel heruntergelassen, das auf keinen Fall in die Fänge der Inquisition gelangen durfte. Worum es sich bei diesem Schatz handelte, ist bis heute nicht erwiesen, da sich die Katharer sofort in die unzugängliche Pyrenäenregion Ariège davonmachten. Spätere Berichte deuteten aber darauf hin, dass es ein ganz besonderes Heiligtum gewesen sein soll. Seither wird spekuliert, es habe sich dabei um das sogenannte ‚wahre Evangelium', gehandelt, das angeblich nur die Katharer kannten, oder gar um den heiligen Gral. Immerhin spricht für diese Annahme nicht zuletzt die auffallende sprachliche Ähnlichkeit der Namen „Montségur" für die Ketzerburg und „Montsalvat" für die Gralsburg im „Parzival" Wolfram von Eschenbachs. Zudem beruft sich der Dichter selbst in seinem berühmten Ritterepos auf die Vorlage eines provenzalischen Gewährsmannes namens Kyot. Allerdings ist über diesen Mann sonst nichts bekannt. Während sich in der Rezeptionsgeschichte des 20. Jahrhunderts die Auffassung durchgesetzt hat, dass jene Quelle nicht wirklich existiert habe, hält Herbert Kolb, Professor für Germanistik in Düsseldorf, jenen Kyot durchaus für real, und Werner Greub geht in der Historisierung des ‚Parzival' sogar soweit, dass die wichtigsten Schauplätze der von Wolfram geschilderten Gralssuche lokalisierbar seien."

Professor Leng Kao lehnte sich nachdenklich in seinem Sessel zurück, um das gerade Gelesene erst einmal zu verdauen. Es war unglaublich. Demnach durfte man mit einiger Sicherheit annehmen, dass Wolfram von Eschenbachs „Parzival" keinesfalls zufällig in der gleichen Zeit entstanden war, in der auch die Auseinandersetzung mit den Katharern ihrem grausamen Höhepunkt entgegensteuerte. Zudem schien er sogar recht intensive Kontakte zu einflussreichen Mitgliedern jener häretischen Glaubensgemeinschaft gehabt zu haben, so dass er offensichtlich den geheimen Aufenthaltsort von deren größten Heiligtum gekannt und auch in seinem Ritterepos beschrieben hatte. Vielleicht war Eschenbachs berühmte Geschichte über die Gralssuche letztendlich nichts anderes als ein Gleichnis für das menschliche Streben nach dem richtigen Weg zur göttlichen Wahrheit. Man müsste sich nur einmal die Mühe machen herauszufinden, wie viel katharisches Gedankengut sich tatsächlich im „Parzival" wiederfinden ließ.

Auf jeden Fall stand es für Leng Kao nun fest, dass jener ominöse Kyot, den Eschenbach in den letzten Versen des Epos als eigentlichen Urheber seiner Erzählung angegeben hatte, in Wirklichkeit ein „Vollkommener", also ein katharischer Priester gewesen sein musste.

Doch was hatten Fred und Phei Siang mit alledem zu schaffen? Hatten die unbegreiflichen Mächte sie etwa dazu ausersehen, den Ketzerschatz erst auf den Montségur zu bringen, damit er tatsächlich 35 Jahre später bei Nacht und Nebel heimlich von dort wieder fortgebracht werden konnte? Alles deutete genau darauf hin. Dann aber wären Fred und Siang wohl die eigentlichen Gralsritter, die Wolfram als Vorbilder für seine Helden Parzival und Feirefiz gedient haben mochten.

Leng Kao schüttelte unwillkürlich den Kopf.

„Das ist Unsinn!" schimpfte er laut, denn dieser Feirefiz war schließlich ein Mann.

Eschenbach hatte ihn als dunkelhäutigen morgenländischen oder sarazenischen Halbbruder seines Helden bezeichnet. Allerdings trafen jene fremdländischen Eigenschaften durchaus auch auf Leng Kaos Tochter zu. Was wussten Eschenbach und seine Zeitgenossen denn schon über asiatische Menschen? Wahrscheinlich hätte man Phei Siang ohne Weiteres für eine Sarazenin halten können. Immerhin hatten Fred und Siang nicht umsonst zu ihrer

Tarnung die Identität eines englischen Kreuzritters und seiner muslimischen Gemahlin angenommen, als sie sich im vergangenen Herbst aufmachten, durch die Klutert die Bühne des beginnenden 13. Jahrhunderts zu betreten.

Wie dem auch sei, Leng Kao war ziemlich sicher, dass seine beiden Kinder all diese offensichtlichen Zusammenhänge nicht einmal ansatzweise ahnten. Zumindest ließ der Wortlaut der kurz gefassten Nachricht auf dem Pergament nur einen solchen Schluss zu. Demnach war ihnen auch bestimmt nicht bewusst, in welche Gefahr sie sich begaben, wenn sie dem gewaltigsten aller Kreuzfahrerheere in die Quere kamen. Und genau das würden die beiden zwangsläufig tun, wenn sie praktisch mitten im Aufmarschgebiet dieser entfesselten Kriegsmaschinerie das größte Heiligtum der Katharer verstecken wollten. Doch damit nicht genug. Irgendwo in diesem totalen Chaos, das Fred und Phei Siang in Südfrankreich erwarten würde, mussten sich auch Pui Tien und ihr Freund vor den Kreuzfahrern verbergen.

Leng Kao schauderte, denn trotz seines Wissens über diesen unseligen Krieg gegen die Katharer waren ihm hier in der Gegenwart die Hände gebunden. Zwar hatten es Fred und Siang doch noch bewerkstelligt, ihren Lieben eine Nachricht zu übermitteln, aber es gab absolut keine Möglichkeit, die beiden auf dem umgekehrten Weg vor dem zu warnen, was auf sie zukommen würde.

Schattenspiele, 12. August 2007

Phei Liang blinzelte gegen das grelle Licht der aufgehenden Sonne, die wie ein blutrot glühender Ball tief über dem dunstigen Horizont der schier endlosen Ebene hing und die weite, mit nichts als hohem braungelbem Gras bestandene Landschaft mit solch plötzlicher Intensität erhellte, dass ihre Augen sogleich zu schmerzen begannen. Unwillkürlich schirmte sie ihre Augen ab, während sie leise aufstöhnend mit der anderen Hand nach dem Verschluss des Handschuhfachs tastete, um an ihre Sonnenbrille zu gelangen.

„Bonjour, Madame!", tönte Achim mit einem breiten Grinsen. „Isch -offen doch sehr, Sie -aben gutt geslafen?"

Phei Liang verzog das Gesicht zu einem gequälten Lächeln.

„Wo sind wir?", fragte sie leise zurück.

„In Südfrankreich", entgegnete Achim fröhlich. „Hast du denn echt gar nichts mehr mitbekommen, seit wir vor Mulhouse die Grenze passiert haben? Das ist ja schon fast so schlimm wie bei Fred."

„Warum hast du mich nicht geweckt?", überging Phei Liang die Anspielung ihres Schwiegervaters. „Ich hätte dich längst ablösen können."

„Ach weißt du...", begann Achim ein wenig verlegen. „Wenn ich einmal fahre, dann..."

„...möchtest du nicht mehr aufhören!", ergänzte Phei Liang lächelnd. „Aber sag mir lieber, wo wir genau sind. Südfrankreich ist groß, das weiß sogar ich."

„Hm, wir sind auf einem Parkplatz zwischen Nimes und Montpellier, also ungefähr in Höhe des Rhonedeltas."

„Dann bist du also rund tausend Kilometer an einem Stück gefahren!", entgegnete Phei Liang mit einem leichten Vorwurf in der Stimme.

„Freu dich lieber, dass wir endlich aus dem Regenloch raus sind", betonte Achim, während er mit einer weit ausholenden Handbewegung auf den dunkelblauen Himmel wies. „Das ist hier doch etwas ganz anderes, als wir es von unserem nassen Sommer gewohnt sind. Und wenn ich den französischen Wetterfritzen eben richtig verstanden habe, soll es heute fast 40 Grad heiß werden."

Phei Liang kicherte verstohlen vor sich hin.

„Was ist daran so komisch?", erkundigte sich Achim erstaunt. „Dir müsste das doch zusagen, oder? Bei euch in Südchina ist es doch bestimmt immer so."

Phei Liang schüttelte den Kopf.

„In Guangschou ist jetzt noch Regenzeit", erwiderte sie glucksend. „Aber davon abgesehen, ich habe keine Probleme mit der Hitze..."

Sie ließ den Satz unvollendet, weil ihr der anerzogene Respekt auszusprechen verbot, was sie so erheitert hatte. Natürlich konnte es sich Achim trotzdem denken.

„Nur keine falsche Bescheidenheit, Schwiegertochter", meinte er säuerlich. „Ich weiß genau, worauf du anspielst. Du denkst, für mich wäre Tauwetter für Dicke angebrochen, stimmt's?"

Phei Liang wurde rot, aber Achim legte ihr vertrauensvoll die Hand auf den Arm.

„Hör mal zu, Phei Liang! Du musst mich nicht behandeln, als wäre ich der Kaiser von China, ja? Und dieses ganze Schwiegervater-Schwiegertochter-Gesäusel geht mir sowieso mittlerweile mächtig auf den Geist. Außerdem macht mich das nur erschreckend alt. Für dich bin ich von nun an einfach der Achim. Und ich kann auch Scherze und Spott ertragen, zumindest wenn es nicht böse gemeint ist. Ist das für dich okay?"

„Wenn du das so möchtest, Vater Achim", entgegnete Phei Liang und grinste schelmisch, als der Angesprochene drohend den Zeigefinger erhob.

Kurz darauf saßen die beiden bereits unter dem breiten Sonnenschirm eines der vielen Cafés auf dem Place de la Comédie im Zentrum von Montpellier und genossen ihr erstes französisches Frühstück. Sogar zu dieser frühen Stunde war der große Platz vor dem Stadttheater außerordentlich belebt, denn zwischen den vielen bunten Marktständen drängten sich schon Einheimische und Touristen, um die besten Schnäppchen zu ergattern. Darunter befanden sich auch auffällig viele junge Leute. Achim nippte an seiner Tasse Kaffee und blickte kurz von den Notizen auf, die Leng Kao ihnen mitgegeben hatte.

„Montpellier ist eine große Universitätsstadt", teilte er Phei Liang mit, während er sich die Schweißtropfen von der Stirn wischte. „Jeder vierte Einwohner ist ein Student. Aber selbst vor achthundert Jahren muss es hier bereits ähnlich hoch hergegangen sein. Damals war Montpellier noch eine Hafenstadt, wo massenhaft Gewürze, Tinkturen und Pflanzen aus dem Orient umgeschlagen wurden. Daran hat sich nicht einmal was geändert, als das riesige Kreuzfahrerheer vor den Mauern aufgetaucht ist."

„Ist Montpellier denn nicht erobert worden?"

Achim vertiefte sich noch einmal kurz in seine Ansammlung von losen Blättern.

„Nein, tatsächlich nicht. Dein Wahlvater Kao schreibt hier, dass Papst Innozenz höchstpersönlich der oberste Lehnsherr der Stadt war und ein striktes Gebot erlassen hatte, sie zu verschonen. Trotzdem hat der Kreuzfahrerboss Simon de Montfort den dreijährigen Sohn des Landesherrn Pedro von Aragon drei Jahre lang als Geisel festgehalten, um dessen Vater davon abzubringen, seinen okzitanischen Freunden zu helfen."

„Eine besonders mutige Tat für einen so angesehenen Streiter der Christenheit", kommentierte Phei Liang spöttisch. „Was ist eigentlich mit den katharischen Bewohnern passiert?"

„Sie sind wahrscheinlich geflohen oder rechtzeitig untergetaucht. Die meisten haben sich nach Béziers abgesetzt, wo sie dann endgültig unter die Räder der Kriegswalze geraten sind."

„Glaubst du, Fred und meine Daotije wären zu diesem Zeitpunkt schon hier gewesen?"

„Sicher nicht, denn das alles ist ja bereits im Juli 1209 geschehen. Aber unsere Kleine und ihr Freund könnten dort gewesen sein."

Phei Liang wurde trotz ihres dunklen Teints blass.

„Ich sagte ,könnten', Liang!", meinte er beschwichtigend. „Dank deines Wahlvaters Kao wissen wir zwar jetzt schon eine ganze Menge über das Ziel von Fred und Phei Siang, aber leider nichts über den Verbleib deiner Nichte und diesem Didi. Vielleicht haben sie sich auch irgendwo in den Bergen der Corbières oder in der Montagne Noir versteckt und abgewartet, bis der erste große Sturm vorüber war."

Phei Liang legte ihre Hand auf die ihres Schwiegervaters.

„Wir sollten uns nichts vormachen, Achim!", sagte sie mit fester Stimme. „Wenn wirklich alles mit jenem ominösen ,Allerheiligsten' zusammenhängt, wie Fred und Siang vermutet haben, dann befindet sich unser kleines Mädchen auch mittendrin. Wir sollten einfach überall, wo wir hinkommen, versuchen, irgendwelche Zeichen zu entdecken, die sie uns hinterlassen haben könnte."

„Meinst du denn, Pui Tien hätte geahnt, dass wir in der Gegenwart ihren Spuren folgen würden?"

„Vielleicht nicht so direkt. Aber ich traue ihr schon zu, dass sie in der größten Not auch so etwas vollkommen Verrücktes in Erwägung zieht."

Da es inzwischen immer wärmer geworden war, zog Phei Liang kurzerhand ihre Sandaletten aus und verfrachtete sie in die modische Umhängetasche, die sie bereits zuvor auf dem Markt erstanden hatte. Barfuß und nur mit ihrem kurzen Top sowie den über den Knien abgeschnittenen Jeans bekleidet, fiel es ihr entsprechend leicht, der sengenden Hitze zu trotzen, während Achim in seinen langen Hosen und dem dicken Jackett bald vor Schweiß triefend durch die Gassen schlenderte. Schon alsbald schlug er daher seiner

Schwiegertochter vor, den gerade begonnenen Rundgang durch die Gassen und über die Treppenfluchten von Montpellier zu beenden.

„Ich muss zugeben, dass mich die Müdigkeit langsam eingeholt hat", meinte er entschuldigend. „Außerdem sollten wir die letzten achtzig Kilometer nach Béziers hinter uns bringen, sonst finden wir bestimmt kein Hotel mehr für die Nacht. Immerhin ist hier ja wohl noch Hauptsaison."

Phei Liang nickte ihm lächelnd zu und hielt fordernd die Hand auf.

„Na gut", gab sich Achim zögernd geschlagen. „Da hast du die Schlüssel. Aber glaub ja nicht, dass ich auch nur ein Auge zumachen werde, während du fährst."

Entgegen seiner vollmundigen Ankündigung war Achim bereits eingeschlafen, noch bevor Phei Liang den großen Van wieder auf die Autobahn lenken konnte. Um sein lautes Schnarchen zu übertönen, schaltete sie das Radio ein und betätigte den automatischen Suchlauf, bis dieser sich bei einem Sender einpendelte, dessen Musik in ihren Ohren zwar fremdartig klang, ihr aber andererseits auf irgendeine Weise vertraut vorkam. Offensichtlich spielte gerade eine regionale Folkgruppe auf traditionellen okzitanischen Musikinstrumenten eine mittelalterliche Melodie. Obwohl Phei Liang sich selbst nicht unbedingt als Fan dieser Musikgattung bezeichnet hätte, zogen sie sowohl der eigentümliche Klang des tonangebenden Instruments als auch die urtümliche Melodie immer stärker in ihren Bann. Ohne auch nur ein einziges Wort der französisch gesprochenen Erläuterungen des Moderators zu verstehen, wusste sie auf einmal, dass der unbekannte Musiker auf einer Streichlaute spielte, die im Mittelalter Rebeque genannt worden war. Der Begriff hatte sich urplötzlich in ihren Gedanken manifestiert. Phei Liang wunderte sich noch über diese Eingabe, die sie sich nicht erklären konnte, als die lichtdurchflutete Landschaft von einem Moment zum anderen vor ihren Augen zu verschwimmen begann.

In voller Panik zog Phei Liang den Wagen auf den schmalen Standstreifen und brachte das Fahrzeug zum Stehen. Ihr Puls raste wie wild, und ihr Herz pochte heftig. Auf ihrer Stirn bildete sich eiskalter Schweiß. Sie atmete stoßweise, und ein nie gekanntes, lähmendes Angstgefühl breitete sich in ihr aus.

Inzwischen war die Trasse der Autobahn verschwunden und einer einsamen, ja fast steppenähnlichen Landschaft gewichen, in der nur vereinzelte Pinien, Macchiabüsche und Zypressen das schier endlose Meer aus braungelbem Gras unterbrachen. Und dann sah sie eine lange Schlange zerlumpter und erschöpfter Menschen, wie sie sich durch die flirrende Hitze quälten, einem fernen Ziele zu. Es waren Hunderte Männer, Frauen und Kinder, die von zwei einzelnen Reitern zur Eile angetrieben wurden. Im nächsten Augenblick war die Vision verschwunden.

Phei Liang schüttelte sich unwillkürlich, während ihre Hände krampfhaft das Lenkrad umklammerten. Ohne den Kopf zu bewegen, ließ sie ihre Augen vorsichtig zum Beifahrersitz hinüberwandern, wo Achim noch immer tief und fest schlief. Er hatte von der Erscheinung nicht das Geringste mitbekommen.

Nein, Phei Liang wollte jetzt nicht über das unbegreifliche Geschehen nachdenken. Sie schloss für einen Moment die Augen und atmete tief durch. Die unzähligen Stunden, in denen sie in jenem einsamen Kloster in den Bergen Sichuans ihre Selbstdisziplin trainieren musste, kamen ihr nun zugute. Danach setzte sie äußerlich völlig ruhig und gelassen den Blinker, schaute kurz zurück und fuhr weiter.

Achim wachte erst auf, als sie bereits auf der steinernen Bogenbrücke Pont Vieux den Fluss Orb überquerten. Am anderen Ufer erhob sich auf einem Plateau das mächtige Bauwerk der Kathedrale St. Nazaire über die Dächer von Béziers.

„Na das ist doch mal ein prächtiger Anblick!", rief Achim überrascht aus. „Ich hätte nicht übel Lust, ein paar Tage hier zu verschnaufen."

„Gute Idee!", beeilte sich Phei Liang zu versichern. „Wir haben sicher sowieso noch viel Zeit, um den möglichen Ort zu suchen, wo unsere Vagabunden auftauchen könnten."

Achim bedachte sie mit einem misstrauischen Seitenblick. Natürlich hatte er Leng Kaos Rat, nicht vor September aufzubrechen, in den Wind geschlagen, weil er einfach nicht so lange warten wollte. Er konnte ja schließlich nicht wissen, dass seine Schwiegertochter diesmal keinesfalls auf sein voreiliges Handeln anspielen wollte, sondern vielmehr durch das eben erlebte unheimliche Ereignis im höchsten Maße verwirrt und verunsichert war.

Viel Zeit, über das Geschehene nachzudenken, blieb Phei Liang sowieso nicht, denn die etwas komplizierte Verkehrsführung forderte ihre ganze Aufmerksamkeit. Da Achim noch immer in seinen Unterlagen nach einem Stadtplan kramte, lenkte Phei Liang den Wagen einfach geradeaus in das Gewirr der schmalen steilen Gassen hinein, die neben der Kathedrale in die Altstadt und auf das Plateau hinaufführten. In der Hoffnung, irgendwo einen Parkplatz zu finden, landeten die beiden nach einer kleinen Irrfahrt schließlich vor dem Hotel „Imperator", das an einem breiten Boulevard gelegen war.

„Puh!", meinte Achim sichtlich erleichtert. „Ich hätte nicht gedacht, dass der Verkehr in Frankreichs Städten so nervig sein kann. Am besten, wir bleiben gleich hier, wenn wir schon mal vor so einer komfortablen Herberge stehen."

Phei Liang musterte skeptisch die reichlich verzierte Fassade des klassizistischen Hotelbaus.

„Das sieht aber teuer aus", gab sie mit einem verstohlenen Seitenblick auf Achims zerknitterte Jeans zu bedenken.

„Was soll's? Man lebt nur einmal!", beschied ihr Achim grinsend. „Dafür fragen wir beim nächsten Mal einen Bauern, ob er für uns einen Platz im Stall erübrigen kann."

Der Mann an der Rezeption verzog keine Miene, als er dem so unterschiedlich gekleideten Paar die Schlüssel für ihre jeweiligen Zimmer aushändigte. Die Tatsache, dass die hübsche junge asiatische Frau mit den langen schwarzen Haaren nicht einmal Schuhe trug, quittierte der Mann hingegen lediglich mit dem Anflug eines milden Lächelns. Phei Liang bemerkte dies zwar sehr wohl, aber sie achtete nicht darauf, denn ihre Gedanken kreisten bereits wieder um das unerklärbare Phänomen auf der Autobahn.

Wie konnte so etwas möglich sein? Bis zu ihrer schicksalshaften Begegnung mit Fred und Phei Siang war sie durch und durch ein Kind des modernen China gewesen und hatte den Glauben ihrer Vorfahren an eine von Geistern beseelte Welt weit von sich gewiesen. Erst der lange beschwerliche Weg durch das mittelalterliche Asien nach Europa hatte sie den alten Traditionen ihres Volkes wieder näher gebracht. Der unerschütterliche Glaube ihrer geliebten Patenschwester an ein Leben in Harmonie sowie in Eintracht mit den jenseitigen Mächten war Phei Liang zwar erstrebenswert und irgendwie auch durchaus reizvoll erschienen, hatte aber ihre eigene Art, mit beiden Beinen auf der Erde zu stehen, nie beeinträchtigen können. Doch seit dem unheimlichen Erlebnis auf der Autobahn war Phei Liangs so mühsam wiedererlangtes seelisches Gleichgewicht aus den Fugen geraten.

Hatte sie wirklich eine Vision gehabt, oder war das Ganze nur ein Streich ihres Unterbewusstseins gewesen? Die Hitze konnte dafür nicht verantwortlich sein, denn die ertrug sie sicher weit besser als alle anderen Mitteleuropäer, die hier ihren Urlaub verbrachten. Vor allem aber beschäftigte Phei Liang eine ganz andere Frage: Was genau hatte sie überhaupt gesehen?

Während das kalte Wasser der Dusche auf ihre Haut prasselte, ließ sie vor ihrem geistigen Auge das Bild noch einmal entstehen. Da waren Menschen gewesen, die in einer langen Reihe wie bei einer Karawane durch eine trostlose Ebene zogen. Eine Luftspiegelung vielleicht? Oder etwa eine Fata Morgana ganz anderer Art? Was wäre, wenn diese Beeinflussung ihrer Sinne durch die Spiegelung eines Ereignisses in der Vergangenheit hervorgerufen worden wäre? Phei Liang fröstelte unwillkürlich und drehte schnell den Wasserhahn zu.

Gedankenverloren trocknete sie sich ab, schlüpfte in ihre kurzen Jeans und zog sich ein frisches Top über. Achim hatte ihr zu verstehen gegeben, dass er erst einmal ein kleines Nickerchen machen wollte, wie er sich auszudrücken pflegte. Demnach würde er wohl kaum vor dem Spätnachmittag oder dem frühen Abend wieder einsatzbereit sein, was für Phei Liang bedeutete, dass sie genug Zeit für eigene Erkundigungen hatte.

Kurzentschlossen verließ sie das Hotel und schlenderte durch die verwinkelten Gassen der Altstadt von Béziers. Die alles überragende Kathedrale St. Nazaire zog sie magisch an. Auf dem großen Platz vor dem Gebäude hatte sie sogar das Glück, einen Reiseführer in chinesischer Sprache zu ergattern. Jetzt, zur Zeit der größten Tageshitze, war die weitläufige sonnenbeschienene Fläche fast menschenleer. Die wenigen verbliebenen Besucher strebten allesamt dem großen gotischen Portal der Kirche zu, wo sie von einem Touristenführer in Empfang genommen wurden. Wie automatisch lenkte Phei Liang ihre Schritte auf die Gruppe zu und schloss sich ihr an.

Dabei wusste sie eigentlich selbst nicht, warum sie dies tat, denn an sich waren ihr christliche Gotteshäuser völlig fremd. Auch die architektonischen Reize oder gar die Geschichte ihrer historischen Gebäude hatten sie bislang nicht interessiert. Trotzdem lauschte Phei Liang wie in Trance den in englischer Sprache gehaltenen Erläuterungen und erfuhr auf diese Weise, dass die Kathedrale St. Nazaire ihre heutige Gestalt im Wesentlichen durch einen gotischen Nachfolgebau der ursprünglichen Basilika erhalten hatte.

„Einzig der große, nach antiken Vorbildern erschaffene Fries an der Choraußenseite erinnert noch an den romanischen Vorgängerbau", erläuterte der Leiter der wahrscheinlich britischen Touristengruppe gerade. „In diesen flüchteten sich während der Eroberung von Béziers am 22. Juli 1209 an die 5000 Menschen, die allesamt getötet wurden, nachdem die Kreuzfahrer die Kirche in Brand gesteckt hatten."

Obwohl es in der geräumigen hohen Halle von St. Nazaire angenehm kühl und frisch war, glaubte Phei Liang urplötzlich, ersticken zu müssen. Dunkle ätzende Qualmwolken schienen aus allen Nischen zu dringen und die Luft mit beißendem Rauch zu erfüllen. Geschüttelt von einem würgenden Husten wankte Phei Liang die wenigen Schritte zum Ausgang zurück und stemmte sich mit aller Macht gegen das Portal. Die übrigen Mitglieder der Touristengruppe schauten ihr verwundert nach. Doch selbst als Phei Liang verzweifelt nach Luft schnappend das Freie erreichte, war der Alptraum noch nicht vorbei.

Die Souvenirläden, Bänke und Café-Tische waren verschwunden, und der zuvor strahlend blaue Himmel war einer düsteren, unheimlichen Nacht gewichen, die von den züngelnden Flammen unzähliger Feuer erleuchtet wurde. Der große Platz vor der Kathedrale war von Trümmern und Leichen übersät.

Phei Liang starrte entsetzt auf die unwirkliche Szenerie, als auf einmal wie aus dem Nichts direkt vor ihr eine mit Spießen und Schwertern bewaffnete Horde von Söldnern erschien. Sie wollte sich noch ducken und zur Seite springen, doch die brüllenden Männer liefen einfach durch sie hindurch. Einige schleppten dicke Holzbalken heran und verbarrikadierten damit die Pforte, durch die Phei Liang gerade nach draußen gelangt war, während andere aus Eimern Pech an die Wände der Kirche gossen und diese danach mit Fackeln in Brand setzten.

In der nächsten Sekunde war der Spuk vorbei, und Phei Liang stand zitternd im hellen Sonnenlicht vor einer Tafel, die an das grausame Gemetzel vor achthundert Jahren erinnerte. Aufgelöst, verwirrt und zutiefst erschrocken flüchtete Phei Liang durch das Gewirr der Gassen, bis sie völlig außer Atem vor ihrem Hotel stand.

Allmählich beruhigte sie sich soweit, dass sie in der Lage war, einigermaßen nüchtern über diese zweite Erscheinung nachzudenken. Zumindest war ihr nun endgültig klar geworden, dass jene Spiegelungen vergangener Ereignisse, denn um solche konnte es sich nur handeln, bestimmt nicht zufällig aufgetreten waren. Da niemand außer ihr von den Erscheinungen betroffen war, mussten diese mit Pui Tien zusammenhängen. Fred und Phei Siang konnten an jenem 22. Juli 1209 noch gar nicht in Béziers gewesen sein, kombinierte sie messerscharf.

„Aber warum ausgerechnet ich und nicht Achim?", protestierte Phei Liang laut.

Sie schaute sich verstohlen um, doch da war weit und breit niemand zu sehen, der ihren spontanen Ausbruch bemerkt haben konnte. Reiß dich zusammen! dachte sie verbissen, während sie möglichst unbefangen das Hotel betrat. Phei Liang lächelte dem Portier kurz zu und ließ sich in einen der bereitstehenden Sessel in der Rezeption fallen.

„Waiting for your..., äh, compagnon?" (Warten Sie auf Ihren Begleiter), erkundigte sich der Portier in einem seltsam klingenden Gemisch aus Englisch und Französisch.

„Oh..., Oui" (Ja), gab Phei Liang freundlich zurück.

In Wahrheit überlegte sie fieberhaft, ob es nicht doch eine wenigstens annähernd plausible Erklärung dafür geben mochte, dass sie für diese Sichtungen aus der Vergangenheit empfänglich war. War ihr eigenes Verhältnis zur Tochter ihrer Patenschwester nicht immer außergewöhnlich intensiv gewesen? Dass Pui Tien und Achim sich mochten, stand natürlich außer Frage, aber hatte die Kleine nicht stets bewundernd zu ihrer Tante Phei Liang aufgeschaut, sie abgöttisch verehrt und in allen Fragen als oberste Autorität angesehen? Das alles stimmte schon, aber schließlich bestand zwischen Pui Tien und ihr keine echte Blutsverwandtschaft.

Unsinn! schalt Phei Liang sich selbst in Gedanken. Die hat es zwischen Fred und Siang doch auch nicht gegeben! Und trotzdem hatte der Zwerg deren besondere seelische Beziehung zueinander für ihre gemeinsame Gabe verantwortlich gemacht, für die Mächte des Berges empfänglich zu sein. Vielleicht traf das Gleiche ja auch für Pui Tien und sie selbst zu. Auf jeden Fall musste sie diese Möglichkeit ernsthaft in Betracht ziehen. Doch wenn es sich wirklich so verhielt, dann konnten die unverhofften Erscheinungen aus der Vergangenheit tatsächlich als Hinweise darauf verstanden werden, was Pui Tien vor achthundert Jahren an jenen Orten erlebt hatte.

„He, hast du schon auf mich gewartet?", tönte Achim von der Treppe und riss damit seine Schwiegertochter aus ihren Gedanken. „Ich glaube, ich bin jetzt fit genug, um der tollen Kathedrale einen Besuch abzustatten."

„Ach, weißt du, Achim", entgegnete Phei Liang zurückhaltend. „Ich würde jetzt wirklich lieber irgendwohin gehen, wo nichts an den Kreuzzug gegen die Katharer erinnert."

Fährtenleser

Der weite Blick über den Orb und das tiefblaue Mittelmeer war atemberaubend. Achim und Phei Liang genossen die erfrischende Brise, die von der See her über die Gärten des Plateau des Poètes strich und räkelten sich auf einer der vielen Bänke im Schatten weitausladender Platanen. Sie waren letztlich dem Rat des Hotelportiers gefolgt und über Béziers 600 Meter lange Flaniermeile geschlendert, die vom Théatre Municipal vorbei am Hotel zu den besagten Gärten führte. Die nach dem größten Sohn der Stadt benannte „Allées Paul Riquet" war wirklich außergewöhnlich breit und galt unter anderem auch als Treffpunkt der regionalen Weinhändler. Wahrscheinlich war Letzteres sogar der ausschlaggebende Faktor gewesen, dass Achim sich so schnell hatte überzeugen lassen, seinen zuvor beabsichtigten Besuch der Kathedrale St. Nazaire zu verschieben, dachte Phei Liang ein wenig spöttisch, schämte sich aber gleich dafür, weil es ihr offensichtlich noch immer schwer fiel, diese an sich wenig liebenswerte Eigenschaft endlich abzulegen. Aber ich bin auf dem besten Wege, mich zu bessern, rechtfertigte sie sich vor sich selbst. Immerhin habe ich es nicht laut gesagt.

„Hast du übrigens eben auch dieses monumentale Denkmal gesehen?", fragte Achim, nachdem er seine Schwiegertochter eine Weile lang skeptisch von der Seite her gemustert hatte.

„Oh, das ist dieser Paul Riquet, also der Mann, dem sie die tolle Allee gewidmet haben", entgegnete Phei Liang unbefangen.

„Und woher willst du das wissen?", hakte Achim nach.

Phei Liang zog den Reiseführer aus ihrer Tasche.

„Aha", meinte Achim vielsagend. „Und was steht da über ihn drin? Selbst lesen kann ich das Teil ja wohl sowieso nicht."

„Er hat im 17. Jahrhundert den berühmten „Canal du Midi" gebaut, der von hier aus quer durch das Land geht und das Mittelmeer mit dem Atlantik verbindet", erläuterte Phei Liang bereitwillig.

„So, so! Und wo hast du überhaupt auf einmal den chinesischen Reiseführer her?"

„Vom Platz vor der Kathedrale", bekannte Phei Liang kleinlaut.

„Soll heißen, du warst bereits dort, ja?"

Phei Liang nickte schweigend.

„Hör mal Kindchen", begann Achim behutsam. „Ich sehe doch, dass dich etwas bedrückt. Willst du mir nicht erzählen, was an dieser Kathedrale passiert ist, so dass du partout nicht mehr da hin willst?"

Und dann berichtete ihm Phei Liang mit stockender Stimme, was mit ihr zuerst auf der Autobahn und hernach auf dem Platz vor St. Nazaire geschehen war. Achim hörte staunend zu, und entgegen seiner sonstigen Gewohnheit unterbrach er sie dabei kein einziges Mal. Danach bedachte er seine Schwiegertochter mit einem fast scheuen Blick.

„Mein Gott, Phei Liang!", meinte er mit einer Stimme, aus der man eine seltsame Mischung von Ehrfurcht und Entsetzen heraushören konnte. „Bisher habe ich immer gedacht, dass nur Fred, Phei Siang und Pui Tien für so was empfänglich sind. Aber du?"

„Vielleicht stehe ich ihnen gefühlsmäßig noch viel näher, als ich je vermutet hätte", entgegnete Phei Liang leise.

„Hm, du meinst doch bestimmt dieses Ding mit den verwandten Seelen, was sowohl der Zwerg als auch Liu Tsi immer behauptet haben", resümierte Achim nachdenklich.

„Ja, so in etwa", bestätigte Phei Liang lächelnd.

Achim legte behutsam seinen Arm um ihre Schultern und stupste mit einem Finger der anderen Hand sacht gegen Phei Liangs Nase.

„So gefällst du mir schon wieder viel besser, wenn du lachst!"

„Weißt du, ich glaube, es gibt eine Möglichkeit, meine Empfänglichkeit für diese Erscheinungen für unsere Zwecke zu nutzen", entgegnete Phei Liang mit neuer Zuversicht.

„Da bin ich aber gespannt!"

„Ich glaube nämlich nicht, dass sie zufällig geschehen", fuhr Phei Liang unbeirrt fort. „Mein erster Eindruck war, dass ich eine Luftspiegelung gesehen hätte, und ich denke, das war gar nicht mal so falsch. Nur, dass sich in meinem Fall wahrscheinlich Geschehnisse aus der Vergangenheit in meinem Bewusstsein widerspiegeln. Kommst du noch mit?"

„Bis jetzt ja, wenn's nicht komplizierter wird."

„Wenn es nicht so wäre, hätten auch andere das Gleiche sehen müssen, haben sie aber nicht."

„Okay, klingt logisch!"

„Also, wenn sich nun diese Dinge vor meinen Augen manifestieren, dann scheint das ja auf eine mir bislang verborgen gebliebene geistige Verbindung mit Pui Tien zurückzuführen zu sein."

„Warum Pui Tien und nicht ihre Eltern?"

„Ganz einfach, weil Fred und Phei Siang die Ereignisse, die ich gesehen habe, nicht erlebt haben können. Zum Beispiel fand die Eroberung von Béziers am 22. Juli 1209 statt. Da waren die beiden aber sicher noch nicht hier. Das hast du mir in Montpellier noch selbst gesagt."

„Hm, leuchtet mir ein."

„Also weiter! Aus alledem schließe ich, dass ich so etwas wie Spiegelungen von Geschehnissen sehe, in die Pui Tien irgendwie verwickelt war. Vielleicht waren diese für meine kleine Dschin nü so brandgefährlich, dass sie in ihrer Verzweiflung oder aus Angst ganz intensiv an mich gedacht hat. Vielleicht hat auch nur ihr Unterbewusstsein Signale ausgesandt, die ich aufgrund meiner Verbindung zu ihr empfangen kann, was weiß denn ich?"

„Jetzt spekulierst du aber, nicht wahr?"

„Egal, jedenfalls sehe ich diese Dinge, aber ich bin selbst nicht am Geschehen beteiligt."

„Du willst sagen, dass du nicht eingreifen kannst, ja?"

„Genau, es sind ja nur Spiegelungen! Die Akteure von damals laufen durch mich hindurch, als gäbe es mich überhaupt nicht."

„Ich glaube, ich weiß, was du meinst", erriet Achim. „Du willst mir erzählen, dass du dich keiner wirklichen Gefahr aussetzt, wenn es geschieht."

„Du hast es erfasst!", rief Phei Liang. „Und nun kommt meine Idee: Wenn ich nicht gefährdet bin, kann ich mich diesen Dingen auch freiwillig aussetzen, und wir erfahren dadurch, wo sich Pui Tien vor achthundert Jahren jeweils aufgehalten hat und was dort geschehen ist."

„Das heißt, wir könnten ihr wie auf einer Fährte durch die Zeit folgen!", schloss Achim daraus. „Echt genial!"

„Nun, ganz so einfach wird es nicht sein", schränkte Phei Liang ein. „Wir müssen natürlich jedes Mal in Erfahrung bringen, wo ich wieder auf Erscheinungen stoßen könnte."

„Hm, dann wird dir wohl nichts anderes übrig bleiben, als doch noch einmal zur Kathedrale zu gehen."

„Lieber nicht, Achim!", wehrte Phei Liang ab. „Das war nämlich nicht besonders angenehm. Aber vielleicht kommen wir diesmal auch ohne eine Wiederholung der Lifebilder vom Mord an den unschuldigen Menschen aus."

Achim schaute seine Schwiegertochter verständnislos an, aber Phei Liang hielt ihm noch einmal den chinesischen Reiseführer unter die Nase.

„Du meinst also, da stünde ein entsprechender Hinweis für uns drin?"

„Keine Ahnung, aber ich habe so ein Gefühl. Wir sollten es jedenfalls einfach mal probieren."

„Na gut", meinte Achim grinsend. „Aber lesen musst du!"

Phei Liang hatte die entsprechende Stelle schnell gefunden. Schließlich war das Massaker bei der Eroberung der Stadt im Jahre 1209 ein ziemlich einschneidendes Ereignis für Béziers gewesen:

„Als sich das kriegs- und beutelüsterne Kreuzfahrerheer von Lyon aus im Juli 1209 nach Süden wälzte und auf ausdrücklichen Befehl von Innozenz III. Montpellier zu umgehen hatte, traf es in Béziers auf die erste ernstzunehmende Bastion der Ketzer. Der Vizegraf hatte sich beim Anrollen der Gefahr ins Zentrum seiner Lande nach Carcassonne zurückgezogen, und die Kommune Béziers stand den Kreuzfahrern allein auf sich gestellt gegenüber. Diese hatten am 21. Juli in respektierlicher Entfernung vor den da-

mals kaum einnehmbaren Mauern der Stadt am Ufer des Orb ihre Zelte aufgeschlagen, um sich auf eine lange und beschwerliche Belagerung einzurichten. Aber es kam anders. Durch eine Kette selbst heute noch nicht restlos geklärter Umstände war die Stadt bereits 24 Stunden später im Besitz des Kreuzfahrerheeres, und ein über zwei Tage währendes Plündern, Brennen und Morden begann. Auf die Frage, wie denn Ketzer von wahren Gläubigen zu unterscheiden wären, soll Arnaud Amaury, oberster Zisterzienser, päpstlicher Legat und Führer der Aktion, geantwortet haben: ‚Tötet sie alle, Gott wird sich die Seinen schon heraussuchen'. Auch diejenigen, die sich Gott vertrauend in die Kathedrale geflüchtet hatten, blieben nicht verschont: Frauen, Kinder, Schwangere, Greise und Kranke, an die 20 000 Menschen, Christen und Ketzer, also die gesamte Stadtbevölkerung, wurden dahingemetzelt. Der Albigenser Kreuzzug hatte mit einem ihm würdigen Auftakt begonnen. Die Stadt Béziers gab es danach praktisch nicht mehr. Erst im 19. Jahrhundert hatte es Béziers wieder als zweite Hauptstadt des Weinhandels in der Languedoc zu gewissem Reichtum gebracht."

Phei Liang klappte die Broschüre zu und dachte einen Moment lang nach. Achim schaute gespannt zu.

„Das hört sich ja alles ganz dramatisch und schlimm an", meinte er schließlich. „Aber glaubst du wirklich, das bringt uns auf die richtige Spur?"

„Warte doch mal", entgegnete Phei Liang nachdenklich und blätterte noch einmal das Gelesene durch. „Hier steht es doch: *‚Der Vizegraf hatte sich beim Anrollen der Gefahr ins Zentrum seiner Lande nach Carcassonne zurückgezogen.'* Was wäre, wenn viele andere einfache Leute ähnlich gedacht hätten?"

„Was meinst du damit?", hakte Achim verwirrt nach. „Die armen Leute hatten keine Burg oder so was, hinter deren Mauern sie sich verstecken konnten."

„Eben!", konterte Phei Liang bestimmt. „Deshalb blieb ihnen nichts anderes übrig, als ihrem Landesherrn zu folgen, und um Schutz in den Mauern seiner Stadt zu bitten."

„Du meinst, es hätten sich noch vor der Eroberung einige Leute aufgemacht und wären vor dem Heer nach Carcassonne geflüchtet?"

„Sag mal, hast du zufällig deine Straßenkarte von Südfrankreich dabei?", erkundigte sich Phei Liang anstatt ihm eine Antwort zu geben.

Achim zuckte mit den Schultern und zog einen zerknitterten Übersichtsplan der Region Languedoc aus der Seitentasche seines Jacketts.

„Hier, das müsste reichen", sagte er ergeben, während er das Blatt aufschlug. „Carcassonne liegt ungefähr auf der gleichen Höhe wie Béziers, nur etwa 60 bis 70 Kilometer weiter landeinwärts."

Phei Liang warf einen flüchtigen Blick auf die Skizze.

„Hm, aber damals gab es natürlich keine Autobahnen", überlegte sie sinnend. „Wo könnten die Flüchtlinge wohl hergezogen sein?"

„Das ist einfach", antwortete Achim und zeigte auf eine dünne gestrichelte Linie, die zwischen Montpellier und Béziers in einem Bogen nach Carcassonne führte. „Schau mal, das ist die sogenannte Via Domitia, eine uralte Römerstraße, heute eine Touristenattraktion und noch in großen Teilen erhalten. Wir müssen sie irgendwo auf dem Weg hierher gekreuzt haben, aber ich kann mich nicht entsinnen, sie gesehen zu haben. Wahrscheinlich bin ich da gerade mal kurz eingenickt."

„Bist du!", bestätigte Phei Liang lachend. „Ich habe die Straße zwar auch nicht bemerkt, dafür aber etwas anderes."

„Mein Gott, deine erste Erscheinung!", rief Achim verblüfft.

Er war auf einmal gar nicht mehr zu bremsen. Phei Liang hingegen lächelte still vor sich hin.

„Natürlich, der Flüchtlingszug!", fuhr Achim enthusiastisch fort. „Das war es, was du unterwegs gesehen hast! Und die Richtung stimmt. Die Leute sind nach Carcassonne gegangen, eine andere Möglichkeit hat es für sie auch gar nicht gegeben, denn da ist weit und breit sonst keine bedeutende Siedlung zu erkennen."

„Dann wissen wir ja, wo wir nach weiteren Spuren von Pui Tien und Didi suchen müssen!", schloss Phei Liang zufrieden. „Vielleicht sollten wir doch schon morgen dorthin aufbrechen, anstatt uns weiter auszuruhen. Hier in Béziers werden wir wohl kaum noch mehr erfahren können."

„Klar, machen wir das!", bestätigte Achim. „Aber du bleibst auf dem Beifahrersitz! Wenn dich plötzlich wieder eine dieser Erscheinungen überkommt, möchte ich wenigstens sicher sein, dass wir nicht im Straßengraben landen."

Kapitel 6
Carcassonne
Fall der Unbezwingbaren

Dareselbst bim Grale
Ir muestet alda vor hochvart
mit senftem willen sin bewart.
Iuch verleitet lihte iuwer jugent
daz ir der kiusche braechet tugent.
Hochvart ie seic unde viel.
(aus „Parzival" von Wolfram von Eschenbach)

Dort beim Grale
müsste Euch allzeit vor Hochmut
ein sanfter Wille bewahren.
Euch würde Eure Jugend nur allzu leicht verleiten,
dass Ihr die Kraft der Mäßigung brächet.
Hochmut sank und fiel noch stets.
(Übertragung aus dem Mittelhochdeutschen)

Pui Tien, 23. Juli 1209

Ich zog den weiten Mantel eng um meine Schultern, denn ich fühlte mich hundeelend und fröstelte trotz der lauen Sommernacht. Immer wieder tauchten jene schrecklichen Bilder von verstümmelten und verkohlten Leichen vor meinem geistigen Auge auf, während sich der beißende schwelende Rauch mit dem einhergehenden ekelig süßlichen Geruch von verbranntem Fleisch in meiner Nase und in meinen Lungen festgesetzt zu haben schien. Würgend und mit einem ständigen Brechreiz kämpfend torkelte ich noch immer orientierungslos durch das hohe trockene Gras am Ufer des Orb entlang.

Mutlos, verzweifelt und von Panik ergriffen weinte ich wie ein kleines, hilfloses Kind. Doch so sehr ich auch versuchte, mich auf den Verlauf des Weges zurück zum Weiler Colombiers zu konzentrieren, es gelang mir einfach nicht, die grausigen Bilder aus meinem Kopf zu verbannen. Selbst in all den Jahren, in denen mich die Häscher und Bauern des Grafen Everhard als Hexe gejagt und mir nach dem Leben getrachtet hatten, war ich niemals einem derartig brutalen und unmenschlichen Abschlachten begegnet wie hier in diesem fremden Land.

Schon als ich auf der Suche nach Arnold wie eine Betrunkene durch die Ruinen von Béziers geirrt war, hatte ich das entsetzliche Morden der Kreuzfahrer bald nur noch ertragen können, indem ich mir einredete, von einem unwirklichen Albtraum heimgesucht zu werden. Und irgendwann, vielleicht weil meine gequälte Seele nicht länger leiden wollte, hatte meine bewusste Wahrnehmung endgültig ausgesetzt. Ich war auf einmal wieder zu dem unschuldigen kleinen Mädchen geworden, das gerade laufen gelernt hatte und nicht zu begreifen vermochte, was um es herum geschah. Ich sehnte mich danach aufzuwachen und die beruhigende Stimme meiner Tante Phei Liang zu hören, die mich so oft in ihren Armen gehalten und gewiegt hatte, wenn mich die nächtlichen Dämonen verfolgten. Ja, mein aufgewühlter gepeinigter Geist schrie lautlos und doch so unaufhörlich durchdringend nach ihrem Trost, dass ich beinahe zu glauben bereit war, über den Abgrund der Zeit hinweg ihre Stimme zu hören. Während ich rein instinktiv wie ein gehetzter Wolf auf der Flucht durch die rauchenden Trümmer schlich, mich duckend vor den plündernd umherschweifenden Schergen verbarg und endlich unbehelligt durch die aufgebrochene Bresche in der Mauer ins Freie gelangte, war ich nicht mehr ich selbst.

Erst ganz allmählich kehrte mein Realitätssinn zurück, und ich begann mich zu fragen, wie ich jemals mit all diesen grausigen Erinnerungen leben sollte, ohne an meinem Glauben an die Harmonie allen Seins zu zweifeln.

Ich weiß nicht mehr, wie ich es letztlich geschafft habe, das verborgene Lager der Flüchtlinge in jenem Olivenhain abseits der Straße zum Weiler Colombiers zu erreichen, von dem ich nur wenige Stunden zuvor noch mit soviel Zuversicht und Selbstvertrauen aufgebrochen war. Doch als ich schließlich aus dem dunklen Gebüsch in den flackernden Schein des kleinen Feuers trat, sprang Didi sofort auf und nahm mich spontan in seine Arme. Ich kann nur sagen, es war diese kleine und doch so fürsorglich liebevolle Geste, die mich endgültig wieder in die Welt zurückholte.

„Pui Tien, was ist mit dir?", erkundigte er sich besorgt, sobald er mein Gesicht genauer betrachten konnte. „Bist du verletzt? Verzeih mir, aber du siehst aus wie eine wandelnde Leiche!"

„Ich fühle mich auch so", antwortete ich tonlos und mit schwacher Stimme.

Inzwischen hatten auch die vor der Gewalt der Kreuzritter Geflohenen, unter denen sich vornehmlich Amics de Diu, Juden, Sarazenen, aber auch einige römische Christen befanden, mitbekommen, dass ich zurückgekehrt war. Im Nu hatten sie uns umringt und bestürmten mich mit Fragen. Umgehend herrschte ein heilloses Durcheinander, und vielstimmiges Sprachengewirr prasselte auf uns ein. Ich hob die Arme und wies auf den herbeieilenden Frère Kyot, denn ohne dessen Hilfe als Dolmetscher konnte ich schließlich niemanden verstehen.

Bereits nach den ersten übersetzten Äußerungen war klar, dass sich die meisten Flüchtigen Hoffnungen gemacht hatten, das Kreuzfahrerheer würde nach seinem Erfolg schnell weiterziehen, so dass sie in ihre Stadt zurückkehren könnten. Deshalb gab ich ihnen in aller Deutlichkeit zu verstehen, dass dies ein fataler Trugschluss war.

„Eure Heimat Béziers gibt es nicht mehr!", teilte ich den Umherstehenden schonungslos mit. „Alle, die dort verblieben sind, haben ihr Leben verloren. Nichts als lauter geschändete Leichen und Berge von Trümmern liegen in den Straßen. Selbst die Kirchen und auch eure Kathedrale sind verbrannt. Alle, die sich in sie geflüchtet haben, wurden erschlagen oder sind im Rauch erstickt. Eure einzige Hoffnung besteht nun darin, dass ihr uns nach Carcassonne folgt. Aber wir haben nicht mehr viel Zeit, denn wenn der Vicomte de Trencavel in wenigen Tagen die Tore schließen lässt, kommt niemand mehr in die Stadt hinein."

Während Frère Kyot das Gesagte übersetzte, nutzte ich die Gelegenheit, die Mienen der Zuhörer zu studieren. Es war eindeutig, dass meine Worte ihre Wirkung nicht verfehlt hatten. Tatsächlich gab es niemanden unter den Flüchtlingen, der zurückbleiben wollte. Allerdings mussten wir uns noch beraten, auf welchem Weg wir nach Carcassonne gelangen konnten, ohne den Kreuzfahrern in die Arme zu laufen. Natürlich war hierbei Frère Kyots Rat gefragt. Didi und ich hätten nicht viel dazu beitragen können. Schließlich wussten wir beide nur, dass wir ein Stück weiter südwärts den Fluss Aude erreichen würden, dem wir dann einfach nach Westen hätten folgen müssen.

Doch genau dies wäre unser sicheres Verderben gewesen. Das stellte sich nur eine Stunde später heraus, als plötzlich einer von Frère Kyot ausgesandten Spionen atemlos zurückkehrte und aufgeregt berichtete, dass die Masse des feindlichen Heeres in wenigen Stunden in genau jene Richtung aufbrechen würde, um in die Stadt Narbonne einzuziehen, nachdem diese sich bereits den anrückenden Kreuzfahrern ergeben hätte.

Wir durften keine Minute länger zögern und mussten umgehend aufbrechen, sonst war alles verloren. Vielleicht hätten wir es noch geschafft, wenn wir sofort auf dem direkten Wege nach Westen gezogen wären, doch hierbei bestand die Gefahr, einer vielleicht zum gleichen Zeitpunkt nach Carcassonne ausgesandten Vorhut in die Quere zu kommen. Also verfielen wir auf einen simplen, aber dennoch genialen Trick: Wir beschlossen, Béziers von der Seeseite her zu umgehen und erst nördlich der Stadt auf der alten Römerstraße durch das Stufenland des sogenannten Minervois zu ziehen. Zwar würde uns dieser Umweg mindestens einen, wenn nicht gar zwei Tage kosten, doch so konnten wir wenigstens einigermaßen sicher sein, nicht gleich entdeckt zu werden. Kaum einer der Kreuzfahrer würde vermuten, dass sich ein so großer Flüchtlingszug ausgerechnet durch bereits erobertes Gebiet bewegte.

Trotzdem durchlebten wir noch einige bange Stunden, als wir in Sichtweite der Mauern durch die Dünen schlichen. Besonders die kleinen und kleinsten Kinder bedeuteten eine ständige Gefahr, wenn sie unverhofft zu weinen begannen oder nicht mehr weiterlaufen wollten. Aber im Morgengrauen war es endlich geschafft, und unser langer Zug mit Hunderten von Menschen begann sich in der weiten Ebene zwischen Béziers und Servian zu formieren.

Didi und ich ritten anfangs neben der schier unendlichen Reihe von Flüchtlingen auf und ab, um festzustellen, ob es bereits einige gab, die ohne Hilfe nicht mehr lange durchhalten würden.

Bei dieser Gelegenheit erzählte ich meinem Freund erstmals ausführlich, was ich in der zerstörten Stadt erlebt und gesehen hatte. Mit niemandem sonst hätte ich jemals so offen über die schrecklichen Eindrücke der vergangenen

Nacht sprechen können. Didi hörte aufmerksam, aber auch sichtlich betroffen zu, und das tat meiner Seele gut.

„Ist es nicht seltsam, dass du in deiner Not nach deiner Tante anstatt nach deiner Mutter gerufen hast?", fragte er nach einer Weile betretenen Schweigens.

„Nein, eigentlich nicht", antwortete ich bereitwillig. „Weißt du, Tante Phei Liang hat mich als kleines Mädchen oft in der Nacht zu sich ins Bett geholt, wenn ich geweint habe. Sie ist immer meine große Beschützerin gewesen, vielmehr noch als Mama oder Papa. Ich wundere mich nur darüber, dass ich dies über all die Jahre in der Wildnis vergessen hatte. Erst die grausamen Dinge, die ich in Béziers sehen musste, haben mir die Erinnerung daran zurückgebracht."

„Hm, das scheint mir durchaus erklärbar", erwiderte Didi nachdenklich. „In der Wildnis warst du ganz auf dich allein gestellt. Dort konnte dir niemand helfen, und deshalb hast du wohl den Gedanken an deine Beschützerin verdrängt."

Als er das sagte, wurde mir mit richtig warm ums Herz. Am liebsten hätte ich Didi stürmisch umarmt und zärtlich geküsst, doch angesichts der Not all dieser Menschen verbot sich so etwas von selbst. Trotzdem hätte ich ihm wenigstens gern mitgeteilt, was ich dachte, doch in diesem Moment brach eine der schwangeren Frauen zusammen.

Ich ritt sofort zu der jungen Mutter, deren vier andere Kinder verzweifelt an ihr herumzerrten, um sie zum Aufstehen zu bewegen, und sprang ab. Gemeinsam mit den nachfolgenden Männern hoben wir die vollkommen erschöpfte Frau auf mein Pferd. Ich selbst raffte mein langes Oberkleid, so dass ich besser ausschreiten konnte, und nahm die Zügel meines Reittieres in die Hand. Natürlich bemerkte ich sofort die verstohlenen Blicke der anderen einfachen Frauen, aber ich maß ihnen keine Bedeutung bei.

Inzwischen war auch Didi von seinem Pferd gestiegen. Er wartete, bis ich zu ihm aufgeschlossen hatte, so dass wir noch eine Weile lang nebeneinandergehen konnten.

„Es ist lieb, dass du auf mich wartest, aber du musst gleich wieder nach vorn reiten und schauen, ob alles in Ordnung ist", sagte ich ihm.

„Frère Kyot wird schon merken, wenn wieder jemand schlappmacht und uns ein Zeichen geben", entgegnete Didi jovial. „Bis dahin kann ich noch ein wenig mit dir zusammen sein. Ich denke, dagegen wird niemand etwas haben. Immerhin gelten wir ja wohl als junges Ehepaar."

Ich lächelte ihm verschämt zu, erwiderte aber nichts. Im Grunde war ich sehr froh über seine Gesellschaft.

Die Sonne stand hoch am Himmel und brannte unbarmherzig auf uns herab. In diesem weiten offenen Gelände wirkte sich die Hitze natürlich viel stärker aus, als es in unserem Versteck im Olivenhain der Fall gewesen war. Schon bald waren unsere Kleider von Schweiß durchtränkt, und ich spürte, wie durch die Erschöpfung meine Beine schwer wie Blei wurden. Verbissen und wie mechanisch setzte ich einen Fuß vor den anderen. Dabei schaute ich mich verstohlen um und stellte fest, dass es anderen Flüchtlingen ebenso erging. Wir waren nun schon viele Stunden in der sengenden Sonne unterwegs und hatten nicht einmal angehalten. Trotzdem durften wir nicht nachlassen, denn so lange unser Zug sich in der Ebene befand, gab es keine Deckung oder ein Versteck, wo wir uns vor den Kreuzfahrern verbergen konnten.

Plötzlich begann Didi leise vor sich hin zu lachen, und ich schaute ihn besorgt an.

„Keine Angst, ich bin nicht verrückt, wenn du das meinst", krächzte er heiser. „Es ist nur, weil ich gerade an meine Eltern denken muss. Weißt du, kurz bevor wir beide verschwunden sind, hatten sie sich entschlossen, dieses Jahr ihren Urlaub in Spanien an der Costa Brava zu verbringen. Überleg mal, ausgerechnet an der Costa Brava. Kannst du dir vorstellen, was das heißt?"

Ich wischte mir den Schweiß von der Stirn und sah ihn verständnislos an.

„Na, sie wollten unbedingt mit dem Auto fahren und nicht fliegen, so wie sonst immer – von wegen, Europa kennenlernen und so."

Ich schüttelte den Kopf. War ich nur begriffsstutzig, oder hatte mir die Hitze schon die Fähigkeit zum Denken geraubt? Didi stolperte, fing sich aber wieder und begann leicht zu wanken.

„Costa Brava, Pui Tien!", betonte er abschätzig. „Das ist doch in Nordspanien bei Barcelona. Und das bedeutet, sie wären… oder würden… oder werden, was weiß denn ich, exakt hier durchkommen! Vielleicht tun sie das ja auch und fahren in achthundert Jahren ausgerechnet gerade jetzt in diesem Augenblick auf der Autobahn von Montpellier nach Béziers an uns vorbei. Wir sollten ihnen zuwinken, Pui Tien! Vielleicht können sie uns ja sehen!"

251

Didi grinste mich breit an und hielt inne. Seine Miene wirkte wie eingefroren, als er kraftlos die Zügel fahren ließ. Dann knickten seine Beine ein, und er stürzte ins Gras. Einen Moment lang starrte ich wie benommen auf Didis ausgestreckten Körper. Ich sollte mich hinknien, um ihm aufzuhelfen, aber ich wusste, dass ich selbst nicht mehr weit davon entfernt war, ebenfalls zusammenzubrechen.

Doch da waren schon einige andere herbeigeeilt und kümmerten sich um meinen Freund. Der Mann der erschöpften Frau, die auf meinem Pferd saß, stützte mich und flößte mir Wasser aus einem Ziegenmagen ein.

Vor meinen Augen flimmerte die heiße Luft über dem welken Gras. Als ob die Geister tanzen, kam es mir plötzlich in den Sinn. War da hinten nicht tatsächlich eine breite Straße, die sich durch die Ebene schlängelte und sich irgendwo im fernen Dunst der Unendlichkeit verlor? Vernahm ich etwa gerade das summende Geräusch der Motoren vorbeirasender Autos, oder war es in Wirklichkeit nur ein Rauschen in meinen Ohren? Ohne dass ich wusste, wie mir geschah, nahm eine dumpfe Schwermut von mir Besitz.

Mit einem Mal war ich wieder das kleine Mädchen, das kaum laufen konnte. Ich fühlte mich so einsam und verlassen in dieser heißen, fremden und grausamen Welt. Unwillkürlich formten sich in meinem Kopf wirre Gedanken: Bitte, Mama und Papa, so helft mir doch! Bitte, Tante Phei Liang, nimm die kleine Pui Tien in deine Arme! Bitte, weck mich aus diesem bösen, schrecklichen Traum und tröste mich!

Mir war fürchterlich schwindelig, und ich wusste nicht einmal, ob ich meine flehende Klage wirklich nur gedacht oder laut ausgesprochen hatte.

„Du musst dich ausruhen, Tochter!", riss mich die Stimme von Frère Kyot aus meinen konfusen Überlegungen. „Wir sind alle erschöpft, aber ihr beide kommt aus einem kalten Land und seid nicht an unsere Hitze gewöhnt. Ihr müsst viel mehr trinken und eure Kräfte schonen."

Der Priester der Amics de Diu führte mich an einen Bach, der sich keine zwanzig Schritte entfernt in den felsigen Untergrund des kargen Landes eingeschnitten hatte. Dort lagerten bereits Dutzende von Flüchtlingen aus unserer Karawane und tauchten ihre Tücher, Gugeln und Schuhe in das kühle Nass.

„Das ist ein kleiner Nebenfluss des Libron", erklärte Frère Kyot. „Von hier aus können wir nun nach Westen ziehen, dann werden wir bald auf die Via Domitia stoßen. In drei Stunden überqueren wir noch einmal den Orb."

„Was ist mit der schwangeren Frau, die auf meinem Pferd saß?", erkundigte ich mich.

„Sie hat ihre Schwäche überwunden und mag nun zu Fuß weitergehen. Du selbst wirst also wieder reiten können."

„So habe ich das nicht gemeint, Frère", entgegnete ich errötend. „Ich wollte nur wissen, wie es ihr geht. Ich bin keine eitle Prinzessin, die sich nicht um die Not anderer Menschen schert."

„Mach dir darüber keine Sorgen, Tochter. Das weiß jeder hier. Sie tuscheln bereits über dich, aber sie sprechen nur gut von dir."

Ich senkte beschämt den Kopf, denn ich hatte eher das Gegenteil vermutet. Aber Frère Kyot ließ sich nicht beirren.

„Du musst unbedingt bei Kräften bleiben!", fuhr er fort. „Denn wenn wir wirklich Kreuzfahrern begegnen sollten, kann uns niemand außer dir vor ihnen retten!"

„Erwartet nicht zuviel von mir", gab ich zu bedenken. „Auch wenn Ihr gesehen habt, wie ich das Schwert des Vicomtes in die Luft steigen ließ, so vermag ich doch nicht Hunderte von Pfeilen und Speeren abzudrängen oder Dutzende von Rittern aus ihren Sätteln zu werfen, bevor sie uns erschlagen können."

„Aber du könntest das Gras entzünden und so eine Wand aus Feuer zwischen ihnen und uns legen", schlug Frère Kyot lächelnd vor. „Ich habe sehr wohl beobachtet, was du beim Turnier getan hast, um deinen Begleiter zu schützen."

Schen Diyi Er Dsi

„Ach Pui Tien, ich kann dir nicht sagen, was da in mich gefahren ist", bekannte ich zerknirscht, nachdem wir eine gute Stunde später wieder aufgebrochen waren. „Der verdammte dicke Gambeson und das schwere Kettenhemd bringen mich bei der Wärme noch um den Verstand."

„Du brauchst dich nicht zu entschuldigen", gab meine Freundin lächelnd zurück. „Ich habe selbst mit offenen Augen vor mich hin geträumt und dabei die seltsamsten Dinge gesehen. Wir hätten einfach mehr Wasser trinken sollen. Das hat mir auch Frère Kyot geraten."

Inzwischen hatten wir endlich den Oberlauf des Orb erreicht und schickten uns an, den Fluss zu durchwaten. Pui Tien und ich waren von unseren Pferden gestiegen und genossen es ebenso wie alle anderen, dass die kühlen Fluten unsere Füße umspülten. Die meisten Kinder und selbst einige Erwachsene sprangen mitsamt ihren Kleidern ins Wasser. Ich blieb stehen und beobachtete neidisch das muntere Treiben.

„Am liebsten würde ich das Kettenzeug ausziehen und nur den Waffenrock anbehalten", merkte ich beiläufig an.

Pui Tien legte mir bedeutsam ihre Hand auf den Arm und bedachte mich mit einem mitleidsvollen Blick.

„Du weißt, dass du so was jetzt nicht machen darfst!", ermahnte sie mich. „Immerhin bist du der Einzige, der voll gerüstet ist."

„Im Ernstfall würde ich bestimmt nicht viel ausrichten können, das ist dir doch klar?"

„Darauf kommt es nicht an, Didi!", entgegnete Pui Tien bestimmt. „Sieh doch, die Leute verlassen sich darauf, dass wenigstens ein waffenfähiger Adeliger sie beschützt. Sie würden in Panik geraten, wenn sie wüssten, dass du im Grunde nur vorgibst, ein echter Ritter zu sein."

Ich nickte ergeben und zog mir demonstrativ die bereits zurückgeschlagene Kettenhaube über den Kopf. Pui Tien registrierte es mit einem Blick, der wohl Bedauern ausdrücken sollte. Am westlichen Ufer füllten wir unsere Wasserbehälter auf und befestigten sie an den Sätteln.

„Ich verspreche dir auch, dass ich nicht wieder so ein dummes Zeug erzähle, wie diese abstruse Geschichte von eben", beteuerte ich, als wir unsere Pferde bestiegen.

Pui Tien schaute mich zweifelnd an.

„Sag das lieber nicht, Didi", meinte sie skeptisch. „Ich weiß nicht, was da gewesen ist."

„Du hast mir noch gar nicht berichtet, was du vorhin selbst gesehen hast!", rief ich ihr nach, weil sie schon ein paar Meter vorausgeritten war, während ich mich noch immer bemühte, in den Sattel zu kommen.

Pui Tien wandte sich kurz zu mir um.

„Ich glaube, es sah aus wie eine Autobahn!", erwiderte sie und gab ihrem Pferd die Sporen.

Pui Tien

Die untergehende Sonne färbte die wenigen Schleierwolken am Himmel purpurrot, während die Landschaft um uns herum in ein gespenstisch schimmerndes, bläuliches Zwielicht gehüllt wurde. Unwillkürlich hielt ich mein Pferd an und bestaunte ergriffen die unglaubliche Schönheit dieses vorabendlichen Phänomens, denn ein derartig fantastisches Naturschauspiel, das sich in solcher Pracht offenbar nur in subtropisch-mediterranen Breiten entfalten konnte, hatte ich noch nie zuvor zu Gesicht bekommen. Nur das unaufhörliche Zirpen im gelblich grauen Gras erinnerte mich daran, dass wir uns noch immer in irdischen Gefilden befanden.

Im Halbdunkeln konnte ich vor uns auf einem flachen Plateau die Umrisse einer kleinen Burg nebst der sie umgebenden Siedlung ausmachen. Der Anblick der düsteren Mauern des massigen Donjon, der sich wie ein drohender, zum Himmel weisender Finger unmittelbar aus der so friedlich erscheinenden Landschaft emporhob, verursachte bei mir sogleich wieder jenes mulmige Gefühl in der Magengegend, das mich stets verlässlich vor einer verborgenen Gefahr gewarnt hatte. Doch Frère Kyot, der mich wohl schon eine Weile beobachtet hatte, versuchte mich zu beruhigen.

„Das ist Puisserguier", sagte er wie beiläufig zu mir gewandt. „Die Burg gehört einem treuen Vasallen des Vicomte Raymond Roger de Trencavel. Dort werden wir freundliche Aufnahme und Schutz für die kommende Nacht finden."

„Könnt Ihr da wirklich sicher sein?", fragte ich zweifelnd. „Wir wissen doch gar nicht, wie viele Orte das Kreuzfahrerheer schon erobert hat, bevor es nach Béziers gezogen ist."

„Ich verstehe deine Sorge, Tochter, doch unsere Leute sind vollkommen erschöpft und brauchen dringend ein wenig Ruhe."

Ich kam nicht mehr dazu, dem Priester der Amics de Diu zu antworten, denn von der Burg her näherte sich eine Schar bewaffneter Reiter. Die letzten Sonnenstrahlen spiegelten sich auf deren Helmen, Lanzen und Kettenhemden.

Ritter, durchfuhr es mich mit eisigem Schrecken. Doch so viele konnte es niemals in einer solch kleinen Festung geben. Wie zur Bestätigung meines Verdachts, löste sich kurz vor der Spitze unseres Zuges die Reihe der Reiter auf und formierte sich zu einer breiten Linie. Die blutroten Kreuze auf ihren Waffenröcken waren nun deutlich zu erkennen.

„Kreuzfahrer!", schrie ich entsetzt auf. „Das sind Kreuzfahrer! Sie werden uns angreifen!"

Frère Kyot starrte wie versteinert auf die Phalanx der feindlichen Reiter. Er schien nicht begreifen zu können, dass er einem fatalen Irrtum erlegen war. Ich ließ den Priester stehen und jagte der feindlichen Horde entgegen.

Unterdessen trieben auch die Ritter bereits ihre Pferde an und schwangen ihre tödlichen Keulen. In heller Panik stoben die Flüchtlinge auseinander. Frauen und Männer rissen ihre Kinder an sich und liefen mit ihnen ins hohe Gras. Doch es gab weder Deckung noch irgendeine Möglichkeit, sich gegen die mordlüsternen Ritter zu wehren. Einzig Didi stellte sich ihnen mit gezogenem Schwert entgegen, aber natürlich hatte er nicht die geringste Chance. Während die meisten Angreifer sich aufmachten, die Flüchtenden zu verfolgen, preschten nur zwei von ihnen auf meinen Freund zu.

Mir blieb keine Zeit mehr, zwischen den heranstürmenden Reitern und unseren Leuten ein Feuer zu entfachen. Dafür hatten sich alle schon zu weit über das offene Gelände verteilt. Immerhin schaffte ich es, mich auf Didis Gegner zu konzentrieren. Ich spürte das unnatürliche Glühen in meinen Augen, als die ungezügelten Gewalten ihr Ziel fanden und den ersten der beiden Ritter in hohem Bogen aus dem Sattel schleuderten, während dessen Pferd mit ungebremsten Tempo hautnah an Didi vorbeigaloppierte. Doch da war auch schon der Zweite heran.

Im letzten Moment gelang es meinem Freund, das Schwert beiseite zu werfen und dafür seinen Schild hochzureißen. Tatsächlich konnte er so den vernichtenden Schlag noch abfangen. Didi wankte, ließ nun auch den Schild fahren und rieb sich mit schmerzverzerrtem Gesicht den Arm.

Sein Widersacher fluchte unterdrückt, als er sein Streitross herumriss und anstelle des so gut wie geschlagenen Gegners nun mir gegenüberstand. In den grimmigen Zügen des Kreuzritters zeichnete sich ein verächtliches Grinsen ab. Wahrscheinlich glaubte er, mit einer Frau ein leichtes Spiel zu haben. Doch kaum hatte ich den Ritter fixiert, da ging eine seltsame Veränderung mit ihm vor. Sein Blick wurde auf einmal starr vor Schreck, und in seinen weitaufgerissenen Augen spiegelte sich pure nackte Angst.

„Mon Dieu!", stieß er krächzend hervor, und noch bevor meine tastenden Sinne ihr Ziel endgültig erfassen konnten, traf ihn ein Pfeil mitten in der Brust, und der Ritter sank lautlos im Sattel zusammen.

Aus dem hohen Gras rings um uns herum erhoben sich plötzlich Dutzende von weiteren Schützen, die ihre gespannten Bogen auf die verdutzten Kreuzritter richteten. Die bedrohten Reiter wendeten ihre Pferde und ergriffen die Flucht, aber schon die erste Salve der gefiederten Todesboten erreichte die meisten von ihnen. Nur zwei Ritter überlebten die Attacke unverletzt. Sie stoppten ihre Pferde, warfen ihre Waffen weg und ergaben sich. Sofort eilten Schergen auf zu ihnen und fesselten sie. Im gleichen Moment tauchte auch der Anführer unserer unverhofften Retter auf. Begleitet von einer kleinen Gruppe Bewaffneter ritt er auf uns zu.

Ich erkannte ihn gleich an der auffälligen Helmzier, die aus einer beträchtlichen Anzahl gestutzter Pfauenfedern bestand. Dieser Mann war uns in Carcassonne als Chevalier Guiraud de Pépieux vorgestellt worden. Er galt zwar als hitzköpfiger, aber auch besonders treuer Vasall des Vicomtes. Entsprechend fröhlich und geradezu überschwänglich fielen die Gesten aus, mit denen er uns begrüßte.

Guiraud de Pépieux verbeugte sich vor mir mit einer ausladenden Armbewegung und umarmte schließlich Didi, als ob dieser sein verloren geglaubter innig geliebter Bruder gewesen wäre. Allerdings erfuhr ich später von meinem Freund, dass die beiden sich bereits in jener Nacht unverbrüchliche Treue geschworen hatten, als Didi von grundloser Eifersucht getrieben mit den Vasallen des Vicomtes gezecht hatte.

Schen Diyi Er Dsi

Wir verbrachten die Nacht tatsächlich wie ursprünglich geplant in der kleinen Burg von Puisserguir. Inzwischen hatte der Donjon innerhalb kürzester Zeit nun schon zum zweiten Mal den Besitzer gewechselt. Als nämlich Guiraud de Pépieux seine Leute vor den befestigten Wohnturm führte, um dessen Übergabe zu fordern, stellten wir fest, dass die dort zurückgebliebenen Söldner der Kreuzritter die Burg bereits fluchtartig verlassen hatten.

Daraufhin ließ der Chevalier alle feindlichen Ritter, die bei dem Angriff verwundet worden waren, in das Verlies bringen, wo man sie notdürftig versorgte. Nur die beiden Unverletzten sollten uns am nächsten Morgen als Geiseln begleiten. Die zurückeroberte kleine Burg wollte Guiraud de Pépieux auf keinen Fall besetzt halten, da er damit rechnete, dass die Kreuzfahrer schon bald mit einem größeren Aufgebot erscheinen würden.

„Wenn sie ihre verwundeten Ritter im Verlies finden, müssen sie sich zuerst um diese kümmern und können uns nicht so schnell verfolgen", übersetzte Frère Kyot dessen Plan. „Damit hättet Ihr etwas Zeit gewonnen, mit Euren Flüchtlingen sicher nach Carcassonne zu gelangen."

Wenn ich auch mittlerweile das meiste von dem verstand, was der Priester der Amics de Diu uns auf Sächsisch sagte, so musste ich doch noch manchmal Pui Tien nach der Bedeutung des einen oder anderen Wortes fragen. Daher schleppte sich unsere Unterhaltung schon ein wenig dahin, und ich fürchtete bereits, dass man mich für begriffsstutzig halten mochte. Trotzdem hakte ich nach einer Weile noch einmal nach:

„Verstehe ich richtig, Freund Guiraud, dass Ihr uns nicht in die Stadt Eures Vicomtes begleiten wollt?"

Der Chevalier de Pèpieux zögerte ein wenig, doch dann erzählte er uns bereitwillig, was in der Zwischenzeit, seit wir uns vom Vicomte de Trencavel und seinen Getreuen getrennt hatten, geschehen war:

„Nun gut, ich will nicht verhehlen, dass ich vielleicht etwas vorschnell gehandelt und Euch dadurch in noch größere Gefahr gebracht habe", bekannte Guiraud de Pépieux selbstkritisch. „Aber ich kann Euch versichern, es geschah in lauterer Absicht."

Pui Tien und ich schauten uns überrascht an.

„Auf dem Heimweg nach Carcassonne waren der Graf von Foix und auch ich nicht sehr glücklich darüber gewesen, dass wir Euch, meine Freunde, so schutzlos zurückgelassen haben", fuhr der Chevalier de Pépieux unbeirrt fort. „Auf der anderen Seite war es natürlich erforderlich, dass wir so schnell wie möglich alles nur Erdenkliche für die Verteidigung der Stadt veranlassen mussten. Daher bedrängten wir den Vicomte, er möge uns beiden Urlaub gewähren, damit wir Euch mit unseren Männern beistehen könnten, wenn Ihr die Flüchtlinge durch die offene Ebene führt. Doch

Raymond Roger wollte uns nicht gehen lassen, und da habe ich auf eigene Faust meinen Abschied genommen."

Guiraud de Pépieux hielt kurz inne, um seine Worte auf uns wirken zu lassen. Die blumige Umschreibung unseres Freundes bedeutete letztlich nichts anderes, als dass dieser unseretwegen seinem Souverän gegenüber den Lehnseid gebrochen hatte. Er konnte gar nicht nach Carcassonne zurückkehren, selbst wenn er es gewollt hätte.

„Ich weiß selbst, dass ich ein Hitzkopf bin", gab Guiraud lächelnd zu. „Noch am Tage Eurer Ankunft, als wir mit dem Vicomte auf der Jagd in der Montagne Noire weilten, habe ich de Trencavel geraten, das Kreuzfahrerheer anzugreifen. Und nun, da ich Euch nach dem Fall von Béziers nicht finden konnte, bin ich so sehr in Wut geraten, dass ich geradewegs das Lager der verfluchten Mörder überfallen habe. Natürlich konnten wir nichts gegen diese Masse an Kämpfern ausrichten und mussten fliehen. Doch dieser Hund Simon de Montfort wollte eine solche Schmach wohl nicht hinnehmen, und er schickte eine große Abteilung von Kreuzfahrern hinter uns her. Wir aber haben die Verfolger in die Irre geführt und sind geradewegs hierher gekommen, denn falls Ihr doch noch mit Euren Flüchtlingen entkommen konntet, wäre dies nur möglich gewesen, indem Ihr Béziers im Norden umgangen hättet. Dann aber wärt Ihr zwangsläufig auch hier in Puisserguir gelandet, wo Euch die Kreuzritter aus der Burg in Empfang nehmen würden. Wie Ihr seht, ist meine Rechnung aufgegangen."

Ich war zu Tränen gerührt, denn was dieser wagemutige Chevalier de Pépieux alles auf sich genommen hatte, um uns zu retten, obwohl wir uns erst seit wenigen Wochen kannten, hätte bestimmt keiner meiner Freunde in der Gegenwart für uns riskiert. Zum ersten Mal seit unserer Versetzung in diese Epoche begann ich so etwas wie Bewunderung für die Menschen jener so grausamen Zeit und deren ganz besonderes Verständnis von Treue zu empfinden.

Pui Tien, 25. Juli 1209

Das letzte Stück des Weges führte unseren langen Flüchtlingszug über den gleichen Pfad, über den Didi und ich bereits vor zwei Monaten mit Frère Kyot gekommen waren. Nachdem wir die Nacht zuvor in Chevalier Guirauds eigener Burg Pépieux verbringen konnten, hatten wir uns schließlich am frühen Morgen von unserem Freund und dessen Leuten getrennt. Während wir uns aufmachten, dem Fluss Aude entgegen und weiter in Richtung Carcassonne zu ziehen, beabsichtigte Guiraud, mit den beiden gefangenen Kreuzrittern nach Minerve zu reiten, um von der schier uneinnehmbaren Felsenfestung aus den weiteren Widerstand zu organisieren. Seit unserem Abschied von dem wagemutigen Ritter plagte mich nun schon seit Stunden das schlechte Gewissen.

Um unseren Freund und Retter zu warnen, hatte ich ihm eigentlich noch von meiner Vision am Brunnen von Minerve erzählen wollen, es aber dann doch unterlassen, weil ich es nicht übers Herz bringen konnte, dem Chevalier de Pépieux auch noch die letzte Hoffnung auf einen glücklichen Ausgang des unseligen Krieges zu nehmen. Und so haderte ich wieder einmal mit meinem Schicksal, nur eine willige Erfüllungsgehilfin im undurchschaubaren Plan jener unbegreiflichen Mächte zu sein, die meine Familie und mich rücksichtslos benutzten. Warum nur war es mir dann vergönnt, einen Blick auf künftige Geschehnisse zu werfen, wenn ich doch sowieso nichts am vorgesehenen Verlauf all dieser schrecklichen Ereignisse zu ändern vermochte?

Natürlich war Didi nicht verborgen geblieben, dass meine Stimmung sich dem absoluten Nullpunkt näherte, je weiter wir uns von Pépieux entfernten, und als wir schließlich bei dem kleinen Weiler Pulcheric wieder auf die alte Römerstraße trafen, lenkte er sein Pferd an meine Seite.

„Was hast du eigentlich gestern Abend mit deinem kostbaren Kleid angestellt?", begann er unbefangen, obwohl er doch deutlich sehen konnte, dass ich mein Surcot auf beiden Seiten bis zu den Oberschenkeln aufgeschlitzt und mit Lederriemen über Kreuz zusammengebunden hatte.

„Ich habe es so hergerichtet, dass ich damit besser laufen und reiten kann", erwiderte ich geduldig, ohne vollkommen verhindern zu können, dass meine Stimme trotzdem gereizt klang. „Schließlich haben meine Eltern unser Packpferd, auf dem sich auch mein weißes Fellkleid befindet. Also musste ich mir wohl was einfallen lassen."

„Entschuldige, dass ich gefragt habe!", fuhr Didi entrüstet auf. „Ich wollte dich eh bloß etwas aufmuntern, weil ich das Gefühl habe, dass du irgendwie traurig bist."

„Dein Gefühl trügt dich nicht!", beschied ich ihm kratzbürstig und gab meinem Pferd die Sporen.

Keine hundert Meter weiter bedauerte ich bereits meine unbeherrschte Reaktion. Wie sollte er auch wissen, dass es mir selbst ungemein schwer gefallen war, das kostbare Kleid zu zerschneiden. Immerhin war es das letzte persönliche Erinnerungsstück, das ich noch von Oban und den anderen Altvorderen besaß. Tatsächlich hatte ich beim Aufschneiden heimlich geweint, aber auch keine andere Möglichkeit gesehen, mir mehr Bewegungsfreiheit zu verschaffen. Beim Marsch durch die Hitze war deutlich geworden, wie sehr mich das Kleid beim Gehen behinderte. Den Trick mit den langen Schlitzen und der Verschnürung hatte ich mir von Mamas blauem Surcot abgeschaut, das in der gleichen Weise präpariert war. Ich dachte noch darüber nach, wie ich Didi um Verzeihung bitten sollte, da brachen weiter vorn erneut zwei Frauen vor Erschöpfung zusammen.

Schen Diyi Er Dsi

Ich kann gar nicht sagen, wie froh und erleichtert ich war, als endlich im Licht des späten Abends vor uns die Türme und Mauern von Carcassonne leuchteten. Die letzten zwanzig Kilometer waren Pui Tien und ich mit den anderen gelaufen, weil sich die Erschöpften alle paar Meilen auf unseren Pferden abwechselten. Panzerhemd und Kettenbeinschutz erschienen mir im wahrsten Sinne so schwer wie Blei, und bei jedem weiteren Schritt kam es mir so vor, als würde ich durch eine knietiefe, zähflüssige und klebrige Masse waten. Mein Herz pochte wie wild in der Brust, und mein Mund und mein Rachen waren ausgetrocknet.

Doch als vor der langen Schlange unseres Zuges endlich das Narbonner Tor aufgezogen wurde, war ich beinahe geneigt zu glauben, man hätte uns die himmlische Pforte geöffnet. Und trotzdem wären sicher nicht einmal zehn Pferde in der Lage gewesen, mich in die Stadt hineinzuzerren, wenn ich zu diesem Zeitpunkt bereits geahnt hätte, dass ich gerade im Begriff war, eine riesige tödliche Mausefalle zu betreten.

Zumindest waren die Veränderungen kaum zu übersehen. Die Bewohner von Carcassonne waren dabei sich einzu-

igeln, um dem Feind zu trotzen. Überall auf dem kilometer-
langen Festungsring sowie an allen 26 Türmen waren unzählige Handwerker in schwindelnder Höhe emsig damit
beschäftigt, hölzerne Hurden auf Söllern sowie Kragen an-
zubringen und mit schräg gestellten Stützbalken im Mauerwerk zu befestigen. In den engen Gassen herrschte ein
unbeschreibliches Gedränge. Aus allen Richtungen
schleppten Männer, Frauen, Kinder und Greise – Einwohner wie Flüchtlinge – schwere Balken, Kirchenbänke, Ti-
sche, ja sogar leere Weinfässer herbei, um den immensen
Bedarf an Holz für die Verteidigungsbauten zu decken.
Wieder andere trugen Eimer, die mit Pech, Öl und Wasser
gefüllt waren, heran. Auf den Plattformen vor den Zinnen
des Mauerkranzes wurden derweil aus den massigen
Stämmen von Pinien, Zypressen und anderen Baumarten,
die wohl zuvor noch eiligst aus der Montagne Noir herbei-
geschafft worden waren, eine Vielzahl von Katapulten und
weiteren Schleudermaschinen gebaut. Gleich daneben
bearbeiteten Hilfskräfte unter Anleitung von Steinmetzen
grobe Felsbrocken, um diesen die Form von rundlichen
Mangensteinen zu verpassen. Aus den Kellern der größeren Gebäude drangen die unverwechselbaren Gerüche von
eingesalzenem Fleisch, gekochtem Gemüse und eingeleg-
ten Früchten. Auf dem Platz vor der Kathedrale waren Berge von Spießen, Bogen mit Köchern und Pfeilen, Messer
und Äxten aufgehäuft worden, die umgehend von Söldnern
an Freiwillige verteilt wurden, welche anschließend in langen Reihen zum Fluss hinunterzogen, um dort in der Hand-
habung der jeweiligen Waffen unterwiesen zu werden.

Während Frère Kyot, Pui Tien und ich unsere Pferde zielstrebig zum Chateau Comtal führten, verteilten sich unsere
Flüchtlinge auf der verzweifelten Suche nach einer Bleibe in
den Straßen der Stadt, die meiner Einschätzung nach bereits jetzt schon hoffnungslos überfüllt sein musste. Ich
selbst vermochte mich kaum noch auf den Beinen zu halten
und dachte sehnsüchtig an das große Vierpfostenbett in
unserem Turmzimmer. Dabei konnte ich nur hoffen, dass es
noch immer für uns beide bereitstand. Als die Wachen das
schwere Torgitter hochzogen und herbeigeeilte Pagen unsere Pferde in Empfang nahmen, war ich nicht mehr in der
Lage, allein weiterzugehen. Pui Tien und Frère Kyot mussten mich stützen, sonst wäre ich auf der Schwelle zum Palas zusammengesunken und nie wieder aufgestanden.

Pui Tien

Das vielstimmige Gemurmel im großen Saal des Chateau Comtal verstummte augenblicklich, und die versammelten Vasallen, Konsuln und Kirchenvertreter drehten sich zu uns herum. Selbst der Vicomte Raymond Roger de Trencavel, der an der großen Tafel unter dem Wappen seiner Familie saß, sprang auf. Einen Moment lang starrte er uns fassungslos an. Offenbar hatte auch er nicht mehr damit gerechnet, uns noch einmal lebend wiederzusehen. Unterdessen nutzten zwei Bedienstete, die nach uns den Raum betreten hatten, die Unterbrechung, um zu ihrem Herrn zu eilen und ihm etwas zuzuflüstern.

Während der Vicomte betreten nickte und die beiden entließ, eilte der Graf von Foix auf uns zu, verbeugte sich artig vor mir und Frère Kyot und nahm Didi fürsorglich in seine Arme. Damit schien der Bann gebrochen, denn immer mehr Ritter erhoben sich von ihren Plätzen, umringten meinen Freund und bestürmten den Ärmsten mit einer Unmenge von Fragen, die er sowieso nicht verstehen konnte. Derweil bahnten Frère Kyot und ich uns einen Weg durch die Menge bis zum Tisch der gräflichen Familie. Raymond Roger warf seiner Gemahlin einen bezeichnenden Blick zu, bevor er zu uns sprach.

„Ihr habt es also tatsächlich geschafft zurückzukehren, Prinzessin Pui Tien", übersetzte mir Frère Kyot seine Worte, die entschieden eher nach einer kühlen Feststellung klangen als nach einer freudigen Begrüßung. „Und wie ich gerade erfahren musste, habt Ihr noch Hunderte von Flüchtlingen nach Carcassonne geführt."

„Wäre es Euch lieber gewesen, wenn wir all diese Menschen den Kreuzfahrern zum Abschlachten überlassen hätten?", entgegnete ich entsprechend gereizt.

„Verzeiht, Prinzessin! Natürlich nicht!", beeilte sich der Vicomte zu versichern. „Ich muss mich nur fragen, wie lange wir diese Stadt werden halten können, wenn unsere Vorräte alsbald verbraucht sind und Krankheiten ausbrechen."

„Ich weiß es nicht, Vicomte", gab ich offen zu. „Aber ich denke, Ihr müsst alles tun, um diese Leute zu schützen, denn was die verblendeten Kreuzfahrer in Béziers angerichtet haben, darf nicht noch einmal geschehen."

Raymond Roger musterte mich scheu. Fast hatte ich den Eindruck, als fiele es ihm schwer, meinem durchdringenden Blick standzuhalten und nicht zurückzuweichen.

„Ihr verfügt über große geheimnisvolle Kräfte, Prinzessin", flüsterte er schließlich. „Ich weiß weder, welches Schicksal Euch zu uns geführt hat, noch warum mich Eure Augen so sehr in Bann halten. Aber ich ängstige mich vor Euren Visionen!"

„Mir selbst geht es nicht anders!", beteuerte ich eindringlich. „Ich kann Euch nicht sagen, warum ich jene künftigen Ereignisse sehe, und ebenso wenig, ob sie tatsächlich geschehen werden oder ob man sie beeinflussen kann."

Schen Diyi Er Dsi, Ende Juli 1209

Nachdem der Graf von Foix und einige andere meiner ritterlichen Freunde mich zu unserem alten Schlafraum im Eckturm gebracht und auf das Bett verfrachtet hatten, war ich nur Sekunden später in einen komaähnlichen Schlaf gefallen, aus dem ich erst am Abend des nächsten Tages erwachte.

Mein erster Gedanke war, dass sich eine besonders lästige Fliege an meinen Füßen zu schaffen gemacht haben musste, denn so oft auch meine Beine zurückzuckten, das Kitzeln an meinen Zehen begann stets wieder aufs Neue. Doch als ich ziemlich verärgert über das boshafte Insekt endlich die Augen aufschlug, blickte ich nur auf Pui Tiens langen schwarzen Haarschopf, der wie ein dichter seidiger Vorhang bis zur Hüfte über ihren Rücken hing. Tatsächlich war sie schon eine ganze Weile damit beschäftigt gewesen, eine schmerzlindernde Salbe auf meine wunden Füße aufzutragen. Meine schöne Freundin registrierte die ruckartige Bewegung und drehte sich zu mir um.

„Du bist mir ein rechter Ai-hao-dsche" (Liebhaber), meinte sie grinsend. „Liegst die ganze Zeit nur im Bett und schläfst wie ein Toter."

Ich lächelte gequält zurück.

„Beim letzten Mal, als ich mich um dich kümmern wollte, bist du davongeritten und hast mich einfach stehen lassen, oder sehe ich das falsch?"

„Es tut mir leid, Didi", flüsterte Pui Tien verschämt. „Und das meine ich wirklich so! Ganz ehrlich!"

Erst in diesem Augenblick bemerkte ich, dass ich völlig nackt auf dem Bett lag. Nur ein Schafsfell bedeckte notdürftig meine Blöße.

„Der Graf von Foix muss...", begann ich entschuldigend, doch Pui Tien schüttelte energisch den Kopf.

„Hat er nicht, Didi!", teilte sie mir schnippisch mit. „Dein väterlicher Ritterfreund hat dich einfach hier abgelegt und mir die Arbeit überlassen, dich aus deiner eisernen Schale und dem dicken Gambeson zu befreien."

Ich kam nicht mehr dazu, eingehender über ihre aufschlussreiche Mitteilung nachzudenken, denn mich plagte plötzlich ein dringendes natürliches Bedürfnis. Unwillkürlich presste ich mir mit schmerzverzerrter Miene das Fell in den Schoß. Pui Tien nahm die Hand vor den Mund, kicherte unterdrückt und schlich zur Tür.

„Ich lass dich besser allein zum Abtritt gehen!", rief sie mir lachend zu, bevor sie die Wendeltreppe erreichte und verschwand.

Ich hob die Beine aus dem Bett und wollte gerade zu der Nische in unserem Zimmer hechten, in der sich der kleine Erker des Abtritts befand, als mich ein dumpfer Schmerz in den Knien gleich wieder in die Hocke zwang. Anscheinend hatte ich die Folgen des Marsches noch lange nicht überwunden. Doch als Pui Tien eine halbe Stunde später mit einem Krug Wasser sowie einem großen kalten Bratenstück erschien, war es mir wenigstens gelungen, die umständliche Bruoch und mein hemdähnliches Unterkleid anzulegen.

„Weißt du", begann sie, während wir kauend nebeneinander auf unserem Bett saßen, „ich glaube, der Vicomte fürchtet, dass ich selbst durch meine Gegenwart erst die Erfüllung meiner Visionen hervorrufe. Denkst du das auch?"

„Wie soll das gehen?", fragte ich erstaunt.

„Nun, ich habe doch damals im Traum gesehen, dass er tot in einem Verlies lag. Natürlich ist klar, dass dies nur geschehen kann, wenn Carcassonne von den Kreuzfahrern erobert wird. Dabei ist diese Stadt doch eigentlich eine uneinnehmbare Festung. Aber wenn zum Beispiel viel zu viele Menschen in ihr Schutz suchen, kann es schon dazu kommen, dass bald alle Vorräte aufgebraucht sind und sich Krankheiten ausbreiten, was unter Umständen die Verteidiger zwingen könnte, sich zu ergeben. Und nun komme ich und bringe noch einmal Hunderte von Flüchtlingen mit. Vielleicht sorge ich so tatsächlich dafür, dass sich meine Prophezeiung erfüllen kann."

„Das ist vollkommener Unsinn, und das weißt du auch!", protestierte ich vehement. „Ich habe doch Augen im Kopf, Pui Tien. Auf unserem Weg vom Narbonner Tor bis zum Chateau Comtal konnte ich deutlich sehen, dass die Stadt auch ohne unsere Flüchtlinge schon hoffnungslos überfüllt war. Allerdings braucht der Vicomte jetzt bestimmt jede Hand, die ein Schwert führen kann. Deshalb will ich schon morgen mit meinen Freunden üben, damit ich sie unterstützen kann, wenn es soweit ist."

Pui Tien sah mich entsetzt an.

„Das wirst du schön bleiben lassen, Didi!", fuhr sie mich an. „Du bist kein richtig ausgebildeter Ritter, auch wenn Papa mit dir monatelang geübt hat. Und selbst die Besten können einer solchen Übermacht nicht standhalten. Willst du etwa hier sterben und mich zur Witwe machen, bevor wir überhaupt verheiratet sind?"

„Ich kann meine Freunde nicht im Stich lassen, so viel Ehrgefühl musst auch du mir zugestehen, Pui Tien! Außerdem scherst du dich doch einen Dreck darum, dass ich schon vor Angst allein tausend Tode sterbe, weil du diesen verdammten Reif klauen willst!"

Pui Tien schaute mich traurig an und strich mir sanft über die Wange.

„Aber Didi, du weißt doch, dass ich mir das nicht aussuchen kann. Ohne den Reif können wir niemals in unsere Zeit heimkehren. Ich muss ihn aus Arnolds Zelt stehlen, ob ich nun will oder nicht."

„Und als Feigling könnte ich nun mal nicht mit dir zusammen sein!", betonte ich trotzig. „Ich würde mir ständig vorwerfen, deiner nicht wert zu sein. Wenn du mich liebst, so wie ich dich liebe, dann musst du das verstehen."

Pui Tien nahm meine Hand und drückte sie fest.

„Darüber reden wir noch, Didi, ja?"

Pui Tien, 31. Juli 1209

An diesem Morgen war mir sofort klar, dass etwas nicht in Ordnung war. In der Nacht zuvor hatte ich schlecht geschlafen und mich in unserem Bett ständig hin- und hergewälzt, weil die Hitze nicht aus den Gemäuern weichen wollte. Unsere dünne Leinendecke lag zerknüllt auf dem Boden, wohin ich sie irgendwann mit meinen Füßen befördert hatte. Trotzdem drang mir der Schweiß aus allen Poren, aber schuld daran war nicht nur die schwüle Luft in unserem Zimmer. Immer dann, wenn ich gerade eingeschlafen war, plagten mich schreckliche Albträume, in denen ich entweder hilflos durch die rauchende Trümmerwüste von Béziers taumelte oder Didi auf dem Schlachtfeld vor den Toren Carcassonnes sterben sah. Erst kurz vor Morgengrauen fand ich doch noch die ersehnte Ruhe, bis ich von einem durchdringend lauten Glockengeläut geweckt wurde.

Von einer unheilvollen Ahnung erfüllt stand ich auf und stellte sogleich fest, dass sich mein Freund nicht mehr in unserem gemeinsamen Gemach befand. Zusammen mit ihm waren auch sein Kettenhemd, der Gambeson, das Wehrgehänge und sein Waffenrock verschwunden. Splitternackt, wie ich noch immer war, näherte ich mich der schmalen Fensteröffnung, von der man einen weiten Blick über die Dächer und Mauern der Stadt hinweg in das freie Land hinein hatte. Was ich dort zu Gesicht bekam, ließ mich trotz der Wärme frösteln: Soweit das Auge reichte, war die Ebene auf dem vom Aude umflossenen Plateau mit spitz zulaufenden Zelten übersät. In den kleinen unbefestigten Vororten dagegen sammelten sich die Verteidiger unter dem gelb gestreiften Banner des Vicomtes. Ich erschrak so sehr, dass ich mich an den Fensterbacken festklammern musste.

„Didi, du dummer, nichtsnutziger, eitler Idiot!", entfuhr es mir mit Tränen der Angst und Wut in den Augen.

Selbstverständlich hatte ich es in den vergangenen drei Tagen versäumt, ihm sein verrücktes Vorhaben auszureden, und nun war es eindeutig zu spät.

Ich rannte zurück zu dem Scherenstuhl, auf dem sich meine Kleider befanden, und stülpte mir voller Hast das Unterkleid über den Kopf. Gleichzeitig versuchte ich, mit den Füßen in die ledernen Halbschuhe zu fahren, was mir natürlich nicht so ohne Weiteres gelang. Ich verlor das Gleichgewicht, stürzte der Länge nach hin und stieß mir den Kopf am Bettpfosten. Der plötzliche Schmerz brachte mich umgehend zur Besinnung.

Ich konnte ja wohl schlecht hinauslaufen und meinen angeblichen Gemahl an seiner Kettenkapuze aus dem Gefahrenbereich ziehen. Damit würde ich ihn nicht nur lächerlich machen, sondern auch gleichzeitig jeden Respekt verspielen, den sowohl de Trencavel als auch seine Ritter vor uns haben mochten. Nein, ich würde aus der Not eine Tugend machen und dem Vicomte vorschlagen, heimlich das gegnerische Lager auszukundschaften. Dabei sollte mich Didi begleiten, den ich dann in irgendeinem Versteck festnageln würde, malte ich mir grimmig aus. Auf diese Weise wäre ich in der Lage, die Aufstellung der feindlichen Bogenschützen zu lokalisieren und vielleicht den Standort von Arnolds Zelt ausfindig zu machen. Alles Weitere müsste sich zeigen. Vor Aufregung zitterten mir die Hände, als ich schließlich den Gürtel um mein Surcot schloss.

Kurz darauf sprengte ich auf meinem Pferd über die Brücke vor dem Chateau Comtal und jagte durch die menschenleeren Gassen. Zum Glück wurde gerade das Fallgitter am Narbonner Tor hochgezogen, um eine weitere Abteilung Söldner durchzulassen. Ich preschte in gestrecktem Galopp an den verdutzten Soldaten vorbei und durch das burgähnliche Vorwerk hinaus ins freie Gelände. Erst in diesem Moment fiel mir ein, dass ich ja keinen Dolmetscher hatte, der dem Vicomte mein Anliegen übersetzen konnte.

Aber dazu sollte es auch gar nicht kommen, denn als ich endlich den Heerbanner der Trencavels erreicht hatte und Vicomte Raymond Roger sich mit dem Ausdruck größten Erstaunens nach mir umschaute, löste sich ein einzelner Reiter aus den Reihen der Kreuzfahrer und kam mit einer weißen Flagge auf uns zu. Im Nu war mein unerwartetes Erscheinen völlig nebensächlich geworden. Die Blicke aller Ritter wendeten sich jenem unbekannten Parlamentär zu. Auch wenn ich kein Wort verstehen konnte, entnahm ich dem verwunderten Gemurmel, dass niemand wusste, wer dort kam und was nun folgen sollte.

Auch ich starrte wie gebannt auf die Gestalt mit der weißen Flagge. War es möglich, dass Simon de Montfort sich ganz allein und ohne Begleiter aufgemacht hatte, um seine Forderungen zu überbringen? Würde er vielleicht wie in Béziers verlangen, dass wir den Kreuzfahrern alle Amics de Diu ausliefern sollten? Ich schaute gespannt zum Vicomte de Trencavel, doch in dessen Mienenspiel zeigte sich nur verbissene Entschlossenheit. Nein, dieser Mann war sich der Verantwortung gegenüber seinen schutzbefohlenen

Untertanen bewusst und würde niemanden jenen Schlächtern im päpstlichen Auftrag preisgeben.

Unterdessen lenkte ein anderer Ritter sein Pferd an meine Seite. Zwar verbarg der Topfhelm dessen Gesicht, doch das Wappen mit dem gelben Halbmond auf rotem Grund, das auf seinem Rock prangte, verriet mir sofort, wer es war.

„Was machst du hier, Pui Tien?", zischte Didi mir leise zu. „Du hättest in unserem Zimmer bleiben sollen."

„Du hast doch nicht etwa geglaubt, ich ließe es so einfach zu, dass du dich umbringen lässt!", fauchte ich zurück.

„Ich kann nicht zurück, weil ich meinen Freunden beistehen muss, so wie es von mir erwartet wird!"

„Du bist ein Idiot, weil du keine Ahnung hast, auf was du dich da einlässt!", raunte ich mit wachsendem Zorn.

„Ich passe schon auf mich auf, das verspreche ich dir", kam es leise zurück.

„Du kannst nur hoffen, dass es heute noch nicht zum Kampf kommt", entgegnete ich mit Blick auf den Unterhändler. „Was willst du eigentlich machen, wenn ein Pfeilregen auf euch niedergeht, du unverbesserlicher, eingebildeter Spinner? Und was, wenn du zwanzig oder mehr Gegnern auf einmal gegenüberstehst? Du kannst dich ja gerade mal auf deinem Pferd halten!"

„Pah, du würdest dich wundern, Pui Tien!", tönte er mit unverkennbarem Stolz. „Allein mit den Tricks, die mir dein Vater beigebracht hat, konnte ich den Grafen von Foix schon zweimal entwaffnen."

Ich glaubte nicht recht zu hören. Was bildete sich dieser ahnungslose Idiot eigentlich ein? Nahm er etwa ernsthaft an, seine kindischen Trockenübungen im Burghof hätten ihn binnen weniger Tage zum erfahrenen Kämpfer gemacht?

„Ach, ja?!", giftete ich wütend zurück. „Und wie war das beim letzten Mal draußen in der Ebene, wo du einem einzelnen Kreuzritter nichts entgegenzusetzen hattest? Da hinten stehen Tausende von denen, falls du das noch nicht bemerkt haben solltest!"

„Das würde mir jetzt nicht mehr passieren!", meinte er lapidar.

Ich schnappte hörbar nach Luft. Aber zu einer entsprechenden bissigen Bemerkung kam ich nicht mehr, denn unterdessen hatte der vermeintliche Parlamentär den Vizegrafen erreicht. Und zu meinem größten Erstaunen stieg

Raymond Roger lachend von seinem Pferd und kniete vor dem fremden Ritter nieder.

„Pedro de Aragon!", erklang es auf einmal vielstimmig und ehrerbietig rings um uns her.

Überraschenderweise hatte Vicomte Raymond Roger de Trencavel Frère Kyot und mich gebeten, der Unterredung im großen Saal des Palas beizuwohnen. Doch außer uns beiden war keinem anderen Getreuen des Vizegrafen diese Ehre zuteil geworden, und so hatte ich Didi schließlich aus den Augen verloren. Trotzdem war mein Groll auf ihn längst nicht verraucht, aber da wohl für diesen Tag keine Kampfhandlungen zu erwarten waren, hatte ich beschlossen, mir meinen Freund am Abend noch einmal vorzuknöpfen.

Im Augenblick galt den beiden hochadeligen Verwandten meine ganze Aufmerksamkeit. König Pedro von Aragon war schließlich nicht nur der Schwager von Raymond Rogers Onkel, des Grafen von Toulouse, sondern auch sein Lehnsherr für alle ihm anvertrauten Gebiete um Béziers. Obwohl selbst streng katholisch, war König Pedro zweifelsfrei über jeden Verdacht erhaben, gemeinsame Sache mit den Kreuzfahrern zu machen. Der Grund, warum er von Barcelona aus nach Carcassonne geeilt war, lag einzig und allein in der Hoffnung, zwischen den unversöhnlichen Parteien vermitteln zu können. Doch genau eben dies hatte der päpstliche Legat Arnaud Amaury bereits schroff abgelehnt. So war dem unglücklichen Herrscher nichts anderes übrig geblieben, als seinem jungen Vasallen die Forderung de Montforts nach bedingungsloser Kapitulation und Übergabe der Stadt Carcassonne zu überbringen, sonst hätte er sich den Verteidigern nie nähern dürfen.

Die tief empfundene Enttäuschung darüber stand dem Vicomte deutlich ins Gesicht geschrieben. Vielmehr mochte er sich erhofft haben, von seinem aragonischen Lehnsherren militärische Hilfe gegen die Kreuzfahrer zu bekommen.

Ein wenig verwundert lauschte ich den eigentümlichen Lauten, die dem Okzitanischen nicht unähnlich waren.

„Sie sprechen Katalan", erklärte mir Frère Kyot. „Der Vicomte möchte von seinem König wissen, warum dieser sich dem Diktat de Montforts und des Hasspredigers Amaury unterworfen hat, und König Pedro hat geantwortet, ihm seien die Hände gebunden, weil die Kreuzfahrer in Montpellier seinen kleinen Sohn als Geisel gefangen hielten."

Raymond Roger wartete, bis Frère Kyot alles übersetzt hatte, und wandte sich dann an mich.

„Was soll ich tun, Prinzessin Pui Tien?", fragte er ohne Umschweife, und die Verzweiflung, die dabei in seiner Stimme mitschwang, war nicht zu überhören gewesen.

„Wenn Ihr die Stadt kampflos aufgebt, werden die Kreuzfahrer sicherlich plündernd und mordend durch die Straßen ziehen", teilte ich ihm ehrlich meine Befürchtung mit. „Und dass sie bei ihren ruchlosen Taten keinen Unterschied zwischen Amics de Diu und römischen Christen machen, habe ich in Béziers mit eigenen Augen gesehen. Nur wenn de Montfort feststellen muss, dass er Carcassonne nicht erobern kann, wird er vielleicht bereit sein zu verhandeln."

„Sind das nur Eure eigenen Gedanken, oder habt Ihr gesehen, was geschehen wird?", hakte Raymond Roger lauernd nach.

„Ich kann Euch nur sagen, was meiner Meinung nach geschehen wird und wie ich an Eurer Stelle handeln würde, Vicomte", räumte ich ein. „Die Gewissheit, dass alles, was ich vermute, auch wirklich eintreffen wird, habe ich nicht."

„Dann soll es sein!", verkündete Raymond Roger. „Ich werde also meinen König bitten, Simon de Montfort auszurichten, dass wir sein Heer zum Kampf erwarten!"

Damit war alles entschieden. Aber erst beim Hinausgehen wurde mir bewusst, dass ich gerade eben dem Vicomte de Trencavel geraten hatte, genau das zu tun, wovor ich Didi um alles in der Welt bewahren wollte. Mit welchem Recht konnte ich jetzt noch von ihm verlangen, sich nicht aktiv an der Verteidigung dieser Stadt zu beteiligen? Ging es bei dieser Sache nicht um viel mehr, als um meine persönlichen Ängste? Der Vicomte hatte mich um meine Einschätzung der Lage gebeten, und ich hatte ihm ehrlich geantwortet, was ich dachte. Aber wenn ich Didi wirklich verbieten wollte, einen gerechten Kampf zu führen, dann war ich nicht nur unaufrichtig zu ihm, sondern auch zu mir selbst.

Schen Diyi Er Dsi

Natürlich war mir klar, dass Pui Tien Angst um mein Leben hatte, doch ich konnte und wollte mich einfach nicht länger verstecken.

So lange ich denken konnte, war ich immer ein Duckmäuser gewesen, der jedem nur erdenklichen Risiko aus dem Weg ging. Dies hatte zwangsläufig dazu geführt, dass ich mich weder zu Hause noch in der Schule jemals getraut hätte, meinen eigenen Wünschen und Vorstellungen Ausdruck zu verleihen. Wenn meine Eltern glaubten, sie müssten ihr einziges Kind mit Geschenken und Essen verwöhnen, dann war ich stets darum bemüht gewesen, ihren Erwartungen zu entsprechen. Auch wäre es mir nie in den Sinn gekommen, meinen Freunden oder gar den Lehrern zu widersprechen. In all den Jahren war ich immer nur der gemütliche und umgängliche, pummelige Didi gewesen.

Das änderte sich erst, als eines Tages dieser überirdische Traum von einem Mädchen unsere Klasse betrat. Fortan war ich nur noch von dem Gedanken beseelt, eines Tages Pui Tiens Herz zu gewinnen. Doch ich merkte recht schnell, dass ich mit meiner bequemen Art, durchs Leben zu gehen, dieses Ziel niemals erreichen würde. Dabei liebte ich Pui Tien so sehr, dass ich für sie alles aufgegeben hätte, was mir bisher erstrebenswert erschienen war. Und so tat ich schließlich etwas, das ich mir selbst nie zugetraut hätte: Ich folgte ihr in die Vergangenheit, nur um mit ihr zusammen zu sein. Natürlich war sie davon nicht gerade begeistert, denn im Grunde hatte ich nicht die leiseste Ahnung, was mich in dieser gefährlichen Epoche erwarten würde. Und prompt wurde ich automatisch wieder in jene Rolle gezwängt, die schon zuvor mein ganzes Leben geprägt hatte. Nur war es diesmal Pui Tien, die mich beschützen und vor allem Übel bewahren musste. Daran änderte sich auch nach meiner Befreiung aus dem Kölner Kerker nichts, und selbst, nachdem Fred mir den Umgang mit den Waffen dieser Zeit beigebracht hatte, war ich bis jetzt das hilflose Objekt ihrer Fürsorglichkeit geblieben. Das aber wollte ich von nun an unter keinen Umständen mehr sein. Schließlich hatte ich bei aller Grausamkeit jener Epoche endlich gelernt, dass man sich für seine Freunde und Ideale einsetzen muss, auch wenn man dabei das eigene Leben riskiert, denn im Grunde war dies nichts anderes als das, was Pui Tien ständig tat.

Oh ja, so überaus hochtrabend und selbstgerecht, wie ich damals an jenem Vorabend der Schlacht um Carcassonne war, hatte ich mir das alles überzeugend zurechtgelegt. Doch in den kommenden Stunden und Tagen sollte ich noch aufs Bitterste erfahren, in welch abgrundtiefe seelische Finsternis mich alsbald mein eigener Hochmut und meine gekränkte Eitelkeit stürzen würden.

Pui Tien

Bis zum Abend wartete ich vergebens darauf, dass Didi in unser Gemach zurückkehren würde. Während all dieser bangen Stunden machte ich mir die bittersten Vorwürfe, dass ich ihn so hart angefahren hatte. Doch allmählich reifte in mir die Erkenntnis, dass er wahrscheinlich gar nicht kommen konnte, selbst wenn er es gewollt hätte.

Vor Stunden schon musste König Pedro mit der Botschaft des Vicomtes im Lager der Kreuzfahrer eingetroffen sein, und damit war der Kampf um Carcassonne unvermeidlich geworden. In einer solchen Situation hätte keiner von Raymond Rogers getreuen Vasallen seinen Platz an der Seite der Verteidiger der Stadt verlassen, und Didi stellte in dieser Hinsicht bestimmt keine Ausnahme dar. Praktisch jeden Moment konnte nun das Heer der Belagerer mit dem Sturm auf die Mauern beginnen.

Fieberhaft überlegte ich, was ich noch tun konnte. Ich zitterte am ganzen Körper, und mir wurde speiübel vor lauter Angst, denn ich würde wohl nicht mehr verhindern können, dass mein Freund in das Schlachtengetümmel hineingeriet.

Wie zur Bestätigung meiner schlimmsten Befürchtungen, vernahm ich urplötzlich ein unheimliches Pfeifen, und nur Sekunden später ertönte ein ungeheures Krachen. Die Wände in unserem Turmzimmer bebten, und der hölzerne Haken für Schwert und Schild brach aus der Wand. Der Beschuss mit den gewaltigen Schleudermaschinen, den Tribocks und Pretarias, hatte bereits begonnen.

Vorsichtig lugte ich durch die enge Fensteröffnung und sah, wie sich große Ladungen von Mangensteinen aus den Netzen der Katapulte lösten und zwischen den Mauern der Stadt und dem Lager der Kreuzfahrer hin- und herflogen. Gleichzeitig war immer häufiger das dumpfe Krachen zu hören, wenn die schweren Brocken auf das Gebälk trafen.

Sie schießen sich ein, dachte ich unwillkürlich. Offenbar waren beide Seiten bestrebt, ihre Schleudermaschinen auf die Entfernung einzurichten. Wie weit vermochte eine große Pretaria ihre Steine zu werfen? Vielleicht 300 oder 400 Meter? In diesem Zusammenhang kam mir eine gewagte Idee: Wenn es mir gelang, durch den mit Palisaden gesicherten schmalen Weg hinunter zum Aude zu kommen, müsste ich nur ein Stück weit flussabwärts schwimmen. Dann wäre ich wahrscheinlich in der Lage, das Heer der Kreuzfahrer zu umgehen und deren hölzerne Wurfmaschinen in Brand zu setzen. Dadurch würden unsere Leute den Feind leichter auf Abstand halten können, und die Gefahr eines direkten Aufeinandertreffens der Kreuzfahrer mit dem Aufgebot des Vicomtes wäre vorläufig gebannt.

In aller Eile zog ich die seitlichen Verschnürungen an meinem Surcot auf, um mich leichter bewegen zu können, und rannte über die Wendeltreppe zum Burghof hinab. Schon auf der Brücke vor der Pforte des Chateau Comtal bemerkte ich, dass sich die Lage entscheidend verändert hatte. Die am Morgen noch unbelebten Gassen waren nun plötzlich von einer aufgeregten Menschenmenge erfüllt, und am geschlossenen Aude-Tor versperrten mir wild gestikulierende Söldner den Weg. Wie sollte ich die Männer nur davon überzeugen, dass sie mich hinauslassen mussten? Mitten in diesem Gedränge spürte ich auf einmal eine Hand auf meiner Schulter und fuhr herum. Vor mir stand ein Mann in einer blauen Robe. Es war Frère Kyot. In seiner ansonsten angespannten Miene war so etwas wie Erleichterung zu erkennen.

„Wir haben dich überall gesucht, Tochter!", sagte der Priester der Amics de Diu. „Der Vicomte verlangt nach deinem Rat. Du hast sicher gehört, wie Simon de Montfort bereits die großen Trébuchets und Mangonneaus hat einrichten lassen. Wir glauben daher, dass er schon morgen mit dem ersten Sturm auf die Mauern beginnen wird. Raymond Roger will nun wissen, ob er den Kreuzfahrern mit einem Ausfall zuvorkommen soll."

„Ich kann de Trencavel dazu keinen Rat geben!", beteuerte ich. „Meine Gabe hat nichts mit der Kunst der Kriegsführung zu tun."

Frère Kyot sah mich fast flehend an.

„Aber vielleicht vermagst du etwas zu sehen oder zu spüren, das uns einen Hinweis geben kann…"

Ich schüttelte bedauernd den Kopf.

„Was soll ich Raymond Roger berichten?", erkundigte er sich enttäuscht.

„Sagt ihm, ich werde versuchen, die großen Schleudermaschinen zu zerstören!", antwortete ich. „Danach werden
Eure Feinde bestimmt noch Tage benötigen, bis sie neue
gebaut haben."

Frère Kyot maß mich mit ungläubigem Staunen.

„Wie willst du das anstellen, Tochter?"

„Ich werde hinübergehen und die Katapulte verbrennen",
erwiderte ich so selbstverständlich, als ob dies die einfachs-
te Sache der Welt wäre. „Sorgt nur dafür, dass man mich
hier hinauslässt."

„Das kannst du nicht schaffen, Tochter!", protestierte der
Priester vehement. „Du wirst niemals lebend ins Lager der
Kreuzfahrer gelangen."

„Vertraut mir!", entgegnete ich lächelnd. „Befehlt den
Söldnern, das Tor einen Spalt breit für mich zu öffnen."

Frère Kyot zuckte ratlos mit den Schultern, erfüllte aber
widerspruchslos meine Bitte. Die Wachen zögerten, doch
die Autorität des Priesters der Amics de Diu war so groß,
dass sie schließlich gehorchten. Einige Minuten später lief
ich bereits geduckt zum Fluss hinunter.

Der Beschuss mit den Steinen hatte aufgehört, und alles
war still und ruhig. Also haben sie tatsächlich nur die Leistung ihrer Katapulte erprobt, dachte ich grimmig. Wie
schlimm würde es wohl erst sein, wenn der Kampf voll entbrannt war?

In der einsetzenden Dämmerung waren die Konturen der
knorrigen alten Korkeichen am jenseitigen Ufer nur schemenhaft zu erkennen. Ich tauchte in das hohe Schilfgras
ein, streifte mir schnell Surcot und Chainse vom Leib und
band beide zu einem Turban zusammen, den ich mir auf
den Kopf setzte. Dann glitt ich langsam ins Wasser und ließ
mich von der Strömung treiben, bis ich die Nordseite des
Plateaus der Cité erreichte. Dort zog ich meine Kleider wieder an und schlich zwischen Fluss und Stadt durch das
trockene Gras in östlicher Richtung davon.

Nach dem Stand der Sterne waren es noch etwa zwei
Stunden bis Mitternacht, als ich die riesigen Gerüste der
Katapulte entdeckte. Es waren mindestens zehn, und sie
standen im Abstand von mehreren Hundert Metern im
Halbkreis über das Plateau verteilt. Alle wurden von flackernden Feuern erhellt und gut bewacht. Das hatte zumindest den Vorteil, dass ich sie sehen konnte, was schließlich

eine zwingende Voraussetzung für den Einsatz meiner unerklärbaren Kräfte war.

„Die Wachen werden euch nichts nützen", flüsterte ich grimmig vor mich hin. „Ich brauche keine Armee, um sie zu zerstören."

Ich konzentrierte mich auf das massige Rad der Winde der ersten Steinschleuder. Meine Augen zogen sich zu schmalen Schlitzen zusammen, und ich spürte, wie die geballten Gewalten auf das trockene Holz trafen. Schon züngelten die ersten Flammen auf, und in Windeseile breiteten sie sich über das gesamte Gestell aus, während meine Sinne bereits das nächste Objekt fokussierten – und noch eins, dann wieder eins und danach das nächste. In weniger als einer Minute brannte die Hälfte aller Katapulte lichterloh.

Schon gellte der Alarm durch das riesige Zeltlager der Kreuzfahrer, und Hunderte von Rittern und Söldnern, die teilweise nur mit einer Tunika oder der Bruoch bekleidet waren, stürmten mit blanken Schwertern oder Lanzen zu den turmhoch leuchtenden Fackeln, aber es gab keinen Gegner, den sie bekämpfen konnten. Als endlich die ersten Besonnenen Wassereimer zum Löschen heranschleppten, war es bereits zu spät.

Ich selbst war völlig kraftlos auf meine Knie gesunken und beobachtete das Schauspiel aus sicherer Entfernung. Schweißperlen der Erschöpfung standen auf meiner Stirn, doch noch war das Werk nicht vollendet. Ich musste mich aufraffen, die brüllenden, panisch umherlaufenden Kreuzfahrer umrunden und noch einmal zuschlagen.

Mühsam rappelte ich mich hoch und wankte dem Zeltlager zu. Bei dem allgemeinen Durcheinander würde ich wohl kaum auffallen. Trotzdem musste ich mehrfach ausweichen, weil plötzlich ganze Trupps von aufgeregten Söldnern direkt auf mich zukamen. Schließlich huschte ich lautlos zwischen den ersten Reihen von Zelten hindurch, stolperte einige Male über zusammengestellte Spieße und versteckte mich anschließend minutenlang im hohen Gras, bis ich sicher sein konnte, dass man mich nicht bemerkt hatte. Dabei verlor ich allmählich die Orientierung, und ohne es zu wollen, geriet ich immer tiefer in das unüberschaubare Kreuzfahrerlager hinein. Selbst die lodernden Flammen der bereits von mir in Brand gesteckten Katapulte waren längst aus meinem Blickfeld geraten. Wohin ich auch schaute, überall waren nur runde Leinenzelte zu sehen.

Ich unterdrückte die wachsende Panik und schaute zum klaren Sternenhimmel auf, um wenigstens die Richtung auszumachen, in der sich die Stadt befinden musste. Dabei schrak ich plötzlich zusammen, denn eine aufkommende frische Brise ließ die Wimpel vor den Zelten flattern.

Die Erkenntnis traf mich wie ein körperlicher Schlag, und das Herz schlug mir bis zum Hals. Keine zehn Schritte von mir entfernt erblickte ich an einer aufgestellten Lanze das Banner mit der roten Isenbergischen Rose.

Beim letzten Mal hatte ich in den rauchenden Trümmern von Béziers verzweifelt nach Arnolds Zelt gesucht, doch als ich es endlich gefunden hatte, vermochte ich mich nicht zu nähern, ohne entdeckt zu werden. Nun stand ich auf einmal ganz unverhofft direkt davor, und das, obwohl ich diesmal gar nicht danach gesucht hatte. So etwas konnte einfach kein Zufall sein. All meine unausgegorenen Pläne, die sich darum gedreht hatten, den Grafen von Altena während der kommenden Schlacht abzufangen, waren mit einem Mal hinfällig geworden. Eine bessere Gelegenheit, mir Deirdres Reif zurückzuholen, würde es niemals und nirgendwo mehr geben.

Trotzdem musste ich mich geradezu zwingen, ruhig zu bleiben, um nicht unüberlegt zu handeln. Daher schlich ich zunächst auf Zehenspitzen an das Zelt heran und lauschte.

Zu meiner völligen Überraschung vernahm ich ein unverkennbares leises Röcheln und rasselnde Atemgeräusche. Was war da geschehen? War Arnold etwa verwundet oder ernsthaft erkrankt? Seltsam auch, dass keine Wachen postiert waren.

Neugierig geworden und dennoch übervorsichtig näherte ich mich zögernd dem Eingang des Zeltes. Es war trotz der warmen stickigen Luft verschlossen. Lauerte hier vielleicht doch eine Falle?

Unsinn! schalt ich mich in Gedanken. Niemand hätte damit rechnen können, dass ich mitten im Heerlager der Kreuzfahrer plötzlich vor dem Zelt des Grafen von Altena-Nienbrügge auftauchen würde. Nicht einmal ich selbst, fügte ich meinen Überlegungen an.

Ich tastete nach der herabhängenden Plane und schlug sie leise zur Seite. Noch einmal schaute ich mich nach allen Seiten um, dann schlüpfte ich entschlossen hinein.

Ich hatte mit allem gerechnet und mir so manches Mal ausgemalt, wie meine vermutlich letzte Begegnung mit ihm verlaufen würde, doch der Anblick meines früheren Geliebten erschütterte mich zutiefst.

Arnold lag unruhig und von Fieberkrämpfen geschüttelt auf seinem Lager. Seine schlohweißen Haare waren schweißverklebt und die auffälligen Flecken auf seinen eingefallen Wangen ein unmissverständliches Zeichen für seinen lebensbedrohlichen Zustand. Dieser einsame alte Mann, der einst in seinen jungen Jahren mein Geliebter gewesen war, lag im Sterben. Ich konnte gar nicht anders, mich zog es unwiderstehlich zu seinem Lager hin.

Arnolds Augen waren weit geöffnet, und er starrte in eine wesenlose Ferne. Doch als ich fast an seiner Seite war, bewegte er kaum merklich den Kopf und schaute mich an.

Diesen so abgrundtief todtraurigen Blick, in dem sich mir noch einmal die ganze Tragik seines Schicksals offenbarte, werde ich mein ganzes Leben lang nicht mehr vergessen. Zwar hatte er mich um seines Vaters und seines Standes Willen verraten, aber er hatte mich nie aus seinem Herzen verbannen können.

Wie mochte es nun sein, was mochte er wohl fühlen, da er mich gerade jetzt in diesem Augenblick, da vielleicht seine letzte Stunde angebrochen war, noch einmal in der gleichen Gestalt vor sich sah, die ich für ihn gehabt haben musste, als er mich vor fast vierzig Jahren in den Wäldern am Hohenstein zurückgelassen hatte?

Ich wusste es nicht, und ich würde es wohl auch nie erfahren. Ich fühlte nur eine unsagbar schwermütige Trauer, die mir unweigerlich die Tränen in die Augen trieb. Ich wollte etwas zu ihm sagen, vielleicht einen Trost, vielleicht ein letztes liebes Wort, eine winzige Geste nur, aber ich brachte nichts dergleichen heraus. Die Tränen erstickten meine Stimme, und ich tat nichts anderes, als ihn mit meiner Hand ganz sacht zu berühren.

Erst in diesem einen Augenblick sah ich ihn: Deirdres Reif! Er hing an einer Kette, die von Arnolds Fingern umschlossen wurde.

Meine Hand fuhr sanft über seine Schulter und seinen Arm hinab, bis ich den Reif selbst ergriff. Ich blickte Arnold fragend an. Tatsächlich lockerte sich daraufhin der Griff seiner Finger, und er gab das goldene Schmuckstück frei.

Graf Arnold von Altena-Nienbrügge, 31. Juli 1209

Das Fieber kam über Nacht, und es war von Anbeginn an so heftig, dass es mich auf das Krankenlager warf. Nach drei Tagen konnte ich mich schon nicht mehr ohne die Hilfe meiner Pagen aufrichten. Mit dem Fieber kommen aber auch die Träume, und ich weiß nie, ob ich mir die Gesichter und Erscheinungen nur einbilde oder ob sie der Wirklichkeit entsprechen. Manchmal sehe ich nun, wie das Mädchen Snäiwitteken an meinem Feldlager steht und auf mich zu warten scheint. Sie ist genauso jung, wie in jenen Tagen, als ich sie in dem Glauben zurückließ, dass es für uns beide eine gemeinsame Zukunft geben könne. Sie spricht mich nicht an, aber in ihrem Gesicht steht diese sonderbare Traurigkeit geschrieben, die mich seit damals immer wieder überkommt. Ich ertappe mich dabei, wie ich meine Arme nach ihr ausstrecke, doch schon verblasst das Bild wieder, und ich sehe nur die im warmen Wind dieses fremden Landes flatternde Wand meines Zeltes. Es ist so, als ob sie mich an meine große Schuld erinnern will, die ich vor so vielen Jahren auf mich geladen habe. Ich versuche, es ihr zu erklären, sie um Vergebung zu bitten, doch sie steht nur schweigend da, sieht mich klagend an und antwortet nicht.

Das Fieber ist zu meinem Freund geworden, denn ich weiß, dass es mich nicht mehr aus seinen Klauen lassen wird. Ich werde die Heimat, meine Familie und unsere Berge nicht wiedersehen. Vielleicht erlöst es mich auch endlich von dem Fluch des Verrats, den ich an dem Mädchen begangen habe. Aber ganz tief in meinem Inneren weiß ich genau, dass ich mit dem Bewusstsein sterben werde, niemals Frieden finden zu können. Ich kann nur hoffen, dass es meinem zweiten Sohn Friedrich und seinen beiden verbliebenen Brüdern erspart bleiben wird, für die Liebe zu einem anderen Menschen so leiden zu müssen. Oder sollte sich die Weissagung der Heiligen Schrift doch erfüllen und mein Geschlecht bis ins siebte Glied hinein verdammt sein?

Aber was hätte ich damals in Dortmund tun können, um mein Unglück zu verhindern? Wie oft in meinem Leben habe ich versucht, mir auszumalen, was geschehen wäre, wenn ich meinen Vater im Hof der Königspfalz durch das Schwert des fremden Ritters hätte sterben lassen. Wäre es dann nicht eine andere Art von Schuld gewesen, die mich genauso unbarmherzig für den Rest meines Lebens verfolgt hätte?

Mein Atem pfeift rasselnd durch meine Lungen, und meine Stirn ist von Schweiß getränkt. Ich weiß, meine Ritter und Bediensteten glauben, ich wäre bereits verwirrt und nicht mehr in der Lage zu begreifen, dass ich nur noch wenige Stunden zu leben habe. Dabei bin ich doch nur einer von so vielen, die diesen verfluchten und ungerechten Kreuzzug gegen einen Teil der eigenen Christenheit nicht überstehen. Vielleicht ist das, was mir und meinem ältesten Sohn geschehen ist, nur Teil einer großen Strafe für unsere Sünden. Ich erwarte den Priester, damit er mir die letzte Ölung geben kann. Ist er bereits hier? Aber ich sehe ihn nicht, denn neben mir steht sie, dieses holde und ewig junge Wesen mit den langen schwarzen Haaren. Ihre Hand berührt mich, und ihre dunklen Augen scheinen mich zu fragen, warum ich sie so lange habe warten lassen. Wenn ich doch nur eine Antwort auf meine Fragen wüsste, bevor ich sterbe…

Schen Diyi Er Dsi, 1. August 1209

Zuerst wollten wir unseren Augen nicht trauen, doch dann sahen wir es ganz deutlich. Im Dunkel der Nacht leuchtete plötzlich ein heller Feuerschein; kurz darauf erschien ein zweiter, dann ein dritter, vierter und fünfter. Bald darauf standen die hohen Gerüste der riesigen Katapulte des Feindes in Flammen. Unter unseren Leuten brandete unbeschreiblicher Jubel auf, doch was war dort drüben beim Heer der Kreuzfahrer geschehen? Niemand von uns konnte sich erklären, warum auf einmal die Hälfte ihrer Wurfmaschinen lichterloh brannte, aber wir nahmen es als gutes Zeichen. Ansonsten blieb es in den ersten Stunden des neuen Tages geradezu verdächtig ruhig.

Das nicht gerade kleine Aufgebot unseres Kriegstrosses hatte sich innerhalb des kleinen Vorortes außerhalb des strategisch wichtigen Narbonner Tores hinter eilig zusammengezimmerten Palisaden verschanzt. Seit wir am Tag zuvor diese vorgeschobene Stellung bezogen hatten, waren mittlerweile mehr als 15 Stunden vergangen, in denen wir praktisch zur Untätigkeit verdammt waren. Natürlich forderte allmählich die Müdigkeit ihren Tribut, und die meisten von uns versuchten, auf ihren Waffen gelehnt, ein wenig Schlaf zu erhaschen. Im Morgengrauen wurden wir dann plötzlich von lauten Fanfarenstößen geweckt.

Vor dem Lager der Kreuzfahrer ritten Herolde auf und ab. Bald darauf versammelten sich Tausende von Kämpfern vor den Zelten und knieten nieder, um den Segen ihres Geistlichen zu empfangen. Wahrscheinlich würde gleich der erste Angriff beginnen.

Ich gürtete mir das Wehrgehänge um und nahm meinen Schild hoch, doch der Graf von Foix legte mir beruhigend die Hand auf den Arm. Mit der anderen wies er auf die befremdliche Szenerie, die sich da vor unseren Augen abspielte. Ich verstand zwar nicht, was mein Freund mir sagte, aber er schien nicht zu glauben, dass die Kampfhandlungen alsbald beginnen würden.

Tatsächlich konnte ich deutlich erkennen, wie einige Ritter vor der Phalanx des noch immer knienden Heeres eine Standarte trugen. Schließlich schwenkte einer von ihnen das Banner ein paar Mal durch die Luft und zerbrach es anschließend mit einer theatralischen Bewegung.

„In der vergangenen Nacht muss einer der hochadeligen Kreuzritter gestorben sein", vernahm ich auf einmal neben mir die Stimme von Frère Kyot.

Der Priester in der blauen Robe der Amics de Diu war inzwischen zusammen mit dem Vicomte de Trencavel bei unserem Kriegstrupp eingetroffen, ohne dass ich deren Ankunft bemerkt hatte.

„Ich nehme an, mein Sohn, du hast auch noch nichts von Prinzessin Pui Tien gehört?", fuhr Frère Kyot fort.

„Ich dachte, sie sei gestern mit Euch und dem Vicomte in die Stadt gezogen", erwiderte ich erstaunt.

„Das ist sie auch. Aber nach dem ersten Beschuss hat sie den Schutz der Mauern von Carcassonne verlassen", berichtete Frère Kyot. „Sie wollte die großen Mangonneaus der Kreuzfahrer zerstören."

„Dann war das Feuer also ihr Werk", schloss ich freudig daraus. „Ihr habt es bestimmt schon erfahren. Die Hälfte aller Schleuderwerke des Feindes sind dabei verbrannt."

Der Priester nickte, aber seine Miene blieb düster.

„Ich habe es nicht für möglich gehalten, aber es ist ihr wohl wirklich gelungen", entgegnete er mit seltsam tonloser

Stimme. „Der Vicomte und ich haben gehofft, sie hätte sich bis zu euch hier durchschlagen können..."

Ich wurde blass.

„Ihr denkt doch nicht...", begann ich bestürzt und brach ab.

„Wir können es nicht ändern, Sohn! Des Menschen Schicksal ist vorbestimmt. Ich fürchte, du musst dich damit abfinden, dass man sie getötet hat."

„Das kann nicht sein!", schrie ich auf. „Nicht Pui Tien! Sie beherrscht Gewalten, denen die Kreuzritter nichts entgegenzusetzen haben."

„Sie ist nicht zurückgekehrt!", beharrte Frère Kyot auf seinem Standpunkt. „Sieh doch, der Feind bereitet sich auf den Angriff vor. Wie sollte sie dort jetzt überleben können?"

„Warum habt Ihr sie nicht zurückgehalten?", schluchzte ich auf.

„Glaub mir, ich habe es versucht, aber sie wollte nicht auf mich hören!"

Ich kämpfte gegen die aufsteigenden Tränen und biss die Zähne zusammen.

„Pui Tien ist nicht tot!", behauptete ich vehement. „Ihr werdet sehen, sie kommt zu mir zurück!"

Pui Tien

Ich atmete tief durch, presste den kostbaren Reif an meine Brust und schlich ebenso leise aus dem Zelt, wie ich gekommen war. Da war kein Gefühl des Triumphes oder der Genugtuung, sondern nur die tief empfundene Erleichterung, endlich den Schlüssel für unsere Heimkehr in die Zukunft in den Händen zu halten. Ich wusste nicht, ob Arnold mich wirklich erkannt hatte, oder ob ich ihm nur in der Fantasie seiner Fieberträume erschienen sein mochte. Doch ich war mir gewiss, dass mein Bild das Letzte war, das seine brechenden Augen gesehen hatten, bevor er in das dunkle Schattenreich des Todes eintauchen und seine Seele diese Welt verlassen würde. Ich konnte nur hoffen, dass Arnold nun endlich die Erlösung zuteil wurde, auf die er sein ganzes Leben lang hatte warten müssen. Ich jedenfalls hatte ihm verziehen, und im Nachhinein spürte ich tatsächlich so etwas wie Dankbarkeit gegenüber dem allgegenwärtigen Schicksal, das mich noch ein letztes Mal mit ihm zusammengeführt hatte.

Draußen vor dem Zelt dagegen umfing mich sofort wieder die feindlich gesinnte und absolut gefährliche Welt eines unseligen Krieges, in die ich praktisch ohne eigenes Zutun hineingeraten war. Ich musste mich zwingen, alle soeben geweckten Gefühlsregungen tief in meinem Inneren zu verbannen, um mich mit wachen Sinnen darauf konzentrieren zu können, unbeschadet aus dieser tödlichen Falle zu entkommen.

Ich wusste zwar, dass Carcassonne von mir aus gesehen im Westen lag, doch da inzwischen eine dichte Wolkendecke die Sicht auf die Sterne verhinderte, vermochte ich nicht zu erkennen, wohin ich mich wenden musste. Zuhause in den heimischen Wäldern des Sachsenlandes hätte ich dergleichen Probleme sicherlich nicht gehabt. Dort brauchte ich nur die Rinde der Bäume abzutasten, um festzustellen, wo deren feuchte Seite war. Da in unseren Bergen der meiste Regen aus Westen kam, wäre mir schnell klar gewesen, in welche Richtung ich gehen sollte. Doch hier in diesem warmen trockenen Land traf das natürlich nicht zu. Ich warf einen skeptischen Blick auf die flatternden Wimpel und entschied mich dazu, gegen den Wind aus dem Lager zu schleichen. Tatsächlich erreichte ich bald danach auch die freie Fläche vor den Mauern.

Bis jetzt hatte ich den Wachen vor den Zelten stets erfolgreich ausweichen können, aber nun gab es für mich keine Deckung mehr. Zudem erhellten die noch immer brennenden Katapulte das Gelände so deutlich, dass eine einzelne umherschleichende Person sofort auffallen musste. Überdies patrouillierten jetzt nach dem Brand überall Scharen von Söldnern.

Trotzdem nutzte ich die Gelegenheit, direkt hinter einer solchen Gruppe auf eine der im offenen Gelände postierten beweglichen Schilde zuzulaufen. Ich wunderte mich noch darüber, warum die Kreuzfahrer jene rollenden Palisaden so weit außerhalb des Schussfeldes, das die Verteidiger von den Mauern aus bestreichen konnten, aufgestellt hatten, da tat sich urplötzlich vor mir die Erde auf, und ich stürzte kopfüber in ein tiefes schwarzes Loch.

Schen Diyi Er Dsi

Ich bekam keine Zeit mehr, eingehender über Frère Kyots erschreckende Mitteilung nachzudenken, denn in diesem Augenblick setzte sich die unüberschaubare Masse des feindlichen Heeres in Bewegung. Wahrscheinlich war es auch besser so, denn angesichts einer solch riesigen, brüllenden sowie Speere, Schwerter und Äxte schwingenden Walze von todesverachtenden Kämpfern hätte mich vielleicht tatsächlich der Mut verlassen. So aber blieb ich fest entschlossen an der Seite des Grafen von Foix und ließ mich vom frenetischen Schlachtruf unserer Leute mitreißen.

„Vivat Carcassona!", schallte es überall um mich herum, während ein gewaltiger Adrenalinschub in meine Adern schoss und mich jegliche Todesfurcht vergessen ließ.

Wenn Pui Tien wirklich nicht mehr lebt, was macht es dann noch aus, wenn auch ich heute sterben sollte, kam mir dabei in den Sinn. Aufgeputscht und angeheizt von einem unbändigen Zorn fiel auch ich laut brüllend in den Schlachtruf der anderen mit ein:

„Vivat Carcassona! Vivat Carcassona!"

Dann gab der Vicomte seine Befehle. Ich verstand sie zwar nicht, ordnete mich aber in den umgehend von unseren Leuten gebildeten Keil ein. Unterdessen hatte sich die breite heranrollende Welle des Feindes auf weniger als zwanzig Schritte genähert. An dessen Flanken hatten Hunderte von Bogenschützen die Sehnen gespannt. Jeden Moment musste der tödliche Pfeilregen auf uns niedergehen.

Halte deinen Schild nicht zu tief! Stell ihn leicht schräg, und duck deinen Kopf unter den Rand! Gib dir sowenig Blöße wie möglich! Freds Ratschläge schossen mir durch den Kopf.

Die Pfeile prasselten auf unsere Deckung wie ein Sturzregen. Neben mir sackten zwei Söldner zusammen. Andere füllten die Lücke auf. Noch stand unsere Keilformation. In höchstens zwei, drei Sekunden würde der Aufprall geschehen.

Es gab einen heftigen Ruck gegen unsere Reihen, ich stützte mich mit einem Fuß ab und stemmte mich mit aller Macht nach vorn.

Drück mit dem Schild, aber vergiss deine Deckung nicht! Heb nicht den Arm! Schlag nicht von oben mit dem Schwert! Spar deine Kräfte, führ deinen Stoß seitlich vorbei! Der Ritter vor mir sank ächzend zur Seite. Ein Axthieb hatte ihm den Schädel gespalten. Eine Lanze fuhr knirschend am Rand meines Schildes vorbei. Ich stieß zu, spürte den Widerstand, zog zurück, stieß abermals zu. Mein Schwert war rot von Blut. Der Körper des Getroffenen fiel schwer gegen meinen Schild. Ich wich zurück und duckte mich, während eine Streitaxt in den oberen Rand meiner Deckung fuhr. Ich riss den Schild zurück und raubte damit meinem Gegner die Waffe. Gleichzeitig stach ich zu und sprang aus dem Gefahrenbereich.

Ich hatte für Sekunden etwas Luft gewonnen und blickte mich wie gehetzt um. Ein Kreuzfahrer griff meinen Freund von der Seite an und wollte gerade seine Lanze in dessen Rippen rammen. Ich fuhr aus dem Stand herum und stieß dem Mann mit dem roten Kreuz auf dem Rock mein Schwert in den Bauch.

„Retour! Retour!", brüllte von irgendwo inmitten des Getümmels die Stimme des Vicomte.

Der Graf von Foix schaute kurz dankbar auf, nahm meinen Arm und riss mich mit zurück. Mein Schwert wurde dadurch herausgezerrt, und der getroffene Gegner starrte mich einen Moment lang fassungslos an, als könne er nicht begreifen, was ich ihm angetan hatte. Jener fragende Blick aus diesen hervorquellenden Augen, das aus der Wunde schießende Blut, das meinen Rock und mein Gesicht besudelte, die herausdrängenden Eingeweide, all das gab mir den Rest. Ich taumelte zur Seite, stützte mich an der Mauer ab und erbrach mich. Noch während ich dort gebückt stand und alles von mir gab, was mein Magen noch enthielt, sank der tödlich verletzte Kreuzfahrer zur Seite und starb.

Ich lief, nein, ich rannte, überholte die meisten anderen und hielt erst an, als ich schon innerhalb des Narbonner Tores war. Das knarrende Geräusch, mit dem die Pforte geschlossen wurde, nachdem auch der letzte Überlebende unseres Kriegstrupps in Sicherheit war, nahm ich kaum noch wahr. Wir hatten die Schlacht gegen die erdrückende Übermacht verloren, und der Vorort war in die Hände der Kreuzfahrer gelangt.

Was hatte ich getan? Was hatte mich dazu bewogen, den Helden spielen zu wollen? Ich war ein Mörder, nicht besser als jeder Verbrecher, den der Blutrausch übermannt! Ja, ich hatte sie gespürt, diese unmenschliche, abgrundtief hässliche Lust zu töten. Ich! Ausgerechnet ich, der harmlose Didi, war dort draußen zur abscheulichen Bestie mutiert!

Mit dem Wissen um meine schrecklichen Taten kehrte auch die Angst vor dem Alleinsein, einem Leben in dieser gewalttätigen, grausamen Zeit und vor allem vor einem Leben ohne meine geliebte Pui Tien wieder zurück.

Erst jetzt in diesem Moment der Besinnung, spürte ich den brennenden Schmerz in meinem Schwertarm. Verwundert starrte ich auf den Pfeil, der darin steckte. Er hatte ihn glatt durchschlagen und war auf der anderen Seite wieder ausgetreten.

Klar, dachte ich und lachte dabei höhnisch auf. Du hast zuletzt doch nicht mehr Freds Rat befolgt und dein Schwert aus der Deckung herausgeführt. Allerdings hast du dadurch deinem Freund das Leben gerettet, das ist es wenigstens wert. Mit diesem letzten Gedanken kippte ich vornüber, mir wurde schwarz vor Augen, und ich versank in gnädiger Bewusstlosigkeit.

Pui Tien

Über mir vibrierte die Erde. Verwundert schlug ich die Augen auf und versuchte, mich daran zu erinnern, was mit mir geschehen war. Ich lag auf einer hölzernen Plattform in der Mitte eines verborgenen Schachtes, den die Kreuzfahrer im Schutz eines beweglichen Schildes in die Erde gegraben hatten. Ich war etwa fünf Meter in das Loch hineingefallen, und die eingezogenen Planken hatten meinen Sturz aufgehalten. Bis zum Grund des Schachtes ging es noch mal so tief in das Erdreich hinein. Hätte man die Zwischendecke nicht eingezogen, läge ich jetzt sicherlich zerschmettert dort unten am Boden. Von meiner Plattform aus führte eine Leiter nach oben, während eine zweite vom Grund bis zu mir herauf reichte. Neben mir standen zwei Säcke mit Aushub, die wohl darauf warteten, weiter hinaufgetragen zu werden.

Natürlich erinnerte mich die Anlage sofort an die Mine am Goldberg, doch diese hier diente selbstverständlich einem völlig anderen Zweck. Die Kreuzfahrer mussten sie bereits vor Tagen heimlich gegraben haben, um einen Gang bis an die Mauern von Carcassonne zu treiben.

Die Kreuzfahrer? Nein, die bestimmt nicht. Jene waren Ritter, Söldner und Bogenschützen, deren Leben sich um das Kriegshandwerk drehte. Den Schacht aber hatten Fachleute angelegt, sogenannte „Mineure", das sah man gleich auf den ersten Blick. Wahrscheinlich wollte man unbemerkt von den Verteidigern im Untergrund die äußeren Steine aus der Mauer brechen, das Füllmaterial herausgraben und Reisig sowie Balken in den entstandenen Hohlraum stapeln. Wenn diese dann angezündet wurden und langsam verbrannten, würde die Mauer darüber zusammenbrechen. Durch die entstandene Bresche könnten danach die Kreuzfahrer in die Stadt eindringen. Doch dazu durfte es auf keinen Fall kommen.

Eilig kletterte ich auf der Leiter nach oben, immer auf der Hut, dass die Mineure kommen könnten, um ihre Arbeit wieder aufzunehmen. Dabei bemerkte ich schon, dass die dumpfen Erschütterungen stärker wurden, aber erst, als ich meinen schwarzen Schopf vorsichtig aus der Öffnung des Schachtes schob, wurde mir schlagartig klar, was das Beben verursacht hatte: Der Sturm des Kreuzfahrerheeres auf den kleinen Ort vor dem Narbonner Tor war voll im Gange. Mich durchfuhr ein eisiger Schrecken, denn unter dem verhältnismäßig kleinen Haufen der Verteidiger befand sich schließlich auch Didi.

In meiner Furcht war ich hin- und hergerissen. Was sollte ich tun? Wenn ich jetzt zu ihm eilte, konnte es sehr wohl geschehen, dass man mich schnell entdeckte und ein gezielter Pfeilschuss meinem Leben ein Ende setzte. Auf der anderen Seite mussten die Verteidiger der Stadt unbedingt erfahren, dass bereits geheime Angriffsstollen existierten. Wie viele es waren, konnte ich schließlich nicht ermessen, immerhin war ich ja nur zufällig in einem von ihnen gelandet.

Unterdessen brachte die unüberschaubare Masse der Kreuzfahrer die Verteidiger bereits immer stärker in Bedrängnis, und um seine Verluste in Grenzen zu halten, war der Vicomte sicher bald gezwungen, den Befehl zum Rückzug zu geben. Für mich stand fest, dass ich dort so oder so nichts mehr ausrichten konnte. Daher entschloss ich mich schweren Herzens, wenigstens diese eine Mine zu zerstören. Also warf ich die bereits angehäuften Reisigbündel in den Schacht, beugte mich noch einmal über den gähnenden Schlund und fixierte die Plattform, um diese und das Leitergerüst mithilfe meiner Gabe zu entzünden. Als die Flammen am trockenen Holz emporzüngelten, sprang ich auf und rannte geduckt in südlicher Richtung davon.

Doch auch wenn sich das eigentliche Schlachtgeschehen nun weit hinter mir vor dem Narbonner Tor abspielte, so musste ich damit rechnen, dass Teile des riesigen Kreuzfahrerheeres auch die zum Aude gewandte Seite der Stadt angreifen würden. Trotzdem musste es mir irgendwie gelingen, den von Palisaden gesicherten Zugang zum Fluss zu erreichen, von dem aus ich am Abend zuvor zu meiner Aktion aufgebrochen war.

Tatsächlich geriet ich kurz vor dem Ufer in den Bereich von feindlichen Bogenschützen, die jede noch so kleine Bewegung im Gras zum Anlass nahmen, eine neue Salve in Richtung der Mauern abzufeuern. Nur mit viel Glück vermochte ich im letzten Augenblick in die Deckung der alten Platanen einzutauchen, bevor der tödliche Regen über mich hereinbrach.

Als die Pfeile durch die Luft rauschten, blieb ich keuchend hinter dem Stamm einer jener großen Bäume stehen, während die gefiederten Todesboten rings um mich her in den harten Boden fuhren. Bis zu den schützenden Palisaden waren es noch immer einige hundert Meter über freies Feld, die ich sicherlich nicht überlebt hätte. Also sprang ich kurzerhand wieder in die Fluten und tauchte sofort unter. Der nächste Pfeilregen ging folgerichtig daneben. Allerdings wollte ich mich nicht dem Risiko aussetzen, allzu schnell wieder aufzutauchen. Daher schnitt ich mir mit dem Messer unter Wasser ein Schilfrohr ab und setzte es an den Mund. Ausgestattet mit meinem natürlichen Schnorchel ließ ich mich langsam weiter mit der Strömung treiben. Mochten die da draußen doch denken, sie hätten mich getroffen.

Auf diese Weise gelangte ich schließlich zu der Stelle, an der die Stadtbevölkerung ihr Wasser schöpfte. Erst hier wagte ich es, vorsichtig aufzutauchen. Der erste Söldner aus der kleinen Mannschaft der Verteidiger, die sich hinter den Mauern der geduckten Hütten dieses Vorortes verschanzt hatten, legte gleich den Bogen auf mich an, senkte die Waffe aber sofort wieder, als er mich erkannte. Trotzdem traute er seinen Augen kaum, als ich direkt vor ihm aus dem Fluss stieg. Natürlich bestürmten mich die verdutzten

Leute des Vicomtes mit Fragen, aber ich zuckte nur mit den Schultern, weil ich sie nicht verstehen konnte. Immerhin geleiteten sie mich umgehend durch die Palisaden zum Audetor hinauf.

Derweil ergriff die Angst um Didi wieder voll von mir Besitz. Mein Herz klopfte wie wild, und meine Glieder zitterten wie Espenlaub, während ich eiligst durch die Pforte schlüpfte, wo mich die Torwachen in Empfang nahmen. Hatte mein Freund die vergebliche Abwehrschlacht vor dem Narbonner Tor überlebt oder nicht?

Schen Diyi Er Dsi

Ich lag mit vielen anderen mehr oder minder schwer Verwundeten in der Krypta der Kathedrale Saint Nazaire, wo man uns notdürftig versorgte. Allein die Tatsache, dass man alle, die in der Schlacht verletzt worden waren, ohne Ansehen der Person oder des Standes in diesen von der Außenwelt abgeschiedenen kühlen Raum gebracht hatte, gab mir einiges zu denken. Wahrscheinlich waren die Verantwortlichen, zu denen sicherlich neben dem Vicomte auch die Konsuln von Carcassonne gehörten, von Anfang an darauf bedacht, die hässliche Seite des Krieges so lange wie möglich vor den in der Stadt eingeschlossenen Menschen zu verbergen, um sie nicht noch mehr zu beunruhigen. Zudem machte man sich bestimmt schon jetzt große Sorgen über eine mögliche Seuchengefahr. Was wussten diese Leute hier im Mittelalter auch schon von den tatsächlichen Verbreitungswegen von Infektionen?

Trotz alledem gehörte ich selbst noch zu den Glücklichen, die gute Aussichten hatten, die Krypta lebend zu verlassen. Für viele andere traf dies wohl leider nicht zu. Als ich aus meiner Ohnmacht erwachte, konnte ich sogleich beruhigt feststellen, dass man mir sowohl den Pfeil aus meinem Arm entfernt, als auch die Wunde ausgewaschen und mit frischen Tüchern verbunden hatte. Bei dem Ärmsten, der gleich nebenan in seinem Blute lag, war so etwas erst gar nicht geschehen. Offenbar hatte ihn ein Axthieb in der Brust getroffen, der unter anderem auch seine Lunge in Mitleidenschaft gezogen haben musste. Eine Weile lang vernahm ich von ihm noch ein leises Röcheln, dann war es plötzlich still. Einige Minuten später tauchten Helfer auf, die den Leichnam in helle Tücher einschlugen, ihn aber nicht abtransportierten. Vielleicht wollte man bis zum Einbruch der Nacht warten, um den Toten möglichst unauffällig wegschaffen zu können. Über diesen düsteren Gedanken schlief ich wieder ein.

Nur wenig später wurde ich von lauten Schlaggeräuschen geweckt. Verwundert richtete ich mich auf und schaute in Frère Kyots Gesicht. Neben dem Priester, der noch immer seine dunkelblaue Robe trug, lächelte mich mein väterlicher Freund, der Graf von Foix, an.

„Der Comte Raymond Roger de Foix möchte dir danken, dass du sein Leben gerettet hast", erklärte mir Frère Kyot ohne Umschweife. „Ich habe ihm gesagt, dass du selbst einen großen Verlust erlitten hättest, weil deine Gefährtin bei dem Versuch getötet wurde, die Wurfmaschinen der Kreuzfahrer zu zerstören. Daher möchte er dir helfen, ihren Namen an der Wand dieser Totenstätte zu hinterlassen, wie wir es zu Ehren aller unserer gefallenen Helden tun, deren Körper wir nicht der Erde oder dem Feuer überantworten können."

Frère Kyot wies auf einige einfach gekleidete Männer, die emsig damit beschäftigt waren, Namenszeichen in die Wand der Krypta zu meißeln.

„Dein Freund bittet dich, ihren Namen so in den Staub zu malen, wie es in eurer fernen Heimat üblich ist", fuhr der Priester fort. „Der Tailleur de Pierres (Steinmetz) wird es anschließend genauso in die Wand schlagen, damit künftige Generationen sich ihrer erinnern."

Ich schloss unwillkürlich die Augen, um die aufsteigenden Tränen vor den beiden zu verbergen.

„Zeige ihm, wie man Pui Tien in eurer Sprache schreibt", forderte mich Frère Kyot mit sanfter Stimme auf. „Glaub mir, es hilft dir, dich von deiner Gefährtin zu verabschieden."

Fast mechanisch tat ich, was er wollte, und malte mit dem Zeigefinger meiner gesunden Hand den Namen Pui Tien in ganz normalen Druckbuchstaben auf den Boden. Oder hätte ich es besser in chinesischen Schriftzeichen tun sollen, fragte ich mich völlig überflüssigerweise.

Frère Kyot nickte zustimmend, als der Steinmetz kam, um sich den Namenszug anzuschauen. Wie die Arbeit ausgeführt wurde, bekam ich nicht mehr mit, weil ich gleich wieder ermattet auf mein Lager sank und weiterschlief.

Pui Tien

Ich wurde umgehend zum Vicomte vorgelassen, doch ohne unseren Dolmetscher verstand ich zunächst überhaupt nicht, was er mir sagen wollte. Bei meinem Eintreten war Raymond Roger de Trencavel aufgesprungen und hatte mich so überrascht und fassungslos angestarrt, als wäre ich ein Geist. Doch dann sprudelte es nur so aus ihm heraus, aber ich zuckte nur verständnislos mit den Schultern.

„Chevalier Berengar de Ragusa?", fragte ich mit angsterfüllter Stimme.

„Oc!", antwortete der Vicomte lächelnd und nickte eifrig.

Das bedeutete „Ja", soviel hatte ich natürlich schon in den ersten Tagen in diesem Land mitbekommen. Und nach seinem Gesichtsausdruck zu schließen, durfte ich wohl annehmen, dass Didi noch unter den Lebenden weilte. Mir fiel ein zentnerschwerer Stein vom Herzen, und ich atmete erleichtert aus. Nun musste ich ihm noch begreiflich machen, welche Gefahr der Stadt durch die Mineure drohte. Dies war zwar nicht ganz einfach, aber schließlich gelang es mir mithilfe der Zeichensprache. Während er noch seinem Seneschall Guilhem de Cabaret aufgeregt Befehle erteilte, betrat endlich auch Frère Kyot den Saal.

Als dieser mich erblickte, blieb er vor Überraschung stehen und kam dann freudestrahlend auf mich zu. Ehe ich mich versah, umarmte er mich auf einmal stürmisch, trat aber sofort danach verlegen wieder zurück. Ich schaute Frère Kyot verwundert an. Eine derartig spontane Gefühlsregung hätte ich dem Priester der Amics de Diu eigentlich gar nicht zugetraut.

„Tochter, du lebst?", stellte er fassungslos und kopfschüttelnd fest. „Wir haben alle geglaubt, die Kreuzfahrer hätten dich getötet. Wie hast du es nur geschafft, ihnen zu entkommen?"

Schen Diyi Er Dsi, 2. August 1209

Bei meinem nächsten Erwachen glaubte ich noch zu träumen, denn Pui Tien hockte an meiner Seite und drückte fest die Hand meines gesunden Arms. Ihre Lippen umspielte ein geradezu schelmisches Grinsen.

„Da komme ich zu dir geeilt, weil sie mir gesagt haben, du wärst schwer verletzt, und muss feststellen, dass du aus lauter Langeweile meinen Namen in die Wand dieser ungastlichen Stätte gemeißelt hast", tadelte sie mich.

Ich brachte zunächst kein Wort heraus und vermochte auch nicht zu verhindern, dass mir die Tränen kamen. Verschämt löste ich meine Hand aus ihrer Umklammerung und wischte mir über die Augen.

„Sie haben mir gesagt, du wärst tot, und ich sollte ihnen zeigen, wie man deinen Namen schreibt", erklärte ich mit erstickter Stimme. „Aber ich habe ihnen nicht geglaubt…"

Pui Tien streichelte mir zärtlich über die Wange und lächelte mich zuversichtlich an.

„Frère Kyot hat mir alles erzählt", unterbrach sie mich mit sanfter Stimme. „Ich bin in einen Schacht gestürzt, den die Kreuzfahrer anlegen ließen, um die Mauern von Carcassonne zu unterminieren. Doch ich konnte ihnen entkommen und die Verteidiger rechtzeitig warnen. Aber ich habe gehört, du hättest gekämpft wie ein Löwe und dem Grafen von Foix das Leben gerettet. Alle sagen, du wärst ein Held!"

„Ach, Pui Tien", erwiderte ich verschämt. „Ich hätte besser auf dich hören sollen. Es war so grausam und schrecklich! Ich habe Menschen getötet…"

„…die sonst ohne zu zögern dich umgebracht hätten!", ergänzte sie vehement. „Du musst dir nicht vorwerfen, dass du dich verteidigt hast, Didi! Wichtig ist nur, dass du selbst noch lebst. Was soll ich denn ohne dich in der Gegenwart machen?"

„Och, da wartet doch bestimmt noch immer dieser Tom", merkte ich mit einem schmerzhaft verzogenen Grinsen an.

„Didi, du bist und bleibst ein unverbesserlicher Idiot!", fauchte sie mich wütend an, umarmte mich aber gleichzeitig stürmisch.

„Ich habe eine Wahnsinnsangst um dich gehabt, du blöder Kerl!"

Sie küsste mich zärtlich. Mein verletzter Arm tat mir dabei zwar höllisch weh, doch das war es wert. Wir ließen erst voneinander ab, als zwei vom Vicomte gesandte Schergen auftauchten, die mich in unser kleines Gemach im Chateau Comtal zurückbringen sollten. Die beiden Söldner halfen mir auf, doch danach wehrte ich deren dargebotene Hilfe ab und versuchte allein zu gehen. Aber schon nach den ersten zögernden Schritten wurde mir wieder schwindelig, und ich begann zu taumeln. Pui Tien bedachte mein starrsinniges Verhalten mit einem verständnislosen Kopfschütteln. Schließlich gab sie den Schergen ein energisches Zeichen, und die Söldner nahmen mich in ihre Mitte. Auf deren Schultern gestützt verließ ich endlich die Krypta von Saint Nazaire, und eine halbe Stunde später betteten mich die beiden mit Pui Tiens Unterstützung auf unser großes Vierpfostenbett im Turmzimmer. Als wir allein waren, setzte sich meine schöne Freundin an meine Seite und tupfte mir den Schweiß von der Stirn.

„Wir haben in der Nacht vor dem Angriff gesehen, wie auf einmal die Katapulte der Belagerer in Flammen aufgingen", berichtete ich mit schläfriger Stimme. „Das warst du, nicht wahr?"

Pui Tien nickte lächelnd.

„Es ist mir aber nicht gelungen, sie alle zu vernichten", erklärte sie freimütig. „Das Lager geriet in Aufruhr, und ich musste mich verstecken."

„Da war noch etwas Seltsames", fuhr ich müde fort. „Am frühen Morgen vollführten sie drüben eine eigenartige Zeremonie mit Standarten, und Frère Kyot hat mir erzählt, dies bedeute wohl, dass einer der hochadeligen Kreuzfahrer gestorben wäre."

„Ja, das ist richtig!", bestätigte Pui Tien mit einem Anflug von Schwermut. „Der Tote ist Graf Arnold von Altena-Nienbrügge."

Ich war mit einem Schlag hellwach.

„Hast du etwa deinen früheren Geliebten…?", entfuhr es mir unwillkürlich.

Pui Tien schüttelte den Kopf und schien dabei in eine wesenlose Ferne zu blicken.

„Nein, Didi", flüsterte sie kaum hörbar mit trauriger Stimme. „Ich habe ihn nicht umgebracht. Das hätte ich auch gar nicht gekonnt, aber ich war in seinem Zelt, als er starb. Ich habe in seine Augen gesehen, aber er vermochte nicht mehr zu sprechen. Er litt an einem Fieber, das ihn letztlich getötet hat."

Mich durchfuhr ein eisiger Schrecken.

„Dann sind wir für immer in der Vergangenheit gefangen!", stieß ich mit aufsteigender Panik aus. „Wie sollst du jetzt noch erfahren, wo dein Reif ist?"

Entgegen meiner Erwartung kehrte das Lächeln auf Pui Tiens Lippen zurück. Sie öffnete schweigend den Beutel an ihrem Gürtel, zog das Schmuckstück heraus und setzte sich demonstrativ den goldenen Stirnreif aufs Haupt. Ich starrte sie einen Moment lang völlig sprachlos an und ließ mich dann erleichtert auf mein Lager zurückfallen.

Pui Tien, 13. August 1209

Was meine Augen an diesem Morgen von den umkämpften Söllern und Hurden auf den Mauern der Stadt aus zu sehen bekamen, war exakt das Gleiche, das ich vor knapp zwei Monaten in meinem Traum schon einmal erlebt hatte. Obwohl ich bereits wusste, wie das Kampfgetümmel vor den Toren von Carcassonne ausgehen würde, stand ich wie gebannt auf meinem Platz und starrte mit wachsendem Entsetzen über die Schulter des Bogenschützens durch die schmale Schießscharte auf die grausame Schlacht:

Vicomte Raymond Roger de Trencavel befand sich in vorderster Front. Eingekesselt und bedrängt von der gewaltigen Übermacht an Feinden, versuchten er und seine Ritter verzweifelt, der Umklammerung zu entkommen. Ein Meer von Pfeilen schwirrte von den Türmen der Mauer herüber und sank auf die unerbittlichen Gegner herab. Hunderte fanden ihr Ziel, durchschlugen Brünnen wie Butter und mähten Ritter sowie Söldner nieder. Doch schon füllten nachdrängende Streiter die Lücken. Der Vicomte sah sich gehetzt um und gab das Zeichen zum Rückzug. Nur mit Mühe und Not entkamen er und seine Getreuen in den Schutz der Mauern. Wiederum hatte der Ausfall nicht den erhofften Erfolg gehabt, und damit war innerhalb von nur einer Woche auch der zweite Vorort in die Hände des Feindes gefallen.

Von der vagen Hoffnung getrieben, vielleicht noch mit meinen magischen Kräften unterstützend eingreifen zu können, hatte ich mich gleich zu Beginn des verzweifelten Versuchs, unseren einzigen Zugang zum Aude gegen die anstürmenden Kreuzfahrer zu verteidigen, aufgemacht und war auf den Mauerring gestiegen. Doch schon der Weg vom Portal des Chateau Comtal bis zu der Befestigung war lebensgefährlich geworden.

In der Stadt selbst herrschte ein unbeschreibliches Chaos. Nahezu pausenlos donnerten und krachten Salven von

Katapultgeschossen gegen die Wälle, aber noch hielten die dicken, hohen Mauern dem Ansturm stand. Beißender Qualm zog durch die Straßen, auf die brennende Giebel und Fassaden herabstürzten. Überall in den Nischen und Kellern kauerten verängstigte Bewohner, Verwundete, Söldner, Händler und Kinder auf engstem Raum zusammen, während andere wiederum unentwegt Waffen, siedendes Pech und Verpflegung zu den Verteidigern auf die bedrohten Söller schleppten.

Mehrmals stolperte ich über große Wasserkübel, die man nach meiner Warnung im Abstand von wenigen Metern auf die Mauerkrone gestellt hatte. Eigentlich sollten sie durch ein Kräuseln der Wasseroberfläche die unterirdischen Erschütterungen anzeigen, die beim Bau weiterer Minen verursacht wurden, aber wegen des andauernden Katapultbeschusses war nun auch diese Vorsichtsmaßnahme hinfällig geworden.

Doch als ich endlich das Innere der aufgesetzten hölzernen Hurden erklommen hatte, lähmte mich die Erinnerung an das Geschehen in meinem Traum fast vollständig. Ich war zu keinem gezielten Eingreifen mehr fähig und musste tatenlos mit ansehen, wie das Heer der Kreuzfahrer uns endgültig von der lebensnotwendigen Wasserzufuhr abschnitt.

Niedergeschlagen lehnte ich mich an einen der schrägen Pfosten, die das Dach der Hurde stützten, und lauschte wie abwesend dem lauten Jubelgeschrei der Kreuzfahrer, das vom Aude her zu uns heraufklang. Damit ist das Schicksal von Carcassonne besiegelt, dachte ich noch, bevor mich der Bogenschütze die Leiter hinab zur Mauerkrone begleitete. Der Mann mochte froh sein, diesen Angriff lebend überstanden zu haben, aber mir war klar, dass die Stadt nun nicht mehr lange durchhalten konnte. Wenigstens lag Didi noch immer einigermaßen unversehrt auf dem Bett in unserer Kammer und kurierte seine Armverletzung aus, denn wer wusste schon, ob er einen zweiten Kampfeinsatz draußen vor den Toren überlebt hätte.

Im großen Saal des Chateau Comtal herrschte eine gedrückte Stimmung. Der Vicomte saß mit versteinerter Miene auf dem erhöhten Scherenstuhl auf der Tribüne unter dem großen Wappen seiner Familie, während eine Gruppe von Konsuln, kirchlichen Würdenträgern und einigen seiner Kommandeure auf ihn einredeten. Frère Kyot schien der

Einzige unter den Anwesenden zu sein, der mein Eintreten bemerkt hatte, denn er kam gleich auf mich zugeeilt.

„Sie bedrängen ihn, Verhandlungen zur Übergabe der Stadt aufzunehmen", erläuterte mir der Priester der Amics de Diu ohne erkennbare Gefühlsregung. „Wir haben keine Wasservorräte mehr, und in den Straßen breiten sich schon Krankheiten aus."

„Was wird Raymond Roger tun?", erkundigte ich mich.

„Ich denke, er wird ihren Rat befolgen. Zu viele seiner Getreuen sind bereits gefallen, und die wenigen, die ihm noch den Rücken stärken, sind des Kämpfens müde."

„Aber was geschieht dann mit all den Flüchtlingen, Euren Glaubensbrüdern, den Juden und anderen, die sich vor der Grausamkeit der Kreuzfahrer fürchten müssen?"

Frère Kyot sah sich vorsichtig um.

„Komm morgen in aller Frühe in die Gemächer des Vicomte, Tochter", flüsterte er mir mit einem bezeichnenden Seitenblick auf die Konsuln und die Vertreter der katholischen Kirche zu. „Es mag selbst hier in diesem Raum schon Leute geben, die gewillt sind, sich mit den Kreuzfahrern zu arrangieren, wenn die Stadt erst einmal in deren Hände übergangen ist."

Ich nickte nur und verließ den Saal genauso unauffällig, wie ich gekommen war, denn Frère Kyot hatte bestimmt recht. In einer so aussichtslosen Situation wie dieser war es nur natürlich, dass die meisten versuchen würden, ihre eigene Haut zu retten, dachte ich bitter. „Die Ratten verlassen das sinkende Schiff!", hätte Onkel Achim sicher gesagt.

Auf der Treppe zu unserem Turmzimmer kamen mir einige adelige Damen entgegen, die mir stets mit einer gewissen Scheu, aber immer mit zuvorkommender Höflichkeit begegnet waren. Täuschte ich mich, oder tuschelten sie nun hinter vorgehaltener Hand und maßen mich tatsächlich mit abschätzigen Blicken? Ich drehte mich plötzlich um und konnte gerade noch erkennen, wie eine der Frauen den anderen etwas zuflüsterte. Als sie mich bemerkten, erröteten alle sichtlich und beschleunigten ihre Schritte. Allmählich wurde mir klar, dass der Krieg der Kreuzfahrer gegen die Katharer nicht nur deren Glaubensgemeinschaft bedrohte, sondern auch den Zusammenhalt sowie die Toleranz der okzitanischen Gesellschaft zerstören würde.

Ein dumpfes Krachen unterbrach meine Gedanken. Die Wände bebten, und ich musste mich kurz abstützen, um nicht aus dem Gleichgewicht zu geraten. Offenbar hatten die Kreuzfahrer nun damit begonnen, ihre verbliebenen schweren Trébuchets und Mangonneaus einzusetzen. Nachdem sie auch die dem Aude zugewandten Vororte erobert hatten, konnten sie schließlich die großen Schleudermaschinen viel näher an die Stadt heranbringen. Es war nur noch eine Frage der Zeit, bis die Belagerer mit beweglichen Türmen und Leitern einen direkten Angriff auf die Mauern starten würden.

Ich eilte die letzten Stufen hinauf, doch Didi öffnete mir bereits die Tür.

„Der Ausfall ist nicht geglückt, stimmt's?", empfing er mich mit aufgewühlter Stimme. „Wenn ich doch nur wieder meinen Arm besser bewegen könnte!"

„Das würde auch keinen Unterschied machen, Didi!", beschied ich ihm schneidend. „Wir haben keinen Zugang zum Wasser mehr, und in der Stadt breiten sich Seuchen aus. Der Vicomte wird bestimmt bald gezwungen sein, mit de Montfort zu verhandeln."

„Wer sagt das?"

„Frère Kyot", antwortete ich bereitwillig. „Im Augenblick sitzen sie unten im großen Saal und beratschlagen darüber."

Didi sah mich entsetzt an.

„Was wird dann mit den vielen Menschen, die wir schützen müssen? Es kann doch nicht alles umsonst gewesen sein?"

„Ich weiß es nicht, Didi", entgegnete ich leise. „Aber Frère Kyot hat mir zugeflüstert, ich soll morgen ganz früh in die Gemächer des Vizegrafen kommen. Offenbar traut er seinen eigenen Leuten nicht mehr über den Weg."

Schen Diyi Er Dsi

In der Nacht wälzte sich Pui Tien auf dem Bett unruhig hin und her. Einmal schrie sie sogar laut auf, und ich versuchte, meine Freundin zu beruhigen. Endlich erwachte sie und schaute mich verwirrt an. Sie zitterte, und ihre Stirn war schweißnass.

„Ich habe im Traum wieder den Vicomte im Verlies gesehen", bekannte sie tonlos, als sie sich ein wenig gefasst hatte. „Seine Augen waren starr und leer. Er war tot, Didi! Gequält und ermordet von den Kreuzfahrern, so wie ich es schon einmal erlebt habe, als ich seine Hand berührte."

Ich wurde blass.

„Du glaubst jetzt, dass es so eintreffen wird, nicht wahr?", vermutete ich erschrocken.

„Wenn es so ist, können wir nichts daran ändern", entgegnete Pui Tien leise. „Wir müssen aus der Stadt verschwinden, Didi, ist dir das klar?"

„Wir können doch unsere Freunde nicht im Stich lassen!", protestierte ich. „Und überhaupt, wie sollten wir jetzt noch aus dieser Mausefalle entkommen?"

„Ich habe da so eine Ahnung", deutete Pui Tien geheimnisvoll an. „Warten wir ab, was der Vicomte mir bei Tagesanbruch sagen will."

Pui Tien, 14. August 1209

Raymond Roger de Trencavel hatte seinen Entschluss gefasst, und er ließ sich auch nicht mehr davon abbringen. Die letzten alarmierenden Meldungen über den Wassermangel und die sich ausbreitenden Krankheiten hatten den Ausschlag dazu gegeben: Der Vicomte wollte mit Simon de Montfort verhandeln, in welcher Weise die Stadt den Kreuzfahrern übergeben werden sollte. Sein Hauptanliegen war dabei, so viele Sicherheitsgarantien wie möglich für seine Gefolgsleute und die wehrlose Bevölkerung herauszuschlagen. Dazu hatte er bereits in der Nacht einen Boten zu den Kreuzfahrern geschickt, der vor gut einer Stunde mit der Nachricht zurückgekehrt war, dass man dem Vizegrafen für die Dauer der Unterredung freies Geleit zusichern würde. Trotzdem traute Raymond Roger dem ehrgeizigen Heerführer aus dem Norden nicht über den Weg.

„Deshalb habe ich Euch rufen lassen, Prinzessin Pui Tien", übersetzte mir Frère Kyot seine an mich gerichteten Worte. „Es gibt einen geheimen unterirdischen Gang, der bis in die Ausläufer der Montagne de Noire führt. Alle besonders gefährdeten Menschen wie die Amics de Diu, Juden und sarazenischen Kaufleute sollen sich auf diesem Wege in Sicherheit bringen, und Ihr, Prinzessin, sollt sie zusammen mit Eurem Gefährten anführen!"

„Aber...!", begehrte ich auf, doch der Vicomte schüttelte gleich den Kopf.

„Ich habe sehr wohl Eure Vision nicht vergessen, Prinzessin!", unterbrach er mich mit fester Stimme. „Aber uns bleibt keine Wahl. Die viel beschworene Einmütigkeit zwischen römischen Christen und Katharern in unserem Land ist bereits zerbrochen, und mit jedem Tag, an dem wir dem Heer der Kreuzfahrer länger widerstehen, wächst die Gefahr, dass man unsere gemeinsame Sache verrät. Ihr, Prinzessin, seid die Einzige, der ich noch trauen kann. Deshalb müsst Ihr jene Leute aus der Stadt führen, bevor doch noch ein anderer diese gegen Geld oder Vergünstigungen ihren Schlächtern ausliefern wird!"

„Wie können wir sicher sein, dass die Kreuzfahrer nicht schon auf uns warten, wenn wir den Geheimgang verlassen?", gab ich zu bedenken.

„Macht Euch darüber keine Sorgen, Prinzessin Pui Tien", entgegnete der Vicomte. „Das System der unterirdischen Gänge reicht bis zu den drei Burgen von Lastours-Cabaret. Erst dort, im Schutz dieser Festungen, werdet Ihr es verlassen. Außerdem wird Euch mein alter väterlicher Freund Frère Kyot begleiten. Er kümmert sich darum, dass Ihr Euch nicht verirren könnt. Der Herr von Lastours ist Pierre Roger de Cabaret, ein naher Verwandter meines Seneschalls."

Ich nickte zum Zeichen meines Einverständnisses und schwieg betroffen. Auch über Didis Lippen kam kein einziges Wort. Dabei hatte mir mein Freund nur wenige Stunden zuvor zu verstehen gegeben, dass er lieber an der Seite seiner Freunde kämpfen wolle, als schmählich aus der bedrohten Stadt zu verschwinden. Ich selbst brachte es nicht übers Herz, dem Vicomte zu gestehen, dass ich abermals seinen Tod gesehen hatte. Was hätte es auch gebracht? Raymond Roger schien felsenfest davon überzeugt zu sein, das einzig Richtige zu tun, und ich hätte ihn nicht aufhalten können. Allerdings war ich ziemlich sicher, dass der Abschied vom Vicomte diesmal für immer sein würde.

Schen Diyi Er Dsi

Als sich die lange Reihe der uns anvertrauten Menschen formierte, stellte ich schnell fest, dass uns viele mit unverhohlenem Argwohn betrachteten. Die missliche Stimmung steigerte sich noch, und beinahe wären offene Feindseligkeiten ausgebrochen. Niemand traute uns über den Weg, und als fremdes adeliges Paar schienen wir schon von Natur aus verdächtig zu sein, unsere eigene Sicherheit mit dem Leben der Verfolgten erkaufen zu wollen. Soweit war es also durch die zweiwöchige Belagerung schon gekommen. Und wenn die Jüdin Rahel nicht gewesen wäre, hätte man Pui Tien und mich vielleicht am Ende gar noch gelyncht.

Sie war nämlich die schwangere Frau, die wir während der Flucht nach Carcassonne auf Pui Tiens Pferd verfrachtet und gerettet hatten. Nun zahlte sich unser damaliges Verhalten aus, denn Rahel verbürgte sich lautstark bei allen Zweiflern für unsere Integrität.

Und so verließen wir schließlich in den ersten Morgenstunden die Stadt durch die unterirdischen Katakomben mit mehr als fünfhundert Flüchtlingen. Die in den Fels des Plateaus geschlagenen Gänge waren sogar so hoch, dass Pui Tien und ich unsere Pferde am Zügel führen konnten. Mir war zwar nicht wohl dabei gewesen, die übrigen Bewohner und Verteidiger von Carcassonne ihrem ungewissen Schicksal zu überlassen, aber schließlich hatte ich eingesehen, dass es für alle Betroffenen wohl so das Beste war. Nicht zuletzt war natürlich auch mein eigener Selbsterhaltungstrieb für diesen Gesinnungswandel mitverantwortlich. Ich konnte nur hoffen, dass der Vicomte de Trencavel mit seiner Taktik Erfolg haben würde. Doch wie auch immer, wir würden es wohl bald erfahren.

Wu Phei Liang, 15. August 2007

Der Ausblick von meinem Hotelzimmer auf die Brücke über den Aude und die Kulisse der lautmalerisch so hübsch „La Cité" genannten Altstadt von Carcassonne war wirklich atemberaubend. Es kam mir fast so vor, als hätte man vor meinen Augen ein überdimensionales Fenster ins Mittelalter geöffnet. Der doppelte Mauerring mit seinen schier unzähligen Türmen, der massige Bau der Kathedrale Saint Nazaire und die in der ganzen Anlage eingeschlossene wehrhafte Burg Chateau Comtal erschienen wie ein riesiges einzigartiges Museum, das vor vielen Jahrhunderten in eine Art Dornröschenschlaf versetzt worden war - wenn da, ja, wenn da nicht die Touristen gewesen wären. Drei Millionen sollten es sein, die jedes Jahr im Sommer mit Kind und Kegel die Festungsstadt stürmten, mehr als jedes feindliche Heer, das jemals vor den altehrwürdigen Mauern aufgetaucht war, um sie zu belagern. Das hatte mir der Portier nach dem Frühstück süffisant auf Englisch erzählt. Dabei hatte es im 19. Jahrhundert noch so ausgesehen, als wären die Tage der altehrwürdigen Cité gezählt. Aber dank eines unermüdlichen Menschen namens Violet le Duc konnte der mittelalterliche Charme der Stadt gerettet werden. Dass dabei nach Expertenmeinung im Überschwang des damaligen romantisch verklärten Renovierungsrausches nachträglich ein paar Spitztürme und Zinnen zuviel angebaut wurden, tat der großartigen Kulisse allerdings nun wirklich keinen Abbruch. Mein Schwiegervater Achim hatte sich jedenfalls vor Verzückung nicht sattsehen können.

„Weißt du überhaupt, dass die meisten namhaften Filme über das Mittelalter, wie auch Kevin Costners ‚Robin Hood' hier gedreht wurden?", teilte er mir gleich mehrmals nacheinander mit, als ob ich ein Gedächtnis wie ein Sieb hätte.

Schön und gut, aber da fand ich die Auskunft des Portiers doch viel interessanter, dass sich nämlich gerade heute der Tag zum 798. Mal jährte, an dem Carcassonne in die Hände der Kreuzfahrer gefallen war. Konnte das ein Zufall sein? Sicherlich nicht, wenn man der Philosophie meiner Patenschwester Phei Siang folgte.

Und so stand ich nun auf dem kleinen Balkon meines Einzelzimmers und grübelte darüber nach, ob meine kleine Nichte Pui Tien an jenem so bedeutungsvollen Tag vor fast achthundert Jahren den gleichen Anblick wie ich genossen hatte. Wohl kaum, denn falls sie wirklich zu diesem Zeitpunkt hier gewesen sein sollte, dann müsste sie um ihr Leben gefürchtet haben. Der chinesischsprachige Stadtführer war ebenfalls zu einer anderen Ansicht gekommen. So hatte man unter anderem den zweiten vorgelagerten Mauerring erst gute fünfzig Jahre später errichtet, als Carcassonne längst in den Besitz des französischen Königs übergegangen war. Auch die Kathedrale Saint Nazaire war erst in dieser Zeit zu einem gotischen Dom um- und ausgebaut worden. Also selbst, wenn Pui Tien Zeit und Muße gehabt haben sollte, die Stadt aus meiner Perspektive zu betrachten, hätte sie etwas anderes gesehen.

Weit aufschlussreicher war allerdings schon der historische Abriss, den ich nur ein paar Seiten weiter in meinem Fremdenführer fand. Da war die Rede von einem jungen gut aussehenden Vizegrafen, dem Vicomte Raymond Roger de Trencavel. Ob Pui Tien ihm wohl persönlich begegnet war? Jedenfalls sah sich dieser Mann im Jahre 1209 nur gut eine Woche nach dem Massaker von Béziers der gewaltigen Armee der Kreuzfahrer gegenüber. Die Belagerung von Carcassonne dauerte demnach vom 1. bis zum 15. August. Nach dem Fall von zwei Vororten sah sich de Trencavel gezwungen, mit Simon de Montfort die Übergabe auszuhandeln. Doch dabei wurde er trotz zugesicherten freien Geleits von den Kreuzfahrern gefangen genommen. Die nun führerlosen Verteidiger gaben auf, und das feindliche Heer übernahm die Stadt. Wenigstens kam es diesmal nicht zu einem Massaker wie in Béziers. Simon de Montfort ließ alle Bewohner abziehen, allerdings nackt und, wie es hieß, „mit nichts anderem als ihren Sünden" bekleidet. Auch de Trencavels Gemahlin und sein kleiner Sohn gelangten so aus Carcassonne heraus. Aber waren auch Pui Tien und ihr pummeliger Freund unter denen gewesen, die die Stadt verlassen durften? Das war die Kardinalfrage, die mich schon seit Stunden beschäftigte.

Der nach zeitgenössischen Berichten so ansehnliche und junge Vizegraf hatte dagegen jedenfalls weit weniger Glück als seine Untertanen, berichtete mein Stadtführer weiter. Er wurde im Verlies seiner eigenen Burg, dem Chateau Comtal, festgehalten und starb dort unter mysteriösen Umständen am 10. November 1209. Das Gerücht, er sei im Auftrag von Simon de Montfort ermordet worden, verbreitete sich sehr schnell. Jedenfalls bekam der Anführer des Kreuzzuges gegen die Katharer vom Papst die Besitztümer des Vizegrafen als Lehen zugesprochen. Fortan erkor de Montfort Carcassonne zu seinem Hauptsitz, von dem aus er den Kreuzzug gegen die Ketzer unvermindert fortsetzte.

Als ich meinem Schwiegervater dies alles erzählte, hatten wir bereits eine geführte Tour durch die Stadt und das Chateau Comtal absolviert und waren gerade im Begriff, die Kathedrale Saint Nazaire zu betreten. Während Achim sich nach einem deutschsprachigen Guide umschaute und die Masse der anderen Besucher das große gotische Rosettenfenster bestaunten, entdeckte ich eine Hinweistafel, die zur Krypta der Kirche hinabwies. Einer inneren Eingebung folgend schritt ich fast automatisch darauf zu. Ich bekam gerade noch mit, dass Achim unwillig den Kopf schüttelte und mir folgte.

„He, wo willst du auf einmal hin, Phei Liang?", rief er hinter mir her. „Lass uns lieber zusammenbleiben."

Ich kümmerte mich nicht darum und schritt bereits zielstrebig in das Halbdunkel des kühlen Raums hinab. In meinen Ohren erklang auf einmal wieder diese seltsame altertümliche Melodie, die ich schon vor meiner Erscheinung auf der Autobahn vernommen hatte. Auch diesmal konnte ich mir keinen Reim darauf machen.

Plötzlich stand ich mitten zwischen steinernen Sarkophagen vor einer mit Inschriften übersäten Wand. Es waren lauter Namen, die dort eingemeißelt waren. Eine Plakette erklärte, dass es sich um die während der Belagerung von 1209 gefallenen Helden handelte, deren Körper auf dem Schlachtfeld nicht mehr hatten geborgen werden können.

Mein Herz schlug mir bis zum Hals, denn irgendwie hatte ich bereits geahnt, was ich hier finden würde. Und tatsächlich, nach einigen weiteren Minuten entdeckte ich mitten zwischen vielen anderen Zeichen einen Schriftzug, der mir bekannt vorkam. In einfachen Druckbuchstaben stand dort auch nach achthundert Jahren noch deutlich lesbar der Name „Pui Tien" geschrieben. Mir wurde umgehend schwarz vor Augen, und ich sackte kraftlos zusammen.

Kapitel 7
Der Sänger des Grals

„Hülf mir, sigune, min not ist zungevüege."
Si sprach: „Nu helfe dir des hant,
dem aller kummer ist bekannt,
ob dir so wol gelinge,
daz dich ein sla dar bringe,
alda du Munsalvaesche sihs."
(aus „Parzival" von Wolfram von Eschenbach)

„Hilf mir, Sigune, meine Not ist über alle Maßen groß!"
Sie sprach: „Nun helfe dir dessen Hand,
dem aller Kummer ist bekannt,
damit es dir sehr wohl gelinge,
dass dich eine Spur dorthin bringe,
wo du den Montsalvat wohl sehen magst."
(Übertragung aus dem Mittelhochdeutschen)

Leng Phei Siang, Ende Mai 1209

„Beeilt euch, denn eure älteste Tochter ist in Gefahr!"
Dieser letzte Satz, den uns Arnolds Gemahlin Mechthildis im Garten der Isenburg mit auf den Weg gegeben hatte, ließ mich nicht mehr zur Ruhe kommen. Was hatte jene Frau, die mir so ähnlich war, damit gemeint? Wieso wusste sie, wer wir waren? Und vor allem: Wer war sie selbst? Ich gebe zu, mit ihrer kryptischen Andeutung und ihrer rätselhaften Erscheinung hatte mir Mechthildis den letzten Rest meines seelischen Gleichgewichts geraubt.

Dass es Fred kaum besser erging, spürte ich schon bei unserer nächtlichen Rückkehr zu unserem Gefährten, der abseits des Pfades auf uns wartete, denn mein Gemahl verlor während des stundenlangen Ritts durch die Wälder kein einziges Wort. Auch Giacomo fiel sofort auf, dass wir beide irgendwie verändert waren, aber der gebührende Respekt, den der redselige Italiener vor den geheimnisvollen Boten hatte, verhinderte wohl, dass er sich nach der

Ursache für deren einsilbig monotone Antworten auf seine nur so heraussprudelnden Fragen erkundigte.

Da sich Freds und meine Gemütsverfassung auch in den folgenden Tagen nicht wesentlich änderte, hielt der Venediger es irgendwann kurz vor Köln nicht mehr länger aus und behauptete dreist, uns müsse in der Isenburg wohl der Leibhaftige begegnet sein.

„Das ist vielleicht gar nicht mal falsch", entgegnete Fred zu meiner Überraschung mit einem verhaltenen Grinsen. „Zumindest, wenn man ihm zutraut, dass er einem den Boden unter den Füßen wegziehen kann."

Giacomo schaute uns beide nur verständnislos an und gab es dann achselzuckend auf, weil keiner von uns bereit schien, ihm eine derartig nebulöse Andeutung näher zu erläutern.

In die Stadt Köln konnten wir diesmal ohne Probleme einziehen. Immerhin waren seit den aufsehenerregenden Ereignissen um die Befreiung von Pui Tiens Freund fünf Jahre vergangen, und unser damaliger Gegner Adolf von Altena saß nicht mehr auf dem Bischofsthron der Domstadt. Von seinem vor einem Jahr vom Papst eingesetzten Nachfolger Dietrich von Hengebach hatten wir nichts zu befürchten, zumindest glaubten wir das. Trotzdem mochte sich vielleicht der eine oder andere daran erinnern, dass hier schon einmal eine junge asiatische Frau für allerhand Verwirrung gesorgt hatte. Daher legte ich mir als einzige Vorsichtsmaßnahme frühzeitig das mir eigentlich verhasste Gebende an und senkte beim Durchschreiten des Stadttores den Kopf. So vermochte niemand auf den ersten Blick hin zu erkennen, dass ich keine Europäerin war. Natürlich wunderte sich der Venediger auch über dieses Gehabe, aber weder Fred noch ich lieferten unserem Begleiter eine Begründung für mein Verhalten.

Giacomo nahm es kopfschüttelnd zur Kenntnis und führte uns in eine schmale Gasse hinein, die vom Forum Feni (Neumarkt) abzweigte. Dort kamen wir bei einem wohlhabenden Credentes unter, der natürlich wie so viele andere auch seinen katharischen Glauben vor der römisch-katholischen Allgemeinheit verbergen musste. Auf diese Weise bekam ich zum ersten Mal einen Vertreter dieser Glaubensrichtung zu Gesicht, der nicht bettelarm war. Unter anderen Umständen hätte es mich sicherlich brennend interessiert zu erfahren, wie sich ein relativ reicher Katharer in

der doch so jenseits bezogenen Welt seiner Glaubensbrüder zurechtfand, aber das seltsame Erlebnis im Garten der
Isenburg beeinträchtigte weiterhin meinen Gemütszustand.

In der Nacht, als Fred und ich zusammen auf einer
schmalen Bettstatt im Küchenraum lagen, sprach ich meinen Gemahl endlich darauf an:

„Es war Pui Tiens Surcot, das weiß ich genau!", behauptete ich unbeirrt. „Auch wenn es an den Seiten geschlitzt
und mit Lederriemen über Kreuz zusammengebunden war,
so wie bei meinem eigenen!"

Fred richtete sich halb auf und starrte mich mit weitaufgerissenen Augen an. Im flackernden Licht des fast herunter-
gebrannten Kaminfeuers konnte ich erkennen, dass sein
Gesicht aschfahl geworden war.

„Sie sprach von unserer ältesten Tochter", zitierte er beinahe tonlos jenen Begriff, der mich schon seit Tagen beschäftigt hatte. „Von unserer ‚ältesten' Tochter, Siang! Nicht
von unserer Tochter oder einfach von Pui Tien, obwohl ich
mir beim besten Willen keinen Reim darauf machen kann,
warum sie überhaupt wusste, wer wir waren."

Ich fröstelte, obwohl es in dem kleinen Raum bullig warm
war.

„Fred, ich habe bis jetzt meine Periode nicht bekommen",
gestand ich flüsternd und scheinbar völlig zusammenhanglos, obwohl meine Befürchtungen in Wahrheit noch viel
weiter gingen.

„Glaubst du, dass…"

„Ja, ich glaube, dass ich schwanger bin", vollendete ich
seinen begonnenen Satz. „Natürlich könnte ich so etwas
normalerweise jetzt noch nicht behaupten, aber ich fühle es
einfach. Und ich werde den Gedanken nicht los, dass dies
alles etwas mit dem zu tun haben muss, was Mechthildis
gesagt hat."

Ich wurde praktisch Zeuge, wie in Freds Augen das Leben
zurückkehrte. Sie leuchteten förmlich auf, und er sah mich
plötzlich freudestrahlend an.

„Das wäre unglaublich schön, Siang", erwiderte er mit
sanfter Stimme. „Es war die Nacht im Wald am Kettelbach,
nicht wahr?"

Über mein Gesicht huschte ein flüchtiges Lächeln. Wenn
ich nicht unter dem Eindruck des unheimlichen Erlebnisses
gestanden hätte, wäre ich glatt versucht gewesen, ihn wegen seiner so offenkundigen Einfältigkeit aufzuziehen. Wel-

che andere Nacht hätte denn sonst in Frage kommen können? Schließlich hatten wir uns davor zum letzten Mal geliebt, als wir im Oktober in Heidelberg gewesen waren. So aber nickte ich nur und lehnte meinen Kopf schutzsuchend an seine Brust.

„Es ist wieder im Mittelalter geschehen...", sagte ich leise.

Fred Hoppe

Ich wusste genau, worauf Phei Siang anspielte, doch ich erwiderte nichts. Stattdessen umarmte ich sie und streichelte sacht ihr herrliches Haar. Wenigstens konnte sie so nicht sehen, dass mir die Tränen kamen.

Für Siang und mich waren noch nicht einmal vier Jahre vergangen, seit wir Pui Tien in einer zauberhaften Liebesnacht am Karakurisee gezeugt hatten. Allerdings war auch dies im Mittelalter geschehen, und es hatte letztendlich dazu geführt, dass unsere kleine Tochter in keiner Zeit zu Hause war. Tatsächlich hatten wir sie im Alter von zwei Jahren in der Kluterthöhle verloren, und sie musste erst 15 lange Jahre in der Wildnis einer fernen Epoche verbringen, bevor wir sie finden und heimholen konnten. Es war so bitter und tat noch immer entsetzlich weh, dass es Siang und mir nicht vergönnt gewesen war, unsere eigene Tochter aufwachsen zu sehen. Und nun sollten wir wieder im Mittelalter ein Kind gezeugt haben? Ich fühlte Verzweiflung und Verbitterung in mir und presste die Lippen fest zusammen. Was würde diesmal geschehen? Hatte jene Mechthildis uns vielleicht schon die Antwort darauf gegeben?

Leng Phei Siang

Unser Gastgeber hieß Gernulf, und er war in früheren Zeiten ein eifriger Förderer der sogenannten „Kölner Katharerschule" gewesen, einer Einrichtung, in der noch vor wenigen Jahren durchaus öffentliche Dispute mit Vertretern des Erzbischofs über die Auslegung von Glaubensgrundsätzen stattgefunden hatten. Doch im Zuge der vom Papst intensivierten Verfolgung jener Religionsgemeinschaft der „guten Christen" waren auch die Mitglieder und Anhänger der Katharerschule in den Untergrund gedrängt worden. Im öffentlichen Leben der Domstadt galt Gernulf als angesehener Kaufmann, der seinen Wohlstand dem seit kurzem wieder florierenden Englandhandel zu verdanken hatte. Natürlich ahnten weder seine Geschäftspartner noch die geistlichen Autoritäten der Stadt, dass Gernulf auch weiterhin eine führende Stellung bei den als Ketzern verfolgten Katharern einnahm. In seinem Haus gingen als Bettler getarnte Vollkommene aus den noch bestehenden weitverstreuten Gemeinden der heimlichen Kirche ein und aus.

Natürlich war Gernulf sehr wohl bewusst, welch brisantes Material wir mit uns führten, auch wenn ihm wahrscheinlich nicht mehr darüber bekannt war, als dass es sich hierbei um das ominöse „Allerheiligste" handelte. Da Giacomo uns gleich, nachdem wir mit unserem Gastgeber allein waren, als die lang ersehnten, durch Weissagung angekündigten Boten vorgestellt hatte, begegnete der Anhänger der Katharer Fred und mir mit einer gewissen ehrfurchtsvollen Scheu, stellte aber keine weiteren Fragen.

„Bitte, Winfred und Phei Siang, erwähnt in seiner Gegenwart kein Wort von Eurem Auftrag und unserem Ziel!", ermahnte uns Giacomo eindringlich. „Denn so kann er auch nichts verraten, falls man unseren Spuren folgt und auf Gernulf stößt – selbst dann nicht, wenn man ihn foltert."

„Glaubst du denn, dass wir verfolgt werden?", fragte ich erschrocken.

„Herrin, das ist doch wohl klar!", entgegnete Giacomo mit einer Selbstverständlichkeit, die mich schaudern ließ. „Immerhin haben wir das größte Heiligtum der Katharer aus dem Kloster Werden geraubt. Natürlich wird Abt Heribert dies nicht so einfach geschehen lassen. Er fühlt sich bereits als Reichsfürst und wird sich bestimmt sein wertvolles Pfand, mit dem er die Kurie in Rom erpressen kann, zurückholen wollen."

„Das musst du mir schon näher erklären, Giacomo!", warf ich ein. „Wie kommst du darauf, dass der Abt den Papst in Rom mit dem ,Allerheiligsten' erpressen will?"

Der Venediger schaute Hilfe suchend zu Fred und schüttelte dann unwillig den Kopf.

„Ihr habt es Eurer Gemahlin noch nicht erzählt, Winfred?", vermutete er.

„Was?", hakte ich nach, als ich Fred erröten sah.

„Nun ja, ich bin wohl noch nicht dazu gekommen", meinte Fred kleinlaut an mich gewandt. „Du weißt schon, wegen der Isenburg..."

„Wir haben den Abt und seine untergebenen Mönche belauscht, als wir das Bündel holen wollten", kam Giacomo meinem vergesslichen Gemahl zu Hilfe. „Dabei konnten wir hören, wie er sagte, das ‚Allerheiligste' dürfe niemals nach Rom gelangen."

„Das verstehe ich nicht!", beharrte ich perplex. „Ich denke, das Bündel soll dem Papst als Beweis gegen die in seinen Augen ketzerischen Katharer dienen und seinen Kreuzzug rechtfertigen helfen."

„Das glauben alle, die meinen, es handele sich dabei um eine Ketzerschrift", entgegnete Giacomo feinsinnig. „Tatsächlich aber ist es das wahre und ursprüngliche Evangelium des Johannes. Ich kann das nun mit Fug und Recht behaupten, denn ich habe es in meinen Händen gehalten. Es ist in Aramäisch geschrieben, in der gleichen Sprache also, die Jesus Christus gesprochen hat. Und Abt Heribert weiß das auch, denn ich habe in seine Augen gesehen, als ich ihn gefragt habe, ob er jemals versucht habe, darin zu lesen. Er hat dies zwar abgestritten, doch in Wirklichkeit ist ihm völlig klar, welche Gefahr darin bestehen würde, wenn man es öffentlich übersetzt, um als Anklageschrift zu dienen. Dann würde nämlich die Wahrheit der Schrift bekannt, aber genau das versucht die römische Kirche doch zu verhindern. Also hätte Abt Heribert ein gewaltiges Instrument in der Hand, um den Papst zu erpressen."

„Wenn er es noch hätte", ergänzte Fred nachdenklich.

„Daher wird er alles versuchen, um das ‚Allerheiligste' zurückzubekommen!", schloss Giacomo folgerichtig.

Da in diesem Augenblick unser Gastgeber den Raum betrat, unterbrachen wir sofort unser Gespräch und wandten uns belangloseren Dingen zu. Dabei hielt sich Fred auffällig zurück. Er schien noch immer über Giacomos These zu grübeln.

„Ni bu shi schuo fu ma?" (Du bist nicht überzeugt), fragte ich ihn auf Chinesisch, denn ich kannte schließlich meinen Gatten.

„Djin hou!" (später), antwortete er nur.

Fred Hoppe

„Oh ja, ich glaube schon, dass Abt Heribert unter allen Umständen verhindern will, dass irgendjemand das ‚Allerheiligste' nach Rom bringt", flüsterte ich Phei Siang zu, als wir wieder allein waren. „Das hat er schließlich seinen Mönchen tatsächlich auch so gesagt. Aber ob er damit den Papst erpressen will, scheint mir doch sehr weit hergeholt. Ich denke viel mehr, dass unser Abt ein durch und durch gottesfürchtiger Mensch ist, der einfach bestrebt ist, Schaden von seiner heiligen Kirche fernzuhalten."

„Kommt das nicht aufs Gleiche heraus?"

„Oberflächlich betrachtet schon", erwiderte ich. „Wir müssen damit rechnen, dass uns der Benediktiner verfolgen lässt, wie Giacomo befürchtet. Aber ich finde den Aspekt mit dem sogenannten ‚wahren Evangelium' interessant. Ich denke da an die Unterredung der Mönche, die wir in Werden belauscht haben."

„Also den Part, den du versäumt hast, mir zu erzählen!"

„Entschuldige", murmelte ich kleinlaut, „ja genau den. Also: Einer der drei, ich glaube, der Kantor war es, meinte, es wäre doch ein ungeheurer Schatz für alle Christen, wenn Papst Innozenz in den Besitz des wahren Johannesevangeliums gelänge. Und Abt Heribert antwortete: ‚Nein, Bruder, da irrst du sehr.' Sie alle wüssten schließlich, was in dessen bisher bekannten Schriften stünde. Welch größere Wahrheit sollte also dann das Ketzerbündel enthalten? Wenn man es übersetzen müsste, würde die ganze Welt erfahren, was der Evangelist verkündet hätte."

„Das ist doch das Gleiche, was Giacomo auch sagt."

„Nein, ist es eben nicht."

„Wieso?"

„Überleg doch mal! Der Abt scheint gar nicht davon auszugehen, dass in unserem ‚Allerheiligsten' eine andere Wahrheit steht als in den jüngeren griechischen Übersetzungen, die sich im Besitz der Kirche befinden. Was ist, wenn er recht hat?"

„Dann wäre das ursprüngliche Johannesevangelium nicht mehr als alle anderen, nur vielleicht ein wenig genauer."

„So ist es! Also müssen wir davon ausgehen, dass wir für ein stinknormales Evangelium unseren Kopf riskieren. Denn gefährlich ist es für die römische Kirche nur so lange, wie jemand fordern könnte, es müsste in die Sprache des Volkes übersetzt werden, weil in allen Evangelien Wahrheiten stehen, die der Klerus nicht bekannt werden lassen darf, um seine Stellung in der Gesellschaft nicht zu riskieren."

„Demnach würden die Katharer nicht wegen angeblich falscher Lehren verfolgt, sondern weil sie den Papst und die Kirche bloßstellen können."

„Das denke ich auch", erwiderte ich überzeugt. „Unser ‚Allerheiligstes', das wir unserem Auftrag zufolge heil an seinen Bestimmungsort bringen müssen, ist wahrscheinlich nicht viel mehr als ein geheimnisvoller Mythos, der den Glauben an die ursprünglichen Lehren des Christentums gegenüber der praktizierten Unredlichkeit der Amtskirche hochhalten soll."

„Dann hat das Bündel also keine magischen Kräfte?"

„Wahrscheinlich ist es streng genommen nur ein Haufen uraltes beschriebenes Papyrus, allerdings mit einem gewaltigen symbolischen Wert."

„Warum dann das ganze Getue um diesen Montsalvat?"

„Darüber zerbreche ich mir schon seit den Externsteinen den Kopf", gab ich zurück. „Außerdem habe ich schon länger das komische Gefühl, dass ich den Begriff ‚Montsalvat' irgendwoher kenne."

„Haben die drei Vollkommenen an den Externsteinen nicht etwas von einem fahrenden Sänger aus Franken erzählt, der ihnen Obans Weissagung verkündet hätte, aus der hervorging, dass die Boten eines Tages dort erscheinen würden?", fragte Phei Siang nachdenklich. „Schließlich können unsere Auftraggeber ja nur von jenem Sänger erfahren haben, dass wir ihr ‚Allerheiligstes' zu jenem ominösen Ort namens Montsalvat bringen sollen."

„Das ist der springende Punkt bei der Sache!", entgegnete ich enthusiastisch. „Wenn wir herausfinden, wie der fahrende Sänger heißt und wo er lebt, kann er uns auch wahrscheinlich mehr über diesen Montsalvat erzählen."

Phei Siang maß mich mit einem skeptischen Blick.

„Das Kennzeichen jener fahrenden Sänger ist schließlich, dass sie fast ständig umherziehen, Fred", meinte sie kopfschüttelnd. „Selbst, wenn du weißt, wer unser Troubadour ist, so kann er sich doch praktisch überall im Reich aufhalten."

„Das stimmt schon", gab ich unumwunden zu, „aber einige von ihnen stehen auch in einem ganz normalen Lehnsverhältnis. Weißt du, nicht alle müssen wie Walther beinahe ihr ganzes Leben lang von einem Fürstenhof zum anderen wandern."

„Gut, aber auch, wenn dies auf jenen unbekannten Ritter nicht zutreffen sollte, müsste er zumindest so berühmt sein, dass man über ihn spricht, damit wir überhaupt eine Chance hätten, ihn zu finden. Aber wir wissen ja nicht einmal, was ihn von anderen unterscheidet, geschweige denn, wovon er normalerweise singt."

„Sag das nicht", erwiderte ich nachdenklich. „Immerhin ist uns bekannt, dass er aus Franken stammt..."

„Das ist nicht gerade viel!", unterbrach mich Phei Siang schmunzelnd.

„Warte doch mal!", fuhr ich unbeirrt fort. „Das ist noch nicht alles. Die drei Vollkommenen von den Externsteinen haben doch auch erzählt, dass unser Sänger die Weissagung über das Erscheinen der Boten und deren Auftrag von einem der alten Hüter des Berges hatte, von dem wir wiederum mit gutem Grund annehmen, dass es sich um Oban gehandelt haben muss."

„Schön, und was bringt uns das?"

„Sehr viel, Siang, wenn man genau über diese Begebenheit nachdenkt", behauptete ich zuversichtlich. „Die Frage ist doch, warum hat Oban zu jenem Fremden soviel Vertrauen gehabt, dass er ihm die Sache mit den Boten und dem ‚Allerheiligsten' erzählte? Und zweitens: Warum ist der fränkische Ritter damals in den Wirren des Bürgerkriegs überhaupt an der Höhle aufgetaucht?"

„Franks Tochter!", entfuhr es Phei Siang überrascht. „Pui Tien hat uns doch von ihrem Traum erzählt, in dem sie erlebt hat, wie Agnes mit ihrem Gemahl nach dem Überfall auf ihren Tross in der Klutert Zuflucht gefunden hat."

„Genau daran habe ich auch gedacht", bestätigte ich erfreut. „Der fremde Ritter muss zu diesem Tross der Pfalzgräfin gehört haben. Die Pfalzgrafschaft ist schließlich ein staufisches Lehen inmitten der alten Stammeslandschaft der Franken. Vielleicht wurde er versprengt und hat danach ebenfalls zur Höhle gefunden, oder er hat später nach dem Grafenpaar gesucht und ist meinethalben auf der Isenburg mit dem dort gefangen gehaltenen Oban zusammengetroffen."

„Hm, das würde die Suche nach dem fahrenden Sänger auf ein Gebiet beschränken, das von Frankfurt bis Stuttgart und vom Pfälzer Wald bis zur Tschechischen Grenze reicht", führte Phei Siang süffisant aus. „Demnach müssten wir statt der sprichwörtlichen Stecknadel im Heuhaufen immerhin jetzt nur noch einen Hosenknopf finden."

Ich stieß meine Gemahlin scherzhaft in die Seite.

„Du machst dich über mich lustig, Prinzessin!", protestierte ich mit gespielter Empörung. „Aber im Ernst! Ich finde das gar nicht mal so unmöglich, zumal mir, wie ich bereits sagte, der Begriff ‚Montsalvat' irgendwie bekannt vorkommt."

„Du meinst also wirklich, von einem fahrenden fränkischen Sänger gehört zu haben, der über diesen Ort geschrieben hat?"

„Ja, und es ist naheliegend, dass er diesen Stoff verarbeitet hat, denn immerhin muss es für ihn ein ziemlich einschneidendes Erlebnis gewesen sein."

„Das würde aber auch bedeuten, dass der uns noch immer fremde Ritter sich in seinen Versen über die Katharer und deren Sichtweise ausgelassen haben muss."

„Nicht unbedingt, Siang. Oder vielleicht besser formuliert: nicht unbedingt so offen, denn das wäre für ihn angesichts der augenblicklichen Verfolgungshysterie bestimmt sehr gefährlich gewesen. Er wird seine Geschichte sicher irgendwie verschleiert haben."

„Dann wäre es vielleicht ratsam gewesen, anstelle von deinem kleinen Geschichtsatlas diesmal eine Sammlung von Minneliedern mitzunehmen!"

Meinem nächsten gezielten Stoß wich Phei Siang geschickt aus. Dabei kicherte sie halblaut vor sich hin, brach aber sofort ab, als sie bemerkte, wie ich abrupt in der Bewegung innehielt.

„Fashengle schénmeshì (was ist los), Fred?", fragte sie beinahe erschrocken.

„Wieso Minnelieder?", entgegnete ich wie abwesend. „Es könnte ebenso gut ein ganzes Epos sein. Und ich glaube, ich weiß jetzt sogar, welches!"

Leng Phei Siang

Es gab einen lauten Knall, als plötzlich die Tür aufgestoßen wurde und Giacomo hereinstürzte.

„Man hat uns entdeckt!", rief der Italiener fast gleichzeitig, bevor er über einen Krug stolperte und der Länge nach hinschlug.

Fred und ich waren zuerst erschrocken zusammengefahren, doch als wir unseren Gefährten so unvermittelt vor unseren Füßen liegen sahen, konnten wir uns beide ein verstohlenes Grinsen nicht verkneifen. Derweil beeilte sich Giacomo, wieder auf die Beine zu kommen, wobei er lauthals auf Italienisch vor sich hin fluchte. Aus dem hinteren Bereich des Hauses war deutlich zu vernehmen, wie der schwere Querbalken vor die Außentür gelegt wurde.

„Es sind Söldner aus dem Bischofspalast!", erklärte Giacomo hastig. „Sie werden von vermummten Kuttenträgern begleitet und durchsuchen jeden Winkel in unserer Gasse."

„Gibt es einen Fluchtweg?", erkundigte sich Fred geistesgegenwärtig, während ich bereits meinen Tasselmantel von der Wand nahm.

„Im Lagerraum befindet sich ein Zugang zu den alten Katakomben unter der Stadt. Gernulf lässt bereits die Falltür freiräumen!"

„Was ist mit unseren Pferden?", hakte ich nach. „Ohne sie werden wir nicht weit kommen."

„Keine Angst, Prinzessin!", versicherte der Banchieri selbstbewusst. „Da ich geahnt hatte, dass so etwas geschehen könnte, habe ich bereits vor Stunden veranlasst, dass man sie zum Weiden und Wasserfassen an den Rhein bringt. Ich habe dem Hütejungen ein paar Münzen gegeben, damit er auf die Tiere achtgibt."

Fred hatte inzwischen sein Kettenhemd angelegt und sich das Wehrgehänge umgegürtet.

„Wohin führt uns der unterirdische Gang?", fragte er.

„Bis unterhalb des alten Marktes!", antwortete Gernulf, der plötzlich in der Tür erschienen war. „Beeilt Euch, denn die Söldner sind bereits im Nachbarhaus. Es ist klar, dass sie wegen Euch gekommen sind."

Ich warf Fred einen bezeichnenden Blick zu. Der ehrwürdige Abt von Werden hatte tatsächlich schnell gehandelt. Er musste eine halbe Armee an Kundschaftern mobilisiert haben, um uns so schnell auf die Spur zu kommen. Offensichtlich hatte er auch Boten zum Erzbischof geschickt, sonst wären seine Leute bestimmt nicht mit den Schergen aus dessen Palast erschienen. Mein Gemahl nickte grimmig und nahm das Bündel mit dem „Allerheiligsten" an sich.

„Kommt jetzt!", rief Gernulf uns zu.

Seine Stimme klang gehetzt, aber er schien nicht von Panik übermannt zu sein. Wahrscheinlich hatte er sich schon öfter einer ähnlichen Situation gegenübergesehen.

Wir folgten unserem Gastgeber durch die langen Reihen hoch reichender Regale bis zu der Stelle, wo eine offene Falltür in ein dunkles Loch im Boden wies. Ob diese unterirdischen Katakomben auch mit denen verbunden waren, die wir von Sankt Gereon her kannten?

„Haltet Euch gleich nach rechts, sobald Ihr den Grund erreicht habt", wies er uns an, als ob er meine Gedanken erraten hätte. „Ihr dürft Euch nicht verirren, sonst seid Ihr in dem Gewirr der Gänge verloren. Die Römer müssen wohl früher ihren Unrat durch sie zum Fluss geleitet haben. Aber damals befand sich der Hafen dort, wo nun der alte Markt ist, deshalb enden sie jetzt noch vor der Mauer."

Fred Hoppe

Wir huschten sogleich in den Halbschatten einer verborgenen Nische in der schmalen Gasse, sobald wir die enge Röhre verlassen hatten, denn vom nahen Altmarkt her waren deutlich die gleichmäßigen Schritte einer Gruppe Bewaffneter zu vernehmen.

„Es sind mindestens zehn", raunte Giacomo verhalten, während er Siang und mich noch tiefer in die spaltartige Flucht zwischen den Häusern zog. Ich blieb abrupt stehen und zwang damit auch meine Begleiter zum Anhalten.

„He, nicht noch tiefer!", zischte ich dem Italiener zu. „Es ist bereits so eng, dass ich nicht einmal mehr mein Schwert ziehen kann!"

„Wenn sie vom Markt hier herunter zur Mauer gehen, sind wir verloren, Herr!", protestierte der Venediger halblaut.

„Unsinn!", widersprach ich vehement, „Woher sollen die Schergen wissen, dass wir uns hier verstecken? Sie werden auf einem Kontrollgang sein, der sie zum Severinstor führt."

Ohne mich weiter um die Befürchtungen unseres Gefährten zu kümmern, zwängte ich mich durch den schmalen Spalt zurück und blieb mit gezogenem Schwert am Eingang des Durchlasses stehen. Tatsächlich wurde das Geräusch der Schritte bald schwächer. Doch als ich vollends in die

Gasse trat, stieß ich mit einem Mann zusammen, der etwas zu hastig den Abhang vom Altmarkt heruntergelaufen kam. Nach dem ersten Schrecken packte ich den vor Angst zitternden Stadtbewohner am Schulterteil seiner braunen Gugel und presste ihm meine Hand auf den Mund.

„Ein Laut, und du bist tot!", deutete ich mit unterdrückter Stimme an.

Der Mann nickte eifrig, und ich entließ ihn vorerst aus meiner Gewalt. Er blickte sich scheu um und schaute immer wieder verängstigt zu der Lücke in der Häuserzeile am Altmarkt hinauf, durch die er in unsere Gasse gekommen war.

„Bitte, lasst mich gehen, Herr!", flehte mich der Fremde an. „Die Söldner des Erzbischofs sind überall in der Stadt unterwegs und durchsuchen jeden, auf den sie stoßen."

„Warum läufst du vor ihnen weg, wenn du nichts ausgefressen hast?", hielt ich ihm entgegen.

Inzwischen waren auch Phei Siang und Giacomo aus dem Spalt getreten, und der Fremde starrte sie überrascht an. Seine Augen wanderten von einem zum anderen.

„Sie sind hinter Euch her, nicht wahr?", schloss er aus seiner Beobachtung. „Oben am Forum Feni haben sie getuschelt, dass die Schergen des Bischofs nach einem Italiener und einem Ritter mit seiner fremdländischen Gemahlin suchen. Das könnt nur Ihr sein."

„Schön, und wenn es so wäre?", hakte ich nach. „Was sollen wir denn verbrochen haben?"

„Die Marktfrauen sagen, Ihr wäret gefährliche Ketzer und Spione der gottlosen Katharer, gegen die so viele unserer hohen Herren jetzt im Namen des Kreuzes ziehen."

„Aha!", meinte ich vielsagend. „Dann hättest du selbst doch eigentlich gar nichts zu befürchten."

„Das glaubt Ihr vielleicht!", fuhr der Mann im braunen Leibrock auf. „Solange sie Euch nicht finden können, nehmen sie jeden mit, den sie in der Gegend antreffen, wo früher die Katharer hausten."

Ich warf Giacomo einen bezeichnenden Blick zu, aber der Venediger winkte nur ab.

„Unser Gastgeber Gernulf weiß sich zu helfen", deutete er an. „Es ist nicht das erste Mal, dass die guten Christen von den Schergen des Teufels heimgesucht werden."

Ich wollte Giacomo noch warnen und ihn anweisen, nichts auszuplaudern, doch es war schon zu spät. In den Augen des fremden Flüchtlings blitzte bereits die Erkenntnis über das Gehörte auf. Offenbar hatte der Mann die Bedeutung der Worte längst verarbeitet. Dafür wartete er aber auch mit einer Überraschung auf.

„Ihr wart im Haus von Gernulf, dem Kaufmann?", stellte unser Flüchtling erleichtert fest. „Also stimmt es tatsächlich, dass Ihr zu den Verfolgten des wahren Glaubens gehört! Dann ist es meine Pflicht, Euch zu helfen!"

Leng Phei Siang

Wir konnten nur von Glück sagen, dass uns ausgerechnet ein flüchtiger Katharer buchstäblich in die Arme gelaufen war. Ohne Rodericks tatkräftige Unterstützung wären wir wahrscheinlich nie heil aus der Domstadt entkommen, denn auch der rheinseitige Abschnitt der Stadtmauer war inzwischen von unseren Verfolgern besetzt worden. Aber die schon seit einigen Jahren auch in Deutschland gnadenlos als Ketzer verfolgte Gemeinschaft der sogenannten „guten Christen" hatte sich mittlerweile selbst in der römisch-katholischen Hochburg Köln so gut organisiert, dass für alle nur erdenklichen Notfälle Fluchtwege bereitstanden, auf die so schnell niemand gekommen wäre.

So gab es unter etlichen Häusern, die im Zuge der stetig wachsenden Bevölkerung direkt an die Stadtmauer gebaut worden waren, sogar eines, von dem aus ein unterirdischer Tunnel bis ans Rheinufer führte. Einer jener wenigen reichen Kaufleute, die trotz ihres Wohlstandes der heimlichen Kirche angehörten, hatte das betreffende Gebäude kurz nach der von Papst Innozenz ausgesprochenen Ächtung der Katharer erworben und in weiser Voraussicht in dessen Keller den Stollen angelegt. Ich konnte einfach nicht umhin, den außergewöhnlichen Mut des Mannes zu bewundern, denn falls man seine Tat entdeckte, würde er sicher dafür mit dem Leben bezahlen müssen.

Natürlich war dies auch unserem neuen Freund Roderick bewusst. Daher geleitete er uns so vorsichtig wie möglich zu dem fraglichen Haus. Tatsächlich mussten wir uns mehrmals in angrenzende Nischen zurückziehen oder uns hinter aufgetürmten Abfallhaufen verbergen, um plötzlich in den Gassen auftauchenden Bütteln auszuweichen. Doch endlich war die Luft rein, und wir konnten unbeobachtet das Haus betreten.

Die nächsten Stunden harrten wir dort mucksmäuschenstill im Gesindekeller aus, denn bis zum Einbruch der Dunkelheit waren wir zur Untätigkeit verdammt. Dann ging alles sehr schnell. Nachdem Roderick die geheime Falltür im Boden des Raumes geöffnet hatte, krochen wir hintereinander durch die enge Röhre, die uns zu einem kleinen Gebüsch in Ufernähe führte. Im Schutz der Dunkelheit warteten wir dort noch bis nach Mitternacht, bevor sich Giacomo zunächst allein aufmachte, um die Pferde auszulösen. Natürlich war auch das ein nicht ungefährliches Unterfangen, aber Fred und ich vertrauten voll und ganz auf die unbestreitbare Gabe des Italieners, auch in ausweglosen Situationen eine Möglichkeit zu finden, seinen Kopf aus der Schlinge zu ziehen. Immerhin würden die Wachen auf der Mauer, wenn überhaupt, dann nicht nur nach einer, sondern nach drei Personen Ausschau halten. Zu unserem Glück ging auch diese Rechnung auf, denn schon nach weniger als einer halben Stunde tauchte Giacomo mit allen Reit- und Packpferden im Schlepptau wieder auf. Doch damit waren bei Weitem nicht alle unsere Probleme gelöst.

„Wir sitzen in der Falle", raunte uns der Venediger zu, als Fred und ich ihm entgegentraten. „Sie haben alle Ausfallstraßen gesperrt und Bogenschützen auf der Mauer postiert, die darauf achten sollen, dass sich niemand ungesehen am Ufer entlang an der Stadt vorbeischleichen kann. Nur das kleine Stück von hier bis zum Hafen ist noch frei."

„Hm, wo stehen die Schergen genau?", erkundigte sich Fred nachdenklich.

„Im Norden und Süden auf den Türmen an den Eckpunkten der Mauer am Rhein", antwortete Giacomo niedergeschlagen. „Wir können weder hier weg noch wieder in die Stadt hinein."

„Du sagtest doch, der Hafen selbst ist noch zugänglich?", vergewisserte sich Fred.

„Ja, aber…"

„Wir wagen es, Giacomo!", schnitt Fred ihm das Wort ab. „Offenbar rechnen unsere Verfolger damit, dass wir nach Süden ausbrechen wollen, nicht aber, dass wir über den Fluss entkommen könnten."

„Herr, seid doch vernünftig!", appellierte der Italiener. „Vor dem Hafentor stehen Dutzende von Söldnern, die jeden kontrollieren, der mit einer Fähre gekommen ist. Und die Bootsleute dürfen niemanden ohne Erlaubnis auf ihr Schiff lassen."

„Wer sagt denn, dass ich den Fährmann fragen will, ob er uns übersetzt?", meinte Fred mit einem geradezu schelmischen Grinsen.

Fred Hoppe

Natürlich wären wir bei Tageslicht nicht weit gekommen, ohne entdeckt zu werden, doch in unmittelbarer Nähe des im Dunkel der Nacht träge dahinfließenden Stroms waren wir von der Mauerkrone her wohl auch mit den Pferden kaum auszumachen. Erst unmittelbar vor den am Ufer liegenden Schiffen leuchteten einzelne Fackeln die Umgebung mehr schlecht als recht aus. Umso heller war jedoch der Schein der Feuer vor dem Hafentor, wo eine lange Schlange murrender Reisender gezwungen war, die peinlichen Kontrollen über sich ergehen zu lassen.

„Ihr müsst ihn davon abhalten, Prinzessin", flüsterte Giacomo Phei Siang zu. „Wir wissen ja nicht einmal, wie eine solche Fähre bedient wird. Die Pfeile der Söldner werden uns durchbohren, bevor wir vom Ufer ablegen können."

„Psst, Giacomo!", raunte Phei Siang zurück. „Sonst kommen wir gar nicht erst dazu, das Boot zu betreten."

Trotz der gefährlichen Situation, in der wir uns befanden, musste ich unwillkürlich lächeln. Wie sollte unser armer Banchieri auch ahnen, dass wir noch vor einigen Monaten ausgiebig Gelegenheit gehabt hatten, uns genau mit diesem Problem, nämlich der Funktionsweise der Fähre, eingehend zu beschäftigen.

Gut, inzwischen waren fünf Jahre vergangen, aber für Siang und mich schien es wie gestern gewesen zu sein, als wir mit Ritter Walther und den sächsischen Spielleuten über den Rhein gesetzt hatten, um den Freund unserer Tochter aus dem Kölner Kerker zu befreien. Dabei konnte ich genau beobachten, wie der Fährmann es angestellt hatte, seinen Kahn über den Strom zu bringen, und ich war von der Genialität der einfachen Technik fasziniert gewesen. Natürlich hätte ich nicht einmal im Traum daran gedacht, dass uns dieses Wissen einmal das Leben retten könnte.

Doch zunächst einmal mussten wir an das Schiff herankommen. Bis jetzt war auch das einwandfrei gelungen, aber nun gerieten wir unweigerlich in den Schein der Feuer.

Bevor ich weiterging, legte ich behutsam meine Hand auf die Nüstern meines Pferdes und achtete darauf, dass Siang und Giacomo es mir gleichtaten. Etwa hundert Meter vor uns standen die ersten Händler und Bauern in der Schlange vor dem Hafentor. Als sich einer der Söldner sichtlich gelangweilt von der Gruppe entfernte und mit dem Rücken an die Mauer lehnte, zogen wir unsere Reittiere schnell zwischen zwei lagernde Schiffe.

„Maledetto!", fluchte Giacomo unterdrückt. „Was nun?"

„Warten", gab ich leise zurück. „Die Fähre liegt zwanzig Schritte weiter am Ufer. Wir müssen es mit einem Mal bis zu dem Boot schaffen. Sobald der Scherge dort verschwindet, schleiche ich vor und überwältige den Fährmann. Ihr folgt dann sofort mit den Tieren nach."

„Meint Ihr nicht, dass Eure Gemahlin mit einem gezielten Schuss…?", schlug Giacomo mit einem Seitenblick auf Phei Siangs Langbogen vor.

„Nein, das würde sofort bemerkt werden", entgegnete ich brüsk. „Wir warten!"

Trotzdem nahm Phei Siang ihren Bogen zur Hand.

„Was soll das werden?", fragte ich leise.

„Du schaffst es nie, über das freie Gelände unbemerkt an den Fährmann heranzukommen", beschied sie mir mit entschlossener Miene. „Ich könnte ihn ausschalten, wenn der Söldner verschwunden ist, und dann gehen wir alle gemeinsam."

Ich blickte sie entsetzt an.

„Dazu müsstest du ihn töten!"

„Wenn ich es nicht tue, hast du keine Chance, Fred!"

„Ich könnte schwimmen", argumentierte ich schwach.

„Das ist Unsinn, Fred!" Du kommst nicht gegen die Strömung an, und außerdem würde es zu lange dauern."

Ich biss mir auf die Lippen und nickte zögernd. Siang hatte leider vollkommen recht.

Aber dann kam es doch anders, denn plötzlich verließ der Fährmann sein Schiff und ging auf den einzelnen Söldner zu, der bislang noch immer keine Anstalten gemacht hatte, zu seinen Leuten zurückzukehren. Die Männer unterhielten sich lautstark und wild gestikulierend, wobei der Scherge stets auf den Pulk der kontrollierenden Soldaten vor dem

Hafentor wies. Ein Wort gab das andere, und schließlich bewegten sich beide schimpfend auf die Schlange der Wartenden zu und verschwanden dort in der Menge. Offenbar wollte sich der Fährmann bei den Söldnern beschweren, dass er so lange auf seine neue Fracht warten musste, reimte ich mir zusammen.

Jetzt oder nie, dachte ich. Auf jeden Fall war das die Gelegenheit, unseren verwegenen Plan in die Tat umzusetzen. Während vor dem Hafentor ein regelrechter Tumult entstand und das Gekeife der Umstehenden laut durch die Nacht drang, nahmen wir unsere Pferde am Zügel und rannten so schnell wir konnten auf das Fährboot zu. In aller Eile trieben wir die sich sträubenden Tiere auf die Planken. Bis jetzt hatte noch niemand etwas bemerkt.

Ich überließ es Giacomo und Phei Siang, die Tiere zu beruhigen und an der Reling festzumachen, und eilte stattdessen zum Bug des Schiffes. Mit aller Kraft kurbelte ich an der hölzernen Winde, um den Strick zu verkürzen, damit das Boot in den Strom gedreht wurde. Gleich darauf löste sich das Vorderteil des Schiffes vom Ufer und wurde von der Strömung erfasst. Ich wusste, dass diese das Gefährt zwangsläufig wie ein Pendel ans andere Ufer treiben würde, weil es mit einem langen Seil an einem Pfahl irgendwo in der Nähe der Flussmitte verbunden war.

In diesem Augenblick kündeten laute Rufe und Flüche davon, dass man uns entdeckt hatte. Schon sausten Pfeile durch die Luft, und ich warf mich zu Boden. Auch Giacomo und Phei Siang waren sogleich hinter der Bordwand in Deckung gegangen, aber die meisten der gefiederten Todesboten klatschten wirkungslos ins Wasser. Nur einige wenige fuhren mit einem lauten Plopp in die Wandung.

Im hellen Schein der Fackeln konnten wir sehen, dass die Söldner wie eine Horde aufgescheuchter Ameisen ans Ufer liefen, doch für deren Augen mussten wir schon in der Dunkelheit verschwunden sein. Wir hatten es geschafft!

Leng Phei Siang

Wir ritten verbissen und, ohne unsere Pferde zu schonen, stundenlang im gestreckten Galopp auf mir völlig unbekannten Pfaden durch die nächtlichen Auenwälder. Giacomo führte, weil er der Einzige zu sein schien, dem diese Gegend wenigstens einigermaßen bekannt war. Trotzdem konnten wir nur hoffen, dass sich unsere Tiere auf den holperigen und mit zahlreichen Wurzeln durchsetzten Wegen nicht die Beine brachen. Aber irgendwann kurz vor dem Morgengrauen waren die Pferde dann doch so erschöpft, dass wir anhalten mussten. Zumindest war es uns wohl für den Augenblick gelungen, alle eventuellen Verfolger abzuschütteln.

Dass dies allerdings nur eine trügerische Sicherheit war, hatte uns spätestens die Abordnung von Benediktinermönchen aus dem dortigen Kloster bewiesen, die uns am Deutzer Ufer entgegengetreten waren, um uns mit ihren Gebeten aufzuhalten.

Wir hatten die versammelte Gruppe der Mönche schon gesehen, bevor wir die Fähre am östlichen Rheinufer festmachen konnten. Im vollen Vertrauen auf die vermeintliche Macht ihrer Gebete waren die gottesfürchtigen Brüder in geschlossener Phalanx auf uns zugekommen, geradeso, als ob sie uns wieder ins Wasser zurückdrängen wollten. Daraufhin hatten wir unsere Pferde bestiegen und waren im Galopp einfach durch ihre Reihen gesprengt. Der eine oder andere, der nicht rechtzeitig zur Seite gesprungen war, mochte dabei schon verletzt worden sein, aber darauf hatten wir schließlich keine Rücksicht nehmen können.

Dagegen plagte mich mittlerweile das schlechte Gewissen wegen meiner zuvor demonstrierten Bereitschaft, den unbeteiligten Fährmann kaltblütig zu erschießen. Das eigentlich Erschreckende daran war, dass ich es wirklich getan hätte. Und dabei fand ich es überhaupt nicht tröstlich, dass es letztendlich doch nicht dazu kommen musste.

Was war da mit mir geschehen? War ich mittlerweile schon zu einem solch grausamen Raubtier mutiert, das zum Schutz der eigenen Meute bereit war, alle Gegner zu töten, die sich ihm in den Weg stellten, wenn es einmal in die Enge getrieben wurde?

In derartig trübe Gedanken versunken, setzte ich mich schweigend ins Gras. Auf einmal spürte ich Freds Hand auf meinem Arm.

„Shenme, Siang?" (was ist los), fragte er leise. „Dich bedrückt doch etwas?"

„Ich weiß nicht, Fred", antwortete ich unbestimmt. „Glaubst du, dass uns die Grausamkeit dieser Zeit verändert? Dass wir uns bei jedem neuen Aufenthalt in einer derart brutalen Epoche ein Stück mehr an ihre Gepflogenheiten anpassen?"

„Du denkst an den Fährmann, nicht wahr?", brachte Fred die Sache auf den Punkt.

Ich nickte stumm.

„Es stimmt schon, Siang, dass ich über deine Absicht, ihn zu erschießen, erschrocken war", fuhr er fort. „Aber dann ist mir aufgegangen, dass wir es niemals geschafft hätten, den Bogenschützen zu entkommen. Du hättest überhaupt keine Wahl gehabt, anders zu handeln. So gesehen, hat der Mann unverschämtes Glück gehabt."

„Ich aber auch, Fred!"

„Wie meinst du das?"

„Nun, ich habe Glück gehabt, dass ich keinen kaltblütigen Mord begehen musste!"

Fred schwieg eine Weile betroffen.

„Du hättest es getan, um uns zu retten", meinte er schließlich.

„Aber dadurch wäre ich nicht weniger schuldig gewesen."

„Ich weiß nicht, ob du das so sehen darfst, Siang", entgegnete Fred unsicher. „In dieser Zeit…"

„Das ist es ja gerade, Fred! In dieser Zeit laufen wir ständig Gefahr, allein, um uns zu schützen, ein Verbrechen zu begehen…"

„…oder Opfer eines Verbrechens zu werden", ergänzte er schnell.

„Meinethalben auch das", gab ich zu. „Jedenfalls scheint es hier unmöglich zu sein, unschuldig zu bleiben. Du hast das doch auch schon erlebt, als der ‚Stein der Macht' dich zu einem gefühllosen Barbaren gemacht hat. Diese Welt ist grausam, Fred! Und wir sind gezwungen, ebenfalls grausam zu sein. Wir können nichts dagegen tun."

„Dann haben die Katharer doch recht, wenn sie behaupten, dass alles in der diesseitigen Welt schlecht ist", schloss Fred nachdenklich. „Wenn selbst das Gute sich ins Böse verkehrt…"

„Ich habe Angst, Fred", unterbrach ich ihn mit tonloser Stimme, „Angst, irgendwann etwas zu tun, wofür ich dereinst bitter büßen muss."

„Karma, nicht wahr?"

„Ja, wenn du so willst", fuhr ich fort. „Weißt du, schon unser alter Meister Kung-Tse hat uns gelehrt, dass wir uns gegen diesen Sog der Gewalt und Ungerechtigkeit wehren müssen. Im Lun Yü (Buch der Gespräche) stellt er fest, dass der Wille des Himmels sich im Schicksal kundtut, das dem Tun der Menschen nur wenige Freiheiten lässt. Daher rät er uns, stets nach vollkommener Tugend, Höflichkeit, Milde, Wahrhaftigkeit, Ernst und Güte zu streben. Aber ich sehe auch, dass mir immer mehr die Kraft dazu abhanden kommt."

Fred zog mich spontan an sich und streichelte zärtlich meine Wange.

„Wo ai ni, Siang" (ich liebe dich), flüsterte er in mein Ohr.

„Wo henduo ai ni (ich liebe dich so sehr). Und ich glaube, solange die Liebe uns beide verbindet, brauchen wir die dunklen Gewalten dieser Welt nicht zu fürchten."

„Sagen das nicht auch die Katharer?"

„Nicht nur die, Siang", ergänzte Fred überzeugt. „Ich glaube, das ist eine so grundlegende Erkenntnis, dass sie in allen Religionen der Welt zu finden ist."

Ich nickte versonnen und schmiegte mich an seine Brust.

„Ich glaube, du hast recht, Fred", erwiderte ich leise. „Auch wenn mich das nicht von meiner Schuld befreit, so kann ich doch wenigstens etwas Trost darin finden."

Fred Hoppe

Wir überquerten die Sieg und ritten danach über eine weite, fast waldfreie Fläche, die nach Süden hin allmählich immer mehr anstieg, und schon bald konnten wir große Teile der Ebene überblicken, aus der wir gekommen waren. Unwillkürlich versuchte ich mir vorzustellen, wie sich hier in der Gegenwart die Autobahn von Köln nach Frankfurt auf ihrem Weg in den Westerwald an schmucken kleinen Dörfern vorbei durch die ansonsten offene Landschaft schlängeln würde. Unwillkürlich kam ich mir dabei ein wenig verloren vor, denn ich hätte trotzdem nicht sagen können, wohin genau uns Giacomo nun führen wollte.

Natürlich war mir klar, dass wir uns vom Rhein, der Hauptverkehrsader dieser Zeit, tunlichst fernhalten mussten, aber der Teil des Landes, durch den wir nun zogen, war mir gänzlich unbekannt. Gut, wenn Siang und ich allein gewesen wären, hätten wir uns sicher erst einmal einen

Überblick verschafft, wie weit der große Strom von uns entfernt war, und wären dann möglichst in dessen Sichtweite einfach weiter nach Süden gezogen. Giacomo aber schien genau dies nicht zu beabsichtigen, denn als die geneigte Ebene an ihrer höchsten Stelle in ein völlig unübersichtliches Wirrwarr von bewaldeten Bergkuppen und tief eingeschnittenen Tälern überging, wandte er sich schnurstracks nach Osten zu. Verwundert hielt ich mein Pferd an und gab Siang ein Zeichen, ihrerseits das Gleiche zu tun.

„He!", rief ich dem Venediger zu. „Wohin willst du uns eigentlich bringen? Unser Ziel ist das Reich des Frankenkönigs, nicht aber das Gebiet des Landgrafen von Thüringen."

Giacomo drehte sich verwundert um und schüttelte lachend den Kopf.

„Keine Sorge, Graf Winfred!", versicherte er uns belustigt. „Ich kenne mich hier aus und weiß, wo wir uns am besten verbergen können."

„Und wo soll das sein?", hakte ich nach.

„Zunächst in einer kleinen Stadt, die am Oberlauf eines Flusses liegt, der Lahn genannt wird", antwortete der Venediger ausweichend.

„Warum sagst du mir nicht, wie die Stadt heißt und warum wir ausgerechnet dorthin sollen?"

Giacomo wendete sein Pferd und kam zu uns zurück. Erst als er praktisch neben uns stand, flüsterte er mir den Namen des Ortes zu:

„Sie heißt Runkel, Herr."

„Was ist daran so geheimnisvoll?", erkundigte sich Phei Siang.

„Es ist der Ort, in dem in diesem Teil des Römischen Reiches die meisten Angehörigen der Gemeinschaft der guten Christen leben", entgegnete Giacomo leise. „Niemand weiß davon, nicht einmal der Edelherr von Runkel selbst, dessen Burg dort den Übergang an der Lahn bewacht."

„Gut, aber warum können wir nicht irgendwo näher am Rhein in den Wäldern übernachten?", führte ich an.

Giacomo wand sich wie ein Aal. Es war überdeutlich, dass er etwas Entscheidendes vor uns verbarg.

„Wir werden jemanden in Runkel treffen, der uns helfen kann", rückte der Venediger nach einer Weile heraus.

„Wen?", fragte ich schärfer, als ich beabsichtigt hatte.

Phei Siang beugte sich zu mir herüber und berührte mich sacht am Arm.

„Fred, wir können ihm vertrauen!", ermahnte sie mich.

Giacomo war die Situation sichtlich unangenehm.

„Herr, Eure Gemahlin hat recht", beeilte er sich, mir zu versichern. „Ich habe bisher nicht davon gesprochen, weil es hätte geschehen können, dass Ihr beide in die Hände unserer Widersacher geraten wäret. Und glaubt mir, unter der Folter würde jeder reden…"

„Hm", meinte ich versöhnlich gestimmt. „Wenn das so ist, dann kannst du uns jetzt wenigstens sagen, was du bisher verschwiegen hast. Denn wenn ich es richtig verstehe, sollen wir deinen geheimnisvollen Unbekannten ja sowieso bald treffen."

„Nun gut", entgegnete der kleine Italiener noch immer etwas zögerlich. „Habt Ihr Euch eigentlich nie gefragt, von wem ich überhaupt weiß, dass die Boten gerade jetzt in dieser Zeit erscheinen würden?"

„Ich habe immer angenommen, das sei in bestimmten Kreisen der Katharer bekannt gewesen", erwiderte ich verblüfft. „Du bist doch so etwas wie ein Mittler zwischen den Gemeinden der heimlichen Kirche?"

„Aber so war es nicht!", stellte Phei Siang schlicht fest. „Die Vollkommenen eurer Gemeinschaft an den Externsteinen hätten es nicht einmal dir gesagt, stimmt's? Du hattest deine Information aus erster Hand, nicht wahr? Wie hättest du uns auch sonst finden können?"

„Ihr habt wieder recht, Herrin", gab Giacomo lächelnd zu. „Der Verkünder der Weissagung selbst ist es gewesen, der mich beauftragt hat, die Boten zu suchen, ihnen zu helfen, das ‚Allerheiligste' zu finden und sie zu ihm zu führen. Denn schließlich kann nur er Euch sagen, wohin Ihr das Bündel bringen sollt. Da wir ja wussten, wann Ihr in etwa erscheinen würdet, hat mich der Verkünder angewiesen, Euch zu Beginn des Sommers nach Runkel zu geleiten. Wahrscheinlich wartet er dort schon voll Ungeduld."

Mir ging unterdessen ein ganzer Kronleuchter auf, denn schließlich glaubte ich seit meinem Gespräch mit Siang in Köln zu wissen, wer dieser geheimnisumwitterte Verkünder war. Ich gebe zu, nach Giacomos ganzem Versteckspiel genoss ich es in vollen Zügen, zur Abwechslung nun einmal den kleinen Italiener zu überraschen.

„Dann lass uns weiter keine Zeit verlieren!", forderte ich unseren Gefährten auf. „Führ uns so schnell wie möglich zum Edelherrn Wolfram von Eschenbach!"

Leng Phei Siang

Ich konnte mir ein schelmisches Grinsen nicht verkneifen, denn Fred hatte ja schließlich noch in Köln herausgefunden, wer der fränkische Ritter war. Zumindest glaubte er zu wissen, welches Epos dieser fahrende Sänger verfasst haben musste, in dem es wohl um jenen uns bis dahin unbekannten Ort „Montsalvat" ging. Leider war er nicht mehr dazu gekommen, mir gegenüber das Geheimnis zu lüften, denn im gleichen Augenblick waren unsere Verfolger aufgetaucht, und wir mussten Hals über Kopf unser Versteck verlassen. Ganz anders erging es dem armen Giacomo. Er wurde leichenblass und musste sich krampfhaft an der Mähne seines Pferdes festkrallen, sonst wäre er wohl glatt hinabgestürzt.

„Woher wisst Ihr…?", rief er erschrocken und brach ab.

„Was glaubst du wohl?", entgegnete Fred süffisant. „Weil wir…"

„Nein!", protestierte Giacomo sofort. „Erzählt mir nicht wieder, dass Ihr den Namen des Verkünders kennt, weil Ihr die Boten seid! Das könnt Ihr nicht wissen!"

Fred breitete seine Arme aus und betrachtete unseren Gefährten mit einer geradezu theatralisch aufgesetzten Unschuldsmiene:

„Woher sollte mir sein Name sonst bekannt sein?"

Giacomo schaute ihn fassungslos an.

„Niemand kann davon erfahren haben", behauptete er mit solcher Inbrunst, als ob er sich selbst überzeugen müsste. „Oder habe ich etwa im Schlaf geredet?"

„Vielleicht", führte ich an, um dem Ganzen ein Ende zu bereiten, bevor Fred in ernsthafte Erklärungsnot geriet. „Vielleicht haben wir aber auch auf der Isenburg erfahren, wer sich dort nach dem Schicksal der Pfalzgräfin Agnes erkundigt hat. Immerhin wussten wir ja, dass der fränkische Ritter zu ihren Begleitern gehörte."

Von einem Augenblick zum anderen wurde Freds Blick plötzlich starr. Zuerst dachte ich noch, mein ritterlicher Gemahl hätte bereits geistig abgeschaltet und wollte mir die Auseinandersetzung mit Giacomo allein überlassen, doch dann schlang er hastig das Seil, das uns mit den Packpferden verband, um seinen Sattelbaum.

„Wir müssen sofort verschwinden!", rief er uns zu. „Sie sind uns bereits auf den Fersen!"

Ich schaute mich überrascht um und entdeckte eine Reiterschar, die sich gerade anschickte, ebenfalls jene letzte Steigung zu überwinden, die sie noch von der höchsten Stelle trennte. Es gab keinen Zweifel. Diese Leute waren nicht zufällig hier. Sie mussten unseren Spuren gefolgt sein. Ich gab meinem Pferd die Sporen. Auch Giacomo und Fred stoben bereits davon.

„Diesmal sind es mehr als zwanzig!", resümierte Fred, als wir den nahen Waldrand erreicht hatten und kurz anhielten, um unseren weiteren Fluchtweg abzusprechen. Giacomo deutete nach vorn.

„Lasst uns zu der Mulde dort reiten", schlug er vor. „Von da ab folgen wir dann dem Bach, der uns hinunter ins Tal der Wied führen wird."

Fred nickte kurz, und wir trieben unsere Tiere an. Für Diskussionen war sowieso keine Zeit, denn die Kriegergruppe kam unaufhaltsam näher. Uns selbst hatte man wahrscheinlich noch nicht entdeckt, aber unsere Spuren waren auf jeden Fall so frisch, dass die fremden Reiter davon ausgehen konnten, uns bald einzuholen.

Das von Giacomo erwähnte Rinnsal erwies sich zum Verbergen unserer Spuren als durchaus brauchbar, denn es war steinig und breit genug, die Hufe unserer Pferde aufzunehmen, ohne dass alle paar Meter ein verräterischer Abdruck im Uferschlamm oder gar außerhalb des Bachbettes entstand. Zudem verwandelte sich das zuerst noch recht flache Gelände bald in ein enges, steilwandiges Kerbtal, das in mannigfachen Windungen zum Fluss Wied hinunterführte. Als es etwa in halber Höhe von einem ausgefurchten Karrenweg gekreuzt wurde, verließen Giacomo und ich mit den Packpferden den Bachlauf und folgten dem Pfad ein Stück weit am Hang des Hauptales entlang, während Fred allein zurückblieb, um zu beobachten, was unsere Verfolger weiter unternehmen würden.

Unterdessen hielten der kleine Italiener und ich nach einem Versteck Ausschau, das uns gegebenenfalls auch einen geeigneten Unterschlupf für die bevorstehende Nacht gewähren würde. Immerhin war es bereits später Nachmittag, und die bis dahin sengende Sonne war hinter hochaufgetürmten Wolkenbergen verschwunden. Vermutlich stand ein Gewitter oder gar ein Wetterumschwung bevor. Ich selbst sehnte nach der bisherigen ungewöhnlich langen trockenen Periode zwar nicht unbedingt den kommenden Regen herbei, doch dieser würde auf jeden Fall unsere Spuren verwischen.

Schließlich stießen wir beide auf eine verlassene Köhlerhütte. Das kegelförmige, mit Zweigen und Reisig bedeckte Gebilde stand ein kleines Stück abseits des Pfades am Rande eines kleinen künstlichen Plateaus, das zuvor den Meiler getragen hatte. Vom Karrenweg aus war die ehemalige Schlafstätte des schwarzen Mannes kaum auszumachen. Der Köhler selbst konnte erst vor wenigen Tagen weitergezogen sein, denn die Holzkohlenreste am Boden strahlten nach dem etwa zweiwöchigen Schwelbrand noch immer Wärme aus. Zumindest würden wir uns hier eine Zeit lang unterstellen können, denn das Turnierzelt getrauten wir uns angesichts unserer augenblicklichen Lage nicht aufzubauen.

Zwei Stunden später tauchte auch Fred wieder auf. Allerdings musste ich ihn erst durch einen Eulenschrei auf uns aufmerksam machen, sonst wäre er glatt vorbeigeritten. Mein ritterlicher Gemahl nickte anerkennend, als er lächelnd vom Pferd stieg.

„Ein gutes Versteck!", lobte er fröhlich unsere Umsicht. „Aber wahrscheinlich wäre so viel Vorsicht gar nicht nötig gewesen, denn unsere Verfolger haben offenbar aufgegeben."

„Wie, aufgegeben?", hakte ich verblüfft nach. „Du willst sagen, sie haben unsere Spur verloren, nicht wahr?"

„Das auch", räumte Fred ein. „Aber sie haben sich nicht einmal die Mühe gemacht, im Umkreis des Baches zu suchen. Dafür haben sie sich in kleine Gruppen aufgeteilt und sind in verschiedene Richtungen davongeritten."

„Maledetto!", fluchte Giacomo laut. „Ich habe es doch geahnt!"

„Was hast du geahnt?", fragte Fred überrascht. „Glaubst du etwa nicht, dass wir unsere Verfolger fürs Erste abgeschüttelt haben?"

„Natürlich nicht!", brummte der Venediger verdrießlich. „Was denkt Ihr wohl, Herr, warum man uns in Köln so schnell hat aufspüren können?"

„Nun ja, Abt Heribert wird alle Hebel in Bewegung gesetzt haben, um uns aufzuhalten", vermutete Fred arglos.

„Genau!", bestätigte der kleine Italiener lauernd. „Und was meint Ihr, wie er das wohl angestellt hat?"

„Er wird den Vertreter seines Vogtes auf der Isenburg gebeten haben, die Verfolgung zu organisieren", antwortete Fred bereitwillig. „Immerhin haben wir das wichtigste Zeugnis der Ketzer aus seinem Kloster gestohlen, ..."

„...welches auf keinen Fall zum Papst nach Rom gelangen darf!", ergänzte Giacomo bissig. „Das Bündel mit dem ‚Allerheiligsten' will Abt Heribert unter allen Umständen zurückerlangen. Also hat er nicht nur eine kleine Gruppe von Bewaffneten auf unsere Spur gesetzt, sondern dafür gesorgt, dass jeder Bischof, jeder Herzog, jeder Graf und jeder einfache Ritter im gesamten Reich, der nicht dem Aufruf seiner Heiligkeit zum Kreuzzug gegen meine Glaubensbrüder folgen konnte oder wollte, nun seine gute Christenseele unter Beweis stellen muss, indem er alles daran setzt, uns aufzuspüren und unschädlich zu machen."

„Wie sollte ein einfacher Abt das erreichen?", mischte ich mich ein. „Er kann nicht das ganze Reich auf uns hetzen."

„Oh doch, Prinzessin! Das kann er sehr wohl!", behauptete Giacomo vehement. „Zum einen steht Heribert einem der bedeutendsten Klöster des Landes vor, und zum anderen ist er vom Rang her jedem Bischof gleichgesetzt."

„Und wenn schon", hielt ich dagegen, „das mag ja in Köln so gelaufen sein, aber sein Arm reicht nicht bis hierher."

„Eben darin irrt Ihr, Prinzessin!", entgegnete Giacomo bestimmt. „Weil es für den Abt und die Kirche so wichtig ist, uns zu ergreifen, lässt Heribert die Nachricht vom Diebstahl des Bündels zu jeder Burg sowie in alle Klöster und Kirchen tragen, die seine Häscher erreichen können. Von denen schwärmen danach wiederum neue Gruppen von Verfolgern mit dem gleichen Ziel aus. Dadurch vermag er sein Anliegen bis in den hintersten Winkel des Reiches zu tragen. Und was Euer Gemahl beobachtet hat, beweist nur allzu gut, dass es sich genau so verhält."

„Dann wollten die Reiter, die bis zum Bach unseren Spuren gefolgt sind, nur keine Zeit mit einer aufwändigen Suche vergeuden", resümierte ich niedergeschlagen.

„Ich sehe, jetzt habt Ihr es verstanden", fuhr Giacomo eifrig fort. „Dafür werden in wenigen Stunden von allen Adelssitzen, Klöstern und Städten in der Umgebung weitere Häscher ausschwärmen, die nur ihre Augen aufhalten müssen, bis wir ihnen über den Weg laufen. Auf diese Weise können sie uns immer enger einkreisen, und irgendwann zieht sich dann die Schlinge zu."

Fred wurde blass.

„Viele Hunde sind des Hasen Tod", murmelte er.

„Ein wahrlich treffender Vergleich!", bestätigte Giacomo grimmig. „Deshalb müssen wir so schnell wie möglich einen Ort finden, an dem wir uns für eine Weile verstecken können, bis sich der erste Sturm gelegt hat."

Fred Hoppe

Fast schien es so, als ob sich auch die Natur auf die düsteren Prognosen unseres quirligen Italieners einstellen wollte, denn noch vor Einsetzen der Dämmerung brach ein heftiger Gewittersturm über uns herein. Bis weit nach Mitternacht regnete es in Strömen, und schon bald bahnten sich dicke Tropfen ihren Weg durch das Reisigdach unseres Unterstandes. Neben der zunehmenden Nässe wurde es außerdem unangenehm kühl, so dass wir uns zum Aufbruch entschlossen. Immerhin durften wir damit rechnen, dass wohl kaum einer der möglichen Häscher in diesem nächtlichen Unwetter nach uns Ausschau halten würde.

Zum Glück waren die Höhen und Täler des Westerwaldes auch in dieser Zeit schon recht großflächig mit Rodungen, Feldern und Ansiedlungen durchsetzt, so dass wir uns nicht ständig tastend durch das Dickicht bewegen mussten. Andernfalls wären wir wahrscheinlich längst nicht so gut vorangekommen, denn im ersten Licht des beginnenden Tages schimmerten bereits die Türme und Dächer von Limburg durch die wallenden Nebelschwaden. Direkt neben der imposanten halbrunden Festungsanlage mit ihren ungewöhnlich hoch aufsteigenden Mauern kündete ein ziemlich wuchtiger Kran mit dem für diese Epoche typischen Tretrad davon, dass man schon vor einiger Zeit mit dem Bau einer großen Kirche begonnen hatte.

Vor meinem geistigen Auge entstand sofort das Bild von jenem massigen spätromanischen Dom, der in der Gegenwart weithin das Bild der Landschaft prägen würde. Immerhin hatte sich dieser Eindruck bleibend in mein Gedächtnis eingeprägt, obwohl wir vielleicht nur ein einziges Mal auf der Autobahn nach Frankfurt hier vorbeigekommen sein konnten. Natürlich war von alledem jetzt noch nicht viel zu sehen. Trotzdem schweiften meine Gedanken weiter ab und wanderten fast wehmütig durch all die vielen Jahrhunderte in die ferne Zukunft, wo man sich sicher sorgen mochte, was Phei Siang, mir und unserer Tochter in diesem gefährlichen Zeitalter wohl alles widerfahren konnte.

„Denkt gar nicht erst daran, die Stadt zu betreten, Graf Winfred!", unterbrach Giacomo meine Überlegungen. „Ich sehe doch schon an Eurem sehnsuchtsvollen Blick, dass Ihr am liebsten dem Vogt des Grafen von Nassau Eure Aufwartung machen wollt, um eine Gelegenheit zu bekommen, Eure kostbaren Kleider zu trocknen. Aber auch der hat längst erfahren, dass wir die ärgsten Feinde der heiligen römischen Kirche sind."

„Du warst also schon einmal hier?", erkundigte sich Phei Siang. „Dann wirst du wohl auch wissen, wo wir den Fluss überqueren können, denn er scheint mir doch recht breit und tief zu sein."

„Das ist die Lahn, Prinzessin", antwortete der Venediger ein wenig irritiert. „Natürlich gibt es auch hier eine Furt, doch die wird gut bewacht. Wir umrunden die Stadt Limburg im Norden und erreichen ein Stück weit flussaufwärts unser Ziel Runkel."

„Wann hat man mit dem Bau der Kirche begonnen?", hakte ich nach.

„Das war vor drei Jahren, als ich im Auftrag des Verkünders zum ersten Mal nach Sachsen reiste, um Euch zu suchen."

„Aber damals war doch noch Krieg", warf Phei Siang ein. „Hieß es nicht, dass wir erst nach dessen Beendigung auftauchen würden?"

„Oh ja, Prinzessin", stimmte Giacomo zu. „Aber vor drei Jahren sah es so aus, als wäre König Otto so gut wie geschlagen. Seine Geldquellen waren versiegt, und fast alle wichtigen Getreuen hatten ihn bereits verlassen. Doch dann kam alles ganz anders."

Leng Phei Siang

Ich gebe zu, trotz all der widrigen Umstände war ich sehr gespannt auf jenen ominösen Ort Runkel. Eine ganze Stadt voller Anhänger der heimlichen Kirche – wie sollte so etwas in diesen Zeiten des vom Papst geschürten Hasses gegen Häretiker und Andersgläubige möglich sein? Sicher keinesfalls ohne eine wenigstens stillschweigende Duldung ihrer Grund- und Landesherren. Wenn aber diese auch nur ansatzweise in den Verdacht gerieten, einer Glaubensgemeinschaft nahe zu stehen, die seine Heiligkeit mit einem gnadenlosen Kreuzzug auszurotten trachtete, müssten sie schließlich selbst mit Verfolgung und Aberkennung ihrer Lehen rechnen. Also, entweder hatte Giacomo mit seiner Behauptung maßlos übertrieben, oder die radikale Volkskirche mit ihren strikten Ansichten über die Bosheit der diesseitigen Welt hatte selbst nördlich der Alpen schon weitaus mächtigere Verbündete gewonnen, als man im fernen Rom ahnen konnte. Wie auch immer es sein mochte, wir sollten keine Gelegenheit bekommen, mehr darüber zu erfahren.

Doch davon ahnten wir noch nichts, als wir uns auf dem ausgetretenen Pfad am nördlichen Ufer der Lahn unserem Ziel näherten. Inzwischen hatte ein leichter, aber dauerhafter und so allmählich die Kleidung nun vollends durchdringender Landregen eingesetzt, der immer stärker den Boden aufzuweichen begann. Auf der gegenüberliegenden Seite des Flusses schälten sich aus dem wolkenverhangenen grauen Einerlei des noch jungen Tages bereits die Konturen der Burg heraus, zu deren Fuß sich die Häuser des Ortes Runkel an den Hang schmiegten.

„Wir sind bald da!", behauptete Giacomo zuversichtlich. „Dann können wir endlich unsere Kleider trocknen."

Gleichzeitig trieben wir unsere Pferde zur Eile an, denn die Aussicht auf ein paar Stunden Ruhe und vielleicht ein richtiges Bett versetzte uns offenbar alle gemeinsam in eine Art erwartungsfrohe Stimmung.

In diesem Augenblick flatterte etwa zwanzig Schritte vor uns ein Waldkauz aus dem Gebüsch am Wegesrand. Im ersten Moment fragte ich mich noch, ob wohl der lästige Regen den sonst doch eigentlich nachtaktiven Raubvogel aus seiner Deckung getrieben haben mochte, doch dann sickerte endlich die Erkenntnis über die lauernde Gefahr in meine trägen Gedanken.

„Fred, ting!" (Halt), rief ich voller Panik. „Dschè shi yi Tjantao!" (das ist eine Falle).

Fred Hoppe

Ich vernahm Phei Siangs gellenden Ruf und riss die Zügel meines Pferdes herum. Während mein Streitross ob der groben Behandlung laut wieherte und stieg, zischte direkt an meiner Nase ein Pfeil vorbei. Giacomo, der natürlich Siangs Warnung nicht verstanden hatte, ritt noch ein paar Meter weiter und wurde von einem weiteren Pfeil an der Schulter getroffen. Zum Glück konnte er sich trotzdem im Sattel halten, und er brachte sogar sein Pferd zum Stehen.

Derweil stülpte ich mir hastig den Topfhelm über den Kopf und riss meinen Schild hoch. Siang war längst abgesprungen und schnitt in Windeseile das Seil durch, das mich mit den Packpferden verband. Danach trieb sie diese samt ihrem eigenen Reittier seitlich in das Gebüsch, wobei sie stets darauf achtete, die Pferde als Deckung zu benutzen. Ich rief Giacomo zu, ihr zu folgen, doch der Italiener war kraftlos auf den Sattelknauf gesunken und rührte sich nicht.

In diesem Augenblick trat ein vollausgerüsteter Ritter im Panzerhemd auf den Pfad. Offensichtlich war er der Anführer jener Leute, die uns so feige aus dem Hinterhalt heraus nach dem Leben trachteten.

„Besser, Ihr ergebt Euch, Ketzer, sonst lasse ich Euch gleich von meinen Bogenschützen erledigen!", brüllte mir der Ritter zu.

Seine Stimme triefte geradezu vor lauter Hohn und zur Schau getragener Überheblichkeit. Er schien sich seiner Sache vollkommen sicher zu sein. Aber so leicht würden wir uns nicht geschlagen geben.

Mit einem Seitenblick vergewisserte ich mich, dass Phei Siang mit den Pferden zwischen den Sträuchern verschwunden war. Fieberhaft versuchte ich zu schätzen, wie lange ich dazu benötigen würde, die Zügel von Giacomos Pferd zu ergreifen und mit diesem im Schlepptau nach vorn durchzubrechen. Viel zu lange, stellte ich enttäuscht und ernüchtert fest.

„Was ist?", ertönte die arrogante Stimme unseres Gegners wieder. „Übergebt mir das Bündel, dann lasse ich Euch und Eure Brut vielleicht laufen! Aber pfeift die fremdhäutige Katze zurück!"

Das könnte dir so passen, dachte ich verbissen. Siang würde sich bestimmt nicht untätig in den Büschen verbergen, sondern den feigen Bogenschützen die Hölle heiß machen. Ich musste nur etwas Zeit gewinnen.

„Ich weiß nicht, was Ihr von uns wollt, Ritter!", rief ich ihm entgegen. „Wir sind nur harmlose Reisende und wissen nichts über jenes Bündel, von dem Ihr da sprecht. Aber wenn Ihr einen ehrenvollen Kampf wollt, so mögt Ihr ihn haben. Doch dafür müsst Ihr schon Euren Leuten befehlen, hervorzutreten und ihre Waffen niederzulegen."

„Den Teufel werde ich tun!", schallte es wütend zurück.

Wie zur Bestätigung dieser ablehnenden Haltung traten weitere Bewaffnete in Kettenhemden zu dem fremden Ritter, während hinter Giacomo und mir eine Gruppe Söldner aufzog, um uns den Rückweg zu versperren. Langsam wurde es tatsächlich brenzlig.

In diesem Augenblick tauchte urplötzlich ein gepanzerter Reiter auf, der in vollem Galopp auf unsere Gegner zupreschte. Der arrogante Ritter schien verunsichert zu sein und nicht mit dem Neuankömmling gerechnet zu haben. Verwundert wanderten seine Blicke zwischen dem sich schnell nähernden Reiter und mir hin und her. Die versteckten Bogenschützen zögerten. Offenbar wussten auch sie nicht, wie sie nun auf die veränderte Situation reagieren sollten. Dann raschelte es auf einmal verdächtig in den Büschen am Wegesrand; es folgte ein dumpfer Schlag, und im nächsten Moment stürzte einer der Schützen aus seiner Deckung ins Gras.

Das war Phei Siang, durchfuhr es mich mit grimmiger Freude. Jetzt war es Zeit zu handeln!

Ich hielt den Schild vor meine linke Seite und gab meinem Pferd die Sporen. Gleichzeitig ließ ich für einen winzigen Moment die Zügel fahren und griff stattdessen mit der rechten Hand nach Giacomos Zaumzeug. Glücklicherweise setzte sich dessen Tier sofort in Bewegung, so dass der erwartete Ruck ausblieb. Ich hatte mich zwar darauf vorbereitet, und doch hätte er mich leicht aus dem Sattel reißen können. Gemeinsam preschten wir auf den arroganten Ritter zu.

Mein Gegner zog überrascht sein Schwert. Doch in diesem Moment war der fremde Reiter bereits bei ihm und den anderen Gepanzerten angekommen. Ohne Vorwarnung sauste dessen Morgenstern auf sie herab. Der arrogante Ritter sprang im letzten Moment beiseite, und ich galoppierte mit Giacomos Pferd im Schlepptau an ihm vorbei.

Erst jetzt geriet die Gruppe der verdutzten Söldner in Bewegung, doch es war zu spät. Der fremde Reiter im Panzerhemd ließ sein Pferd steigen und wenden. Noch einmal sauste die gezackte Eisenkugel seines Morgensterns auf die Brünne eines unserer gemeinsamen Gegner nieder und ließ einen weiteren Begleiter des arroganten Ritters in die Knie gehen. Dann preschte unser unverhoffter Helfer in gestrecktem Galopp hinter Giacomo und mir her. Als ob sie nur darauf gewartet hätte, brach Phei Siang mit den Packpferden aus dem Gebüsch und gesellte sich zu uns. Gemeinsam flohen wir weiter in Richtung auf die nahe Furt.

Als wir nur wenige Minuten später den seichten Übergang erreichten, schüttelte der fremde Reiter nur vehement den Kopf und wies energisch nach vorn. Ohne auch nur einen Moment lang zu zögern, folgten wir ihm stillschweigend weiter flussaufwärts.

Unterdessen hatte ich genügend Zeit, unseren unbekannten Retter genauer zu betrachten. Seinen klobigen Topfhelm krönte ein voluminöses hölzernes Zimier, das wie die Abbildung eines Krugs aussah, aus dem in stilisierter Form fünf Blumen herausragten. Über dem Kettenhemd trug er einen der Länge nach in Blau und Weiß gehaltenen leinenen Waffenrock, auf dessen Oberteil ein geteiltes Wappen prangte, das oben einen halben schwarzen Adler aufwies und im unteren Bereich drei blaue Rosen zeigte. Der tropfenförmige Schild am Sattelbaum seines Pferdes dagegen wiederholte das Zeichen mit dem Krug und den Blumen. Obwohl ich natürlich bereits ahnte, wen wir da vor uns hatten, konnte ich mir auf die so unterschiedlichen Wappen keinen Reim machen.

Inzwischen hatten wir alle unsere Pferde in ein weniger anstrengendes Schritttempo zurückfallen lassen, doch unser neuer Begleiter schien noch immer nicht gewillt zu sein, eine Pause einzulegen und sich vorzustellen, geschweige denn, jenen klobigen Topfhelm abzunehmen. Daher sprach ich ihn kurzerhand darauf an:

„Meine Gemahlin und ich sind Euch sehr zu Dank verpflichtet, Herr von Eschenbach, aber unser italienischer Gefährte ist verletzt und benötigt sicher Hilfe."

Tatsächlich hielt der Angesprochene daraufhin sofort sein Pferd an und schaute sich überrascht um.

„Ihr wisst, wer ich bin?", fragte er verblüfft. „Wie kann das sein?"

Leng Phei Siang

Ich konnte nicht umhin, im flackernden Schein des Lagerfeuers das Erscheinungsbild des fremden Ritters, der im Augenblick höchster Gefahr so plötzlich aus dem Nichts aufgetaucht war und uns geholfen hatte, den Häschern zu entkommen, mit einer gewissen Scheu zu betrachten. Immerhin schien sich hinter der zum äußersten entschlossenen kriegerischen Fassade unseres Gegenübers ein im höchsten Grade nachdenklicher und empfindsamer Mensch zu verbergen.

Nach Freds überraschender Eröffnung hatte sich unser neuer Bekannter erstaunlich schnell gefasst und fast entschuldigend behauptet, dass die Verfolger im Auftrage des Grafen von Nassau und des Erzbischofs von Trier gehandelt hätten und sicher nicht so schnell aufgeben würden, weil man ihnen für unsere Ergreifung eine hohe Belohnung versprochen habe. Daher sei es ratsam, zunächst ein Versteck zu finden, in dem wir dann in Ruhe alle nötigen Dinge besprechen könnten.

Daraufhin hatten wir den armen Giacomo lediglich notdürftig verbunden und zu Fred aufs Pferd verfrachtet. Dann waren wir wieder aufgebrochen und hatten die Lahn an einer anderen Stelle überquert, um in südlicher Richtung weiterzuziehen. Endlich gegen Abend hatten wir in den immer dichter werdenden Wäldern des Taunus unter einem Felsüberhang eine Art Grotte gefunden, wo wir lagern konnten, ohne Gefahr zu laufen, entdeckt zu werden. Mit Freds Hilfe war es mir schließlich sogar gelungen, den Pfeil aus Giacomos Wunde zu entfernen. Allerdings hatte sich dabei herausgestellt, dass wohl sein Schlüsselbein gebrochen war. Der arme Kerl musste wahnsinnige Schmerzen haben und benötigte dringend Ruhe. Doch genau die würde er wahrscheinlich in den nächsten Tagen nicht bekommen können. Das war der Moment, in dem mir zum ersten Mal auffiel, wie sehr unserem neuen Begleiter Giacomos Schicksal zu schaffen machte.

„Es ist vor allem meine Schuld, dass Euer Gefährte in diese bedauernswerte Lage geraten ist", merkte der in meinen Augen bis dahin so selbstbeherrscht und konsequent auftretende Krieger sichtlich bewegt an. „Ich war es nämlich, der ihm den gefährlichen Auftrag erteilt hat, Euch zu finden."

„Ihr habt damals den Tross der Pfalzgräfin Agnes durch die sächsischen Wälder begleitet, nicht wahr?", entgegnete Fred unvermittelt und erntete dafür abermals einen erstaunten Blick des fremden Ritters.

„Später habt Ihr von dem zwergenhaften weisen Mann, der sich Oban nannte, erfahren, dass eines Tages die ‚Boten' erscheinen würden", fuhr Fred fort. „Diese sollten das ‚Allerheiligste' der Katharer finden und an einen Ort bringen, der Montsalvat genannt wird."

Der Edelherr von Eschenbach nickte versonnen.

„Ich bin nach dem Überfall auf unseren Tross zuerst lange durch die Wälder geirrt, ohne eine Spur der Pfalzgräfin und ihres Gemahls zu finden", berichtete er wie abwesend. „Endlich kam ich zu einer Burg hoch über dem Fluss Ruhr, und dort traf ich dann auf den Hüter des Berges, den man zusammen mit seinem jungen Schützling ins Verlies geworfen hatte. Er berichtete mir von dem Bündel, das die Wahrheit über Gott und die Welt enthalten würde... Und von jenem Priester der Katharer, der es heimbringen wollte in das Land Okzitanien, wo alle Menschen, Edle und Arme, Frauen und Männer sowie Andersgläubige die gleichen Rechte hätten... Ja, es stimmt: und auch von den Boten, die eines Tages durch das Tor der Zeit an den Sandsteinfelsen treten sollten, die man die Externsteine nennt..."

„... sowie vom Montsalvat, den Bestimmungsort des Bündels", wiederholte Fred lauernd.

„Ihr sagt es!", bestätigte der Edelherr von Eschenbach mit dem Anflug eines Lächelns.

„Was habt Ihr danach mit diesem Wissen gemacht?", forschte Fred weiter. „Ich vermute, Ihr seid nach Okzitanien aufgebrochen und habt jenen Mann namens Kyot gesucht? Habt Ihr ihn gefunden?"

„Auch das ist richtig", antwortete der Herr von Eschenbach ein wenig zögernd. „Kyot ist ein ‚Vollkommener', wie sie ihre Priester nennen, und er ist mit mir zu dem Ort gereist, der einst die Heimstatt des ‚Allerheiligsten' sein soll. Es ist ein hoher Berg namens Pog."

„Dann seid Ihr also tatsächlich in der Lage, uns den Weg dorthin zu beschreiben", folgerte Fred aufgeregt. „Denn falls wir diesen Kyot nicht finden oder er nicht mehr lebt, würden wir sonst niemals unsere Aufgabe erfüllen können."

„Aus diesem Grund habe ich Euch schließlich suchen lassen", eröffnete ihm der Edelherr von Eschenbach. „Allerdings muss ich zunächst Gewissheit haben, ob Ihr auch wirklich die angekündigten Boten seid."

Fred und ich schauten uns erschrocken an.

„Was lässt Euch daran zweifeln?", erkundigte ich mich erstaunt. „Wir sind im Besitz des Bündels, und unser gemeinsamer Gefährte Giacomo hier, wird Euch sicher bestätigen, dass wir es sind, die den Auftrag haben, das ‚Allerheiligste' zum Montsalvat zu bringen."

Der Edelherr von Eschenbach wirkte direkt ein wenig verlegen.

„Es ist die Weissagung selbst, die mich verunsichert", beteuerte er zu unserer Überraschung. „Seht, zum einen sprach der Alte vom Berg zwar davon, dass ein englischer Kreuzritter und seine Gemahlin aus dem Morgenland durch das Tor schreiten würden. Zum anderen…"

„Das können wir erklären", unterbrach ihn Fred spontan. „Wir haben die Katharer an den Externsteinen gebeten, das Wappen des Vaters meiner Gemahlin auf meinen Waffenrock zu nähen, weil ein Kreuzfahrer in diesen Zeiten zu sehr auffallen würde."

„Das ist es nicht!", betonte der Ritter von Eschenbach. „Auch störe ich mich nicht daran, dass Eure Gemahlin wohl eher aus den Steppen des Ostens als aus dem Morgenland kommt. Aber der Alte verkündete ausdrücklich, dass ein weißhäutiger Ritter und sein dunkelhäutiger Halbbruder aus dem Lande der Sarazenen den unvergleichlichen Schatz der letzten Wahrheit beschützend in ihren Händen halten und auf den Montsalvat bringen würden."

„Dieses letzte Rätsel werden wir wohl nicht lösen können", entgegnete Fred bedauernd. „Ich hoffe aber, dass wir Euch noch von unserer Aufrichtigkeit überzeugen können. Andernfalls würde es für uns sehr schwierig, wenn nicht gar unmöglich sein, den richtigen Weg zu diesem Berg namens Pog zu finden."

„Das Gleiche hoffe ich auch", erwiderte der Edelherr von Eschenbach ohne Umschweife. „Gelegenheit dazu werdet Ihr bestimmt genug haben, denn Euer Gefährte Giacomo muss erst genesen. Er würde die weite Reise nach Okzitanien sonst nicht überleben. Daher werde ich Euch zur Burg meines jungen Freundes Konrad von Dürn geleiten. Es ist der einzige Ort, an dem Ihr augenblicklich mit dem Bündel sicher seid."

Fred Hoppe

Wir benötigten drei weitere Tage, um in der Nähe der Stadt Aschaffenburg in aller Heimlichkeit den Main zu überqueren, immer auf der Hut vor möglichen weiteren Verfolgern, die darauf aus waren, uns das Bündel mit dem „Allerheiligsten" der Katharer abzujagen. Wir hatten aus Vorsicht bereits die Reichsstadt Frankfurt in größerer Entfernung umrundet und uns stets in den umliegenden Wäldern aufgehalten. Da wir uns mittlerweile in einem Gebiet bewegten, das dem Erzbischof von Mainz direkt unterstellt war, mussten wir besonders vorsichtig sein. Immerhin würde auch dieser der römischen Kirche treu ergebene Metropolit nichts unversucht lassen, unsere kleine Gruppe aufzuspüren. Selbstverständlich hatte auch er sicherlich ein ureigenes Interesse daran, unter allen Umständen zu verhindern, dass jenes Bündel mit den Schriften der gefährlichen Ketzer aus dem Reich herausgeschmuggelt werden könnte.

Ich gebe zu, Siang und ich hatten die Brisanz und den religiösen Sprengstoff, den dieses unscheinbare, in meinem Mantel eingewickelte kleine Paket nun einmal darstellte, völlig unterschätzt. Denn praktisch waren wir nach dessen dreisten Diebstahl aus dem Werdener Kloster für die gesamte herrschende Schicht des Landes zu Vogelfreien geworden, und jeder, der uns half oder gar Unterkunft gewährte, setzte sich der Gefahr aus, selbst als Verräter abgestempelt zu werden.

In diesem Zusammenhang fand ich es von unserem neuen Begleiter und Beschützer äußerst gewagt, uns seinem jungen Freund quasi wie ein Kuckucksei ins Nest zu legen. Aber wir hatten keine Wahl. Eigentlich hätte Giacomo schon gleich nach seiner Verwundung keinen einzigen Schritt mehr reiten dürfen; doch das war schließlich auch unseren Gegnern bekannt, die uns vor Runkel aufgelauert hatten. Natürlich war davon auszugehen, dass diese Leute die nähere Umgebung am Oberlauf der Lahn eingehend unter die Lupe genommen hatten, und ich dachte mit Schrecken daran, wie sehr die dort lebenden Bauern darunter gelitten haben mochten. Dafür musste nun unser verletzter Gefährte auch noch die anstrengende Reise bis in den Odenwald überstehen.

Normalerweise hätten Siang und ich für ihn wenigstens ein Travois als Liege gebaut, die dann von seinem Pferd hätte gezogen werden können, doch damit wären wir schon von Weitem aufgefallen. So aber bestand die einzige Erleichterung, die wir Giacomo zubilligen durften, aus dem Umstand, dass er vor mir im Sattel saß. Wie viel der Ärmste allerdings selbst davon mitbekam, war ungewiss, denn die meiste Zeit über befand er sich in einer Art Delirium und musste von mir festgehalten werden. Unterdessen hatte Phei Siang ihn mit Penicillin- und Schmerztabletten aus unseren Vorräten vollgestopft, damit zumindest die Hoffnung bestand, dass er nicht an einer Infektion oder vor Entkräftung sterben würde, bevor wir die Burg des Edelherrn von Dürn erreichen konnten.

Wenn ich den Ritter von Eschenbach richtig verstanden hatte, dann war jener Konrad von Dürn gerade mal 16 Jahre alt und so etwas wie sein Mündel, das zu beschützen er vor fünf Sommern seinem alten Freund Ulrich von Dürn an dessen Sterbebett versprochen hatte. In gut einem Monat sollte der nun dem Knabenalter entwachsene Jüngling zum Ritter geschlagen werden. Aus diesem Grunde hatte unser fahrender Sänger auch bei seinem eigenen Dienstherren, dem Grafen Boppo von Wertheim, „Urloub" genommen, wie er es in seiner höfisch korrekten mittelhochdeutschen Sprache ausdrückte. Demzufolge weilte der Ritter und Sänger wohl selbst zurzeit auf der Burg seines jugendlichen Freundes und arbeitete „an ienem grozen werke, daz si wegeschin für min ganzes Leben", also offensichtlich an jenem einen großen Buch, das seinem Leben Erleuchtung bringen sollte.

Ich hatte nicht weiter nachgefragt, obwohl ich zu wissen glaubte, um welch entscheidendes Werk es sich dabei handeln mochte. Vielmehr versuchte ich mir das Ausmaß des Gewissenskonfliktes vorzustellen, in dem sich dieser ritterlich erzogene Dichter befinden musste. Seinem äußeren Erscheinungsbild nach musste der Edelherr von Eschenbach zwischen 40 und 45 Jahre alt sein und sich bestimmt in gewissen hochadeligen Kreisen bereits einen Namen als fahrender Sänger gemacht haben. Ob er dabei auch seinem berühmten Zeitgenossen Walther gleichkam, konnte ich nicht beurteilen, doch auf jeden Fall unterschieden sich die beiden grundsätzlich voneinander. Phei Siang und ich hatten Walther von der Vogelweide als einen Mann kennengelernt, der sich durch und durch seiner Dichtung verschrieben hatte. Demzufolge waren dessen ritterliche Fähigkeiten höflich gesprochen bei Weitem nicht so ausgeprägt, wie es seinem Stand und dessen martialischen Anforderungen entsprochen hätte. Demgegenüber war uns der Herr von Eschenbach zunächst als vollausgebildeter und kampferprobter Krieger erschienen, der mir bei einer handfesten Auseinandersetzung mit dem Schwert das Leben mit ziemlicher Sicherheit schwer gemacht hätte. Wenn ein in der Tradition seines Standes verhafteter Mensch sich nun in dichterischer Hinsicht so intensiv mit der eigenen Rechtfertigung gegenüber dem christlichen Weltbild beschäftigte, musste er zwangsläufig am Sinn seines Lebens zweifeln.

Seltsamerweise hatte unser neuer Begleiter es rundheraus abgelehnt, das Bündel mit dem sogenannten „Allerheiligsten", um dessentwillen wir uns schließlich alle in Lebensgefahr gebracht hatten, überhaupt anzuschauen, geschweige denn zu versuchen, darin zu lesen, um jener viel beschworenen letzten Wahrheit auf den Grund zu gehen. Aber vielleicht, so dachte ich, fürchtete er sich einfach davor, auf eine Lösung des Mysteriums um Christus und den rechten Glauben zu stoßen, die sein ins Wanken geratenes Weltbild von der geregelten mittelalterlichen Ordnung endgültig zum Einsturz gebracht hätte.

Dass ich mit alledem gar nicht mal so falsch lag, bestätigte mir kurz darauf sein burschikoser Kommentar, als ich ihn fragte, ob er denn selbst der Gemeinschaft der guten Christen nahestehe:

„Ich bin kein Anhänger der Katharer, falls Ihr das meinen solltet, Winfred!", betonte der Edelherr von Eschenbach vehement, um danach gleich milder gestimmt anzufügen: „Aber ich achte deren Glauben an die Liebe als einzig möglichen Weg, der unsere unsterbliche Seele zurück zum Licht führen kann."

„Seht Ihr, das ist schon sehr verwunderlich", antwortete ich mit einem hintergründigen Lächeln. „Auch ich bin kein Katharer, und meine Gemahlin aus dem Reich der Mitte betet nicht zu unserem Gott, sondern zu ihren Ahnen. So ganz sicher bin ich mir nicht einmal bei unserem verwundeten Freund Giacomo, der als Lombarde durch die Welt reist und zumindest auch dem Gelde huldigt. Und doch riskieren wir alle unser Leben, um das ‚Allerheiligste' einer verfolgten und uns ach so wesensfremden Gemeinschaft sicher aus dem Lande zu bringen."

„Bitte erspart mir Euren Spott, Winfred", erwiderte der Herr von Eschenbach ernst. „Ich weiß schon, dass Ihr erfahren wollt, warum ich den Priester Kyot aufgesucht habe und so sehr darauf bedacht bin, Euch zu helfen, den richtigen Weg zum Montsalvat zu finden. Nehmt einfach an, dass ich ein ewig Suchender nach der Wahrheit bin!"

Leng Phei Siang, Anfang Juni 1209

Die aufgehende Sonne warf einen hellen Lichtstreifen durch die schmalen Fensterbacken unseres kleinen Zimmers im Palas der Wildenburg und malte einen länglichen gelben Fleck auf Freds Wehrgehänge an der gegenüberliegenden Wand. Ich räkelte mich behaglich auf dem altehrwürdigen Vierpfostenbett und genoss die wohltuende Ruhe zu dieser frühen Stunde des beginnenden Tages, bis die ersten emsigen Vögel in den umliegenden Wäldern zu ihrem morgendlichen Konzert anhoben. Als sich zu dem redseligen Gezwitscher noch der penetrante, durchdringend laute Ruf eines Kuckucks gesellte, hielt mich endgültig nichts mehr auf unserer Schlafstatt, und ich stand auf.

Während ich durch die enge Fensteröffnung blickte, strich ich mir gedankenverloren das wirre Haar aus der Stirn. Tief unterhalb der dicken Burgmauern und des kahl geschlagenen Bergsporns murmelte der Mudbach in seinem noch dunklen Tal dahin. Nichts an dieser so friedlich schönen Umgebung erinnerte auch nur im Entferntesten daran, dass wir uns in einer äußerst gefährlichen Epoche befanden, in der gerade ein grausamer Vernichtungsfeldzug gegen die Anhänger einer christlichen Glaubensgemeinschaft begonnen hatte, die eigentlich nur Bescheidenheit und Demut predigte. Doch damit nicht genug: Ausgerechnet Fred und ich waren im Zuge dieser Auseinandersetzung von den Mächtigen des Landes zum Staatsfeind Nr. 1 erklärt worden, weil man uns dazu ausersehen hatte, den bedrängten Katharern die Urschrift ihres Evangeliums zurückzubringen.

Wo immer man uns erkannte, würden wir zum Freiwild für alle Glücksritter werden, die sich von unserer Ergreifung eine zweifelhafte Belohnung versprachen. Außer hier auf der Wildenburg, fern ab von allen Verkehrs- und Nachrichtenwegen, waren wir nirgendwo mehr unseres Lebens sicher. Unwillkürlich fragte ich mich, was wohl mit uns geschehen würde, wenn der junge Edelherr Konrad von Dürn, sein Bruder Ulrich oder deren Mutter Luitgard von Hohenlohe erfahren sollten, wer die unverhofften Gäste ihres treuen Freundes Wolfram wirklich waren.

Bislang schienen sie allen den Beteuerungen des Edelherrn von Eschenbach zu glauben, wir seien auf der Reise in die englische Heimat meines Gemahls, des Grafen Winfred von Rotherham, von Wegelagerern überfallen worden, und der fahrende Ritter habe uns beigestanden. Da unser italienischer Begleiter bei dem Händel schwer verletzt worden war, hatte es durchaus nahegelegen, dass uns der Ritter von Eschenbach zur Burg seiner Freunde mitnahm, wo sich der Venediger bis zu seiner Gesundung erholen konnte. Aber wie würden sich die Dinge entwickeln, wenn am Ende des Monats Wolframs Lehnsherr mit seinem Gefolge erscheinen sollte, um den jungen Konrad zum Ritter zu schlagen? Was, wenn Graf Boppo von Wertheim dann die Kunde von dem gefährlichen Klosterdieb und seiner fremdhäutigen schlitzäugigen Katze mit den langen schwarzen Haaren, die jene verdammungswürdige Ketzerschrift heimlich außer Landes schmuggeln wollten, auf die entlegene Wildenburg brachte? Wie sicher waren wir wohl dann noch innerhalb der dicken Mauern dieser fast uneinnehmbaren Festung mit gleich zwei Halsgräben, die jeden angriffslustigen Feind abweisen sollten? Die Aussicht, dass Giacomo bis dahin genesen sein würde, war sicher denkbar gering. Aber wer wusste schon, was alles innerhalb eines Monats geschehen konnte? Immerhin hatten wir noch jede Menge Zeit, uns von den bisherigen Strapazen zu erholen.

Wie nötig dies war, hatten wir gleich nach unserer Ankunft auf der Wildenburg vor zwei Tagen festgestellt. Auf den letzten etwa 50 Kilometern, die uns zunächst am Main entlang bis kurz vor Miltenberg und danach durch ein Seitental bis hinter Amorbach und an der dortigen Abtei vorbei den Mudbach aufwärts bis unter den Burgberg geführt hatten, waren wir vom Dauerregen völlig durchnässt sowie bis auf die Haut aufgeweicht worden. Zudem hatte sich der quälende Hunger dermaßen auf unsere Kondition ausgewirkt, dass Fred und ich noch beim Durchschreiten des Torturmes im Zwinger kraftlos in unseren Sätteln zusammengesunken waren, so dass uns die Wachen von den Pferden heben mussten. Danach war mir der knochenharte Untergrund des Holzbodens in unserem Bett, der lediglich von ein paar eilig aufgelegten Schafsfellen gemildert wurde, wie ein Paradies auf Daunen erschienen. Welche Erleichterung Giacomo empfunden haben mochte, nachdem man ihn zu seinem Krankenlager gebracht hatte, konnte ich nicht einmal ansatzweise erahnen.

In der Tat waren Fred und ich zum letzten Mal auf einem Herrensitz gewesen, als wir vor mehr als einem halben Jahr Ritter Heinrich von Volmarstein für ein paar Tage Gesellschaft geleistet hatten. Umso mehr genossen wir es nun, sowohl die relative Sicherheit als auch die Annehmlichkeiten einer Burg in Anspruch nehmen zu dürfen, auch wenn die Wohnverhältnisse verglichen mit modernen Bauten als ziemlich primitiv gelten mussten.

Am Abend unserer Ankunft hatte Wolfram uns dann im großen Saal des Palas, der im ersten Stock des Gebäudes lag, das auch Freds und mein Zimmer beherbergte, unseren freundlichen Gastgebern vorgestellt, wobei er peinlich genau darauf zu achten schien, dass der Burgherrin Luitgard die meisten Schmeicheleien zufielen. Mit dem jungen Konrad hingegen verband ihn offenbar ein ausgeprägtes Vater-Sohn-Verhältnis. Zu weiteren eingehenderen Beobachtungen war ich nicht mehr gekommen, denn gleich, nachdem ich den Duft von gebratenen Hühnern gerochen hatte, war mir fürchterlich schlecht geworden. Ich hatte nicht einmal mehr die Zeit gefunden, mich zu entschuldigen, und war eiligst aus dem Saal gestürzt und die Treppe hinuntergelaufen, um zu einem jener Erker zu gelangen, die einen Abtritt beherbergten. Trotz der Ungemach war ich jedoch recht froh gestimmt, denn schließlich bewies meine augenblickliche Unpässlichkeit nur, dass ich tatsächlich schwanger war und ich das neue Leben in mir während der Anstrengungen der letzten Tage nicht verloren hatte.

Natürlich hatte Fred unterdessen sowohl unseren Gastgebern als auch Wolfram freudig erklärt, worin wahrscheinlich die Ursache meines plötzlichen Aufbruchs begründet lag, denn als ich wenig später beschämt zurückkehrte, wurde ich sogleich mit Glückwünschen überhäuft. Später war ich praktisch nicht mehr dazu gekommen, mit meinem Gemahl über sein loses Mundwerk zu reden, denn am Morgen danach fand ich mich allein auf unserer Schlafstatt wieder. Es war der erste schöne Tag nach der längeren Regenperiode gewesen, und so war die gesamte männliche Adelsgesellschaft schon früh zu einem Jagdausflug in die umliegenden Wälder aufgebrochen. Dafür hatte mich Luitgard von Hohenlohe gleich nach dem Frühstück in Beschlag genommen und mich durch die gesamte Burganlage geführt. Auf diese Weise erfuhr ich dann unter anderem auch, dass die Wildenburg noch verhältnismäßig jung war, denn Konrads Großvater Ruprecht hatte sie erst etwa zwanzig Jahre zuvor errichten lassen. Daher wunderte es mich kaum, dass sie in ihrem Grundriss der Isenburg recht ähnlich war. Auch hier hatte man den Bergfried praktisch direkt an die bergseitige Schildmauer gebaut. Allerdings fügten sich bei der Wildenburg daran gleich drei von Mauern umschlossene Innenhöfe an. Den Abschluss bildete dann der Palas auf der Nordseite des Bergsporns.

Wie zu erwarten gewesen war, blieb es natürlich nicht bei der formellen Führung, sondern Luitgard trachtete danach, auch möglichst viel über mich und meinen Gemahl zu erfahren. Allein dafür hätte ich Fred würgen können, denn so war ich gezwungen der arglosen Burgherrin die dicksten Lügen praktisch ohne Rückendeckung aufzutischen. Also hielt ich mich so gut es eben ging an das, was Fred und ich uns für einen solchen Fall ausgedacht hatten: Ich war die Tochter eines Mongolenfürsten, in dessen Dienste ein englischer Ritter getreten war, der eines Tages um mich freite, und nach der Hochzeit waren wir gemeinsam nach seiner Heimat aufgebrochen, bis uns der Überfall der Wegelagerer mit dem Edelherrn von Eschenbach zusammenführte... Ich konnte die erfundene Geschichte selbst kaum noch hören.

Danach musste ich ihr erklären, was das Zeichen auf Freds Waffenrock bedeutete, wie die Mongolen in der weiten Steppe lebten, woran mein angebliches Volk glaubte und so weiter und so weiter...

„Unser Freund Wolfram ist sehr klug und ein überaus gottesfürchtiger Mann", unterbrach Luitgard meinen Sermon. „Er forscht seit Jahren nach der letzten Wahrheit und schreibt unermüdlich über das, was ihn bewegt."

„Dann schreibt er also über Euren Gott?", fragte ich möglichst unbefangen.

„Er spricht nicht viel darüber", entgegnete Luitgard fast scheu. „Aber es ist ein großes Werk, und er quält sich sehr."

„Wie das?", hakte ich nach. „Er ist doch ein angesehener Ritter und Sänger, der seinem Stand zur Ehre gereicht. Und Euer Gott hat in seiner Ordnung für die Welt einem jeden seinen Platz zugeteilt. So jedenfalls hat es mir mein Gemahl erklärt. Wie kann er sich da quälen, wenn alles fest gefügt und bestimmt ist?"

„Ach Kind! Wenn es doch so einfach wäre", seufzte die Burgherrin leise. „Mir aber scheint, es ist die Ungewissheit über den richtigen Weg zu Gott, die ihn antreibt."

Darüber musste ich noch lange nachdenken. Wenn es wirklich zutraf, was Luitgard mir über den Freund ihrer Familie anvertraut hatte, dann mochte es gut sein, dass Wolfram nicht nur aus rein ritterlichem Pflichtgefühl nach Südfrankreich gereist war, um den Katharerpriester zu suchen, sondern weil er es vielleicht auch für möglich gehalten hatte, dass deren „Allerheiligstes" die lange gesuchte Wahrheit enthalten könnte. Aber warum hatte er sich dann strikt geweigert, das Bündel in Augenschein zu nehmen, als wir es ihm angeboten hatten? Ich beschloss, ihn einfach bei der nächsten Gelegenheit danach zu fragen.

All das ging mir an jenem zweiten wunderschönen Morgen durch den Kopf. Da es noch sehr früh war, durfte ich bestimmt damit rechnen, dass außer mir noch kein Bewohner des Palas aufgestanden war. Diesen Umstand musste ich ausnutzen, denn ich wollte unbedingt noch etwas erledigen, was mir auf der Seele lag, und dabei konnte ich nun wirklich keine Zeugen gebrauchen. Ich warf einen kurzen Blick auf den immer noch friedlich schlummernden Fred und schlich mich leise zur Tür hinaus.

Fred Hoppe

Als ich an diesem zweiten Morgen in der Wildenburg die Augen aufschlug, bestand meine erste Wahrnehmung darin, dass ich allein in unserem Zimmer war. Ein kurzer Blick aus dem Fenster verriet mir, dass es kaum später als fünf Uhr morgens sein konnte. Was mochte Siang so früh aus dem Bett getrieben haben? Sollte dies eine Art Retourkutsche dafür sein, dass ich am Tag zuvor noch vor Sonnenaufgang mit der Jagdgesellschaft die Burg verlassen hatte? Unsinn, schalt ich mich, denn Phei Siang war eigentlich nicht nachtragend. Zwar hatte sie mir am Abend gehörig die Leviten gelesen, aber das bezog sich mehr auf die Tatsache, dass sie der Burgherrin so manches erklären musste, ohne dass wir uns zuvor hatten absprechen können. Ich schüttelte unwillig den Kopf.

Aber wohin konnte sie gegangen sein? Viele Möglichkeiten gab es da wohl kaum. Die Wildenburg war nun wahrlich nicht besonders groß. Trotzdem nahm eine gewisse Unruhe Besitz von mir. Ich zog mir rasch die Beinkleider an und befestigte sie an der Bruoch. Danach schlüpfte ich in meine ledernen Halbschuhe, streifte mir Untergewand und Surcot über und schnallte mir den Gürtel um. Beim Hinausgehen stülpte ich mir noch hastig die Bunthaube auf den Kopf und sprang die Treppen hinab. Draußen durchkämmte ich nacheinander alle drei Burghöfe und schaute in den Stallungen nach. Die Schergen auf den Wehrgängen schauten mir dabei interessiert und, wie mir schien, auch in gewisser Weise amüsiert zu.

Erleichtert stellte ich fest, dass keines unserer Pferde fehlte. Also war sie nicht ausgeritten. Aber sie konnte natürlich auch zu Fuß in den Wäldern unterwegs sein. Um darüber Gewissheit zu erlangen, brauchte ich eigentlich nur die Torwachen zu fragen, aber das Ganze schien mir zu absurd. Phei Siang würde mich nicht ärgern wollen, weil ich zu betrunken gewesen war, ihr zu erzählen, dass ich mich mit Konrad, Ulrich und Wolfram zur Jagd verabredet hatte. Wahrscheinlich saß sie im Saal des Palas mit Luitgard bei einem Plauderstündchen zusammen und beobachtete heimlich und genüsslich von einem der Bogenfenster aus meine vergeblichen Bemühungen.

„Herr, mir scheint, Ihr seid auf der Suche nach Eurer Gemahlin, der fremdländischen Prinzessin", sprach mich plötzlich einer der Söldner vor dem Fallgitter des Tores an, das den unteren Burghof vom mittleren trennte.

Ich nickte dem Mann freundlich zu und versuchte dabei, eine möglichst gelassene Miene aufzusetzen.

„Ich habe gesehen, wie sie kurz nach Sonnenaufgang im Garten Blumen gepflückt hat und damit in die Kapelle gegangen ist", fuhr der Scherge ein wenig verlegen fort. „Ich habe mich gefragt, ob die Prinzessin dort beten möchte.

Das hat uns noch gewundert, weil wir dachten, sie wäre keine Christin."

Ich bedankte mich bei dem aufmerksamen Söldner und begab mich erneut in den Zwinger. Die Kapelle war dem heiligen Georg geweiht und lag im oberen Stockwerk des quadratischen Torturmes. Wie bei den meisten Burgen dieser Epoche hatte man auch auf dem Wildenberg die obligatorische Andachts- und Gebetsstätte an die schwächste Stelle des äußeren Festungsrings gebaut, weil gerade hier stets der ersehnte himmlische Schutz am Nötigsten war. Es gab allerdings auch Ausnahmen. In den Festungsanlagen des Hochadels hatten wir schon oft beobachten können, dass die Kapelle in unmittelbarer Nachbarschaft des Wohnbereichs der jeweiligen Fürsten untergebracht war, damit die hohen Herrschaften direkt von ihren Gemächern aus den Kirchenraum betreten konnten, um ihre täglichen Andachten zu verrichten. So verhielt es sich auch auf der Isenburg, wo die gräfliche Familie bloß ihre Schlafstätte durch eine Tür verlassen musste, um auf die Empore des Sakralraumes zu gelangen.

Auf jeden Fall war damit zu rechnen, dass die Familie derer von Dürn jeden Moment hier auftauchen konnte, um für den täglichen Segen zu beten. Ich wagte nicht daran zu denken, welche Probleme wir bekommen könnten, wenn die edlen Herrschaften entdeckten, dass eine Ungläubige deren Gebetsraum mit heidnischen Riten entweihte.

Daher beeilte ich mich, ihnen zuvor zu kommen, doch es war bereits zu spät. Als ich die Kapelle betrat, sah ich, wie Ritter Wolfram und Siang in ein ernstes Gespräch vertieft waren. Was ich hörte, verschlug mir den Atem; deshalb blieb ich einfach stehen und lauschte ergriffen.

Leng Phei Siang

Ich hatte die kleine Trinkschale aus unserem Zimmer mit den Blüten gefüllt und war damit zu den Ställen gegangen, wo wir die Rucksäcke mit den wenigen nützlichen Utensilien aus der Gegenwart verstaut hatten. Ich brauchte nicht lange zu suchen, denn ich wusste, dass ich die Räucherstäbchen in jenem kleinen Kästchen verstaut hatte, das unter den Medikamenten lag. Eigentlich hätte ich meine Gebete an jedem Ort verrichten können, doch für das, was ich beabsichtigte, erschien mir nur ein den höheren Mächten geweihter Ort angemessen zu sein. Dass ich dabei eine christliche Kirche entwürdigen könnte, kam mir gar nicht erst in den Sinn. Allerdings registrierte ich schon, dass mich die Wachen auf dem Weg zur Kapelle verwundert musterten.

Ich platzierte die Schale mit den Blüten und etwas Erde auf dem kleinen Altar und steckte die verzierten Holzstücke mit dem Duft, der seit Jahrhunderten meiner Familie geweiht war, hinein. Danach zündete ich die Räucherstäbchen an, kniete vor meinem Arrangement nieder und betete. Anschließend dankte ich laut auf Chinesisch der Göttin Guan Yin für die Gnade, ein Kind empfangen zu haben, und bat sie, das ungeborene Leben in meinem Leib zu beschützen, damit es wachsen und gedeihen konnte. Zum Abschluss verneigte ich mich mehrmals und erhob mich wieder.

Als ich mich umdrehte, stand plötzlich Ritter Wolfram vor mir. Offenbar hatte er selbst zuvor auf einer der Bänke gekniet. Ich musste ihn völlig übersehen haben. In seinem Gesichtsausdruck spiegelte sich eine Mischung aus Überraschung und Neugier.

„Ihr habt gebetet, Phei Siang?", fragte er verwundert. „Glaubt Ihr denn an unseren Gott?"

„Ich habe nach der Tradition meines Volkes Zwiesprache gehalten mit einem Wesen, das wir Guan Yin nennen", antwortete ich wahrheitsgemäß. „Sie hilft uns Menschen auf unserem Weg zur Erleuchtung und segnet Frauen damit, Kinder empfangen zu können. Aber sie ist nur ein Teil der hohen Mächte, die uns und die Welt geschaffen haben."

„Aber unsere heilige Kirche sagt, dass nur Christus Erleuchtung und Erlösung bringen kann", erwiderte Wolfram, wie mir schien, ein wenig irritiert.

„Sagt sie nicht auch, dass ihr demütig sein sollt und euren Nächsten lieben müsst?", führte ich an.

„Das ist unser ritterliches Gebot, ja! Wir sollen Arme, Schwache und Frauen beschützen, wenn es sein muss, mit dem Einsatz unseres Lehens und unseres Lebens!"

„Warum geschieht dann all dieses Morden unter den Christen in Eurem Land?"

„Weil es auch das Böse gibt, das uns und unsere Welt in den Abgrund führen will."

„Ja, da habt Ihr wohl recht, Wolfram! Das Böse gibt es bei uns auch. Aber es ist zugleich mit dem Guten in die Welt gekommen, und beide Kräfte halten einander die Waage. Seither haben alle Dinge zwei Seiten, so wie Mann und Frau. Alles ist gegensätzlich, und trotzdem gehört alles zusammen. Wir nennen dies Yin und Yang."

„Bei uns hat der Teufel das Böse gemacht..."

„Und wer hat den Teufel erschaffen?", warf ich sofort ein.

„Es heißt, er ist ein gefallener Engel..."

„Also hat Gott auch bei euch Christen beides erschaffen!"

„Das dürft Ihr aber nicht seiner Heiligkeit und dessen Bischöfen erzählen, Phei Siang!", wehrte Wolfram lachend ab.

„Ich sage es ja auch nur Euch und keinem anderen", entgegnete ich schnippisch. „Denn Ihr wisst es, weil Ihr Euch nach der Wahrheit sehnt!"

Wolfram schwieg einen Moment lang nachdenklich.

„Ihr denkt also wirklich, dass wir Christen uns im Glauben gar nicht so sehr von euch Mongolen unterscheiden?", meinte er danach leise.

„Mongolen, Christen, Sarazenen, Juden – wo ist der Unterschied?", fragte ich provozierend. „Wir sind alle nur Menschen, die in menschlichen Bahnen denken. Jeder von uns mag einen Teil der Wahrheit sein eigen nennen."

„Aber es gibt einen Weg..., einen Weg der Erkenntnis, versteht Ihr? Ich will ihn finden, denn sonst wird meine Seele nicht mehr gesund."

„Ich denke, ich weiß, was Ihr meint", murmelte ich. „Bei uns glaubt man, den Weg zur Erleuchtung finden zu können, wenn man nur lange genug in sich kehrt und versucht, auf die Stimme dessen zu hören, der alles erschaffen hat..."

„Bei uns Christen ist es der Gral...", ergänzte Wolfram fast tonlos. „Wer zu ihm gelangt, dessen Herz und Seele werden neu."

„Aber was ist der Gral? Könnt Ihr ihn beschreiben?"

„Ich weiß es nicht", antwortete Wolfram mit wehmütiger Stimme. „Die Überlieferung sagt, der Gral sei der Kelch des letzten Abendmahls unseres Herrn; aber andere glauben, er sei nur ein Symbol für dessen Fleisch gewordenes Wort, so wie der Kelch das ureigene Blut Christi aufgefangen habe, als dieser am Kreuz gestorben ist."

„Das Fleisch gewordene Wort...", wiederholte ich sinnend. „So wie es das einzige und ursprüngliche Evangelium wäre, nicht wahr?"

Wolfram nickte bestätigend.

„Darum seid Ihr nach Okzitanien gereist und habt den Priester Kyot getroffen", folgerte ich. „Ihr wolltet Gewissheit haben. Und deshalb wollt Ihr uns auch beschützen und auf den richtigen Weg bringen, damit die Schriften der Katharer zum Montsalvat gelangen."

Wolfram nickte abermals.

„Aber warum wollt Ihr denn nicht wenigstens einen Blick auf den Inhalt des Bündels werfen?", stellte ich endlich meine entscheidende Frage. „Wenn es tatsächlich der Gral ist, nach dem Ihr Euch sehnt..."

Wolfram schüttelte traurig den Kopf und erwiderte kaum hörbar:

„Nein, Phei Siang, das darf ich nicht. Ich bin seiner nicht würdig."

Fred Hoppe

Ich zog mich vorsichtig und leise zurück, denn ich wollte unbedingt vermeiden, dass der Edelherr von Eschenbach glaubte, ich hätte ihn belauscht. Auf der anderen Seite ahnte ich bereits, dass ihm Phei Siang gerade den letzten und entscheidenden Vertrauensbeweis geliefert hatte, der es ihm ermöglichen würde, uns den Weg zum Montsalvat zu beschreiben. Ich konnte es noch immer nicht fassen: Ausgerechnet Phei Siang, die Asiatin und Nichtchristin hatte dem gottesfürchtigen Ritter und künftigen Dichter des Grals das Geheimnis seiner Sehnsüchte und Glaubensnöte entlockt.

Nur wenig später kamen die beiden sichtlich gelöst aus der Kapelle spaziert. Siang trug den Kelch mitsamt Blüten und abgebrannten Räucherstäbchen vor sich her.

Ich atmete auf. Wenigstens würden die Burgherren keine Spuren eines entweihenden heidnischen Rituals mehr in ihrer kleinen Kirche vorfinden. Über den eigenartigen Geruch, der bis dahin noch immer durch deren Gemäuer strömen würde, mochten sie sich meinethalben ruhig ein wenig wundern. Während Wolfram sich zurück zum Palas begab, lief Siang gleich freudestrahlend auf mich zu. Ich nahm ihr den Kelch aus der Hand und führte sie ein Stück abseits zur Ringmauer, wo uns niemand hören konnte.

„Sag nichts", gestand ich ihr flüsternd. „Ich habe am Eingang gestanden und alles gehört."

Phei Siang maß mich mit einem tadelnden Blick.

„Du bist unverbesserlich, Fred", gab sie lächelnd zurück. „Aber es gibt noch etwas, das du wissen solltest. Ich bin mir nämlich jetzt wirklich sicher, dass ich schwanger bin."

Leng Phei Siang, Mitte Juni 1209

Das schöne Wetter blieb uns auch in den folgenden Tagen erhalten, und Giacomos Genesung machte große Fortschritte. Unsere kleine abgeschlossene Welt auf der Wildenburg war so friedlich und schön, dass ich zeitweise zu glauben bereit war, wir wären unseren Verfolgern endgültig entkommen.

Wenn Fred und ich abends nach geselliger Runde im Kreise unserer neuen Freunde übermütig und scherzend die Stufen zu unserem Gemach erklommen hatten, saßen wir oft noch lange eng umschlungen im fahlen Licht des silbernen Mondes zusammen, schauten aus dem Fenster zu den dunklen Bergen hinüber und redeten über Gott und die Welt, bis uns der Schlaf übermannte. Manchmal fanden in diesen stillen Stunden auch unsere liebkosenden Lippen zueinander, und wir liebten uns, bis das erste Licht des jungen Tages durch unser Fenster drang. In solch verzauberten Nächten begann sogar die beunruhigende Erscheinung von Mechthildis in meinem Gedächtnis zu verblassen, und mehr als einmal ertappte ich mich bei dem betörenden Gedanken, am liebsten für immer hier verweilen zu wollen.

Ich konnte Wolfram gut verstehen, dass er diesen wundervollen Ort auserkoren hatte, um sein großes Epos von der ewigen Suche nach dem richtigen Weg zu seinem Gott fertigzustellen. Zwar hatte der fahrende Ritter Fred und mir gegenüber noch nie ein Wort darüber verloren, wohin er sich stets zurückzog, wenn er wieder einmal für Stunden verschwand, um an seiner Geschichte zu arbeiten. Doch war mir nach einiger Zeit schon klar geworden, dass es sich dabei nur um einen ganz bestimmten Raum auf der Südostseite des Palas handeln konnte. Natürlich hatte ich meiner Neugier nicht widerstehen können und wiederholt heimlich mein Glück probiert, wenn Wolfram mit Fred und den beiden jungen Edelherren von Dürn ausgeritten war; aber die Tür zu jenem geheimnisvollen Zimmer im Erdgeschoss des Gebäudes hatte ich immer verschlossen vorgefunden.

In den folgenden Tagen war das recht innige Verhältnis, das uns mittlerweile mit der Familie derer von Dürn verband, bereits so gefestigt, dass Fred und ich sogar gebeten wurden, an der von langer Hand geplanten Falkenjagd teilzunehmen. Für uns beide bedeutete dies schon eine besonders große Ehre, zumal wir bei all unseren Aufenthalten im Mittelalter noch nie ein derartiges Ereignis erlebt hatten.

Da die eigentliche Jagd mit den abgerichteten Beiztieren nicht allzu steiles, freies Gelände erforderte, musste unser Tross mit den Falknern und deren „Cagen" genannten Käfigen ziemlich früh aufbrechen, um die weitläufige Hochflächenlandschaft nahe der Siedlung Buchheim zu erreichen. Das wellige, aus Wäldern und eingestreuten Feldfluren bestehende Gebiet befand sich etwa 20 Kilometer südöstlich der Wildenburg. Zwar hatte jene, auch Weingartengau genannte Gegend einst dem Kloster Lorsch in der Rheinebene gehört, doch vor etwa 30 Jahren war Konrads Großvater Ruprecht von Dürn vom großen Kaiser Friedrich für seine Treue zum Geschlecht der Staufer mit dem wildreichen Landstrich belehnt worden. Inmitten des vorgesehenen Jagdgebietes lag auch das Hofgut Hainstat, wo Reginfried, der Lehr- und Waffenmeister des jungen Edelherrn Konrad, zu Hause war. Nachdem Luitgard uns diese Zusammenhänge während unserer Reise durch die Bergwälder erklärt hatte, fragte Fred sie rundheraus, wie denn die Falkenjagd überhaupt vonstatten gehen würde.

Daraufhin sah uns die Burgherrin verwundert an.

„Wie, das wisst Ihr nicht, Winfred?", meinte sie überrascht. „Ist denn die königliche Vogelbeiz in Eurer englischen Heimat nicht bekannt?"

„Doch, ich denke schon", antwortete Fred unbefangen. „Auch habe ich bereits als junger Knappe davon gehört, dass unser damaliger oberster Lehnsherr, König Richard, diese Art zu jagen im Heiligen Land gesehen und einen edlen Blaufalken von dort mitgebracht hat. Aber bis zu unseren Gütern ist die Kunde von dieser Kunst nicht gedrungen. Und später beim Volk meiner Gemahlin habe ich so etwas nie beobachten können."

„Ach wirklich nicht?", fragte Luitgard von Hohenlohe zu mir gewandt.

Ich hüstelte gekünstelt und setzte eine möglichst ahnungslose Miene auf. In Wahrheit wusste ich ziemlich gut darüber Bescheid, wie man Vögel zur Jagd abrichtete, denn schließlich hatten die Fischer in meiner Heimat am Li Jiang seit Jahrhunderten schon immer eigens zu diesem Zweck Kormorane gezähmt.

„Nun, es ist eine harte Arbeit, die Falken zu fangen und abzurichten", erläuterte Luitgard daraufhin. „Die besten Greife kommen von der Nebelinsel im Eismeer und dem Norwegerland, denn sie werden dort schon als Nestlinge ausgehoben. Aber solche kann man nur auf den Märkten in Friesland oder in den Häfen der Sachsen kaufen. Wir dagegen müssen mit unseren eigenen Falken und Sperbern vorlieb nehmen. Zum Glück lebt auf einer der Mansen des treuen Reginfrieds in Hainstat ein äußerst geschickter Falkner, der diese hohe Kunst beherrscht. Er ist ein angesehener Mann und hat schon meinem Vater gedient. Neben seinem Lohn ist er zusätzlich auch vom Zehnten befreit."

„Ich sehe, dass Ihr sehr viele Käfige mit Falken habt, Luitgard", stellte Fred fest. „Werden sie denn alle heute zur Jagd aufsteigen?"

„So ist es, denn wenn der Greif seine Beute geschlagen hat, steht ihm eine Belohnung zu. Das ist das Falkenrecht. Aber danach ist er träge und muss in seinen Cagen zurück."

„Wie lange dauert es denn, bis die Falken abgerichtet sind?", erkundigte ich mich.

„Oh, mehrere Wochen sind es schon", erwiderte Luitgard sichtlich erfreut über unser Interesse an der Sache. „Allein das Einfangen will geübt sein. Dazu baut der Falkenmeister zunächst ein Gestell aus Pfählen, über das ein Netz gehängt wird. Darunter ist eine angebundene bunte Taube, doch bevor der wilde Falke in die Falle gehen kann, muss er zuerst angelockt werden. Das wiederum geschieht durch einen hölzernen Artgenossen, der immer wieder auf einen Vogelbalg schlägt. Dadurch werden die Greife aufmerksam. Sie kommen angeflogen, sehen die Taube und wollen sich auf sie stürzen. Sobald ein Falke ins Innere des Gestells eindringt, wird das Netz darüber gelassen. Doch dann beginnt die eigentliche Arbeit. Man muss dem gefangenen Greif die Krallen schneiden, und er bekommt eine Rauschhaube aus starkem Leder aufgesetzt. Diese wird von da an nur noch zum Baden und Fressen abgenommen. Zudem bekommt der Falke Fangschellen an die Füße gebunden, und er wird in der Falkenstube auf eine Stange gesetzt. Zum Abrichten fesselt man ihn an einen frei hängenden Reif, der drei Tage und drei Nächte in Bewegung gehalten werden muss, so dass der Greif nicht schlafen kann. Nach dieser Zeit ist er zahm und hat die Freiheit vergessen. Aber er muss noch lernen, die Beute zu fangen und mit ihr zu seinem Herrn zurückzukehren. Das geht nur, wenn er nach jedem Schlagen geätzt, also gefüttert wird. Doch selbst, wenn der Falke alles gut gelernt hat, so vergisst er es nach jeder Mauser wieder, und die ganze Arbeit muss von vorn beginnen."

Inzwischen hatten wir längst den Oberlauf des Mudbaches überquert und waren auf die Hochfläche gelangt, wo die Landschaft umgehend lichter und weiter wurde. Bald konnten wir in einiger Entfernung vor uns die in einer Mulde gelegene und schon recht städtisch anmutende Siedlung Buchheim erkennen. Wie uns Luitgard sogleich versicherte, sollen sich ein paar Meilen nördlich davon Reginfrieds eigene Güter in Hainstat befinden, wo wir bereits zum Mahl erwartet wurden. Hier oben herrschte eine so perfekt friedliche Idylle, dass ich mich an dem bunten Wechselspiel von Feldern, Wiesen und kleinen ummauerten Weingärten kaum satt sehen konnte. Absolut nichts, aber auch rein gar nichts an diesem so wunderschönen, warmen Tag wies darauf hin, dass ein in höchstem Maße ungewöhnliches und erschreckendes Ereignis ganz kurz bevorstand.

Fred Hoppe

Meine Augen schweiften über den mit Büschen und schilfartigen Gräsern bestandenen sumpfigen Wiesengrund des Flüsschens Morre zu der markanten Geländestufe, die am östlichen Horizont zu einer höher gelegenen Ebene überleitete. Irgendwo da drüben, weit hinter der weiß schimmernden, länglichen, aber nicht allzu hohen Kalksteinwand musste doch zur römischen Zeit der Limes verlaufen sein. Eigentlich war ich mir dessen sogar ziemlich sicher, und wenn mich nicht alles täuschte, würde man diese Gegend später das „Bauland" nennen. Unwillkürlich musste ich schmunzeln. Denn einige Bekannte aus meiner Schulzeit, die schon mal hier mit ihren Eltern im Urlaub gewesen waren, hatten dagegen die für diese Landschaft etwas weniger schmeichelhafte Bezeichnung „Badisch-Sibirien" aufgeschnappt. Was würden sie wohl erst gesagt haben, wenn sie wie Siang und ich die einmalige Gelegenheit bekommen hätten, den gleichen Landstrich im Mittelalter zu betrachten?

In diesem Moment schlossen die sogenannten Falkeniere zu uns auf. Sie trugen allesamt ihre hirschledernen Handschuhe, auf denen die Falken mit ihren den Kopf verhüllenden Hauben saßen. Dann wurde die Meute der Beizhunde von der Leine gelassen. Sobald diese Hasen oder Vögel aufgescheucht hatten, wurden die Falken von den Hauben befreit. Die Greife blickten sich nur kurz um, und schon hatten sie die Beute erspäht. Majestätisch erhoben sie sich von den ausgestreckten Armen der Jäger und stießen blitzschnell auf ihre Opfer hinab. Nur Sekunden später hatten die Falken das Wild getötet und verharrten so lange, bis die Helfer angeritten kamen und ihnen die Beute abnahmen. Auf einen schrillen Ruf ihrer Besitzer hin kehrten sie schließlich auf die ausgestreckten Fäuste zurück. Es war stets ein wirklich faszinierendes Bild. Sobald die Falken ihre verdiente Belohnung erhalten hatten, wurden sie zu den Cagen zurückgebracht, und andere nahmen ihre Stellung ein. Das ein oder andere Mal verflog sich dann aber doch einer der Greifvögel und zog weiter seine Kreise in der Luft. In solchen Fällen schwangen die Helfer sogleich ein Gebilde aus zwei zusammengebundenen Vogelflügeln, das zudem mit Fleischstückchen besetzt war, bis die verirrten Falken darauf stießen und ebenfalls eingesammelt werden konnten.

Ich hatte gar nicht bemerkt, dass wir im Verlauf der wandernden Jagd den Ort Buchheim umrundet und fast zum Greifen nah an die anstehenden Kalkfelsen herangerückt waren. Erst jetzt konnten wir feststellen, dass diese beileibe keine zusammenhängende Barriere bildeten, sondern an mehreren Stellen von breiten Einschnitten unterbrochen wurden. Zumindest der eine, vor dem wir gerade standen, öffnete sich zu einem besonders lieblichen Talgrund, der nicht nur allein meine persönliche Neugier zu wecken schien. Ein kurzer Blick zu Siang und Ritter Wolfram bestätigte meine Vermutung. Als wenig später die Jagdgesellschaft zurück zur Wildenburg aufbrechen wollte, erbaten wir drei uns daher die Erlaubnis, noch eine Weile hier bleiben zu dürfen.

Beim Durchschreiten der flachen Talaue wies Phei Siang fragend auf einen hölzernen Turm, der linkerhand auf einer Anhöhe stand.

„Den haben die Einwohner der Siedlung Buchheim errichtet, damit sie von dort oben weit über das Land schauen können, um frühzeitig gewarnt zu sein, falls Feinde sich nähern sollten", erklärte Wolfram bereitwillig. „Sie nennen ihn deshalb die ‚Hohe Warte'. Der schöne Grund hier dagegen ist mir nicht bekannt. Ich weiß nur, dass er Bödingheimer Tal geheißen wird."

„Wie weit ist es wohl bis zu den Höfen dieses Namens?", erkundigte sich Phei Siang weiter.

Wolfram zuckte mit den Schultern.

Wir trieben unsere Pferde an und galoppierten übermütig ein Stück weit um die Wette. Wiesen, Sträucher und Wälder flogen nur so an uns vorbei. Phei Siang ritt weit voraus und war kaum noch einzuholen. Bald stieg das Gelände an, und der felsige Untergrund trat immer öfter zutage. Auf einer kleinen Lichtung am Rande eines Kalksteinbruchs sprang meine Gemahlin mit einem eleganten Satz vom Pferd und ließ sich hernach rückwärts ins Gras fallen.

„Wo habt Ihr nur so gut reiten gelernt?", fragte Wolfram lachend, als wir sie endlich erreichten.

„Oh, das ist noch nichts! Da solltet Ihr erst mal meine Tochter sehen!", sprudelte Phei Siang fröhlich hervor.

„Eure Tochter?", hakte Wolfram überrascht nach. „Ihr habt eine Tochter?"

„Wir wurden von ihr getrennt, als wir durch das Tor an den Externsteinen traten", gestand ich ihm wahrheitsgemäß und warf Siang einen beruhigenden Blick zu. „Wir haben guten Grund zu der Annahme, dass sie dabei nach Okzitanien verschlagen wurde. Und wir glauben, sie nur dann wiederfinden zu können, wenn wir unseren Auftrag erfüllen und das Bündel zum Montsalvat bringen."

Wolfram schaute uns zunächst erschrocken und dann sehr nachdenklich an.

„Ihr denkt also, es gebe eine Verbindung zwischen dem Verbleib Eurer Tochter und Eurer Aufgabe?", meinte er lauernd.

„Ja, davon sind wir überzeugt", antwortete Phei Siang ernst. „Wisst Ihr noch, was ich Euch vom Glauben meines

Volkes erzählt habe? Alles hängt zusammen, und das Eine kann nicht ohne das Andere sein."

„Gut und Böse, Liebe und Hass, Gott und die verderbte Welt...", sinnierte Wolfram.

„... Eure Zeit und unsere Zeit, die Lebenden und die Toten, der Weg zum Licht und der Sturz in die ewige Verdammnis", ergänzte ich tonlos. „Ihr könnt uns trauen, Wolfram, wir sind wirklich ‚die Boten'."

In diesem Augenblick verdunkelte sich mit einem Schlag der Himmel. Eine ungeheure schwarze Masse verdeckte plötzlich die Sonne.

Phei Siang war sofort aufgesprungen und hatte die Zügel ihres Pferdes ergriffen. Die Flanken unserer Tiere zitterten, und unwillkürlich strebten wir alle drei den nahen Felsen des Kalksteinbruchs zu, als ob wir uns dort vor dem Unfassbaren, das da auf uns zukam, verbergen konnten. In unseren Gesichtern stand das Entsetzen geschrieben.

Gleichzeitig erfüllte ein lautes, unheimlich zirpendes Rauschen die Luft, Phei Siang lauschte kurz und schaute mich fassungslos an.

„Huángchóng!", rief sie mir aufgeregt zu. „Fred, das sind Heuschrecken!"

Im ersten Moment dachte ich, nicht richtig verstanden zu haben, doch dann dämmerte in mir die Erkenntnis, dass dieses äußerst seltene Phänomen sehr wohl auch in Mitteleuropa vorkommen konnte. Natürlich hatte meine Siang längst erkannt, was sich hinter der ungeheuren Wolke fliegender Insekten verbarg. Sie musste so etwas schon früher einmal in China erlebt haben. Wolfram dagegen war aschfahl geworden.

„Das ist Gottes Strafe", murmelte er getreu seinem mittelalterlichen Verständnis von naturgegebenen Plagen vor sich hin.

Mittlerweile waren wir bereits auf allen Seiten von Hunderttausenden Exemplaren dieser gefräßigen zirpenden Masse springender Insekten umgeben. Die Pferde schüttelten sich, bissen in voller Panik wie wild um sich und schlugen mit den Hinterhufen aus. Dabei traf Phei Siangs Reittier in voller Wucht auf die anstehenden Felsen. Es gab ein krachendes Geräusch, gefolgt von einem lang anhaltenden Poltern. Überrascht drehten wir uns um und blickten in ein gähnendes schwarzes Loch. Offensichtlich hatte der unkontrollierte Tritt von Siangs Pferd den Eingang zu einer verborgenen Höhle freigelegt.

Fünf Minuten später war der unheimliche Spuk vorbei, und die unüberschaubare Wolke der Heuschrecken zog ab, eine Spur der Verwüstung hinter sich lassend. In einer breiten Schneise waren im ganzen Tal sämtliche Bäume, Sträucher und Triebe kahl. Welchen unermesslichen Schaden die gefräßigen Insekten wohl in diesem Augenblick auf den Feldern der Menschen in der Umgebung von Buchheim anrichten würden, vermochten wir nicht einmal zu erahnen.

Wir hielten uns nicht mehr länger auf. Bis auf einen kurzen Blick in das Innere der Höhle, bei dem wir schon auf den ersten Metern auf fantastische Tropfsteingebilde stießen, kümmerten wir uns nicht weiter um die unverhoffte Entdeckung. Wahrscheinlich würden schon bald herabfallende Steine oder ein Erdstoß das gerade freigelegte Naturwunder wieder für Generationen, wenn nicht gar für viele Jahrhunderte verschließen.

Während des gesamten Rückwegs zur Wildenburg standen wir jedenfalls alle noch so sehr unter dem Eindruck des gerade Geschehenen, dass wir kein einziges Wort verloren.

Leng Phei Siang, Ende Juni 1209

Eines Morgens hockte ich wieder einmal in aller Frühe versonnen an unserem schmalen Fenster und schaute verklärt über das stille Tal des Mudbaches, da ertönte ein lang gezogenes Hornsignal vor der Zugbrücke am Halsgraben. Vor Schreck fuhr ich regelrecht zusammen, doch da stand Fred auch schon bei mir und hielt meine zitternde Hand.

„Wir haben gewusst, dass es nicht ewig so bleiben konnte, Siang", flüsterte er mir ins Ohr, während er mich an sich zog und sanft über mein Haar strich. „Das wird der Tross des Grafen von Wertheim sein."

Ich nickte stumm und presste meine Wange an die steinerne Fenstereinfassung, um vielleicht einen Blick auf den langen Zug der Ankömmlinge erhaschen zu können. In diesem Moment wurde die Tür unseres Zimmers aufgestoßen, und Giacomo stürzte herein. Der Italiener trug den Arm seiner verletzten Schulter in der Bastschlinge, die ich ihm vor einigen Tagen geflochten hatte, und es fiel ihm sichtlich schwer, nicht wie üblich mit beiden Händen wild gestikulieren zu können.

„Graf Winfred, Prinzessin Phei Siang!", rief er uns atemlos zu. „Wir müssen sofort verschwinden!"

„Dafür ist es jetzt zu spät, Giacomo", entgegnete Fred zerknirscht. „Wir kommen unmöglich ungesehen an ihnen vorbei. Außerdem wird man von uns erwarten, dass wir der Zeremonie des Ritterschlags beiwohnen. Lass uns nur hoffen, dass sie noch nichts von den Räubern der Ketzerschriften gehört haben."

„Verzeiht, Herr, aber das ist wirklich Unsinn!", ereiferte sich unser Gefährte. „Von den Torwachen weiß ich bereits, dass sich in Begleitung des Grafen von Wertheim auch zwei Zisterzienser befinden!"

„Verdammt!", fluchte Fred laut auf Hochdeutsch.

„Was habt Ihr gesagt?", erkundigte sich Giacomo irritiert.

„Mein Gemahl meint, dass uns wohl nichts anderes übrig bleibt, als uns so weit wie möglich im Hintergrund zu halten", erklärte ich ihm. „Während der Feierlichkeiten wird niemand wagen, uns zu beschuldigen, und danach machen wir uns sofort aus dem Staub."

„Hoffentlich hast du recht", murmelte Fred düster.

Fred Hoppe

Es war tatsächlich ein imposanter Zug, der in einer langen Reihe die Wildenburg betrat. Mutter Luitgard von Hohenlohe und ihre beiden Söhne erwarteten die Besucher vor dem Portal zum Palas, während Phei Siang und ich uns zu Wolfram gesellten, der hinter den Burgherren im Eingang stand.

Zuerst näherten sich die berittenen Bannerträger, die sogleich ihre Pferde zur Seite lenkten, um ihrem Herrn Platz zu machen. Der Graf von Wertheim ließ sich von herbeigeeilten Schergen aus dem Sattel helfen und schlug die Kettenhaube zurück. Danach begann das Begrüßungszeremoniell, wobei die in der Lehnsordnung niedriger stehenden angehenden Edelherren von Dürn sich vor ihm verneigten. Nachdem der Graf auch von Luitgard willkommen geheißen worden war, schritt er auf Wolfram und uns zu.

„Ich sehe, Ihr habt Gäste auf die Burg Eurer Freunde gebracht, Herr von Eschenbach", stellte Boppo von Wertheim mit sichtlich gespielter Verwunderung fest. „Ich will doch hoffen, dass sie Euch nicht allzu sehr von der Arbeit an dem neuen Werk abgehalten haben, denn wir lechzen bereits nach Euren Darbietungen."

Offenbar weiß der Graf zumindest die Kunst seines Ministerialen zu schätzen, dachte ich grimmig. Vielleicht würde ihn diese Tatsache auch milde genug stimmen, wenn es für unseren neuen Freund hart auf hart kommen sollte. Immerhin könnte es geschehen, dass man Wolfram anlastete, mit uns Ketzern gemeinsame Sache gemacht zu haben.

„Ich denke, dass ich Euch und Eure Gemahlin schon bald wieder erfreuen kann, Herr", erwiderte der Edelherr von Eschenbach lächelnd, während er mit einer Hand auf Phei Siang und mich wies. „Aber erlaubt mir, Euch den Grafen Winfred von Rotherham und seine Gemahlin, die mongolische Prinzessin Phei Siang, vorzustellen. Die beiden edlen Herrschaften befanden sich auf der Heimreise aus den östlichen Steppen ins Land des englischen Königs Johann, als sie von Wegelagerern überfallen wurden. Da ich zufällig zugegen war, als dies geschah, habe ich natürlich meine ritterliche Pflicht erfüllt und bin ihnen beigestanden. Allerdings wurde dabei der Begleiter des edlen Paares schwer verletzt, so dass wir ihn zur Genesung auf die Wildenburg bringen mussten."

Graf Boppo vollführte die Andeutung einer Verbeugung gegenüber Phei Siang und schaute mich einen Moment lang durchdringend an. Ich hielt seinem Blick stand und rang mich zu einem freundlichen Lächeln durch. Schließlich reichte er mir die Hand.

Danach drehte sich der Graf von Wertheim kurz um und deutete auf die beiden Mönche, die etwa zehn Meter vor uns stehen geblieben waren.

„Übrigens hat mir der Erzbischof von Mainz jene Klosterbrüder dort gesandt", führte er dabei an. „Sie sollen mir helfen, drei räuberische Ketzer zu finden, die angeblich ein wichtiges Dokument der Katharer gestohlen haben."

Täuschte ich mich, oder hatte da tatsächlich so etwas wie Verachtung in seiner Stimme mitgeklungen?

„Dabei soll es sich um einen ausländischen Edelmann, einen betrügerischen Italiener und eine fremdhäutige Frau mit pechschwarzen Haaren handeln", fuhr Graf Boppo fort. „Ihr seid diesen Leuten nicht zufällig begegnet?"

„Nein, das sind wir nicht!", behauptete ich dreist, obwohl natürlich völlig klar war, dass der Graf von Wertheim ganz genau wusste, wen er da vor sich hatte.

Die Augen der Mönche weiteten sich vor Entsetzen, als sie Phei Siang und mich entdeckten. Doch bevor die beiden ihre Anschuldigungen vorbringen konnten, donnerte ihnen die Stimme des Grafen entgegen:

„Wir sind nicht gekommen, um den Frieden auf der Burg unserer Gastgeber zu stören, sondern um vor unserem Herrn und Gott einem edlen Knappen die Ritterwürde zu erteilen!"

„Aber Herr!", ereiferte sich einer der Zisterzienser. „Ihr müsst doch erkennen, dass die beiden dort die überall gesuchten Ketzer sind. Ihr dürft sie nicht entkommen lassen!"

„Hast du nicht gehört, was der englische Graf Winfred auf meine Frage geantwortet hat?", brauste Boppo von Wertheim auf. „Er ist den Ketzern nicht begegnet! Solange, bis die Zeremonie des Ritterschlags beendet ist, hat euresgleichen kein Recht, am Wort eines Grafen zu zweifeln! Danach stehe ich zu meinem Versprechen, das ich dem Erzbischof gegeben habe, und ihr Mönche mögt von mir aus eure Anklage vorbringen."

Leng Phei Siang

Die beiden Zisterzienser wandten sich zähneknirschend ab, und ich atmete erleichtert aus. Mit dieser Wendung hatte ich nun wirklich nicht mehr gerechnet.

Eigentlich war in diesem Augenblick eine total absurde Situation eingetreten. Man hatte uns entdeckt, und trotzdem konnten unsere hartnäckigen Verfolger nicht das Geringste unternehmen. Vielleicht hätten wir gar auf der Stelle allen eine Nase drehen und unangefochten die Wildenburg verlassen können, aber Fred war fest davon überzeugt, dass ein solches Verhalten dem Grafen Boppo von Wertheim nur bewiesen hätte, dass wir doch nicht so edlen Geblütes waren, wie er von uns dachte. Das wollte mein geschätzter Gemahl aber nun auf keinen Fall riskieren.

„Mach jetzt keinen Blödsinn!", zischte er mir unauffällig zu. „Wir wohnen brav der Zeremonie des Ritterschlags bei und überlegen uns, wie wir danach möglichst unauffällig verschwinden können."

„Ich traue diesem Getue von ritterlicher Ehre nicht, Fred", gab ich leise zurück. „Außerdem werden wir doch nie unsere Pferde heil hier herausbringen."

„Mein Lehnsherr wird Wort halten", beeilte sich Wolfram zu versichern. „Er mag die ausgesandten zisterziensischen Hetzer nicht. Zudem verübelt er dem Erzbischof von Mainz, dass der seit langem bestrebt ist, sich sein Gebiet und auch das dieser Reichsburg hier einzuverleiben."

„Was sollen wir also Eurer Meinung nach tun?", fragte ich.

„Bleibt hier und haltet Euch im Hintergrund!", empfahl uns Wolfram eindringlich. „Wir werden eine Möglichkeit finden, dass Ihr noch vor Beginn der Anklage fliehen könnt."

„Wir…?", hakte ich nach, doch der Edelherr von Eschenbach war bereits den Gästen ins Innere des Palas gefolgt.

„Was soll das heißen, ‚Wir'?", wandte ich mich an Fred. „Was mag er damit gemeint haben?"

„Keine Ahnung, Siang", gab dieser schulterzuckend zu. „Vielleicht haben wir hier doch mehr Freunde gefunden, als wir gedacht haben."

Fred Hoppe

Am Abend saßen Giacomo, Siang und ich im hinteren Bereich der großen Tafel, die für die Ehrengäste der Feierlichkeiten im großen Saal des Palas aufgestellt worden war. Zwar hatten die Wachen uns den Zugang zum Zwinger verwehrt, als wir uns dem feierlichen Zug zur Kapelle anschließen wollten, wo der junge Konrad nun allein die kommende Nacht mit Gebeten verbringen musste. Außerdem waren vor unserem Gemach zwei Schergen mit Speeren aufgezogen, aber man hatte mir mein Schwert gelassen, und allein das stimmte mich einigermaßen zuversichtlich.

Nun gut, dachte ich, sie wollen offensichtlich verhindern, dass wir uns weiterhin frei in der Burg bewegen können, aber sie sperren uns nicht ein und legen uns auch nicht in Ketten. Wenn ich nur wüsste, wie viel davon zum äußeren Schein angeordnet worden war, damit die argwöhnischen Zisterzienser keinen Verdacht schöpften. Aber dazu hätten wir es darauf ankommen lassen und einfach versuchen müssen, den unteren Burghof zu verlassen, doch ein solches Risiko wollte ich nicht eingehen. Außerdem hätten wir damit die Autorität des Grafen von Wertheim untergraben. Immerhin war auch er sicherlich nicht gänzlich vor der Ächtung gefeit, die ihm drohte, falls die beiden Gesandten des Erzbischofs zu der Überzeugung gelangten, er mache mit den beschuldigten Ketzern gemeinsame Sache. Damit war also klar, dass wir die Wildenburg nicht auf dem normalen Weg verlassen konnten. Demnach blieb uns im Augenblick nichts anderes übrig, als gute Miene zum bösen Spiel zu machen und abzuwarten.

Nach Beendigung der festlichen Tafel wurden wir dann von einer Gruppe bewaffneter Söldner zu unserem Gemach eskortiert. Wie ich im Vorbeigehen feststellen konnte, nahmen die beiden Zisterziensermönche diese Tatsache mit gebührender Genugtuung zur Kenntnis. Allerdings hatte ich darauf bestanden, dass Giacomo uns begleitete, denn ich wollte verhindern, dass man uns noch einmal trennte. Wir hätten sonst nicht mehr gemeinsam handeln können, wenn sich dies als notwendig erweisen sollte.

Zu unserer Überraschung erwartete uns die Burgherrin in unserem Gemach. Luitgard von Hohenlohe stand sichtlich verlegen vor dem Fenster und wartete, bis die Wachen die Tür verschlossen hatten. Erst dann sprach sie uns an:

„Ich möchte Euch versichern, dass ich zutiefst bedaure, was seit der Ankunft des Grafen von Wertheim geschehen ist", begann sie ein wenig umständlich. „Doch genau wie ihm sind auch mir die Hände gebunden. Meine Söhne und ich dürfen nicht wagen, uns offen zu Euch zu bekennen, sonst würde man uns sicher mit der Aberkennung unseres Lehens bestrafen. Aber ich weiß, dass Ihr keine bösen Menschen seid, das haben mich die vielen Gespräche mit Euch, Prinzessin Phei Siang, gelehrt."

Ich wollte etwas erwidern, aber Luitgard unterbrach mich sofort:

„Ich habe nicht viel Zeit, denn ich muss gleich zurückkehren, damit die Zisterzienser keinen Verdacht schöpfen. Daher kann ich Euch dies auch nur einmal sagen: Morgen früh, wenn die Waffenwache meines ältesten Sohnes Konrad beendet ist, wird er zunächst in eine braune Soutane schlüpfen und die Beichte ablegen. Danach empfängt er das heilige Abendmahl und wird baden, damit er gereinigt seinen Schwur leisten kann. Weil die Mönche unbedingt diesem Teil der Zeremonie in der Kapelle beiwohnen müssen, können sie Euch nicht kontrollieren, und Ihr habt eine Stunde Zeit, in der Ihr unbeobachtet zu Wolfram in dessen Gemach gehen könnt. Dort wird er Euch alles sagen, was Ihr wissen müsst."

Danach eilte sie zur Tür und klopfte, damit die Wachen ihr öffneten. Bevor sie jedoch hinausging, drehte sie sich noch einmal kurz zu uns um. Dabei standen Luitgard die Tränen in den Augen:

„Ich hoffe, dass wir uns einst in besseren Zeiten wiedersehen werden. Auf der Wildenburg seid Ihr immer willkommen, ganz gleich, was man Euch vorwirft."

Leng Phei Siang

Wir waren schon vor Sonnenaufgang wach und hatten uns vor dem Fenster auf die Lauer gelegt. Tatsächlich konnten wir beobachten, wie ein einzelner Kuttenträger den Burgberg erklomm. Das musste der Leutpriester aus dem Kloster im nahen Amorbach sein, dem der kirchliche Teil der Zeremonie des Ritterschlags oblag. Er würde Konrad die Beichte abnehmen und dessen Schwert segnen. Dazu sollten sich alsbald alle Würdenträger außer Wolfram in der Kapelle einfinden. Demnach war die Luft rein.

Die Wachen begleiteten uns wortlos ins Erdgeschoss des Palas bis vor die Tür zu Wolframs Gemach. Diesmal war sie nicht verschlossen. Fred klopfte kurz, und wir traten ein.

Das Zimmer war nicht groß, aber es besaß ein imposantes Doppelbogenfenster, vor dem sich ein massiver Holztisch sowie ein Scherenstuhl befanden. Wolfram selbst hielt ein großes Bündel eng beschriebenes Papier in der Hand.

„Es ist das fünfte Buch meiner Geschichte", begrüßte er uns mit ernster Miene. „Ich hoffe, sie hier beenden zu können."

Wolfram schaute uns durchdringend an. Sein Blick offenbarte eine inständige, ja fast flehende Bitte.

„Doch dies hängt davon ab, ob ich sicher sein kann, dass Ihr das Bündel mit dem ‚Allerheiligsten' wohlbehalten zum Montsalvat bringen werdet", fuhr er fort.

„Das werden wir!", versicherte Fred für uns alle.

„Ich habe den ‚Berg der Errettung‘ mit eigenen Augen gesehen“, sprach Wolfram weiter, „denn das ist die Übersetz-
zung des Namens Montsalvat aus dem Okzitanischen. Er
wurde im Auftrag der Katharer zu dem Zweck errichtet, den
heiligen Gral aufzunehmen, damit der rechte Weg zu Gott
nicht verloren geht. Der Recke, der diesen finden will, muss
stark sein und durch das tiefe Tal der Sünde, des Todes
und der Verdammnis schreiten, um zum Licht zu gelangen.
Deshalb nenne ich jenen Ritter in meinem Werk auch ‚Per-
se-val‘ – was ‚durch-das-Tal‘ bedeutet, aber auch das ist
nur ein Symbol… Ich jedenfalls vermag diese schwere Aufgabe nicht zu erfüllen, deshalb bin ich des Grals auch nicht
würdig.“

Wolfram brach ab und schaute uns an:

„Aber Ihr seid die ‚Boten‘… Und ich vertraue Euch, Winfred und Phei Siang. Also hört gut zu, denn Ihr dürft nichts
aufschreiben: Geht nach Carcassonne, der Heimatstadt des
Priesters Kyot. Von dort aus folgt dem Aude flussaufwärts,
bis Ihr zu einem Ort namens Quillan kommt. Wendet Euch
nach Westen über die Berge bis nach Puivert. Von dort aus
steigt Ihr über einen Pass hinab ins Tal der Liebe und folgt
dem Fluss Lasset in Richtung auf die hohen Schneegipfel
zu. Dann könnt Ihr den Montsalvat nicht verfehlen, denn er
liegt auf einem hohen steilen Felsen.“

Fred nickte ergriffen, und ich versuchte, mir Wolframs
Worte genau einzuprägen.

„So, nun zu Eurer Flucht aus der Burg“, hob Wolfram
noch einmal an. „Nach dem feierlichen Gelöbnis und dem
Ritterschlag wird der junge Edelherr Konrad durch seine
Besitztümer reiten. Dabei werden wir ihn begleiten, während man Euch bis zu unserer Rückkehr in das Gewölbe
unter dem Palas sperrt. Aber dort gibt es eine Falltür zu
einem unterirdischen Gang, der Euch auf die Nordseite der
Wildenburg bringt. Lauft den Hang hinab und versteckt
Euch im Wald, wo der Gabelbach in die Mud mündet.“

„Was ist mit unseren Pferden?“, fragte ich. „Ohne sie werden wir nicht weit kommen.“

„Sie werden zu Eurem Versteck gebracht“, antwortete
Wolfram mit der Andeutung eines verschmitzten Lächelns.

In Freds Augen trat auf einmal ein verklärter Blick. Er ging
ein paar Schritte nach vorn und blieb vor dem Fenster stehen. Offenbar hatte er etwas entdeckt. Als er auf die in den

Stein neben dem Fenstersims eingeritzten Buchstaben deutete, gesellte sich Wolfram zu ihm.

„Was habt Ihr, Winfred?", erkundigte er sich erstaunt.

„Das sind die Zeichen, die der Steinmetz hinterlassen hat. Sie lauten: ‚Bertold muerte mich' (Bertold mauerte mich) und ‚Ulrich miwe mich' (Ulrich hieb mich)."

„Die meine ich nicht", entgegnete Fred in einem seltsam feierlichen Tonfall. „Es sind die links daneben. Ihr habt sie selbst dort eingemeißelt, nicht wahr?"

„Woher wisst Ihr…?", entfuhr es Wolfram überrascht.

„Nun, Wolfram, wir kommen aus dem Tor durch die Zeit an den Externsteinen, wie Ihr bereits sehr richtig festgestellt habt. Ich kenne Eure Geschichte, an der Ihr schreibt, und ich kann Euch versichern, dass man sie noch in Jahrhunderten lesen wird."

Wolfram wurde blass.

„Hier heißt es ‚Owe Muter' (Oh weh Mutter), aber es ist nur der Anfang, nicht wahr? In Wirklichkeit sind es die ersten Worte einer Frage, die Euch und alle Menschen in der Welt am meisten bewegt, denn in Eurem Epos habt Ihr geschrieben ‚Owe muter, waz ist got?' (Oh weh, Mutter, was ist Gott?).

Wolfram antwortete nicht, aber in seinen Augen standen Tränen. Mit einer herzergreifenden Bewegung umarmte er Fred stumm.

Fred Hoppe

Der junge Konrad trug nun zum ersten Mal ein Panzerhemd und einen Waffenrock, als er den großen Saal betrat. Er kniete vor dem Grafen von Wertheim nieder und schwor, dass er weder sein Leben noch sein Gut schonen würde, um den rechten Glauben, Witwen, Waise und Unterdrückte zu verteidigen. Daraufhin legte Boppo von Wertheim dem künftigen Ritter vergoldete Sporen an. Anschließend nahm er das Wehrgehänge und gürtete es Konrad eigenhändig um. Der Leutpriester aus dem Kloster Amorbach überreichte dem Grafen das dazugehörende und mittlerweile gesegnete Schwert. Während der noch immer kniende Proband nun auch seinen zweiten Eid gegenüber der Ritterschaft ablegte, nahm Boppo von Wertheim das Schwert und senkte es dreimal auf Konrads Schulter. Dazu sprach er die traditionelle Formel:

„Ich erhebe dich zum Ritter, im Namen Gottes, des heiligen Michael und des heiligen Georg!"

Danach nahm Konrad von Dürn seinen Helm, seinen Schild sowie seine Lanze in Empfang und verneigte sich vor allen anwesenden Würdenträgern. Der neu in den Ritterstand Aufgenommene umarmte seine Freunde und begab sich in den Burghof, wo bereits sein Pferd für ihn bereitstand. Die anderen folgten ihm in einer feierlichen Prozession nach. Nur die beiden Zisterziensermönche blieben so lange zurück, bis Phei Siang, Giacomo und ich von unseren Bewachern in Richtung Keller abgeführt wurden. In ihren Augen stand der blanke Hass geschrieben.

Nachdem die Schergen die Tür zum Gewölbe von außen fest verschlossen hatten, verloren wir keine Zeit mehr. Die beschriebene Falltür war schnell gefunden, und in weniger als einer Viertelstunde krochen wir an der Außenseite der Palasmauern wieder ans Tageslicht. Dort warteten wir noch, bis der Tross des neuen Edelherrn von Dürn im Tal verschwunden war. Erst dann machten wir uns selbst an den Abstieg. Ich war gespannt, wie Wolfram es bewerkstelligen würde, sich seiner Pflicht, den jungen Ritter zu begleiten, zu entziehen, um uns wie versprochen die Pferde zu bringen.

Doch als wir gegenüber der Einmündung des kleinen Gabelbaches unser Versteck im Wald aufsuchen wollten, erlebten wir eine unerwartete Überraschung: Vor uns stand kein Geringerer als Boppo von Wertheim, höchstpersönlich und mit unseren Reittieren im Schlepptau.

„Ihr habt den Schwur des jungen Konrad gehört", begrüßte der Graf uns lachend. „Das ritterliche Gebot, die Schwachen und Unterdrückten zu beschützen, gilt natürlich auch für mich. Ich bin meinem Dienstmann, dem Edelherrn von Eschenbach, sehr verbunden, und das bezieht sich nicht allein auf seine hohe Kunst. Er hat mir von Eurer schweren, aber ehrenvollen Aufgabe erzählt, und natürlich stand für mich sofort fest, dass auch ich Euch helfen muss, damit Ihr Euren feigen Verfolgern entkommt. Ich wünsche Euch Glück und Gottes Segen für Eure Mission. Und ich bin mir sicher, Ihr werdet beides gebrauchen können!"

Kapitel 8
Verbrannte Erde

Diu werde minne hat sinne,
gein valsche listecliche kunst:
swenne ir bejaget ir ungunst,
so müezet ir guneret sin
und immer dulden schemeden pin.
Man und wip diu sint al ein
Als diu sunne diu hiute schein,
und ouch der name der heizet tac.
Der enwederz sich gescheiden mac:
sie blüent zu einem kerne gar.
Des nemet künstecliche war.
(aus „Parzival" von Wolfram von Eschenbach)

Die edle Minne ist achtsam
und hütet sich vor jeder Falschheit:
Wenn Ihr sie erzürnet,
so werdet Ihr nur Schande ernten
und müsst peinvolle Scham erleiden.
Mann und Weib, die sind allseits eins,
so wie die Sonne, die heute scheint,
und dessen Name bedeutet Tag.
Keines vom anderen sich scheiden mag:
Beide, Sonne und Tag, blühen aus einem Kerne gar.
Beachtet dies und nehmt es ganz besonders wahr.
(Übertragung aus dem Mittelhochdeutschen)

Leng Phei Siang, Anfang August 1209

Wir benötigten mehr als einen Monat, um aus den Bergen des Odenwaldes bis in die fruchtbare Ebene des unteren Rhonetales zu gelangen, wobei wir seit unserer geglückten Flucht aus der Wildenburg nunmehr um die 600 Kilometer zurückgelegt hatten.

Auf den ersten Blick mag die Überwindung dieser immerhin schon ganz beachtlichen Distanz als recht eindrucksvolle Leistung erscheinen, zumal die mittelalterlichen Straßen und Wege sicher nicht den Anforderungen entsprachen, die man in späteren Jahrhunderten zugrunde legen würde. Doch bei genauerer Betrachtungsweise waren wir demnach pro Tag wohl kaum mehr als 15 Kilometer vorangekommen, und das, obwohl wir keine sperrigen, voll bepackten Wagen mitführten. Dabei war auch der umfangreichste Tross eines beliebigen Fürsten selbst in dieser Epoche schon ohne Weiteres in der Lage, das Fünffache einer solchen Tagesleistung zu schaffen. Und hatten Fred und ich vor einigen Jahren nicht selbst bewiesen, dass noch ganz andere Geschwindigkeiten möglich waren?

Allein der Gedanke an die Zeit, in der wir binnen weniger als vier Monaten die ungeheure Strecke vom südlichen China bis zur Klutert überwunden hatten, weckte wehmütige, aber auch schmerzvolle Erinnerungen. Auch damals war ich schwanger gewesen und voller Sorge, das ungeborene Kind durch die Strapazen der Reise verlieren zu können. Und nun hofften wir, neben der Erfüllung unseres Auftrages auch endlich eine brauchbare Spur unserer verschollenen Tochter zu finden.

Natürlich hatten wir gewusst, dass beides nicht leicht sein würde. Doch dann waren wir noch zu Beginn unserer langen Fahrt zu den meistgesuchten Verbrechern des Reiches gestempelt worden und waren praktisch gezwungen gewesen, jeden Schritt, den wir unternahmen, um in den Süden Frankreichs zu gelangen, im Verborgenen zu tun. Auf diese Weise hatten wir uns mehr als einen halben Monat lang stets abseits der Verkehrswege durch Wälder und Felder schleichen müssen, um den überall lauernden Häschern im Auftrage der römischen Kirche nicht in die Arme zu laufen. Schließlich hatten uns die bitteren Erfahrungen in Köln, im Westerwald und auf der Wildenburg überdeutlich vor Augen geführt, dass wir uns keinesfalls in der Nähe von Städten, Dörfern, Burgen oder Klöstern blicken lassen sollten. Selbst der Besuch von abgelegenen Bauernhöfen konnte unseren zahllosen Verfolgern entscheidende Hinweise liefern, die sie wenig später in die Lage versetzen mochten, uns irgendwo eine tödliche Falle zu stellen.

Erst als wir den Fluss Saone in Burgund erreicht und somit das Kerngebiet des Reiches verlassen hatten, durften wir uns wieder einigermaßen sicher fühlen. Nach allem, was dem Abt von Werden über unser endgültiges Ziel bekannt war, würde man unsere kleine Gruppe eher in Richtung der

Alpenpässe auf dem Weg nach Italien vermuten als in dieser Grenzregion zum französischen Königreich.

Trotzdem hatten wir vor knapp einer Woche noch nicht gewagt, die Stadt Lyon zu betreten, und waren stattdessen der Rhone weiter flussabwärts gefolgt. Dafür hofften wir nun darauf, wenigstens in Avignon gefahrlos ein paar dringend benötigte Waren einkaufen zu können.

Natürlich mussten wir uns dabei hauptsächlich auf das Geschick von Giacomo verlassen, der so nach langer Zeit wieder einmal seiner Profession als gewandter Banchieri nachgehen durfte, denn Freds verbliebene Sammlung von Münzen des Grafen Arnold von Altena war hier bestimmt kein gültiges Zahlungsmittel.

Allein die Tatsache, dass die Stadt unweit des Zusammenflusses von Rhone und Durance der Sitz eines Erzbischofs war, bereitete mir angesichts unserer Lage Bauchschmerzen. Zudem drängte sich mir beim Anblick der gewaltigen Stadtmauer mit ihren acht befestigten Toren und immerhin neununddreißig Türmen schon allein optisch der Eindruck auf, dass wir uns anschickten, freiwillig eine gewaltige Mausefalle zu betreten. Daher zog ich mir trotz der seit Tagen herrschenden drückenden Hitze unwillkürlich den weiten Mantel über den Kopf, damit niemand mich gleich auf den ersten Blick hin als dunkelhäutige Asiatin identifizieren konnte. Überhaupt machte die zunehmende Wärme vor allem meinem Fred immer ärger zu schaffen. Dafür sorgten allein schon der dickgesteppte Gambeson und das schwere Kettenhemd, derer er sich aus Sicherheitsgründen natürlich nicht entledigen durfte.

Aber es gab auch noch ein anderes, nicht zu unterschätzendes Risiko, über das wir uns seinerzeit bei unserem Aufbruch noch keine Gedanken gemacht hatten, und das betraf die Sprache. Seitdem wir den Sundgau durchquert hatten, konnten zumindest Fred und ich uns lediglich nur noch mit Gebärden und Zeichen verständlich machen, denn schließlich waren wir beide des Französischen nicht mächtig. Zwar mochte sich mein ritterlicher Gemahl noch an einzelne Worte aus seiner Schulzeit erinnern, doch bei dem zurzeit hier üblichen altfranzösischen Idiom hatte er nicht die Spur einer Chance. Selbst der so sprachgewandte Giacomo schien hier trotz rudimentärer Kenntnisse an seine Grenzen zu stoßen. Falls uns nun irgendwelche Leute beschimpften oder als Ketzer bezeichneten, würden wir es nicht einmal rechtzeitig registrieren, um noch das Weite suchen zu können, bevor man uns festsetzte oder gleich auf der Stelle umzubringen trachtete.

Doch zum Glück erwiesen sich all meine diesbezüglichen Befürchtungen als grundlos, und wir erfuhren sogar noch einige wichtige Details über unser fast zum Greifen nahes Ziel. Denn wie eigentlich auch nicht anders zu erwarten war, entpuppten sich die hiesigen Geldwechsler auf dem Markt vor der Kathedrale von Avignon als Italiener. Allerdings waren die Nachrichten, die sie aus Okzitanien erhalten hatten, geradezu bestürzend.

„Sie sollen die Stadt Béziers dem Erdboden gleichgemacht haben. Fast alle Einwohner haben dabei ihr Leben gelassen, Katharer wie römische Christen", übersetzte uns Giacomo hastig die letzten Neuigkeiten. „Vor gut einem Monat ist das Kreuzfahrerheer hier vorbeigezogen. „Es soll so riesig gewesen sein, dass der Staub, den es dabei aufgewirbelt hat, zwei Tage ganz Avignon verdunkelt habe. Ein anderer berichtet, er hätte 10 mal 1000 Lanzen gezählt. Aber das halte ich für übertrieben."

„Wie viele Leute gehören zu einer Lanze?", hakte Fred sofort nach.

„Das wisst Ihr nicht, Graf Winfred?", entgegnete Giacomo verwundert.

Obwohl er beim letzten Gespräch mit Wolfram dabei gewesen war, hatte der Venediger offenbar noch immer nicht verinnerlicht, dass wir in Wirklichkeit aus einer anderen Zeit gekommen waren.

„Nun gut", meinte Giacomo kopfschüttelnd. „Zu einer Lanzengruppe, die ein Ritter auf seinem Pferd anführt, zählen sein Sergent, sein Knappe und Schildträger, der Mundschenk, sechs berittene Bogenschützen, Degenkämpfer und Fußsöldner. Insgesamt sind es um die zwanzig Mann, so viele eben, wie uns an der Lahn aufgelauert haben."

Fred rechnete kurz nach und wurde blass.

„Demnach müssen es allein etwa 200 000 Soldaten sein, angeführt von 10 000 bis 15 000 Rittern", flüsterte er mir auf Hochdeutsch zu. „Nimm die hochadeligen Heerführer hinzu, dann kommst du gut auf 20 000. Wir haben zwar gewusst, dass bei diesem Kreuzzug das größte militärische Aufgebot zum Einsatz kommt, aber dass es so viele sein würden, hätte ich wirklich nicht gedacht."

„Sie werden wie eine gewaltige Walze über Okzitanien hinwegrollen", prophezeite ich düster. „Und Arnold befindet sich mitten unter ihnen... Er hat Deirdres Reif... Fred, ich habe eine Wahnsinnsangst um Pui Tien!"

„Dazu kommt, dass wir das größte Heiligtum ihrer ärgsten Feinde durch ihre Linien schmuggeln müssen", ergänzte Fred tonlos.

„Was flüstert Ihr da?", beschwerte sich Giacomo. „Glaubt Ihr mir etwa nicht?"

„Doch, Giacomo", antwortete Fred. „Wir haben nur gerade begriffen, dass wir die ganze Sache wahrscheinlich nicht überleben werden."

Fred Hoppe

Wir hatten die Rhone verlassen, die auf dem weiteren Weg zu ihrem Delta in der Camargue abbog, und waren der Straße nach Nimes und weiter nach Montpellier gefolgt. Seit zwei Tagen bewegten wir uns nun in einer weiten offenen Landschaft, die von der sengenden Sonne beschienen und mit welkem, braunem Gras bestanden war. Mittlerweile war die Hitze für mich fast unerträglich geworden, doch je näher wir dem eigentlichen Okzitanien kamen, desto weniger durfte ich meine ritterliche Ausrüstung vernachlässigen. Dabei hätte ich mir am liebsten das schwere Kettenhemd und den dicken Gambeson vom Leib gerissen. Auch mein Pferd litt immer mehr unter der zusätzlichen Last, so dass wir uns letztendlich entschlossen, unsere Reittiere wenigstens von ihren verzierten Decken zu befreien.

Inzwischen hatte sich die breite und unübersehbare Spur, die das Kreuzfahrerheer hinterlassen hatte, fast unauslöschlich in die karge Landschaft eingebrannt und zog sich wie ein endloser Lindwurm durch die zum nahen Mittelmeer hin geneigte Ebene. Ab und an überholten wir nun vereinzelte Gruppen von Mönchen und Wanderpredigern, die wahrscheinlich im Gefolge der riesigen siegreichen Armee in den bereits eroberten Gebieten die Seelen der Überlebenden auf den der Amtskirche genehmen rechten Weg zu Gott bringen wollten. Händlern und anderen normalen Reisenden begegneten wir dagegen nicht.

Immer dann, wenn wir uns erneut solchen Kuttenträgern näherten, hatte Phei Siang zur Vorsicht stets frühzeitig Kopf und Haartracht mit dem eigentlich verhassten Schleiergebende bedeckt, während Giacomo gut sichtbar sowohl meinen Schild trug als auch meinen Topfhelm transportierte, damit man ihn für meinen Knappen halten konnte. Tatsächlich ging die Rechnung auf, denn die zuvor verbissen dreinschauenden Mönche blickten jedes Mal freundlich auf, sobald sie uns sahen. Wahrscheinlich hielten sie uns für Nachzügler, die sich am Kreuzzug beteiligen wollten, aber den Anschluss an das Heer verpasst hatten. Einige beließen es nicht einmal bei einer gemurmelten Begrüßung. Wenn sie feststellten, dass sie sich mit uns verständigen konnten, gaben uns die Mönche manchmal sogar gute Ratschläge mit auf den Weg, wie zum Beispiel, dass ich am besten meine Gemahlin in der sicheren Hafenstadt Narbonne zurücklassen könne, weil dort bald der neu erwählte Erzbischof Arnaud Amaury einziehen werde. Danach wurde ich meistens noch für meinen bevorstehenden Einsatz gegen die Ketzer gesegnet.

Auf diese zugegebenermaßen etwas ungewöhnliche Weise erfuhren immer mehr über die wesentlichen Zusammenhänge. So berichteten uns die Mönche, dass sich die Hauptlast des Angriffs gegen den jungen Vizegrafen Raymond Roger de Trencavel richten würde, der innerhalb seiner weitläufigen Besitztümer den Ketzern besonderen Schutz gewährt habe. Doch seien dessen Tage gezählt, derweil das große Heer der Kreuzfahrer sich bereits zu Trencavels Hauptsitz nach Carcassonne aufgemacht hätte. In diesem Zusammenhang vernahmen wir auch zum ersten Mal den Namen des Anführers der von Papst Innozenz ins Leben gerufenen Kampagne, nämlich eines gewissen normannischen Ritters, Simon de Montfort.

Bei dessen Erwähnung zuckte Phei Siang kurz zusammen, und auch ich erinnerte mich noch gut daran, wie wir vor langer Zeit mit einem Mann dieses Namens Bekanntschaft geschlossen hatten. Da jenes Ereignis jedoch von der augenblicklichen Epoche aus gesehen erst in mehr als vierzig Jahren stattfinden würde, konnte es sich beim besten Willen nicht um den gleichen Ritter handeln. Dennoch war das sicherlich kein Zufall. Daher vermuteten Phei Siang und ich, dass der jetzige Heerführer mit großer Wahrscheinlichkeit der Vater unseres Simon de Montfort war.

Auch jener künftige Erzbischof von Narbonne, Arnaud Amaury, hatte offenbar bereits eine tragende Rolle in diesem unerbittlich geführten Kreuzzug gespielt. Immerhin war er wohl bislang der sogenannte geistliche Berater der Schlächter im Auftrag des Papstes gewesen und hatte ohne die geringsten Skrupel die Ermordung aller Einwohner von Béziers angeordnet. Trotzdem konnten wir uns zunächst nicht allzu viel darunter vorstellen, bis wir zwei Tage später die noch immer schwelenden Ruinen jener einst blühenden Stadt mit eigenen Augen sahen.

In die nun fast menschenleere Trümmerwüste auf dem Hügel über dem so friedlich dahinfließenden Orb trauten wir uns wegen der dort bestimmt herrschenden Seuchengefahr allerdings nicht hinein, doch klagten einige verstört umherirrende friesische Kaufleute bitter über die unbeschreibliche Grausamkeit, mit der die Kreuzfahrer nur drei Wochen zuvor hier gewütet hätten. Mehr als 20 000 Menschen seien von ihnen sowohl in den Gassen als auch in ihren eigenen Häusern bestialisch abgeschlachtet worden, und den über 5000 Bewohnern, die sich schutzsuchend in die Kathedrale geflüchtet hätten, habe man das Dach über den Köpfen angezündet.

„Von denen ist niemand entkommen, Herr!", versicherte uns ein gebrochener junger Mann mit zitternder Stimme. „Sie haben die Tür verbarrikadiert und die Kirche in Brand gesetzt. Drinnen sind alle erstickt oder wurden von den herabfallenden Steinen erschlagen. Die meisten unter den Toten sind Christen wie Ihr und wir, nur die wenigsten waren Ketzer. Könnt Ihr Euch vorstellen, Herr, dass der Legat des Papstes, dieser verfluchte Arnaud Amaury, den Söldnern gesagt hat, sie sollten alle umbringen, denn Gott würde sich schon die Seinen heraussuchen?"

In der Tat, das vermochten wir wirklich nicht.

Ich öffnete den Beutel an meinem Gürtel und gab dem völlig verängstigten Mann ein paar Münzen, die Giacomo in Avignon eingetauscht hatte. Vielleicht wusste der junge Friese ja noch mehr.

„Waren die Bewohner der Stadt denn so arglos gegenüber dem heranrückenden Feind?" hakte ich nach, weil ich das Geschehen einfach nicht fassen konnte. „Hat sie denn niemand gewarnt?"

„Oh doch, Herr!", antwortete der Friese bestimmt. „Der Vicomte de Trencavel war selbst noch kurz vor dem Eintreffen der Kreuzfahrer hier in der Stadt und hat allen Einwohnern dringend geraten, sich in Sicherheit zu bringen. Danach ist er mit seinem Aufgebot eiligst nach Carcassonne zurückgekehrt, um sich dort auf die baldige Belagerung vorzubereiten. Aber bei seinen Leuten war eine junge sarazenische Prinzessin mit langen schwarzen Haaren. Die ist zusammen mit ihrem Ritter und einem Priester der Amics de Diu, wie die Leute hier die Katharer nennen, in einem Versteck irgendwo hier in der Nähe geblieben, um die Flüchtlinge aus Béziers um sich zu scharen. Mit denen, es waren immerhin um die 500, glaube ich, ist sie dann mitten durch das Feindgebiet ebenfalls nach Carcassonne gezogen. Ich sage Euch, Herr, das war die mutigste Frau, der ich jemals in meinem Leben begegnet bin…"

Der junge Kaufmann brach erschrocken ab und starrte Phei Siang an, als ob ihm ein Geist erschienen wäre.

„Was hast du, junger Freund, ist dir nicht wohl?", erkundigte sich Giacomo, der natürlich nicht wusste, was vor sich ging.

Dagegen war Siang und mir natürlich längst klar geworden, dass der junge friesische Kaufmann von Pui Tien gesprochen hatte. Die Erleichterung darüber, dass wir, nach all den Monaten, die wir seit dem missglückten Gang durch das Zeittor von unserer Tochter und deren Freund getrennt worden waren, nun endlich eine konkrete Spur gefunden hatten, machte sich mit einem Schlag breit, und ich hätte trotz des schweren Panzerhemdes vor Freude in die Luft springen können.

Phei Siang hingegen lächelte nur still vor sich hin und löste schweigend ihr Gebende. Während gleich darauf ihr herrliches Haar losgelöst und befreit im warmen Sommerwind zu flattern begann, sank der junge Friese fassungslos auf seine Knie und bekreuzigte sich.

„Ihr seid noch einmal zurückgekehrt, Prinzessin!", rief er freudig überrascht. „Wie habt Ihr es bloß geschafft, den Belagerungsring um Carcassonne zu durchbrechen?"

Leng Phei Siang, 13. August 1209

Wir ließen den friesischen Kaufmann in dem Glauben, er hätte noch einmal seine junge Heldin gesehen, und baten ihn nur darum, uns die Gegend um Carcassonne ein wenig genauer zu beschreiben. Dazu fertigte Fred eine grobe Skizze an, auf der er den Verlauf des Aude sowie die kleineren Orte um die Stadt herum eintrug. Danach machten wir uns alsbald auf, die verwüstete Umgebung von Béziers zu verlassen. Wie hätten wir dem Friesen auch beibringen sollen, dass ich in Wirklichkeit die Mutter seiner jungen Heldin war?

Mit Giacomo verhielt es sich natürlich anders. Ihm schuldeten wir schon eine Erklärung und zwar eine, die der Wahrheit ziemlich nahe kam. Da er ja damals während unserer ersten offenen Unterredung mit dem Edelherrn von Wetter nicht dabei gewesen war, konnte er bis jetzt noch immer nichts von Pui Tiens Existenz wissen. Also erzählten Fred und ich unserem Gefährten, dass wir beim Durchschreiten des Tores an den Externsteinen von unserer Tochter und deren Begleiter getrennt worden wären. Später hätten wir dann Hinweise erhalten, die uns vermuten ließen, dass sich die beiden in Okzitanien befinden müssten.

Giacomo nahm diese für ihn überraschende Nachricht zunächst erstaunlich gelassen auf.

„Also seid Ihr vor Beginn Eurer Mission vier Personen gewesen", kombinierte er nüchtern. „Ich habe schon so viele seltsame Dinge mit Euch erlebt, dass ich auch diese Geschichte hinnehmen will, ohne sie zu begreifen. Aber wie kann es sein, Prinzessin Phei Siang, dass der friesische Kaufmann bei Eurem Anblick glaubte, Eure Tochter vor sich zu haben? Sie muss doch viel jünger sein als Ihr selbst, denn eigentlich wäre sie wohl noch ein Kind."

„Ich möchte es dir ja erklären, Giacomo", entgegnete ich zweifelnd. „Aber ich fürchte, du würdest mir nicht glauben. Wie solltest du auch, wenn nicht einmal dort, wo wir herkommen, jemand verstehen kann, wie es sich wirklich verhält."

„Ihr sprecht in Rätseln, Phei Siang", merkte unser Gefährte irritiert an.

„Was ich meine, ist, dass unsere Tochter schon eine erwachsene junge Frau ist, die bereits ihren 18. Sommer sieht und mir bis aufs Haar gleicht", fuhr ich fort. „Du wirst es ja sehen, wenn du sie triffst."

Giacomo sah mich mit großen Augen an.

„Wie alt wart Ihr, als Ihr sie empfangen habt?"

„Ich war 24, als ich sie gebar, und seitdem sind für meinen Gemahl und mich nicht mehr als dreieinhalb Jahre vergangen", antwortete ich wahrheitsgemäß, obwohl Fred mir
zuvor noch einen warnenden Blick zugeworfen hatte.

„Das hieße ja...", hob Giacomo an und brach ab.

Für einen Augenblick lang stand ihm das pure Entsetzen
im Gesicht geschrieben, doch dann streckte er plötzlich
seine Hände in die Luft und schüttelte unwillig den Kopf.

„Nein, ich will es nicht wissen!", protestierte er vehement.
„Schon, als Ihr mit dem Edelherrn von Eschenbach darüber
gesprochen habt, dass Ihr aus einer anderen Zeit gekommen wäret, mochte ich nichts davon hören, und jetzt das...
Besser, wir belassen es dabei, dass Ihr die ‚Boten' seid, die
von Geheimnissen umgeben sind, die ein einfacher Mensch
wie ich nicht zu ergründen vermag."

„Es tut mir leid, ich wollte dich nicht erschrecken", versuchte ich ihn zu beruhigen, doch Giacomo winkte nur ab.

„Vergesst es, Phei Siang!", erwiderte er kategorisch.
„Vergesst es einfach und lasst uns lieber gemeinsam überlegen, was wir nun tun sollen. Ich nehme doch an, dass Ihr
beide am liebsten sofort nach Carcassonne aufbrechen
wollt, um Eure Tochter und deren Begleiter zu retten. Aber
ich sage Euch gleich, das wird nicht möglich sein."

Fred Hoppe

Giacomo hatte natürlich recht. Auch wenn wir so unverhofft endlich auf eine Spur von Pui Tien und Didi gestoßen
waren, so könnte es uns doch niemals gelingen, unbemerkt
durch die Reihen des riesigen Kreuzfahrerheeres zu schleichen. Und selbst, falls wir dies doch irgendwie bewerkstelligen sollten, dann wären wir zusammen mit unserer Tochter
innerhalb der Mauern jener Stadt eingeschlossen und auf
Gedeih und Verderb der Gnade jenes Simon de Montfort
und dessen päpstlichen Beraters ausgeliefert. Denn dass
Carcassonne irgendwann in naher Zukunft fallen würde,
stand zumindest für Phei Siang und mich eindeutig fest,
seitdem wir aus meinem kleinen Geschichtslexikon erfahren
hatten, wie der sogenannte „Albigenserkrieg" ausgehen
würde.

Auf der anderen Seite ließ das grausige Abschlachten der Einwohner von Béziers in dieser Hinsicht das Schlimmste befürchten. Also mussten wir unbedingt versuchen, Pui Tien und Didi vor einem derart furchtbaren Schicksal zu bewahren. Natürlich gab es da nur eine Möglichkeit, und die würde ich nutzen: Ich durfte nicht gegen die Kreuzfahrer agieren, sondern musste mit ihnen zusammen die Stadt erobern. Unter Umständen bekäme ich so die Chance, die beiden aufzuspüren, bevor sie irgendwelchen mordlüsternen Marodeuren in die Hände fallen konnten.

Während ich noch in Gedanken versunken den entsprechenden Überlegungen nachging, beobachtete uns Giacomo lauernd von der Seite. Phei Siang hingegen schien zum gleichen Ergebnis wie ich gelangt zu sein, denn sie nickte mir bereits zustimmend zu.

„Es geht nicht anders, du musst dich den Kreuzfahrern anschließen!", forderte sie mich entschlossen auf. „Da unsere Beiden offensichtlich zum Gefolge des Vicomte de Trencavel gehören, wirst du sie am ehesten in dessen Stadtburg antreffen."

„Ich hatte es ja schon geahnt!", jammerte Giacomo säuerlich. „Ihr beide brütet wieder einmal einen Plan aus, der uns allen den Kopf kosten kann. Vielleicht darf ich Euch daran erinnern, geschätzte Freunde, dass wir auch noch eine wichtige Aufgabe erfüllen müssen."

„Keine Sorge, das ist uns sehr wohl bewusst!", gab Phei Siang lächelnd zurück. „Für meinen Gemahl und mich stand immer fest, dass wir sowohl unsere Tochter finden als auch das Bündel zum Montsalvat bringen wollten. Daran hat sich auch jetzt nichts geändert. Vielmehr glauben wir schon seit geraumer Zeit, dass sogar beides unmittelbar zusammenhängt."

„Wie lange wisst Ihr denn schon, dass Eure Tochter sich in der Nähe des Bestimmungsortes für das ‚Allerheiligste' aufhält?", fragte Giacomo irritiert.

„Seit jenem Abend in den Wäldern, an dem du unser ganzes Wildbret vertilgt hast", entgegnete Phei Siang süffisant.

Genau wie damals, als meine fürsorgliche Gemahlin unseren Gefährten mit dem gleichen Einwand zum Mitspielen bei der gefährlichen Aktion, das Bündel zu stehlen, bewegt hatte, lief Giacomo auch diesmal wieder rot an wie eine Tomate.

„Schon gut, schon gut", winkte der Venediger ab. „Ich habe verstanden. Von mir aus lasst uns versuchen, nun auch den Kreuzfahrern vorzugaukeln, wir wären treue und pflichtbewusste Anhänger der römischen Kirche. Sagt mir nur, was für eine Art päpstlichen Gecken ich diesmal darstellen soll."

„Oh das ist einfach", beschied ich Giacomo grinsend. „Du bist mein Knappe und Waffenträger, denn als Conte de Segni bist du in Werden schließlich allzu sorglos mit meinem Geldbeutel umgegangen!"

Danach konnte sich auch Giacomo ein Lächeln nicht verkneifen.

„Dann bleibt nur die Frage, Herr, wo sich Eure liebreizende Gemahlin in der Zwischenzeit verbergen soll", fügte er an. „Schließlich kann sie als Frau ja nicht mit 200 000 Männern gegen die Mauern von Carcassonne anrennen."

„Auf jeden Fall nicht in Narbonne, wie uns einer der Mönche noch vor ein paar Tagen geraten hat", erwiderte ich. „Es wäre mir schon lieber, wenn sie uns begleiten könnte, aber ich sehe ein, dass der feine künftige Erzbischof Arnaud Amaury kaum dafür Verständnis haben dürfte, wenn eine fremdhäutige Mongolin an der Seite seines ach so christlichen Heeres reitet."

„Ich werde das Bündel nehmen und mich in der nächsten kleineren Stadt hinter Carcassonne verstecken", entschied Phei Siang kurzerhand für sich. „Wenn es euch Beiden gelingt, unsere Tochter und ihren Begleiter zu finden, treffen wir uns dort, sobald sich für euch eine Gelegenheit ergibt, unauffällig das Heer zu verlassen. Das dürfte sicherlich nicht so schwer sein, denn bei so vielen Leuten wird gewiss kaum jemand darauf achten, was ein einzelner Ritter mit seinen beiden Gefangenen macht."

Wir schauten uns noch einmal die Skizze an und entschieden kurzerhand, dass Phei Siang sich zu einem Ort begeben würde, der Montréal genannt wurde und etwa 10 Meilen westlich von Carcassonne lag.

„Das Einzige, was wir nun noch herausfinden müssen, ist, wann Carcassonne fallen wird", ergänzte ich unbefangen.

„Ha, das kann noch Monate dauern, wenn es überhaupt jemals geschieht!", gab Giacomo trotzig zu bedenken.

„Sag das nicht!", entgegnete ich bestimmt, während ich in meiner Gürteltasche nach dem Geschichtslexikon kramte.

Immerhin hatte ich ja vor knapp drei Monaten im Wald am Kettelbach schließlich doch noch den Eintrag über den Kreuzzug gegen die Katharer gefunden, und ich glaubte mich auch daran erinnern zu können, etwas über die Chronologie jener zwanzig Jahre währenden Auseinandersetzung gelesen zu haben. Allerdings starrte mich Giacomo nur ungläubig an.

„Was soll das werden, Herr?", meinte er, als ich das Büchlein aufschlug. „Ist das vielleicht so etwas wie eine geheime Anweisung für die ‚Boten'?"

„Besser, mein Freund", antwortete ich betont gleichmütig. „Hier steht sogar, was in der Zukunft geschehen wird."

Giacomo verdrehte die Augen und wandte sich kopfschüttelnd ab.

„Natürlich, wie konnte ich das vergessen?", murmelte er vor sich hin. „Er hat ein Zauberbuch dabei, und es wird ihm gleich verraten, dass die Stadt morgen eingenommen wird. So ein Unsinn!"

„He, so falsch liegst du damit gar nicht!", rief ich ihm zu, nachdem ich die entsprechende Stelle gefunden hatte. „Carcassonne wird nämlich in zwei Tagen in die Hände der Kreuzfahrer fallen."

Phei Siang kam an meine Seite, und wir schauten uns gemeinsam an, was in meinem kleinen Lexikon über den Verlauf des Albigenserkrieges geschrieben stand:

„Nach der Ermordung des päpstlichen Legaten Pierre de Castelnau durch einen Pagen des Grafen Raymond VI. von Toulouse ruft Papst Innozenz zum Kreuzzug auf", las Phei Siang leise vor. „Das Heer unter Simon de Montfort, Graf von Leicester, erobert von 1209 bis 1218 die Provence. Einnahme und Verbrennung von Béziers am 22. Juli 1209 und Einnahme von Carcassonne am 15. August 1209. Danach Eroberung und Besetzung der gesamten Region, wobei viele Städte wie Narbonne, Albi und andere kampflos übergeben werden…"

Phei Siang brach ab und schaute mich nachdenklich an.

„Wir kommen hierher, finden eine Spur von Pui Tien, und gerade mal zwei Tage später gerät sie in eine tödliche Gefahr", fasste sie zusammen. „Ob es wohl das war, was Mechthild gemeint hatte, als sie sagte, wir müssten uns beeilen?"

„Ich habe keine Ahnung, Siang", flüsterte ich. „Aber ein Zufall ist das alles bestimmt nicht."

Leng Phei Siang

Giacomo weigerte sich zwar strikt, daran zu glauben, dass die Stadt Carcassonne bereits in zwei Tagen fallen würde, doch das hielt ihn nicht davon ab, sofort mit uns dorthin aufzubrechen. Fast kam es mir so vor, als ängstigte er sich vor seiner eigenen Courage, all die augenscheinlich unerklärbaren wunderlichen Dinge zu akzeptieren, die mit Fred und mir einhergingen, obwohl ihm sein Verstand längst sagen musste, dass wir lediglich nur deshalb mehr wissen konnten als er, weil wir aus einer fernen künftigen Epoche gekommen waren. Vielleicht aber wollte sich unser Gefährte auch nur den Mythos um die geheimnisvollen Boten bewahren, die seiner Vorstellung nach von unbegreiflichen Mächten dazu ausersehen waren, das größte Heiligtum der so grausam verfolgten Glaubensgemeinschaft der Katharer in Sicherheit zu bringen.

Über die Entfernung und den schnellsten Weg zu der belagerten Metropole der gesamten Vizegrafschaft hatte uns der junge Friese allerdings nur recht vage Angaben gemacht. Aber wenn es uns gelänge, bis zum Abend an den Aude zu kommen, dann hätten wir in etwa die Hälfte der Strecke zurückgelegt.

Immerhin kamen wir auf der alten Römerstraße, die uns durch die schier unendliche Ebene nach Westen brachte, zunächst erstaunlich schnell voran. Doch dann machte die unerträgliche Hitze sowohl uns als auch den Pferden schwer zu schaffen. Wir mussten immer öfter anhalten, um in ausgetrockneten Bachtälern den spärlichen Schatten borniger Büsche aufzusuchen, wo wir ein wenig ausruhen konnten, ohne direkt der gnadenlosen Sonne ausgesetzt zu sein. Als bald darauf auch unsere letzen Vorräte an Wasser zur Neige gingen, mussten wir feststellen, dass wir offenbar die klimatischen Bedingungen dieser südlichen Region vollkommen unterschätzt hatten. Zum Glück gelangten wir bald danach an den Rand einer plateauartigen Landschaft und trafen damit endlich auf vereinzelte Rinnsale, die noch nicht versickert waren. Am späten Nachmittag überquerten wir sogar einen richtigen Fluss.

Während unsere Pferde sich ausgiebig an dem kühlen Nass labten, zog Fred kurzerhand die Stiefel aus, legte Waffenrock, Kettenhemd sowie sein Untergewand nebst

Beinkleidern ab und ließ sich einfach rückwärts in die Fluten fallen. Ich selbst streifte meine ledernen Schuhe ab und legte mich voll bekleidet der Länge nach ins Wasser. Giacomo hingegen löschte nur seinen Durst und schaute uns kopfschüttelnd zu. In diesem Moment tauchte am gegenüberliegenden Ufer eine Gruppe von Menschen auf.

Als die Vordersten uns erblickten, wichen sie gleich vor Schreck zurück und versuchten, sich in den dornigen Büschen zu verbergen. Wahrscheinlich hielten diese Leute uns auf den ersten Blick für Kreuzritter, weil sie die Pferde und unsere Ausrüstung gesehen hatten. Doch sobald Giacomo ihnen ständig zuwinkte, kamen sie vorsichtig aus ihrer Deckung hervor. Um den verängstigten Flüchtlingen die größte Furcht zu nehmen, blieb Fred nur mit der Bruoch bekleidet abwartend im Fluss stehen, während ich mich zu unserem Gefährten gesellte.

Es waren Männer, Frauen und Kinder in einfach gehaltenen grauen und braunen Gewändern, die wahrscheinlich nichts als ihr nacktes Leben gerettet hatten. Doch als Giacomo sie nacheinander in mehreren Sprachen anredete, stellte sich überraschenderweise heraus, dass sich unter den Flüchtlingen auch ein Italiener befand.

Dieser war ein Banchieri, der sich offenbar gerade auf der Durchreise von Toulouse zum Hafen nach Narbonne befunden hatte, als er auf halber Strecke zwischen Carcasonne und der Mittelmeerküste in einem Dorf namens Olonzac dem anrückenden Kreuzritterheer in die Arme gelaufen war. Die anderen waren überwiegend jüdische Einwohner jener Siedlung am Aude gewesen, die man mit vielen anderen zusammengetrieben und auf dem Dorfplatz in einen eilig errichteten hölzernen Käfig gesperrt hatte. Nur zwei Frauen unter den Flüchtlingen bekannten sich zur Gemeinschaft der Katharer oder besser zu den Amics de Diu, wie sich die christlichen Abweichler hier in Okzitanien auch nannten. Ihnen allen war in der letzten Nacht noch die Flucht gelungen, bevor man sie auf dem Scheiterhaufen dem „reinigenden Feuer", wie es geheißen hatte, überantworten konnte. Allerdings, so berichtete der italienische Banchieri weiter, seien die meisten Entflohenen bestimmt wieder eingefangen worden und sähen nun einem grausamen Ende ihres Lebens entgegen. Unter jenen befänden sich bestimmt auch noch viele nahe Verwandte der Menschen, die sich bis jetzt vor dem Flammentod retten konnten.

„Haben die Kreuzfahrer denn viele Söldner im Dorf zurückgelassen?", erkundigte sich Fred über Giacomo.

„Es sind mehr als 30 Bewaffnete, darunter auch Schwertkämpfer und Bogenschützen", lautete die übersetzte Antwort. „Sie werden von mehreren Adeligen aus dem Norden angeführt. Aber die Ankläger sind Mönche!"

„Zisterzienser, nehme ich an", brummte Fred missmutig.

„Nein, diesmal nicht", widersprach Giacomo. „Mein Zunftgenosse berichtet von Anhängern eines früheren Legaten des Papstes, der schon seit Jahren gegen die Katharer predigt. Sein Name ist Dominikus von Caleruega. Daher bezeichnen sich seine Gefolgsleute als Dominikaner, aber bislang sind sie noch kein von Rom anerkannter Orden. Auf jeden Fall führen diese das Wort, lassen Fleischproben durchführen und zwingen alle Verdächtigen, die Mutter Gottes anzurufen. Wer dies nicht vermag, gilt als überführter Häretiker und wird auf dem Scheiterhaufen verbrannt."

„Aber dein italienischer Freund hat doch erzählt, dass nur zwei der Flüchtlingsfrauen Katharer sind", wandte Fred verständnislos ein. „Warum sollen denn alle anderen auch in den Tod geschickt werden?"

„Nun, das ist doch klar!", fuhr Giacomo erregt auf. „Sie könnten sich verstellen. Normalerweise würde man sie wohl foltern, bis sie zugeben, doch Katharer zu sein, aber so viel Zeit scheinen die feinen Herren nicht zu haben, oder sie wollen sich nicht die Finger schmutzig machen, was weiß denn ich! Also wirft man gleich alle ins Feuer, da wird man die Richtigen schon erwischen. Ihr habt doch gehört, was dieser Arnaud Amaury in Béziers gesagt hat. Und die Juden sind für die römische Kirche sowieso nur eine ungläubige Brut, derer man sich gleich mit entledigen kann."

„Wie weit ist es noch bis nach Olonzac?", fragte Fred unvermittelt. „Sag den Leuten, wir werden versuchen, die anderen Gefangenen vor den Flammen zu bewahren!"

Fred Hoppe

In was für einen Wahnsinn waren wir hier hineingeraten? Von all den grausigen Auswirkungen und Folgen des sogenannten Albigenserkrieges hatte natürlich kein Sterbenswörtchen in meinem Geschichtslexikon gestanden. Da ging es nur um Eroberung und Besetzung, um Sieg oder Niederlage der einen oder anderen Partei, nicht aber, was das für die Bewohner dieses Kriegsgebietes bedeutete. Schon allein die fast neutral anmutende Umschreibung „Einnahme und Verbrennung von Béziers" ließ nicht annähernd vermuten, dass dort 20 000 Menschen bestialisch ermordet worden waren.

Doch was geschah angesichts solcher Grausamkeiten mit uns selbst? Vor nicht viel mehr als einem Monat hatten wir noch Reißaus genommen, als uns ein Haufen von zwanzig Bewaffneten verfolgte, und nun war ich ohne Weiteres bereit, gegenüber einer viel größeren Anzahl erfahrener Kämpfer Kopf und Kragen zu riskieren, um völlig fremde Menschen vor einem qualvollen Ende auf dem Scheiterhaufen zu retten. Natürlich hätten Siang und ich uns einreden können, diese Leute gingen uns nichts an, zumal sie, vom Standpunkt der fernen Gegenwart aus gesehen, ja eigentlich seit achthundert Jahren tot waren. Doch mit einer derart spitzfindigen und unrealistischen Betrachtungsweise hatten wir beide uns bei allen unseren Aufenthalten in dieser gefährlichen Epoche nie anfreunden können. Die einzig relevante Frage, die sich uns beiden stellte, war, wie es uns gelingen könnte, die geballte Übermacht an Gegnern auszutricksen.

„Die Kreuzfahrer in Olonzac anzugreifen wäre Selbstmord!", hatte Giacomo gleich folgerichtig eingewandt, als wir darüber berieten, wie wir mein großspurig angekündigtes Vorhaben umsetzen wollten.

„Deshalb werden wir dies auch nicht tun!", stellte Phei Siang klar. „Weißt du, bei meinem Volk gab es vor vielen hundert Jahren einen weisen Mann, und der hat gesagt: ‚Wahrhaft siegreich ist, wer gar nicht erst kämpft'."

„Das klingt zwar gut, aber wie wollt Ihr das anstellen, Phei Siang?", entgegnete Giacomo ratlos. „Der Käfig wird sicher gut bewacht, nachdem schon einmal welche entkommen sind. Eine List wird da nicht viel nützen."

„Warum nicht?", erwiderte Phei Siang lächelnd. „Wie wäre es, wenn wir die Kreuzfahrer mit dem gleichen Schicksal bedrohen, das sie eigentlich ihren armen Gefangenen zugedacht haben?"

Unser Gefährte sah sie verständnislos an, doch ich ahnte bereits, worauf meine liebreizende Gemahlin hinauswollte.

„Die Idee ist gut!", verkündete ich überzeugt. „Ich denke, wir sollten es genauso machen."

„Was?", drängte Giacomo ungeduldig.

„Nun ja, das hohe Gras ist überall hier knochentrocken, und es wird brennen wie Zunder", begann Phei Siang ihren Plan zu erläutern. „Es dürfte also nicht schwierig sein, nah genug an das Dorf heranzuschleichen und von drei Seiten her Feuer zu legen."

„Sobald die Kreuzfahrer die heranrasenden Flammen entdecken, werden sie eine Menge zu tun haben, den Brand zu löschen, wenn sie nicht gebraten werden wollen", ergänzte ich fast belustigt. „Das ist der Moment, in dem wir die Leute befreien. Danach sind sie allerdings auf sich allein angewiesen, denn wir müssen natürlich so schnell wie möglich verschwinden."

„Also nach Westen", schloss Giacomo zufrieden. „Ich muss schon sagen, Winfred und Phei Siang, ich bin froh, Euch nicht zu Gegnern zu haben."

Das Dorf Olonzac war nicht mehr als zehn bis zwölf Kilometer entfernt und lag im Schnittpunkt mehrerer kleinerer und teilweise ausgetrockneter Bachläufe, die allesamt aus der nördlich angrenzenden Plateaulandschaft kamen. Nicht weit von den nächsten Häusern der auf den ersten Blick hin friedlich und beschaulich anmutenden Siedlung floss der Aude vorbei. Irgendwo weit hinter dem spätnachmittäglichen Dunst, wo sich dessen träge Fluten durch die Ebene dahinschlängelten, lag unser eigentliches Ziel Carcassonne. Während wir auf einer Anhöhe im Gras liegend darauf warteten, dass der rote Glutball der Sonne sich dem fernen Horizont zuneigte, sprach ich Phei Siang noch einmal auf das Zitat des alten chinesischen Philosophen an:

„Vorhin, das war doch aus der ‚Kunst des Krieges' von Sun Dsu, nicht wahr?", flüsterte ich ihr zu. „Ich habe gar nicht gewusst, dass der bei euch bis heute ein so großes Ansehen genießt."

„Tat er wohl auch nicht, zumindest nicht, solange Mao den Anspruch erhob, die gesamte Weisheit des Volkes für sich allein gepachtet zu haben", beschied sie mir grinsend. „Trotzdem glaube ich, der alte Stratege würde sich im Grab herumdrehen, wenn er wüsste, wie ich seine Ratschläge interpretiere."

„Immerhin hielt er wohl nicht viel davon, einfach blind auf den Gegner draufzuschlagen, und das macht ihn mir schon fast sympathisch."

„Täusch dich nicht, Fred", entgegnete Phei Siang zweifelnd. „Der gewiefte Kriegstheoretiker war gewiss auch nicht zimperlich, wenn er über den rechten Umgang mit Unterlegenen philosophierte."

Leng Phei Siang

Sobald die Sonne untergegangen war, huschten wir aus unserem Versteck heraus in verschiedene Richtungen davon, um unseren Plan in die Tat umzusetzen, und nur eine Stunde später brannte das ausgetrocknete Grasland schon lichterloh. Doch erst als aus dem nahen Dorf bereits laute erschrockene Rufe zu vernehmen waren, zogen wir uns wie vereinbart zum Treffpunkt bei den Pferden zurück.

Fred zog sich entschlossen die Kettenkapuze über den Kopf, setzte den Topfhelm auf und ritt voran. Giacomo folgte ihm dicht auf, während ich die langen Leinen, mit denen unsere beiden Packpferde verbunden waren, einzeln um meinen Sattelbaum knüpfte. Kurz vor dem Ortseingang löste ich die Schnüre wieder und behielt sie in den Händen, so dass beide Tiere zu mir aufschließen konnten. Auf diese Weise rahmten sie mich von zwei Seiten ein, und wir bildeten eine Art Phalanx, der sich besser niemand in die Quere stellen sollte. Dann gaben wir unseren Pferden die Sporen und preschten los.

Der große hölzerne Käfig befand sich inmitten des Dorfes, und man hatte schon die Reisigbündel um das Gestell gestapelt. Allerdings dachte wohl niemand daran, sie gerade jetzt anzuzünden, denn auf dem Platz herrschte ein heilloses Chaos. Söldner, Mönche und Bauern rannten im hellen Schein der sich dem Ort nähernden Flammen aufgeregt durcheinander, schleppten Eimer mit Wasser in alle Richtungen und brüllten lauthals durch die Straßen, während Dutzende von Gefangenen sich angsterfüllt an die Gitterstäbe pressten.

Dann waren Fred und Giacomo auch schon heran. Das Schwert des Zwerges sauste mit Macht auf das Gestell und durchtrennte Holz und Seile wie Butter. Der Italiener sprang ab und trat wie ein Berserker gegen den Käfig. Erst jetzt bemerkten die ehemaligen Bewacher, was um sie herum vorging, Die Schergen ließen ihre Eimer fallen, griffen zu ihren Waffen und liefen auf die beiden zu. Endlich brachen die Seiten des hölzernen Gefängnisses auseinander, und die Menschen strömten heraus.

„A la rivière!" (zum Fluss), schrie Fred ihnen in seinem holperigen Schulfranzösisch zu, ohne zu wissen, ob die Flüchtenden ihn überhaupt verstehen konnten.

In diesem Moment galoppierte ich mit meinem Gespann auf den Platz. Um sich Luft zu verschaffen, ließen Fred und Giacomo ihre Pferde steigen, dann stoben die beiden hinter mir her. An ein Ausweichen war überhaupt nicht zu denken, selbst wenn ich gewollt hätte, wäre es mir wohl nicht gelungen, meine drei Reittiere noch umzulenken oder gar zu bremsen. Sie rasten mit voller Wucht und unaufhaltsam den anstürmenden Soldaten entgegen. Für Bruchteile von Sekunden blickte ich in schreckensbleiche Gesichter, vernahm schrille Schreie, und in meinen Ohren hallte das knirschende Geräusch der unter der brachialen Gewalt wirbelnder Hufe brechenden Knochen vielfach wieder. Vor Entsetzen schloss ich die Augen, doch da waren wir bereits hindurch und fanden uns in einer Gasse wieder, die uns zum Ausgang des Ortes führte. Noch einmal trieben wir unsere Pferde zur Eile an und hielten erst, als wir sicher sein konnten, dass wir nicht verfolgt wurden.

Fred Hoppe, 14. August 1209

Die Nacht war völlig sternenklar und bemerkenswert ruhig. Nur die im Mondlicht silbrig schimmernden schmalen Blätter der Olivenbäume, zwischen denen wir abseits der Straße ein geeignetes Versteck gefunden hatten, bewegten sich manchmal leicht und raschelten seltsam vor sich hin. Auf dem Boden unter den Stämmen lagen ausgebreitete netzähnliche Gebilde, in denen sich die herabfallenden Früchte fingen. Unwillkürlich fragte ich mich, wer sie wohl ernten würde, denn nach unserer überstürzten Flucht aus Olonzac waren wir immer wieder an den Ruinen abgebrannter kleiner Häuser vorbeigekommen, und nirgendwo hatte es auch nur die geringsten Anzeichen dafür gegeben, dass in dieser Gegend überhaupt noch Menschen wohnten.

Eigentlich hätten wir im Schutz der Dunkelheit weiterreiten müssen, doch dazu waren sowohl wir selbst als auch die Pferde viel zu erschöpft. Nachdem Giacomo und Phei Siang abgestiegen waren, hatten sich beide gleich an Ort und Stelle auf die noch immer warme Erde gelegt und waren sofort eingeschlafen. Ich dagegen wollte zwar unbedingt Wache halten, doch auch mir fielen immer öfter die Augen zu, und irgendwann wusste ich nichts mehr. Als mich Siangs Hand sanft weckte, fuhr ich erschrocken und wie von der Tarantel gestochen hoch.

„Bu danchsin" (keine Sorge), flüsterte sie mir beruhigend zu. „Fred, ich glaube, es ist das Beste, wenn ihr beide schon jetzt allein weiterreitet. Man sollte dich nicht mehr in meiner Begleitung sehen, je näher ihr an Carcassonne herankommt."

Ich richtete mich mühsam auf und schaute sie lange an.

„Bist du wirklich sicher, dass du diesen Ort Montréal allein finden wirst?"

„Wieso nicht, der liegt doch in Kanada, oder?", beschied sie mir grinsend, wurde aber gleich wieder ernst. „Scherz beiseite, ich denke, ich werde mich noch bis zum Abend hier verbergen und dann im Schutz der Dunkelheit einfach dem Aude flussaufwärts folgen, bis ich auf der Westseite der belagerten Stadt angelangt bin. Von da an kann es nicht mehr allzu weit nach Montréal sein."

Ich holte aus meiner Gürteltasche die Skizze des Friesen hervor und gab sie ihr. Anschließend überreichte ich Phei Siang das Bündel mit dem „Allerheiligsten".

„Wahrscheinlich ist es sicherer, wenn du es irgendwo versteckst, bevor du den kleinen Ort erreichst", empfahl ich ihr. „Falls es uns gelingt, Pui Tien und Didi zu finden, sind wir bald wieder alle vereint."

Phei Siang umarmte mich stumm. In diesem Moment rührte sich Giacomo, und wir fuhren auseinander wie zwei ertappte Teenager.

„Habe ich etwas verpasst?", fragte der kleine Venediger provozierend.

„Wir müssen sofort aufbrechen", teilte ich ihm kurz angebunden mit. „Die Kreuzfahrer werden mit der Einnahme von Carcassonne nicht auf uns warten."

Giacomo packte murrend seine Sachen zusammen, und wir ritten los. Dass Phei Siang uns nicht weiter begleitete, nahm er dagegen kommentarlos zur Kenntnis.

Wie am Tag zuvor machte mir auch diesmal wieder die Hitze schwer zu schaffen, doch ich zwang mich einfach, weiter durchzuhalten. Immerhin mussten wir unbedingt noch rechtzeitig beim Heer der Belagerer eintreffen, bevor die mord- und habgierigen Plünderer in die Stadt einfallen konnten. Trotzdem schafften wir es nicht vor dem Abend, das riesige Zeltlager auf der Ebene vor der imposanten Kulisse der gewaltigen Stadtmauern zu erreichen.

Zu meiner Überraschung deutete auf den ersten Blick nichts darauf hin, dass die Kreuzfahrer nun schon seit zwei Wochen ununterbrochen gegen die überaus eindrucksvolle Festungsanlage angerannt waren. Doch dann entdeckte ich die verbrannten Trümmer vorgeschobener Belagerungstürme, zerstörte und intakte Wurfmaschinen sowie die unverkennbaren Rauchsäulen schwelender Brandnester auf und zwischen den Dächern der Stadt. Immerhin gab es offensichtlich im Moment aber keine Kampfhandlungen, denn die weite Fläche zwischen dem Lager der Kreuzfahrer und den Mauern war wie leergefegt. Auf jeden Fall schien es so, dass wir noch nicht zu spät gekommen waren.

Die Wachen vor den ersten Zelten sprachen uns erwartungsgemäß auf Französisch an, was ich mit einem deutlichen Schulterzucken quittierte. Daraufhin ergriff einer der Schergen kurzerhand die Zügel meines Pferdes und führte uns einfach weiter in das Lager hinein. Dabei drängte sich mir unweigerlich der Eindruck auf, dass die Ankunft von Nachzüglern, die sich ebenfalls am Krieg gegen die Ketzer beteiligen wollten, offenbar etwas Alltägliches war.

Schließlich hielt der Söldner vor einer Gruppe von Mönchen an, die allesamt die gleichen schwarzen Kutten trugen wie jene, die wir bereits in Olonzac aufgescheucht hatten. Auch sie mussten wohl zu dieser neuen Bewegung der Dominikaner gehören. Daher war höchste Vorsicht geboten. Nachdem ich einige Sätze auf Sächsisch vorgebracht hatte, fand sich tatsächlich einer, der mich verstehen konnte.

„Ihr seid also ein Ritter aus dem Sachsenlande, der dem Aufruf des Papstes zum Heiligen Krieg gegen die Ketzer folgen will", wiederholte der Schwarzgekleidete.

Sein Akzent war schwer zu verstehen und erinnerte mich an Flämisch. Ich nickte und wies auf Giacomo:

„Leider kann ich nicht mit einer Lanze oder gar einem Banner dienen, sondern nur mit meinem Waffenträger. Denn ich bin ein Ritter ohne Lehen und habe nur mein Schwert zu bieten. Aber ich bin gewillt, getreu meinem Eid für die Sache der Christenheit in den Streit zu ziehen!"

„Gemach, gemach!", wiegelte der Mönch lächelnd ab. „Unserem Heerführer Simon de Montfort ist es bereits gelungen, den unseligen Schutzherren der Ketzer, de Trencavel, gefangen zu nehmen, nachdem dieser so unvorsichtig war, mit uns verhandeln zu wollen. Aber jemand, der sich außerhalb der Ordnung unserer heiligen Kirche stellt, hat nun mal sein ritterliches Recht auf freies Geleit verwirkt. Für Euch, mein Herr, bedeutet dies aber, dass Ihr wohl nicht mehr zu kämpfen braucht, um Carcassonne zu erobern, denn wir werden morgen die Stadt einfach übernehmen."

„Ich weiß schon, was Ihr damit sagen wollt!", fuhr ich mit gespieltem Zorn auf. „Ihr denkt, ich hätte gezögert, bis die Gefahr vorbei war, aber so ist es nicht. An meinem Wappen, das Euch sicherlich befremdlich erscheinen mag, könnt Ihr sehen, dass ich bis vor wenigen Monden einem mächtigen Herrn in den fernen Steppen des Ostens gedient habe. So erfuhr ich erst auf dem Heimweg, dass seine Heiligkeit zum Kampf gegen die Ketzer aufgerufen hat, und da habe ich mich entschlossen, das Kreuz zu nehmen."

„Ihr braucht Euch nicht zu entschuldigen", entgegnete der Dominikaner immer noch lächelnd. „Auch für Euer Schwert werden noch genügend Gottlose übrig bleiben. Wir fangen schließlich gerade erst an. Aber falls es Euch beruhigt, es stoßen täglich neue Kämpfer für die Sache der Kirche zu uns. Darunter befinden sich auch einige sehr bedeutende hohe Herren. Erst gestern ist der Dompropst Engelbert von Köln mit seinem Gefolge hier eingetroffen. Zu ihm sollt Ihr Euch gleich begeben und Euch seinem Befehl unterstellen."

Leng Phei Siang

Ich gebe zu, es fiel mir nicht schwer, fast den ganzen Tag über im Schatten der Olivenbäume zu schlafen, schließlich hatten mich die Anstrengungen der letzen Wochen körperlich vollkommen erschöpft. Außerdem glaubte ich, die Ruhe würde mir bestimmt ganz gut tun, denn obwohl man es mir noch kaum ansehen konnte, war ich nun immerhin bereits im dritten Monat schwanger.

Nach Sonnenuntergang hielt mich jedoch nichts mehr in meinem Versteck. Ich führte mein Pferd zum Fluss und ließ es ausgiebig trinken. Dann machte ich mich auf den Weg, immer darauf bedacht, möglichst abseits der Straße und ständig im Schutz der Ufergehölze zu bleiben. Trotzdem kam ich ganz gut voran, und im Morgengrauen umrundete ich in einem weiten Bogen die belagerte Stadt.

Als ich mein Pferd am Halfter führend am Ufer des Flusses entlang schlich und mich vorsichtig der nun gut sichtbaren westlichen Stadtmauer näherte, blieb alles verdächtig still. Weder Kreuzfahrer noch Verteidiger ließen sich blicken, und das machte mich schon sehr stutzig. Schließlich war in Freds Büchlein doch ausdrücklich der heutige Tag als derjenige erwähnt worden, an dem Carcassonne eingenommen werden sollte.

Hatten die Kreuzfahrer vielleicht längst ihr blutiges Werk verrichtet, und war ich nun Zeuge jener unheimlichen Ruhe geworden, die man gemeinhin die Stille des Todes nennt? Oder war ich gerade im Begriff, in eine tödliche Falle zu laufen, weil man Fred und Giacomo enttarnt und so lange gefoltert hatte, bis sie gezwungen waren, unseren Feinden zu verraten, wo diese mich mit dem Bündel erwarten konnten? Unwillkürlich hielt ich die Hand über die Nüstern meines Pferdes und kauerte mich noch tiefer in meine Deckung zwischen hoch aufragenden Bambusrohren hinein. Doch so sehr ich mich auch bemühte, eine schlüssige Antwort auf meine Fragen zu finden, die menschenleeren Söller und himmelwärts strebenden Türme dieser gewaltigen Stadtburg blieben stumm.

Irgendwann erhob ich mich leise und drang ein Stück weiter vor, um wenigstens einen Blick auf eines der Stadttore zu erhaschen. Langsam schob sich eine von Palisaden geschützte Gasse, die von der Anhöhe der Mauern hinunter zum Aude führte, in mein Sichtfeld. Und dann sah ich sie: Ein sicherlich großer Teil des Heeres hatte sich auf beiden Seiten des Flusses aufgestellt, und unzählige Banner flatterten im frischen Morgenwind. Durch deren flanierende Reihen bewegte sich ein unüberschaubarer Zug westwärts aus der Stadt hinaus. Im ersten Moment traute ich meinen Augen kaum, doch die Menschen waren fast allesamt nackt. Bis auf vereinzelte Decken und Tuche, die bei einigen Wenigen die Blöße bedeckten, trugen die Bewohner von Carcassonne nichts, was man als Kleidung identifizieren konnte. Und selbst diesen letzten spärlichen Schutz vor den geifernden Blicken der höhnisch triumphierenden Sieger riss man den geschlagenen Stadtbewohnern noch aus den Händen oder von den Körpern, lange bevor sie ihren demütigenden Zug durch das Spalier der Kreuzfahrer beenden konnten. Trotzdem atmete ich auf, denn anders als in Béziers waren diesmal nicht alle Einwohner erschlagen worden, sondern man jagte sie stattdessen einfach aus ihrer Stadt hinaus. Auch wenn die Menschen ihr Hab und Gut nebst ihren Kleidern zurücklassen mussten, so hatten sie doch im wahrsten Sinne des Wortes wenigstens ihr nacktes Leben retten können.

Unwillkürlich fragte ich mich, ob wohl auch Pui Tien und Didi mitten unter den Tausenden waren, die da gedemütigt und schweigend das einst so stolze Carcassonne verließen; aber um das festzustellen, hätte ich mein augenblickliches Versteck aufgeben müssen. Doch in Anbetracht meiner dunklen Hautfarbe und meines asiatischen Aussehens durfte ich das natürlich niemals riskieren. Also blieb ich zunächst, wo ich war, und wartete geduldig darauf, dass die siegreichen Kreuzfahrer in die Stadt einziehen würden, um mich danach unbeobachtet ebenfalls in westlicher Richtung davonschleichen zu können.

Allerdings musste ich noch bis Mittag ausharren, was angesichts der drückenden Hitze weder mir noch meinem Pferd besonders leicht fiel. Doch endlich waren auch die letzten Bewaffneten zwischen den Palisaden verschwunden oder auf die andere Seite von Carcassonne geritten, wo sich wahrscheinlich das Heerlager befand. Jetzt musste ich mich auf einmal sogar sputen, denn sobald die ersten Wachen der Eroberer die Söller bezogen hatten, würde ich unweigerlich in ihr Schussfeld geraten. Also schwang ich mich kurzerhand auf mein Pferd und stob, so schnell ich konnte, über die offene Graslandschaft davon.

Fred Hoppe

Ich bekam feuchte Hände und mein Herz pochte heftig, als wir uns in Begleitung des Mönches in der schwarzen

Kutte zum Lager des Mannes begaben, dessen Ermordung ich selbst in etwas mehr als 16 Jahren hautnah miterleben sollte. Nie würde ich sein schreckensbleiches, angstverzerrtes Gesicht vergessen, als er von seinem Widersacher Rydenkasten vom Pferd gerissen und von mehr als vierzig Schwerthieben erschlagen wurde. Seit damals hatte mich stets der Albtraum dieses Anblicks verfolgt, und in so mancher Nacht war ich seitdem schweißgebadet aufgewacht. Und nun stand der Gemeuchelte urplötzlich quicklebendig vor mir. Gut, er sah natürlich wesentlich jünger aus, als ich ihn in Erinnerung hatte, doch seine kantig harten energischen Züge waren die gleichen wie bei unserer ersten, oder sollte ich besser sagen, künftigen Begegnung?

„Ist Euch nicht wohl, Edelherr...?", sprach der junge Dompropst mich an. „Wie war doch gleich Euer Name?"

„Win..., Willehalm!", stammelte ich. „Willehalm vam Swaten Moor."

Während ich noch inständig hoffte, dass Engelbert keine genauere Auskunft über den Grundherren dieses erfundenen Ortes erheischte, den ich sprachlich irgendwo in Niedersachsen angesiedelt hatte, hefteten sich seine Augen auf das chinesische Himmelszeichen auf meinem Waffenrock, und zum ersten Mal seit den Externsteinen verfluchte ich innerlich die glorreiche Idee, dieses Ding als Wappen erwählt zu haben.

„Ihr habt bis vor kurzem einem Fürsten dieser wilden mongolischen Horden gedient?", schloss der junge Dompropst messerscharf.

„Ja, ich bin ein Ritter ohne Lehen...", begann ich, doch Engelbert winkte desinteressiert ab.

„Lasst Euch einen Waffenrock mit rotem Kreuz geben!", befahl er stattdessen. „Ich nehme an, Ihr wisst Euer Schwert gut zu führen, sonst hättet Ihr wohl nie die Gunst unserer ungläubigen Feinde aus den fernen Steppen erlangt und wäret wohl kaum lebend von dort zurückgekehrt."

Ich senkte beschämt den Kopf vor dem durchdringenden Blick seiner stahlblauen Augen.

„Wohlan, schlagt Euer Zelt gleich hier auf und bereitet Euch darauf vor, dass Ihr einer von meinen Lanzen vorstehen sollt. Wir sehen uns dann im Morgengrauen und reiten zum Tor, das hinunter zum Aude führt, um dem Auszug der Ketzer beizuwohnen."

Ich verneigte mich kurz und ging zu Giacomo und unseren Pferden zurück.

„Was war das, Winfred?", zischte der kleine Italiener mit erregter Stimme. „Ihr hättet uns fast verraten. Euer bleiches Gesicht spricht Bände. Ihr seht aus, als wäret Ihr dem Dompropst schon einmal begegnet und würdet Euch fürchten, erkannt zu werden."

„Es ist nichts dergleichen", versicherte ich meinem Gefährten. „Ich wusste nur nicht, wie er auf das Zeichen auf meinem Waffenrock reagieren würde."

Es war Giacomo anzusehen, dass er mir nicht glaubte. Doch er schüttelte nur den Kopf und half mir, die Planen unseres Zeltes vom Packpferd zu heben. Daraufhin eilten zwei Söldner herbei, um uns beim Aufbau des Zeltes zu unterstützen.

„Unser Bannerführer hat uns befohlen, Euch zur Hand zu gehen, Herr!", behauptete einer der Männer. „Wir sind übrigens Eurer Lanze zugeteilt worden und werden wohl eine Zeit lang unter Euch dienen."

„Wie heißt du, mein Freund?", erkundigte ich mich immer noch ein wenig irritiert.

„Ich bin Ulf und mein Kamerad hier nennt sich Gernot, Herr", antwortete der gesprächige Scherge erfreut. „Unseren gemeinsamen Dienstherrn habt Ihr ja bereits kennengelernt. Ich sage Euch, er ist ein gestrenger Mann!"

„Ihr seid ihm den ganzen Weg vom heiligen Köln gefolgt?"

„Ja, Herr, aber außerhalb seines Domkapitels ist der Propst nicht gut gelitten. Er hat bis vor kurzem der Stadt noch arg zugesetzt. Doch jetzt tut er Buße für seine Sünden und will sich auf diesem Kreuzzug bewähren."

„Manche sagen, er kämpft weitaus besser, als er die Messe liest", fiel Gernot ein. „Nun werden ihn wohl auch die Ketzer noch fürchten lernen."

„Was ist geschehen, dass wir am Morgen den Auszug der Leute von Carcassonne bewachen sollen?", fragte ich möglichst unbefangen. „Ich dachte bisher, wir müssten die Stadt erst noch erobern."

„Tja, wir haben bereits gesiegt, aber das könnt ihr ja noch nicht wissen, wenn Ihr erst jetzt zu uns gestoßen seid", erklärte Ulf mir bereitwillig. „Auch wir haben noch keinen einzigen Schwertstreich gegen die verdammten Katharer und ihre Beschützer geführt, weil wir erst gestern hier angekommen sind. Dafür hat unser Heerführer Simon de Montfort den gottlosen Vizegrafen in Ketten legen lassen, und ab morgen wird der in seinem eigenen Verlies verrotten."

„Die Verteidiger haben also aufgegeben?"

„Das haben sie, Herr, nachdem keiner mehr da ist, der sie anführt. Doch der Normanne de Montfort will großzügig sein. Deshalb sollen in der Frühe alle aus der Stadt hinaus, und keinem wird ein Haar gekrümmt. Aber sie dürfen nichts mitnehmen, nicht einmal ihre Kleider. De Montfort und der Legat seiner Heiligkeit haben verfügt, dass sie mit nichts als ihren Sünden am Leibe die Stadt verlassen müssen."

Ulf lachte schallend.

„Das wird ein Anblick, Herr, den Ihr so schnell nicht vergessen werdet!", ergänzte er immer noch glucksend. „Bedenkt doch, Herr, all die nackten Weiber."

Ich schluckte die aufsteigende Wut hinunter und zwang mich zu einem gequälten Lächeln.

„Was ist mit der gräflichen Familie und den Katharern?"

„Ach, was sollen wir mit der Frau und den Bälgern? Von denen droht uns keine Gefahr. Aber die Ketzer werden wir wohl schon erwischen, denn die Verräter aus der Stadt sind bereits eingetroffen, die uns solche Leute zeigen werden, sobald sie aus dem Tor heraustreten."

Ich hatte genug gehört, und auch Giacomos Miene war anzusehen, dass er innerlich vor Wut schäumte. Aber wir durften uns nichts anmerken lassen. Deshalb waren wir froh, als die beiden Söldner uns endlich verließen. In den wenigen Stunden, die uns noch bis zum Morgengrauen blieben, lag ich von Angst und Sorge ergriffen wie erstarrt auf meinem Lager. Zum ersten Mal nach langer Zeit betete ich mit bebenden Lippen leise zu Gott:

„Bitte, hilf mir! Mach, dass es uns gelingt, Pui Tien und ihren Freund heil aus diesem Hexenkessel herauszubringen!"

Leng Phei Siang, 15. August 1209

Über die mit vereinzelten Hartlaubgehölzen bestandene Ebene erreichte ich schon nach kurzem Galopp den Zug der aus Carcassonne vertriebenen Bewohner, doch der war bereits in Auflösung begriffen, so dass ich wohl meinen ursprünglichen Plan aufgeben musste, einfach an der Menschenreihe entlangzureiten, um nach Pui Tien und Didi

Ausschau zu halten. Die meisten Flüchtlinge hatten sich schon nach wenigen Kilometern in kleinen Gruppen südwärts in das allmählich ansteigende Bergland aufgemacht und waren bald zwischen den ersten Hügeln aus meinem Blickfeld entschwunden.

Enttäuscht hielt ich mein Pferd an und überlegte, was ich nun tun sollte. Wie verabredet weiter nach Montréal reiten - was sonst, riet mir die Stimme der Vernunft. Schließlich hatten wir ausdrücklich vereinbart, dass Fred und Giacomo mich dort treffen wollten, sobald sie die Gelegenheit bekamen, unauffällig das Heer der Kreuzfahrer zu verlassen. Schließlich kannten wir die Gegend nicht und würden uns wahrscheinlich völlig aus den Augen verlieren, wenn ich mich anders entscheiden sollte. Außerdem, so fragte ich mich, was sollte es schon bringen, einer vagen Hoffnung nachzujagen und irgendeiner jener kleinen Gruppen in die Berge zu folgen? Aber warum nur regte sich tief in meinem Inneren dieses unbehagliche Gefühl, in Montréal einer großen Gefahr ausgesetzt zu sein?

Plötzlich stand ein kleines nacktes Mädchen vor mir und schaute mich unsicher an.

„Princesse Pui Tien?", fragte die Kleine leise mit heller Stimme.

Ich war wie vom Donner gerührt. Sofort sprang ich ab und kniete mich vor das Kind. Sofort kam dessen Mutter angelaufen und versuchte, das Mädchen von mir wegzuzerren, doch die Kleine riss sich los und warf sich in meine Arme.

„Princesse Pui Tien bon!", protestierte sie laut.

Diese Leute hatten Angst, das war klar. Aber anscheinend wussten sie etwas über meine Tochter, vielleicht sogar, wo sie war. Ich zwang mich, ganz ruhig zu bleiben, und lächelte die verängstigte Mutter vertrauensvoll an. Dann reichte ich ihr meine eigene Decke, damit sie ihre Blöße bedecken konnte. Die fremde Frau nahm sie verschämt und mit gesenktem Blick entgegen. Dann versuchte ich, mit Zeichen und Gesten eine Art Verständigung zwischen uns herbeizuführen. Erst allmählich und nach etlichen Fehlschlägen gelang es mir tatsächlich, der Frau begreiflich zu machen, dass ich die Mutter jener „Princesse Pui Tien" war und nach dieser suchte. Doch weder die Frau noch die anderen Vertriebenen aus der Gruppe konnten mir in dieser Hinsicht weiterhelfen. Allerdings wurde ich wegen meiner frappierenden Ähnlichkeit mit Pui Tien von allen mit ungläubigem

Staunen betrachtet. Schließlich erfuhr ich aber auf umständlichsten Wegen doch noch ein wenig mehr. Demnach hatte meine Tochter offenbar nicht nur hunderte Flüchtlinge aus Béziers nach Carcassonne geführt, sondern auch den Kreuzfahrern während der Belagerung großen Schaden zugefügt. Einige schienen sie für eine Art Seherin zu halten, die das Vertrauen des nun gefangenen Vicomtes genossen hätte. Wahrscheinlich, so vermutete man, sei sie von diesem beauftragt worden, alle besonders gefährdeten Menschen wie Amics de Diu, Sarazenen und Juden auf geheimen Wegen aus der Stadt zu führen, bevor die Kreuzfahrer Carcassonne übernehmen konnten. Näheres darüber wusste aber niemand. Als ich schließlich andeutete, nach Montréal reiten zu wollen, erntete ich nur erschrockenes, aber vehementes Kopfschütteln, begleitet von Kreuzzeichen und abwehrenden Händen.

Ich hatte verstanden. Offensichtlich rechnete man damit, dass Simon de Montfort diesen Ort als nächstes erobern würde. Demnach wäre ich dort bestimmt in eine tödliche Falle geraten. Doch wo sollte ich mich nun hinbegeben? Auf mich allein gestellt, war ich in diesem fremden Land auf die Dauer gesehen verloren. Nach kurzer Überlegung beschloss ich daher, die Flüchtlinge zu begleiten, denn deren Ziel, von dem ich nur die Namen „Mirepoix" und „Foix" herausgehört hatte, lag wohl bereits außerhalb der Ländereien, über die der Vicomte de Trencavel bislang geherrscht hatte.

Fred Hoppe

Giacomo und ich saßen auf unseren Pferden in der ersten Reihe direkt vor dem Tor, das zum Aude hinunterführte, und beobachteten schweigend den traurigen Exodus der nackten Stadtbewohner, während diese mit obszönen Schmährufen überschüttet wurden. Nachdem auch die letzten Vertriebenen den Fluss überquert hatten, war mir endgültig klar geworden, dass Pui Tien Carcassonne offenbar noch vor der Übergabe verlassen haben musste. Allerdings blieb es mir ein Rätsel, wie sie dies angesichts des undurchdringlichen Belagerungsrings bewerkstelligt haben sollte. Inzwischen wurde bekannt, dass Pui Tien nicht mit Didi allein entkommen war, sondern zusammen mit allen von den

Kreuzfahrern gesuchten Häretikern sowie der gesamten jüdischen und sarazenischen Kaufmannschaft. Infolgedessen konnten die gedungenen oder bereitwilligen Verräter unter den Stadtbewohnern auch niemanden bezichtigen, und der Tross der Flüchtlinge durfte tatsächlich unbehelligt abziehen. Das Ausmaß der Unmut und Wut, das sowohl Simon de Montfort als auch seinen geistlichen Berater Arnaud Amaury über diese Schmach ergriffen haben mochte, konnte ich mir wahrscheinlich nicht einmal annähernd ausmalen. Natürlich wurden hernach alle Lanzen- und Bannerführer angewiesen, mit ihren Leuten jeden nur erdenklichen Winkel in der Stadt zu durchkämmen, aber die Gesuchten blieben unauffindbar. Auch Giacomo und ich mussten uns wenigstens dem äußeren Schein nach daran beteiligen, was aber unserer gemeinsamen hämischen Freude über den gelungenen letzten Coup der eingeschlossenen Verteidiger Carcassonnes keinen Abbruch tat.

Allerdings war uns schon aufgefallen, dass de Montfort noch vor unserem Einzug in die Stadt Plünderungen und Zerstörungen jeglicher Art strikt verboten hatte. Doch ich konnte mir beim besten Willen nicht vorstellen, dass diese fast humane Haltung sozusagen als eine Art Wiedergutmachung für die Zerstörung von Béziers gedacht war. Bis zum Abend sickerte dann auch zu uns durch, was der ehrgeizige Normanne damit bezweckte: Er wollte selbst die Nachfolge de Trencavels als Vizegraf über Carcassonne, Albi sowie Béziers antreten und die besetzte Stadt zu seinem Hauptsitz machen.

„Ihr wisst, was das bedeutet, Winfred", orakelte Giacomo düster. „Dies ist das Todesurteil für den gefangenen Vicomte!"

Pui Tien, Lastours-Cabaret, 15. August 1209

Das helle Tageslicht, das uns nach dem langen steilen Aufstieg durch den letzten unterirdischen Gang am Ausgang der Grotte begrüßte, wirkte auf uns wie ein Fanal: Wir waren dem grausamen Schicksal, das uns allen in Carcassonne von den barbarischen Kreuzfahrern drohte, praktisch in letzter Minute entkommen und stiegen nun wie begnadigte Todgeweihte aus der Unterwelt zu einem neuen Leben empor.

Draußen erwartete uns eine weitere Überraschung, denn wir standen auf einem hohen Berggipfel am Fuße der Mauern einer gewaltigen Burg.

„Das ist Lastours, Tochter", erklärte mir Frère Kyot, als er meinen erstaunten Blick bemerkte. Eigentlich sind es sogar drei Burgen, die sich über den Grat dieses Bergzuges verteilen: Cabaret, Fleur Espine und diese hier, Quertineux. Sie alle gehören dem Chevalier Pierre Roger de Cabaret."

Allein die bloße Erwähnung dieses Namens brachte die fast verdrängte Angst um Didi wieder zu mir zurück. Nachdem wir vor etwas mehr als zwanzig Stunden mit unseren 500 Flüchtlingen in die Katakomben von Carcassonne gestiegen waren, hatte uns der geräumige Stollen zunächst zu einem geheimen Tor am nördlichen Rand des felsigen Plateaus geführt, wo wir im Schutz der Macchiasträucher bis zum Einbruch der Dunkelheit ausharren wollten, um danach in kleinen Gruppen schwimmend den Aude zu überqueren. Doch gerade, als wir dazu aufbrechen wollten, war der treue Vasall des Vicomte de Trencavel mit seinen Leuten aus dem Geheimgang gekommen und hatte uns bestürzt berichtet, was während der Verhandlungen mit dem Anführer der Kreuzfahrer geschehen war. Demnach hatte Simon de Montfort sein Wort gebrochen und Raymond-Roger in Ketten legen lassen, obwohl dieser als Parlamentär und unter ausdrücklicher Zusicherung freien Geleits zu den Belagerern gekommen war. Daraufhin hätten die Konsuln der Stadt beschlossen, Carcassonne aufzugeben, wenn de Montfort ihnen verspräche, die Bewohner und Verteidiger zu verschonen. Tatsächlich seien die Kreuzfahrer damit einverstanden gewesen, doch jener üble Legat des Papstes habe darauf bestanden, dass bei Tagesanbruch alle die Stadt durch das Aude-Tor verlassen müssten. Da der Chevalier de Cabaret aber auch den Konsuln und ihren geistlichen Beratern, die ja schließlich ebenfalls, wie unsere Widersacher, Vertreter der römischen Kirche waren, nicht mehr traute, habe er sich mit allen seinen noch waffenfähigen Männern abgesetzt und sei uns durch die Katakomben gefolgt, weil er vom Vicomte wusste, dass wir zu seiner eigenen Burg Lastours flüchten wollten.

Wir waren natürlich froh, dass wir nun nicht mehr auf uns allein angewiesen waren, denn die Flucht einer solch großen Menschenmenge würde sicherlich bald von den Kreuzfahrern oder den mittlerweile vorhandenen Verrätern unter den bisherigen Verteidigern bemerkt werden. Außerdem kannte wohl niemand die ausgedehnten Tunnelsysteme, die uns nach Lastours bringen sollten, besser als dessen Burgherr selbst. Allerdings war damit zu rechnen, dass Simon de Montfort uns mit einem Teil seines riesigen Heeres folgen würde, sobald er vom heimlichen Abzug des Chevaliers erfuhr. Ein so gewiefter Taktiker wie der normannische Anführer der Kreuzfahrer würde bestimmt eins und eins zusammenzählen und sich daher denken können, wo er die entflohenen Ketzer und Ungläubigen suchen müsste.

Aus diesem Grund hatte der Chevalier de Cabaret vorgeschlagen, nach Tagesanbruch mit seinen Leuten auf der nördlichen Seite des Audes zurückzubleiben, um unsere weitere Flucht durch die Tunnel zu decken, zumal wir sicher nur sehr langsam vorankommen würden. Da die entsprechenden weiteren Stollen bei Weitem nicht so geräumig und hoch waren wie unter der Stadt Carcassonne, hätten Didi und ich sowieso irgendwo unsere Pferde zurücklassen müssen, doch nun ergab sich auch für uns beide in dieser Hinsicht eine andere Möglichkeit: Während Frère Kyot und ich die uns anvertrauten Menschen weiter zu Fuß durch die unterirdischen Gänge nach Lastours führen sollten, wollte mein Freund bei Pierre Roger de Cabaret bleiben und später mit meinem Reittier nachkommen.

„Du schaust besorgt aus, Tochter", fuhr Frère Kyot fort. „Aber lass dir gesagt sein, hier sind wir sicher. De Montfort muss drei Burgen zugleich angreifen, und auf den steilen Hängen dieses Berges kann er keine Belagerungsmaschinen einsetzen. Er wird sich eine blutige Nase holen."

„Was ist, wenn die Kreuzfahrer den Chevalier einholen, bevor er sich zu uns hier oben zurückziehen kann?", gab ich zu bedenken.

„Du ängstigst dich um deinen Begleiter, nicht wahr?", entgegnete der Priester der Amics de Diu milde. „Aber dein Freund ist nun ein guter und besonnener Kämpfer, das haben wir alle vor Carcassonne erlebt. Und Chevalier de Cabaret ist beileibe kein Selbstmörder, der seine kleine Streitmacht bedenkenlos gegen eine Übermacht antreten lässt. Du wirst sehen, sie werden bald wohlbehalten hier erscheinen."

Ich errötete und lächelte verschämt zurück, denn ich fühlte mich ertappt. Andererseits wusste ich seit unserer ersten Begegnung in Minerve, dass Frère Kyot ein zutiefst vertrauenswürdiger, weiser Mann war, der in dem Chaos meiner Gefühlswelt lesen konnte wie in einem offenen Buch. Ich würde diesen allseits verständigen und überaus gütigen Freund vermissen, wenn es Didi und mir wirklich noch gelingen sollte, aus jener schrecklichen, grausamen Epoche zu entkommen. Im selben Moment vermisste ich wieder schmerzhaft meine Eltern. Wo mochten Mama und Papa jetzt sein? Ob sie wohl jemals herausgefunden hatten, was mit Didi und mir geschehen war? Unwillkürlich öffnete ich die lederne Tasche an meinem Gürtel, und meine Finger umschlossen fast krampfhaft den kostbaren Reif.

„Du hast ihn dir geholt", stellte Frère Kyot nüchtern fest. „Deshalb bist du ins Lager der Kreuzfahrer geschlichen. Ich habe das gleich vermutet. Und der hohe Herr, der gestorben war und zu dessen Ehren sie am Morgen vor der ersten Schlacht die Banner zerbrochen haben, das war er, dieser Arnold von Altena-Nienbrügge, nicht wahr?"

„Ja, Ihr habt recht", entgegnete ich leise. „Aber ich habe ihn nicht getötet."

„Ich weiß", bekannte der Priester schlicht. „Du hättest es auch nicht gekonnt, denn du hast ihn einst geliebt. Und wo Liebe wohnt, vermag keine Feindschaft zu herrschen. Ich nehme an, du hast deinen Frieden mit ihm gemacht, bevor er starb."

Ich nickte stumm und versuchte die aufsteigenden Tränen zu unterdrücken, was mir aber nicht recht gelingen wollte.

Fred Hoppe

Simon de Montfort schäumte vor Wut. Der Anführer der Kreuzfahrer hatte alle hochadeligen Mitstreiter nebst ihren Bannerträgern in den Hof des Chateau Comtal bestellt, das er nun als seine eigene Burg betrachtete. Mit einem Seitenblick konnte ich beobachten, wie Engelbert für einen kurzen Augenblick verächtlich die Mundwinkel verzog, als uns der kleine schwarz gekleidete Kuttenträger den Inhalt von de Montforts zorniger Ansprache ins Sächsische übersetzte.

Aus einem mir unerfindlichen Grund hatte der Kölner Dompropst darauf bestanden, dass ausgerechnet ich ihn zu der Versammlung begleiten sollte. Es war offensichtlich, dass dieser ehrgeizige, aber überaus fähige Spross aus dem Hause der Grafen von Berg das Vorgehen Simon de Montforts für ziemlich dilettantisch hielt, aber zu mehr als jener stummen Geste ließ er sich nicht hinreißen. Schließlich war es ja wohl auch nicht sein Krieg. Engelberts freiwillige Teilnahme am Feldzug gegen die Katharer im Auftrag des gleichen Papstes, der ihn gebannt hatte, schien für den aufstrebenden künftigen Kirchenfürsten lediglich eine angemessene Form der Buße zu sein, deren Ableistung ihm die Wiedererlangung von Macht und Einfluss versprach.

Jedenfalls hatte Simon de Montfort, trotz seines so vollständigen Sieges über den Vicomte de Trencavel durch die gelungene Flucht der Häretiker aus der Stadt rein militärtechnisch betrachtet eine gewaltige Schlappe hinnehmen müssen, und die wurde auch kaum von den spontanen Unterwerfungsgesten der übrigen Städte der Vizegrafschaft wettgemacht. Auch wenn Castelnaudary, Fanjeaux, Montréal, Castres, Albi und Lombers jetzt praktisch ohne Kampf kapituliert hatten, so war de Montfort nun gezwungen, sein riesiges Kreuzfahrerheer in viele kleine Splittergruppen aufzuteilen, die jeden einzelnen dieser Orte besetzen und nach versteckten Katharern durchsuchen mussten. Außerdem konnte er es sich keinesfalls leisten, die entkommenen Häretiker nicht verfolgen zu lassen. Da sich offenbar soeben herausgestellt hatte, dass sich vor der Übergabe von Carcassonne wohl gleichzeitig auch der Chevalier de Cabaret mitsamt seinen Leuten davongemacht hatte, war ziemlich klar, wo man die Flüchtenden suchen musste. Dem siegreichen Heerführer der Kreuzfahrer war damit vorerst das Heft des Handelns aus der Hand genommen worden. Er musste nun reagieren anstatt den weiteren Verlauf des Krieges bestimmen zu können. In diesem Zusammenhang wunderte ich mich nicht mehr darüber, dass die mit solch riesigem Aufgebot begonnene Aktion zur Unterwerfung Okzitaniens zwanzig Jahre in Anspruch nehmen würde. Außerdem bezweifelte ich allmählich, dass es den Kreuzfahrern selbst in dieser langen Zeitspanne wirklich gelingen könnte, den Katharismus völlig auszulöschen.

Doch gerade, als ich an diesem Punkt meiner Überlegungen angekommen war, unterbrach Engelbert plötzlich den anhaltenden Sermon des kleinen Dominikaners mit einer unwirschen Handbewegung und verkündete in befehlsgewohntem Ton:

„Sag deinem Herrn, Simon de Montfort, dass meine Leute umgehend die Verfolgung der Flüchtlinge aufnehmen werden! Er sollte noch weitere dreihundert Mann schicken, damit wir die Burg dieses Pierre Roger de Cabaret angreifen können!"

Danach wandte sich der Dompropst brüsk ab und befahl mir, ihm zu folgen. Während sich der Mönch beeilte, die gerade erhaltene Botschaft zu überbringen, berührte Engelbert mich kurz am Arm.

„Nun, Willehalm, traut Ihr Euch zu, mein Banner in den Kampf zu führen?"

Ich bejahte die Frage, ohne auch nur eine Sekunde zu zögern, wunderte mich aber über dieses so plötzliche Vertrauen. Eigentlich hätte mir nichts Besseres passieren können, denn so vermochte ich mich praktisch in offiziellem Auftrag an Pui Tiens Fersen zu heften und hatte obendrein absolute Befehlsgewalt, falls wir die Entflohenen tatsächlich noch erwischen würden. Auf diese Weise wäre ich sicher in der Lage, ein Blutbad zu verhindern.

„Ihr wirkt überrascht, Willehalm", fuhr Engelbert fort, während wir durch das weit geöffnete Burgtor schritten und in die Gassen der Stadt eintauchten. „Aber ich glaube, dass Ihr ein mutiger und besonnener Mann seid, der meine Leute gut zu führen weiß."

Schen Diyi Er Dsi, 16. August 1209

Wie von uns seit Stunden erwartet, griffen die Kreuzfahrer tatsächlich im Morgengrauen an. Es waren fast vierhundert Leute, die offenbar vom Herzog von Burgund angeführt wurden, wie der Chevalier de Cabaret anhand des Wappens auf dessen Schild erkannte. Wir hatten sofort damit begonnen, uns Stück für Stück in die Ausläufer der bewaldeten Montagne de Noir zurückzuziehen, wo wir dem Flusslauf des Orbiel folgend immer näher in den Bereich des felsigen Bergstocks kamen, auf dessen Gipfel die drei massiven Festungsbauten des Chevalier de Cabaret thronten. Einer direkten Konfrontation waren wir stets ausgewichen, weil unsere erschöpften Mitstreiter gegen die erdrückende Übermacht der anrückenden Kreuzritter nicht die geringste Chance gehabt hätten. Doch sobald sich irgendwo die Möglichkeit einer guten Deckung zwischen Felsen und Bäumen ergab, waren wir von unseren Pferden gestiegen und hatten die herandrängenden Feinde mit einem Hagel von Pfeilen überschüttet. Auf diese Weise war es uns tatsächlich gelungen, deren Vormarsch so sehr zu verzögern, dass Pui Tien und ihre 500 Flüchtlinge sich mittlerweile längst in Sicherheit befinden mussten. Von da an war es auch unseren Leuten nur noch um das nackte Überleben gegangen.

Besonders einem verwegenen Bannerführer war es immer wieder gelungen, das Sperrfeuer unserer Bogenschützen zu unterlaufen und seine Truppe zu den verborgenen Eingängen der unterirdischen Stollen zu führen, die ihn letztlich sogar bis unmittelbar vor die Burg Quertinheux gebracht hätten, wenn es uns nicht stets in letzter Minute gelungen wäre, sie wieder von dort zu vertreiben. Ich wusste wirklich nicht, ob ich diesen fremden Kreuzritter wegen seines Mutes und seiner Umsicht bewundern oder wegen seiner Hartnäckigkeit, mit der er der Spur der Flüchtlinge folgte, hassen sollte.

Schließlich hatten wir endlich das Massiv des vom Orbiel und vom Greisillon umflossenen Burgberges erreicht und bekamen nun von den Schleudermaschinen der Verteidiger ausreichend Feuerschutz geboten, so dass wir uns unter die Mauern der ersten der drei Burgen retten konnten, während der Angriff der Kreuzfahrer ins Stocken geriet. Nur wenige Minuten später fielen Pui Tien und ich uns erleichtert in die Arme.

Fred Hoppe

„Übertreibt Ihr nicht ein wenig?", zischte mir Giacomo unter dem berstenden Krachen zu, das die auftreffenden Mangensteine unmittelbar neben dem Felsblock verursachten, in dessen Deckung wir gerade noch mit unseren Pferden hatten flüchten können. „Schließlich sind wir nicht wirklich darauf aus, meine katharischen Brüder einzufangen. Fast wäre es Euch gelungen, zu den Burgen vorzudringen."

„Dafür wären sie dann aber meine Gefangenen gewesen, Giacomo, und niemand hätte das Recht gehabt, sie einfach umzubringen", entgegnete ich leise.

Der Venediger schüttelte vehement den Kopf.

„Ihr habt es wohl noch immer nicht begriffen, Winfred!", schimpfte er erbost. „Dieser Krieg hat nichts mit ritterlicher Ehre zu tun! Hier geht es um gnadenlose Vernichtung und nicht um Nächstenliebe oder Schutz der Verfolgten wie bei dem Schwur, den Ihr zur Schwertleite leistet. Man hätte sowohl Eure Tochter als auch die Amics de Diu ohne mit der Wimper zu zucken gefoltert und anschließend verbrannt. Euer lächerliches angebliches Recht auf die Gefangenen hätte ein Mann wie Simon de Montfort mit Füßen getreten, zumal er so wütend darüber war, dass sie ihm entkommen konnten."

Ich biss mir gequält auf die Lippen. Vielleicht hatte ich mich wirklich zu sehr hinreißen lassen, die Flüchtenden doch noch einholen zu wollen. Aber ich war überzeugt davon, dass meine Tochter und ihr Freund praktisch zum Greifen nah gewesen sein mussten. Doch wenn ich frühzeitig versucht hätte, den Leuten des Chevaliers de Cabaret begreiflich zu machen, dass ich in Wahrheit auf ihrer Seite stand, wäre ich bestimmt sofort umgebracht worden. Schließlich trug ich den Waffenrock eines Kreuzritters, und Pui Tien konnte ja gar nicht wissen, dass ihre Eltern bereits hier waren und nach ihr suchten.

„Wahrscheinlich hast du recht, Giacomo", gab ich zerknirscht zu. „Wenigstens scheinen sie dort oben in Sicherheit zu sein, denn erobern kann unser Anführer die drei Burgen bestimmt nicht."

In diesem Moment ertönte ein lautes Hornsignal, das uns zum Rückzug und Sammeln rief. Vermutlich hatte der Herzog von Burgund eingesehen, dass eine Belagerung von Lastours nichts brachte.

Wie sehr ich mich mit dieser Überlegung getäuscht hatte, wurde mir spätestens klar, als der kleine Dominikaner die eindeutige Anweisung des Herzogs übersetzte, nun doch zum Sturmangriff auf den Burgberg überzugehen. Das war taktisch nicht nur unklug, sondern lief glatt auf ein Selbstmordunternehmen hinaus. Der Dominikaner starrte mich entsetzt an, als ich ihm auftrug, dem Herzog genau dies mitzuteilen.

„Das könnt Ihr nicht tun, Willehalm!", protestierte der Kuttenträger mit angstverzerrter Miene. „Der Herzog ist unser ranghöchster Anführer!"

„Na und?", fuhr ich den Mönch wütend an. „Das bewahrt ihn ja scheinbar nicht davor, dumm zu sein! Geh und teile ihm meine Worte mit!"

„Was erlaubt Ihr Euch!", fuhr mich der Herzog von Burgund danach außer sich vor Zorn an, was den kleinen Dominikaner bei der Übersetzung sichtlich erfreute. „Ihr habt wie wir alle auf das Kreuz geschworen und untersteht somit meinem Befehl!"

„Das bestreite ich!", behauptete ich dreist. „Ich bin nur dem Dompropst Engelbert von Berg verpflichtet. Und ich werde seine Leute nicht sinnlos opfern! Ihr könnt Lastours niemals im Sturm erobern, weil Ihr drei Burgen zugleich angreifen müsst. Selbst eine Belagerung würde Euch Monate kosten, denn Ihr könnt keine Mangonneaus auf den Berg hinaufbringen. Ich sage Euch, es hat keinen Zweck. Wir sehen uns dann in Carcassonne!"

Während der Mönch meine Ansprache übersetzte, drehte ich mich einfach um und befahl meinem Banner, sich zum Abmarsch bereit zu machen.

„Ihr seid ein Feigling, Willehalm, und ich werde Euch zur Rechenschaft ziehen!", brüllte der Herzog hinter mir her, aber ich gab keine Antwort, sondern stieg seelenruhig in den Sattel.

Wenigstens bewies er so viel Anstand, mich nicht durch einen seiner Bogenschützen hinterrücks erledigen zu lassen. Engelberts Leuten jedoch war die Erleichterung über meine Weigerung, sie den Verteidigern von Lastours zum Fraß vorzuwerfen, deutlich anzusehen.

Schen Diyi Er Dsi

Von den Zinnen der Burg Cabaret aus konnten wir deutlich erkennen, dass der fremde Bannerführer mit seinen Rittern, Sergenten und Söldnern abzog. Zuerst glaubten wir noch an einen Trick, doch dann sahen wir, wie die Reiter der nahen Ebene zustrebten und schließlich in Richtung Conques aus unserem Blickfeld verschwanden.

Die gut dreihundert verbliebenen Kreuzfahrer des Herzogs von Burgund dagegen schickten sich doch tatsächlich an, den weitläufigen Burgberg zu stürmen. Nun gut, sie sollten nur kommen. Um uns ernsthaft in Gefahr zu bringen, hätte Simon de Montfort schon sein gesamtes riesiges Heer in die Montagne Noir in Bewegung setzen müssen.

Pierre Roger de Cabaret nickte Pui Tien und mir grimmig zu. Auf sein Zeichen spannten die Bogenschützen ihre todbringenden Waffen. Die Schaufeln der Katapulte wurden mit Mangensteinen gefüllt und Eimer mit heißem Pech bereitgestellt. Vor den Außenmauern aller drei Burgen lockerten Mineure das Erdreich, um große Felsbrocken im richtigen Augenblick zu Tal stürzen zu lassen. Auch die Flüchtlinge brachten sich mit ein, schleppten vorsorglich Wasser zum Löschen von Brandnestern in den Hof und auf die Söller, hielten Schaufeln und Decken zum Löschen bereit oder ließen sich Spieße, Zangen und Beile geben, um ihr Leben so teuer wie möglich zu verkaufen. Doch so weit sollte es erst gar nicht kommen, denn wir waren fest entschlossen, den Kreuzfahrern schon während ihres Anstiegs in die Flanken zu fallen, um zu verhindern, dass sie überhaupt bis vor die Mauern der drei Festungen gelangen konnten.

Pui Tien stand plötzlich wie erstarrt da, und ihre schwarzen Augen begannen unheimlich zu glühen. Doch außer Frère Kyot und mir achtete in diesem Moment niemand darauf, denn schon surrte eine Wolke von Pfeilen auf die anstürmenden Kreuzfahrer hernieder. In der gleichen Sekunde brannte eine Vielzahl von Schilden unserer Gegner lichterloh. Ihrer Deckung beraubt, warfen sich die entsetzten Söldner zu Dutzenden auf den Boden, versuchten sich hinter anstehenden Felsblöcken zu verstecken oder rannten in voller Panik zurück, um den Pfeilen zu entkommen. Die geschlossene Formation unserer Feinde geriet ins Wanken und brach schließlich völlig zusammen, als die nächste Welle unserer Pfeile ihre Reihen noch stärker lichtete. Dies war der Moment, in dem der Chevalier den Ausfall befahl. Laut brüllend und mit gezogenen Schwertern fielen wir über die am Berg verbliebenen Kreuzfahrer her.

Unter denen gab es auf einmal kein Halten mehr. Die meisten nahmen Reißaus und liefen so schnell sie konnten den Burgberg hinab. Nur ein kleiner Rest harrte aus, um sich uns zu stellen. Während der Chevalier de Cabaret sich ohne zu zögern auf drei Gegner gleichzeitig stürzte, stellte sich mir nur ein einzelner Kreuzritter entgegen. Aber zu meiner völligen Überraschung war es ein ungleicher Kampf. Denn schon nach wenigen meiner wütend geführten Schläge wich der Ritter erschrocken zurück und warf sein Schwert fort. Ich konnte es kaum fassen: ich hatte meinen ersten Gefangenen gemacht.

Fred Hoppe

„Ich habe mich nicht in Euch getäuscht, Willehalm", gab mir Engelbert überraschenderweise zu verstehen, nachdem ich ihn in allen Einzelheiten über das Scheitern der Mission informiert hatte. „Ihr habt besonnen gehandelt und die Aussichtslosigkeit, drei Burgen auf einmal anzugreifen, richtig erkannt. Allerdings habt Ihr Euch dafür nun einen mächtigen und einflussreichen Mann zum Feind gemacht."

„Ich glaube nicht, dass ich mich vor dem Herzog von Burgund fürchten muss, solange Ihr Eure schützende Hand über mich haltet", entgegnete ich frech.

„Das ist wohl wahr", bestätigte Engelbert lächelnd. „De Montfort ist nun nach der Eroberung von Carcassonne auf uns angewiesen, und er kann sich nicht leisten, seine Verbündeten zu verprellen. Viele seiner Gefolgsleute, wie der Comte de Nevers und der Comte de Saint-Pol, sehen das Ziel des Kreuzzuges bereits erreicht und wollen in den nächsten Tagen den Heimweg antreten. Doch gerade jetzt muss unser aller, von seiner Heiligkeit selbst ernannter Heerführer seine verbliebene Armee aufteilen, um die eroberten Gebiete zu besetzen."

„Was denkt Ihr, wird weiter geschehen?", fragte ich interessiert.

„Wisst Ihr, Willehalm, wenn man die Mäuse nur aus der Speisekammer vertreibt, ohne sie selbst auszumerzen und ihre Nester zu zerstören, dann werden sie jede Nacht heimlich zurückkehren und sich ihren gewohnten Anteil holen."

„Demnach haltet Ihr es für falsch, dass de Montfort den Leuten von Carcassonne freien Abzug gewährt hat?"

„Vor allem wird es sich rächen, dass er die Brut des jungen de Trencavel hat entkommen lassen, denn eines Tages wird der Sohn des Vicomte an der Spitze einer Streitmacht wiederkehren und unserem Heerführer das Leben schwer machen. Aber auch die Ketzer und ihre Ideen sind noch längst nicht besiegt. Ihr werdet sehen, jetzt wird man die schwarzen Hunde Gottes auf sie loslassen."

„Die schwarzen Hunde Gottes?", hakte ich irritiert nach.

„Wie, Ihr kennt den Ausdruck nicht?", meinte Engelbert belustigt. „Selbst unsere eigenen Söldner munkeln darüber, denn so nennen sie jene Brüder in ihren schwarzen Kutten, die dem Legaten Dominikus nachfolgen."

„Die Dominikaner also?", warf ich ein.

„Ja, aber die einfachen Leute, die sich vor deren peinlichen Befragungen fürchten, bezeichnen sie schon jetzt als ‚Domini Canes', was aus dem Lateinischen übersetzt ‚Hunde Gottes' bedeutet. Nehmt Euch daher besser in Acht, Willehalm. In solch unsicheren Zeiten wie diesen kann jeder von uns schnell als Ketzer gebrandmarkt werden. Und davor bin nicht einmal ich gefeit."

Wie folgerichtig Engelberts Einschätzung der Lage war, wurde mir nur wenige Tage nach Rückkehr des geschlagenen Herzogs von Burgund aus der Montagne Noir ziemlich drastisch vor Augen geführt.

Pui Tien, Ende August 1209

Der auffrischende Wind, der anders als in der Ebene hier oben in der Montagne Noir während der nächtlichen Stunden schon herbstlich kühl durch die schmalen Fensteröffnungen unseres Gemachs drang und wie ein eisiger Hauch über unsere Körper strich, ließ mich ein wenig frösteln. Unwillkürlich schmiegte ich mich noch enger an Didi und genoss den innigen Kontakt mit seiner warmen Haut. Meine Hände umschlossen seinen Brustkorb, und ich spürte das ruhige, regelmäßige Pochen seines Herzens.

Mein Held, dachte ich sinnend und in gewisser Weise amüsiert, als ich die Ereignisse der letzten Tage noch einmal vor meinem geistigen Auge vorbeiziehen ließ. Noch vor wenigen Wochen hätte er keiner ernsthaften kriegerischen Auseinandersetzung mehr als ein paar Minuten lang standhalten können, und nun war es ihm offenbar sogar fast spielerisch leicht gelungen, dem Chevalier de Cabaret den wertvollsten Gefangenen, den er sich in diesen Zeiten wünschen konnte, sozusagen auf einem silbernen Tablett zu präsentieren. Immerhin schien Didis Gegner, der sich angesichts von dessen wütenden Schwertstreichen so schnell ergeben hatte, kein Geringerer als de Montforts Adjutant und Cousin, Bouchard de Marly, der Comte de Saissac, zu sein. Mit diesem Mann als Geisel hatte der Chevalier nun unverhofft einen unschätzbaren Trumpf gegenüber den Kreuzfahrern in der Hand.

Zu alledem war es mir schließlich gelungen, Deirdres Reif zurückzuholen, und damit hatten wir eigentlich auch das letzte Hindernis für unsere Heimkehr aus dem Weg geräumt. Insofern war ich für eine kurze Zeit lang wirklich davon ausgegangen, dass Didi und ich nun endlich diese grausame Epoche für immer verlassen konnten. Doch dann war Frère Kyot mit einer bestürzenden Nachricht gekommen und hatte alle meine sehnsuchtsvollen Träume wie eine Seifenblase zum Platzen gebracht. Das war vor zwei Tagen geschehen, und seitdem hatte ich praktisch keine Sekunde mehr ruhig schlafen können.

Wie so oft in letzter Zeit war ich auch an jenem bezeichnenden Abend wieder auf den Söller der Burg Cabaret gestiegen und hatte in den rotglühenden Ball der Sonne geschaut, als Frère Kyot seine Hand auf meine Schulter legte.

„Tochter, ich weiß, dass du dich nun mit dem Gedanken trägst, in deine eigene Zeit heimzukehren", brachte der Priester der Amics de Diu ohne Umschweife all das auf den Punkt, was mich im Innersten bewegte.

Ich nickte schweigend und schaute beschämt zu Boden, weil ich mich ertappt fühlte.

„Ich bitte dich aber, deinen Entschluss aufzuschieben und uns noch ein einziges Mal zu helfen", fuhr Frère Kyot fast flehend fort. „Denn ich glaube, dass sich nur so alles erfüllen kann, was uns die Weissagung über das ‚Allerheiligste' und die ‚Boten' verkündet."

„Aber Ihr habt uns doch selbst gesagt, dass die Boten ein weißhäutiger Ritter und sein dunkelhäutiger Bruder aus dem Morgenland sein würden", erinnerte ich ihn an unser Gespräch in Minerve. „Schon allein deshalb können wir nicht die erwarteten Boten sein. Außerdem haben wir das ‚Allerheiligste' nicht. Oder denkt Ihr, wir würden es dort finden, wo Ihr uns hinschicken wollt?"

„Ich weiß nicht, was geschehen wird", räumte unser Gefährte ein. „Aber wie damals in Minerve antworte ich dir mit den gleichen Worten: Ihr kommt aus dem Tor im Sachsenland, und dies allein sagt mir, dass ihr mit all diesen Dingen, die für uns hier so wichtig sind, irgendetwas zu tun haben müsst, auch wenn ihr es selbst nicht zu wissen scheint."

„Was macht Euch denn so sicher, dass die Erfüllung Eurer Bitte mit der Verheißung zusammenhängt?"

„Es ist die Gewissheit, dass de Montfort in wenigen Tagen zur Eroberung der Grafschaft Foix aufbrechen wird", erläuterte Frère Kyot mit düsterer Stimme. „Wenn es den Kreuzfahrern gelingt, auch den väterlichen Freund deines Begleiters zu besiegen, dann ist alles verloren. Denn zum Gebiet des Grafen von Foix gehört die Burg auf dem Pog, zu der das ‚Allerheiligste' gebracht werden soll."

„Woher wisst Ihr von Simon de Montforts Plänen?", fragte ich erschrocken.

„Der gefangene Kreuzritter Bouchard de Marly hat sie uns verraten", entgegnete Frère Kyot ruhig.

„Was ist, wenn der Adjutant des Heerführers gelogen hat?", gab ich zu bedenken.

„Das hat er sicher nicht", erwiderte Frère Kyot trotz der ernsten Lage mit dem Anflug eines Lächelns auf den Lippen. „De Montforts Cousin ist wie ein verängstigtes Vögelein, das schon beim bloßen Anblick des Kerkers von Cabaret bereitwillig gesungen hat."

„Also denkt Ihr, wir sollten nach Foix aufbrechen, um den Grafen zu warnen", schloss ich aus alledem.

Frère Kyot zögerte mit seiner Antwort.

„Ja, das auch", meinte er abwägend. „Aber dafür allein hätte ich dich nicht gebeten, deine Pläne zu ändern. Schließlich wäre es nicht schwierig gewesen, jemanden zu finden, der heimlich nach Foix reiten soll, um die Nachricht vom baldigen Angriff der Kreuzfahrer zu überbringen."

„Ihr zählt auf meine Gabe, nicht wahr?", vermutete ich.

„Darauf und dass du im geeigneten Moment das Richtige tust, was letztlich zur Erfüllung der Weissagung führt", erklärte Frère Kyot fast pathetisch. „Und dazu musst du unbedingt der Schwester des Grafen von Foix begegnen."

„Der Schwester des Freundes meines Gefährten?", wiederholte ich irritiert. „Was hat sie mit alledem zu tun?"

„Ihr Name ist Esclarmonde, was in eurer Sprache soviel wie ‚das Licht der Welt' bedeutet", fuhr der Priester fort. „Sie ist die weiseste von allen Parfaits, denn sie hat lange vor dem Aufruf des Papstes zum Kreuzzug das Unglück kommen sehen und gleich nach der Kunde vom Verbleib des

‚Allerheiligsten' darauf gedrängt, zu dessen Heimstatt die Burg auf dem Pog zu errichten."

„Der ‚Berg der Errettung', so nanntet Ihr ihn damals in Minerve", erinnerte ich mich.

„Ja, das hast du dir gut gemerkt", bestätigte Frère Kyot. „In unserer Sprache lautet der Name der Burg daher auch ‚Montsalvat'."

Fred Hoppe

Als wir in Begleitung von sechs dieser schwarzen Brüder, wie Engelbert sie so treffend bezeichnet hatte, Carcassonne durch das Aude-Tor in Richtung Westen verließen, klopfte mir vor lauter Angst um Siangs Leben das Herz bis zum Hals, denn unser Ziel war der Ort Montréal, wo die Dominikaner nun umgehend ihre „reinigende Arbeit" aufzunehmen gedachten. Praktisch zur gleichen Zeit, als Giacomo und ich die Flüchtlinge bis in die Montagne Noir verfolgt hatten, war die kleine Stadt bereits von einem Vorauskommando des Kreuzritterheeres besetzt worden. Immerhin gehörte sie zu einer ganzen Reihe von Ortschaften, die sofort nach dem Fall von Carcassonne kampflos kapituliert hatten.

Natürlich wusste ich nicht, was alles schon im Zuge dieser Aktion mit den Bewohnern geschehen war, doch ich vertraute einfach darauf, dass Siang sich bestimmt vorsichtig im Hintergrund hielt. Viel größere Sorgen bereitete mir dagegen all das, was nun kommen würde. Deshalb hatte ich auch keinen Augenblick gezögert und freiwillig angeboten, mit meinem Banner den Schutz der Dominikaner zu übernehmen. Engelbert hatte mich nur kopfschüttelnd angesehen, ansonsten aber keinerlei Einwände erhoben. Allerdings sollten wir uns in Montréal bereithalten, weil er davon ausging, dass de Montfort über kurz oder lang seinen Eroberungsfeldzug fortsetzen würde. In diesem Fall wollte der Dompropst uns einen Boten schicken, damit wir uns umgehend dem Kreuzfahrerheer anschließen konnten.

Als Dolmetscher wurde mir wieder der kleine schwarze Kuttenträger zugeteilt, der uns schon nach Lastours begleitet hatte. Wenigstens schien mir dieser nach der Niederlage des Herzogs von Burgund nun mit erheblich mehr Respekt zu begegnen.

414

„Ich gebe zu, Ihr hattet mit Eurer Weigerung, die drei Burgen anzugreifen, völlig recht gehabt", biederte sich der kleine Mönch denn auch schon gleich nach Überquerung des Aude an. „Ich kann Euch sagen, Simon de Montfort war nicht erfreut gewesen, von der Niederlage zu hören. Aber als ihm der Herzog berichten musste, dass zudem auch noch de Montforts Adjutant und Cousin Bouchard de Marly in die Hände der Ketzer gefallen ist, hat unser Heerführer so sehr getobt, dass dabei der Scherenstuhl des Vicomtes zu Bruch gegangen ist."

Ich zwang mich zu einem milden Lächeln und beschloss, die Gunst der Stunde zu nutzen, um dem redseligen Dominikaner ein paar Details über das geplante Vorgehen seiner Ordensbrüder zu entlocken.

„Wie wollt ihr Mönche es denn nun erreichen, dass die Katharer ihrem falschen Glauben abschwören?", erkundigte ich mich möglichst unbefangen.

„Oh, da hat uns seine Heiligkeit völlig freie Hand gelassen", eiferte sich der schwarz gekleidete Kuttenträger. „Aber unser Ordensleiter Dominicus Guzman, der übrigens ein guter Freund von de Montfort ist, hat uns bereits ganz klare Vorgaben gemacht, die nun überall im gesamten Ketzerland befolgt werden müssen."

„Hm, das mag ja sein", entgegnete ich interessiert. „Aber wenn ich ein Ketzer wäre, würde ich einfach der römischen Kirche die Treue schwören und hätte danach nichts mehr zu befürchten."

„Tja, das würde Euch aber nichts nützen", meinte der kleine Dominikaner verschmitzt. „Wir sind ja nicht dumm! Wenn wir so vorgingen, könnten die Häretiker weiter ihrem ketzerischen Glauben nachgehen, sobald wir weitergezogen wären."

„Und wie wollt ihr das verhindern?"

„Nun, unsere heutige Ankunft in Montréal wurde sofort nach Besetzung der Stadt in den Straßen verkündet, um allen Sündern Gelegenheit zu geben, uns freiwillig ihre Missetaten zu gestehen", erläuterte der Dominikaner genüsslich. „Alle diejenigen, die sich melden, werden natürlich nur geringfügige Strafen erhalten, und wir wollen ihnen lediglich den Treueschwur auf die römische Kirche abverlangen. Aber damit sind sie bereits als Häretiker bekannt. Außerdem hat jeder rechte Christ die Pflicht, alle weiteren Ketzer zu benennen, die er kennt. Tun sie dies nicht, wird dies als zweites Vergehen gewertet, und darauf steht unweigerlich die Todesstrafe. Im Übrigen sind alle, die sich nicht freiwillig melden, schon von Natur aus verdächtig und können jederzeit einem Verhör unterworfen werden. Nur so können wir in der Lage sein, diese verdammten Vollkommenen zu erwischen, denn die werden sich sowieso weigern, auf die heilige Kirche zu schwören. Ihr werdet sehen, die Methode ist gut durchdacht!"

„Was ist mit den Freiwilligen, die heute schon zugeben, Katharer gewesen zu sein? Die müsstet ihr Mönche dann doch auch laufen lassen", hakte ich nach und versuchte dabei, zu verbergen, wie angewidert ich in Wirklichkeit war.

„Da habt Ihr zweifellos recht", räumte der Kuttenträger ein. „Aber wir werden sie keinesfalls vergessen! Denn sie müssen fortan ein gelbes Kreuz auf jedem ihrer Kleidungsstücke tragen, und zwar vorn auf der Brust und hinten auf dem Rücken. Genauso verfahren wir mit den Juden und anderen Ungläubigen, nur dass diese Brut ein anderes Zeichen tragen muss, weil sie des heiligen Kreuzes nicht würdig ist. Natürlich können auch sie alle jederzeit zu einem zweiten Verhör geholt werden, und was das bedeutet, brauche ich Euch nicht mehr zu erklären. Jedenfalls wird uns die getreue Befolgung dieser Regel bestimmt bald die ersehnte Anerkennung als echter Orden einbringen."

Ich hatte genug gehört, und gab meinem Pferd die Sporen, um mich an die Spitze unseres Zuges zu setzen. Mochte der fanatische Dominikaner doch glauben, er hätte mich von der Effektivität dieser Vorgehensweise überzeugt. In Wahrheit war ich zutiefst schockiert, weil offenbar schon zu dieser Zeit die gleichen perfiden Methoden entwickelt worden waren, die später im Dritten Reich ihre Anwendung finden würden. Auch Giacomo, der sich beeilte, an meine Seite zu kommen, war leichenblass geworden.

„Ihr werdet sehen, Winfred", orakelte er düster. „Diese Verbrecher werden noch das ganze Volk ermorden!"

Wu Phei Liang, Ende August 2007

Jene so eigentümliche und schwermütige mittelalterliche Melodie, die mich wie magisch angezogen und letztlich in die Krypta der Kirche Saint Nazaire gelockt hatte, klang noch immer in meinem Kopf nach, als ich die Augen aufschlug und in Achims erschrockenes Gesicht blickte.

„Herrgott, Phei Liang, was machst du nur für Sachen?", unterbrach seine besorgte Stimme die zu dem getragenen Auf und Ab des Rebeques gesummten Wortfetzen, deren Bedeutung mir noch immer völlig unbekannt waren.

Während ich Achims dargebotene Hand nahm und mich mühsam erhob, deutete ich stumm auf die eingeritzten Buchstaben an der Wand. Mein Schwiegervater schaute sich irritiert um und wurde blass.

„Pui Tien", las er fassungslos vor und studierte danach die Erläuterungen auf der Plakette.

Ich schloss für einen Moment die Augen und stützte mich dabei auf seiner Schulter ab. Allmählich verflog das Schwindelgefühl, und ich konnte mich wieder allein auf meinen Beinen halten. Derweil wanderte Achims Blick über die unzähligen anderen Inschriften an der Wand.

„Was soll der Unsinn?", polterte er plötzlich laut los. „Der Name der Kleinen ist als einziger in modernen Buchstaben gehalten. Also kann er niemals vor achthundert Jahren dort eingemeißelt worden sein."

„Und wer bitteschön, soll es dann in der heutigen Zeit getan haben?"

„Keine Ahnung", räumte Achim betreten ein. „Aber du musst doch zugeben, dass da irgendwas nicht zusammenpasst."

„Es sei denn, sie hätten damals nicht gewusst, wie sie ‚Pui Tien' schreiben sollten, bis dieser Didi es ihnen gezeigt hat", vermutete ich spontan. „Aber wenn meine kleine Dschín Nü wirklich während der Belagerung umgekommen wäre, dürfte ich doch wohl jetzt nichts mehr spüren."

Achim nahm meine Hände und sah mich ernst an.

„Was ist es?", fragte er eindringlich. „Ein Gefühl, ein Zeichen, ein Hinweis?"

„Eine Melodie", antwortete ich wahrheitsgemäß. „Es ist die gleiche, wie vor ein paar Tagen auf der Autobahn, als ich den Flüchtlingszug gesehen habe. Aber der Liedtext ist in einer mir völlig fremden Sprache…"

„Französisch?", schlug Achim vor.

„Nein, der Klang ist härter und nicht so geschwungen."

„Dann muss es Okzitanisch sein", folgerte mein Schwiegervater. „Kannst du dich wenigstens an einzelne Worte erinnern?"

417

Ich schüttelte bedauernd den Kopf, doch dann kam mir eine Idee.

„Weißt du was?", begann ich mit neuer Zuversicht. „Wir gehen jetzt zu dem Kiosk neben dem auffälligen alten Haus mit der Inschrift ‚Logis de Inquisicion' und besorgen uns eine dieser etwas umfangreicheren Broschüren über die ‚Albigenser Kriege' und ihre Folgen. Das ist echte Fachliteratur, und die gibt es nämlich auch auf Chinesisch. Darin steht vielleicht etwas mehr über die ganzen Vorgänge als in meinem Fremdenführer. Übrigens, ist dir auch aufgefallen, dass man uns weder im Chateau Comtal noch während der ganzen Tour durch die Stadt etwas über die Eroberung von Carcassonne oder das Schicksal des Vicomte de Trencavel erzählt hat?"

„Jetzt, wo du es sagst", entgegnete Achim nachdenklich. „Tatsächlich haben sie kein Sterbenswörtchen davon erwähnt. Alles, was wir darüber wissen, hast du mir gerade eben erst vorgelesen, als wir die Kathedrale betreten haben."

Nur wenig später standen wir mit meiner neu erworbenen Broschüre vor jenem ominösen Haus, das nach der militärischen Eroberung der Vizegrafschaft offenbar in den darauf folgenden Jahrzehnten das Hauptquartier der sogenannten „päpstlichen Inquisition" gewesen war. Natürlich wollten wir umgehend wissen, was man sich darunter vorzustellen hatte. Dafür begaben wir uns dann in eines der vielen Cafés und machten es uns dort bequem. Als ich Achim die entsprechenden Passagen übersetzte, stockte uns beiden der Atem vor Entsetzen.

Über die abscheulichen Gräueltaten, die während des Kreuzzuges an der Zivilbevölkerung begangen worden waren, hatten wir ja bislang schon einiges in Erfahrung bringen können, und was mich persönlich anging, waren die entsprechenden Eindrücke in Béziers sogar ziemlich hautnah gewesen. Trotzdem waren die massenhaften Verbrennungen sowie die zahlreichen Morde an Katharern, Juden, Sarazenen und römischen Christen, die im Zuge der Kampfhandlungen geschahen, nur der Auftakt zu einem systematischen Völkermord ungeheuren Ausmaßes gewesen, der mehr als hundert Jahre andauern sollte.

Verantwortlich hierfür war hauptsächlich ein neuer Mönchsorden, dessen Gründer Dominikus von Caleruega für seine zweifelhaften Verdienste auch noch heilig gesprochen wurde. Jener ursprünglich aus Kastilien stammende Dominikus Guzman hatte bereits vor dem Kreuzzug als Wanderprediger versucht, die häretischen Katharer auf den rechten Weg zurückzubringen oder zumindest deren wachsenden Einfluss auf die einfache Bevölkerung einzudämmen. Aber damit waren er und seine Anhänger alsbald kläglich gescheitert, und so hatte er den Menschen in der Languedoc mit Sklaverei und Tod gedroht. Die Gelegenheit, seine Drohung in die Tat umzusetzen, erhielt er schon bald danach mit Beginn des Krieges. Als guter Freund des Heerführers Simon de Montfort vermochte er leicht zu erreichen, dass sein Orden eine Schlüsselstellung einnehmen konnte, als es darum ging, den Katharismus und jede andere Form der Häresie in den eroberten Gebieten mit Stumpf und Stiel auszurotten.

Zu diesem Zweck wurde im Jahre 1215 die „päpstliche Inquisition" erfunden, die man aus gutem Grund schon bald die „Dominikanische Inquisition" nannte, weil dieser nun gerade offiziell anerkannte Orden vom Papst die alleinige Ausführung aufgetragen bekam. Von nun an waren die schwarz gekleideten Dominikaner keiner weltlichen Autorität mehr Rechenschaft schuldig und konnten handeln, wie sie wollten. Der Häresie Verdächtige wurden wahllos und auf bloße Anschuldigung hin auf grausamste Weise gefoltert, bis sie quasi alles gestanden, was die Inquisitoren von ihnen hören wollten. Denunzianten dagegen wurde selbst dann vergeben, wenn sie sich bezüglich ihrer Beschuldigungen geirrt hatten, weil sie dies natürlich im Vertrauen auf Gott getan hätten, wie es hieß. Nach ihren Geständnissen wurden die Delinquenten dann der weltlichen Gerichtsbarkeit übergeben. Das Urteil hieß in fast jedem Fall „Tod auf dem Scheiterhaufen", damit vermieden werden konnte, dass Blut vergossen wurde. Weigerten sich etwaige weltliche Autoritäten, die Exekution vollziehen zu lassen, drohte ihnen selbst die Anklage wegen Häresie und das gleiche Schicksal wie ihren Opfern. Da den Inquisitoren, beziehungsweise der Kirche, die Hälfte des Besitzes der Opfer zufiel, gab es natürlich auch entsprechend lukrative Anreize, derartige Verfahren auf immer neue Personenkreise auszuweiten, und es wurde sogar üblich, längst Verstorbene auf den Friedhöfen auszugraben und die Knochen zu verbrennen, damit man auch noch deren Erben enteignen konnte. Fast erübrigt es sich wohl, noch zu erwähnen, dass den Hinterbliebenen der Exekutierten selbstverständlich auch die Folterinstrumente und das Holz für den Scheiterhaufen in Rechnung gestellt wurden. Selbstverständlich wurden jene Gerätschaften noch vor ihrem Einsatz gesegnet.

Um die Effektivität ihrer Vorgehensweise zu steigern, hatten die Dominikaner bereits noch während des Eroberungsfeldzuges der Kreuzfahrer eine ausgefeilte Methode entwickelt, Glaubensabweichler zu brandmarken und bloßzustellen. Dafür versprachen sie allen, die sich freiwillig bezichtigten, nur geringe Strafen. Allerdings mussten sie fortan ein gelbes Kreuz auf Brust und Rücken ihrer Kleidung nähen. Juden wurden gezwungen, ein in der gleichen Farbe gehaltenes „Abzeichen der Ehrlosigkeit" zu tragen. In Okzitanien nannte man diese Kennzeichnung bald „Las Debanadoras", was soviel wie „Haspel" oder „Winde" bedeutete, denn ihre Träger konnten jederzeit von der Inquisition zu einer erneuten „Befragung" wie an einer Leine hängend eingeholt werden. Eine zweite Anklage jedoch führte dann unweigerlich zu einem Todesurteil.

In ihrem Hauptquartier in Carcassonne hatten die Dominikaner ein besonders hässliches Verfahren zum Erpressen von Geständnissen eingeführt: Hier wurden beschuldigte Delinquenten vorzugsweise regelrecht eingemauert und monatelang praktisch ohne jede Bewegungsmöglichkeit bei Wasser und Brot im Dunkeln festgehalten, bevor man mit der eigentlichen Befragung begann. Die meisten starben dann auch folgerichtig lange vor ihrem Prozess. Ein einziges Mal wagte es ein Angehöriger des konkurrierenden Franziskanerordens gegen die unmenschliche Behandlung vorzugehen. Jener mutige Pater hieß Bernard Delicieux, und er erreichte soviel Öffentlichkeit, dass die Soldaten des Königs eines Tages die eingemauerten Gefangenen befreiten. Tatsächlich, so behauptete meine Broschüre, sollte es im hiesigen Musée de Beaux Arts ein großes Ölgemälde geben, auf dem der Maler Jean-Paul Laurens im späten 19. Jahrhundert diese aufsehenerregende Szene dargestellt hatte. Im wirklichen Leben war dem auf der Leinwand verewigten Franziskanermönch ein weniger rühmliches Schicksal beschieden gewesen, denn nach seiner großmütigen Tat hatte er sich natürlich den Hass seiner dominikanischen Mitbrüder in Christo zugezogen. In der Folgezeit schwärzten sie Bernard Delicieux beim Papst und beim

König mit der erfundenen Beschuldigung an, er hätte verbotene Kontakte zum König von Aragon aufgenommen und betreibe heimlich den Anschluss des Languedoc an das Katalanische Reich. Daraufhin wurde der Franziskaner selbst in Carcassonne eingemauert und starb wenig später unter der Folter.

Nach alledem ersparten wir uns die in sämtlichen Feinheiten beschriebenen gruseligen Details, wie damals eine sogenannte „peinliche Befragung" abgehalten wurde und blätterten das Heft bis zum Ende durch. Tatsächlich fanden wir dort eine Art statistische Zusammenfassung, die unter anderem belegte, dass die von den Dominikanern so systematisch betriebene Ausrottung des Katharismus in Okzitanien insgesamt mehr als 500 000 Menschen das Leben gekostet hatte. Angesichts der ziemlich geringen Bevölkerungsdichte in ganz Europa vor achthundert Jahren stand damit eindeutig fest, dass der mir anfangs noch etwas übertrieben erschienene Begriff „Völkermord" hier offensichtlich doch seine Berechtigung hatte.

Während Achim unter dem Eindruck des Gehörten schweigend auf seinen leeren Bierkrug stierte, schlug ich noch einmal die ersten Seiten der Broschüre auf. Immerhin war darin der Verlauf des sogenannten „Albigenser Krieges" wesentlich detaillierter geschildert als in dem kleinen Fremdenführer, den ich am Narbonner Tor erstanden hatte. Tatsächlich wurde ich schon nach kurzem Überfliegen der Geschichte über die Eroberung von Carcassonne fündig.

„Weißt du, Phei Liang", merkte mein Schwiegervater düster an, „Allmählich kommen mir doch ernsthafte Zweifel, ob unsere Vier all diese Massaker hier überleben konnten. Vielleicht ist Pui Tien wirklich bei der Belagerung umgekommen."

Ich schüttelte vehement den Kopf.

„Nein, das glaube ich jetzt nicht mehr", entgegnete ich zuversichtlich. „Ich denke, ich habe eine Spur gefunden!"

Achim wischte sich verstohlen über die Augen und schaute mich erwartungsvoll an.

„Hier steht, dass eine große Gruppe von Katharern, Juden und sarazenischen Kaufleuten am Tag vor der Übergabe von Carcassonne durch geheime unterirdische Gänge aus der Stadt entkommen sein soll. In meinem kleinen Fremdenführer findet diese Episode keine Erwähnung."

„Gibt es auch einen Hinweis, in welche Richtung die Leute geflohen sind?", hakte mein Schwiegervater sogleich nach.

„Mehr noch, es wird sogar der Ort genannt, an dem sie aus den Katakomben wieder aufgetaucht sind."

„Wie heißt die Stadt?"

„Keine Stadt, sondern eine Burg", antwortete ich hastig. „Eigentlich sind es sogar drei Burgen, die sich auf einem steilen Bergrücken aneinanderreihen. Der Ort wird Lastours-Cabaret genannt und soll etwa fünfzehn Kilometer entfernt in den Ausläufern der Montagne Noir liegen."

Achim setzte ein schelmisches Grinsen auf. Offensichtlich schöpfte er wieder Hoffnung.

„Was machen wir dann noch hier?", fragte er betont burschikos. „Los, zurück zum Hotel, Auschecken und nichts wie da hin!"

Eine knappe Stunde später befanden wir uns bereits außerhalb von Carcassonne und fuhren auf einer schmalen Straße durch Conques sur Orbiel. Von dort aus wand sich der Weg entlang des kleinen Flusses, bis wir in eine bewaldete Bergregion eintauchten. Und plötzlich waren sie zum Greifen nah vor uns, die Ruinen der Burgen von Lastours. Achim schaute bei jeder sich bietenden Gelegenheit angestrengt zu dem steilen und felsigen Burgberg hinauf. Auszumachen waren eindeutig vier Spitzen, von denen jede einzelne eine eigene Ruine trug.

„Hattest du nicht gesagt, es wären nur drei Burgen?", erkundigte sich mein Schwiegervater irritiert.

Ich schlug noch einmal die Broschüre auf und las zum wiederholten Mal den Text.

„Cabaret, Tour Régine, Fleur Espine und Quertinheux; es sind tatsächlich vier", stellte ich erstaunt fest. „Aber warte mal, hier steht, dass diejenige mit dem Namen ‚Tour Régine' erst später gebaut wurde, als der französische König im weiteren Verlauf des Krieges die Gegend in Besitz nahm."

„Aha", meinte Achim vielsagend. „Dann war der Kreuzzug also doch nicht nach 20 Jahren beendet?"

„Stimmt wohl", bestätigte ich, nachdem ich noch ein paar Zeilen weiter gelesen hatte. „Es gab tatsächlich noch einen zweiten, den der König selbst anführte, und der dauerte bis zur endgültigen Eroberung des Languedoc sogar noch mal fast dreißig Jahre."

Wir parkten den Wagen auf dem für eine Besichtigungstour zu den Ruinen vorgesehenen Platz in der zu Füßen des Burgberges gelegenen Gemeinde Lastours und machten uns sogleich auf den Weg. Der ausgetretene Pfad begann am Ufer des Orbiel und führte uns nach einem steilen zwanzigmünütigen Anstieg zu den markanten Überresten der Burg Cabaret hinauf. Dort mussten wir erst einmal eine kleine Pause einlegen, denn Achim war vollkommen erschöpft. Er wischte sich den Schweiß von der Stirn und schnappte keuchend nach Luft wie ein gestrandeter Fisch.

„Hoffentlich hat..., hat sich die Anstrengung gelohnt!", stammelte er vorwurfsvoll und mit einem sehnsuchtsvollen Blick hinunter ins Tal. „Kann mir nämlich kaum vorstellen, dass die Typen damals durch unterirdische Stollen bis hier heraufgekommen sind."

„Ich spüre nichts", entgegnete ich bedauernd. „Vielleicht sollten wir uns eine Ruine nach der anderen vornehmen."

Achim warf mir einen skeptischen Blick zu.

„Also wieder rauf und runter, und das noch dreimal", meinte er gequält.

„Dafür sind es aber auch jeweils nur ein paar Meter", tröstete ich ihn.

„Schau doch noch mal nach, ob du irgendwas über die Ereignisse findest, die sich hier abgespielt haben sollen", schlug mein Schwiegervater vor.

„Zu jener Zeit verteidigte der Herr von Lastours, der Chevalier Pierre Roger de Cabaret mit Trencavel und anderen Carcassonne gegen die Kreuzfahrer", las ich vor, nachdem ich die entsprechende Stelle in der Broschüre gefunden hatte. „Nach dem Fall der Stadt zog er sich in seine Festung zurück. Um seinen neuen Stützpunkt abzusichern, versuchte de Montfort, sich Lastours zu bemächtigen, doch das Unternehmen erwies sich als unmöglich. Er musste drei Burgen gleichzeitig angreifen, und dies auf Steilwänden, die für Kriegsmaschinen unzugänglich waren."

„Das hätte ich dem Idioten auch sagen können!", machte Achim seinem Ärger über den mühevollen Aufstieg Luft.

Ich ging nicht darauf ein und fuhr einfach fort:

„Eine Belagerung hätte einer umfangreichen Armee bedurft, die anderswo gefehlt hätte. De Montfort musste aufgeben und kehrte nach Carcassonne zurück. Dagegen gelang es den Verteidigern, Simon de Montforts Cousin und Adjutanten Bouchard de Marly gefangen zu nehmen, der ihnen viele Details über geplante Eroberungen der Kreuzfahrer verriet. In der Folgezeit unternahm Pierre Roger de

Cabaret daher von seinem Schlupfwinkel aus zahlreiche Guerillaaktionen gegen die Besatzer. Diese versuchten ihrerseits, die Verteidiger von Cabaret einzuschüchtern. So erschien im März 1210 am Fuße der Burgmauern eine jämmerliche Truppe von mehr als hundert Unglückseligen, denen man die Augen ausgerissen sowie Ohren, Nasen und Lippen abgeschnitten hatte. Simon de Montfort hatte die Verstümmelungen nach der Eroberung des Ortes Bram angeordnet, um die Soldaten von Lastours zu beeindrucken, doch seine Rechnung ging nicht auf. Erst der Fall der Festung Termes und die Möglichkeit, dass nun ein groß angelegter Angriff gegen ihn geplant sei, bewegte Pierre Roger de Cabaret, seine Unterwerfung auszuhandeln. Dabei spielte natürlich der wertvolle Gefangene eine große Rolle. So fiel Lastours doch noch in die Hände der Kreuzfahrer. Aber Pierre Roger de Cabaret selbst kämpfte weiter und gewann schließlich auch seine Besitztümer zurück. Eine Zeitlang bot Lastours dann wieder einer bedeutenden Gemeinschaft von Katharern Zuflucht, und 1224 wurde die Burg Cabaret sogar Sitz eines Bischofs der Amics de Diu von Carcassonne. Erst im Jahr 1240 wurden die drei Burgen von einer königlichen Garnison besetzt, die zu ihrer Absicherung Tour Régine errichteten."

Achim nickte mir zu.

„Schön, aber von unseren Flüchtlingen steht nichts in deinem Heft, oder?"

„Zumindest nicht in diesem Kapitel", räumte ich resigniert ein. „Vielleicht entdecken wir ja doch noch etwas auf dem Weg zu den anderen Festungen."

Durch eine große Öffnung in der halb zerfallenen Mauer gelangten wir in den Hof der ersten Burg. Besonders viel hatte hier wirklich nicht dem Zahn der Zeit standgehalten. Ich schaute auf den fünfeckigen Bergfried, den man dereinst an das Wohngebäude angebaut hatte. Drinnen war der Zugang zu den oberen Stockwerken nicht mehr möglich, da die Wendeltreppe eingestürzt war. Von außen konnte man aber wenigstens noch das Gewölbe des oberen Saals erkennen. Falls Pui Tien und Didi tatsächlich hier gewesen waren, hatten sie offenbar keine Eindrücke hinterlassen, die ich hätte wahrnehmen können.

Etwa zwanzig oder dreißig Meter weiter südlich erreichten wir die Burg Tour Régine. Sie bestand aus nicht mehr als einem einzelnen Turm, der seinerzeit durch eine Mauer geschützt worden war. Danach erklommen wir den höchsten Punkt des Bergkammes und gelangten in die Burg Fleur Espine. Auch deren Hof war lediglich von zerstörten Mauern umgeben. Im hinteren Teil erhoben sich die Ruinen eines großen Wohngebäudes, das von einem viereckigen Bergfried flankiert wurde.

Die letzte Burg Quertinheux lag wiederum etwas tiefer. Auf dem Weg dorthin mussten wir zunächst eine enge Schlucht überqueren. Danach ging es auf einem schmalen Fußpfad weiter, der hoch über dem Dorf Lastours verlief. Schließlich mündete er in einen geräumigen Hof. Die Mauern waren fast alle verfallen, und auch der runde Bergfried machte keinen besonders vertrauenerweckenden Eindruck, denn seine beiden Stockwerke waren eingestürzt. Doch in dem gleichen Moment, in dem ich aus der Burg hinaustrat, stand ich urplötzlich vor einem gähnenden Loch und befand mich schlagartig in einer anderen Welt.

Mit einem Mal war das gleißende Licht der sengenden Sonne verschwunden, und der Wind bauschte die Wolken zu riesigen turmhohen Gebilden auf. Blitze zuckten über einen düsteren, schwefelgelben Himmel, und ein dumpf drohendes Donnergrollen erfüllte das enge Tal. Aus der dunklen Grotte trat eine unübersehbare Schar ärmlich gekleideter Menschen hervor. Viele der Männer, Frauen und Kinder trugen nicht einmal Schuhe; scharfkantige Felsen schnitten blutige Wunden in ihre bloßen Füße. Trotzdem erklang kein einziger Laut. Stumm und mit verbissenen Gesichtern zog die unheimliche Prozession an mir vorüber und verschwand unter dem Torbogen der Burg Quertinheux. Nur eine einzelne Person blieb einige Meter von mir entfernt stehen und schaute sich um. Es war ein Mädchen mit hüftlangen pechschwarzen Haaren in einem verschmutzten grünen Brokatkleid. Die junge Frau hatte mir den Rücken zugewandt und unterhielt sich ein paar Minuten lang mit einem hochgewachsenen, ausgezehrten, hageren Mann in einer mönchsähnlichen blauen Robe. Dabei deutete der Mann mit ausgestrecktem Arm nach Süden zu den fernen Pyrenäengipfeln. Dann gingen die beiden langsam weiter.

Ich hätte sie einfach ansprechen und ihren Namen rufen können, denn ich wusste sofort, wer sie war, aber ich tat es nicht. Pui Tien hätte mich sowieso nicht gehört, denn sowohl ihre Erscheinung als auch die der anderen Flüchtlinge, die offensichtlich von ihr und jenem Priester durch die Grotte ans Licht dieses unheilsschweren Tages geführt worden waren, gehörte zu einer dieser unbegreiflichen Spiegelungen aus jenen längst vergangenen Tagen vor achthundert Jahren, die sich nur meinem geistigen Auge offenbarten. Im nächsten Moment löste sich die Vision buchstäblich in Nichts auf, und ich stand wieder im hellen Schein der heißen Nachmittagssonne vor den Ruinen.

„Du hast es tatsächlich gefunden!", rief Achim erfreut, während er andächtig auf eine kleine Plakette starrte, die neben dem Eingang der Grotte angebracht war.

„Ich weiß", antwortete ich sinnend, obwohl mir völlig klar war, dass mein Schwiegervater nichts von alledem mitbekommen haben konnte, was sich nur wenige Minuten zuvor vor meinen Augen abgespielt hatte.

„Hier steht es schwarz auf weiß", fuhr Achim triumphierend fort. „Und der Text ist diesmal sogar auch auf deutsch: ‚Trou de la Cité – das Loch der Festungsstadt. Nach der Legende ist am 15. August 1209 ein Teil der Bewohner von Carcassonne, das von den Kreuzfahrern belagert wurde, durch einen unterirdischen Gang aus der Stadt geflohen und aus diesem Loch aufgetaucht.' Jetzt müssten wir nur noch wissen, ob unsere Kleine dabei gewesen ist."

„Ist sie", bestätigte ich lächelnd. „Sie hat sie sogar angeführt und hierher gebracht. Ich habe sie gerade gesehen."

Achim schaute mich mit großen Augen an.

„Langsam wirst du mir richtig unheimlich, Phei Liang", meinte er mit einem gewissen scheuen Respekt in der Stimme. „Sag bloß, du weißt auch, wo sie von hier aus hingegangen ist?"

„Irgendwo zu einem Ziel, das dort drüben bei den Schneegipfeln der Pyrenäen zu suchen ist", entgegnete ich bestimmt. „Wir müssen nur noch herausfinden, wohin genau."

Kapitel 9
Montségur – Der Kreis schließt sich

Lat riten Gahmuretes kint:
Swa nu getriuwe liute sint,
die wünschen im heiles, wan ez muoz sin
daz er nu lidet hohen pin,
etswenne ouch vreude und ere.
Ein dinc in müete sere,
daz er von ir gescheiden was,
daz munt von wibes nie gelas
nach sus gesagetem maere,
diu schoener und bezzer waere.
Gedanke nach der künegin
Begunden krenken im den sin:
Den muoste er gar verlorn han,
waerez niht ein herzehafter man.
(aus „Parzival" von Wolfram von Eschenbach)

Lasst reiten Gahmuretes Kind:
Diejenigen, die ihm wohl gesonnen sind,
die wünschen ihm Stärke, denn leider muss es sein,
dass er nun leidet große Pein,
zuweilen aber auch Freude und Ehr.
Doch eine Sache quält ihn sehr,
dass er von ihr geschieden wart,
von einer Frau, von der niemand je gelesen
noch gehört hat,
dass eine schöner oder besser wäre.
Allein nur der Gedanke an seine Königin
bekümmert mit Schwermut seinen Sinn:
Dass er schier den Verstand verloren hätte,
wäre er nicht ein so besonnener Recke.
(Übertragung aus dem Mittelhochdeutschen)

Pui Tien, Ende August 1209

Ich erwachte kurz nach Sonnenaufgang, weil urplötzlich über unseren Köpfen ein penetrantes, lautes und monotones Summen eingesetzt hatte. Ein wenig irritiert schlug ich die Augen auf und musterte das dichte Blätterdach des immergrünen Baumes, unter dessen weit verzweigten Ästen wir am Abend zuvor unser Nachtlager bereitet hatten, doch auf den ersten Blick vermochte ich die Ursache für die anhaltende Geräuschkulisse nicht zu entdecken. Neugierig geworden, stand ich kurzerhand auf und begutachtete das wie ein schützender Baldachin über uns gewölbte Blätterwerk. Tatsächlich kam ich dabei den summenden Störenfrieden auf die Spur: Es waren Bienen, ja Abertausende von Bienen, die offenbar allesamt diesen einen freistehenden Baum als Tätigkeitsfeld für ihre emsige Nektarsuche auserkoren hatten.

„Das ist ein Johannisbrotbaum", belehrte mich Frère Kyot lächelnd von seiner Schlafstatt aus. „In dieser Zeit des Jahres wirst du sie überall in seinen Ästen finden."

Ich nickte abwesend, denn in meinem Gedächtnis entstand gleichzeitig das Bild eines Films, der im antiken Griechenland spielte und bei dem ebenfalls jenes penetrante Summen zu hören gewesen war. Damals hatte ich genervt den Fernseher abgestellt, weil ich gedacht hatte, es handele sich dabei um eine Tonstörung. Unwillkürlich ergriff mich das Gefühl einer unbestimmten Wehmut, denn eigentlich war es mir in der kurzen Zeit, die ich in der Gegenwart verbringen durfte, nie gelungen, mich mit all ihren Geheimnissen vertraut zu machen. Ob ich nun wohl jemals noch die Gelegenheit dazu bekommen würde? Allmählich kamen mir ernsthafte Zweifel, dass wir aus diesem Hexenkessel lebend entkommen konnten.

Nachdem wir die relative Sicherheit der Montagne Noir verlassen hatten, waren wir auf Schleichwegen an Carcassonne vorbei in die nach Süden hin ansteigenden Ausläufer der Pyrenäen gelangt, immer auf der Hut vor den umherschweifenden Patrouillen der Kreuzfahrer, die sich offenbar anschickten, Zug um Zug die gesamten Ländereien des Vicomte de Trencavel unter ihre Kontrolle zu bringen. Erst als wir bei Pamiers den Ariège erreichten, konnten wir es uns leisten, wieder dem normalen Reiseweg entlang des Flusses zu folgen, der uns in weniger als einem weiteren Tag nach Foix führen würde. Einzig der von West nach Ost streichende, lang gezogene und bewaldete Sperrriegel der Montagnes du Plantaurel trennte uns noch von der Burg unseres Freundes, des Grafen Raymond-Roger.

Je tiefer wir auf unserem nun bereits vier Tage während-
den Ritt in das Vorland der Pyrenäen eindrangen, desto
beklommener wurde es mir ums Herz. Aber das lag keineswegs daran, dass die uns umgebenden Berge immer
höher und das Tal des Ariège immer enger zu werden
schienen. Vielmehr vermochte ich das kommende Unheil
überdeutlich zu spüren. Irgendetwas Grauenhaftes, überaus
Gefährliches und abgrundtief Scheußliches lauerte in naher
Zukunft auf uns, und davor hatte ich eine Wahnsinnsangst.
Wenn ich doch nur in der Lage gewesen wäre, genauer
vorauszusehen, was uns erwarten würde. Doch stattdessen
quälte mich dieses unbestimmte Gefühl.

Leise seufzend warf ich einen sehnsuchtsvollen Seitenblick auf den noch friedlich schlummernden Didi, bevor ich
mich resigniert daran begab, unsere Sachen zusammenzu-
rollen und auf die Pferde zu laden. Wie gern hätte ich mich
jetzt in seine schützenden Arme geworfen, mich wohlig an
ihn geschmiegt und die vertraute Wärme seines Körpers
gespürt. Aber leider verbot sich das in Gegenwart unseres
Gefährten Frère Kyot schon von selbst.

Schen Diyi Er Dsi

Die trutzige Burg meines väterlichen Freundes Raymond
Roger de Foix erhob sich wie ein mächtiger Klotz inmitten
des schmalen Tales auf einem gewaltigen freistehenden
Felsblock, als ob sie samt ihrem steinernen Untersatz direkt
vom Himmel an diese Stelle gefallen wäre, um sämtlichen
Feinden den Durchgang zu versperren. Niemand, auch
nicht ein noch so großes Heer, könnte es schaffen, hier
unbeschadet vorbeizukommen, wenn der Comte es ihm
verwehren würde. Trotzdem war mein Blick nicht auf die
wehrhaften Mauern und jene zwei hohen quadratischen
Türme, die sie umschlossen, gerichtet, sondern meine Augen hefteten sich unwillkürlich auf die Flanke eines himmelwärts strebenden Gebirgszuges, dessen markante Spitzen sich weit hinter Foix hoch über die Waldgrenze hinaus
erhoben. Fast gleichzeitig mit diesem doch eigentlich so
fantastischen Anblick ergriff mich eine unerklärliche Furcht,
die mich unwillkürlich zusammenzucken ließ. Mechanisch

hielt ich mein Pferd an und starrte entsetzt auf die mit groß-
flächigen Schneeresten bedeckten Gipfel.

„Du hast sie wiedererkannt!", stellte Frère Kyot sichtlich
erstaunt fest. „Die Spitzen gehören zum Massiv der Montagne de Tabe, die ihr kurz vor dem Sturm schon aus der
Ferne gesehen habt, als wir von Minerve nach Carcassonne aufgebrochen waren."

Ich nickte nur, denn ich hatte es bereits geahnt. Damals
war es nur ein vages Gefühl der Abneigung gewesen, doch
jetzt stand ich jenen Bergen, die es ausgelöst hatten, praktisch zum Greifen nah gegenüber.

„Was ist los, Didi?", flüsterte Pui Tien mir zu.

„Weißt du noch, wie ich dir gesagt habe, dass ich auf keinen Fall zu diesen Schneegipfeln reiten möchte?", entgegnete ich ebenso leise. „Von mir aus halte mich für verrückt,
aber ich bin überzeugt, dass dort irgendetwas Schreckliches auf uns wartet."

Pui Tien schaute mich ungewöhnlich ernst an. Dann blickte sie schnell zu Frère Kyot, um sich zu vergewissern, dass
er uns nicht beobachtete. Im nächsten Moment ergriff sie
meine Hand und führte sie zu ihrer linken Brust.

„Spürst du, wie mein Herz klopft? Glaub mir, ich halte dich
nicht für verrückt, denn ich habe selbst eine Wahnsinnsangst."

Unter dem dünnen Stoff des Brokatkleides fühlte ich deutlich ihre zarte weibliche Rundung und errötete. Aber sie
hatte recht: Ihr Herz raste. Erschrocken zog ich blitzschnell
meine Hand zurück.

Pui Tien lächelte mir kurz zu und gab ihrem Pferd die
Sporen. Unser Gefährte erwartete sie bereits.

„Was ist mit diesen Bergen, Frère Kyot? Und sagt mir bitte nicht, sie hätten keine Bedeutung!"

„Ach Tochter", erwiderte der Priester der Amics de Diu mit
sanfter, jedoch betont ehrfurchtsvoller Stimme. „Sie beschützen den Montsalvat, der auf einem hohen Felsen vor
ihrer nördlichen Flanke thront."

Fred Hoppe

Ich musterte verzweifelt die unzähligen Gesichter in der
Menschenmasse, die man zum Zwecke des Tribunals der

Dominikaner wie Vieh auf dem Marktplatz von Montréal zusammengetrieben hatte, aber ich vermochte Phei Siang nicht auszumachen. Dabei hätte man sie bestimmt schon allein wegen ihres asiatischen Aussehens eingefangen.

„Sie ist nicht hier, Winfred", raunte Giacomo mir leise zu. „Wir hätten sie sonst sicher längst entdeckt."

„Verdammt, wir hatten eine Vereinbarung!", zischte ich ungehalten zurück. „Sie weiß doch genau, wie gefährlich es ist, in dieser Zeit in der offenen Landschaft herumzulaufen."

„Sie wird ihre Gründe gehabt haben, doch nicht nach Montréal zu kommen", beschwichtigte der Venediger. „Immerhin trägt sie das ,Allerheiligste' bei sich. Es wird ihr zu gefährlich erschienen sein, damit in eine von den Kreuzfahrern besetzte Stadt zu gehen."

„Sie sollte es ja auch verstecken!"

„Beruhigt Euch Winfred! Die Angst um Eure Gemahlin raubt Euch den Verstand!", ermahnte mich Giacomo eindringlich. „Wir wissen nicht, was sie daran gehindert hat, sich an die Abmachung zu halten. Oder hättet Ihr voraussehen können, dass Ihr mit den Kreuzfahrern die Flüchtlinge aus Carcassonne verfolgen musstet?"

„Du hast ja recht", räumte ich zerknirscht ein. „Aber wo, um Himmels Willen mag sie jetzt sein? Und wie sollen wir sie jemals in diesem fremden Land finden?"

„Wo sie auch hingeht, ihr fremdartiges Antlitz muss sie verraten. Irgendjemand wird uns davon berichten."

„Dummerweise müssen wir aber zuerst unauffällig das Kreuzfahrerheer verlassen, um nach ihr suchen zu können", merkte ich bissig an. „Und kannst du mir vielleicht verraten, wie wir das gerade jetzt anstellen sollen, wo es überall hier nur so von adeligen Heerführern wimmelt, die es kaum noch erwarten können, gegen diesen Grafen von Foix ins Feld zu ziehen?"

In der Menge erhob sich ein missfälliges Gemurmel, als die ersten Freiwilligen vor den schwarz gekleideten Mönchen niederknieten und lauthals ihre vermeintlichen Verfehlungen gegenüber den Geboten der römischen Kirche beichteten. Giacomo und ich wollten die günstige Gelegenheit nutzen, um uns vorsichtig und wie zufällig in Richtung des westlichen Stadttores zurückzuziehen. Doch gerade, als wir die Zügel unserer Reittiere ergriffen hatten, bahnten sich zwei hagere Gestalten in blauen Roben einen Weg durch die umstehenden Menschen. Die beiden zogen sofort die Aufmerksamkeit aller auf sich. Auch Giacomo und ich blieben umgehend stehen und starrten wie gebannt auf die charismatische Erscheinung der Neuankömmlinge. Bislang hatte ich selbst zwar noch keine okzitanischen Katharerpriester mit eigenen Augen gesehen, doch um solche konnte es sich eigentlich nur handeln. Obwohl ihnen dieser Auftritt unter den gegebenen Umständen nur den Tod bringen konnte, strahlten die beiden Männer eine unglaubliche Gelassenheit und Würde aus, die ich eigentlich keinem Menschen zugetraut hätte, der dem eigenen qualvollen Ende ins Auge blickt.

Natürlich war es uns nicht möglich, auch nur ein einziges Wort des folgenden Disputes mit den Dominikanern zu verstehen, doch die Reaktion der arroganten Mönche ließ nicht auf sich warten. Schon eilten bereitstehende Söldner auf den Platz und legten die beiden Priester in Ketten. Jene ließen dies widerstandslos mit sich geschehen, während die meisten aus der Menge entsetzt zurückfuhren und die Prozedur mit fassungslosem Schweigen quittierten.

Unterdessen brachten weitere Schergen Holzbohlen und Reisig herbei, aus denen wieder andere in Windeseile direkt vor der Stätte des Tribunals einen Scheiterhaufen errichteten. Niemand rührte auch nur einen Finger, um die Delinquenten vor ihrem grausigen Schicksal zu bewahren.

Unwillkürlich umklammerte ich den Griff meines Schwertes, doch Giacomo legte mir sofort die Hand auf den Arm und zog mich mit Gewalt vom Schauplatz des bevorstehenden Verbrechens weg.

„Um das Heil Eurer Seele Willen lasst den Unsinn, Winfred!", fuhr er mich an. „Ihr könnt die beiden nicht retten!"

Ich starrte meinen Gefährten wütend an, denn ich hatte schon eine giftige Erwiderung auf den Lippen, als plötzlich unser dominikanischer Dolmetscher neben mir stand.

„Seht Ihr Willehalm, so wird es letztlich allen Ketzern ergehen!", prahlte der kleine Schwarzgekleidete inbrünstig. „Das wird allen anderen Häretikern in Montréal ein abschreckendes Beispiel sein."

Inzwischen flammte der Holzstoß bereits lichterloh auf. In meinen Augen spiegelte sich Abscheu und pures Entsetzen, als die Söldner die beiden gefesselten Priester vor den Scheiterhaufen zerrten. In meinen Gliedern zuckte es, und beinahe wäre ich auf der Stelle losgestürmt, um wenigstens den Versuch zu wagen, das abscheuliche Ende der Männer in den blauen Roben zu verhindern. Doch im selben Moment schüttelten die Katharerpriester ihre Bewacher ab wie lästige Insekten. Sofort legten Bogenschützen auf sie an, aber die beiden kletterten seelenruhig auf den brennenden Holzstoß. Lediglich einer von ihnen rief den Dominikanern noch laut und mit fester Stimme etwas zu, dann wurden beide von den auflodernden Flammen eingehüllt.

Ich starrte kreidebleich auf das grässliche Geschehen und war zu keiner Bewegung fähig.

„Ihr scheint etwas zart besaitet zu sein, Willehalm", säuselte der kleine Dominikaner neben mir scheinheilig.

„Was hat der Ketzer gerufen, bevor er starb?", erkundigte sich Giacomo, wahrscheinlich, um den Mönch von mir abzulenken.

„Unverständliches Zeug!", antwortete der Dominikaner geringschätzig und winkte ab. „Er hat gesagt, ‚Christus hat sich verdunkelt und sein himmlisches Licht im Schatten der menschlichen Sünde verborgen'. Ich weiß auch nicht, was er damit meinte."

Giacomo nickte ihm kurz zu, ergriff die Zügel meines Pferdes und zog mich fort. Unser Dolmetscher dagegen blieb stehen und schaute fasziniert auf den Holzstoß und die allmählich erlöschenden Flammen.

Da der grausige Zwischenfall nun endgültig dafür gesorgt hatte, dass uns niemand mehr beachtete, gelangten wir unbehelligt auch zu den Ställen unserer Packpferde und weiter nach draußen vor die Tore der kleinen Stadt.

Natürlich brauchte ich danach eine ganze Weile, um mich zu sammeln. Auch war mir fürchterlich schlecht, und ich musste mich mehrfach übergeben, weil dieser ekelhaft süßliche Geruch von verbranntem menschlichen Fleisch nicht aus meiner Nase weichen wollte. Daher bemerkte ich viel zu spät, dass sich uns ein riesiger Trupp von Kreuzfahrern bereits bis auf wenige hundert Meter genähert hatte. Auf jeden Fall war es Giacomo und mir nun nicht mehr möglich, uns abzusetzen. Also warteten wir geduldig an Ort und Stelle auf die Ankömmlinge. Zu meinem Erstaunen befand sich Engelbert mit seinen Ordonanzen an der Spitze des langen Zuges und winkte mir wie selbstverständlich zu.

„Ich sehe, Ihr habt uns bereits erwartet, Willehalm!", rief mir der Dompropst verwundert zu. „Ihr müsst einen besonderen Sinn für bevorstehende Ereignisse haben, denn wir haben aus gutem Grund keine Boten zu Euch geschickt."

„Ich vermute, der Angriff auf das Gebiet des Grafen von Foix steht kurz bevor", kombinierte ich blitzschnell.

Engelberts Lächeln bewies mir, dass ich damit wohl ins Schwarze getroffen hatte.

„Euer Eifer, den Ketzern aufs Haupt zu schlagen, ist wirklich bemerkenswert", entgegnete der Dompropst süffisant. „Bei Gelegenheit müsst Ihr mir unbedingt erzählen, welche Schuld Ihr gegenüber unserer heiligen Kirche zu begleichen habt. Meine eigene Buße, das kann ich Euch versichern, wird mich bestimmt nur die von der Kurie verlangten vierzig Tage kosten, dann zieht es mich unweigerlich in unsere gemeinsame kühle und nasse Heimat zurück."

„Damit wollt Ihr mir sagen, dass Ihr dies hier nicht als Euren eigenen Krieg betrachtet", gab ich leise zurück. „Aber ich kann Euch versichern, dass es für mich gewisse Dinge gibt, für die es sich schon zu sterben lohnt."

Engelbert betrachtete mich nachdenklich und musterte mich dabei mit einem eigentümlichen Blick.

„Nun, wie dem auch sei, Willehalm", fuhr er danach kurz angebunden fort. „Sammelt Euer Banner und reiht Euch in unseren Tross ein! Wir ziehen gegen Foix und erobern zunächst die Stadt Mirepoix."

Wenn ich damals durch das gerade erlebte Geschehen nicht so geschockt gewesen wäre, hätte es uns davor vielleicht noch gelingen können, einfach auf unsere Pferde zu steigen und Reißaus zu nehmen. Doch obwohl ich mich seit diesem denkwürdigen Tag unablässig mit Selbstvorwürfen quäle, glaube ich mittlerweile nicht mehr daran, dass es tatsächlich möglich gewesen wäre, den bald darauf folgenden tragischen Ereignissen noch eine entscheidende Wendung zu geben. Und so nahm das Verhängnis seinen Lauf.

Leng Phei Siang

Schon den ganzen Morgen über herrschte eine ungeheure Aufregung in der Stadt. Überall trugen Frauen, Männer und Kinder ihre Habseligkeiten zusammen, packten diese auf eilig herbeigeschaffte Ochsengespanne oder schnürten kleine Bündel mit dem Allernötigsten, um sie auf ihren eigenen Schultern zu tragen. Auch wenn ich kein Wort von dem verstand, was sich die Leute in ihrer Panik zuriefen, war mir sofort klar, was die Ursache für deren hastige Vorbereitungen zur Flucht aus Mirepoix war: Das Kreuzfahrerheer rückte an.

Ich unterdrückte meine eigene Unruhe und kramte die Skizze des friesischen Kaufmannes aus meiner Gürteltasche hervor. Leider vermochte mir die vereinfachte Darstellung der Umgebung von Carcassonne keine detaillierte Auskunft über die Lage anderer Städte und Burgen oder gar den Verlauf von Flüssen und Wegen, geschweige denn von Bergen und Tälern zu geben. Ich schüttelte resigniert den Kopf, zerknüllte die Zeichnung und warf sie auf den nächsten Abfallhaufen.

Die verängstigte Gruppe von Flüchtlingen, der ich mich vor fünf Tagen angeschlossen hatte, empfing mich mit einem unverständlichen Wortschwall. Es dauerte einige Zeit, bis ich mithilfe eindeutiger Zeichen wenigstens die rudimentärsten Informationen erhalten konnte. Demnach hatten Spione am frühen Morgen den Konsuln von Mirepoix berichtet, dass die Kreuzfahrer von zwei Seiten her in das Gebiet des Grafen von Foix eindringen wollten. Offenbar rückte eine kleinere Streitmacht auf direktem Weg von Montréal über Fanjeaux auf Mirepoix vor, während die Hauptmasse des Heeres von Castelnaudary herkommend ein Stück weiter westlich durch das Tal des Flusses Ariège auf Pamiers und Foix zumarschierte. Daraufhin begann ich damit, im Staub vor dem Stall, in dem man uns vorläufig untergebracht hatte, eine eigene Lageskizze anzufertigen, und ließ mir dabei die jeweiligen landschaftlichen Gegebenheiten erläutern. Dieses Unternehmen war zwar nicht ganz einfach, weil ich zunächst den Leuten begreiflich machen musste, dass sie mir mithilfe eines Stockes zeigen sollten, um wie viel die jeweiligen Berge südlich von uns höher waren als in der Umgebung von Mirepoix. Anfangs wollte ich meinen Gesprächspartnern nicht glauben, und ich dachte schon, sie hätten mich missverstanden. Denn wenn ich annehmen durfte, dass die hiesigen Hügel etwa hundert Meter höher als die Stadt waren, dann mussten die Berge im Süden bis weit über zweitausend Meter hoch in den Himmel ragen. Doch, da meine Gewährsleute ihre Angaben stets wiederholten, war ich bald überzeugt, dass unsere weitere Flucht tatsächlich in alpine Regionen führen würde. Also mussten die fernen Gebilde, die ich für weiße Wolken gehalten hatte, in Wirklichkeit schneebedeckte Gipfel gewesen sein.

Obwohl sich einige wenige aus unserer Gruppe lieber nach Westen gewendet hätten, konnte ich sie letztlich davon überzeugen, dass wir eine größere Überlebenschance in den hohen Bergen haben würden, auch wenn sich der Marsch dorthin ungleich beschwerlicher gestalten mochte. Andernfalls hätte sicherlich eine große Gefahr bestanden, den anrückenden Kreuzfahrern spätestens im Tal des Ariège in die Arme zu laufen. Zudem rechnete ich keineswegs damit, dass Simon de Montforts wütende Horden nach der Einnahme von Carcassonne ein weiteres Mal Gnade walten lassen würden.

Trotzdem mussten unsere Leute die Torwachen mit Engelszungen überreden, uns noch hinauszulassen, denn am Horizont in Richtung der Straße nach Fanjeaux waren bereits die wehenden Fahnen der ersten Kreuzritter aufgetaucht. Daher trieb ich unsere Gruppe zur Eile an.

Pui Tien

Raymond Roger de Foix umarmte Didi so fest und stürmisch, dass ich beinahe befürchtete, er würde meinem Freund sämtliche Rippen brechen. Ich hatte mich schon immer darüber gewundert, dass der wesentlich ältere und kampferfahrene Graf einen derartigen Narren an Didi gefressen zu haben schien. Immerhin besaß er mit Bernard einen etwa gleichaltrigen Sohn, der dem Vater hinsichtlich seines persönlichen Mutes, seiner ritterlichen Tugend und seiner Geschicklichkeit in nichts nachstand. Aber vielleicht war ich selbst ja auch nur ein wenig neidisch auf meinen Freund, denn allein die Erscheinung des grauhaarigen alten Kämpen und seine ruhige Gelassenheit, mit der er unsere bedrohliche Botschaft aufgenommen hatte, erinnerte mich doch sehr an meinen einstigen Geliebten Arnold. Zumindest verkörperte Raymond Roger de Foix in meiner Vorstellung genau jene unerschütterliche Tapferkeit und Lebensbejahung, die Arnold von Altena auch im Alter noch hätte zur Schau tragen können, wenn er nicht seit vielen Jahren ein gebrochener Mann gewesen wäre.

Erst nachdem uns der Graf in den großen Saal begleitet hatte, wo er uns seinen anderen Gästen vorstellen wollte, vermochte ich endgültig, die wehmütigen Gedanken abzuschütteln, die sich meiner bemächtigt hatten. Ein wenig überrascht verneigte ich mich dort höflich vor Agnes de Montpellier, der Gemahlin des gefangenen Vicomte de Trencavel, die nach dem Auszug aus Carcassonne offenbar mit ihren kleinen Kindern Zuflucht in der Burg von Foix gefunden hatte. Für einen kurzen Augenblick blitzte wieder der alte Argwohn in ihrer Miene auf, den sie mir schon bei unserer ersten Begegnung entgegengebracht hatte, doch dann reichte Agnes de Montpellier mir ihre Hand. Ich ergriff sie zögernd und richtete mich auf. Frère Kyot nickte ihr unauffällig zu, um anzudeuten, dass er bereit sei, mir ihre Worte zu übersetzen.

„Ich hätte nicht gedacht, dass ich mich jemals freuen könnte, Euch zu sehen, Prinzessin Pui Tien", begann Agnes de Montpellier mit einem verschämten Lächeln. „Doch unser gemeinsamer treuer Freund, der Comte de Foix, ist felsenfest davon überzeugt, dass nicht Euer Erscheinen in Carcassonne das Unglück über meinen Gemahl und unsere Familie gebracht hat. Vielmehr wird er nicht müde zu betonen, dass Ihr Raymond Roger mehr als einmal ausdrücklich vor alledem gewarnt habt, was geschehen ist."

„Ich versichere Euch bei allem, was Euch heilig ist, dass ich niemals beabsichtigt habe, Euch und Eurer Familie zu schaden", entgegnete ich mit fester Stimme. „Jedoch liegt es nicht in meiner Macht, den Plan des Schicksals zu beeinflussen. Es scheint so, dass ich lediglich manchmal und nur unter ganz bestimmten Umständen einen Zipfel des Schleiers zu lüften vermag, der künftige Ereignisse verbirgt."

„Also stimmt es doch, was man mir zugetragen hat!", stieß sie mit schmerzverzerrtem Gesicht hervor, während Frère Kyot mir ihre Worte emotionslos und mit getragener Stimme übersetzte. „Ihr habt den Tod meines Mannes gesehen!"

Ich schluckte und vermochte nicht zu verhindern, dass mir die Tränen kamen. Trotzdem schaute ich Agnes durchdringend an, denn ich wollte, dass sie sah, wie leid sie mir tat.

„Ja, ich habe deinen Mann gesehen, wie er tot in seinem eigenen Verlies lag", flüsterte ich so leise, dass niemand außer ihr und Frère Kyot verstehen konnte, was ich sagte. „Glaub mir bitte! Ich wünschte, es wäre nicht so."

Agnes von Montpellier schrie laut auf und stürzte sich in meine Arme. Sie vergrub ihr Gesicht an meiner Brust und schluchzte, während ich verzweifelt versuchte, sie zu trösten. Unterdessen drehte sich Frère Kyot zu den erstaunt auf uns blickenden Gästen um und gebot ihnen mit einer energischen Handbewegung, nur ja zu schweigen. Agnes von Montpellier löste sich langsam von mir und floh schweigend aus dem Saal.

Natürlich war nach diesem Zwischenfall die gelöste Stimmung ein für alle mal dahin. Ich selbst krampfte meine Finger zu Fäusten zusammen, und abermals fühlte ich mich so elend und hilflos gegenüber einem erbarmungslosen Schicksal, das ich nicht einmal ansatzweise beeinflussen konnte. Während noch immer die Augen der Anwesenden auf mich gerichtet waren, unterbrach Raymond Roger de Foix die betretene Stille, indem er uns allen seinen Entschluss verkündete:

„Noch heute Abend entsende ich eine bewaffnete Eskorte nach Pamiers, die meine Schwester Esclarmonde und meine Gemahlin Philippa in die Obhut der Burg Foix geleiten wird", übersetzte uns Frère Kyot. „Unten in der Stadt sollen in der Nacht alle Glocken läuten, und es wird verkündet, dass die Tore der Burg bis morgen früh geöffnet bleiben, damit sich die Bewohner in den Schutz unserer Mauern begeben können."

Didi und ich schauten unseren Gefährten erstaunt an.

„Wieso halten sich die Gemahlin und die Schwester meines Freundes in diesen gefährlichen Zeiten überhaupt außerhalb der Burg auf?", erkundigte sich Didi für uns beide.

„Nun, Esclarmonde ist eine von allen Menschen in Okzitanien überaus geachtete Parfait", antwortete Frère Kyot bereitwillig. „Sie hat Pamiers schon vor langer Zeit zu ihrem Wohnsitz gewählt und in den Wäldern zwischen dem Fluss Ariège und der Stadt Mirepoix einen Konvent gegründet, wo junge Mädchen und Frauen unterrichtet werden. Die Gemahlin des Comte de Foix hingegen gehört zu den Anhängern der Gemeinschaft der Amics de Diu und unterstützt sie bei ihrer Arbeit."

„Ich dachte, wir sollten Esclarmonde de Foix hier treffen?", wandte ich ein.

„Nicht hier direkt", schränkte Frère Kyot zögernd ein.

Man konnte ihm ansehen, dass ihm die Frage peinlich war. Trotzdem ließ ich nicht locker.

„Die Burg von Foix war niemals unser eigentliches Ziel, nicht wahr?", hakte ich nach.

„Nein, das war sie nicht", gab unser Gefährte unumwunden zu. „Wir alle glauben, dass sich das Schicksal unserer Gemeinschaft am Berg der Errettung erfüllt. Dort werden wir nicht nur Esclarmonde treffen, sondern auch sehen, was mit den Boten und dem ‚Allerheiligsten' geschieht."

Ich fröstelte unwillkürlich und tastete zitternd nach Didis Hand. Sie war schweißnass.

„Ihr habt von Anfang an geplant, mit uns zu jenen Schneebergen zu ziehen!", stellte ich erschrocken fest.

„Wenn die Zeit gekommen ist, ja", bestätigte Frère Kyot.

„Wann wird das sein?", fragte ich tonlos.

„Wenn die Not am größten ist, die Feinde uns bedrängen und uns nur noch die Hoffnung auf Errettung bleibt", entgegnete Frère Kyot umständlich. „Aber ohne das ‚Allerheiligste' ist unsere Gemeinschaft verloren, selbst wenn die Mauern des Montsalvat unbezwingbar sind."

„Aber was ist, wenn Ihr Euch täuscht?", begehrte ich auf. „Was, wenn wir nichts mit den Boten zu tun haben, und diese nie erscheinen sollten?"

„Dann bleibt uns allen nur der Tod im Feuer!", betonte Frère Kyot düster.

Fred Hoppe

Die schon rein zahlenmäßig weit unterlegenen Verteidiger der Stadt Mirepoix hatten gegenüber der anstürmenden Masse der Kreuzfahrer nicht die geringste Chance. Ihre unzureichend gesicherten Mauern und Türme wurden in kürzester Zeit regelrecht überrollt. Schon der erste Stoßangriff gegen das westliche Stadttor brachte den gewünschten Erfolg, denn unter der ungeheuren Wucht der auftreffenden Rammböcke zerbarst das Holz des geschlossenen Portals, und es entstand eine breite Bresche für die nachdrängenden Speer- und Schwertkämpfer. Während sich immer größere Teile des Heeres in die kleine Stadt ergossen, hatte ich den Auftrag, mit meinem Banner die südliche Flanke zu sichern und einen eventuellen Ausbruchsversuch unserer vermeintlichen Gegner zu verhindern. Tatsächlich standen wir auch bald einer Gruppe von dreißig bis vierzig Bewaffneten gegenüber, die durch ein verborgenes Ausfalltor ins Freie gelangt waren.

Entgegen der eindeutigen Anweisung hatte ich jedoch meinen Leuten befohlen, jene verzweifelt um ihr Leben kämpfenden Verteidiger keinesfalls niederzumachen, sondern sie lediglich zu entwaffnen und dann laufen zu lassen. Natürlich war mir dabei bewusst, dass ich mich durch ein solches Verhalten dem Befehl unseres Heerführers widersetzte, aber Giacomo und ich wollten uns keinesfalls an einem widerlichen Abschlachten von Menschen beteiligen, die uns überhaupt nichts getan hatten.

Also kreisten wir die allmählich vor uns zurückweichenden Söldner planmäßig ein und trieben sie mit erhobenen Schilden bis an die Stadtmauer zurück. Danach ritt ich als Einziger vor, sprang ab und steckte demonstrativ mein Schert in die Scheide des am Sattelbaum hängenden Wehrgehänges. Daraufhin flogen vereinzelt Speere und Äxte in meine Richtung, wovon ich die beiden Einzigen, die mir gefährlich werden konnten, mühelos abzulenken vermochte. Da ich scheinbar unbeeindruckt weiter auf die Eingekesselten zuging und keine Anstalten machte, meine Leute über sie herfallen zu lassen, verharrten die meisten unserer Gegner wie angewurzelt und mit ungläubigem Staunen an Ort und Stelle, bis ich mich nur noch wenige Meter vor ihnen befand. In diesem Moment nahm ich auch noch meinen Schild beiseite und ließ ihn fallen, so dass ich unseren Gegnern praktisch ohne jegliche Verteidigungsmöglichkeit gegenüberstand. Deutlicher hätte ich sicherlich kaum zeigen können, dass ich nicht gewillt war, gegen sie zu kämpfen. Selbstverständlich war meine friedliche Geste mit einem ziemlich großen Risiko verbunden, denn falls nur ein Einziger aus dem Haufen der Eingekreisten die Nerven verlor und zuschlug, war ich ein toter Mann. Aber nichts dergleichen geschah. Nacheinander warfen sämtliche Stadtsoldaten ihre Waffen weg.

Ich nickte ihnen zufrieden lächelnd zu und winkte lediglich zwei meiner Schergen herbei, um die Speere, Schwerter und Äxte aufsammeln zu lassen. Dann wies ich mit ausgestrecktem Arm nach Süden und ließ eine eindeutige auffordernde Handbewegung folgen. Endlich begriffen die verängstigten Verteidiger, dass ich offensichtlich nicht einmal beabsichtigte, sie gefangen zu nehmen. Danach gab es unter ihnen kein Halten mehr. So schnell sie konnten rannten die verdutzten Soldaten davon.

„Ihr seid ein unglaublich mutiger Mann, Winfred!", rief mir Giacomo schon von Weitem sichtlich erleichtert entgegen, als ich zu unseren Leuten zurückkehrte. „Ein einziger Schwertstreich hätte Euch auf der Stelle töten können."

„Selbst das wäre noch besser gewesen, als mit dem Bewusstsein weiterleben zu müssen, Unschuldige abgeschlachtet zu haben", erwiderte ich mit einer gewissen Bitterkeit in der Stimme.

Ich konnte das grausame Vorgehen der Kreuzfahrer und ihrer selbsternannten dominikanischen Glaubensprüfer in Montréal einfach nicht vergessen und verspürte dabei gleich wieder diesen würgenden Brechreiz.

„Trotzdem hätten wir uns vielleicht vorher Gedanken machen sollen, was wir unseren Befehlshabern sagen wollen", merkte Giacomo an, während er mit einer Kopfbewegung auf den sich im Galopp nähernden Dompropst wies.

„Da magst du durchaus recht haben", murmelte ich verbissen und stieg auf mein Pferd.

Ich befestigte vorsorglich den Schild am Sattelbaum und ergriff entschlossen die Zügel. Bevor man uns wegen offenkundigem Ungehorsam in Ketten legen konnte, würden wir notfalls lieber unser Heil in der Flucht suchen.

„Wenn die Unterhaltung nicht zu unseren Gunsten enden sollte, wartest du nur auf mein Zeichen!", zischte ich meinem Gefährten zu. „In einem solchen Fall werfe ich Engelbert aus dem Sattel, und wir versuchen zu entkommen."

„Was ist mit den Packpferden und unserem Zelt?"

„Die müssten wir dann zurücklassen", entschied ich notgedrungen. „Aber es ist sowieso ziemlich aussichtslos, dass wir es schaffen würden, ohne von Pfeilen durchbohrt zu werden."

„Wenn das so wäre, hätte man die Bogenschützen sicher schon auf die flüchtenden Verteidiger angesetzt", widersprach Giacomo vehement.

„Ich glaube eher, sie waren unseren Befehlshabern dort auf dem Hügel längst nicht so wichtig wie das abschreckende Beispiel, das sie allen anderen Zweiflern mit einem Mord an uns vorführen würden."

Zu einer weiteren Abwägung unserer Chancen kamen wir nicht mehr. Der Kölner Dompropst war ziemlich aufgebracht, das war nicht zu übersehen. Auf seiner Stirn schwoll die Zornesader bedenklich an, als er sein Streitross direkt vor mir zum Stehen brachte. Immerhin, so registrierte ich beiläufig, war er allein und ohne Knechte gekommen, die uns hätten in Ketten legen können.

„Was fällt Euch ein Willehalm!", fuhr er mich sogleich wütend an. „Wie könnt Ihr es wagen, unter den Augen des Herzogs von Burgund Eure Gegner einfach laufen zu lassen?"

„Wir haben sie gestellt und entwaffnet", entgegnete ich ruhig.

„Wir?", schnaubte Engelbert fassungslos. „Wenn meine Augen mich nicht täuschten, habt Ihr Euch dem Feind wehrlos ausgeliefert! Man hätte Euch einfach erschlagen können!"

„So, wie unsere Kreuzfahrer mit allen verfahren, die sich ihnen hier in ihrem eigenen christlichen Land entgegenstellen, nicht wahr? Ist es denn schon unter unserer Würde, wenn wir das Leben von Gegnern verschonen, die wir besiegt haben?"

„Herrgott, kommt mir nicht mit ritterlichen Tugenden, Willehalm!", winkte Engelbert ärgerlich ab.

„Ach nein?", fragte ich provozierend. „Gerade Ihr als ein Mann der Kirche solltet doch am besten wissen, dass wir es sind, die in diesem heiligen Krieg gegen die Ketzer jeden Tag aufs Neue den Sohn unseres eigenen Gottes ans Kreuz nageln! Wo bleibt auf unserer Seite die Nachsicht und Güte unseres Herrn, in dessen Namen wir hier unsere christlichen Brüder abschlachten? Habt Ihr mir nicht selbst bedeutet, dass dieser Krieg nicht der Eure ist?"

„Allein für diese Worte könnte ich Euch hängen lassen, Willehalm!", entgegnete Engelbert zwar noch immer ernst, aber doch sichtlich milder gestimmt. „Denn damit zweifelt Ihr offenbar an der Entscheidung seiner Heiligkeit, mit dem Schwert in der Hand gegen die Katharer vorzugehen."

„Wenn Ihr nicht selber daran zweifeln würdet, hättet Ihr mich längst in Ketten legen lassen!", behauptete ich frech und setzte damit alles auf eine Karte.

Engelbert lenkte sein Pferd zu mir heran und ergriff meinen Arm.

„Hütet Eure Zunge, Willehalm!", riet er mir beinahe freundschaftlich. „Ich kann Euch nicht länger schützen, denn der Herzog von Burgund verlangt Euren Kopf."

Er beugte sich noch tiefer herab und fuhr flüsternd fort: „Trotzdem habe ich erreichen können, dass Ihr Euch noch einmal bewähren dürft. Dazu werdet Ihr mit Eurem Banner ab sofort seinem Befehl unterstellt. Mehr vermochte ich nicht für Euch zu tun. Aber gebt Acht! Er hat nicht vergessen, wie Ihr ihn vor Lastours blamiert habt, und er wird nun alles daran setzen, Euch den ‚Hunden Gottes' zum Fraß vorzuwerfen."

Damit ließ er mich stehen und wandte sich ab. Doch nach einigen Metern wendete er noch einmal sein Pferd und sah mich nachdenklich an.

„Ich weiß nicht, warum ich mich zu Euch hingezogen fühle, Willehalm", meinte er kopfschüttelnd. „Vielleicht ist es, weil Ihr mir in gewisser Weise sehr ähnlich seid. Aber den Mut, ohne Waffen vor einen Feind zu treten, der nichts mehr zu verlieren hat, würde ich weiß Gott nicht aufbringen. Ihr müsst mit dem Teufel im Bunde stehen!"

„Das mag schon sein", erwiderte ich unverschämt lächelnd. „Auf jeden Fall sieht es in diesem Krieg bereits schon lange so aus, als ob der Teufel sich für die Sache der Kreuzfahrer entschieden hätte."

Leng Phei Siang

Ich hielt den schmächtigen Körper des kleinen Mädchens fest umschlungen, während ich mit der anderen Hand die Zügel umkrampfte. Die Flüchtlinge aus unserer Gruppe liefen so schnell sie konnten neben meinem Pferd und mir her, doch das steinige unebene Gelände ließ uns viel zu langsam vorankommen. Unterdessen hatte sich die breite Phalanx des Kreuzfahrerheeres schon fast über den gesamten östlichen Horizont verteilt. Wenn auch nur einer der fremden Ritter uns jetzt hier erspähen sollte, wären wir unweigerlich verloren.

Zum Glück tauchte bald darauf in Bachnähe ein kleines Gehölz auf, in dessen Schutz wir uns vielleicht bis zum Einbruch der Dunkelheit verbergen konnten, denn zum Fuß der nächsten bewaldeten Berge war es einfach zu weit. Auch wenn die Versuchung recht groß war, doch besser unseren Vorsprung auszubauen, so durften wir nicht leichtsinnig werden. Immerhin hätte man uns mit Sicherheit in dem allmählich ansteigenden Wiesengelände bald entdeckt. Daher trieb ich mein Pferd in den Schatten der krüppeligen alten Kastanien, sprang ab und band es an einem der Sträucher fest. Die meisten Flüchtenden folgten mir umgehend nach, aber drei besonders ängstliche Männer rannten einfach panisch weiter. In wenigen Augenblicken würden sie aus der Bachsenke hinausgelangen.

Ich zögerte keine Sekunde, ließ mein Pferd zurück und sprintete hinter den Leuten her. Bald hatte ich sie eingeholt, stieß den Hintersten einfach zur Seite und stürzte mich mit einem gewaltigen Satz auf die beiden anderen. Tatsächlich bekam ich die Männer an den Hüften zu fassen und riss sie praktisch im Fallen mit mir zu Boden.

Natürlich erntete ich zunächst dafür nur wüste Beschimpfungen, und bestimmt hätten mich die drei auch auf der Stelle verprügelt, wenn nicht plötzlich in weniger als hundert Meter Entfernung ein ganzer Trupp von berittenen Kreuzfahrern aufgetaucht wäre.

Wir duckten uns sofort ins hohe Gras und krochen vorsichtig zu den anderen zurück, die sich bereits in den dornigen Gebüschen am Ufer versteckt hatten. Einzig mein Pferd stand noch genauso da, wie ich es verlassen hatte, und auf seinem Rücken schlief ermattet das kleine Mädchen. Erleichtert nahm ich das schlafende Kind auf meine Arme und trug es zu seiner Mutter, die es mit einem dankbaren Blick entgegennahm. Anschließend kletterte ich lautlos auf die alte Kastanie, um mir einen besseren Überblick zu verschaffen.

Die Kreuzfahrer hatten sich offenbar vor uns gesammelt, um die Flanke der Angreifer zu sichern. Wahrscheinlich würden sie sich auch umgehend auf alle Flüchtenden stürzen, die jetzt noch versuchen würden, heimlich die Stadt zu verlassen. Unsere kleine Gruppe hatten sie bislang zum Glück noch nicht entdeckt.

Alles in allem mochten es etwa hundert Mann sein, die dort auf ihren Einsatz warteten. Unter ihnen befanden sich Ritter, Bannerträger, Sergenten, Schwert- und Lanzenkämpfer, Bogenschützen sowie einfache Fußsoldaten, die allesamt ohne Ausnahme große Kreuze auf Brust und Rücken trugen, die im hellen Licht der Sonne blutrot aufleuchteten. Unwillkürlich lief mir dabei ein eiskalter Schauer über den Rücken.

Kurz darauf erfolgte denn auch der erwartete Großangriff auf Mirepoix. Wie ich beobachten konnte, hielten sich die Kreuzfahrer diesmal offenbar nicht damit auf, große Schleudermaschinen und andere Geräte wie Belagerungstürme zu bauen, sondern sie versuchten stattdessen gleich, die kleine Stadt im Sturmangriff zu nehmen. Die vordersten Einheiten bewegten sich lediglich im Schutz von fahrbaren hölzernen Sturmwänden auf das östliche Stadttor zu und brachten schwere Rammböcke zum Einsatz, während Bogenschützen die Söller mit einem Pfeilregen nach dem anderen überschütteten. Da ich selbst noch bis vor einigen Stunden in der Stadt gewesen war und wusste, wie schlecht es um die personelle wie materielle Ausstattung der Verteidiger stand, wunderte es mich kaum, dass die Kreuzfahrer mit ihrer an sich gewagten Vorgehensweise sofort Erfolg hatten. Auf der anderen Seite mussten die feindlichen Heerführer aber auch ziemlich gut über die beschränkten Möglichkeiten der Verteidiger informiert gewesen sein, und ich fragte mich natürlich schon, woher sie ihr diesbezügliches Wissen haben konnten. Darauf fiel mir nur eine mögliche Antwort ein. Wahrscheinlich hatte es bereits unter denjenigen, die noch lange vor uns so eilig darauf bedacht waren, Mirepoix zu verlassen, einige Verräter gegeben.

Auf jeden Fall hatte ich genug gesehen, auch wenn das blutige Spektakel, das sich da nach dem Einbruch der Kreuzfahrer in die Stadt praktisch vor meinen Augen abspielte, noch längst nicht vorbei war. Ich wartete nur noch den Moment ab, in dem die vor uns lagernden Kreuzfahrer ebenfalls auf die Mauern zustürmten. Danach kletterte ich schnell nach unten und forderte unsere Leute auf, die günstige Gelegenheit zu ergreifen und das Weite zu suchen.

Tatsächlich erreichten wir unangefochten die mit dichten Wäldern bestandenen Berge. Dort warteten wir den Einbruch der Nacht ab, um im Schutz der Dunkelheit weiter nach Süden zu ziehen. Wenn ich die mit entsprechenden Gesten begleiteten Zeichnungen, die meine Gefährten für mich in den Waldboden ritzten, richtig verstanden hatte, würden wir nach etwa zwanzig Kilometern auf eine lang gestreckte Bergkette stoßen, hinter der sich ein Ort namens Lavelanet befinden sollte. Von da aus sei es nur noch eine halbe Tagesreise bis zu den hohen Schneebergen und zu einer Burg, die auf einem schier unzugänglichen Felsen thronen würde. Deren Namen sprachen die Flüchtlinge in unserer Gruppe nur flüsternd und mit deutlich spürbarer Ehrfurcht aus. Aus den meist kaum vernehmbaren und fast gehauchten Worten meiner Begleiter entnahm ich immer wieder die Bezeichnung „Montségur". Ich war sofort elektrisiert. Sollte es sich dabei vielleicht um jenen von uns nun schon so lange gesuchten geheimnisvollen Ort „Montsalvat" handeln?

Pui Tien

In dieser Nacht stand ich eine Weile lang unschlüssig in der dunkelsten Ecke unseres Zimmers in der Burg Foix und lehnte mich bibbernd an die Wand. Der Kontakt meiner Haut mit den kühlen Steinen des Mauerwerks tat gut und wirkte allmählich sogar beruhigend auf meine Nerven. Bald ließ auch das leichte Zittern meiner Hände nach, und ich vermochte endlich wieder klarer zu denken.

Das Gespräch mit Frère Kyot hatte mich zutiefst verunsichert, aber ich hätte trotzdem nicht zu sagen gewusst, worin denn meine Angst nun eigentlich begründet lag. Die Ungewissheit über den Ausgang der bevorstehenden Auseinandersetzung mit den Kreuzfahrern würde es wohl nicht sein, denn dafür hatten wir in den vergangenen Wochen und Monaten schon zu viele schreckliche und grausige Dinge erlebt, als dass ich mich davor noch hätte fürchten können. Nein, das, was mich wirklich bewegte und meine Glieder zum Zittern gebracht hatte, lag tief in mir selbst verborgen. Es schien so, als steuere alles auf ein bestimmtes, ungeheuer wichtiges Ereignis zu, auf dessen Verlauf ich keinerlei Einfluss besaß, obwohl genau dies von mir erwartet wurde. Und meine real empfundene Angst drehte sich wahrscheinlich nur darum, dass ich im entscheidenden Moment versagen könnte.

Wer war ich überhaupt? – Meine Eltern hatten mich Pui Tien genannt, aber den überwiegenden Teil meines bisherigen Lebens hatte ich als Allerleirauh und Snäiwitteken zugebracht. Doch im Grunde meines Herzens war ich ein kleines, dummes und ahnungsloses Ding geblieben, ein von Selbstzweifeln geplagtes zwiespältiges, ja innerlich völlig zerrissenes Mädchen, das nicht einmal von sich selbst wusste, wohin es denn nun wirklich gehörte. War ich Chinesin, war ich Deutsche, eine keltische Priesterin oder eine gefährliche Hexe? War ich ein Kind der Gegenwart oder der Vergangenheit?

So unbestimmt wie meine Herkunft und meine Zugehörigkeit, so verwirrend verhielt es sich schließlich auch mit meiner Sprache. Genau genommen war dieses Phänomen sogar geradezu symptomatisch für mein verkorkstes Leben zwischen allen Stühlen: Je nachdem, mit wem ich mich verständigen musste, plapperte ich munter auf Sächsisch, Hochdeutsch, Keltisch, Mittelhochdeutsch oder Chinesisch drauf los, hatte es aber bislang nicht geschafft, auch nur ein einziges von all diesen Idiomen richtig zu beherrschen.

Selbst über meine unerklärbaren geheimnisvollen Gaben verfügte ich nicht einmal annähernd so vollkommen, dass ich sie wirklich zu kontrollieren vermochte. Und dies schmerzte mich gerade jetzt ganz besonders, wo ich doch endlich bereit war, weit mehr als nur bloße Zärtlichkeiten mit dem einen Menschen auszutauschen, der mich am meisten liebte. So hatte ich praktisch vor wenigen Minuten wieder deutlich die lauernde Gefahr gespürt, die von meinen entfesselten Gewalten ausgehen mochte, und ich war erschrocken zurückgewichen. Zum Glück hatte Didi davon nichts gemerkt, weil er wohl doch zu müde gewesen war, um meine ersten zaghaften, aber eindeutigen Avancen bewusst zu registrieren. Danach war ich verschämt in den finstersten Winkel des Zimmers gekrochen, wo ich noch immer aufgewühlt, zitternd und traurig zugleich über meine inneren Ängste und den Sinn meiner Existenz nachgedacht hatte.

Aber dann schien auf einmal der Mond mit einer solch bezaubernden Intensität in unser Gemach, dass ich von dem wundersam hellen silbrigen Lichtfleck magisch angezogen wurde. Während ich zielstrebig zum Fenster schritt, trocknete ich meine Tränen und wischte gleichsam mit ihnen auch all meine trüben, von Selbstzweifeln genährten Gedanken beiseite. Und tatsächlich: Beim bloßen Anblick des sternenübersäten, purpurschimmernden Himmels, der sich in seiner vollkommenen Unendlichkeit über die matt leuchtenden Konturen der hohen Gipfel wölbte, kehrten plötzlich all die unerfüllten Sehnsüchte, die hoffnungsvollen Träume und die schon verloren geglaubte Zuversicht des kleinen Mädchens Pui Tien zu mir zurück.

Mit einem schelmischen Lächeln auf den Lippen stieg ich entschlossen auf das Bett und ließ meinen Fuß ganz langsam und zärtlich auf der nackten Brust meines Freundes kreisen. Unter der ungewohnten Berührung räkelte sich Didi behaglich, griff schließlich zu und bekam meine Zehen zu fassen. Überrascht schlug er kurz die Augen auf.

„Warum stehst du im Bett?", murmelte er schlaftrunken, bevor seine Hände meinen Fuß freigaben und er wieder in seinen Träumen versank.

„Soviel zu deinen umwerfend tollen und einfach unwiderstehlichen Verführungskünsten, Pui Tien!", seufzte ich diesmal eher belustigt als enttäuscht und gab auf.

Zumindest hatten sich meine unheimlichen Kräfte nicht bemerkbar gemacht, obschon ich das gleiche wohlige Kribbeln im Bauch verspürte, das mich in letzter Zeit immer häufiger befiel, wenn ich mir ausmalte, wie unser erstes intimes Zusammenspiel wohl vonstatten gehen würde. Und allein das, so fand ich, war schon ein großer Erfolg, auch wenn Didi sich bislang anscheinend gegenüber meinen weiblichen Reizen als immun erwies.

Für den Augenblick höchst zufrieden, kuschelte ich mich ganz eng an meinen schlummernden Gefährten, legte mein müdes Haupt auf seine Brust und schlief selig ein.

Doch nur wenige Stunden später fuhren wir beide gleichzeitig erschrocken hoch, als jemand laut und unablässig an unsere Tür polterte. Didi und ich schlüpften hastig in unsere hemdartigen Untergewänder, bevor wir die eisenbeschlagene Pforte zu unserem Zimmer öffneten.

Draußen stand Graf Raymond Roger persönlich, der natürlich von Frère Kyot begleitet wurde, weil er sich sonst kaum hätte verständlich machen können. Didis väterlicher Freund schien ziemlich aufgeregt zu sein, und selbst der sonst so überaus gelassen wirkende Priester der Amics de Diu wirkte nervös.

„Es ist etwas geschehen, das alles verändert und uns sofort zum Handeln zwingt!", fiel Frère Kyot dem Comte de Foix gleich ins Wort, als dieser zu sprechen begann.

So unhöflich und unbeherrscht gegenüber einem ranghohen Edelmann hatte ich ihn noch nie erlebt, aber offenbar nahm Raymond Roger unserem gemeinsamen Freund dies nicht übel. Vielmehr stand dem Grafen von Foix das Entsetzen direkt ins Gesicht geschrieben.

„Es geht um Esclarmonde und Philippa, die Schwester und die Gemahlin von Raymond Roger", erläuterte Frère

Kyot. „Die ausgeschickte Eskorte hat die beiden in Pamiers nicht angetroffen."

„Vielleicht haben sie sich bereits selbst in Sicherheit gebracht", argumentierte ich schwach.

„Ach Tochter, du kennst Esclarmonde noch nicht", entgegnete Frère Kyot regelrecht niedergeschlagen. „Sie ist zwar viel älter als du, aber in manchen Dingen seid ihr euch sehr ähnlich."

„Lasst mich raten: Sie hat bestimmt, wie Ihr es nennen würdet, das ‚zweite Gesicht' und vermag künftige Ereignisse zu erahnen", vermutete ich.

„Woher weißt du das?", fragte Frère Kyot erstaunt.

„Ich habe es mir bereits gedacht, als Ihr uns erzählt habt, dass sie es gewesen sei, die zum Bau der Burg auf dem Pog geraten hätte", antwortete ich wahrheitsgemäß. „Ich nehme an, Esclarmonde hat schon damals gewusst, dass die Kreuzfahrer eines Tages kommen würden. Deshalb wollt Ihr uns unbedingt mit ihr zusammenbringen, weil Ihr glaubt, dass sie vielleicht das Rätsel der Boten lösen kann, wenn sie mich sieht."

Für einen Moment lang war Frère Kyot sprachlos, was mir bestätigte, dass ich mit meiner Schlussfolgerung richtig lag.

„Aber ich lenke Euch von dem ab, was Ihr uns eigentlich sagen wollt", ermunterte ich unseren Gefährten fortzufahren.

„Ich habe euch beiden doch gesagt, dass Esclarmonde und Philippa in der Waldstätte zu Dun einen Konvent gegründet haben", nahm Frère Kyot den Faden wieder auf.

„Ihr habt den Ort nicht erwähnt, aber beschrieben, dass er zwischen dem Fluss Ariège und der Stadt Mirepoix liegt", erinnerte ich mich. „Und nun glaubt Ihr, dass die beiden sich dorthin begeben haben?"

„Du musst verstehen, dass der Konvent in Dun für Esclarmonde sehr wichtig ist", erklärte Frère Kyot. „Die Schule für Mädchen ist so etwas wie ihr Lebenswerk. Außerdem hat sie dort auch einen Ruhesitz für alte Parfaits eingerichtet, die nicht mehr auf Wanderschaft gehen können."

„Aber wenn das Heer der Kreuzfahrer doch durch das Tal des Ariège zieht, werden die beiden Frauen dort oben in den Wäldern nichts zu befürchten haben", wendete ich ein.

„Das dachten wir auch zuerst", räumte Frère Kyot ein. „Doch vor einer Stunde sind Flüchtlinge auf der Burg angekommen, die uns berichteten, dass die Kreuzfahrer gestern die Stadt Mirepoix erobert hätten."

„Dies würde ja bedeuten, dass Simon de Montfort die Grafschaft Foix von zwei Seiten her angreifen will", stellte ich erschrocken fest.

„Schlimmer noch!", erwiderte Frère Kyot. „Wir fürchten nun, dass de Montfort beabsichtigt, sich der angesehensten Parfait der Amics de Diu in ganz Okzitanien zu bemächtigen. Der Konvent zu Dun ist keine zehn Meilen von Mirepoix entfernt, und die Kräfte des Grafen werden durch den bevorstehenden Angriff auf Foix gebunden. Raymond Roger kann seiner Schwester und seiner Gemahlin nicht zu Hilfe kommen."

Didi, der bis dahin schweigend zugehört hatte, ergriff mit einem Mal meine Hand und schaute mich bittend an. Ich nickte ihm aufmunternd zu, denn ich wusste natürlich, was ihn bewegte.

„Gebt uns zwanzig Bewaffnete mit, und wir werden versuchen, Eure Angehörigen zu retten!", forderte mein Freund vehement. „Das bin ich Euch als Euer Freund schuldig!"

„Ich gebe zu, wir haben gehofft, dass du so etwas sagen würdest, mein Sohn!", betonte Frère Kyot sichtlich erleichtert.

Nachdem er Raymond Roger mit wenigen Worten über das Ergebnis unseres Gesprächs informiert hatte, leuchteten die Augen des Grafen kurz auf, und er umarmte uns beide stürmisch. Danach wandte er sich noch einmal an Frère Kyot.

„Raymond Roger ist euch beiden zu großem Dank verpflichtet", übersetzte unser Gefährte. „Er hat versprochen, dass er euch entgegenziehen und beistehen wird, sobald er die Belagerer von Foix in die Flucht geschlagen hat."

„Werdet Ihr uns wieder begleiten?", erkundigte ich mich völlig überflüssigerweise, denn eigentlich war uns allen klar, dass wir ohne den Priester der Amics de Diu weder den Weg nach Dun finden noch uns mit den Leuten des Grafen von Foix verständigen konnten.

Trotzdem schien Frère Kyot mit seiner Antwort zu zögern. Einen Moment lang sah er starr und wie abwesend an Didi und mir vorbei zum Fenster, wo seine Augen sich auf die Umrisse der fernen Gipfel der Schneeberge hefteten. Ich folgte schweigend seinem Blick und fröstelte. Unwillkürlich spürte ich, wie mich aufs Neue jener eiskalte Hauch einer nicht fassbaren Furcht berührte.

„Natürlich, Tochter", drang schließlich Frère Kyots Stimme tonlos und wie aus weiter Ferne an mein Ohr. „Es könnte nur sein, dass die Zeit der größten Not, von der ich gesprochen habe, noch viel schneller über uns hereinbrechen wird, als wir ahnen konnten."

Unterdessen hatte Didi bereits hastig sein Wehrgehänge von der Wand gerissen und musterte nun nachdenklich seinen alten Waffenrock. Dann nahm er ihn auf und hielt Raymond Roger das Kleidungsstück hin.

„Mein Freund, es wird besser sein, Ihr gebt mir einen Rock mit Eurem Wappen", schlug er dem Grafen vor. „Eure Schwester und Eure Gemahlin werden in diesen gefährlichen Zeiten wohl kaum einem Fremden folgen, der nur vorgeben kann, in Euren Diensten zu stehen."

Fred Hoppe

Giacomo und ich schlenderten scheinbar ziellos durch die Straßen der erst vor wenigen Stunden eroberten Stadt und bemühten uns redlich, bei unserem ständigen Begleiter keinen Argwohn aufkommen zu lassen. Wenn es sich nicht vermeiden ließ, dass wir über ihn sprachen, nannten wir ihn einfach „unseren schwarzen Schatten".

Natürlich wusste der kleine flämische Dominikaner ganz genau, wer mit dieser Bezeichnung gemeint war, aber wir ließen ihn bewusst in dem Glauben, er sei damit unserem größten Geheimnis auf die Spur gekommen. Keinesfalls durften wir jedoch in seiner Gegenwart auch nur annähernd erwähnen, dass wir in Wirklichkeit auf der Suche nach einer verschwundenen Person waren.

Mit seiner eindringlichen Warnung, dass der Herzog von Burgund danach trachte, mich vor ein Tribunal der Kreuzritter zu stellen, um mir nach einem entsprechenden Urteilsspruch den Kopf abschlagen zu lassen, hatte Engelbert tatsächlich nicht übertrieben. Das war mir spätestens klargeworden, als man mich gleich nach dem erfolgreichen Sturm auf Mirepoix zum Zelt unseres Heerführers beordert hatte. Vor den versammelten Ordonanzen und anderen hochadeligen Teilnehmern des Kreuzzuges wurde mir nämlich vom besagten Herzog genau dies bei einer weiteren Verfehlung angedroht. Immerhin durfte ich vorerst die Führung einer Lanze übernehmen, musste mich aber dem direkten Befehl des Herzogs von Burgund unterstellen und bekam damit die ausdrückliche Gelegenheit, mich zu bewähren. Um mich besser im Auge behalten zu können, wurde mir von nun an der kleine Dominikaner dauerhaft zur Seite gestellt. Offiziell hatte mein Widersacher zwar süffisant betont, dass ich offensichtlich eines ständigen Dolmetschers bedürfe, damit ich meine Befehle richtig verstehen und weitergeben könne, aber in Wahrheit sollte ich wohl nur fortwährend überwacht werden. Jedenfalls stand für Giacomo und mich außer Zweifel, dass der schwarz gekleidete flämische Kuttenträger seinen Auftraggebern über jeden meiner Schritte und Worte genauestens Bericht erstatten würde.

Mit dieser leidlichen Tatsache hätten wir beide sogar während unserer heimlichen Suche nach Phei Siang leben können, wenn wir bei unserem Rundgang nur nicht ständig vor Augen geführt bekommen hätten, was unsere christlichen Kreuzfahrerbrüder unter zwischenmenschlichen Kontakten zu den unschuldigen Bewohnern einer besetzten Stadt verstanden. Praktisch auf Schritt und Tritt begleiteten uns an jeder Ecke die abscheulichsten Verbrechen, die menschliche Wesen einander antun können. Da wurde nach Herzenslust geplündert, gefoltert und gemordet, doch mir waren die Hände gebunden, und ich konnte nicht das Geringste dagegen unternehmen. Mehr als einmal war ich gezwungen, vor Entsetzen die Augen zu schließen, um angesichts besonders bestialischer Schlitzorgien nicht bis ans Ende meiner Tage von Albträumen heimgesucht zu werden. Schon nach kurzer Zeit war mir so speiübel, dass ich mich kaum noch weiterschleppen konnte, aber schließlich konnten wir nicht völlig ausschließen, dass Phei Siang sich hier irgendwo verbarg. Natürlich glaubte ich nicht wirklich daran. Immerhin wusste sie genau, was in einer eroberten Stadt geschehen würde. Selbst, wer unter den Bewohnern von Mirepoix diesen Abend überlebte, musste sich mindestens noch zwei weitere Tage verstecken, denn so lange war nach geltendem Recht den Söldnern der Kreuzfahrer das Plündern erlaubt.

Endlich sah ich dann doch noch die Möglichkeit, wenigstens ein Leben zu retten, als sich direkt vor unseren Augen zwei betrunkene Schergen anschickten, ein wie wild zappelndes und kreischendes junges Mädchen zu verschleppen. Die Kleine war höchstens dreizehn Jahre alt und gerade den Kinderschuhen entwachsen. Ich durfte die Söldner einfach nicht gewähren lassen, sonst hätte ich nie wieder ruhig schlafen können. Also wehrte ich Giacomos Hände ab, die mich beschwichtigen wollten, zog mein Schwert und schritt wütend auf die Häscher zu.

Zu meiner völligen Überraschung ließen die Schergen sofort von dem Mädchen ab und verbeugten sich sogar noch, bevor sie gemeinsam davontorkelten. Ein wenig irritiert ergriff ich sogleich die Hand der Kleinen und zog sie mit mir fort. Während Giacomo mir unauffällig zuzwinkerte, grinste mir der kleine Dominikaner unverschämt zu.

„Ah, ich sehe, Ihr habt Eure Prinzessin für die Nacht schon gefunden", merkte er spöttisch an. „Mir scheint, dass Ihr die Ketzer wohl lieber auf diese Art bekehrt als mit dem blanken Schwert."

„Hüte deine Zunge, Mönch!", zischte ich ihm im Vorbeigehen zu.

Der kleine Flame zuckte nur mit den Achseln.

„Wenigstens können wir nun unseren Rundgang beenden", maulte er unwirsch.

Unterdessen kam Giacomo an meine Seite und wies fragend auf das verängstigte Mädchen, das mir nur widerwillig folgte. Ich schüttelte vorsichtig den Kopf und ging zielstrebig auf das östliche Stadttor zu. Schließlich konnten wir schlecht mit der Kleinen im Schlepptau unsere Suche fortsetzen, aber ich war sowieso längst davon überzeugt, dass Phei Siang sich nicht innerhalb der Mauern befand. Dafür hatten wir nun wenigstens einen guten Grund, uns allein in unser Zelt zurückzuziehen, denn der eifrige Dominikaner würde sicherlich nicht auch noch einer vermeintlichen Vergewaltigung beiwohnen wollen. Tatsächlich verabschiedete sich unser Aufpasser bereits am Eingang des Lagers, allerdings nicht, ohne dabei noch eine lästerliche Bemerkung zu machen:

„Spart Eure Kräfte, Willehalm!", riet er mir genüsslich. „Wie Ihr wisst, zieht Ihr morgen mit dem Herzog gegen den Ketzer-Konvent nach Dun, und dort findet Ihr sicher noch edlere Bräute für Euer Bett!"

Ich schluckte eine bissige Erwiderung hinunter und ging einfach weiter zu unserem Zelt. Giacomo schaute sich dagegen noch mehrfach um. Wahrscheinlich wollte er sich vergewissern, ob uns der kleine Flame nicht doch heimlich beobachtete.

„Keine Angst, ich lasse sie noch nicht hier frei", beruhigte ich ihn. „Wenn ihm plötzlich einfallen sollte, uns in der Nacht aufzusuchen, muss das Mädchen bei uns im Zelt sein. Außerdem ist es für sie weniger gefährlich, wenn wir sie erst gegen Morgen aus dem Lager schmuggeln."

Das war natürlich leichter gesagt als getan. Immerhin konnte uns das kleine verängstigte Ding nicht verstehen, und wie sollten wir ihr bloß begreiflich machen, dass wir in Wirklichkeit nichts von ihr wollten? Also begann das Mädchen wieder zu zetern und zu schreien, nachdem wir unser Zelt betreten hatten. Im Endeffekt waren wir eine ganze Weile lang damit beschäftigt, sie zu beruhigen und auf sie einzureden, um zu verhindern, dass sie ins Freie floh, wo der nächste, sicherlich weitaus weniger verständnisvolle Ritter sie abfangen und in sein eigenes Zelt zerren konnte. Für ein vertrautes Gespräch zwischen Giacomo und mir gab es dagegen keine Gelegenheit mehr.

Schließlich kurz nach Mitternacht wurde mir die Sache dann doch zu bunt. Ich fasste das Mädchen am Handgelenk und verschwand mit ihr in der Dunkelheit. Immerhin hatte die Kleine nun doch begriffen, dass ich nichts Böses im Schilde führte, und sie schwieg. Daher war es letztlich recht einfach, an den Wachen vorbei zu dem kleinen Fluss zu gelangen, in dessen Nähe ich am Tag zuvor mit meinem Banner auf unseren Einsatz gewartet hatte. Dort ließ ich das Mädchen gehen.

Erstaunlicherweise machte die Kleine zunächst keinerlei Anstalten, das Weite zu suchen. Sie schaute mich eine Weile lang traurig an und fiel mir plötzlich um den Hals. Ihre heißen Tränen rannen an meiner Wange herab und vermischten sich mit meinen eigenen. Endlich ließ sie mich los und verschwand wortlos in einem alten Kastanienhain.

Ich blieb noch eine Zeit lang stehen, atmete tief durch und blickte in die wesenlose Schwärze der Nacht, denn die Sache war mir doch recht nahe gegangen. Hoffentlich lief das Mädchen weit genug weg, so dass sie den Kreuzfahrern nicht noch einmal in die Hände fallen konnte. Natürlich wäre es relativ einfach gewesen, Giacomo abzuholen und selbst zu fliehen, aber dafür hätten wir unsere Pferde und Ausrüstung zurücklassen müssen. In einem fremden Land und in

dieser gefährlichen Zeit wäre das allerdings einem Himmel-
fahrtskommando gleichgekommen. Außerdem hatten wir
hier eine Aufgabe zu erfüllen. Genauer gesagt, waren es
mittlerweile sogar derer drei: Wir mussten Siang wiederfinden, das „Allerheiligste" abliefern und uns auf die Suche
nach Pui Tien begeben. Aus irgendeinem, mir nicht erklär-
baren Grund war ich davon überzeugt, dass uns all das nur
gelingen könnte, wenn wir noch eine Weile das böse Spiel
der Kreuzfahrer begleiten würden. Zudem wollte ich unbedingt herausfinden, warum der fanatische Herzog von Burgund unbedingt seine ganze Streitmacht gegen einen harm-
losen Konvent führen wollte. Die teuflischen Verbrechen,
die der verdammte Mistkerl höchstwahrscheinlich dort zu
begehen beabsichtigte, würde ich wohl nicht verhindern
können, aber dafür musste mir der kleine Dominikaner wenigstens einige Fragen beantworten.

Mit diesen grimmigen Gedanken machte ich mich auf den
Rückweg zu unserem Zelt.

Wu Phei Liang

Der mächtige Felsklotz, auf dem schon vor einem Jahr-
tausend die Burg von Foix erbaut worden war, schien direkt
vom Himmel herab ins Herz der Altstadt hineingefallen zu
sein. Dieser zugegebenermaßen ein wenig aus dem Reich
der Fantasie entlehnte Vergleich kam mir auf einmal plötzlich in den Sinn, als ich den Kopf in den Nacken legen
musste, um zu den Zinnenkränzen der drei hochaufragen-
den Türme aufblicken zu können. Nur die das enge Tal des
Ariège umgebenden Berge boten eine noch gewaltigere
Kulisse.

Wir waren über Fanjeaux und Mirepoix nach Foix gelangt
und hatten uns auf gut ausgebauten Straßen sozusagen
Schritt für Schritt allmählich durch das immer weiter ansteigende Pyrenäenvorland bis an den Fuß der mit großflächi-
gen Schneeresten bedeckten Gipfel herangetastet. In unserem deutschsprachigen Reiseführer, den Achim bei unserem Zwischenstopp in Montréal erstanden hatte, war die
Rede davon gewesen, dass jener Hauptort des Departe-
ments Ariège im Mittelalter das Zentrum einer eigenständigen Grafschaft gewesen sei, dessen Herrscherhaus sich

noch Jahrhunderte lang erfolgreich gegen die Vereinnahmung seines Gebietes durch den französischen König gewehrt hätte. Diese Auskunft deckte sich in etwa mit dem, was ich in meiner Broschüre über die Albigenser Kriege gefunden hatte. Da die ehemalige Grafschaft Foix zudem offenbar das nächste Angriffsziel der Kreuzfahrer gewesen war, nachdem Simon de Montfort Carcassonne und deren Umgebung erobert hatte, lag für uns beide auf der Hand, dass unsere Zeitreisenden sich bestimmt hier aufgehalten haben mussten. Überdies befanden sich die Ruinen der berühmten Ketzerburg Montségur ganz in der Nähe, denn Vater Kaos Aufzeichnungen zufolge war diese wahrscheinlich sogar identisch mit jenem geheimnisvollen Ort „Montsalvat", zu welchem Fred und Siang das nicht minder ominöse Bündel der Katharer bringen sollten.

Aus all diesen Gründen ergab sich praktisch von selbst, dass wir der Burg von Foix einen Besuch abstatten mussten. Allerdings erwies sich unsere Suche nach irgendwie gearteten Spuren von Pui Tien und Didi im weitläufigen Museum der Festung zunächst als wenig erfolgreich, so dass Achim den schweißtreibenden Aufstieg schon bald bereute. Auf eine Besichtigung der in unserem Reiseführer als besonders bedeutend bezeichneten Sammlung von prähistorischen Artefakten wollte mein Schwiegervater denn auch gleich ganz verzichten.

„Die sind eh in dem runden Turm untergebracht, und der wurde, wie hier schwarz auf weiß steht, schließlich erst im 15. Jahrhundert angebaut", lautete seine pauschale Begründung.

Angesichts der dicken Schweißperlen auf Achims Stirn stimmte ich achselzuckend seinem Vorschlag zu, es uns stattdessen im Burgrestaurant bequem zu machen. Da dieses in einem der beiden anderen quadratischen Türme untergebracht war, wollte ich mich gern mit der zu erwartenden fantastischen Aussicht auf die Bergwelt der Pyrenäen zufrieden geben. Also besorgten wir uns noch ein Heft über die Geschichte der Grafen von Foix und betraten den kleinen urigen Schankraum, der offenbar nichts von seiner ursprünglich mittelalterlichen Ausstattung eingebüßt hatte. Doch während mein Schwiegervater schnurstracks der Theke zustrebte, um sich sein obligatorisches Glas Bier und mir einen Kaffee zu bestellen, blieb ich wie vom Donner gerührt inmitten des Raumes stehen.

Täuschte ich mich, oder erklang da tatsächlich jene mir schon so vertraute uralte Melodie aus den verborgenen Lautsprechern des CD-Spielers? Fast meinte ich, die zu den getragenen Tönen des Rebeque gesungenen Worte wiederzuerkennen. An der Wand schien sich eine nebulöse Gestalt zu manifestieren, die ich mit ein wenig Fantasie als ein hageres Mädchen identifizieren konnte. Urplötzlich schaute ich in Pui Tiens tiefdunkle Augen. Die ganze Erscheinung währte nur Bruchteile von Sekunden, dann war sie wieder verschwunden, doch in dieser kaum messbaren Zeitspanne begegnete ich all jener schmerzlichen Traurigkeit, die meine arme Dschi nü hier vor achthundert Jahren empfunden haben mochte.

„Ist was, Phei Liang?", erkundigte sich Achim besorgt.

„Hörst du auch diese Melodie?", entgegnete ich sinnend.

„Ja tatsächlich, jetzt, wo du es sagst", bestätigte mein Schwiegervater erstaunt. „Ist das die gleiche, die du sonst hörst? - Du weißt schon, immer, wenn du etwas siehst."

Ich nickte ihm zu und begab mich zur Theke. Jetzt hatte ich endlich die Chance, etwas mehr über das seltsame Lied zu erfahren, und die Gelegenheit wollte ich mir nicht entgehen lassen.

„Do you speak English?", wandte ich mich an die Serviererin.

Ich hatte Glück, denn die junge Frau konnte sich nicht nur mit mir verständigen, sondern sie war sogar ein Fan jener traditionellen okzitanischen Folkgruppe, die das viele Jahrhunderte alte Musikstück nach wieder entdeckten Melodie-Manuskripten auf originalgetreuen Instrumenten spielte. Die mir so vertraut gewordene Weise war nichts anderes als das sogenannte „Kreuzfahrer-Lied", von dem es zumindest zwei Varianten geben sollte. Eine sei während des damaligen Kriegsgeschehens von einem der Mönche geschrieben worden, die Simon de Montfort auf dem Feldzug begleiteten. Aber diejenige, die wir gerade gehört hätten, beschreibe die wahre Version des Geschehens, so, wie sie die leidtragende Bevölkerung des Languedoc wirklich erlebt habe.

Nachdem die Serviererin mir wunschgemäß auch noch den Namen der Gruppe einschließlich des Titels der CD aufgeschrieben hatte, bedankte ich mich überschwänglich und sah Achim triumphierend an.

„Ich denke, wir sollten beim nächsten Musikladen mal kurz anhalten und uns das Lied besorgen", schlug ich enthusiastisch vor. „Wenn es dazu noch eine beigefügte englische oder gar deutsche Übersetzung des Textes gibt, wissen wir auch gleich, worum es geht, falls ich die Melodie noch einmal hören sollte."

„Respekt, Phei Liang", meinte Achim anerkennend, als wir uns mit unseren Getränken niederließen. „Jetzt wissen wir wenigstens genau, dass du dir die Sache nicht nur eingebildet haben kannst."

„Hast du das etwa geglaubt?"

„Ich weiß nicht", meinte Achim zweifelnd. „Ich habe deine Erscheinungen jedenfalls nicht gesehen."

„Aber sie haben uns doch hierher geführt."

„Du hast ja recht", wiegelte mein Schwiegervater ab. „Ich bin eben immer skeptisch, wenn ich solche Dinge nicht selbst nachvollziehen kann. Aber das Lied ist schließlich ein Anfang. Wir werden ja sehen, wohin du uns noch führst."

Darauf erwiderte ich zunächst nichts. Dagegen schien Achim seine Äußerungen schon wieder zu bereuen. Um seine Verlegenheit zu überspielen, bestellte er sich ein großes belegtes Baguette.

„Komm schon", meinte er danach. „Blätter doch mal nach, was hier während des Kreuzzugs geschehen ist."

„Der Graf von Foix zu jener Zeit hieß Raymond Roger", begann ich, nachdem ich die entsprechende Stelle in meiner Broschüre gefunden hatte.

„Wie der Vicomte de Trencavel?", hakte Achim nach.

„Ja, sie waren wohl auch verwandt. Er soll ein überaus tapferer ritterlicher Draufgänger gewesen sein und ein wesentlich gefährlicherer Gegner für Simon de Montfort als der junge Vicomte. Allerdings war er damals schon 57 Jahre alt."

„Hört, hört!", kommentierte Achim wohl in Anspielung auf sein eigenes Alter.

Ich überging seine Bemerkung und fuhr einfach fort:

„Nach der Einnahme von Carcassonne zog er sich in seine Burg Foix zurück, wo er Trencavels Frau und dessen Kinder bei sich aufnahm. Als Simon de Montfort seinen Kriegszug fortsetzte, hat er Foix insgesamt viermal belagert, wurde aber stets zurückgeschlagen. Richtig erobert hat er die Grafschaft auch eigentlich nie, nur die Stadt Mirepoix ist ihm auf Dauer in die Hände gefallen. Auf dem vierten Laterankonzil 1215 ist Raymond Roger de Foix dann tatsächlich in Rom aufgetaucht und hat für die okzitanischen Edelleute gesprochen. Dabei soll er beschuldigt worden sein, katholische Priester umgebracht zu haben, doch mutig, wie er war, hat er dem Papst ins Gesicht gesagt, dass er es unter den gegebenen Umständen nur bedauere, nicht mehr von ihnen getötet zu haben. Trotzdem ist er scheinbar heil aus Italien herausgekommen und hat sich gleich wieder an der Rückeroberung der Ländereien beteiligt, die man de Trencavel und dem Grafen von Toulouse weggenommen hatte. Gestorben ist er dann wohl 1223, bezeichnenderweise bei der Belagerung von Mirepoix."

„War er denn selbst überhaupt ein Katharer?"

„Nein, er nicht, aber seine Frau Philippa und seine Schwester Esclarmonde", stellte ich nach kurzem Blättern fest. „Übrigens scheint die Letztere sogar die herausragendste Figur des französischen Mittelalters gewesen zu sein. Sie war die am meisten geachtete Parfait, wie sie ihre Priester nannten, hat Schulen für Mädchen und sogar so etwas wie Pflegeheime für alternde Geistliche gegründet. Sie führte auch die letzte öffentliche Debatte mit den Vertretern der römischen Kirche an, obwohl der später heiliggesprochene Dominikus ihr dabei auf dem Kolloquium von Montréal den Mund verbieten wollte, indem er ihr unverschämterweise nahe legte, sie solle lieber schweigen und zu ihrem Spinnrad zurückkehren."

„Autsch!", entfuhr es Achim grinsend. „Bei der hohen Achtung, die Frauen damals hier in Okzitanien genossen, wird das aber ziemlich kontraproduktiv gewesen sein."

„Stimmt", bestätigte ich lächelnd. „Die hiesige Bevölkerung hatte dafür überhaupt kein Verständnis und hat die römische Kirche noch mehr verachtet. Daraufhin hat Dominikus dem gesamten Languedoc mit Sklaverei gedroht und sich bei Papst Innozenz ausgeweint, der dann wiederum nur wenig später zum Kreuzzug aufrief. Übrigens muss Esclarmonde de Foix all das schon lange vorher geahnt haben, denn hier steht, dass sie bereits im Jahr 1204 darauf drängte, den Montségur zu einer absolut uneinnehmbaren Festung auszubauen, wo der katharische Glaube bewahrt werden konnte. Tatsächlich ist er danach ja auch über zwanzig Jahre das Zentrum der Bewegung geblieben."

„Hat sie das noch erlebt?"

„Die Anfänge ja, denn sie ist 1215 gestorben, aber hier steht nicht woran. Ich verstehe nur nicht, warum ihr Name in der Geschichte untergegangen ist. Oder hast du jemals etwas von dieser außergewöhnlichen Frau gehört?"

„Nicht, das ich wüsste", räumte Achim ein. „Über Hildegard von Bingen hat man uns schon etwas erzählt, aber die war ja auch eine treue römische Christin, die jene von Gott gegebene Ordnung nie in Frage gestellt hat."

Ich dachte noch eine Weile lang über Esclarmonde de Foix nach, während sich mein Schwiegervater seinem Baguette widmete.

„Übrigens", meinte er zwischen zwei Bissen, „gibt es irgendeinen Hinweis, ob unsere Kleine in Foix gewesen ist?"

„Sie war hier, denn ich habe ihre Gegenwart deutlich gespürt", erwiderte ich zögernd.

„Wo?", fragte Achim verblüfft.

„In diesem Zimmer", antwortete ich bereitwillig.

„Und? Was ist hier geschehen?"

„Nichts, was für dich von Bedeutung wäre", gab ich ein wenig schnippisch zurück, besann mich dann doch eines Besseren und lächelte ihn verstohlen an. „Ich habe nur ein armes verunsichertes Mädchen gesehen, aber über ihre Gefühle erzähle ich dir nichts. Das ist Frauensache!"

Fred Hoppe

Der kleine Dominikaner hielt sich mehr schlecht als recht auf dem Rücken der klapprigen alten Mähre, die ihm aus dem reichen Bestand des Herzogs zugewiesen worden war, denn der steile steinige Pfad durch den mit Pinien bestandenen Bergwald forderte seinen zweifelhaften Reitkünsten doch weit mehr ab, als der ungelenke Kuttenträger an Geschicklichkeit aufzubieten hatte. Da Giacomo mit unseren beiden Packpferden vollauf beschäftigt war, musste ich selbst immer wieder in das Halfter des fremden Tieres greifen, um das unwillige Pferd unseres Dolmetschers zum Weitergehen zu veranlassen. Nachdem wir auf diese mühevolle Weise endlich die Anhöhe erreicht hatten, war der Haupttrupp unseres Heerführers auf der anderen Seite schon fast wieder im Tal angelangt.

Innerlich verfluchte ich diese Tatsache, weil ich damit auch um die letzte Chance gebracht worden war, noch irgendetwas für die Bewohner des Konvents in Dun tun zu können. Zweifellos würden sich die tapferen Kreuzfahrer nun ungehindert wie die Berserker auf alle stürzen, die sie dort vorfinden könnten. Bis ich mit dem Dominikaner im Schlepptau den Ort erreichte, hätten sie bestimmt schon alle betreffenden Gebäude in Brand gesetzt. Tatsächlich beobachteten wir noch beim Abstieg, wie die Vorhut der mehr als vierhundert Mann starken Heergruppe bereits die unbefestigte Ansiedlung erreichte. Doch zu meiner völligen Überraschung stellte sich bald heraus, dass jenes als Konvent dienende Gebäude noch rechtzeitig von allen seinen Bewohnern verlassen worden war.

Natürlich machte der Herzog von Burgund darüber seinem Ärger wortreich Luft, was mir die Gelegenheit gab, den kleinen Dominikaner wie beiläufig danach zu fragen, wieso unser Heerführer überhaupt ein so großes Aufgebot gegen ein paar Dutzend Nonnen und eine geringe Anzahl alter katharischer Priester in Marsch gesetzt haben mochte.

„Das liegt doch auf der Hand!", beschied mir der flämische Mönch ungeduldig. „Unseren Gewährsleuten aus Mirepoix zufolge wird das Haus von Esclarmonde de Foix geleitet, der Schwester des Grafen und der einflussreichsten Ketzerpriesterin des ganzen Landes."

„Ach, dann wollte der Herzog mit ihrer Gefangennahme den Grafen von Foix zur Aufgabe zwingen?", hakte ich möglichst unbefangen nach.

„Wo denkt Ihr hin, Ritter Willehalm?", antwortete der Dominikaner ungehalten. „Wenn sie uns nicht entwischt wäre, hätten wir sie dem reinigenden Feuer überantworten können. Mit dem Grafen von Foix wird Simon de Montfort schon fertig, denn immerhin steht sein Heer wohl jetzt vor dessen Burg. Aber mit dem Tod dieser mächtigen Ketzerpriesterin verlören die Katharer ihre wichtigste Ratgeberin. Außerdem sollte sich hier auch noch die Gemahlin des Grafen von Foix aufhalten. Da sie ebenfalls eine Häretikerin ist, hätten wir der teuflischen Brut gleich zwei maßgebliche Schlangenköpfe abschlagen können."

„Tja, daraus wird nun wohl nichts", merkte ich mit einer gewissen Schadenfreude an.

„Ha, das denkt aber auch nur Ihr!", entgegnete der Dominikaner. „Der Herzog wird die Oberketzerin nicht entkommen lassen. Dafür hat sie schon zuviel Schaden angerichtet. Die Spuren der Flüchtenden sind noch frisch, so dass ein beweglicheres kleines Vorauskommando von zwanzig oder dreißig Mann sie schnell einholen kann."

„Warum stehen wir dann noch hier?", fuhr ich mein Gegenüber an. „Sag dem Herzog, ich übernehme das!"

„Oh, er hat sich bereits gedacht, dass Ihr Euch freiwillig für diese Aufgabe melden würdet", fuhr der kleine Mönch mit einem gehässigen Schmunzeln fort. „Aber er hat ausdrücklich befohlen, dass Ihr an seiner Seite reiten sollt, Willehalm! Schließlich habt Ihr schon einmal gegen seine Anordnung verstoßen und Eure Feinde laufen lassen. Und damit so etwas nicht wieder geschieht, werdet Ihr von nun an von den Armbrustschützen des Herzogs bewacht!"

Leng Phei Siang

In der Nacht wurde ich von einem auffälligen Rascheln im Unterholz geweckt. Ich sprang sofort auf, huschte zu meinem Pferd und nahm den Bogen vom Sattelbaum. Kaum hatte ich einen Pfeil eingelegt, da stolperte bereits ein junges Mädchen in zerrissenen Kleidern auf die mondbeschienene Lichtung. Ich senkte die Waffe und rief das Kind an. Die Kleine blieb erschrocken stehen und begann übergangslos zu weinen. Inzwischen waren auch die anderen aus unserer Gruppe aus dem Schlaf hochgefahren. Als sie das Mädchen sahen, liefen gleich einige Frauen auf das junge Ding zu, nahmen es in ihre Arme und versuchten das Kind zu trösten.

Leider vermochte ich nicht ein einziges Wort von dem zu verstehen, was die Kleine aufgeregt und von ständigem Schluchzen unterbrochen berichtete. Wie ich danach von den anderen umständlich mithilfe von Zeichen und Gesten erfuhr, stammte das Mädchen offenbar aus Mirepoix und war aus dem Heer der Kreuzfahrer entflohen. Obwohl sie erst 12 Jahre alt war, hatten sie betrunkene Söldner in der Stadt aufgegriffen, um sich mit ihr zu vergnügen, doch dann sei plötzlich ein blonder Kreuzritter aufgetaucht, der sie vor den lüsternen Schergen gerettet und mit in sein Zelt genommen hätte. Allerdings habe der Mann ihr nichts getan, sondern sei nach Mitternacht mit ihr zum Fluss geschlichen, wo er sie freigelassen hätte. Nach einer mehrstündigen Flucht durch den nächtlichen Wald sei die Kleine schließlich auf uns gestoßen. Da wir nicht sicher sein konnten, ob man nicht doch nach ihr suchen würde, beschlossen wir, lieber sofort aufzubrechen. Immerhin wurde es sowieso gerade hell, und wir hatten noch einen weiten Weg vor uns. Natürlich machte ich mir schon meine eigenen Gedanken über den unbekannten Retter des Mädchens, aber ich konnte das arme verängstigte Ding schließlich nicht selber genauer befragen. Dafür stand mir ausgerechnet hier in der unwirtlichen Wildnis der Pyrenäenvorberge eine Begegnung bevor, die mein Schicksal entscheidend beeinflussen würde.

Vielleicht wäre es uns ohne jenes, augenscheinlich so rein zufällige Zusammentreffen mit den Katharern aus dem Konvent zu Dun und deren charismatischer Anführerin noch gelungen, unbehelligt den sicheren Montségur zu erreichen, doch im Nachhinein glaube ich nicht, dass ich in Wirklichkeit auch nur die geringste Chance gehabt hätte, dem vorgesehenen Lauf meines Lebens eine andere Wendung zu geben. Auch wenn ich das künftige Leid, das ich nur einen Tag später sowohl meinem geliebten Fred als auch meiner Tochter, unserer Familie sowie unseren engsten Freunden bescheren würde, aus tiefstem Herzen bedaure, und es mich noch so sehr schmerzt, so hätte ich doch niemals meiner Bestimmung entrinnen können. Denn alles, was mit uns hernach geschah, wurde Fred und mir von den hohen und unbegreiflichen Mächten bereits vom Anbeginn unseres Lebens in die Wiege gelegt. Oh, hätten wir doch nur die vielen Zeichen und Hinweise auf unserem bisherigen Weg richtig gedeutet, dann wären wir vielleicht besser auf das Unvermeidliche vorbereitet gewesen. Das ist das Einzige, was mich so unendlich traurig macht.

Ihr Name war Esclarmonde de Foix, und schon der erste Blickkontakt mit dieser außergewöhnlichen, älteren, aber dennoch ungemein energiegeladenen Frau hatte mich umgehend in ihren Bann gezogen. Sie waren plötzlich aus den Bergwäldern des mit hohen Felsen durchsetzen Cap de la Monge herabgestiegen und hatten sich gleich zu uns an das Ufer des kleinen Flusses Touyre begeben, wo wir unsere erste morgendliche Rast einlegten. Ihre Gruppe bestand aus mindestens zwanzig, in schlichte weite Gewänder gekleidete jungen Frauen sowie einer nicht minder großen Zahl an eher gebrechlich wirkenden alten Männern in blauen und grünen Roben. Natürlich war mir sofort die besonders respektvolle, ja ehrerbietige Art und Weise aufgefallen, mit der alle Angehörigen unserer Flüchtlingsgruppe die Ankommenden begrüßten, so dass ich den spontanen Impuls, meinen Bogen zu ergreifen, tunlichst unterdrückte. Nach allem, was ich bisher über die Gepflogenheiten der Menschen in diesem fremden Land erfahren hatte, mussten die meisten dieser Leute sogenannte Vollkommene der Katharer sein. Auch ihre Anführerin Esclarmonde de Foix trug eine solche dunkelblaue Robe, was mich aber nicht allzu sehr erstaunte, weil mir schließlich bekannt war, dass es unter den Priestern jener Glaubensgemeinschaft auch Frauen gab. Vielmehr wunderte ich mich darüber, dass sie mich ständig im Blickfeld behielt und sich schnurstracks auf mich zubewegte. Doch die größte Überraschung stand mir noch bevor, denn Esclarmonde, deren Namen mir die anderen bereits unter vorgehaltener Hand zugeflüstert hatten, redete mich unversehens auf Sächsisch an. Natürlich merkte ich gleich, dass sie diese fremde Sprache nur unvollkommen beherrschte, aber ich war wie vom Donner gerührt.

„Meine Ahnung hat mich also nicht getäuscht", teilte sie mir ohne Umschweife mit. „Euer Aussehen verrät Euch sofort."

„Aber wie könnt Ihr denn wissen, dass Ihr Sächsisch mit mir sprechen müsst?", erkundigte ich mich verblüfft.

„Weil es die Sprache der Boten ist, auf die wir nun schon so lange gewartet haben", entgegnete sie schlicht. „Allerdings vermisse ich Euren ritterlichen Begleiter."

Pui Tien

„Es ist der Herzog von Burgund!", zischte mir Didi unterdrückt zu, als wir aus unserem Versteck heraus die abziehenden Kreuzfahrer beobachteten. „Und der große Ritter neben ihm ist jener Bannerführer, der uns vor Lastours so schwer zu schaffen gemacht hat."

Die Augen meines Freundes waren von blankem Hass erfüllt, und ich bin sicher, er hätte sich beinahe bedenkenlos auf die erdrückende vielfache Übermacht unserer Gegner gestürzt, wenn ich ihn nicht mit einem flehenden Blick davon abgehalten hätte.

„Lass uns abwarten, wohin sie ziehen und dann einen Boten zu Raymond Roger schicken", riet ich besorgt. „Ohne Verstärkung sind wir ihnen hoffnungslos unterlegen."

„In der Zwischenzeit werden sie die Flüchtenden einholen und gnadenlos töten!", fuhr Didi verzweifelt auf. „Mit dem Haufen alter Männer kommen die Frauen nicht weit, das weißt du genau. Wie soll ich dann jemals dem Grafen wieder unter die Augen treten?"

„Wenn sie uns ebenfalls umbringen, nützt ihnen das auch nichts mehr!", gab ich giftig zurück. „Ich habe jedenfalls keine Lust, hier in diesem fremden Land sinnlos zu sterben!"

„Aber wir müssen doch etwas tun!", begehrte Didi auf. „Und die Burg von Foix wird von de Montfort belagert. „Da kommt niemand rein oder raus."

Ich biss mir gequält auf die Lippen, denn da hatte er zweifellos recht. Durch den engen Belagerungsring würde keiner unserer Leute unbemerkt bis auf den Burgfelsen gelangen. Gab es da wirklich niemanden, der das vermochte? Doch, es gab eine Person, die dazu in der Lage wäre, aber deren Existenz hatte ich aus gutem Grund in den tiefsten Winkel meines Herzens verbannt. Ich schaute meinem Freund fest in die Augen.

„Didi, bitte schwöre mir bei unserer Liebe, dass du keine Dummheiten machen wirst", bat ich ihn eindringlich.

„Was hast du vor, Pui Tien?", erkundigte er sich erschrocken. „Du wirst mir doch jetzt nicht noch einmal erzählen, dass ich Allerleirauh nicht kenne?"

Ich nickte ihm aufmunternd zu und begann, meinen Plan zu erläutern:

„Es gibt keine andere Möglichkeit. Entweder wir lassen den Herzog gewähren, dann sterben alle, die im Konvent gelebt haben, oder du greifst die Kreuzfahrer an und wirst ebenfalls erschlagen. Die einzige Chance besteht darin, Verstärkung zu holen. Das werde ich übernehmen, weil es sonst niemand von uns schaffen kann. Doch dafür musst du dem Herzog folgen und dabei deutliche Spuren für uns hinterlassen. Sobald ich mit den Rittern des Grafen zurück bin, schlagen wir zu."

Didi stimmte zu.

„Wie willst du dich auf der Burg verständigen?", fragte er noch.

„Ich nehme Fère Kyot mit und schleuse ihn durch die Reihen der Belagerer", entgegnete ich zuversichtlich.

„Das wird die Sache für dich noch erschweren", gab Didi zu bedenken.

„Ich weiß", räumte ich ein. „Aber ich werde es trotzdem tun."

Leng Phei Siang

Ich führte Esclarmonde zu dem Mädchen, das in der Nacht zu uns gestoßen war, und bat sie, die Kleine nach dem fremden Ritter und dessen Ausrüstung zu fragen.

„Er war ein Kreuzritter wie die anderen und trug das Blutzeichen auf seiner Brust", übersetzte mir Esclarmonde die Antwort des Mädchens. „Aber ganz anders als jene Räuber und Mörder verhielt er sich edelmütig und hat mich nicht angerührt."

„Was für ein Wappen führte er in seinem Schild?", hakte ich nach.

„Oh, das war seltsam, denn es hatte kein Muster oder eine Figur wie bei den übrigen, sondern es bestand aus einem Zeichen", berichtete Esclarmonde ein wenig irritiert. „Aber warum wollt Ihr das wissen?"

Ich ging nicht auf ihre Frage ein und ritzte stattdessen mit einem Stock das „Tien-Symbol" in den Boden.

„Hat es so ausgesehen?", erkundigte ich mich hoffnungsvoll.

„Ja, das ist es!", rief das Mädchen erstaunt.

Dafür benötigte ich keine Übersetzung. Ich hatte es schließlich auch längst geahnt. Fred lebte und hielt sich in der Nähe auf. Wahrscheinlich waren er und Giacomo noch bei den Kreuzfahrern geblieben, weil es auf diese Weise einfacher für sie war, nach mir zu suchen. Aber es bedeutete auch noch etwas anderes: Die beiden hatten Pui Tien und Didi wohl doch nicht gefunden. Wenigstens konnte ich nun Esclarmonde die zuvor von ihr gewünschte Antwort geben:

„Mein ritterlicher Begleiter, der übrigens mein Gemahl ist, tarnt sich als Kreuzfahrer und folgt meiner Spur."

Falls Esclarmonde überrascht war, vermochte sie es gut zu verbergen, denn ihre folgende Frage zielte auf etwas ganz anderes ab:

„Trägt er das ‚Allerheiligste' bei sich?"

„Nein, das habe ich", bekannte ich freimütig.

In diesem Augenblick ging eine deutliche Verwandlung mit Esclarmonde vor. Ihre bis dahin hart und energisch wirkenden Züge wichen praktisch übergangslos einem deutlichen Ausdruck von Besorgnis und Güte. Mir kam es so vor, als wäre zwischen uns beiden ein unsichtbarer Bann gebrochen, denn sie legte plötzlich freundschaftlich ihren Arm um meine Schultern und weinte vor Glück.

Kurz darauf brachen wir alle gemeinsam auf, um dem kleinen Fluss weiter in die immer höher aufragenden Berge zu folgen. Unser Ziel war nun wirklich die Burg Montségur, deren schützende Mauern, wie mir Esclarmonde ausdrücklich bestätigte, tatsächlich als Heimstatt und Zuflucht für das Bündel auserkoren worden war. Demnach hatte ich den Montsalvat gefunden. Jetzt fehlte eigentlich nur noch Fred, dann konnten wir unsere Aufgabe hier in allen Ehren beenden.

Pui Tien

Ich hatte ein ungutes Gefühl, als ich Didi zurückließ und mein Pferd über die letzten Bergkuppen der Montagnes du Plantaurel trieb. Auch Frère Kyot, dessen Reittier ich die meiste Zeit über im Schlepptau führen musste, schwieg mit einer für mich geradezu beängstigenden düsteren Verdrossenheit. Seine Miene hatte sich bereits schlagartig verfinstert, nachdem wir feststellen mussten, dass wir zu spät ins Tal von Dun gekommen waren. Nur mit größter Not und praktisch in letzter Sekunde war es uns gelungen, uns noch rechtzeitig in den angrenzenden Wäldern zu verbergen, bevor uns das Heer der Kreuzfahrer begegnen konnte. Die Gebäude des Konvents waren erstaunlicherweise unversehrt geblieben, sonst hätten wir bestimmt frühzeitig gemerkt, was geschehen war. Da es aber auch keinen rauchenden Scheiterhaufen gab und die gegnerische Truppe keine Gefangenen mit sich führte, durften wir davon ausgehen, dass Esclarmonde mit ihren Leuten die Flucht gelungen war. Auf den ersten Blick hin erschien das zwar tröstlich, doch sowohl Frère Kyot als auch mir war vollkommen klar, dass wir nur eine äußerst geringe Chance besaßen, noch rechtzeitig mit Verstärkung aus Foix zurückzukehren. Allein der Umstand, dass der Feind die Burg von allen Seiten abgeriegelt haben würde, machte es uns praktisch unmöglich, den Versuch, durch deren Reihen zu schleichen, vor Einbruch der Dunkelheit zu unternehmen. Wie ich danach Hunderte voll ausgerüsteter Ritter samt deren Mannen aus der Festung hinausschmuggeln sollte, blieb mir noch völlig schleierhaft. Wenn kein Wunder geschah, waren die Flüchtlinge unweigerlich verloren, denn die vage Hoffnung, dass sie es noch vor ihren Verfolgern bis zum Berg der Errettung schaffen könnten, war angesichts der berittenen Schar der Kreuzfahrer mehr als illusorisch. Außerdem würde der Burgherr des Montsalvat, Raymond de Péreille, gegen mehr als 400 schwer bewaffnete Gegner keinen Ausfall wagen.

Das alles drückte unsere Stimmung auf den Nullpunkt, obwohl ich dies Didi gegenüber nie zugegeben hätte. Er wäre imstande gewesen, sich aus purer Verzweiflung mit unseren zwanzig Gefolgsleuten der geballten Übermacht des Feindes entgegenzuwerfen.

Doch sobald Frère Kyot und ich einige Stunden später das Tal des Ariège erreichten, glaubten wir unseren Augen nicht zu trauen: Die Burg auf dem Felsklotz von Foix glänzte unbeschädigt im Sonnenlicht, und von der gewaltigen Armee Simon de Montforts war weit und breit nichts zu sehen. Ich starrte noch immer fassungslos auf die so unwirklich friedlich anmutende Szenerie, als der Priester der Amics de Diu mich sacht an der Schulter berührte.

„Erkennst du auch, was das bedeutet, Tochter?", meinte Frère Kyot mit erstaunlich ruhiger Stimme. „Sie haben die Belagerung so schnell wieder aufgegeben, weil die Burg von Foix überhaupt nicht ihr Ziel gewesen ist. In Wahrheit wollten sie den Grafen nur hinhalten, um in aller Ruhe seine Schwester Esclarmonde zu vernichten. Und ich fürchte, genau das ist ihnen auch gelungen."

„Aber sie haben bestimmt nicht mit uns gerechnet", entgegnete ich verbissen. „Sie wissen nicht, dass wir das zweite Heer in Dun gesehen haben. Noch können wir ihren teuflischen Plan durchkreuzen."

Leng Phei Siang

Sie war eine Seherin, auch wenn ihre diesbezüglichen Fähigkeiten vielleicht doch nicht so stark ausgeprägt waren wie bei meiner Tochter Pui Tien. Aber jene einzigartige Gabe hatte Esclarmonde de Foix immerhin schon vor etlichen Jahren in die Lage versetzt, in ihren Träumen das kommende Unheil zu erahnen. Aus diesem Grunde hatte sie den Bau der Burg Montségur veranlasst, um den verfolgten Katharern eine Heimstatt zu geben, in der ihre Glaubensgemeinschaft überleben konnte. Aber auch das war nur möglich, wenn die Kraft ihres größten Heiligtums gegenwärtig blieb und so den Zusammenhalt und die Reinheit der Lehre auf Dauer garantierte. Erst dadurch wurde die Burg auf dem Pog, wie sie den Felsgrat nannte, wirklich zum Berg der Errettung oder zum „Montsalvat". Und nun wartete Esclarmonde mit allen anderen Priestern der Amics de Diu sehnsüchtig auf das Erscheinen der angekündigten Boten mit dem „Allerheiligsten", denn es war höchste Zeit, dass sich die Weissagung erfüllte, bevor der Kirche der guten Christen der Niedergang und das Vergessen drohen konnte. So war es letztlich wohl auch ihre Vorahnung gewesen, die sie mitsamt ihren Anvertrauten noch rechtzeitig aus dem Konvent zu Dun zum Montsalvat fliehen ließ. Dass sie dabei unterwegs auf mich gestoßen war, konnte in diesem Zusammenhang natürlich auch kein Zufall sein, und ich war schon geneigt, ihr zu glauben, dass nun die Stunde der Entscheidung angebrochen sei.

Und trotzdem gab es da etwas, das sie selbst nicht so recht verstand. In ihren Visionen wollte sie stets einen blonden Ritter und eine Prinzessin aus dem Reich der Mitte gesehen haben, die das „Allerheiligste" aus dem fernen Sachsenlande heim zum Montsalvat gebracht hätten, aber der Weissagung zufolge sollten es ein weißhäutiger Mann und dessen morgenländischer Halbbruder sein, die das Bündel das letzte Stück Weg hinauf auf den Berg der Errettung tragen würden. Mehr wollte oder konnte sie mir dazu nicht sagen. Das machte mich ziemlich stutzig, denn schließlich hatte ja auch Wolfram das Gleiche behauptet. Zumindest vermochte ich mir keinen Reim darauf zu machen, und ich führte Esclarmondes spürbare Zurückhaltung, was diesen seltsamen Aspekt anging, auf ein ähnlich geartetes Misstrauen zurück, wie es bereits Wolfram Fred und mir gegenüber an den Tag gelegt hatte. Wie sollte ich auch wissen, dass sie hierzu seit langem von schrecklichen Albträumen geplagt wurde, in denen eine Frau meines Aussehens eine tragische Rolle spielte.

Inzwischen waren wir bereits an jenem Ort vorbeigezogen, den meine Begleiter Lavelanet genannt hatten. In Erwartung der Kreuzfahrer hatten die Bewohner vorsorglich ihre Häuser verlassen und waren offensichtlich in die umgebenden Berge oder ebenfalls zum nahen Montségur geflohen. Im Süden glänzten die Schneefelder der himmelhoch aufragenden Montagne de Tabe in der mittäglichen Sonne, und ich schloss geblendet die Augen. Im gleichen Moment spürte ich deutlich, wie ein unbehagliches Gefühl von mir Besitz ergriff. Ich fragte mich noch, womit dies zusammenhängen mochte, als urplötzlich mehr als dreißig berittene Kreuzfahrer aus dem angrenzenden Wald hervorbrachen und uns umzingelten.

In wilder Panik ergriff ich meinen Bogen und wollte mich gerade aufs Pferd schwingen, da hielt mich Esclarmonde zurück.

„Kämpfe nicht für uns, du kannst nur verlieren!", rief sie mir zu. „Flieh und bringe das Bündel in Sicherheit!"

Einige Sekunden lang stand ich unschlüssig neben meinem Pferd, doch dann waren die Reiter bereits heran. Sie kamen von allen Seiten und schwangen große Netze.

„Flieh!", schrie Esclarmonde schrill, bevor einer der Reiter sie niederschlug.

Ich duckte mich blitzschnell, so dass der nächste Stoß mit dem stumpfen Ende der Lanze ins Leere ging, sprang wieder hoch und stieß den überraschten Ritter von seinem schwerfälligen Ross. Im nächsten Augenblick saß ich schon auf meinem eigenen Pferd und jagte in östlicher Richtung davon. Die beiden Reiter, die mir folgten, würden mich sicher nicht mehr einholen können.

Fred Hoppe

Je tiefer wir in das gebirgige Vorland der Pyrenäen eindrangen, desto mehr bezweifelte ich, dass der Herzog von Burgund wirklich nur den Spuren der flüchtigen Katharer aus dem Konvent von Dun folgen wollte. Wenn es lediglich darum gegangen wäre, jene Gruppe von Frauen, Mädchen und Greisen einzufangen, hätte das ausgeschickte Vorauskommando genügt, um diese Leute zu stellen und zurückzubringen. Warum musste unser ehrgeiziger Heerführer unbedingt mit seinem ganzen Aufgebot von mehr als 400 Mann nachrücken? Nein, irgendetwas war faul an der Sache. Hinter der ganzen Aktion musste wesentlich mehr stecken, denn dies war offensichtlich ein Eroberungsfeldzug, der mit der geplanten Aushebung des Konvents sein Ziel noch lange nicht erreicht haben konnte. Vielleicht war es möglich, dem verschlagenen Dominikaner noch ein paar Auskünfte zu entlocken.

„Hör zu Mönch!", sprach ich ihn bei der nächsten Gelegenheit an. „Kannst du mir sagen, wieso wir nicht einfach in Dun auf die Rückkehr der Häscher mit den Gefangenen gewartet haben?"

„Das braucht Ihr nicht zu wissen!", entgegnete der Dominikaner kurz angebunden und trieb gleich danach sein Pferd an, damit er meiner Nähe entkam.

Aber so einfach gab ich mich nicht geschlagen. Unter den missbilligenden Blicken des Herzogs setzte ich mich von dessen Seite ab und holte alsbald den kleinen Flamen wieder ein.

„Ihr solltet doch an der Seite unseres Heerführers bleiben!", protestierte er lauthals.

Ich packte den Dominikaner am Halsansatz seiner schwarzen Kutte. Dadurch verlor dieser das Gleichgewicht und wäre bestimmt aus dem Sattel gefallen, wenn ich ihn im letzten Moment nicht wieder losgelassen hätte.

„So speist du mich nicht ab, mein Freund!", fuhr ich den noch immer hilflos mit den Armen rudernden Wicht an. „Wenn ich mich bewähren soll, dann muss ich auch wissen, welches Ziel unser Heer hat! Oder glaubst du etwa, ich brächte es nicht fertig, den Herzog selbst danach zu fragen? Soviel Französisch wird mein Knappe auch noch zuwege bringen."

„Ist ja gut, Herr!", versuchte mich der Dominikaner zu beschwichtigen. „Ich sage Euch, was Ihr wissen wollt."

„Dann fang an!", forderte ich ihn wütend auf.

„Unsere Gewährsleute haben uns von einer Burg namens Montségur berichtet, die vor den hohen Schneebergen dort drüben auf einem unüberwindlichen Felsgrat steht. Esclarmonde de Foix soll selbst schon vor Jahren den Befehl zu ihrem Bau gegeben haben, damit sich die Ketzer in der Not dort verbergen können. Wahrscheinlich versucht sie jetzt, zu dieser Burg zu fliehen, aber unsere Männer werden sie bestimmt abfangen."

„Schön, aber allein deshalb brauchen wir ihnen nicht zu folgen", schloss ich ungeduldig daraus. „Will der Herzog diese Burg angreifen?"

Der Dominikaner schaute sich unsicher um, aber bevor ich ihn weiter bedrängen konnte, tauchte vor uns ein einzelner Reiter auf. Das rote Kreuz auf seinem Waffenrock wies ihn als Kreuzfahrer aus. Offenbar gehörte er zu den vorausgeschickten Häschern und war gekommen, um Bericht zu erstatten. Ich ergriff kurzerhand die Zügel des Mönches und ritt mit diesem im Schlepptau zum Herzog zurück.

Während unser Heerführer den Worten des Ritters lauschte, umspielte ein zufriedenes Lächeln seine Lippen. Dann teilte er dem Mann seine weiteren Befehle mit, und der Kreuzfahrer ritt wieder davon.

„Was hat er gesagt?", herrschte ich den Dominikaner an.

„Unsere Häscher haben die Häretiker unten im Tal bei Lavelanet aufgegriffen", erklärte mir der flämische Mönch bereitwillig, als er sah, dass ihm der Herzog aufmunternd zunickte. „Nun sollen sie die Frauen und alten Männer vor die Burg Montségur bringen und auf einem Scheiterhaufen verbrennen."

„Warum dort?", fragte ich und versuchte dabei, meiner Stimme einen möglichst gleichgültigen Klang zu geben, denn in Wahrheit war ich zutiefst erschrocken.

Anstelle des Mönches antwortete der Herzog selbst.

„Wir wollen die Besatzung der Burg zwingen, von ihrem Felsen herabzusteigen", übersetzte der Dominikaner sogleich. „Wenn sie sehen, dass nur dreißig Kreuzfahrer gekommen sind, um vor ihren Augen ihre Ketzerfreunde zu verbrennen, werden die Burgleute glauben, sie könnten diese noch retten. Aber bis dahin sind wir mit unseren Leuten vor Ort und nehmen den Montségur im Handstreich ein. Und dabei, so denke ich, könnt Ihr Euch endlich bewähren, Willehalm!"

Ich nickte ergeben und sah mich nach Giacomo um, der ein Stück weit zurück noch immer brav unsere Packpferde hütete. Anschließend bat ich um die Erlaubnis, meinen Knappen über den bevorstehenden Kampf zu informieren, was mir gnädig bewilligt wurde. In Wahrheit fiel es mir schwer, die aufsteigende Wut zu unterdrücken, die mich angesichts dieses perfiden Plans befallen hatte. Als ich mein Pferd anhielt, um auf meinen Gefährten zu warten, rief mich der Dominikaner noch einmal an:

„Ach, Willehalm, ich vergaß noch zu erwähnen, dass eine Frau entkommen konnte. Sie scheint eine ungläubige Sarazenin zu sein, die sich nach Osten ins Val d' Amour abgesetzt hat."

Ich hoffte, dass der plötzlich so mitteilsame Mönch nicht mitbekam, wie ich erbleichte, denn mit einem Schlag war mir endgültig klar geworden, dass Phei Siang und ich unabhängig von einander das Ziel unserer langen Reise erreicht hatten. Jene Burg namens Montségur musste der Montsalvat sein, denn das eben erwähnte „Tal der Liebe" hatte uns Wolfram bei seiner Wegbeschreibung noch ausdrücklich ans Herz gelegt.

Schen Diyi Er Dsi

Die Kreuzfahrer hielten sich ungewöhnlich lange damit auf, die verlassenen Häuser von Lavelanet zu durchsuchen. Es schien so, als ob sie auf irgendetwas warteten, obwohl sie offensichtlich die Flüchtenden aus Dun noch nicht gestellt haben konnten. Wieso nahm sich der Herzog von Burgund gerade jetzt so viel Zeit? Er musste doch wissen, dass ihm Esclarmonde mit den Novizinnen und den greisen Priestern entkommen würde.

Vorsichtig schob ich die Pinienzweige ein wenig beiseite, um den Platz besser überblicken zu können. Tatsächlich, dort stand auch mein Widersacher von Lastours und unterhielt sich angeregt mit seinem Knappen. Der Topfhelm verdeckte sein Gesicht, aber als er wie zufällig den Schild hoch nahm, um diesen an den Sattelbaum zu hängen, stockte mir plötzlich der Atem. Anstelle eines der üblichen Wappensymbole prangte darauf groß und überdeutlich das chinesische Schriftzeichen für „Himmel".

Über alle Maßen verblüfft ließ ich den Pinienzweig fahren und sank zurück in mein Versteck. Der Hauptmann unserer Söldner blickte mich verständnislos an, aber ich konnte ihm ja nicht erklären, was ich gesehen hatte. Dafür gingen mir auf einmal tausend verrückte Gedanken durch den Kopf, und zum ersten Mal seit unserem Aufbruch aus dem Tal von Dun verwünschte ich die Tatsache, dass Pui Tien nicht bei mir war. Vielleicht hätte sie etwas gespürt, denn dass ausgerechnet dieser fremde Ritter eines der Schriftzeichen für ihren eigenen Namen als Wappen führte, konnte kein Zufall sein. Aber wenn der gefährliche Bannerführer des Feldzugs gegen Lastours in Wirklichkeit Fred sein sollte, wie war es dann möglich, das er mit den Kreuzfahrern gemeinsame Sache machte? Hatte man ihn vielleicht dazu gezwungen? Oder war dies eine Art Tarnung, die es ihm ermöglichte, unbehelligt nach Pui Tien und mir zu suchen?

Ich musste mir unbedingt Gewissheit verschaffen. Also stand ich auf und schob noch einmal die Zweige beiseite. Und tatsächlich fand ich kurz darauf den letzten Beweis, als der südländisch aussehende Knappe die beiden Packpferde heranbrachte: Auf dem einen befand sich sorgsam verschnürt das Bündel mit Pui Tiens weißem hirschledernen Kleid. Ich hatte genug gesehen und zog mich wieder zurück. Aber wo, bei allen Ahnengeistern meiner Großeltern mochte Phei Siang sein?

Natürlich nicht beim Heer der Kreuzfahrer, du Idiot, schalt ich mich im Stillen. Zum einen war sie schließlich eine Frau und zum anderen gehörte sie dazu noch einem Volk an, das diese grausamen Kirchenknechte genauso gnadenlos verfolgen würden wie die Amics de Diu. Wahrscheinlich musste sie sich irgendwo verbergen und wartete vielleicht auf eine Nachricht, ob Fred bereits eine Spur von uns gefunden haben mochte.

Doch was war, wenn Pui Tien mit der erhofften Verstärkung eintraf? Dann würden wir mit geballter Macht über die Kreuzfahrer herfallen und alle umbringen, die sich uns entgegenstellten. Nach Béziers und den vielen anderen Untaten, die diese Räuber und Mörder schon angerichtet hatten, konnten sie sicherlich nicht mit Gnade rechnen. Aber wie sollte ich es bloß anstellen, Fred vor der Gefahr zu warnen?

Plötzlich kam mir eine völlig wahnwitzige Idee. Ich musste erreichen, dass er mich gefangen nahm! Gemeinsam würden wir vielleicht eine Möglichkeit finden, uns vor dem bevorstehenden Kampf aus dem Staub zu machen.

Fieberhaft versuchte ich, dem Hauptmann meiner Söldner mithilfe von Zeichen begreiflich zu machen, dass er sich mit seinen Leuten zurückziehen sollte, da ich vorhatte, allein und offen zum Lager der Kreuzfahrer zu gehen. Natürlich wehrte dieser mein Ansinnen erschrocken ab, aber ich ließ nicht locker, bis er sich schließlich geschlagen gab. Immerhin würde ich versuchen, den weiteren Vormarsch des Heeres mit meiner geplanten Aktion noch ein wenig zu verzögern, und vielleicht konnte es auf diese Weise gelingen, Esclarmonde einen größeren Vorsprung zu verschaffen, bis die Verstärkung eintraf.

Danach schlichen wir zu unseren Pferden zurück. Ich setzte den Topfhelm auf, nahm meinen Schild vom Sattelbaum und ritt los. Mein Herz schlug mir bis zum Hals, aber ich wusste, dass ich das Richtige tat. Um die Gefahr zu verringern, dass man mich sofort mit Pfeilen durchbohrte, musste ich Fred frühzeitig auf mich aufmerksam machen und mich ihm zu erkennen geben. Natürlich durfte ich dies nicht auf Sächsisch oder Hochdeutsch tun, denn ganz bestimmt gab es dort Dolmetscher, die für die Verständigung mit den französischen Heerführern sorgen sollten.

Fred Hoppe

„Ihr wahres Ziel ist der Montsalvat!", raunte ich Giacomo zu. „Sie kennen die Burg zwar nur unter dem Namen Montségur, aber es besteht kein Zweifel, dass der Herzog die Festung erobern will. Und sein teuflischer Plan könnte tatsächlich gelingen."

„Wie will er das anstellen?", fragte Giacomo flüsternd. „Es hieß doch, die Burg wäre uneinnehmbar."

„Die vorausgeschickten Kreuzfahrer haben die Flüchtlinge aus Dun eingefangen", gab ich ebenso leise zurück. „Und der Herzog hat ihnen befohlen, sie unterhalb des Burgfelsens zu verbrennen, um die Besatzung herauszulocken. Danach will er mit der Hauptmacht des Heeres über sie herfallen und alle niedermachen, damit ihm der Montsalvat in die Hände fällt."

Der Venediger wurde blass.

„Wie weit sind wir wohl noch vom Berg der Errettung entfernt?", erkundigte sich Giacomo.

„Nicht mehr als ein paar Stunden", schätzte ich mit Blick auf die hohen Gipfel vor uns. „Auf jeden Fall müssen wir unbedingt eine Möglichkeit finden, uns abzusetzen und die Besatzung zu warnen.

„... und die Amics de Diu zu retten", ergänzte mein Gefährte tonlos. „Mit anderen Worten, unser Leben ist keinen Denar mehr wert."

Ich zuckte nur mit den Schultern. Was hätte ich ihm darauf auch erwidern sollen?

„Obendrein ist das ‚Allerheiligste' zusammen mit Eurer Gemahlin verschollen, Winfred", fuhr Giacomo niedergeschlagen fort. „Mir scheint, es war alles umsonst."

„Das würde ich nicht sagen, mein Freund", entgegnete ich lächelnd. „Der verfluchte kleine Mönch hat mir eben noch erzählt, dass offenbar eine Sarazenin entkommen konnte. Was glaubst du, hat das wohl zu bedeuten?"

„Sie ist hier?", entfuhr es Giacomo viel zu laut.

„Psst!", warnte ich ihn. „Der Dominikaner schaut schon neugierig in unsere Richtung. Geh und hol die Packpferde, damit wir unter Umständen schneller handeln können, falls wir eine Gelegenheit dazu bekommen."

Während der Venediger die Tiere herbeibrachte, begab ich mich wieder an die Seite des Herzogs, um kein weiteres Misstrauen zu erregen. Jeden Moment konnte unser Heerführer den Befehl zum Abmarsch geben.

Plötzlich vernahm ich ein aufgeregtes Rufen, und Bogenschützen eilten in Richtung des nahen Waldes. Auch der Herzog blickte alarmiert auf, denn von den Bergen her näherte sich ein einzelner Reiter. Es war ein Ritter in voller Ausrüstung, der sich stolz und hocherhobenen Hauptes einfach durch die Reihen der Kreuzfahrer auf uns zu bewegte. Er war entweder ein Selbstmörder oder total verrückt. Auf jeden Fall hatte der Kerl einen unglaublichen Mut.

„Seht doch, er führt das Wappen von Foix in seinem Schild!", rief der kleine Dominikaner überrascht. „Drei rote Längsbalken auf gelbem Grund. Das ist ein Ritter des Grafen Raymond Roger!"

Der Herzog verzog verächtlich die Lippen und hob die Hand. Daraufhin spannten die Schützen ihre Bogen. Unterdessen rief der Ritter uns etwas entgegen. Ich stutzte sofort, denn das, was meine Ohren da auf einmal vernahmen, war kein Okzitanisch, sondern eine Sprache, die ich tagtäglich zu Hause in meiner direkten Umgebung zu hören bekam. Zuerst konnte ich es gar nicht fassen, doch allmählich begann ich zu begreifen, was hier vor sich ging.

„Wo xing Schen, jiao Diyi Er Dsi" (Mein Name ist Schen, mein Vorname ist Diyi Er Dsi), rief der Fremde auf Chinesisch. „Wo schi Didi (ich bin Didi). Fred, ni bìchsu bódòu ché tjiúfan wode!" (Fred, du musst mit mir kämpfen und mich gefangen nehmen).

Ohne auch nur noch eine Sekunde zu zögern, trat ich vor.

„Sag dem Herzog, er soll ihn mir überlassen!" befahl ich dem Dominikaner mit schneidender Stimme. „Der fremde Ritter fordert mich persönlich heraus!"

Der flämische Mönch starrte mich entgeistert an.

„Woher wollt Ihr das wissen, Willehalm? Versteht Ihr etwa diese seltsame Sprache?"

„Tu, was ich dir gesagt habe, Mönch!", herrschte ich den Dominikaner an. „Der Herzog verliert nichts, wenn er mich mit ihm kämpfen lässt!"

Tatsächlich schien unser Heerführer sogar ein wenig gespannt zu sein, wie ich mich schlagen würde, denn er befahl den Bogenschützen, ihre Waffen zu senken. Mir fiel derweil ein Stein vom Herzen. Die erste Gefahr für Didis Leben war gebannt. Nun mussten wir nur noch das Beste daraus machen. Und plötzlich sah ich sogar darin die einmalige Chance, unser Vorhaben in die Tat umzusetzen.

„Halt die Pferde bereit, Giacomo", zischte ich dem Venediger unterdrückt zu. „Wunder dich nicht über das, was geschieht, denn der Fremde ist unser Freund."

Ich zog mein Schwert und wartete, bis Didi von seinem Streitross gestiegen war. Giacomo nahm sofort dessen Halfter und führte das Pferd zu unseren eigenen Tieren. Offensichtlich hatte er verstanden, was ich beabsichtigte.

„Women bódòu!" (wir kämpfen), betonte ich langsam und überdeutlich. „Suíhòu women táotsou!" (danach fliehen wir).

Didi nickte mir zu und zog ebenfalls sein Schwert. Natürlich war ihm klar, worauf es nun ankam. Es musste echt aussehen und für die Zuschauer so fesselnd wirken, dass diese völlig überrascht sein würden, wenn wir uns des Herzogs bemächtigten.

Trotzdem hatte ich absolut nicht damit gerechnet, mit welcher Wucht und Geschicklichkeit Didi auf mich eindrang. Seine hart geführten Schwerthiebe trieben mich von Anfang an in die Defensive, und ich hatte große Mühe, sie rechtzeitig zu parieren. Mehr als einmal zwang er mich auf die Knie und hätte mir beinahe mit heftigen Seitenschlägen den Schild aus der Hand gerissen. Dabei erwischte er kurz auch meinen linken Oberarm, wobei nur der Schutz des Kettenhemdes mich vor einer tieferen Schnittwunde zu bewahren vermochte. Danach ließ er für einen Augenblick von mir ab, so dass ich mich keuchend erheben konnte. Während das Blut über meinen Arm rann und auf den harten Boden tropfte, schaute ich mich kurz in der Runde um und stellte zufrieden fest, wie gebannt die Kreuzfahrer den Fortgang des Kampfes beobachteten. Sie mochten ja allesamt raue und grausame Gesellen sein, doch ein harter und nach allen Regeln der Kunst ausgefochtener ritterlicher Zweikampf faszinierte sie zweifellos. In unserem weiteren Aufeinandertreffen wuchs meine Bewunderung für den Jungen noch stärker an. So sehr wie er hatte mich schon lange kein Schwertkämpfer mehr in Bedrängnis gebracht. Dabei musste ich mich ständig gegen meine eigenen Tricks und Finten erwehren, doch so ausgefeilt, wie Didi diese vortrug, hatte ich sie ihm ganz bestimmt nicht beigebracht. Offensichtlich war er gezwungen gewesen, sich in den Schlachten der vergangenen Monate zu bewähren.

Allerdings begannen wir nun beide allmählich zu ermüden, und es wurde höchste Zeit, den Kampf zu beenden, bevor einer von uns noch ernsthafte Verletzungen davontragen konnte. Außerdem benötigten wir unsere Kräfte, um das bevorstehende Fluchtmanöver durchzustehen. Daher gab ich ihm heimlich ein Zeichen, indem ich mehrmals hintereinander mit der Spitze meines Schwertes den Boden berührte. Als Didi kurz nickte, wusste ich, dass er verstanden hatte, und bei meinem nächsten Angriff nahm er seine Deckung herunter. Für die Zuschauer sah es so aus, als ob ihm der Schild aus den kraftlosen Fingern entglitten war und mein Schwert zu seiner schutzlosen Kehle vordrang, wo es verharrte, bis er seine eigene Waffe senkte und in die Scheide des Wehrgehänges steckte. Scheinbar wehrlos führte ich ihn so bis vor den Herzog hin.

Das milde, aber nichtsdestotrotz überhebliche Lächeln unseres Heerführers gefror zu einer eisigen Grimasse, als meine Schwertspitze blitzschnell vom Hals meines vermeintlichen Gegners zur Brust des Herzogs wanderte. Gleichzeitig schnappte sich Didi den kleinen Dominikaner und hielt diesem den Dolch an die Kehle.

„Sag deinem Herrn hier, er soll seinen Leuten befehlen, sich zurückzuziehen!", brüllte ich den Dominikaner an.

Eingeschüchtert und verängstigt gehorchte der Mönch diesmal widerspruchslos. Inzwischen war Giacomo bereits aufgesessen und führte unsere Pferde heran. Mit einem eleganten Schwung, den ich ihm trotz alledem noch immer nicht zugetraut hätte, sprang Didi in den Sattel. Danach zwang ich den Herzog auf mein eigenes Pferd und setzte mich hinter ihn.

„Sie sollen alle zurückbleiben!", rief ich dem Dominikaner zu. „Wenn uns jemand folgt, töte ich euren Heerführer, denn wie du dir denken magst, haben wir nichts zu verlieren!"

Wir gaben unseren Pferden die Sporen und galoppierten in südlicher Richtung davon. Erst nach einigen Kilometern hielten wir wieder an, fesselten und knebelten den Herzog von Burgund und legten ihn am Rand des Pfades ins Gebüsch. Danach machten wir uns eiligst auf, und folgten dem Bergbach flussaufwärts, um den restlichen Weg zum Montsalvat zurückzulegen. Hoffentlich kamen wir nicht zu spät.

Leng Phei Siang

Ich hielt auf der Anhöhe und wartete, bis ich sicher sein konnte, dass mich niemand verfolgte. Danach wendete ich mein Pferd und kehrte auf dem gleichen Weg nach Lavelanet zurück. Das war zwar gefährlich, doch eine andere Möglichkeit hatte ich nicht. Keinesfalls würde ich es wagen, durch unbekannte Wälder und über felsige Berge zu ziehen, wo mich plötzlich auftauchende Hindernisse wie Abgründe, Schluchten und reißende Flüsse aufhalten konnten. Der sicherste Weg zum Montsalvat verlief nun mal durch das Tal des Touyre, so wie ihn mir Esclarmonde beschrieben hatte. Auch wusste ich nicht, wie viel Zeit mir noch blieb, um die Besatzung der Burg davon zu überzeugen, dass sie die Kreuzfahrer abfangen mussten, um zu verhindern, dass man die Gefangenen irgendwohin verschleppen konnte, wo ihnen der Tod auf dem Scheiterhaufen drohte. Bestimmt würde man die Katharer nicht verschonen.

Als ich die ersten verlassenen Häuser des Ortes erreichte, wäre ich beinahe einer von Norden heranziehenden Schar hunderter Kreuzfahrer in die Arme gelaufen. Zum Glück aber blinkten die Helme und Panzerhemden im Sonnenlicht, so dass ich das feindliche Heer noch rechtzeitig bemerkte. Während ich bereits das Flattern der Banner im Wind hören konnte, huschte ich schnell mit meinem Pferd am Halfter in das Ufergebüsch.

Nun war guter Rat teuer. Nachdenklich betrachtete ich aus meinem Versteck heraus die umgebenden Berge. Weiter nach Süden hin bildeten die Schneegipfel eine schier unüberwindliche Barriere. Also musste das Tal eine Sackgasse sein. Demnach gab es für dieses Heer nur ein einziges Ziel: der Montsalvat.

Allmählich ahnte ich die Zusammenhänge. Die berittenen Kreuzfahrer, die uns umzingelt hatten, mussten eine Art Vorauskommando sein, dessen Aufgabe es gewesen war, uns einzufangen. Aber warum waren diese Leute dann nicht zum Hauptheer zurückgekehrt, sondern ebenfalls weiter flussaufwärts gezogen? Auch dafür gab es nur eine Lösung: Da ich annehmen durfte, dass die Kreuzfahrer sich der uneinnehmbaren Burg Montségur bemächtigen wollten, benötigten sie einen Vorwand, um die Besatzung aus ihrer Festung zu locken. Wenn sie die Gefangenen unterhalb des Berges auf den Scheiterhaufen schickten, würden die Burgleute bestimmt versuchen wollen, ihre Glaubensbrüder zu retten. Hatte Esclarmonde nicht selbst gesagt, der Montsalvat diene als Zufluchtsort für die Katharer? Und wenn die Besatzung der Burg sich dann auf die zahlenmäßig unterlegenen Peiniger ihrer Priester stürzte, würde das Hauptheer der Kreuzfahrer sie vernichten und der Montsalvat fiele in ihre Hände. Welch ein grausiger Plan!

Aber halt! Das Heer musste uns schon von Dun aus gefolgt sein, was bedeutete, dass es vom gerade eroberten Mirepoix aufgebrochen war. Wenn dies stimmte, konnte es gut sein, dass Fred und Giacomo ebenfalls dabei waren. Es gab also noch Hoffnung, auch wenn sie mir ziemlich gering erschien. Aber im entscheidenden Moment würde Fred wohl das Richtige tun. Wie eine Ertrinkende klammerte ich mich an diesen winzigen Strohhalm. Wenigstens würde ich nicht allein sein, falls ich sterben sollte.

Fred Hoppe

Nach und nach erzählte uns Didi, was Pui Tien und ihm alles widerfahren war, seit wir durch die unbegreiflichen

Mächte an den Externsteinen getrennt worden waren, und ich kam nicht umhin, das ausgeklügelte Netzwerk des Schicksals zu bewundern, welches alles auf so wundersame Weise miteinander verwoben hatte. Vor allem die Tatsache, dass die beiden von Anfang an mit jenem mysteriösen Frère Kyot zusammengetroffen waren, dessen Spuren Siang und ich zur gleichen Zeit so verzweifelt gesucht hatten, schien mir eine ausgesprochen ironische Variante dieser rätselhaften Fügung zu sein. Immerhin durften wir nun wenigstens damit rechnen, dass meine Tochter vielleicht im letzten Moment mit der Streitmacht des Grafen von Foix zu unseren Gunsten in das Geschehen eingreifen würde. Trotzdem mussten wir uns sehr beeilen, wenn wir die Schwester des Grafen und ihre Anhänger noch retten wollten. Deshalb schonten wir unsere Pferde nicht und ritten, was das Zeug hielt, bis wir die hochaufragende Felsformation sahen, auf dessen lang gezogenem Grat jene Burg gebaut worden war, in deren Angesicht sich offenbar unser aller Schicksal erfüllen sollte. Denn dass wir wirklich noch einmal mit unserem Leben davonkommen würden, damit rechnete ich zumindest heimlich schon lange nicht mehr.

Pui Tien

Wir trafen die von Didi zurückgelassenen Söldner unterhalb des Cap de la Monge, und Frère Kyot übersetzte mir ihre hastig vorgetragene Geschichte. Ich war fürchterlich erschrocken und bestürzt über den Alleingang meines Freundes, aber ich konnte mir einfach keinen Reim auf seine selbstmörderische Handlungsweise machen. Also ließ ich mir noch einmal vom Hauptmann unserer Leute berichten, was geschehen war. Schließlich war er wohl bis zuletzt mit Didi zusammen gewesen und hatte erlebt, wie dieser seinen fatalen Entschluss gefasst hatte, sich allein ins Lager der Kreuzfahrer zu begeben.

„Er hat aus unserem Versteck heraus diesen Ritter beobachtet, den er vom Feldzug gegen Lastours kannte, bevor er sich zu diesem Schritt entschied", wiederholte der Priester die Worte des Mannes, während wir bereits auf Lavelanet zuritten. „Irgendetwas an jenem Franken hat ihn seinen Verstand verlieren lassen."

Natürlich gab ich mich nicht mit dieser Einschätzung zufrieden. Didi mochte zwar in seinen Handlungen impulsiv und in mancher Beziehung auch unberechenbar sein, aber verrückt war er auf keinen Fall – und ein Selbstmörder auch nicht, fügte ich in Gedanken hinzu. Was also in drei Teufels Namen sollte ihn dazu veranlasst haben, so etwas Absurdes zu tun? Ich ließ den Hauptmann noch einmal in allen Einzelheiten berichten und mir genauer beschreiben, was Didi beobachtet hatte.

„Es geschah, nachdem er die Packpferde des Ritters gesehen hatte", erklärte der Hauptmann nun sichtlich beunruhigt.

Vielleicht fürchtete er, ich würde ihn für das Geschehen verantwortlich machen.

„Was war mit den Packpferden?", hakte ich rasch nach.

„Das eine trug ein Bündel, das so aussah wie ein weißes Fellkleid", rückte der Söldnerführer zögerlich heraus.

Die Erkenntnis traf mich wie ein Schlag.

„Er hat meinen Vater gesehen!", teilte ich Frère Kyot fassungslos mit.

„Bist du sicher, Tochter?", erkundigte sich der Priester der Amics de Diu aufgeregt. „Weißt du, was das bedeutet?"

Ich nickte wortlos. Mit dieser Entwicklung hätte ich nun wirklich nicht gerechnet. Schließlich sprach Frère Kyot aus, was ich nicht einmal in meinen kühnsten Träumen zu denken gewagt hätte:

„Ich habe dir doch gesagt, dass alles zusammenhängt. Ich glaube, wir können nun davon ausgehen, dass deine Eltern die erwarteten Boten sind!"

„Wir müssen zum Montsalvat!", schloss ich ahnungsvoll.

„Dort wird sich die Weissagung erfüllen", ergänzte Frère Kyot und gab seinem Pferd die Sporen.

Leng Phei Siang

Die untergehende Sonne leuchtete wie ein blutroter Ball und tauchte den mit welkem Gras bestandenen Hang unterhalb der massigen Felsformation in ein unheimliches Dämmerlicht. Sie hatten den Scheiterhaufen errichtet und die Gefangenen mit Peitschenhieben darauf getrieben. Jeden Moment konnten die Fackelträger das Gebilde aus abgestorbenen Stämmen und Reisig entzünden.

Ich ließ mein Pferd im kargen Dornengebüsch stehen und nahm nur das Bündel mit dem „Allerheiligsten" aus der Satteltasche, denn wenn man es später nicht bei mir fand, würde es für immer verloren sein. Danach schlich ich mich im Schutz des Halbdunkels an den Holzstoß heran.

Esclarmonde stand hochaufgerichtet inmitten ihrer Anhänger und schien nicht im Mindesten davon beeindruckt zu sein, dass die Kreuzfahrer ihrem Leben auf so grausige Weise ein Ende setzen wollten. Nur das kleine Mädchen, das sich so oft seit Montréal an mich geschmiegt hatte, blickte stumm vor Entsetzen und mit vor Angst geweiteten anklagenden Augen auf seine Peiniger. Plötzlich sah sie mich zwischen den Ginsterbüschen liegen, und ein Lächeln umspielte ihre Lippen. Wenn ich bis dahin auch nur den geringsten Zweifel über den Sinn meines Opfergangs verspürt hatte, so wusste ich mit einem Mal, dass ich es nicht bereuen musste, mein Leben für diese Menschen zu geben. Trotzdem zweifelte ich daran, dass ich wirklich in der Lage sein würde, noch einige von ihnen vor dem Feuer zu retten, aber ich wollte es wenigstens versuchen.

Fred Hoppe

Am Fuße der hohen Felsen, auf denen die Burg Montségur thronte, trafen wir auf die Männer des Chevalier Raymond de Péreille, und es war nur dem Wappen des Grafen von Foix auf Didis Waffenrock zu verdanken, dass sie uns nicht gleich mit Pfeilen überschütteten. Trotzdem dauerte es noch wertvolle Minuten, bis wir uns darauf verständigen konnten, gemeinsam gegen die Mörder vorzugehen. Da ich der Einzige von uns allen war, der das weithin leuchtende rote Symbol der Kreuzfahrer auf der Brust trug, führte ich unsere kleine Streitmacht an. Die anderen sollten so lange wie möglich in einer langen Reihe dicht hinter mir bleiben, weil unsere Gegner mich sicher zunächst für einen der ihren halten mussten. Doch als wir endlich den Hang hinabstürmten, zündeten die Kreuzfahrer den Scheiterhaufen an.

Im gleichen Moment wurden wir von unseren Gegnern bemerkt, und deren Bogenschützen traten uns in breiter

Phalanx entgegen. Ich nahm meinen Schild hoch und trieb mein Pferd noch stärker an, während die anderen weit hinter mir zurückblieben. Daher flog der erste Pfeilregen über mich hinweg meinen Freunden entgegen. Ich wusste nicht, wie viele der gefiederten Todesboten ihre Ziele trafen, denn der Holzstoß stand bereits lichterloh in Flammen. Auf einmal bemerkte ich eine Bewegung zwischen den Ginstersträuchern, und eine schlanke Gestalt mit pechschwarzen langen Haaren hastete auf den Scheiterhaufen zu: Es war Phei Siang. Erschrocken und bleich vor Entsetzen schrie ich, sie solle sich zu Boden werfen, doch es war bereits zu spät. Einer der Bogenschützen stellte sich ihr entgegen und legte an.

Leng Phei Siang

Die angsterfüllten großen braunen Augen des kleinen Mädchens starrten mich unvermittelt an, als ich aufsprang und auf den brennenden Holzstoß zulief. In diesem Moment vernahm ich Freds Stimme und sah einen Kreuzritter in vollem Galopp auf mich zureiten.

Doch anstatt mich zur Seite zu werfen, kannte ich nur ein einziges Ziel: Die Hand des verzweifelten Mädchens streckte sich mir durch die züngelnden Flammen entgegen, und ich versuchte, sie noch zu erreichen, bevor dies nicht mehr möglich war.

Beißender Qualm stieg mir in die Augen, und nur schemenhaft erkannte ich den Söldner, der mit gespanntem Bogen keine zehn Meter vor mir stand. Rein reflexartig hob ich das Bündel empor und hielt es dem Schergen entgegen, als er schoss. Im gleichen Augenblick durchschlug der Pfeil das dicke Paket, und ich spürte einen mörderischen Schlag gegen meine Brust. Zurückgeschleudert von der Wucht des Aufpralls schlug ich mit dem Rücken auf dem Boden auf. Unwillkürlich umklammerten meine Hände das Geschoss, während sich das warme Blut über meine Finger ergoss. Langsam und wie in Zeitlupe erkannte ich, wie Fred unaufhaltsam an mir vorbeistob und gleichzeitig nach dem weinenden Mädchen griff. Ich würgte und ein Schwall Blut quoll mir aus dem Mund. Dann wurde es dunkel, und ich versank in ein unendlich schwarzes, bodenloses Nichts.

Fred Hoppe

Als der todbringende Pfeil das Bündel durchschlug und sich tief in Siangs Brust bohrte, setzte bei mir das bewusste Denken aus. Rein instinktiv riss ich das Mädchen vom brennenden Scheiterhaufen und zog die Zügel an. Im nächsten Moment prallte mein Pferd mit dem Schützen zusammen und schleuderte den Mann mit brachialer Gewalt zu Boden. Erst danach blieb es mit zitternden Flanken stehen. Wie mechanisch sprang ich aus dem Sattel, setzte das Kind ab und lief zu Siang zurück. Völlig gleichgültig gegenüber allem, was um mich herum geschah, kniete ich vor ihrem reglosen Körper und riss sie an mein Herz. Tränen liefen an meinen Wangen herab und tropften auf ihre Brust.

Plötzlich ertönten laute Hornsignale und Hunderte von Kreuzfahrern stürmten auf die Wiese. Offenbar war nun der Herzog von Burgund gekommen und würde uns allen den Rest geben. Mir war es egal.

Doch auf einmal brauste ein unnatürlicher heftiger Wind über den Hang. Die brennenden Bohlen des Scheiterhaufens wurden mit Gewalt auseinandergerissen und flogen in hohem Bogen durch die Luft. Gleichzeitig erschallten von überall her laute Kriegsrufe und martialisches Gebrüll. Wie entfesselte Berserker stürzten sich die Männer des Grafen von Foix auf die Hauptmasse des Heeres des Herzogs von Burgund. Ich achtete nicht darauf. Pui Tien hatte es doch noch geschafft, und sie war gekommen, um das Schlimmste zu verhindern. Nun würde ich wohl doch überleben, stellte ich ohne Gefühlsregung fest.

Wie lange das Schlachtenspektakel andauerte, weiß ich nicht mehr. Irgendwann aber kniete plötzlich meine Tochter an meiner Seite. Ich spürte ihr heißes Gesicht an meiner Wange und ihren Arm um meine Schultern. Doch mein Innerstes blieb kalt und unberührt. Dabei hätte ich mich freuen sollen, sie lebend wiederzusehen. Wie lange hatten wir darauf gewartet? Ich aber saß nur apathisch da, stumm und mit meiner geliebten Siang in den Armen. Meine Welt war zusammengestürzt. Ich fühlte nichts mehr.

Kapitel 10
Per-se-Val – Durch das tiefe Tal

Ob von Troys meister Cristjan
Diesem maere hat unreht getan,
daz mac wol zürnen Kyot,
der uns diu rehten maere enbot.
Endehaft giht der Provenzal,
wie Herzeloyden kint den gral
erwarp, als im daz gordent was,
do in verworhte Amfortas.
Von Provenze in tiuschiu lant
Diu rehten maere uns gesant,
und dirre aventiure endes zil.
Niht mer da von nu sprechen will
Ich Wolfram von Eschenbach,
wan als dort der meister sprach.
(aus „Parzival" von Wolfram von Eschenbach)

Ob nun von Troyes der Meister Chrétien
dieser Geschichte Unrecht getan,
das mag wohl zürnen Kyot,
der uns die wahre Mär darbot.
Genauer berichtet uns der Provenzal,
wie Herzeloydens Kind den Gral
erwarb, so, wie es ihm bestimmt gewesen war,
als Ihn verwirkte Amfortas.
Aus der Provence ins Deutsche Land
wurde uns so die wahre Geschichte gesandt.
Und von der Abenteuer letztem Ziel,
nichts Weiteres mehr sagen will
ich, Wolfram von Eschenbach,
als das, was dort der Meister sprach.
(Übertragung aus dem Mittelhochdeutschen)

Fred Hoppe, 1. September 1209

„Sie lebt, Papa!", drang Pui Tiens Stimme wie aus weiter Ferne an mein Ohr und gab mir damit gleichzeitig ein Stück meiner Selbst zurück. „Hörst du, Mama lebt!"

Schemenhaft und wie durch einen silbernen Tränenschleier blickte ich in die von einem seligen Hoffnungsschimmer erhellten Augen meiner Tochter und ließ mich für einen winzigen Moment lang von ihrer plötzlichen Euphorie mitreißen.

„Wie?", stammelte ich verwirrt, während sie zum wiederholten Male Phei Siangs Halsschlagader fühlte und mich dabei aufmunternd anlächelte.

Sofort gesellte sich ein fremder älterer Mann in der dunkelblauen Priesterrobe der Amics de Diu zu uns. Wortlos bückte er sich und half ihr dabei, Phei Siangs erschlafften Körper behutsam aus meinen Händen zu nehmen und sie vorsichtig auf eilig herbeigeschaffte und ausgebreitete Decken zu betten. Ich ließ es geschehen und starrte wie geistesabwesend auf das von Siangs Blut befleckte Bündel mit dem „Allerheiligsten", das die beiden samt des zerbrochenen Pfeilschaftes kurz darauf fast achtlos zur Seite legten. Unwillkürlich fragte ich mich bitter, ob der Haufen vergilbten Papyrus das alles wirklich wert gewesen war.

Als der Priester unterdessen die Wunde abtastete, schlug Phei Siang tatsächlich die Augen auf und sah mich traurig an.

„Ni shì zaì" (du bist da), murmelte sie mit schwacher Stimme, während ihre Hände sich an meinem Waffenrock festklammerten. „Tjin bù lítjù" (bitte, geh nicht fort).

„Wo dsaì mou ni" (Ich bleibe gewiss bei dir), versicherte ich ihr mit erstickter Stimme.

Phei Siang hustete unterdrückt, und ein erneuter Schwall Blut drang aus ihrem Mund. Ihre Augenlider flatterten, und sie verlor wieder das Bewusstsein.

„Sie darf sich nicht anstrengen!", mahnte der Priester in der blauen Robe. „Wir müssen die Wunde so gut wie möglich verschließen, aber ich wage nicht, die Pfeilspitze herauszuziehen, sie steckt zu nahe am Herzen."

Erst allmählich begriff ich, dass der Mann Sächsisch gesprochen hatte.

„Ihr müsst der Priester sein, den die Anhänger Eurer Gemeinschaft in meiner Heimat Kyot nannten", schloss ich daraus.

„Ich hätte nie gedacht, dass ich nach allem, was geschehen ist, noch einmal einem Ritter die Hand geben würde, der das Zeichen der Kreuzfahrer trägt", erwiderte dieser, während er mir seinen Arm entgegenstreckte. „Aber ich weiß jetzt, dass Ihr diesen Rock nur zur Tarnung tragen musstet. Ihr seid der Vater meiner jungen Gefährtin hier und habt uns das ‚Allerheiligste' zurückgebracht. Allein dafür schulden wir alle Euch ewigen Dank."

„Meine Gemahlin und ich haben es gemeinsam getan!", betonte ich noch immer mit einer gewissen Bitterkeit in der Stimme, die ich einfach nicht zu unterdrücken vermochte. „Und ohne die Hilfe des italienischen Banchieris, der sich Giacomo nennt und sich als mein Knappe ausgibt, wären wir sicher nicht weit gekommen."

„Ich bedaure zutiefst, was die Fügung des Schicksals Euch angetan hat, damit sich die Weissagung erfüllen konnte", versicherte Kyot inbrünstig. „Doch weil auch wirklich alles genauso wie in der Überlieferung geschehen soll, muss ich Euch nun noch bitten, den letzten Gang mit dem Bündel zum Montsalvat anzutreten. Tut dies zu Ehren Eurer tapferen gefallenen Gemahlin, und es wird Euch helfen, über ihren Verlust hinwegzukommen. Wenn Ihr wollt, kann ich ihr, solange sie noch lebt, das Consolamentum geben, damit ihre Seele dem ewigen Kreislauf der Wiedergeburten entrinnt und zu Gottes Herrlichkeit heimkehrt."

„Aber sie ist nicht tot!", protestierte Pui Tien vehement. „Ihr habt es doch gerade selbst gesehen, Frère Kyot."

Meine Augen füllten sich erneut mit Tränen, aber ich riss mich zusammen und nahm Pui Tiens Hände. Mit einer verzweifelten Bewegung zog ich meine Tochter an mich und strich ihr sacht über das Haar.

„Er hat recht, Nü er, auch wenn es noch so sehr schmerzt", flüsterte ich sanft, während meine Tränen auf ihre Wangen tropften. „Du hast doch gehört, er kann den Pfeil nicht entfernen, und wir haben so gut wie keine modernen Medikamente mehr. In dieser Zeit wird Mama nur wenige Tage überleben können. Dein Gefährte meint es nur gut mit uns."

Pui Tien schüttelte energisch den Kopf.

„Nein, Papa, das kann und will ich nicht gelten lassen", entgegnete sie fast vorwurfsvoll. „Wo ist deine Stärke, deine Hoffnung und deine Zuversicht geblieben, mit der du mich immer getröstet hast?"

„Ich fürchte, ich vermag dir all das nicht mehr zu geben, Tochter", flüsterte ich traurig. „Meine Augen haben in letzter Zeit so viele grausige Dinge gesehen, dass mein Herz nichts mehr empfinden vermag. Und jetzt soll mir auch noch das Liebste genommen werden…"

Ich stockte, weil mich die Trauer zu übermannen drohte, doch dann fuhr ich schleppend fort:

„Kind, ich wünschte, ich wäre hier von den Kreuzfahrern erschlagen worden, dann bliebe mir wenigstens diese Schlimmste aller Qualen erspart."

„So darfst du nicht sprechen, Papa!", ermahnte mich Pui Tien eindringlich. „Sieh doch, es ist euch beiden gelungen, das ‚Allerheiligste' zu überbringen, so dass sich die Weissagung erfüllen kann. Du hast diese Verbrecher so lange von ihrem schändlichen Tun abgehalten, bis ich endlich meine Kräfte entfalten konnte, um all die armen Menschen vor dem Feuer zu retten, und ihr habt schließlich Didi und mich gefunden."

„Aber zu welchem Preis?", schluchzte ich auf. „Sag mir doch, Tochter, was ist mein Leben ohne Mama noch wert?"

Pui Tien schaute mich mit solch abgrundtief traurigen Augen an, dass ich ihrem Blick kaum noch länger standhalten konnte.

„Papa, hast du mich denn wirklich gar nicht mehr lieb?", flüsterte sie mit bebender Stimme.

Dieser Satz aus ihrem Mund brach mir das Herz, und ich begann hemmungslos zu weinen. Pui Tien stürzte sich in meine Arme und vergrub schluchzend ihr Gesicht an meiner Brust.

„Tien, verzeih mir…, bitte verzeih mir", stammelte ich immer wieder. „Du bist doch das Einzige, was ich noch von ihr habe."

Plötzlich hob meine Tochter den Kopf.

„Hast du nicht gesagt, Mama könnte mit ihrer Wunde in dieser Zeit nicht lange überleben?"

„Ja, denn wir werden auf Dauer eine Infektion nicht verhindern können", entgegnete ich niedergeschlagen. „Vielleicht haben wir noch zwei oder drei Tabletten mit Antibiotika, aber das ist auch alles. Weißt du, unterwegs mussten wir schon bei unserem italienischen Begleiter eine gefährliche Verletzung kurieren…"

„Wie lange wird sie durchhalten?", schnitt mir Pui Tien einfach das Wort ab.

Ich schaute ratlos zu Frère Kyot, der uns bisher schweigend und betroffen zugeschaut hatte.

„Fünf Tage, vielleicht auch eine Woche", vermutete der Priester der Amics de Diu vage. „Es hängt davon ab, wie stark sie ist und wie gut wir ihre Wunde reinigen können. Aber wie ich sehe, ist Eure Gemahlin zudem auch noch schwanger…"

Pui Tien zuckte erschrocken zusammen. Wahrscheinlich hatte sie in der Aufregung Phei Siangs Zustand bisher noch gar nicht bemerkt.

„Bis zur Höhle können wir es so oder so nicht schaffen", stellte ich nüchtern klar.

„Aber in der Zeit, aus der wir gekommen sind, würde man ihr schon helfen können, nicht wahr?", fragte Pui Tien unvermittelt.

„Ja, wenn sie möglichst schnell in ein Krankenhaus käme", bestätigte ich zögernd.

„Dann müssen wir noch heute Nacht aufbrechen!", forderte meine Tochter energisch. „Wenn uns der Graf von Foix zehn Träger und zwanzig Bewaffnete zum Schutz abstellt, können wir in vier Tagen in Minerve sein."

„Was ist in Minerve?", hakte ich irritiert nach.

Trotzdem war ich selbst darüber erstaunt, wie sehr mich auf einmal ihre Worte elektrisierten und aus meiner Lethargie rissen.

„Ach, Papa, das kannst du ja nicht wissen", fuhr Pui Tien enthusiastisch fort. „Didi und ich sind dort vor einem halben Jahr aus einem Tor herausgetreten, zu dem uns die Mächte an den Externsteinen geschleudert haben, nachdem sie uns aus dem Zeitstrom gerissen hatten. Ich denke, wir müssen nur zu diesem Ort zurückkehren, um in die Gegenwart zu gelangen."

„Ja, aber dein Reif…"

„Ich habe ihn mir von Arnold zurückgeholt!", betonte Pui Tien lächelnd. „Jetzt kann uns nichts mehr daran hindern, in die moderne Zeit heimzukehren."

Ich war sprachlos, denn irgendwo tief in meinem Innersten konnte ich tatsächlich spüren, dass es doch noch Hoffnung gab.

Schen Diyi Er Dsi

Gerade noch rechtzeitig, bevor uns die Übermacht des Herzogs von Burgund den Garaus machen konnte, erschien der Graf von Foix mit seiner Streitmacht auf dem Hang unterhalb des Montségur. Während die von Pui Tien entfesselten unsichtbaren Gewalten im letzten Moment den brennenden Scheiterhaufen löschten und dessen Bestandteile über die Wiese schleuderten, fielen die Ritter und Söldner meines Freundes den Kreuzfahrern in den Rücken und mähten sie zu Dutzenden nieder. Binnen weniger Minuten brachen die Reihen des Herzogs unhaltbar auseinander. Seine Männer suchten ihr Heil in der Flucht und versuchten verzweifelt, ins Tal durchzubrechen. Von dem Vorauskommando, das zuvor die gefangenen Katharer dem Feuer überantworten wollte, blieb unterdessen niemand verschont. Die Männer des Chevalier Raymond de Péreille töteten sie alle. Wir hatten gesiegt und das fast Unmögliche geschafft. Doch irgendwann, so ahnte ich bereits jetzt, würden die Kreuzfahrer wiederkommen, um ihr grausames Werk zu vollenden.

Ich stieg ab und schaute mich nach Fred um, konnte ihn aber nirgendwo entdecken. Endlich stieß ich auf sein reiterloses Pferd, das inmitten der glücklich befreiten Frauen und Männer um Esclarmonde stand. Als ich in deren entsetzte Gesichter blickte, wusste ich, dass etwas Schreckliches geschehen sein musste. Von einem Moment auf den anderen kehrte mein ahnungsvolles Unbehagen vor den Geheimnissen dieser Berge zurück.

Ich bahnte mir einen Weg durch die Menschenmenge und blieb schockiert stehen. Im ersten Augenblick dachte ich; Pui Tien läge dort in ihrem Blut, doch meine Freundin hockte scheinbar unverletzt neben ihrem Vater und klammerte sich stumm an ihn. Erst danach registrierte ich, dass ein abgebrochener Pfeil in Phei Siangs linker Brust steckte. Ich wollte zu ihnen eilen, aber Frère Kyot hielt mich zurück.

„Bitte, lass die beiden jetzt in ihrer Trauer allein, mein Sohn", riet er mir mit einer so sanften und väterlich gütigen Stimme, wie ich sie noch nie von ihm vernommen hatte. „Die tapfere Frau dort ist die Mutter deiner Gefährtin, nicht wahr?"

Ich nickte nur, weil die aufsteigenden Tränen meine Stimme erstickten. Wie sollte es nun bloß weitergehen?

Mit einem Mal stand dieser Giacomo neben mir, und auch er starrte schweigend auf das Geschehene. Eigentlich kannte ich den kleinen Italiener, der die beiden in den letzten Monaten auf ihrem langen Weg nach Südfrankreich begleitet hatte, kaum, aber allein seine von schmerzlichem Mitgefühl gezeichnete Miene brachte mich diesem wildfremden Menschen viel näher, als es ein stundenlanges Gespräch mit ihm vermocht hätte. Während alle anderen um uns herum auf ihre Knie sanken und beteten, hätte auch ich gern einem Gott oder meinen Ahnen Pui Tiens Leid geklagt, doch mein eigenes spärliches Wissen über die längst verloren gegangenen Traditionen unseres Volkes war viel zu gering, als dass ich mehr als ein leeres Geplapper zustande gebracht hätte. Und allein dafür schämte ich mich zutiefst, denn so war ich wohl nicht einmal in der Lage, meiner Liebsten in ihrer schweren Stunde nahe zu sein.

Doch plötzlich ging ein überraschtes Raunen durch die Menge, und Frère Kyot eilte zu den Trauernden. Pui Tiens Augen begannen zu leuchten, als sie wie wild gestikulierend auf ihren Vater einredete. Zuerst konnte ich sie nicht verstehen, doch dann endlich drang die Bedeutung dessen, was sie ständig wiederholte, auch zu mir durch:

„Sie lebt, Papa! Hörst du, Mama lebt!"

Pui Tien

Es kam mir so vor wie damals bei unserer ersten Begegnung am Hohenstein, als ich mich endlich selbst überwunden hatte und zu meinen Eltern zurückgekehrt war. Es gab wieder Hoffnung, dass sich noch alles zum Guten wenden könnte, wenn wir nur nichts unversucht ließen.

Ich sprang auf und riss Frère Kyot förmlich mit. Er sollte Esclarmonde und den Geretteten sagen, dass wir schnellstens eine Trage benötigten, auf der wir meine Mama sicher bis nach Minerve befördern konnten, aber der Priester der Amics de Diu blickte mich skeptisch an.

„Du willst es wirklich wagen, sie durch die feindlichen Reihen bis zur Stadt auf dem Felsen zu bringen?", meinte er ungläubig. „Was gibt dir die Gewissheit, dass man ihr in eurer Zeit besser zu helfen vermag? Und was ist, wenn sie stirbt, bevor wir dort ankommen? Dann wirst du deines Lebens nie mehr froh."

Ich schüttelte entschieden den Kopf.

„Nein, Frère Kyot!", antwortete ich bestimmt. „Das geschieht nur, wenn wir gar nichts unternehmen! Aber genau damit könnte und würde ich nicht leben wollen!"

„Meinst du nicht, dass Gottes Wille geschehen sollte?"

„Wenn es wirklich der Wille Eures Gottes war, dass meine Eltern die Boten sein sollten, die Euch das ‚Allerheiligste' zurückbrachten, dann kann es einfach nicht sein Wille gewesen sein, dass meine Mutter hier sterben muss, nur weil wir alle zu schwach sind, an seine Gnade zu glauben!", behauptete ich leidenschaftlich.

„Die Kleine hat recht!", mischte sich Esclarmonde ein. „Ich habe ihre Mutter lieb gewonnen, obwohl ich sie erst kurze Zeit kannte, und mich doch nicht getraut, ihr zu sagen, dass ich sie in meinen Träumen in ihrem Blut liegen sah. Ich glaube, alle Amics de Diu sind ihr und ihrer Familie diesen Dienst schuldig!"

Frère Kyot tat daraufhin etwas, was ich noch nie bei ihm beobachtet hatte: Er verbeugte sich tief und ehrerbietig vor der angesehenen Priesterin.

„Dann soll es so geschehen, wie ihr beide es wünscht", sagte er ergeben und eilte davon.

Fred Hoppe, 2. September 1209

Die nur noch schwach leuchtende Scheibe des Mondes über den hohen Gipfeln der Montagne de Tabe verblasste allmählich im purpurnen Schein des noch jungen Tages, während ich nachdenklich die unmittelbar vor mir aufragenden, steilen und scheinbar unbezwingbaren Zinnen der Felsen betrachtete, auf denen die Burg Montségur wie ein Adler auf seinem Horst thronte. Das also war er, der Berg der Errettung, der Montsalvat. Niemals während der langen und gefährlichen Reise bis zu seinem Fuß hätte ich daran gedacht, dass mir ein solch schwerer Gang zu seinen Mauern bevorstand. Noch in der Nacht waren Pui Tien und dieser Frère Kyot mit zehn Trägern, die sich beim Transport der schwer verletzten Phei Siang ablösen sollten, in Begleitung einer bewaffneten Eskorte von zwanzig Söldnern ins Tal des Lasset abgestiegen, um über den Col de la Babourade nach Puivert und weiter hinunter nach Quillan zum Aude zu gelangen. Dort hofften sie, mithilfe eines Floßes ihre kostbare Fracht im Schutze der Nacht sicher an Limoux und Carcassonne vorbei nach Olonzac bringen zu können, von wo aus sie die letzen Kilometer bis nach Minerve hinauf noch einmal die Trage schultern mussten. Es war ein verzweifeltes Unterfangen und ein äußerst gefährliches obendrein, denn schließlich musste sich die Gruppe vor den überall im Unterland patrouillierenden Kreuzfahrern verbergen. Und dabei bestand nicht einmal annähernd so etwas wie Gewissheit, dass Phei Siang den Transport überhaupt überleben würde. Allein die unebenen steinigen Wege, unvermeidbare Erschütterungen sowie der ständige Wettlauf gegen die Zeit und die allgegenwärtige Gefahr einer Infektion der Wunde in ihrer Brust bargen eine Fülle unwägbarer Risiken.

Trotzdem hatte der Graf von Foix keine Sekunde gezögert, der inständigen Bitte seiner beiden jungen Freunde Didi und Pui Tien zu entsprechen und meiner Tochter die geforderten Männer zur Verfügung zu stellen. Das Einzige, was mir blieb, war die Hoffnung, dass dieses waghalsige Unternehmen gelingen möge; doch in Wahrheit hatte ich ernste Zweifel. Wenn ich wirklich ehrlich zu mir selbst war, dann hielt mich eigentlich nur die Ungewissheit über dessen Ausgang davon ab, mich von den hohen Felsklippen des Montsalvat zu stürzen, um meinem sinnlos gewordenen Dasein ein Ende zu setzen.

Natürlich hatte ich derart düstere Gedanken tunlichst vor meiner Tochter verborgen. Sie wäre sonst ohne Weiteres imstande gewesen, Graf Raymond Roger zu bedrängen, mich sicherheitshalber in Ketten zu legen und mich als verschnürtes Paket nach Minerve zu schicken, sobald meine letzte Aufgabe hier abgeschlossen war.

Was hatte Wolfram noch kurz vor unserer Flucht aus dem Kerker der Wildenburg gesagt?

„Der Recke, der den Montsalvat finden will, muss stark sein und durch das tiefe Tal der Sünde, des Todes und der Verdammnis schreiten, um zum Licht zu gelangen."

Mir kam es nun vor wie eine dunkle Prophezeiung, die sich an mir erfüllt hatte. War ich wirklich wie jener „Per-se-val" in Wolframs noch immer unvollendetem Werk? War es mir tatsächlich bestimmt, durch das tiefe Tal zu schreiten?

Fast wie Hohn hallten noch einmal die Worte des fahrenden Sängers in meinen Ohren wider:

„Ich jedenfalls vermag diese schwere Aufgabe nicht zu erfüllen, deshalb bin ich des Grals auch nicht würdig."

Warum zum Teufel sollte ausgerechnet ich dann des Grals würdig sein? Wenn ich auch nur geahnt hätte, mit welcher Bürde diese zweifelhafte Ehre verbunden war, hätte ich mich nie darauf eingelassen, den Auftrag der Katharerpriester von den Externsteinen anzunehmen. Aber wahrscheinlich wäre es uns dann auch nicht vergönnt gewesen, Pui Tien und Didi jemals wiederzusehen. Wie gern hätte ich in diesem Moment vor Kummer mein Gesicht in den Händen vergraben und wie ein Schlosshund geheult, aber meine Tränen waren längst versiegt.

Stattdessen kamen mir plötzlich und wie aus heiterem Himmel einige Verse aus Wolframs „Parzival" in den Sinn:

„Nim buoze vür missewende
und sorge et um din ende,
daz dir din arbeit hie erhol
daz dort diu sele ruowe dol."

Tu Buße für deine Sünden
und sorge dich um dein Ende,
damit deine Mühe belohnt werde,
und deine Seele Ruhe finden möge.

Ohne weiter darüber nachzudenken, warum mir gerade diese wenigen Weisen eingefallen waren, sank ich unvermittelt auf meine Knie und betete zu Gott um Siangs Leben und unsere gemeinsame Zukunft, wo auch immer diese letztlich sein mochte. Nur beiläufig registrierte ich dabei, dass ich genau das nun schon zum zweiten Mal innerhalb weniger Tage tat.

Schen Diyi Er Dsi

„Sobald das erste Licht des Tages die Nacht verdrängt, sollst du mit dem Vater deiner Gefährtin das Bündel auf den

Montsalvat bringen", übersetzte mir Frère Kyot die Entscheidung der angesehenen Priesterin Esclarmonde.

„Aber warum ich?", protestierte ich leise und warf einen verzweifelten Blick auf Pui Tien, die sich bereits von Esclarmonde und deren Bruder, dem Grafen von Foix, verabschiedet hatte. „Ich kann dich doch nicht allein der großen Gefahr aussetzen lassen, die dir von den Kreuzfahrern droht."

„Du bist dazu ausersehen, mein Sohn", widersprach Frère Kyot mit nachsichtiger Stimme. „Du musst gehen, damit sich die Weissagung erfüllt, die uns berichtet, dass ein weißhäutiger Ritter und sein Halbbruder aus dem Morgenland das ‚Allerheiligste' auf dem letzten Stück zum Berg der Errettung begleiten."

Pui Tien nahm meine Hand und sah mich liebevoll an.

„Tu, was er sagt, Didi", bat sie mich inständig. „Es ist auch mein Wunsch, dass du Papa begleitest, denn ich habe Angst um ihn. Wenn ihr euch beeilt, könnt ihr uns sicher bald einholen."

Nachdem ich meine endgültige Zustimmung gegeben hatte, entfernte sich Frère Kyot, um uns die Gelegenheit zu geben, noch einmal für kurze Zeit allein zu sein. Sobald der Priester der Amics de Diu in der nächtlichen Dunkelheit verschwunden war, schlang Pui Tien ihre Arme um mich und küsste mich so inniglich wie selten zuvor. Danach begegneten sich unsere Blicke, und ich glaubte, in ihren Augen das Lodern der Flammen des Lagerfeuers zu sehen.

„Bitte Didi, pass auf meinen Vater auf und bring ihn heil zu mir zurück", flüsterte sie mir kaum hörbar zu. „Ich bin sicher, dass er sich etwas antun wird, falls meine Mutter sterben sollte."

„Und du?", fragte ich mit zitternder Stimme. „Was wirst du tun, wenn dies geschieht?"

„Dann habe ich nur noch euch beide", antwortete sie leise. „Lasst mich nur nicht allein."

Fred Hoppe

Ich hatte Didi nie als Konkurrenz um die Gunst meiner Tochter betrachtet. Im Gegenteil, zwischen uns war längst so etwas wie eine Freundschaft entstanden, die uns umso enger miteinander verband, weil wir das gleiche lieblichste Geschöpf verehrten, das es für uns auf dieser Welt gab. Seine Haut war braun und meine weiß. Wir gehörten zwei völlig verschiedenen Generationen an, und das, obwohl wir beide, gemessen an unseren Lebensjahren, nicht weit auseinander lagen. Wir waren tatsächlich wie zwei Brüder, die unterschiedlicher nicht sein konnten. Und doch hatten wir leidenschaftlich gegeneinander gekämpft, auch wenn diese Auseinandersetzung glimpflich ausging und eigentlich ein Täuschungsmanöver gewesen war. Unwillkürlich dachte ich wieder an Wolframs Werk:

> *„Feirefiz unt Parzival*
> *Mit kusse understuonden haz:*
> *In zam ouch beiden vriuntschaft baz*
> *dan gein ein ander herzen nit.*
> *Triuwe und liebe schiet ir strit."*

Feirefiz und Parzival
Mit einem (Bruder-)kuss begruben sie ihre Feindschaft:
Mit Vertrauen auch ihre Freundschaft wuchs,
fortan standen ihre Herzen nie mehr gegeneinander.
Treue und Liebe entschieden ihren Streit.

„Parzival" und „Feirefiz", so hatte Wolfram jene beiden Halbbrüder genannt, die nach der Weissagung gemeinsam den heiligen Gral zum Montsalvat bringen sollten. Wie viel davon war Symbol und wie viel Wirklichkeit? Didi und ich entstammten auch zwei völlig unterschiedlichen Kulturen, genauso wie jene Halbbrüder, deren jeweilige Herkunft für die fernöstlichen Lehren und für das Christentum stand. Und doch sollte wohl für beide die gleiche Wahrheit verbindlich sein, eine Wahrheit, die größer und vielleicht auch ursprünglicher war, als die einzelnen Religionen sie für sich allein jemals beanspruchen konnten. Lag hierin etwa der tiefere Sinn des sogenannten „Allerheiligsten" verborgen? Ich wusste es nicht und würde es wohl nie erfahren, aber als wir an jenem Morgen gemeinsam zu unserer Prozession auf den Berg der Errettung aufbrachen, bemächtigte sich uns beider ein tief empfundenes Gefühl von Ehrfurcht und Feierlichkeit.

Wir trugen das Bündel abwechselnd auf unseren Händen vor uns her, während wir, gefolgt von Esclarmonde und ihrem Bruder Raymond Roger, schweigend Schritt für Schritt den steilen Pfad durch die Felsen erklommen. Doch jedes Mal, wenn ich das „Allerheiligste", an dem noch immer Siangs Blut haftete, wieder berührte und übernahm, lief mir ein kalter Schauer über den Rücken. Hatte Wolfram nicht in seinem Werk darüber geschrieben, dass der Gral Wunder bewirken könne und heilende Kräfte besitze? Und war es nicht schon ein solches Wunder, dass meine Siang überhaupt noch lebte? Immerhin hatte sie das Bündel schützend vor ihre Brust gehalten, als der Pfeil sie traf, und sie wäre unzweifelhaft längst tot, wenn der Schuss ihre Lunge durchbohrt hätte.

Wie mächtig mochte es wohl tatsächlich sein, dieses angeblich echte und ursprüngliche Evangelium des Johannes? Hatten Siang und Wolfram damals in der Kapelle der Wildenburg in diesem Zusammenhang nicht sogar vom „fleischgewordenen Wort Gottes" gesprochen?

Diese Überlegungen führten mich in Gedanken fast zwangsläufig zu den Anfängen des Christentums zurück. Wer hatte die Kirche zu dem gemacht, was sie im Laufe der Jahrhunderte geworden war? Die Antwort lag auf der Hand: Es war Paulus gewesen, der die Theologie des Christentums entwickelt hatte. Die erste Gemeinde aber war dagegen von Jakobus dem Älteren geführt worden, einem Mann also, dem man nachsagte, er sei der leibliche Bruder von Jesus gewesen. Doch während dieser, wie später auch die Katharer, die Lehren der Bergpredigt verbreitete, verlegte Paulus den Schwerpunkt des Glaubens auf den gekreuzigten Christus. In seinen Briefen, die schließlich den größten Teil des neuen Testamentes ausmachten, zitierte er recht selten das, was Jesus gesagt hatte; dafür stellte er gegenüber anderen Gemeinden stets deutlich dar, was richtig und falsch sein sollte. Streng genommen war es nicht einmal verkehrt, Paulus als den ersten Häretiker zu bezeichnen, denn offensichtlich war er es gewesen, der das römische Christentum begründet hatte, und nicht Jesus selbst.

Das war schon eine ziemlich bittere Erkenntnis über meine eigene Religion, aber sie ermöglichte es mir immerhin, die Gemeinschaft der Katharer oder der Amics de Diu mit völlig anderen Augen zu sehen. Seltsam nur, dass mir dies ausgerechnet hier während unseres feierlichen Aufstiegs zum Montsalvat aufgegangen war. Trotzdem vermochte ich mir auch jetzt noch immer keine rechte Vorstellung davon zu machen, wie denn die ursprünglichere und reinere Wahrheit aussehen mochte. Vielleicht würde auch ich wie Wolfram ein ewig Suchender bleiben.

Schen Diyi Er Dsi

Chevalier Raymond de Péreille nahm uns im Burghof in Empfang und geleitete uns zu dem verborgenen Raum, in dem das „Allerheiligste" von nun an aufbewahrt werden sollte. Zu meiner großen Überraschung wurden wir dort nicht ausschließlich von Priestern der Amics de Diu erwartet, denn unter den Frauen und Männern in blauen und grünen Roben befanden sich der Kleidung und dem Aussehen nach auch Angehörige des Templerordens sowie Juden und Sarazenen. Wenn man mich selbst als Vertreter des Glaubens meiner Vorfahren akzeptieren sollte, waren hier wohl tatsächlich fast sämtliche großen Religionen der bekannten Welt versammelt, und ein kurzer Blick in Freds erstaunte Miene verriet mir gleich, dass auch er damit nicht gerechnet hatte.

„Die Weisheit des ‚Allerheiligsten' unserer Gemeinschaft ist ein Schlüssel zur Wahrheit für alle Menschen auf dem Erdenkreis, ganz gleich, wie sie ihren Gott nennen mögen", erklärte uns Esclarmonde mit sanfter Stimme, als sie unsere verblüfften Gesichter registrierte. „Denn letztlich ist jede Seele ein Teil seiner jenseitigen Herrlichkeit, zu der wir immer streben werden. Solange wir dieses Bündel bewahren, haben wir die Gewissheit, dass wir alle gleichen Ursprungs sind."

Mit diesen Worten nahm die Priesterin die blutbefleckte Schriftensammlung entgegen und legte sie behutsam in eine vorbereitete Nische im Mauerwerk. Danach schritten alle Anwesenden der Reihe nach daran vorbei und jeder legte feierlich einen Stein vor die Öffnung, bis diese ganz geschlossen war. Fred und ich hatten uns derweil in den hinteren Bereich des Raumes zurückgezogen und beobachteten den Fortgang der seltsamen Prozession.

Irgendwann gesellten sich schließlich auch der Graf von Foix und seine Schwester zu uns. Damit war klar, dass nun die Stunde des endgültigen Abschieds gekommen war. Als Raymond Roger mich ein letztes Mal umarmte und fest an sich drückte, war ich tatsächlich den Tränen nah. Obwohl ich meinen väterlichen Freund und Lehrmeister erst seit wenigen Monaten kannte, kam es mir so vor, als würde ich einen älteren Bruder zurücklassen. Wahrscheinlich würden wir uns nie wiedersehen. Dementsprechend verlegen wischte ich mir mit der Hand über die Augen, als er mir bedeutete, ich solle den Waffenrock mit dem Wappen seiner Familie behalten und fortan zu seinem Gedenken tragen. Auch Fred war sichtlich gerührt.

Fred Hoppe

Bevor wir uns die Hände reichten, spiegelte sich in Esclarmondes Augen zunächst nur so etwas wie Bedauern und Mitgefühl, doch sobald wir einander berührten, hatte ich das untrügliche Gefühl, dass sie irgendetwas zutiefst erschreckt hatte. Da ich zu diesem Zeitpunkt aber noch nichts von ihren seherischen Gaben wissen konnte, führte ich ihre eigenartige Reaktion intuitiv auf meinen blutbesudelten Kreuzfahrerrock zurück.

„Ich werde das Zeichen der Unterdrücker Eures Volkes sofort ablegen und verbrennen, sobald wir zu unseren Packpferden am Fuß des Berges zurückgekehrt sind", beeilte ich mich, ihr zu versichern. „Aber wenn Euch das Blut ängstigen sollte, so müsst Ihr wissen, dass es von niemand anderem als meiner Gemahlin vergossen wurde."

„Es tut mir so leid, was ihr widerfahren ist", entgegnete Esclarmonde mit sanfter Stimme. „Dabei haben wir Euch beiden so unendlich viel zu verdanken. Natürlich sehe ich auch, dass Euer Herz voll Kummer und Sorgen ist, daher möchte ich Euch gern eine schwere Last nehmen."

Ich hob irritiert den Kopf und schaute sie erstaunt an.

„Wie denkt Ihr, sollte Euch das gelingen?"

„Indem ich Euch sage, dass Eure Gemahlin leben wird!", antwortete Esclarmonde bestimmt. „Ihr dürft mir dies glauben, denn manchmal ist es mir vergönnt, Dinge zu sehen…"

Ich wich überrascht einen Schritt zurück und betrachtete die ältere Frau forschend.

„Ich weiß, dass meine Tochter diese Gabe beherrscht…", begann ich und brach ab.

„Oh, Eure Tochter ist weitaus begabter als ich", räumte sie unumwunden ein. „Ich weiß dies, weil Frère Kyot mir berichtet hat, welch unglaubliche Fähigkeiten sie besitzt. Leider war es mir nicht vergönnt, Euer Mädchen näher kennenzulernen. Aber dafür habe ich ihre Mutter ins Herz geschlossen. Und daher kann ich mit Sicherheit sagen, dass sie nicht sterben wird."

„Ich würde Euch so gerne glauben", entgegnete ich gequält.

„Ich verstehe Euren Argwohn nur zu gut", meinte sie mitfühlend. „Doch allzu oft sind die Dinge nicht so, wie sie scheinen…"

„Wollt Ihr mich vor etwas warnen, das meiner Gemahlin und mir geschehen könnte?", horchte ich auf.

„Ich weiß es nicht", sagte Esclarmonde und breitete hilflos ihre Arme aus. „Bitte, grämt Euch nicht, denn eines Tages werdet Ihr wieder mit ihr vereint und wirklich glücklich sein."

„Soll das heißen, ich würde sie jetzt nicht wiedersehen?", fragte ich erschrocken.

„Doch, aber…", hob Esclarmonde an und schaute nachdenklich in meine Richtung.

Auf einmal wurden ihre Augen fast glasig. Sie schien mich gar nicht mehr wahrzunehmen, als sie stockend weiter sprach: „Da…, da sind die Grotten von Minerve… dann ist plötzlich alles so weiß und hell. Ich kann nichts mehr erkennen. Dafür spüre ich noch immer Eure Qual, Eure Verzweiflung, Euer Leid… Schließlich sehe ich Euch beide, Euch und Eure Gemahlin, ganz eng umschlungen vor dem wärmenden Feuer in einer seltsamen, fremden Burg. Eure Kinder schlummern friedlich zu Euren Füßen, und das unaufhörliche Rauschen des Meeres singt ihnen ein Wiegenlied."

Ich schluckte und starrte Esclarmonde mit weit aufgerissenen Augen an. War das ihre Vision? In Sekundenschnelle ging mir durch den Kopf, was ihre Worte bedeuten mochten, und ich kam tatsächlich zu einem verblüffenden Ergebnis, das mich auf Anhieb beruhigte.

Schen Diyi Er Dsi

Es war eine regelrecht unwirklich anmutende Szenerie, die sich da vor meinen Augen abspielte, als Esclarmonde fast wie in Trance für mich völlig unverständliche Details aus Freds und Phei Siangs Zukunft prophezeite. Dass diese außergewöhnliche Frau seherische Fähigkeiten besaß, hatten Pui Tien und ich zwar längst geahnt, aber dennoch konnte ich mich eines unbehaglichen und beängstigenden Gefühls nicht erwehren. Erstaunlicherweise schien sie jedoch Fred damit eher zu helfen, anstatt ihn zu erschrecken. Mir hingegen war die ganze Sache nicht geheuer, und ich ertappte mich dabei, dass ich mir wünschte, dem Montsalvat sobald wie möglich den Rücken zu kehren.

Doch bevor wir beide uns endlich auf den Weg hinab durch die Felsen machen konnten, streifte sich Esclarmonde urplötzlich noch einen breiten goldenen Armreif ab und bot ihn Fred dar.

„Bitte nehmt diesen Reif von mir und gebt ihn Eurer Gemahlin, damit sie sich an mich erinnert, wenn es ihr wieder besser geht", forderte sie den Vater meiner Freundin auf. „Er ist ein Geschenk der Gräfin Adeline de Varennes. Sie hat ihn mir damals überlassen, als ich noch ein kleines Mädchen war, weil ich sie zum Lachen gebracht hatte, obwohl sie glaubte, den Verlust ihrer eigenen Tochter niemals überwinden zu können. Vielleicht hilft er auch Euch dabei, das tiefe Tal in Eurem Herzen zu durchschreiten."

Fred nahm das kostbare Schmuckstück zögernd entgegen und verbeugte sich tief vor der Priesterin der Amics de Diu. Als wir durch den Torbogen schritten, drehte er sich noch einmal zu Esclarmonde um.

„Was ist mit der Tochter der Gräfin de Varennes geschehen?", wollte er wissen. „War sie krank, oder hat man ihr Gewalt angetan?"

„Ach, das ist eine seltsame Geschichte", antwortete die Schwester des Grafen von Foix sinnend. „Die Kleine war von Geburt an gezeichnet. Ihr Geist war schwach, und sie hätte niemals das Erwachsenenalter erreichen können. Trotzdem liebte ihre Mutter das Mädchen abgöttisch und setzte sogar durch, dass man es schon als Kleinkind verlobte. Doch eines Tages verschwand das arme Ding spurlos. Es war klar, dass sie nicht allein auf sich gestellt überleben konnte. Aber kurze Zeit nach dem Besuch der Gräfin de Varennes auf unserer Burg tauchte die junge Frau auf einmal wieder auf, und die Hochzeit konnte tatsächlich stattfinden. Ihr seht, das Weggeben des Reifes hat der Freundin meines Vaters tatsächlich ihr Lebensglück zurückgebracht.

Für mich aber steht seitdem fest, dass nur derjenige die Güte des guten Gottes erlangen kann, der nicht an irdischen Reichtümern festhält."

„Da hat sie wahrlich recht", murmelte Fred in Gedanken versunken, während wir auf unserem Weg nach unten bereits das Tor der Burg aus den Augen verloren hatten.

„Glaubst du ihr?", erkundigte ich mich besorgt, als wir schließlich den ungeduldig wartenden Giacomo und unsere Pferde erreicht hatten. „Ich weiß nicht warum, aber ich fand die ganze Szene ziemlich unheimlich."

Fred nahm den Waffengurt ab und streifte sich den blutbefleckten Kreuzfahrerrock über den Kopf. Giacomo registrierte dies mit unverhohlener Genugtuung.

„Warum sollte sie uns etwas vormachen?", entgegnete Fred erstaunt. „Du wirst dich an so etwas gewöhnen müssen, wenn du mit Pui Tien zusammenlebst, mein Freund."

Ich schaute beschämt zu Boden, aber Fred legte freundschaftlich den Arm um meine Schulter.

„Verzeih, Didi, so habe ich das nicht gemeint", sagte er entschuldigend. „Natürlich bin ich verrückt vor Angst, und ich möchte ihr einfach glauben, verstehst du?"

„Kannst du denn mit dieser wirren Weissagung überhaupt etwas anfangen?"

„Ich denke schon", erwiderte Fred mit der Spur eines Lächelns auf den Lippen. „Zumindest sehe ich einen gewissen Sinn darin. Die Grotten von Minerve zum Beispiel: War die Stelle, an der ihr herausgekommen seid, vielleicht so beschaffen, dass man sie für eine Grotte halten könnte?"

„Ja, das ist richtig", bestätigte ich zögernd. „Da war ein Fluss, der durch den Berg an dem Ort vorbeifloss…"

„Siehst du?", meinte Fred zufrieden. „Und das helle Weiß, das Esclarmonde danach gesehen haben will?"

Ich zuckte ratlos mit der Schulter.

„Na, wenn es wirklich zutrifft, was Pui Tien vermutet, und wir in jener Grotte in unsere Zeit versetzt werden können, dann benötigt Siang umgehend medizinische Hilfe", fuhr Fred optimistisch fort. „Es ist klar, dass Esclarmonde die Umstände nicht vollständig begreift, aber ich denke, sie hat die Umgebung eines Krankenzimmers gesehen."

Ich blieb skeptisch.

„Aber was soll diese Geschichte mit der seltsamen fremden Burg und dem Rauschen des Meeres bedeuten?", hakte ich nach.

„Nun ja, von ihrem Verständnis her wird sie kaum vermuten können, dass ein modernes Haus solche Annehmlichkeiten wie einen Kamin besitzt", entgegnete Fred immer noch lächelnd. „Und was das Meer betrifft: Vielleicht werden Siang und ich irgendwann tatsächlich mal so etwas wie Urlaub machen, und die seltsame Burg ist in Wirklichkeit ein Hotel. Über die kleinen Kinder zu unseren Füßen werde ich dir jetzt natürlich gar nichts erzählen. Wie so etwas zustandekommen kann, müsst ihr beiden, du und Pui Tien, schon selbst herausfinden."

Ich bekam einen hochroten Kopf und schwieg betreten.

„Übrigens ist Phei Siang gerade im dritten Monat schwanger", fügte er lachend an.

Wu Phei Liang, 2. September 2007

Die Ruinen der gewaltigen Burganlage des Montségur auf dem Grat der beinahe lotrecht abstürzenden Felsen vermittelten auch nach fast achthundert Jahren noch den Eindruck einer wirklich unbezwingbaren Festung. Allein während des steilen und nicht immer ganz ungefährlichen Aufstiegs vom heutigen modernen Ort Montségur über die Südwestflanke des 1207 Meter hohen Felsklotzes, den die Einheimischen bis auf den heutigen Tag nach dem okzitanischen Ausdruck für Berg Pueg oder Pog nannten, kamen Achim und ich an drei wehrhaften Schildmauern vorbei. Die eigentliche Burg bestand aus dem Bergfried, der von hohen Wänden umschlossen wurde. Offensichtlich hatte sich der Zugang zum Turm früher im ersten Stockwerk befunden, doch für die heutigen Besucher war eine Öffnung in die Westseite der Mauer eingelassen worden. Der erste Raum, den wir dort betraten, sollte meiner Broschüre zufolge einst eine Zisterne gewesen sein, die ungefähr 50 Kubikmeter Wasser aufnehmen konnte. Die dahinter liegende Halle diente als unterer Saal, von dem aus eine Treppe hinauf in den ersten Stock geführt haben musste. Dort hätten sich die Wohnräume des Burgherren Raymond de Péreille, seines Schwiegersohnes Pierre Roger de Mirepoix und deren Familien befunden. Die Soldaten waren in Schuppen untergebracht, die im Hof gestanden hatten. Die Zivilbevölkerung, die laut meinem Fremdenführer hauptsächlich aus Vollkommenen der Katharer bestanden hatte, lebte zeitweise zu Füßen der Felsenfestung in einem kleinen Dorf.

Für den halsbrecherischen Anstieg bis auf die Wehrmauer wurden wir beide immerhin mit einer atemberaubenden Aussicht über die tief eingeschnittenen Täler der Flüsse Lasset und Touyre hinweg auf die hier wirklich zum Greifen nahen Gipfel der fast 2400 Meter hohen Montagne de Tabe belohnt. Aber trotz der fantastischen Umgebung spürte ich überdeutlich, wie ein verhaltenes Gefühl von Verzweiflung, lähmendem Entsetzen und unsäglicher Trauer von mir Besitz ergriff. Als besonders ausgeprägt erwiesen sich jene Empfindungen stets dann, wenn der mit welkem Gras bestandene Hang unterhalb der Burg in mein Blickfeld geriet. Oberflächlich gesehen waren allerdings nur die Umrisse uralter Fundamente und eine Art Stele am Rande der steilen Wiese zu erkennen. Und doch musste sich dort etwas so abgrundtief Furchtbares und Schreckliches ereignet haben, dass es auch nach fast achthundert Jahren einen noch immer wahrnehmbaren Eindruck zu vermitteln vermochte. Und diesmal schien sogar Achim davon betroffen zu sein. Jedenfalls teilte er mir sofort seine diesbezüglichen Empfindungen mit, als wir bei unserem gemeinsamen Blick in die Tiefe fast zeitgleich erschauerten.

Natürlich schlug ich umgehend das entsprechende Kapitel in meiner Broschüre über die sogenannten Albigenser Kriege auf und vertiefte mich darin.

„Nun sag schon, was ist hier passiert?", erkundigte sich mein Schwiegervater nach einigen Minuten ungeduldig.

„Hier oben nicht viel, aber dort unten", resümierte ich kurz und begann damit, ihm die entsprechenden Passagen zu übersetzen:

„Nach der Besetzung der Languedoc durch das Heer der Kreuzfahrer und während der Verfolgung der Katharer durch die Inquisition zogen sich viele Anhänger und Priester der Amics de Diu in die Wälder und Berge der Corbières und der Pyrenäen zurück. Wie Esclarmonde de Foix schon vor dem Kreuzzug vorausgesehen hatte, wurde die uneinnehmbare Festung Montségur für mehr als zwanzig Jahre zum Zentrum der Bewegung und sogar zum einzig verbliebenen Bischofssitz der ‚guten Christen'. Erst im Jahre 1243 sollte das Ende dieser letzten Bastion des katharischen Glaubens eingeläutet werden. Es begann damit, dass sechzig Mann aus den Reihen der Verteidiger des Montségur unter Führung von Pierre Roger de Mirepoix, des Schwiegersohns des Burgherren, bis nach Avignonet vorstießen. Dort rächten sie mit Unterstützung aus dem Ort die Übergriffe der Inquisition, indem sie die Mitglieder des Gerichtes töteten, das kurz zuvor eingerichtet worden war. Daraufhin beschloss das Konzil von Béziers, dass der Montségur zerstört werden solle. Im Mai desselben Jahres schlugen sechstausend Mann, die von Pierre Amiel, dem königlichen Seneschal von Carcassonne, und dem Erzbischof von Narbonne, Hugues des Arcis, angeführt wurden, unterhalb der Burg ihr Lager auf. Trotzdem gelang es ihnen nicht, den Montségur völlig abzuriegeln, und die Belagerung zog sich noch viele Monate hin. Nach Einbruch des Winters riefen die Anführer der Kreuzfahrer Söldner aus der Gascogne zur Hilfe. Den erfahrenen Gebirgsbewohnern gelang es schließlich, bei Nacht den Gipfel des Steilhanges zu erklimmen, die wachhabenden Soldaten zu überwältigen und sich des Turmes am äußeren Ende des Pogs zu bemächtigen. Auf diese Weise fassten die Franzosen Fuß auf der Bergkuppe und kletterten bis in die Nähe der eigentlichen Burg. Dort installierten sie Kriegsmaschinen und begannen mit dem Beschuss. Der immer stärker werdende Druck, Mangel an Lebensmitteln und das Schwinden der Hoffnung auf die vom Grafen von Toulouse und vom deutschen Kaiser Friedrich II. zugesagte Unterstützung zwangen Anfang März die Burginsassen zum Verhandeln. Nach zwei Wochen Waffenstillstand ergaben sich letztlich die Verteidiger. Zuvor hatte man allen Bewohnern der Festung Straffreiheit zugesichert, sofern sie sich der Befragung durch die Inquisition unterwarfen und einen heiligen Eid auf die katholische Kirche schwören würden."

„Hm, das wird den Katharern wohl ziemlich schwer gefallen sein", merkte Achim an, „zumal die doch jede Form von Eid ablehnten. Außerdem war, wie wir ja schließlich wissen, die Befragung durch die Inquisition keine echte Alternative."

„Ganz recht", bestätigte ich. „Für die Priester der Amics de Diu, also den sogenannten Vollkommenen, gab es da überhaupt keine Wahl. Es waren übrigens mehr als 200, die hier auf dem Montségur lebten. Sie haben die zwei Wochen bis zur Übergabe damit verbracht, sich von ihren Familien und Freunden zu verabschieden und sich auf ihren Tod vorzubereiten. Die angegebenen Quellen berichten, dass die Atmosphäre unter den Eingeschlossenen unbeschreiblich gewesen sei, denn die Trauer der Angehörigen mischte sich mit der verhaltenen Freude, dass ‚ihre Reise durch das Tal der Tränen‘, wie es hieß, nun bald vorüber sei. Am letzten Sonntag vor der Übergabe dann baten noch zusätzlich 21 neue Credentes, also Glaubende, um die Erteilung des Consolamentum. Sie taten dies in vollem Bewusstsein, dass sie ebenfalls dem Feuer überantwortet würden, für das der entsprechende Scheiterhaufen bereits weithin sichtbar auf dem Hang unterhalb der Burg errichtet worden war.“

Ich schluckte mehrmals, weil meine Stimme zu versagen drohte, und selbst der sonst so jovial gesonnene Achim wischte sich verstohlen über die Augen.

„Beim ersten Tageslicht am Mittwoch, dem 16. März 1244, wurde der Montségur geräumt“, fuhr ich nach einem Räuspern fort. „Pierre Roger de Mirepoix und seine Ritter erhielten freien Abzug, während alle anderen den Scheiterhaufen bestiegen. Unter den Vollkommenen und Neubekehrten, die den Tod in den Flammen erleiden mussten, befanden sich auch Corba de Péreille, die Gemahlin des Burgherren, und deren Tochter Esclarmonde. Die Stelle dort unten, an der dies alles geschah, wird bis heute ‚das Feld der Verbrannten‘ genannt.“

Achim schaute nachdenklich zu den mit Schneefeldern überzogenen nahen Gipfeln der Pyrenäen.

„Was ist mit unseren Zeitreisenden?“, fragte er leise. „Gibt es irgendeinen Hinweis, dass Fred und Phei Siang es geschafft haben, jenes ominöse ‚Allerheiligste‘, das sie in ihrer Nachricht von der Isenburg erwähnt hatten, zu diesem Ort hier zu bringen? Immerhin glaubt Euer Vater Kao ja wohl ganz fest daran, dass der Montségur mit dem ‚Montsalvat‘ identisch ist.“

„Nein, außer der seltsamen Geschichte, die er uns schon zu Hause erzählt hat, ist hier nichts dergleichen erwähnt“, schränkte ich bedauernd ein.

„Du meinst diese Sache mit dem angeblichen Schatz der Katharer, von dem niemand weiß, was er war oder ist?“

„Genau, aber ob die beurkundete Begebenheit nun wirklich was mit dem ‚Allerheiligsten‘ zu tun hat, kann niemand sagen“, urteilte ich enttäuscht.

„Lies mir bitte trotzdem vor, was in deinem Heft über den Schatz steht!“, forderte mich Achim auf.

„Also gut“, räumte ich ein. „In der Nacht vor jenem 16. März 1244 wurde ein geheimnisvolles Bündel heimlich an einem Seil an den Mauern der Burg herabgelassen, das von vier ausersehenen Vollkommenen in Empfang genommen und in ein sicheres Versteck gebracht werden sollte. Worum es sich bei diesem Schatz der Katharer handelte, konnte nie herausgefunden werden. Schriftliche zeitgenössische Berichte darüber, die allerdings erst aus dem Jahr 1320 stammen, bestätigen zudem, dass jenes Bündel auf keinen Fall in die Hände der Inquisition gelangen durfte. Die vier Vollkommenen scheinen immerhin so gut bekannt gewesen zu sein, dass sie sogar namentlich aufgeführt werden. Das Bündel hingegen soll in eine verborgene Höhle oder Grotte unterhalb des Gipfels des Pic de Soularac gebracht worden sein und ist seitdem nie wieder aufgetaucht, obwohl Generationen unzähliger Glücksritter danach gesucht haben, darunter auch Historiker und Archäologen. Im Zweiten Weltkrieg zum Beispiel donnerten sogar deutsche Jagdflieger in Scharen über den Montségur und die Montagne de Tabe hinweg, um, wie es heißt, ‚die Energie des verschwundenen Schatzes der sogenannten Reinen' zu orten. Und hinter vorgehaltener Hand spekulieren bis heute auch ernstzunehmende Forscher darüber, dass es sich bei dem Bündel um den heiligen Gral gehandelt haben könnte. Einige Mediävisten führen, wie uns auch Vater Kao erzählt hat, jenen Wolfram von Eschenbach an. Allerdings beziehen sie sich in meiner Broschüre nicht auf dessen Epos ‚Parzival', sondern auf das unvollendet gebliebene Buch ‚Titurel'. Und in diesem Werk soll er die Gralsburg eindeutig in den Pyrenäen angesiedelt haben. Doch damit nicht genug: Er beschreibt sogar, dass der Burgherr ‚Perilla' genannt würde, was exakt der Schreibweise entspräche, mit der Raymond de Péreille lateinisch abgefasste Dokumente zu unterzeichnen pflegte. Zwar sind sich die Forscher nicht unbedingt einig, ob Wolfram wirklich mehr wusste als andere Verfasser, aber es beweist auf jeden Fall, dass der Gral schon mindestens seit der Zeit der Albigenser Kriege mit den Katharern in Verbindung gebracht wurde."

„Demnach wäre es zumindest möglich, dass Fred und Phei Siang mit dem ‚Allerheiligsten' aus ihrer Nachricht in Wirklichkeit den heiligen Gral transportiert haben könnten", schloss Achim kopfschüttelnd aus meinem Bericht. „Mein Gott, wenn das stimmt, ist doch alles umsonst gewesen, denn das Ding ist schließlich auf Nimmerwiedersehen verschwunden."

„Hm, es ist nur nicht wieder aufgetaucht, Vater Achim", relativierte ich seine Darstellung. „Das ist ein großer Unterschied. Wer weiß, was dort hinten bei den Schneegipfeln noch auf seine Entdeckung wartet."

Achim schaute noch einmal kurz in die angegebene Richtung und winkte irritiert ab.

„Nun gut", meinte er abwägend. „Ich habe zwar ein komisches Gefühl, wenn ich diese Berge sehe, aber das ist nichts gegen die Beklemmung, die mich beim Anblick der Wiese dort unten befällt. Vielleicht sollten wir doch mal zu dem ,Feld der Verbrannten' hinuntersteigen, auch wenn die verbürgten Geschehnisse dort erst 25 Jahre nach dem Eintreffen unserer Leute passiert sind."

Ich stimmte ihm zu, obwohl sich auch bei mir das unbehagliche Gefühl sogleich wieder einstellte, als wir uns an den Abstieg begaben. Unten am Fuß des Pog verspürte ich plötzlich das Bedürfnis, einen Strauß Wildblumen zu pflücken, um ihn zum Gedenken an die vor langer Zeit auf solch grausame Weise gestorbenen Menschen an der Stele mit dem großen runden Katharerkreuz niederzulegen. Dabei stellten wir erstaunt fest, dass sich dort bereits etliche andere Blumengebinde befanden. Offenbar hatte man hier auch nach all den Jahrhunderten die zahlreichen Opfer nicht vergessen.

In diesem Moment spürte ich eine andere, von unsäglicher Verzweiflung geprägte Art von Schwermut, die jenes zwar noch immer vorhandene, aber unbestimmte Gefühl der Trauer deutlich überlagerte. Aus irgendeinem Grund, den ich selbst nicht erklären konnte, war ich hundertprozentig davon überzeugt, über den wesenlosen Abgrund der Zeit hinweg den schwachen Widerhall von Pui Tiens lautloser Klage zu vernehmen. Ich blieb wie angewurzelt stehen und lauschte angestrengt mit allen Sinnen auf das allmählich verwehende Echo aus der fernen Epoche, in die das Schicksal meine kleine Nichte verschlagen hatte, während sich in meinem Bewusstsein ein einziges, leise gehauchtes Wort zu manifestieren begann: „Minerve".

„Was hast du gerade gesagt?", fragte Achim verblüfft. „Kannst du das noch mal wiederholen? Ich habe nämlich nur ,Minerve' verstanden."

Ich schüttelte schaudernd den eigentlich widersprüchlichen Eindruck von verzweifelter Hoffnung und namenlosem

Entsetzen ab, die beide in Pui Tiens Stimme mitgeklungen hatten, und drehte mich zu meinem Schwiegervater um.

„Phei Liang, Kind!", stieß Achim besorgt hervor. „Du bist ja leichenblass!"

„Ich weiß nicht", entgegnete ich unsicher. „Aber irgendetwas Unfassbares ist unserer Kleinen hier widerfahren."

„Kannst du mir denn erklären, was du gesehen hast?"

„Eigentlich habe ich gar nichts gesehen", räumte ich enttäuscht ein. „Da war nur dieses Gefühl von Verzweiflung, Trauer und vager Hoffnung…"

„Das hilft uns aber nicht gerade weiter, oder?"

„…und ihre Stimme, die wie aus weiter Ferne dieses eine Wort geflüstert hat…", fuhr ich gedankenverloren fort.

„Minerve", wiederholte Achim sinnend.

„Ja, Minerve", bestätigte ich leise. „Aber ich habe keine Ahnung, was damit gemeint ist."

Mein Schwiegervater legte fürsorglich seinen Arm um meine Schultern.

„Komm, Phei Liang!", meinte er aufmunternd. „Wir müssen noch den halben Berg weiter runter, wenn wir wieder zu unserem Auto wollen. Es ist schon später Nachmittag, und wir haben noch immer kein Quartier."

Wir gingen stiegen den Hang hinab, bis wir auf die Passstraße stießen, über die wir schon von Lavelanet hier heraufgekommen waren. Bereits nach kurzer Zeit trafen wir auf einen zweiten am Wegesrand angebrachten Gedenkstein, den wir beim Autofahren wohl übersehen hatten. Wie zu erwarten gewesen war, wies dessen Inschrift auf die historischen Ereignisse hin, auch wenn uns der Text ein wenig schlicht und zu nüchtern erschien:

« En à lieu le 16 Mars 1244 plus de 200 personnes ont óté brulées. Elles n'avaient pas voulu renier leu foi. »

„An diesem Ort wurden am 16. März 1244 mehr als 200 Menschen verbrannt. Sie entschieden sich dafür, nicht ihrem Glauben abzuschwören."

Achim starrte nachdenklich auf die deutsche Übersetzung Plötzlich schlug er sich mit der flachen Hand vor die Stirn.

„Mensch, Liang, ich hab's!", stieß er aufgeregt hervor.

Ich schaute ihn fragend an.

„Shenme?", entfuhr es mir unwillkürlich. „Entschuldige, ich meine: Was?"

„Minerve, natürlich!", dozierte mein Schwiegervater, als ob seine Erkenntnis das Selbstverständlichste auf der Welt wäre. „Das ist eine Stadt in den Schluchten des sogenannten Minervois. Die liegt auf einem Felsplateau nordöstlich von Carcassonne, und dorthin sind ebenfalls die Katharer geflüchtet und haben sich sicher gefühlt. Aber es hat ihnen nichts genützt. Simon de Montfort hat da genau so ein Massaker angerichtet, wie es später hier am Montségur geschah. Ich denke, das ist unser nächstes Ziel!"

Pui Tien, 3. September 1209

Didi und Papa holten uns noch ein, bevor wir mit unserer kostbaren Last Quillan und den Aude erreichen konnten. Während die uns begleitenden Söldner des Grafen von Foix mithilfe der Einwohner des kleinen Ortes die beiden Flöße zusammenzimmerten, untersuchte Frère Kyot noch einmal Mamas Wunde und legte einen neuen Bastverband an. Die Miene des Priesters der Amics de Diu war ernst.

„Der Pfeil ist zwischen der Schulter und der linken Brust in den Körper eingedrungen, und sie hat viel Blut verloren", erklärte er Papa und mir. „Da wir die Spitze nicht entfernen können, wird sie bestimmt bald Fieber bekommen. Seid Ihr wirklich sicher, dass Ihr in der Lage sein werdet, Eure Gemahlin zu retten?"

„Esclarmonde hat mir gesagt, dass sie leben wird", antwortete Papa mit einem Seitenblick auf mich.

Frère Kyot nickte uns zu und fuhr schweigend mit seiner Arbeit fort. Ich ergriff Papas Hand und zog ihn mit mir fort. Als wir allein waren, schaute ich ihn lange an, bevor ich endlich meine Worte fand. Schließlich nahm ich seine Hände, während ich krampfhaft versuchte, meine Tränen zu unterdrücken.

„Ich habe Mama auch gesehen, als ich sie berührte", bekannte ich leise. „Aber sie war allein und trug noch immer ihr blaues Surcot. Sie saß zusammengekauert vor seltsamen großen Steinen und weinte."

„Ich glaube nicht, dass uns die unbegreiflichen Mächte der Höhle nun für immer in Ruhe lassen werden, Nü er", entgegnete Papa liebevoll und mit ruhiger Stimme, während er mir zärtlich über die Wange fuhr und meine Tränen trocknete. „Irgendwann werden sie uns wieder in die Vergangenheit holen, und warum sollte sie dann nicht ihr blaues Kleid tragen? Es ist ein Geschenk von Sophia, und es erinnert uns beide an die wenigen wundervollen Tage auf der Isenburg, als unsere Liebe zueinander begann."

Ich schloss gequält die Augen und klammerte mich fest an ihn.

„Ach Papa", schluchzte ich auf. „Auf ihrem Surcot waren noch immer die Blutflecken vom Montségur zu sehen. Ich habe solche Angst, dass wir es wieder nicht schaffen werden, in unsere Zeit heimzukehren.".

Schen Diyi Er Dsi

Zum Glück führte der Aude gegen Ende des Sommers nicht allzu viel Wasser, so dass wir die meiste Zeit träge und gemächlich dahintrieben, anstatt wie sicher zu anderen Jahreszeiten von den rauschenden Fluten mitgerissen zu werden. Trotzdem näherten wir uns schon gegen Abend dem Ort Limoux, wo wir unsere Flöße am Ufer vertäuten, um auf den Einbruch der Dunkelheit zu warten. Als Fred mit Frère Kyot und einigen Söldnern des Grafen zu einem vorsorglichen Erkundungsritt weiter flussabwärts aufbrachen, nutzte ich die Gelegenheit, mich unauffällig zu Pui Tien zu gesellen, die neben der Trage bei ihrer Mutter saß und dieser mit einem Tuch den Schweiß von der Stirn abtupfte.

„Ich weiß nicht, wie ich es dir sagen soll, Tien", flüsterte ich meiner Freundin zu, „aber dein Vater ist nicht mehr er selbst. Zuerst war er am Boden zerstört, und jetzt sieht er auf einmal das Leben deiner Mutter als gesichert an und schmiedet sogar schon künftige Urlaubspläne."

„Esclarmonde hat ihm doch gesagt, dass meine Mama ihre schwere Verletzung überstehen wird", gab Pui Tien leise zurück.

„Das schon, aber sie vermochte nicht zu deuten, was sie gesehen hat", berichtete ich ihr hinter vorgehaltener Hand. „So leid es mir tut, aber ich denke, wir müssen auf alles gefasst sein."

Pui Tiens Arm zitterte leicht, als sie das Tuch wieder auf die schweißnasse Stirn ihrer bewusstlosen Mutter legte.

„Wir sollten es morgen unbedingt bis Olonzac schaffen!", betonte sie plötzlich verbissen. „Das Fieber steigt, und wir haben keine Medikamente mehr."

Fred Hoppe, 4. September 1209

Die Sonne brannte mit einer geradezu mörderischen Glut auf uns herab, während wir uns langsam und Schritt für Schritt auf den Rand des aus der Ebene ragenden Kalksteinplateaus zubewegten. Ich zügelte mein Pferd und fluchte unterdrückt vor mich hin, weil die Träger zu Fuß einfach nicht schneller vorankamen. Natürlich mussten sie jede übermäßige Erschütterung vermeiden, aber je länger Phei Siang der sengenden Hitze ausgesetzt war, desto mehr würde ihr das Fieber zusetzen.

Bisher hatten wir großes Glück gehabt, denn während der Nacht war es uns tatsächlich gelungen, die von den Kreuzfahrern besetzte Stadt Carcassonne unbemerkt zu umrunden, aber seit wir nach Anbruch des Tages bei Olonzac an Land gegangen waren, hatte sich Siangs Zustand merklich verschlechtert. Um ihrem Körper wenigstens ausreichend Wasser zukommen zu lassen, mussten wir alle halbe Stunde unseren Marsch unterbrechen, um ihr ein wenig Flüssigkeit einzuflößen. Ihre heiße Stirn hatten wir so gut es eben ging, mit nassen Tüchern bedeckt, die immer öfter ausgetauscht werden mussten. Auch diese Prozedur brachte stets eine zusätzliche Verzögerung mit sich. Einzig Frère Kyot stapfte auf seinen hölzernen Stecken gestützt stoisch weiter voran, ohne sich auch nur ein einziges Mal nach uns umzusehen. Allmählich begann ich den Mann, der meine Tochter und ihren Freund schon seit fast fünf Monaten auf Schritt und Tritt durch dieses fremde Land begleitet hatte, für seinen außergewöhnlichen Mut zu bewundern. Eigentlich hätte er darauf bestehen können, auf dem relativ sicheren Montségur bleiben zu wollen, nachdem jenes so ungemein wichtige Bündel mit dem „Allerheiligsten" seiner Gemeinschaft dort eingetroffen war, zumal er die Herbeiführung dieses einen Ereignisses wohl als seine Lebensaufgabe angesehen hatte. Stattdessen war Frère Kyot klaglos mit uns aufgebrochen, um ausgerechnet zu dem Ort zurückzukehren, dessen Zukunft Pui Tiens Träumen zufolge äußerst fragwürdig geworden war. Wie ich es auch drehte und wendete, es würde mir wohl nie gelingen, diese so strikt auf das Jenseits bezogene Lebensweise der katharischen Priester zu verstehen, die man ja fast schon als Todessehnsucht bezeichnen konnte.

Zwei, vielleicht drei Stunden noch, dann würden wir endlich in jenes Tal des Flusses Cesse hinabsteigen können, in dessen Grotte nahe der Felsenstadt Minerve Pui Tien und Didi nach unserer Trennung an den Externsteinen aufgetaucht waren. Hoffentlich funktionierte die Sache auch in der umgekehrten Richtung. Wie wir es anschließend bewerkstelligen sollten, ohne Handy und ausreichende Sprachkenntnisse den französischen Rettungsdienst der Gegenwart zu alarmieren, darüber machte ich mir im Augenblick noch die wenigsten Gedanken. Ein flüchtiger Blick auf Siangs eingefallenes, aschfahles Gesicht bereitete mir weitaus mehr Sorgen.

„Bitte, Herr, mach, dass sie durchhält!", flehte ich halblaut zu Gott, ohne mir darüber bewusst zu werden, dass ich dies nun schon zum dritten Mal in Folge getan hatte.

Die nackte Angst um Siangs Leben ließ meine Hände zittern, und als ich mir den Schweiß von der Stirn wischte, stellte ich fest, dass er eiskalt war.

Pui Tien

Wir standen vor dem Eingang der gewaltigen Grotte, aus der die Cesse zu dieser Jahreszeit wie ein schmales plätscherndes Rinnsal heraustrat, und hatten uns bereits von allen unseren Begleitern verabschiedet. Besonders herzlich war dabei die Umarmung von Giacomo und Papa ausgefallen. Der mir noch immer fremde italienische Banchieri schien während der letzten Monate ein enger Freund meiner Eltern geworden zu sein, auch wenn er die Tatsache, dass die beiden aus der fernen Zukunft stammten, einfach nicht akzeptieren wollte. Trotzdem war dem Venediger wohl bewusst, dass er sie nie wiedersehen würde. In seinem Verständnis gingen wahrscheinlich die geheimnisvollen Boten nur zu dem Ort zurück, von dem sie hergekommen waren, um ihre wichtige Aufgabe zu vollbringen. Und Giacomo war sichtlich stolz, dass er maßgeblich dazu beigetragen hatte, damit dies auch gelingen konnte.

Nun aber warteten Papa und Didi bereits ungeduldig darauf, dass ich mich endlich zu ihnen gesellte, doch ich vermochte unseren treuen Gefährten Frère Kyot nicht so einfach gehen zu lassen, ohne ein letztes Mal versucht zu haben, ihn vor dem kommenden Unheil zu warnen.

„Wollt Ihr wirklich in Minerve bleiben, um zu sterben?", fragte ich ihn direkt und ohne Umschweife. „Ihr wisst, was ich gesehen habe: Die Kreuzfahrer werden kommen und alle Eure Schwestern und Brüder verbrennen."

„Ich fürchte den Tod nicht, Tochter, das habe ich dir schon damals gesagt", antwortete Frère Kyot mit so ruhiger Stimme, als unterhielten wir uns über einen friedlichen Spaziergang durch den nahen Olivenhain. „Ich muss hier sein, weil dies meine Bestimmung ist. Meine Mission, die mich so viele Jahre am Leben erhalten hat, ist erfüllt. Nun brauchen die Menschen in Minerve in diesen schweren Zeiten meine Zuwendung und meinen Trost, vor allem, wenn es zum Äußersten kommt, wie du vorausgesehen hast."

„Aber..."

„Es gibt keinen anderen Weg als den, der uns vorbestimmt ist", unterbrach mich Frère Kyot sogleich. „Das solltest du am besten wissen. So wir ihr daran glaubt, unbedingt alles versuchen zu müssen, deine Mutter zu retten, so muss auch ich meinen Weg durch das tiefe Tal der Tränen zu Ende gehen. Leb wohl, Tochter, sie warten schon ungeduldig auf dich. Ich wünsche Dir, deinem Geliebten und auch den Boten viel Glück!"

Meine Augen schmerzten, und ich brachte kein Wort mehr heraus. Meine Kehle war wie zugeschnürt. Schweigend umarmte ich den Priester der Amics de Diu und überließ ihn schweren Herzens seinem selbstgewählten Schicksal.

Papa sah mich dankbar an, als ich schließlich zu ihm und Didi zurückkehrte. Ich nickte ihnen aufmunternd zu und setzte mir den Reif der Deirdre auf. Dann nahmen die beiden die Trage hoch, während ich unsere Pferde hinter ihnen herführte. Schon nach den ersten Metern ertönte ein dumpfes Grollen. Dann zuckte ohne Vorwarnung der erwartete grelle Blitz auf, und er löschte schlagartig für eine kurze Ewigkeit unser aller Bewusstsein aus.

Wu Phei Liang, 4. September 2007

Wir schlenderten durch die Rue des Martyrs (Straße der Märtyrer), bis wir vor das verwitterte Portal eines verfallenen

Hauses kamen, dessen Schlussstein das uns schon bekannte Katharerkreuz schmückte. Der Überlieferung nach sollte es Vollkommene beherbergt haben, die nach dem Fall von Carcassonne in Minerve Zuflucht gefunden hatten.

Das also war die geheimnisumwitterte uralte Stadt Minerve, und ich muss zugeben: Ich war gewaltig beeindruckt. Schon als wir den Wagen am Ende der Straße auf der anderen Seite der Schlucht geparkt hatten und zu Fuß die schmale neuzeitlichen Brücke überquerten, konnte ich mich an der wunderbaren Kulisse dieser einzigartigen Felsenstadt nicht mehr sattsehen. Dicht aneinandergedrängt breiteten sich die Häuser auf dem Rücken des Felssporns aus, der von drei Seiten her von tiefen Schluchten umgeben wurde. An der engsten Stelle, die den Kalksteinrücken mit dem Plateau verband, ragte die Ruine eines einzelnen Turms empor. Mehr war allerdings von der einstigen Burg, die diese Siedlung beschützt hatte, nicht geblieben. Dafür aber hatte die Museumsstadt selbst ihren durchweg mittelalterlichen Charakter über all die vielen Jahrhunderte bewahren können.

Achim und ich gingen weiter über das Kopfsteinpflaster der uralten Gassen und entschlossen uns schließlich, am unteren Ende des Dorfes dem schmalen gewundenen Weg hinunter in die Schlucht zu folgen. Plötzlich tat sich kurz vor dem jähen Abgrund der Blick auf die andere Seite des Plateaus auf, wo für uns völlig überraschend die originalgetreue Nachbildung einer mittelalterlichen Schleudermaschine stand. Unwillkürlich blieben wir stehen, und ich schlug unsere lehrreiche Broschüre auf.

„Simon de Montfort erschien mit seinem Heer am 15. Juni 1210 vor der Stadt", übersetzte ich Achim aus der chinesischen Version meiner Ausgabe über die Albigenser Kriege. „Die Kreuzfahrer postierten sich auf dem Plateau jenseits der Schlucht und schnitten den Ort vollständig von jeglicher Versorgung ab. De Montfort, der insgesamt über vier Belagerungsmaschinen verfügte, platzierte seine mächtigste Steinschleuder offenbar genau dort drüben, wo jetzt diese Nachbildung steht. Wie es hier heißt, muss das Ding ein richtiges Monstrum gewesen sein, das sie ‚Malvoisine' nannten, was soviel wie ‚Böser Nachbar' bedeuten soll. Damit zerstörten die Kreuzfahrer innerhalb kürzester Zeit den einzigen Brunnen, der sich unterhalb von unserem Standort befunden haben muss, sowie die steinerne Treppe, über die die Eingeschlossenen dorthin gelangten. Am 27. Juni dann schlich eine Gruppe von Verteidigern bei Nacht und Nebel auf die andere Seite, um die gefährliche Schleuder zu zerstören. Dabei gelang es ihnen, die Wachposten zu erstechen und die Maschine in Brand zu setzen. Doch das Feuer wurde rechtzeitig bemerkt und gelöscht. Fünf Wochen nach Beginn der Belagerung war die Lage so aussichtslos geworden, dass der Schutzherr der Stadt, Guilhem de Minerve, die Übergabe verhandeln musste. Dabei erwies sich Simon de Montfort ausnahmsweise als sehr gnädig: Sowohl der Burgherr als auch die 200 Mann seiner Garnison durften abziehen. Auch die Häretiker sollten verschont werden, sofern sie ihrem Glauben abschwören würden. Daraufhin hatte es einige Unruhe im Lager der Kreuzfahrer gegeben, weil führende Köpfe dort befürchteten, die Katharer würden sich aus Angst vor dem Tod der Kirche unterwerfen. Aber unser spezieller Freund aus Béziers, der päpstliche Legat Arnaud Amaury, konnte die Ärmsten beruhigen, da er sich sicher war, dass die Katharer sich nicht bekehren wollten. Natürlich behielt er recht, und es kam genau so, wie wir es schon aus vielen anderen Beispielen kennen: Am 22. Juli wurde unten in der Schlucht ein riesiger Scheiterhaufen errichtet, auf dem zwischen 150 und 180 weibliche und männliche Vollkommene verbrannten. Überliefert, weil peinlich genau von den mitreisenden Chronisten notiert, ist ein Satz, den einige Parfaits ihren Henkern zugerufen haben sollen, bevor sie von den Flammen eingehüllt wurden: ‚Weder Tod noch Leben kann uns von dem Glauben trennen, zu dem wir berufen sind!'"

„Mein Gott, ich fürchte, wir könnten noch zig Orte in der Languedoc besuchen und würden doch immer die gleiche Geschichte hören!", stellte Achim niedergeschlagen fest. „Kannst du mir sagen, wie unsere Leute da jemals heil herauskommen wollen?"

„Ehrlich gesagt, ich weiß es nicht", entgegnete ich bedrückt. „Wir haben nur diesen Hinweis, dieses eine geflüsterte Wort ‚Minerve' und landen wieder mitten in einer längst vergangenen Tragödie."

„Vielleicht hast du dich auch verhört", meinte Achim nachsichtig. „Auf jeden Fall macht es keinen Sinn, noch länger auf etwas zu warten, von dem wir nicht einmal wissen, ob es je eintreten wird. Komm, wir gehen zum Auto zurück!"

„Du denkst, wir hätten die Spur verloren, nicht wahr?"

Mein Schwiegervater machte ein betretenes Gesicht.

„Wer weiß, ob die vier jemals wieder auftauchen", orakelte er düster. „Wer in dieser verteufelten Epoche zwischen die Fronten gerät und es tatsächlich schafft, nicht umgebracht zu werden, muss im wahrsten Sinne des Wortes ein echter Überlebenskünstler sein."

Ich schaute traurig in den tiefen Grund der Schlucht hinab, wo sich die beiden Bäche, die normalerweise den Felssporn von Minerve umströmten, zu einem einzigen Fluss vereinigten. Allerdings war dieser nun fast völlig versiegt. Dabei fiel mir erst jetzt ein, dass wir zuvor auf der Brücke ja überhaupt kein fließendes Wasser überquert hatten. Demnach überspannte jenes neuzeitliche Konstrukt offenbar ein Trockental. Verwundert folgten meine Augen dem Verlauf des so plötzlich aufgetauchten Bachbetts, und dabei stellte ich fest, dass dieses auf der anderen Schluchtseite unter einem gewaltigen Felstor im Berg verschwand. Darüber befanden sich sowohl die Straße, über die wir gekommen waren, als auch der Parkplatz. Neugierig geworden machte ich Achim auf diese Laune der Natur aufmerksam.

„Wir sind hier im Kalkgebiet, Phei Liang", dozierte er wohlwollend. „Da kommt es oft vor, dass Bäche plötzlich verschwinden und woanders wieder auftauchen."

„Aber schau doch mal, wie riesig das Tor im Fels ist", versuchte ich ihn zu locken. „Ich würde mir das wirklich gern mal aus der Nähe ansehen."

„Ich hab's geahnt!", stöhnte Achim genervt. „Ich dachte, wir hätten die ewige Kletterei gerade abgehakt. Überleg doch mal, Liang: Alles, was wir da runtermarschieren, müssen wir hinterher wieder raufkraxeln, und das in der Hitze!"

„Komm schon!", forderte ich ihn grinsend auf. „Das tut dir bestimmt gut!"

Ohne eine Antwort abzuwarten, lief ich schnurstracks weiter den gewundenen Pfad hinab. Da Achims beständiges Maulen nicht leiser wurde, wusste ich, dass er mir notgedrungen folgte. Am Grund der Schlucht angekommen, verschmähte ich die eiserne Fußgängerbrücke, die einen weiten Umweg über den Bach Brian bedeutet hätte, und hüpfte stattdessen angesichts des niedrigen Wasserstandes der Cesse einfach von Stein zu Stein durch den Fluss.

Mit einem Mal spürte ich ein ahnungsvolles Kribbeln im Bauch und rutschte prompt aus, so dass ich der Länge nach in einer verbliebenen großen Pfütze landete.

„Siehst du, das hast du davon!", höhnte Achim weit hinter mir lachend.

Ich störte mich nicht daran, sprang auf und lief triefend weiter auf das Felsentor zu, denn ich war jetzt regelrecht elektrisiert. Irgendetwas, das mit unseren Zeitreisenden zu tun haben musste, lauerte dort im Inneren des Berges, davon war ich nun überzeugt.

„He, Liang! Warte auf mich! Geh da nicht allein rein!", hallte Achims Stimme von den nahen Kalksteinwänden wider.

Aber für mich gab es kein Halten mehr. Ich stolperte über Kieselsteine und alte Wurzeln, während ich geradewegs in das dunkle Loch trat. Schon nach wenigen Schritten, glaubte ich, wieder die in gewisser Weise scheppernden und krächzenden Töne des Rebeques zu vernehmen. Ich war nicht einmal mehr überrascht, als die mittlerweile so vertraute Melodie des uralten Kreuzfahrerliedes erklang. Doch diesmal war ich darauf vorbereitet, denn ich hatte mir die entsprechende CD nun schon dutzende Male in unserem Autoradio angehört, seitdem wir sie in einem Musikladen in Foix erstanden hatten. Ohne lange überlegen zu müssen, vermochte ich fast automatisch, den okzitanischen Text dem Abschnitt über Minerve zuzuordnen, und hatte auch gleich in Gedanken die deutsche Übersetzung parat: « Lo castel de Menerba non es assis en planha,
ans si m'ajude fes, esenauta montauha:
Non a pus fort castel entro als portz d'Espanha,
Fors Cabaretz e terme, qu'es el cab de Serdanha »

„Die Burg von Minerve erhebt sich nicht aus einer Ebene, sondern sie steht, Gott ist mein Zeuge, auf einem hohen Felsvorsprung.
Es gibt keine stärkere Festung auf dieser Seite der spanischen Pässe,
mit Ausnahme von Carbaret und Termes am Kopf der Cerdagne."

Als das Lied immer leiser wurde und schließlich verebbte, bemerkte ich, wie sich die Umrisse von mehreren Gestalten aus dem Dunkel der Grotte schälten. Doch diesmal narrte mich keine Spiegelung aus ferner Vergangenheit. Die kleine Gruppe von Menschen und Pferden, die da auf mich zukam, war real.

Fred Hoppe

Der Schock traf mich völlig unvorbereitet, und fast hätte ich vor Schreck die beiden Fichtenstangen der Trage fallengelassen. Im ersten Augenblick dachte ich, Siang wäre gestorben und ihr Geist käme auf mich zu, um sich für immer von mir zu verabschieden. Doch dann erkannte ich plötzlich, dass ihre Gestalt moderne Kleider trug und vor Nässe triefte. Ich blieb abrupt stehen und schaute mich kurz um. Auch Didi und Pui Tien starrten mit vor Entsetzen weit aufgerissenen Augen auf die so völlig irreal anmutende Erscheinung. Erst das ungeduldige Schnauben eines unserer Pferde brachte mich wieder in die Wirklichkeit zurück. Wie auf ein geheimes Kommando setzten Didi und ich die Trage ab, während meine Tochter bereits die Zügel der Pferde fahren ließ und mit einem schrillen Schrei auf die schlanke schwarzhaarige Asiatin zustürzte, die da im kurzen Top und in Shorts vor uns stand. Erst in diesem Moment begriff ich endlich, dass es tatsächlich Phei Liang war.

Pui Tien

Die Szenen, die sich in den ersten Minuten nach dem plötzlichen und völlig unverhofften Wiedersehen mit Tante Phei Liang und Onkel Achim abspielten, waren einfach unbeschreiblich. In die übergroße Freude darüber mischte sich umgehend die bedrückende Angst und Sorge um Mamas Zustand. Dabei hätten wir es nicht besser antreffen können, denn wer weiß, wie und ob es uns sonst überhaupt gelungen wäre, den französischen Rettungsdienst zu alarmieren. Aber mit Onkel Achims Handy und Phei Liangs englischen Sprachkenntnissen konnte dies innerhalb weniger Minuten geschehen. Zum Glück hatten sich die beiden vor Antritt ihrer Reise die entsprechende Notrufnummer 112 besorgt. Schon allein mit dieser in unserem Fall lebenswichtigen Information hätten weder Papa noch Didi oder ich dienen können.

Allerdings blieb für alle weiteren Erklärungen zunächst keine Zeit, denn wir mussten uns natürlich absprechen, was wir den Rettungskräften und der sicherlich bald eintreffenden Gendarmerie über die Ursache von Mamas gefährlicher

Verletzung erzählen sollten. Allerdings war die Ausgangslage ziemlich fatal, denn schließlich befand sich keiner von uns im Besitz irgendwelcher Ausweispapiere. Da die Zeit drängte, entschloss sich Papa kurzerhand, die Verantwortung für den „tragischen Unfall" allein zu übernehmen. Meinen besorgten Protest dagegen schnitt er sogleich mit einem entschiedenen Kopfschütteln ab.

„Du und Didi, ihr lauft sofort los und versteckt euch in dem Schluchttal auf der anderen Seite der Stadt!", befahl er unmissverständlich. „Achim und Phei Liang lesen euch später dort oben bei der Kirche auf. Die beiden müssen frei und beweglich bleiben, damit sie mir helfen können, falls man mich in Gewahrsam nimmt."

„Ja, aber…", begann Papas alter Freund.

„Nein, Achim, es gibt keine andere Lösung!", unterbrach ihn Papa sofort. „Überlegt doch mal, wir benötigen vielleicht Geld, einen Anwalt, moderne Kleider, Kontakt nach Hause und vieles mehr, woran wir jetzt gar nicht gedacht haben. All das können wir wahrscheinlich vergessen, wenn du und Phei Liang da mit hineingezogen werdet. Ihr habt uns nur begleitet und euch die Stadt angesehen, während Phei Siang und ich unserem Mittelalterhobby nachgegangen sind. Dabei ist der bedauerliche Unfall geschehen. Dass wir beide unsere Papiere zu Hause vergessen haben, habt ihr einfach nicht gewusst."

„Was soll mit unseren Pferden und der Ausrüstung geschehen?", fragte ich.

„Ich würde sie nur ungern zurücklassen", antwortete Papa mit einem Hilfe suchenden Blick auf Onkel Achim. „Sie haben uns die ganze Zeit über treu gedient…"

„Ich hole die Pferde selbstverständlich später mit einem Transporter ab", entschied Papas Freund, ohne auch nur einen Augenblick zu zögern. „Pui Tien und Didi, ihr nehmt sie jetzt mit. Daher treffen wir uns nachher auch nicht in der Stadt, sondern dort hinten bei den Trümmern des alten Brunnens. Danach suchen wir uns in aller Ruhe einen Bauern, der sie solange nimmt, bis ich mit dem Lastwagen zurückkehren kann."

Damit war vorerst alles geklärt. Doch bevor Didi und ich mit den Tieren loszogen, halfen wir Papa noch, das schwere Kettenhemd und den dicken Gambeson abzulegen und mit den viel leichteren Leinengewändern zu tauschen. Auch den Topfhelm, seinen Schild und das Wehrgehänge mit dem Schwert des Zwerges sowie den Dolch nahmen wir an uns. Sie wären sonst bestimmt von der Gendarmerie konfisziert worden, zumal es sich um echte und rasierklingenscharfe Waffen handelte.

Fred Hoppe

Mit bangen Gefühlen schaute ich noch dem startenden Rettungshubschrauber nach, der Phei Siang umgehend in die Spezialklinik nach Béziers bringen sollte, bevor ich den drängenden Aufforderungen der Polizisten nachgab, ihnen zum Streifenwagen zu folgen. Gleich nach der ersten kurzen Untersuchung von Siangs Wunde hatte der Notarzt angesichts ihres lebensbedrohlichen Zustandes sofort einen Rettungshubschrauber angefordert, damit sie schnell und schonend in ein geeignetes Krankenhaus kam, wo ihr die bestmögliche medizinische Hilfe zuteil werden konnte, und allein diese Tatsache beruhigte mich ungemein.

Meine erste Vernehmung zum Hergang des Unfalls war dagegen mehr schlecht als recht verlaufen, und das hatte keineswegs nur an der schwierigen Verständigung gelegen, sondern vielmehr daran, dass weder ich noch das Verletzungsopfer über irgendwelche Ausweispapiere verfügten. Zumindest schien man mir vorläufig die Unfallthese abgekauft zu haben, da keinerlei Anstalten getroffen wurden, den angeblichen Tatort eingehender zu untersuchen. Bis jetzt waren wir eben nur einfältige und in gewisser Weise verrückte Touristen, die aufgrund irgendeines Spleens unbedingt in mittelalterlicher Gewandung in dieser historischen Stätte herumlaufen wollten und sich dabei selbst verletzt hatten. Allerdings war auch Siangs Bogen samt Pfeilen umgehend von den Beamten beschlagnahmt worden, was mich schon ein wenig mit Sorge erfüllte.

Wie erwartet durften Achim und Phei Liang sich aber unbehelligt zu ihrem eigenen Auto begeben, nachdem sie sich ausgewiesen und meine Angaben zu Siangs und meiner Identität bestätigt hatten. Natürlich wurde den beiden nahegelegt, sich für eventuelle Nachfragen verfügungsbereit zu halten und sich bei der Polizeipräfektur in Béziers zu melden, sobald sie dort ein Hotel bezogen hätten. Dafür hatte man mir versichert, mich nach der endgültigen Feststellung meiner Personalien zu der Klinik zu bringen, in die Phei Siang eingeliefert worden war. Trotzdem wurde mir höflich empfohlen, mich mit der Deutschen Botschaft in Paris in Verbindung zu setzen, um in den Besitz von Ersatzpapieren zu gelangen, denn bis zu deren Eintreffen müsse man mich leider in polizeilicher Obhut behalten.

Wu Phei Liang

Während der abendlichen Fahrt von Minerve nach Béziers hatten Achim und ich zum ersten Mal ausgiebig Gelegenheit, uns mit meiner kleinen Nichte und deren Freund über unsere Erlebnisse auszutauschen. Dabei stellten wir sehr bald fest, dass jene für mich noch immer unfassbare geistige Verbindung zwischen Pui Tien und mir tatsächlich über den Abgrund der Zeit hinweg bestanden hatte und uns im Abstand von fast acht Jahrhunderten zu den gleichen Orten geführt haben musste. Eine auch nur annähernd plausible Erklärung für dieses außergewöhnliche Phänomen schien es jedoch nicht zu geben. Begreiflicherweise fiel es uns allen danach ziemlich schwer, zur Tagesordnung überzugehen und die anstehenden Probleme zu erörtern. Besonders Pui Tien gab sich für den Rest der Strecke sehr schweigsam und in sich gekehrt. Ich selbst versuchte mich damit abzulenken, dass ich die beiden heimlich im Rückspiegel betrachtete.

Meine kleine Nichte und dieser Didi waren zweifellos ein jung verliebtes Paar, das hatten mir schon ihre unbewusst zärtlichen Gesten und vor allem die verstohlenen Blicke bewiesen, die sie sich immer dann zuwarfen, wenn sie sich unbeobachtet glaubten. An sich wunderte mich das überhaupt nicht, wenn man in Betracht zog, wie sehr sich jener früher so plump und einfältig wirkende Junge zu seinem Vorteil verändert hatte. Von seiner ehemals pausbäckigen pummeligen Gestalt war nun absolut nichts mehr vorhanden, und ich bezweifelte gar, dass selbst seine eigene Mutter ihn auf Anhieb wiedererkennen würde. Trotzdem ließen Pui Tien und dieser neuerdings ausnahmslos hübsche junge Bengel jene eigenartig typische Vertrautheit vermissen, die zwei Menschen normalerweise an den Tag zu legen pflegen, wenn sie bereits seit längerer Zeit in inniger Verbundenheit zusammenleben. Irgendwie machte mich das traurig, denn ich hätte meiner armen kleinen Patentochter schon ein wenig mehr inneren Halt durch das Erfahren auch körperlicher Intimität gegönnt.

Vielleicht ergab sich aber bald eine günstige Gelegenheit, mit Pui Tien allein über das heikle Thema zu sprechen. Da ich über Achims Handy den Portier unseres alten Hotels in Béziers erreicht und die Bestätigung erhalten hatte, dass wir dort problemlos für ein paar weitere Tage unterkommen konnten, stand zumindest dem notwendigen Einkaufsbummel mit ihr am nächsten Morgen nichts mehr im Wege.

Ansonsten bereitete mir im Augenblick nur eine Sache Kopfzerbrechen: Wie sollten wir unseren Lieben zu Hause am Telefon erklären, was mit Phei Siang geschehen war?

Pui Tien, 5. September 2007

Unsere erste gemeinsame Nacht in der Gegenwart war natürlich angesichts der gegebenen Umstände alles andere als romantisch verlaufen. Zum Glück hatte uns bis auf den verständnisvollen Portier niemand gesehen, so dass Didi und ich in unseren verdreckten und verstaubten mittelalterlichen Kleidern von neugierigen Blicken verschont blieben. Wie Tante Phei Liang und Achim es letztlich geschafft haben mochten, uns beiden ohne entsprechende Ausweise ein zusätzliches Zimmer zu besorgen, war mir zwar immer noch rätselhaft, aber ich verschwendete auch keinen weiteren Gedanken daran. Dafür waren die Annehmlichkeiten einer modernen Dusche viel zu verlockend gewesen.

Eigentlich hätten wir uns nun nach all den immensen Gefahren, der ständigen Angst und dem schrecklichen Geschehen, das wir in den letzten Monaten so hautnah miterleben mussten, überglücklich in die Arme sinken können. Doch die bedrückende Sorge um meine Mama ließ meine anfangs noch recht euphorische Stimmung schnell auf den Nullpunkt sinken, so dass wir bis weit nach Mitternacht in schier endlosen Diskussionen immer wieder aufs Neue versuchten, uns gegenseitig Mut zu machen. Als ich dann endlich vollkommen erschöpft ganz eng an Didis warmem Körper gekuschelt einschlief, plagte mich wieder jener unwirkliche Traum von den seltsamen, abweisend anmutenden Steinen, die von einem kalten, feuchten Nebel umflossen wurden und in deren Mitte Mama bitterlich weinend in ihrem blutbefleckten blauen Kleid kauerte.

Geweckt wurde ich dann plötzlich von einem lauten Klopfen an unserer Zimmertür. Im nächsten Augenblick lugte Tante Phei Liangs schwarzer Schopf durch die zunächst nur einen Spalt breit geöffnete Lücke, worauf Didi hastig und mit hochrotem Kopf nach seinem Surcot griff, um damit seinen nackten Oberkörper zu bedecken. Trotz des verstörenden Traumes musste ich unwillkürlich grinsen.

„Keine Angst, meine Augen sind geschlossen!", beeilte sich Tante Phei Liang noch zu versichern, bevor ich aus dem Bett sprang und sie sogleich ins Zimmer zog.

„Duì butji…, duì butji, Wu nü shì!" (Entschuldigung, Frau Wu), stammelte Didi irritiert.

„Wo jiao Phei Liang" (ich heiße Phei Liang), entgegnete sie mit einem entwaffnenden Lächeln. „Ich störe euch nur ungern, aber ich habe gute Neuigkeiten."

Didi und ich sahen sie erwartungsvoll an.

„Sie haben deiner Mama die Pfeilspitze herausoperiert, und ihr geht es schon viel besser", sagte Tante Phei Liang zu mir gewandt. „Sie ist zwar noch schwach, aber wir können sie bald besuchen. Im Augenblick ist dein Papa bei ihr. Da man in Ennepetal seine Identität bestätigt hat, darf er nun zu uns ins Hotel ziehen, aber er soll sich weiter zur Verfügung halten. Die Polizei hat wohl noch Fragen."

„Habt ihr mit unseren Leuten zu Hause gesprochen?", erkundigte ich mich.

„Ja, diese etwas unangenehme Aufgabe habe ich allerdings meinem Schwiegervater Achim überlassen", antwortete Tante Phei Liang verschämt, bevor sie Didi direkt ansprach. „Aber ich weiß bereits, dass deine Eltern sehr froh und glücklich sind. Natürlich wollten sie sofort hierher fahren, um dich abzuholen, aber Achim hat sie gebeten, dir noch ein paar Tage Erholung zu gönnen. Ich hoffe, das ist in deinem Sinne?"

Auf Didis Lippen stahl sich ein flüchtiges Lächeln.

„Ganz und gar, Wu Nü shi, äh…, Phei Liang natürlich", erwiderte Didi verlegen. „Ich denke, sie werden noch früh genug lernen müssen, dass ich mich, äh…, nun ja, ein wenig verändert habe."

„Hm", meinte Tante Phei Liang gedehnt, wobei sie sich wirklich Mühe gab, nachdenklich zu wirken. „Was werden sie wohl sagen, wenn sie das von euch beiden erfahren?"

Didi errötete abermals zusehends und senkte dabei bezeichnend den Blick.

„Sie werden schon akzeptieren müssen, dass es ihrem Sohn tatsächlich gelungen ist, das Herz des einen Mädchens zu gewinnen, das er schon immer geliebt hat!", betonte ich selbstbewusst an seiner Stelle. „Ich gebe ihn jedenfalls nicht mehr her!"

„Na ja", meinte Tante Phei Liang belustigt, „heute morgen wirst du ihn wohl doch für eine kurze Zeit sich selbst überlassen müssen, wenn wir beide gleich ein paar Sachen für euch besorgen gehen."

Als wir wieder allein waren, schaute mich Didi mit geradezu leuchtenden Augen an.

„Hast du das eben ernst gemeint?", hakte er nach.

„Shénme?" (was), gab ich schnippisch zurück.

„Na, du weißt schon, dass du mich nicht mehr hergeben willst!"

Statt einer Antwort ließ ich mich einfach auf ihn fallen und bedeckte sein Gesicht mit Küssen.

Fred Hoppe

„Dschè chsiaode Nü hái dsi, Fred (dieses kleine Mädchen),… dschè chsiaode Nü hái…", flüsterte Phei Siang fortwährend vor sich hin, während sie meine Hand ergriff und sacht an sich drückte.

„Die Kleine ist gerettet, Siang", schluchzte ich unter Tränen. „Alle sind gerettet worden, auch Esclarmonde und die anderen. Niemand ist verbrannt."

„Aber ich…, ich habe unser Kind verloren, Fred", erwiderte sie mit stockender Stimme. „Ich habe wieder ein Kind verloren…, wieder verloren, verstehst du mich? Dürfen wir niemals eine glückliche Familie sein?"

Sie haben es ihr schon gesagt, schoss es mir durch den Kopf. Verdammt noch mal, kaum jemand hier kann auch nur ein Wort Deutsch, aber sie haben es tatsächlich fertig gebracht, ihr dies zu sagen. Dass ich die schlimme Nachricht, die mir der Arzt gerade eben so schonend wie möglich beigebracht hatte, ausgerechnet noch einmal aus Siangs Mund zu hören bekam, schnürte mir endgültig die Kehle zu. Ich brachte kein Wort mehr heraus, saß nur stumm und bewegungslos da, während meine Tränen auf Siangs blütenweißes Nachthemd tropften.

„Wie sind wir zurückgekommen?", erkundigte sie sich auf einmal erstaunlich ruhig und gelassen.

„Tien hat dafür gesorgt, dass der Graf von Foix uns Söldner zur Verfügung gestellt hat, die dich getragen haben", berichtete ich tonlos. „Sie haben auch ein Floß gebaut, mit dem wir unbemerkt den Aude hinabgleiten konnten, um von Olonzac aus in die Plateauberge von Minerve zu gelangen. Da unsere Tochter und ihr Freund dort damals in einer Grotte herausgekommen sind, dachten wir, dieses Tor könnte uns in die Gegenwart bringen, denn einen Transport bis zur Klutert hättest du nicht überstanden. Es hat tatsächlich geklappt, und als wir aus der Grotte des Flusses Cesse kamen, trafen wir auf Achim und Phei Liang."

„Achim und Phei Liang, wie das?", fragte Siang erstaunt.

„Sie sind in der Zukunft unseren Spuren gefolgt", antwortete ich bereitwillig. „Frag mich nicht, wie die beiden es geschafft haben, rechtzeitig am richtigen Ort aufzutauchen, aber so konnten wir wenigstens mit Achims Handy den Rettungsdienst alarmieren, der dich ins Krankenhaus von Béziers geflogen hat."

„Dann sind wir jetzt in Béziers?"

„Ja, im heutigen modernen Béziers", bestätigte ich trocken. „Auch wenn man nicht glauben konnte, dass die Stadt jemals wieder mit Leben erfüllt sein würde."

„Ihr habt viel auf euch genommen, um mich zu retten, nicht wahr?"

„Ich gebe zu, dass ich am Gelingen des Unternehmens gezweifelt habe", räumte ich verschämt ein. „Aber Esclarmonde hat vorausgesehen, dass du leben wirst, und mir damit die Hoffnung zurückgegeben."

Ich nahm den goldenen Armreif aus der Tasche des viel zu groß geratenen Hosenanzugs, den mir einer der freundlichen Polizisten geliehen hatte. Mit einer etwas steifen Bewegung legte ich ihr das Schmuckstück an.

„Schau, Siang, das hat mir Esclarmonde für dich mitgegeben", fuhr ich danach fort. „Sie hat es selbst als Kind von einer Freundin ihrer Familie bekommen. Wie Esclarmonde mir erzählte, hatte die Gräfin Adelina de Varennes ihr den

Reif geschenkt, weil sie die todunglückliche Frau aufmuntern konnte, obwohl diese ihre eigene Tochter verloren hatte. Vielleicht hat ja die seherisch begabte Priesterin auch geahnt, dass du selbst eines solchen Trostes bedarfst."

„Ach Fred…", begann Phei Siang unter Tränen und brach plötzlich ab, um mit weit geöffneten Augen auf den Reif an ihrem Arm zu starren.

„Was ist, Liebes?", fragte ich erschrocken.

„Sei nicht böse, ich bin noch sehr müde", antwortete Phei Siang ausweichend. „Aber ich gebe nicht auf, das verspreche ich dir! Hörst du, Fred, was auch geschieht, ich verspreche dir, dass ich unser Leben zurückholen werde!"

Wu Phei Liang

Pui Tien betrachtete mich verstohlen durch den dichten Vorhang ihrer pechschwarzen Haare, die sie sich verlegen vor das Gesicht gezogen hatte, und schenkte mir dabei ein schüchternes Jungmädchenlächeln. Genauso hatte sie das schon damals als ganz kleines Kind immer dann gemacht, wenn ich mich mal wieder genötigt sah, sie zur Rede zu stellen. Kein Wunder, dass du dich daran erinnerst, dachte ich bei mir, denn eigentlich waren seitdem für mich ja auch erst zwei Jahre vergangen.

„Natürlich bin ich mir sicher, dass ich ihn liebe", flüsterte sie mir kaum hörbar zu. „Aber es gibt da ein Problem…"

„Aha, ein Problem", nahm ich den Faden auf und schaute sie fragend an. „Was denn für eins? He, du bist jetzt 18 oder nicht? Glaubst du etwa, deine Mama oder dein Papa hätten etwas dagegen, wenn du mit ihm schläfst?"

„Aber Chsiao Yí!" (Tante – jüngere Schwester der Mutter), entfuhr es Pui Tien plötzlich so laut, dass sich die Leute in dem Straßencafé nach uns umdrehten.

Meine Nichte wurde puterrot und legte erschrocken die Hand vor den Mund. Dann sprach sie ganz leise weiter:

„Es sind meine unerklärbaren Kräfte. Ich habe Angst, dass ich sie nicht kontrollieren kann, wenn ich mich meinen Gefühlen hingebe. Doch ich mache langsam Fortschritte."

„Aha, also ist es nur noch ein kleines Problem."

„Leider nicht, denn da gibt es noch eins."

„Wie, noch eins?"

„Ja, er ist zu schüchtern", fügte sie zaghaft an.

„Hm, das ist ein wirkliches Problem!", stellte ich mit Grabesstimme fest, um gleich darauf vor Lachen loszuprusten.

Zu meinem Glück fiel Pui Tien sofort mit ein, und wir kicherten uns beide fast die Seele aus dem Leib. Dafür waren die anderen Besucher des Cafés nun endgültig auf uns aufmerksam geworden. Ich legte demonstrativ ein paar Euroscheine auf den Tisch, und wir standen auf. Bepackt mit unseren Einkaufstüten schlenderten wir auf dem autofreien Mittelstück der breiten Flaniermeile der Allées Paul Riquet entlang.

„Bist du wirklich sicher, dass Didi die Sachen passen", erkundigte ich mich möglichst unbefangen.

„Natürlich!", entgegnete Pui Tien verwundert. „Ich weiß genau, wie sein Körper beschaffen ist."

Ich verschluckte mich umgehend, weil es mir nicht gelingen wollte, das Lachen gänzlich zu unterdrücken.

„Habe ich wieder was Falsches gesagt?"

„Nein, hast du nicht", erwiderte ich immer noch glucksend. „Es klingt nur komisch."

„Aber es stimmt!", behauptete Pui Tien vehement. „Ich liege neben ihm und sehe ihn oft in meinen Träumen."

„Du träumst von Didi?"

„Ja, ich sehe dann, dass wir all das tun, wovor ich jetzt noch Angst habe. Deshalb weiß ich auch, dass wir eines Tages wirklich Liebe machen werden."

Ich blieb abrupt stehen und starrte sie fassungslos an.

„Was habe ich jetzt wieder gesagt? Sollte ich das nicht?"

Ich ging nicht auf ihre absurde Frage ein.

„Ist das etwa eine Gabe, von der du mir noch nie etwas erzählt hast?", wollte ich wissen.

„Ich weiß selbst erst seit kurzem, dass ich sie habe", antwortete Pui Tien wieder sehr leise. „Und manchmal ängstigt sie mich sehr."

„Das musst du mir genauer erklären!", forderte ich. „Könnte sie vielleicht die Ursache dafür sein, dass ich deine Gegenwart zu spüren vermochte?"

„Ich weiß es nicht, Tante Phei Liang. Aber seit einigen Tagen fürchte ich mich jedes Mal, wenn ich von Mama träume. Ich sehe sie dann immer weinend in ihrem blutbefleckten Kleid in einer völlig fremden, kalten Welt."

Fred Hoppe, 10. September 2007

Ich war todtraurig, obwohl es meiner Siang rein körperlich gesehen von Tag zu Tag besser ging. Doch der Verlust unseres gemeinsamen dritten Kindes hatte uns beide so sehr aus der Bahn geworfen, dass ich mir kaum vorstellen konnte, noch tiefer zu sinken. Dabei hatte ich die Sohle des von Wolfram prophezeiten tiefen Tales noch längst nicht erreicht, aber ein vermeintlich gnädiges Schicksal hatte mich bislang davor bewahrt, auch nur ansatzweise zu erahnen, was mir noch bevorstehen sollte.

Obwohl ich doch eigentlich froh sein sollte, dass wir überhaupt alle mit dem Leben davongekommen waren, ließ bereits die Vorstellung, zusehen zu müssen, welch seelische Qualen meine geliebte Siang erleiden musste, auch meine eigene Zuversicht dahinschmelzen wie Schnee in der Sonne. Alles um mich herum, das auch nur im Entferntesten an ein normales Leben erinnerte, war mir zuwider geworden und machte einer geradezu erschreckenden Gleichgültigkeit Platz. Tagsüber pendelte ich fast pausenlos zwischen der Krankenstation und der Polizeipräfektur hin und her, ließ mich von unbeantwortbaren Fragen malträtieren und ernährte mich von dem, was Siang oder die Polizisten nicht selbst verzehrten. In der übrigen Zeit versuchte ich, soweit es ging, den anderen im Hotel aus dem Weg zu gehen, um nicht gezwungen zu sein, über die Pein des Verlustes sprechen zu müssen. Warum nur hatten uns die Kreuzfahrer am Montségur nicht beide umgebracht?

Natürlich war die Klärung von Siangs und meiner Identität noch das geringste Problem gewesen, doch seitdem die französischen Beamten entdeckt hatten, dass wir nach amtlichen Angaben eigentlich 57 und 55 Jahre alt sein mussten, witterten sie förmlich, dass da noch viel mehr Rätsel lauerten, als sie zuvor für möglich gehalten hatten. Wahrscheinlich hielt man uns unter vorgehaltener Hand bereits für Terroristen, die sich die Papiere anderer unter den Nagel gerissen hatten, wenn da nicht die ausdrückliche Bestätigung aus Ennepetal gekommen wäre, dass wir tatsächlich jene dort gemeldeten Personen seien.

Da ich nun fast ständig überwacht wurde, musste Achim dafür sorgen, dass Pui Tien und Didi sich vorerst nicht im Hospital blicken ließen, sonst hätte man bestimmt aus der frappierenden Ähnlichkeit unserer Tochter mit der Verletzten weitere Fragen konstruiert, die den verbliebenen Rest meiner Glaubwürdigkeit unterminieren konnten. Zum Beispiel würde nur ein einziger Identitätscheck offenbaren, dass Pui Tien angeblich nur dreieinhalb Jahre alt sein konnte. Wie zum Teufel hätte ich das erklären sollen?

Von alledem erfuhr unsere Tochter so gut wie nichts, dazu hatte ich Achim unter Androhung der Aufkündigung unserer alten Freundschaft verpflichtet, was allerdings mein Gewissen nur noch mehr belastete. Aber ich war endgültig zu der Überzeugung gelangt, dass Siang und ich nun mal nicht mehr in diese Epoche gehörten. Seitdem wir damals dreißig Jahre zu spät heimgekehrt waren, hatten wir praktisch lediglich mit der Illusion gelebt, weiterhin ein fester Bestandteil dieser Gegenwart sein zu können. In Wirklichkeit waren wir beide längst Geschichte.

Leng Phei Siang

Am Anfang war es nur eine fixe Idee, die mich davor bewahrte, an dem erneuten Verlust unseres ungeborenen Kindes völlig zugrundezugehen. Doch allmählich regte sich zum ersten Mal in meinem Leben der Widerstand gegen jene unbegreiflichen Mächte, zu deren Spielball Fred und ich geworden waren, und ich fasste einen geradezu unerhörten Plan: Ich würde das Rad der Zeit zurückdrehen und mir mein ungeborenes Kind wiederholen!

Schon in dem Augenblick, als Fred mir Esclarmondes Armreif gab, entschloss ich mich dazu, diesmal das Diktat der Zeit nicht hinzunehmen und den Ablauf der Ereignisse zu verändern. Hatte Fred nicht von dem Tor in der Stadt Minerve gesprochen, das anders als die Klutert wohl nicht von jenem Tage abhängig sein konnte, an dem die Schicht zwischen den Zeiten so dünn war, dass Menschen mit einer bestimmten Gabe sie zu durchschreiten vermochten?

Wenn es mir nun gelingen sollte, mit dem Reif als Anker in jene Epoche zurückzukehren, in der das Kind Esclarmonde das Schmuckstück von dieser Gräfin de Varennes erhalten hatte, dann musste es doch möglich sein, die junge übersinnlich begabte Schwester des Grafen von Foix zu treffen und sie zu bitten, eines Tages mein Ebenbild vor dem zu warnen, was geschehen würde, wenn ich versuchen sollte, das kleine Mädchen zu retten. Da ich ja wusste, dass es meiner Tochter und den Soldaten des Grafen von Foix sowieso gelingen würde, die Flüchtlinge und die Leute von Dun vor dem Feuertod zu bewahren, wäre mein Opfer auf jeden Fall umsonst gewesen. Ich musste nur versuchen, Esclarmonde zu überreden, am letzten Tag im August 1209 meinem Ebenbild zu verraten, dass ich selbst ihr diesen Auftrag gegeben hätte.

In meinem kranken Wahn, auf diese Weise doch noch eine Möglichkeit gefunden zu haben, mein eigenes Schicksal zu beeinflussen, dachte ich keinen einzigen Moment daran, dass ich nicht mehr und nicht weniger beabsichtigte, als meine persönliche Vergangenheit zu verändern, was zwangsläufig dazu führen musste, dass alle folgenden Ereignisse danach anders verlaufen wären. Hätte ich mich dagegen in der seelischen und geistigen Verfassung befunden, diesen entscheidenden Fehler in meiner Planung zu erkennen, wäre ich sicher niemals aufgebrochen, diese in die Tat umzusetzen. So aber unternahm ich selbst den letzten Schritt, der mich endgültig ins Unglück stürzen sollte.

Pui Tien, 12. September 2007

„Ich habe dir noch nie etwas befohlen, Nü er", erklang Mamas verzweifelte Stimme am Telefon. „Aber jetzt verbiete ich dir ausdrücklich, Papa auch nur ein Wort von dem zu verraten, was ich dir gesagt habe, hörst du?"

Ich schluckte mehrmals und kämpfte vergebens gegen die Tränen an, die wie ein Sturzbach über meine Wangen zu laufen schienen.

„Papa ist sowieso schon sehr mitgenommen, Nü er", fuhr Mama schluchzend fort. „Du musst mir versprechen, dich um ihn zu kümmern, sonst fürchte ich, dass er sich etwas antut. Nachdem wir nun auch noch unser ungeborenes Kind verloren haben, wird er nicht mehr verkraften können, dass ich gegangen bin, doch ich muss das tun!"

„Was tun, Mama?", rief ich erschrocken in den Hörer. „Sag mir doch bitte, wohin du glaubst, gehen zu müssen, und was du vorhast!"

„Das kann ich nicht, Nü er, denn sonst bringe ich vielleicht nicht mehr die Kraft dazu auf."

Mamas Stimme am anderen Ende der Leitung versagte fast völlig, und eine Weile lang vernahm ich nur noch ein gequältes Weinen. Mit einem Mal fühlte ich mich selbst so hilflos und leer, dass ich kein Wort mehr herausbrachte. Doch dann hob Mama noch ein letztes Mal an:

„Ich verlasse mich auf dich, Nü er! Ich verspreche dir, dass ich unser Lebensglück zurückbringen werde, denn ich habe euch beide so unendlich lieb!"

Es knackte im Hörer, und dann war alles still. Ich stand da wie erstarrt und war zu keiner Bewegung fähig. In meinem Kopf überschlugen sich die Gedanken. Zu dem Schock, den die erschreckende Neuigkeit bei mir verursachte, dass sie ihr Kind verloren hatte, gesellte sich nun auch noch die übermächtige Furcht vor dem, was sie zu tun beabsichtigen mochte.

Nur eine halbe Stunde zuvor war meine Welt noch in Ordnung gewesen. Ich hatte nicht einmal geahnt, was wirklich alles in der Zwischenzeit geschehen war, und schon allein dafür machte ich mir die bittersten Vorwürfe. Während ich in den vergangenen Tagen mit Phei Liang und Didi die Annehmlichkeiten der modernen Welt genossen hatte, mussten Mama und Papa die schlimmen Stunden ihrer seelischen Not allein durchstehen. Ich hatte nichts davon bemerkt. Vielleicht hatte ich es auch nicht bemerken wollen und nur allzu gern Onkel Achims Versicherung geglaubt, dass alles in Ordnung sei und wir Mama bald besuchen könnten. Nun, dass Papa immer wieder aufs Neue von der Polizei befragt wurde und ich ihn deshalb nie sah, war mir zwar irgendwie komisch vorgekommen, aber ich hatte einfach darauf vertraut, dass alles gut ausgehen würde. Wie naiv und wie dumm war ich doch gewesen? Und jetzt sollte ich wieder einmal die gehorsame Tochter sein?

Nein, ich würde mir niemals verzeihen, wenn durch mein Schweigen etwas kaum vorstellbar Schlimmes geschehen sollte, das Papa vielleicht hätte verhindern können. Ich musste zu ihm, musste ihn warnen, dass Mama aus lauter verzweifelter Trauer um ihr verlorenes Kind imstande war, etwas zu tun, was meine Eltern ins Unglück stürzen könnte.

Ohne noch eine Sekunde länger zu warten, lief ich die Treppen hinauf zu Papas Zimmer. Die Tür war zwar nicht verschlossen, aber er selbst war nicht da. In Panik geraten rannte ich zur Eingangshalle zurück, wo ich geradewegs Onkel Achim traf.

Die Ratlosigkeit stand ihm regelrecht ins Gesicht geschrieben. Ohne mich erst mit Vorreden aufzuhalten, klagte ich ihm gleich mein Leid.

„Ich weiß auch nicht mehr weiter, Pui Tien", räumte er unumwunden ein. „Aber deinen Papa wirst du hier nicht finden, denn die Polizei hat ihn gerade wieder abgeholt. Und diesmal haben sie angedeutet, er solle auch seine Sachen mitnehmen; die Befragung könnte wohl länger dauern."

„Heißt das, sie wollen ihn festnehmen?", fragte ich mit zitternder Stimme.

Onkel Achims Augen füllten sich mit Tränen.

„Ich fürchte ja, mein armer Schatz", sagte er nur.

Fred Hoppe

Der freundliche „Inspecteur", der aufgrund seiner hervorragenden Deutschkenntnisse eigens für meine Befragung aus Montpellier hinzugezogen worden war, bezeichnete das bevorstehende Verhör zwar verniedlichend als „Interview", aber mir war schon klar, dass die Beamten diesmal mit größeren Geschützen auffahren würden, sonst hätten sie mir wohl kaum empfohlen, mich auf eine längere Zeit in der Präfektur einzurichten. Trotzdem nahm ich einigermaßen unbefangen in dem mir bereits bekannten Dienstraum Platz. Erst als ich wie mechanisch nach der schon obligatorisch dargebotenen Tasse Kaffee griff, heftete sich mein Blick auf die abgebrochene Pfeilspitze, die wie zufällig vor mir mitten auf dem Tisch lag.

„Nun, Monsieur -oppe, erkennen Sie dieses Fragment von einem flèche, äh…, wie sagt man noch…?", fragte der Inspecteur lächelnd.

„Pfeil", antwortete ich bereitwillig, ohne das bezeichnete Objekt aus den Augen zu lassen.

„Ah, oui, ‚Pfeil'", wiederholte der Inspecteur. „Es ist der Pfeil, den die Ärzte aus der Wunde Ihrer Frau ge-olt -aben. Aber er ist anders, als die Pfeil aus dem, äh,… carquois?"

„Köcher", vermutete ich.

„Ja, er ist anders als die Pfeil aus dem Köcher, den Ihre Frau besitzt."

„Vielleicht hat man uns unterschiedliche Pfeile verkauft, ich weiß es nicht."

„Oh non, non, -err -oppe! Je ne crois pas – ich glaube nicht! Dieser Pfeil ist etwas Besonderes, ja, etwas ganz Besonderes..."

„Was sollte daran so außergewöhnlich sein?"

„Sehen Sie, -err -oppe! Sie sind ein Fan vom ‚Moyen Age', also vom Mittelalter, und ich -abe einen Compagnon, der ist ein, äh spécialiste von ‚Moyen Age', und der sagt, dies ist ein ‚Bodkin-Pfeil', wie er vor acht-undert Jahren benutzt wurde."

„Sie glauben aber nicht, dass wir diesen, wie sagten Sie noch, ‚Bodkin-Pfeil', vor achthundert Jahren gekauft haben, oder?"

„Tja, -err -oppe, ehrlich gesagt, ich weiß nicht, was ich glauben soll... Sie beide sollen über fünfzig Jahre alt sein, aber Sie se-en nicht einmal aus wie dreißig, und Sie wollen Ihre Frau verse-entlich mit einem Pfeil aus dem 13. Jahr-undert verletzt -aben."

„Was soll der Unsinn?", fuhr ich auf. „Von mir aus lassen Sie doch eine Radiokarbondatierung des abgebrochenen Pfeilschafts machen!"

„Das -aben wir, -err -oppe!", betonte der Inspekteur ganz ruhig. „Demnach ist der Pfeil keine zwei Jahre alt."

„Na also!", stellte ich zufrieden fest. „Dann ist das Ding eben vor eindreiviertel Jahren hergestellt worden, und...?"

„Langsam, -err -oppe! Das war nicht alles."

Ich spürte, wie ich langsam nervös wurde. Da der Pfeil praktisch genauso wie Siang und ich in Nullzeit in die Gegenwart transportiert worden war, konnte ich natürlich sicher sein, dass ein Radiokarbontest nichts brachte, denn schließlich hatte der radioaktive Kohlenstoff C 14 im Holz des Schaftes keine achthundert Jahre Zeit gehabt, um zu zerfallen. Warum zum Teufel schien dieser Kripo-Mensch zu glauben, er habe noch einen Trumpf im Ärmel? Was hatte ich übersehen?

„-aben Sie schon einmal von der ‚Dendrochronologie' ge-ört, -err -oppe?"

Natürlich hatte ich das. Als Student der Geschichte kam man gar nicht darum herum. Die Dendrochronologie, auch „Baumringdatierung" genannt, war eine seit vielen Jahr-zehnten übliche Methode, mithilfe der Jahresringe von vor-zeitlichen Bäumen das Alter eines aus Holz gefertigten Objekts sogar bis auf die jeweilige Jahreszeit festzustellen. Dieser gewiefte Fuchs war uns tatsächlich auf der Spur.

„Stellen Sie sich vor, -err -oppe; wir wissen nun, dass der Pfeil im Winter 1208/1209 aus ein Esche gemacht worden ist, die damals wahrscheinlich in einem Auenwald am Ufer der Loire stand. Wie erklären Sie das?"

Ich zuckte mit den Schultern und setzte ein erstauntes Lächeln auf.

„Vielleicht bin ich mit meiner Frau ins Mittelalter gereist, habe einem Söldner den Pfeil gestohlen und sie dann damit verletzt", behauptete ich frech. „Oder wir sind dort zwischen die Fronten geraten, und sie ist von dem Pfeil getroffen worden. Wie dem auch sei, danach sind wir wieder in die Gegenwart zurückgekehrt und haben den Rettungsdienst alarmiert, damit meine Frau nicht elendig sterben musste."

„Netter Versuch, -err -oppe!", lachte der Inspecteur. „Aber wir glauben etwas anderes."

„Und was, wenn ich fragen darf?"

„Dass Sie Ihre Frau ermorden wollten, -err -oppe!", betonte der Inspecteur mit einem Mal ganz ernst. „Dazu -aben Sie ein, äh,...Artefakt aus dem Moyen Age besorgt, damit man nicht mehr nachweisen kann, wo Sie die Tatwaffe gekauft -aben. Vielleicht wollten Sie ursprünglich den großen Unbekannten -erbeizaubern, aber etwas ist schiefgegangen."

„Das ist doch völlig absurd!"

„Ich glaube nicht, -err -oppe! Denn Ihre Frau ist -eute Nacht aus dem -ospital verschwunden. Sie -aben es zu Ende geführt, nicht wahr?"

„Was sagen Sie da?", rief ich in Panik aus. „Wieso ist meine Frau verschwunden?"

„Das fragen wir Sie, -err -oppe! Des-alb nehme ich Sie -iermit fest!"

Leng Phei Siang

Mein Puls raste wie wild, und ein stechender Schmerz jagte durch meine Brust, als ich mir das blutbefleckte blaue Surcot über den Kopf zog. Trotzdem wankte ich schwerfällig zum Bett zurück und nahm die 200 Euro aus der Schublade, die mir Achim für alle Fälle dagelassen hatte. In die ledernen Halbschuhe kam ich zwar einigermaßen gut hinein, aber ich vermochte nicht, mich zu bücken, um sie zuzuschnüren. Stattdessen legte ich mir den Gürtel mit dem Dolch um und wandte mich zur Tür. Meine Beine versagten mir fast den Dienst, während ich aus dem Zimmer schlich, doch es gelang mir, unbemerkt durch den Flur zu kommen. Als die Schwester auftauchte, um ihren abendlichen Rundgang zu machen, konnte ich gerade eben noch in den Putzraum ausweichen.

Ich atmete schwer, und in meinem Kopf begann sich alles zu drehen, aber ich riss mich zusammen, denn ich hatte nur diese eine Chance. Vielleicht würde es mir sogar gelingen, meine Mission zu erfüllen und zurückzukehren, bevor Fred und die anderen endgültig nach Hause aufbrachen. Natürlich würden sie alle zunächst eine ganze Weile lang nach mir suchen. Dabei überkam mich wieder das schlechte Gewissen. Allein der Gedanke daran, dass ich mich anschickte, meinen geliebten Fred und meine Tochter so schmählich zu hintergehen, trieb mir die Tränen in die Augen. Doch ich war vollkommen überzeugt, dass sich alles zum Guten wenden würde.

Als ich mich gerade aufraffen wollte, den Putzraum zu verlassen, entdeckte ich einen dunklen Anorak, der an der Wand hing. Wahrscheinlich hatten ihn die Reinigungskräfte zurückgelassen, falls es nach ihrem Dienst einmal regnen sollte. Mir kam das Kleidungsstück jedenfalls wie gerufen. Ich zog den Anorak an und stülpte mir die Kapuze über den Kopf. Danach schlich ich weiter durch das Treppenhaus zur Eingangshalle hinab. Ich hatte wieder Glück: Die Rezeption war nicht besetzt, und so huschte ich schnell nach draußen auf die Straße.

Nur zehn Meter weiter stieß ich auf einen Taxistand. Ich stieg in das erstbeste Fahrzeug und nannte dem Fahrer das Ziel: „Minerve, s'il vous plait!"

Damit hatte ich bereits meinen gesamten Kenntnisstand des Französischen ausgereizt, aber mein Chauffeur schien ebenfalls nicht sehr gesprächsbereit zu sein. Falls er sich in irgendeiner Weise über mein nächtliches Fahrziel wunderte, so äußerte er sich nicht darüber, was ich nur zu schätzen wusste. Die Tatsache, dass er wahrscheinlich arabischer Abstammung war, würde es eventuellen Verfolgern sicher noch schwerer machen, sich an meine Fersen zu heften.

Für mich gab es nun kein Zurück mehr. Als ich vor zwei Tagen von der Schwester im Rollstuhl zur Untersuchung gebracht worden war, hatte ich im Wartezimmer die Reklame mit den touristischen Zielen in der Languedoc entdeckt und in einem unbeobachteten Moment den deutschsprachigen Flyer der „Museumsstadt im Katharerland" eingesteckt. Zurück in meinem Krankenzimmer war mir dann sofort das Foto mit der Felsenhöhle ins Auge gefallen, die der Fluss Cesse durch den Berg gegraben hatte. Anschließend musste ich mir nur noch den Lageplan einprägen, um zu wissen, wie ich dorthin gelangen konnte.

Tatsächlich ließ mich der Taxifahrer nur etwa eine gute Stunde später vor der steinernen Brücke über die Schlucht aussteigen. Ich gab ihm die 200 Euro und verzichtete auf mein Wechselgeld. Verwundert schaute mir der Araber nach, bis ich im Dunkel der Nacht verschwunden war.

Bis auf das unaufhörliche Zirpen der Grillen war ringsumher alles still. Nur mein eigener Herzschlag dröhnte in meinen Ohren wie ein unablässiger Trommelwirbel. Ich blieb stehen und schloss für einen Moment die Augen, um meine Nerven zu beruhigen, aber es wollte mir einfach nicht gelingen. Trotzdem zwang ich mich weiterzugehen, bis ich endlich den steilen Weg zum Fluss hinunter gefunden hatte. Von da ab dauerte es nicht mehr lange, bis ich vor dem großen dunklen Loch der Grotte stand.

Meine Hände begannen zu zittern, und kalter Angstschweiß benetzte meine Stirn. Ich warf den Anorak ab und ging einen Schritt weit auf das schwarze Nichts zu. Dabei ertappte ich mich bei dem Gedanken, dass ich eigentlich nur darauf wartete, im letzten Augenblick von Fred zurückgerissen zu werden. Aber Fred war nicht da, und er würde auch nicht kommen, selbst, wenn er meine Flucht entdeckt haben sollte. Ich musste dies allein durchziehen, um unserer gemeinsamen Zukunft willen und für das Leben unseres ungeborenen Kindes. Immer wieder redete ich mir das ein.

Schließlich gab ich mir einen Ruck und betrat die riesige Grotte. Nichts geschah. Ich musste weiter, tiefer in den Berg hinein. Meine Glieder schlotterten vor Kälte, vor Angst und dem Ungewissen, das mich erwartete. Aber es gab keine andere Möglichkeit. Ich hatte diesen Weg gewählt, weil ich daran glauben wollte, dass es mir gelingen könnte, das Rad des Schicksals noch einmal zurückzudrehen.

Und plötzlich kamen mir doch ernste Zweifel an dem, was ich tat. Ich wollte mich noch umdrehen und aus der Grotte hinauslaufen, doch da löschte der grelle Blitz mit einem Schlag mein Bewusstsein aus.

Pui Tien

Die Polizisten starrten mich an wie einen Geist, und Onkel Achim benötigte eine ganze Weile, um den Beamten klarzumachen, dass ich nicht Papas Frau, sondern seine Tochter war. Trotzdem wollten sie uns nicht zu ihm lassen, obwohl wir genau wussten, dass er sich nur einen Raum weiter befand. Endlich kam der Inspecteur aus Montpellier aus dem Vernehmungszimmer, und wir trugen ihm noch einmal unsere Bitte vor. So erfuhren wir erst in diesem Moment, dass Mama ihre Absicht, aus dem Krankenhaus zu verschwinden, offenbar gleich nach ihrem Telefongespräch mit mir in die Tat umgesetzt hatte und dass man Papa verdächtigte, sie ermordet zu haben.

„Das ist völlig absurd!", stritt Achim die Behauptung des Beamten vehement ab. „Seine Tochter hier kann Ihnen bestätigen, dass sie nur eine Stunde, bevor Sie meinen Freund abgeholt haben, noch mit ihrer Mutter am Telefon gesprochen hat. Und ich selbst werde notfalls beeiden, dass ich die ganze Zeit über mit meinem Freund zusammen gewesen bin! Damit fällt Ihre ganze abstruse Hypothese in sich zusammen wie ein Kartenhaus!"

Der Inspecteur nickte zerknirscht und gab den anderen Polizisten offenbar die entsprechende Anweisung, Papa wieder gehen zu lassen. Während die uniformierten Beamten in den Vernehmungsraum verschwanden, um die Anordnung auszuführen, wollte der Kriminalpolizist wissen, warum ich mich nicht früher auf dem Revier gemeldet hätte.

„Sie ist erst heute angereist, weil sie sich Sorgen um ihre Eltern gemacht hat", antwortete Onkel Achim für mich.

„Aber dass sie kaum jünger ausschaut als ihre Mutter, das ist bestimmt auch nur ein Zufall, nicht wahr?", führte der Inspecteur kopfschüttelnd an.

„Oh, in Wahrheit ist sie erst drei Jahre alt, obwohl man glauben könnte, sie wäre schon 18", entgegnete Achim lächelnd.

Der Inspeckteur winkte scheinbar genervt ab.

„Bon", meinte er resigniert. „Bei dieser Familie wundert mich gar nichts mehr."

„Scherz beiseite", resümierte Onkel Achim jovial. „Wann ist denn entdeckt worden, dass Frau Leng aus dem Hospital geflohen ist?"

„Die infirmière, äh, pardon, die Krankenschwester -at es sofort bei ihrem Rundgang gemerkt und uns telefoniert. Daraufhin -aben wir Ihren Compagnon abge-olt."

In diesem Moment kam der Beamte von der Telefonleitstelle herangeeilt und flüsterte seinem Chef etwas zu. Der Inspecteur bedankte sich und wandte sich wieder uns zu.

„Gerade -at uns ein Taxi-Chauffeur aus Minerve angerufen", teilte er uns mit. „Der Mann sagt, er -abe eine junge asiatische Frau in einem blutbefleckten blauen Kleid vom -ospital in Béziers ins Minervois gefahren. Sie trug zwar einen Anorak über dem Kleid, aber als er das Blut gese-en, -at er Angst bekommen, dass etwas nicht in Ordnung ist."

Onkel Achim und ich sahen uns erschrocken an.

„Es kann nur Frau Leng gewesen sein", fuhr der Inspecteur fort. „Ich glaube, ich muss mich bei Ihnen entschuldigen. Vielleicht sie ist sehr verwirrt und steht unter Schock. Ich werde sofort einen Wagen schicken, der sie ab-olt."

Ich ließ Onkel Achim und den Polizeibeamten stehen und lief stattdessen zum Vernehmungsraum, doch Papa kam mir bereits entgegen. Er sah schrecklich aus.

Ich warf mich förmlich in seine Arme, und für einen winzigen Augenblick huschte ein Lächeln über seine Lippen.

„Papa, ein Taxifahrer hat Mama nach Minerve gebracht", schluchzte ich. „Sie hat mich zuvor noch angerufen und gesagt, dass sie unser Lebensglück zurückholen will, aber ich habe nicht verstanden, was sie meinte."

„Ich glaube, ich weiß, was sie vorhat", antwortete Papa mit tränenerstickter Stimme. „Sie will zurückgehen und das Unglück vom Montsalvat ungeschehen machen. Aber das kann ihr nicht gelingen."

Er zog mich ganz fest an sich und streichelte mein Haar. Seine Augen waren voller Tränen, sein Blick glasig und leer. Es tat mir weh, ihn so zu sehen. Mein Vater war ein gebrochener Mann.

„Ich fürchte, wir haben sie für immer verloren, Nü er", fuhr er leise und nur für mich bestimmt fort. „Wir haben keinen

Anker und können ihr nicht folgen. Gott allein weiß, wo und
wann sie stranden wird."

Leng Phei Siang

Der kalte, feuchte Nebel wand sich in geisterhaften
Schlieren um den weiten Kreis der aufrecht stehenden Steine, in deren Mitte ich mich wiedergefunden hatte. Er setzte
sich in meinen Haaren und Kleidern fest, als ob er mich nie
wieder freigeben wollte. Fröstelnd zog ich meine zitternden
Beine an und versuchte vergeblich, sie mit dem Saum des
blauen Surcot zu bedecken.

Langsam drang das erste Licht des jungen Tages durch
die wallenden Schleier und begann um mich herum eine
einsame, kahle und felsige Berglandschaft zu enthüllen.
Dabei hätte es nicht einmal dieses Anblicks bedurft, um zu
wissen, dass der gewagte Versuch, meine eigene Vergangenheit und Zukunft zu ändern, kläglich gescheitert war.

Ich wusste weder, in welcher Epoche, noch in welchem
Land ich gestrandet war. Fest stand nur, dass diese kühle
und feuchte Region der Erde nie und nimmer in Südfrankreich zu finden gewesen wäre. Aber die schlimmste Erkenntnis sickerte gnädigerweise erst ganz allmählich zu mir
durch: Niemand in der Gegenwart würde jemals erfahren,
wo ich nun war. Es gab keinen Anker, der sie zu mir leiten
konnte, und mir selbst war der Rückweg abgeschnitten.
Jeder erneute Versuch, mich ohne Rückhalt aus der Zukunft den entfesselten Gewalten anzuvertrauen, würde mich
nur noch tiefer in die Unendlichkeit des Zeitstroms verschlagen. Ich musste mich damit abfinden, einsam, allein,
ohne Fred und meine Tochter mein Leben in der Verban-
nung zu beschließen.

Mit diesen Gedanken lehnte ich mich niedergeschlagen
an einen der Felsen und weinte bitterlich.

Anmerkungen des Autors

Als ich vor gut drei Jahren bei der Arbeit am „Snäiwitteken", also dem vierten Buch unserer Reihe „Das dunkle Geheimnis der Klutert", mit den beiden eingeblendeten kurzen Szenen über die Einnahme von Béziers und an Graf Arnolds Sterbebett vor Carcassonne bereits die Spur zu den Ereignissen gelegt hatte, die im vorliegenden Band VI behandelt werden sollten, konnte ich wirklich nicht ahnen, auf was ich mich dabei einlassen würde. Natürlich waren mir die Geschehnisse um den sogenannten „Albigenser Krieg" in groben Zügen bekannt, aber, dass es sich dabei um einen Vernichtungsfeldzug derartigen Ausmaßes gehandelt hatte, der in der gesamten Geschichte des europäischen Mittelalters seinesgleichen sucht, war mir damals bei Weitem noch nicht bewusst. In der Tat gibt es in jener Epoche keine größere Tragödie als die der systematischen Ausrottung des Katharismus, zumal diese mit der völligen Zerschlagung der nach modernen Maßstäben geradezu toleranten und hochstehenden Kultur einer ganzen Region einhergeht. Selbst nach achthundert Jahren sind die Auswirkungen dieses ersten planmäßig durchgeführten Genozids auf europäischem Boden noch immer fast überall in der Languedoc zu spüren. Indes scheinen die unzähligen Opfer all jener grausamen Hinrichtungen auf den Scheiterhaufen der Inquisition, die damals dort im Namen der katholischen Kirche errichtet wurden, bis auf den heutigen Tag nicht vergessen zu sein. Als ich im August dieses Jahres die Gelegenheit bekam, zusammen mit meinem Verleger Bernd Arnold, unserem Fotografen Robbie Wiedersprecher und unserem Mittelalter-Technikexperten Artur Pollack-Hoffmann die zentralen Handlungsorte in Südfrankreich zu besuchen, stellten wir zu unserer großen Überraschung fest, dass an der Stele unterhalb des Montségur, die an den Feuertod der weit über 200 dort im Jahr 1244 umgekommenen Katharer erinnert, auch jetzt noch immer Kränze frischer Wildblumen niedergelegt werden. Selbst angesichts all der fantastischen Orte in dieser wirklich atemberaubenden Landschaft hat mich nichts so sehr beeindrucken können wie jene schlichte und doch so würdevolle Geste.

Uwe Schumacher im November 2009

Ansicht der Stadt Minerve

Die Festung Montségur

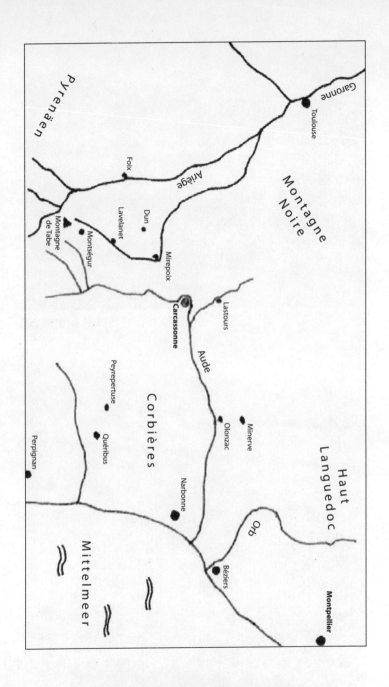

Okzitanien um 1209 nach Chr.

Begriffserklärungen

Allodialbesitz: (althochdeutsch) Vollgut, freies Eigentum im Gegensatz zum Lehen; auch Familienerbgut.

Angstloch: enge Öffnung im Boden zum →Verlies, durch die Gefangene in den Kerkerraum hinabgelassen wurden; oft mit einer Klappe verschlossen.

Banchieri: aus dem Italienischen stammende Bezeichnung für einen Berufsstand, der bei Handelsgeschäften zwischen verschiedenen Währungsgebieten die jeweils gültigen Münzen zueinander in ein Verhältnis setzte, verrechnete und gegen eine Gebühr wechselte. Die Banchieri nannten sich nach ihrem wichtigsten Geschäftsmöbel, das sie auf ihren Reisen zu den Warenumschlagsplätzen in Städten, Häfen und auf Messen mitführten, nämlich der Bank. Sehr bald schon erweiterten sie ihren Geschäftsbereich um die Verwahrung von Guthaben und die Vergabe von Krediten. Gerade in Italien, wo der Geldhandel seinen Ausgang nahm, missachtete man das gegen diesen im Neuen Testament verhängte Verbot, was dazu führte, dass italienische Banchieri fast überall in Europa anzutreffen waren. Allerdings waren sie meist nicht gut gelitten und wurden aufgrund ihrer Abstammung meist abfällig als „Lombarden" oder „Venediger" beschimpft.

Bauernlegen: planmäßiges Töten von Bauern, Zerstören von deren Hofstätten und Vernichten der Ernte bei kriegerischen Auseinandersetzungen, um dem gegnerischen Adeligen die Ernährungsgrundlage zu entziehen.

Bergfried: größter und mächtigster Turm einer Burg, zumeist auch das älteste Bauwerk. In England und Frankreich bildeten sich regelrechte Wohntürme mit mehreren Etagen heraus, die auch das Hauptgebäude derartiger Burgen darstellten. Sie wurden dort „Donjon" (franz.) oder „Keep" (engl.) genannt.

Bruoch / Bruche: mittelalterliche Unterhose aus weißem Leinen in unterschiedlicher Länge, ursprünglich knöchel- oder wadenlang und auf der Rückseite bis zum Knie geschlitzt.

Chainse oder **Cotte**: (franz.) hemdähnliches, T-förmig ge-schnittenes Untergewand für Frauen und Männer, im Deutschen „roc" genannt.

Consolamentum: (lateinisch / okzitanisch – in der Bedeu-tung von Trost spenden, festigen) Zentrale und wichtigste spirituelle Handlung im Gottesdienst der Katharer; in der Ausgestaltung ähnlich wie bei der Taufe durch Handauf-legen. Während der Zeremonie gelobt der Empfänger, al-len irdischen Sünden zu entsagen und sich auf das jen-seitige „gute Reich Gottes" zu konzentrieren. Das Conso-lamentum diente gleichzeitig als Priesterweihe und wurde normalen Gläubigen auch häufig auf dem Sterbebett ge-währt, da man davon ausging, dass Todgeweihte keine Sünden mehr begehen konnten.

Edelherr: Angehöriger des niederen Adels, zum Beispiel ein →Ritter.

Edeling (germanischer): Abkömmling eines germanischen Adelsgeschlechts.

Fehpelz: wurde auch „Grauwerk" genannt; Futter für Män-tel, Oberbekleidung und Kopfbedeckungen aus dem grau-weißen Winterfell des sibirischen Eichhörnchens, das zu einem regelmäßigen Muster verarbeitet wurde, d. h. die einzelnen Eichhörnchenfelle wurden im Wechsel von grauen Rücken- und weißen Bauchfellen schachbrettartig angeordnet. Da Fehfelle extrem teuer waren, konnten sie sich nur Angehörige des Hochadels leisten.

Gambeson: unter dem Kettenpanzer getragenes, knielan-ges Unterkleid, das mit Wolle, Werg oder Baumwolle (aus dem Orient) gepolstert und gesteppt wurde; von altfranzö-sisch gambaison / gamboison oder hauqueton von Ara-bisch Al cotn = Baumwolle.

Gebende: mittelhochdeutsch, Gimpel, bezeichnet ein wei-ßes Leinengebinde, das straff am Kopf angelegt Kinn und Wangen bedeckte; es behinderte die Frauen beim Essen, Sprechen, Lachen und Küssen und wurde zum Symbol weiblicher Züchtigkeit.

Gottesurteil: Beweis von Schuld oder Unschuld vor alter-tümlichen Gerichten, angeblich durch Gottes Eingreifen beim Zweikampf.

Graf: (althochdeutsch gravio) vielleicht aus dem griech. grapheus – Schreiber; ursprünglich aus der Gefolgschaft eines Königs hervorgegangener Stellvertreter des Herrschers (königlicher Beamter). Im Mittelalter gehörten die Grafen zum Hochadel. In England wurde der Graf eines Distrikts zum „Shire-Gerefa" und später zum Sheriff.

Grundruhrrecht: bezeichnet im Mittelalter das Recht von Grundbesitzern und Stadtbewohnern, alle Transportwaren aufzusammeln und zu behalten, die den Boden „berührten", wenn ein Wagen oder ein Lasttier fiel oder eine Achse brach.

Gugel / Gugelhaube: kapuzenartiger Wetterschutz mit überstehendem Schulterteil und langem Kapuzenzipfel; bei der einfachen Bevölkerung aus schlichtem Wollstoff bestehend, bei der Oberschicht mit kontrastfarbigem Stoff oder →Fehpelz gefüttert. Adelige trugen die Gugel oft turbanartig aufgekrempelt, wobei das nun sichtbare Pelzfutter zusätzliches Volumen gab. Das in Falten zusammengeschobene Schulterteil fiel seitlich herab. Diese Tragweise ist oft in der Manessischen Liederhandschrift abgebildet.

Halsgraben: kerbartiger Einschnitt im Bergrücken, der die Burg vom eigentlichen Berg trennt, er dient zur Sicherung der Anlage von der Bergseite her.

Herzog: ursprünglich althochdeutsch „herizogo" = der mit dem Heer auszieht; bei den germanischen Stämmen ein nur für die Dauer eines Krieges gewählter Heerführer; später die Oberhäupter der Stämme, die im Mittelalter dem König Gefolgschaft leisten mussten; im Hoch- und Spätmittelalter wurden aus den Herzogtümern stammesunabhängige Fürstentümer.

Hurden: Überdachungen von Wehrgängen und Türmen, die über das jeweilige Mauerwerk hinausragten, damit Bogen- und Armbrustschützen den ansonsten ungeschützten Wandfuß mit Pfeilen bestreichen konnten. Meist wurden zu diesem Zweck im Mauerkragen spezielle Aussparungen oder Löcher belassen, in denen man im Verteidigungsfall schnell die hölzernen Stützbalken zum Aufbau der Hurden anbringen konnte. Überdies hatten die Hurden im Fußboden Löcher, durch die man kochende Flüssigkeiten auf anstürmende Feinde goss.

Jokulatoren: nichtadelige Spielleute, die neben ihren vielfältigen Instrumenten auch artistische Kunststücke beherrschten.

Knappe: Edelknabe, Sohn eines Adeligen, der ritterliche Ausbildung und Erziehung bei einem Ritter genoss und dem er bei dessen Tätigkeiten zur Hand ging.

Kreuzzüge: von den christlichen Völkern des Abendlandes unternommene Kriegszüge zur Eroberung des Heiligen Landes. Anlass war die Eroberung Jerusalems und damit des Grabes Christi durch die türkischen Seldschuken (1070). Zwischen 1095 und 1270 gab es insgesamt sieben solcher Kreuzzüge, die jeweils von europäischen Monarchen angeführt wurden, aber allesamt letztlich scheiterten. Später richteten sich andere, ebenfalls Kreuzzug genannte, internationale militärische Unternehmungen gegen Abweichler von der römischen Kirche, wie 1209 gegen die Sekte der Albigenser, 1232 gegen die Stedinger Bauern und 1260 gegen die heidnischen Pruzzen.

Lai: (auch Leich genannt) im Mittelalter besonders beliebte Melodieabfolge, bestehend aus zwei paarig gereimten Versen, die nach dem Schema aa, bb, cc jeweils musikalisch gleichlautende Abschnitte ergeben. Der französische Lai und der deutsche Leich gehören zu den Glanzstücken der Dichtermusik bereits des 12. und 13. Jahrhunderts.

Lehen: (lat. Feudum beneficium) ein vom Lehnsherren (Kaiser, König, Herzog, Graf, Bischof) an einen Lehnsmann (Vasallen) gegen Dienst und Treue verliehenes Gut. Ursprünglich fiel das Lehen nach dem Tod des Vasallen an den Lehnsherren zurück, später wurde es auch für den niederen Adel erblich.

Leibeigenschaft: im Mittelalter persönliche Abhängigkeit eines Menschen von seinem Herrn – mit vielfältigen Geld-, Sach- und Dienstpflichten gegenüber diesem verbunden. In der Regel benötigte ein Leibeigener auch die Einwilligung seines Grundherren, wenn er heiraten wollte.

Ministeriale: in frühen Zeiten (Karl der Große) vom König oder den Fürsten zu Diensten herangezogene Unfreie, die

meist mit Dienstgütern entlohnt wurden. Im 11. Jahrhundert begann ihr Aufstieg zum niederen Adel (Ritterstand).
→Ritter

Minne: das Wort Minne stammt aus dem Mittelhochdeutschen und bedeutete ursprünglich soziales Engagement. Später wurde es im Lehnswesen zur Bezeichnung für das gegenseitige Treueverhältnis zwischen Lehnsherrn und Lehnsmann. Der Begriff wurde im 12. Jahrhundert auf die besondere Liebe zwischen Ritter und Dame übertragen.

Minnesänger: in der höfischen Gesellschaft verehrte der Ritter eine hochgestellte, meist verheiratete Dame (Frouwe) als das Ideal aller Frauen, und er vollbrachte für sie Heldentaten (Aventiure). Direkter Ausdruck dieser Verehrung war der Minnesang, den fahrende Ritter (Troubadoure) auf Burgen und an Fürstenhöfen vortrugen.

Münzverruf: Maßnahme, die hochadelige Inhaber der jeweiligen Münzhoheit anwandten, um Geld, das seine Gültigkeit oder seinen Wert verloren hatte, aus dem Verkehr zu ziehen.

Parfaits: „Vollkommene" oder Priester bzw. Priesterinnen der Katharer. Sie unterschieden sich von den normalen Gläubigen (Credentes) vor allem durch die strikte Befolgung des Armuts- und Keuscheitsideals.

Pierre le Vaux de Cernay: Mönch, der Simon de Montfort auf dem Albigenser Kreuzzug begleitete und dabei das überlieferte „Kreuzfahrerlied" in okzitanischer Sprache verfasst hat, welches später von unbekannten Autoren im Sinne der unterdrückten Bevölkerung der besetzten Languedoc umgedichtet wurde.

Rebeque: (auch Rebec oder Rubebe genannt) frühes mittelalterliches Streichinstrument mit drei Saiten, aus dem arabischen „Rahab" entstanden.

Reisige, **Schergen**, **Söldner**: bewaffnete Soldaten in einer Burg, oft aus den Reihen der leibeigenen Bauern stammend, deren nachgeborene Söhne dem Grundherren dienen mussten.

Ritter: bis ins 11. Jahrhundert der adelige, voll gerüstete Vasall oder Kämpfer, seit dem 12. Jahrhundert auch der in gleicher Weise Kriegsdienst leistende, aber unfreie Dienstmann. →Ministeriale.

Rittersaal: größter Raum oder Saal in einer Burg, in der Burgherren und Dienstleute zusammenkamen.

Schildmauer: besonders hohe und verstärkte Außenmauer zur besseren Verteidigung der am wenigsten geschützten Seite einer Burg.

Eine Burg **schleifen**: eine Burg nach Eroberung oder Übergabe zerstören.

Schwertleite: zeremonielle Aufnahme eines Knappen in den Ritterstand durch den Ritterschlag, den der König, später auch andere Fürsten erteilten (durch sachte Berührung mit dem Schwert).

Schleudermaschinen: (Tribok, Petraria, Malvoisine, Mangonneau, Trebuchet) Katapulte verschiedener Ausfertigung, mit deren Hilfe man zum Angriff oder zur Verteidigung über weite Entfernungen (bis zu 300 Metern) mit enormer Wucht Steine oder brennendes Material auf Gegner oder Mauern werfen konnte.

Seneschall: (lat. Senex = alt; ahd. Scalc = Knecht) im Frankenreich Hofbeamter und Haupt der Hofverwaltung mit der Fürsorge für die Tafel des hochadeligen Hausherrn; später durch den Hausmeier auf rein wirtschaftliche Aufgaben beschränkt; im mittelalterlichen Deutschen Reich galt die Bezeichnung „Truchseß".

Sergent: nicht adeliger Reiterkämpfer unterschiedlicher sozialer Abstammung. Im militärischen Bereich wurde die Unterscheidung zwischen →Rittern und Sergenten in erster Linie nach der Anzahl der Pferde vorgenommen. Ein Ritter besaß gegen Ende des 13. Jahrhunderts mindestens drei Pferde, während sich ein Sergent meist mit einem einzigen begnügen musste. Da die Sergenten oft mittellos waren und auch aus der Bauernschicht stammen konnten, erhielten sie das Geld für die Beschaffung von Pferd und Ausrüstung von ihrem Dienstherren. In der Manessischen Liederhandschrift sind mehrere Sergenten mit Armbrüsten oder Spießen abgebildet.

Surcot: Obergewand adeliger Personen beiderlei Geschlechts, das über dem Unterkleid (→Chainse oder Cotte) getragen wurde.

Turnier: Ritterkampfspiel zu Pferde, bei dem die Gegner in voller Rüstung mit stumpfen Lanzen aufeinander treffen, um sich gegenseitig aus dem Sattel zu heben. Ursprünglich im 10. Jahrhundert bei den Normannen in Sizilien entstanden, entwickelte es sich im Spätmittelalter zum reinen „Tjosten", d. h., zum bloßen adeligen Spiel oder Vergnügen, weil die Ritterkaste als solche ihre militärische Bedeutung verloren hatte.

Verlies: (von verlassen sein, im Französischen auch Oubliette genannt, von oublier = vergessen) finsteres Gefängnis, oft nur durch eine Öffnung in der Decke (→Angstloch) zugänglich, meist im Bergfried angelegt.

Zimier: plastischer Helmschmuck eines Ritters wie etwa das Wappentier aus Holz oder auch ein Federbusch, der beim Turnier oder zu sonstigen festlichen Anlässen einen prächtigen Anblick des Trägers garantieren sollte. Im Krieg wurde auf diese Ausrüstung meist verzichtet, da sie hinderlich war.

Literatur

Brunhilde Arnold M. A., Dr. Barbara Berewinkel, Birgit Erben, Dr. Jochen Gaile u. a. (Hrsg.): „Ereignisse, die Deutschland veränderten", Stuttgart 1995

Margit Bachfischer: „Musikanten, Gaukler und Vaganten", Augsburg 1998

Andreas Bergmann, Hilde Konrad, Erich Kirsch u. a. (Hrsg.): „Altdeutsches Lesebuch" Frankfurt 1968

Helmut de Boor, Roswitha Wisniewski: „Mittelhochdeutsche Grammatik", Berlin / New York 1973

Helmut de Boor: „Die höfische Literatur – Vorbereitung, Blüte, Ausklang 1170 – 1250", München 1969

Arno Borst (Hrsg.): „Das Rittertum im Mittelalter", Darmstadt 1976

Karl Bosl: „Frühformen der Gesellschaft im mittelalterlichen Europa", München 1964

Joachim Bumke: „Studien zum Ritterbegriff im 12. und 13. Jahrhundert", Heidelberg 1964

Carlo Cipolla, Knut Borchardt: „Bevölkerungsgeschichte Europas", München 1971

Odilo Engels: „Die Staufer", Stuttgart 1977

Dr. Heinrich Eversberg: „Graf Friedrich von Isenberg und die Isenburg 1193 – 1226", 20 Jahre Forschung, Ausgrabung, Restaurierung 1969 – 1989, Hattingen, 1990

Josef Fleckenstein (Hrsg.): „Herrschaft und Stand", Göttingen 1979

Heiner Jansen, Gert Ritter, Dorothea Wiktoria, Elisabeth Gohrbrandt, Günther Weiss: „Der historische Atlas Köln", Köln / Hamburg 2003

Liliane und Fred Funcken: „Rüstungen und Kriegsgerät im Mittelalter (8. – 15. Jahrhundert)", München, 1979

Wolfgang Golther: „Die deutsche Dichtung im Mittelalter", Wiesbaden 2005

Elaine Graham-Leigh: „The Southern French Nobility and the Albigensian Crusade", Woodbridge 2005

Hermann Kinder, Werner Hilgemann: „dtv-Atlas zur Weltgeschichte", Band I, Von den Anfängen bis zur Französischen Revolution, München 1977 (13. Auflage)

Erich Köhler: „Ideal und Wirklichkeit in der höfischen Epik", Tübingen 1956

Thomas R. Kraus: „Die Entstehung der Landesherrschaft der Grafen von Berg bis zum Jahre 1225", Solingen 1981

Rolf Legler: „Languedoc-Roussillon", DuMont Kunstreiseführer, Köln 1986

Ulrich Lehnart: „Kleidung und Waffen der Früh- und Hochgotik 1150 – 1320", Wald-Michelbach 2001

Sean Martin: „The Cathars – The most successful heresy of the Middle Ages", Harpenden, Herts, 2005

Werner Meyer: „Deutsche Burgen", Frankfurt 1969

Werner Meyer, Erich Lessing: „Deutsche Ritter – Deutsche Burgen", München 1976

Ulrich Michels: „dtv-Atlas Musik – Musikgeschichte von den Anfängen bis zur Gegenwart", München 2001

Kate Mosse: „Labyrinth", London und Carcassonne 2005

Zoé Oldenbourg: „Massacre at Montségur: A History of the Albigensian Crusade", Phoenix 1998

Heinrich Pleticha (Hrsg.): „Deutsche Geschichte in 12 Bänden", Band 3, Die staufische Zeit, Gütersloh 1982

Wilhelm Pötter: „Die Ministerialität der Erzbischöfe von Köln vom Ende des 11. Jahrhunderts bis zum Ausgang des 13. Jahrhunderts", Historisches Archiv des Erzbistums Köln, Band 9, 1967

C. Rademacher, Th. Scheve: „Bilder aus der Geschichte der Stadt Köln", Köln 1900

Otto Rahn: „Kreuzzug gegen den Gral – Die Tragödie des Katharismus", Stuttgart 1964

Günter Rosenboom: „Oberes Märkisches Sauerland", Landschaftsführer des Westfälischen Heimatbundes, Münster, 1995

Kurt Ruh: „Höfische Epik des deutschen Mittelalters", Berlin 1967

Werner Schäfke: „Köln – Zwei Jahrtausende Geschichte und Kultur am Rhein", DuMont Kunst-Reiseführer, Köln 1998

Janet Shirley (Translator): „The song of the Cathar Wars – A history of the Albigensian Crusade by William of Tuleda and an anonymous successor", Scolar Press, 1996

Rolf Schneider: „Alltag im Mittelalter – Das Leben in Deutschland vor 1000 Jahren", Augsburg 1999

Arnold Stelzmann, Robert Frohn: „Illustrierte Geschichte der Stadt Köln", Köln 1958, 10. Auflage 1984

Prof. Hans-Erich Stier, Dr. Ernst Kirsten, Prof. Dr. Heinz Quirin, Prof. Dr. Werner Trillmich, Dr. Gerhard Czybulka: „Großer Atlas zur Weltgeschichte", Braunschweig 1985

Johanna Maria van Winter: „Rittertum, Ideal und Wirklichkeit", München 1969

Wie alles begann:

Das dunkle Geheimnis der Klutert
Von Uwe Schumacher

Fred Hoppe, Sohn einer alteingesessenen Bauernfamilie aus dem Märkischen Sauerland, ist seiner Heimat, der an Wald und Talsperren reichen Stadt Ennepetal, sehr verbunden. Besonders stolz ist er natürlich auf deren Wahrzeichen, die Kluterthöhle, eine der längsten Naturhöhlen Deutschlands. Als der 22-jährige Student Fred im Jahre 1972 Leng Phei Siang, der Tochter eines chinesischen Dissidentenehepaares, begegnet, verliebt er sich unsterblich in sie. Natürlich drängt Fred darauf, seiner neuen Freundin die Höhle zu zeigen, die wegen ihrer Heilwirkung bei Atemwegserkrankungen weltweit bekannt ist. Doch gleich bei ihrem ersten Besuch in dem unterirdischen Reich verschlagen geheimnisvolle Kräfte das junge Paar weit in die Vergangenheit.

Völlig auf sich gestellt, müssen sich die beiden in der fremden Welt des Mittelalters zurechtfinden, zu einer Zeit, in der sich ein tödlich endender Konflikt zwischen dem Grafen Friedrich von Isenberg und seinem Großvetter Engelbert, dem mächtigen Verweser des Deutschen Reiches, Erzbischof von Köln und Graf von Berg, zu entwickeln beginnt...

Dieses Buch ist im April 2004 im Klutert Verlag erschienen. Es ist beim Verlag oder im Buchhandel zum Preis von 9,95 € erhältlich. (240 Seiten, ISBN 978-9809486-0-9)

Was danach geschah:

„Der rote Stein der Macht"
Das dunkle Geheimnis der Klutert
Band II
Von Uwe Schumacher

Auf mysteriöse Weise erreicht Phei Siang und Fred in der Ruine der Isenburg bei Hattingen ein Auftrag des Zwerges Sligachan. Sie sollen den „roten Stein der Macht" finden und an seinen angestammten Platz zurückbringen. Die beiden Studenten aus dem westsauerländischen Ennepetal werden in das Jahr 1250 zurückversetzt und müssen sich mit den Widrigkeiten des sogenannten „Interregnums", also der kaiserlosen Zeit, auseinandersetzen.

Daraus entwickelt sich ein fantastisches Abenteuer, das unser Paar nicht nur auf die Spur des Geheimnisses um die „Schwarze Hand" von Hohenlimburg sowie auf eine mittelalterliche Reise bis nach Schottland führt, sondern auch ihre junge Liebe auf eine schwere Probe stellt...

Dieses Buch ist im Januar 2005 im Klutert Verlag erschienen. Es ist beim Verlag oder im Buchhandel zum Preis von 12,95 € erhältlich. (480 Seiten, ISBN 978-9809486-1-6)

Wie es weiterging:

„Der Schatz der Nebelinger"
Das dunkle Geheimnis der Klutert
Band III
Von Uwe Schumacher

Mitten hinein in das Chaos am Ende der Völkerwande-
rungszeit bis hin zu den Wirren am Anfang der Stauferherr-
schaft führt der Autor seine Leser im dritten Band der Reihe
„Das dunkle Geheimnis der Klutert".
  Bei einer Abenteuerführung durch die Kluterthöhle verschwindet plötzlich eine Jugendgruppe. Andererseits tauchen in Ennepetal Menschen auf, die offensichtlich nicht in
diese Welt gehören. Ein Krisenstab organisiert die Suche
nach den Vermissten. Doch nur der Bürgermeister zieht die
richtigen Schlüsse und bittet seinen alten Freund Fred und
dessen Frau Leng Phei Siang um Hilfe. Die beiden setzen
alles daran, die Kinder wiederzufinden, doch die Ursache
des Problems wurzelt tief in der Vergangenheit. Um den
drohenden Zusammensturz des Gefüges der Welt zu verhindern, müssen sich Phei Siang und Fred an die Fersen
eines ungemein gefährlichen Mannes heften, von dessen
Existenz bislang nur uralte Mythen und Sagen kündeten...

Dieses Buch ist im Mai 2006 im Klutert Verlag erschienen.
Es ist beim Verlag oder im Buchhandel zum Preis von
9,95 € erhältlich. (480 Seiten, ISBN 978-9809486-2-3)

Was sich dann zugetragen hat:

„Snäiwitteken und das magische Schwert"
Das dunkle Geheimnis der Klutert
Band IV
Von Uwe Schumacher

Nach einem lebensgefährlichen und kräftezehrenden Abenteuer, das Fred und Phei Siang quer durch das spätmittelal-
terliche Asien führt, ist dem jungen Paar eine gewisse Zeit
der Ruhe gegönnt.

Doch als drei Jahre später ihre kleine Tochter spurlos in
der Kluterthöhle verschwindet, stehen die verzweifelten
Eltern vor einem schier unlösbaren Rätsel: Wie sollen sie
jemals herausfinden, in welche Epoche die Mächte des
Berges Pui Tien verschlagen haben, und wie können sie
selbst noch rechtzeitig dorthin gelangen, um ihr Kind vor
den Gefahren einer unbarmherzigen Wildnis zu schützen,
bevor es zu spät ist…?

Dieses Buch ist im Oktober 2007 im Klutert Verlag erschienen. Es ist beim Verlag oder im Buchhandel zum Preis von
14,95 € erhältlich. (720 Seiten, ISBN 978-9809486-4-7)

Wie es mit Fred und Phei Siang sowie deren Tochter Pui Tien weiterging:

„Zwergengold"
Das dunkle Geheimnis der Klutert
Band V
Von Uwe Schumacher

Zu Beginn des 13. Jahrhunderts wird das Deutsche Reich von einem schrecklichen Bürgerkrieg erschüttert. Der längst überwunden geglaubte Streit zwischen Welfen und Staufern bricht erneut aus und setzt ganz Mitteleuropa in Brand. Vor dem Hintergrund dieses grausamen und unerbittlich geführten Kampfes der Könige entwickelt sich die fesselnde Geschichte vom Gold der Zwerge.

In der Gegenwart haben Fred und Phei Siang auf der Rückfahrt von einem Heavy-Metal-Konzert in Dortmund, bei dem auch ihre Tochter Pui Tien mitgewirkt hat, im Hagener Goldbergtunnel eine düstere Vision: Der Zwerg Oban erscheint den beiden als geschundener Gefangener in einem Bergwerk. Pui Tien hingegen gerät auf unerklärliche Weise immer stärker in den Bann eines Mädchens, das seit achthundert Jahren tot ist. Auf der Suche nach der Ursache dieser unheimlichen Begegnungen stoßen die drei nicht nur auf das Vermächtnis ihres alten Freundes Frank, sondern werden unweigerlich in jenen längst vergangenen tödlichen Konflikt verstrickt, der vor vielen hundert Jahren das Land verwüstet hat und nun auch das Leben der letzten Nachkommen der Altvorderen bedroht...

Das Buch ist im November 2008 im Klutert Verlag erschienen. Es ist beim Verlag oder im Buchhandel zum Preis von 14.95 € erhältlich. (528 Seiten, ISBN 978-3-9809486-5-4)

Die abenteuerliche Geschichte um das Geheimnis der Höhle steuert auf ihren Höhepunkt zu:

„Der goldene Reif der Caenmore"
Das dunkle Geheimnis der Klutert
Band VII
Von Uwe Schumacher

Der vorläufig letzte Band der spannenden Romanreihe lässt das Schicksal der schottischen Königsfamilie zur Zeit der normannischen Eroberung lebendig werden und lüftet schließlich das Geheimnis um die rätselhafte Verbindung unserer Helden mit dem tragischen Geschick der Grafen von Isenberg.

Nach dem verzweifelten Versuch, ihr eigenes Schicksal zu ändern, um den Tod ihres ungeborenen Kindes ungeschehen zu machen, bleibt Phei Siang spurlos im Abgrund zwischen den Zeiten verschollen. So kehren Fred und seine Tochter Pui Tien entmutigt und ohne Hoffnung auf ein Wiedersehen aus Südfrankreich nach Hause zurück. Aber der größte Schock steht ihnen noch bevor. Denn als bald darauf in der Krypta der Abteikirche von Middelburg das Grab einer vor Jahrhunderten gestorbenen Gräfin von Holland geöffnet wird, stellt sich heraus, dass diese eine Asiatin gewesen sein muss. Doch erst die Entdeckung eines geheimnisvollen keltischen Armreifs an dem Skelett bringt die traurige Gewissheit: An den eingravierten Ornamenten erkennt Fred das Schmuckstück wieder, das ihm die katharische Priesterin Esclarmonde für Phei Siang mitgegeben hatte.

Anstatt sich nun mit dem Unvermeidlichen abzufinden, fasst Fred einen ungeheuren Plan: Trunken vor Sehnsucht nach der Liebe seines Lebens, so wie einst der unglückselige Tristan, will er die Endgültigkeit des Todes überwinden, um wieder mit seiner Siang vereint zu sein...

Dieses Buch wird voraussichtlich im Laufe des Jahres 2010 im Klutert Verlag erscheinen. Lassen Sie sich beim Buchhandel oder beim Verlag unverbindlich vormerken.